Jasmin Romana Welsch

Be with Us – 2

www.sternensand-verlag.ch I info@sternensand-verlag.ch

1. Auflage, April 2019
© Sternensand Verlag GmbH, Zürich 2019
Umschlaggestaltung: Jasmin Romana Welsch
Korrektorat: Sternensand Verlag GmbH I Jennifer Papendick
Satz: Sternensand Verlag GmbH
Druck und Bindung: Smilkov Print Ltd.

ISBN-13: 978-3-03896-041-6
ISBN-10: 3-03896-041-6

Jasmin Romana Welsch

BE WITH US

Band II: Für immer auf Zeit!

New Adult

Inhalt

Sag, dass ich hübsch bin!

Ich stehe vor dem Badezimmerspiegel und rede mir ein, dass es ein Zeichen von Experimentierfreude ist, wenn man darüber nachdenkt, sich spontan die Haare abzuschneiden. Ist es nicht. Es ist mehr ein Hilferuf der inneren Stimme, die einem versichert, dass man aussieht, als hätte man mit dem Finger in der Steckdose gebohrt.

Warum Haare?! Wieso tut ihr mir das an? Ausgerechnet jetzt?!

Ich war so stolz auf mich, als ich heute Morgen aufgewacht bin und wie ein Mensch ausgesehen habe. Gestern war ich ein Zombie. Ein hässlicher Zombie. Wäre ich in *Walking Dead* umhergeschwankt, hätte keiner der anderen Zombies mich daten wollen.

Zum Glück konnte ich mich in meiner Wohnung verschanzen und in mein Sofakissen stöhnen. Kein prickelndes Stöhnen, eher ein brummiges Ächzen, das meistens von den Worten: ›Nie wieder Alkohol‹ eingeleitet wurde.

Der üble Hangover ließ sich erst durch drei Liter Mineralwasser, zwei Fertiglasagnen, einer Tüte Chips und zwölf Stunden Schlaf vertreiben. Jetzt bin ich nüchtern, aber fett und habe eine Steckdosenfrisur.

Ich muss weg von diesem Spiegel, ich mache mich sonst wahnsinnig. Es ist noch nicht mal fünf Uhr und Alex kommt erst um halb sieben. Zeit, um sich eine kleine Pause von der Selbstkritik

7

zu gönnen, bevor ich noch versuche, mich in Frischhaltefolie einzuwickeln, weil ich mal gesehen habe, wie das eine dicke Frau im Fernsehen gemacht hat, um schlanker zu wirken.

Ich lasse mich auf mein Bett fallen und greife nach meinem Handy. Gestern habe ich es in den Flugmodus versetzt, da jedes Klingeln oder Piepsen meinem Zombie-Hirn Schmerzen bereitet hat. Da ich vergessen habe, den Modus umzustellen, habe ich einen Anruf mit einer seltsamen Vorwahl verpasst.

Oh, London was calling …

Ich öffne die Nachricht, die Dan geschrieben hat. Schon als ich sie überfliege, muss ich grinsen. Er ist normalerweise so furchtbar schreibfaul, dass ich maximal mit einem ›Ruf zurück!‹ gerechnet hätte, da stehen aber eindeutig mehr Wörter. Anscheinend hat es Wirkung gezeigt, dass ich mich eine Weile in Schweigen gehüllt habe. Bei beliebten Jungs muss man sich selbst erst rarmachen, um Aufmerksamkeit zu bekommen, auch, wenn man mal mit ihnen verwandt war.

Dan –
Hey! Hast du das Studium geschmissen
und bist einer Hinterwald-Sekte beigetreten? Oder warum wirft man sein
Handy sonst in die Tonne? Ich versuche
seit über einer Woche, dich zu erreichen. Ruf zurück!

Ich grinse über die Zeilen und seufze im nächsten Moment. Dass wir uns aus Sturheit und Zeitmangel entfremden, ist schade und tut weh.

Ich drücke das Handy ans Ohr und höre ein Knacksen in der Leitung, bevor es klingelt.

»Ich dachte schon, du ignorierst mich für immer!«, meldet sich eine Stimme, die mich fröhlich macht, egal wie lange ich sie nicht mehr gehört habe.

»Wenn ich zu schnell auf deine Nachrichten reagiere, bekomme ich nur Sparversion-Smalltalk«, entgegne ich und bette den Kopf auf mein Kissen.

»Ich bin ein Minimalist, ich dachte, du wüsstest das.«

»Das stimmt nicht. Du geizt bei manchen Leuten nur mit deiner Zeit und ich will nicht dazugehören.«

Dan lacht. Was ich ihm vorwerfe, ist aber wahr. Er hatte schon immer zu viele Freunde und zu wenig Zeit. Der Fluch der beliebten Leute. Ich kenne ein paar Jungs, mit denen er eine Selbsthilfegruppe gründen könnte.

»*Du* wirfst mir vor, dass ich mich nicht melde? Zwei unbeantwortete Anrufe und drei Nachrichten! Dich muss man erst mit Zuneigung bombardieren, bevor du mal zurückrufst«, erklärt er und klingt einstudiert beleidigt.

»Entschuldige, ich hatte einen kleinen Hangover«, gestehe ich und beginne gedankenverloren an meinen Nägeln zu beißen. Eine lästige Angewohnheit, die ich mir eigentlich mit vierzehn abgewöhnt habe.

»Krasse Party? Warst du nicht immer eine Streberin? Hast du dich dahin verlaufen?«

Ich überdrehe die Augen und lasse die beleidigte Eitelkeit meinen Tonfall zeichnen.

»Ich war nie eine Streberin!« *Nur etwas langweilig*, füge ich in Gedanken hinzu. Wie spannend mein Leben seit einiger Zeit ist, kann ich ihm aber nicht verraten, also wechsle ich das Thema.

»Kommst du im Sommer nach Hause?«

Er murrt. »Nein. Kein Bock. Keine Wohnung. Keine Zeit.«

»Du kannst bei mir wohnen«, schlage ich vor, weil ich gerade die Befürchtung habe, dass ich Dan überhaupt nie mehr wiedersehe. Er lacht.

»Ja. Sicher«, entgegnet er, als hätte ich ihm vorgeschlagen, in Narnia zu übernachten.

»Wirklich. Ich habe zwar nicht viel Platz, aber bevor du gar nicht nach Hause kommst, könnten wir zusammenrücken.«

Ich schiele durch die offene Wohnzimmertür auf mein Sofa. Da passt er locker drauf. Mein Bett ist zu klein für zwei.

»Witzig, Lena. Witzig aber dämlich.«

»Was soll das denn bitte heißen?!«

Ich vergesse manchmal, dass er ein Arschloch sein kann. Ich will ihn trotzdem wiedersehen. Das kann doch nicht so kompliziert sein!

»Soll heißen, dass du bitte nicht gleich jeden Typen in deine Wohnung einladen sollst. Sonst höre ich das nächste Mal in den Abendnachrichten von dir.«

»Wir kennen uns seit vierzehn Jahren und waren mal Geschwister. Wenn du ein Psychopath wärst, hätte mir das doch auffallen müssen. Außerdem lade ich ein, wen ich möchte, ich bin erwachsen.«

»Ganz schön schlecht gelaunt, mein Schwesterherz«, entgegnet er amüsiert und mir fällt auf, dass meine Antwort wirklich etwas ruppig war.

»Entschuldige …«, brumme ich kleinlaut. »Ich bin nur nervös, weil ich heute auf eine wichtige Veranstaltung muss und mir deshalb vielleicht wie Britney Spears den Kopf rasiere.«

»Eine wichtige Veranstaltung? Bist du jetzt die Freundin von *Bruce Wayne*?«

»Wer ist das?«

»*Batman*, du Kunstbanausin!«

»Ich gehe da wohl eher mit *Superman* hin.«

»Hast du einen neuen Freund?«

»Nein, wir sind nicht zusammen, ich begleite ihn nur. Eigentlich stehe ich auf *Deadpool*, wäre da nicht *Thor*.«

»So viele Superhelden-Anspielungen und du wusstest nicht, dass *Bruce Wayne Batman* ist?!«

»Doch, aber du bist auch nicht auf meine großartige Britney-Spears-Anspielung eingegangen.«

»Weil ich Christina Aguilera immer viel heißer fand. Die ist bestimmt besser im Bett.«

»Ihr Männer seid furchtbar.«

»Na endlich! Du hast nur 21 Jahre gebraucht, um das herauszufinden. Willst du immer noch, dass ich bei dir wohne?«

»Ja, du Idiot!«

»Dämlich, Lena. Dämlich.«

Ich weiß nicht, ob ich lachen oder eingeschnappt sein soll. Ich liebe unsere Gespräche, zumal sie meistens erfrischend idiotisch sind und einem das Herz angenehm leicht machen. Er will mich aber ganz offensichtlich trotzdem nicht sehen.

»Na gut, dann kommst du eben nicht. Ruf an, wenn du mal heiratest oder jemanden schwängerst. Über die Meilensteine deines Lebens kannst du mich doch auf dem Laufenden halten, oder?«

Ich höre ihn seufzen. »Schnapp nicht ein. Ich bleibe nicht ewig in London. Weißt du, wie windig es hier ist?«

Jetzt habe ich keine Lust mehr, mich mit Witzen vertrösten zu lassen.

»Ich muss mich in mein Kleid zwängen, lass uns auflegen.«

»Schick mir ein Foto.«

»Schick du mir ein Foto!«

»Du willst sehen, wie ich ein Kleid trage? Ganz schön pervers, Lena.«

»Ciao, Dan.«

»Bye.«

Mein Handy landet auf der Bettdecke, und ich weiß nicht, ob ich grinsen, rot werden oder den Kopf schütteln soll.

Antrieb hat mir das Telefonat aber auf alle Fälle gegeben. Ich raffe mich auf und öffne meinen Schrank. Darin hängt nur ein schwarzes Cocktail-Kleid, die Auswahl fällt mir also nicht schwer. Dass ich es endlich mal tragen und ausführen kann, stimmt mich froh. Es gibt kaum Anlässe, die das schicke knielange Kleid rechtfertigen. Im Büro wäre ich damit overdressed. Ein Benefiz-Essen bei den Löwensteins ist aber die perfekte Gelegenheit.

Im Badezimmer werfe ich dann einen Kilo Feenstaub durch die Luft, schließlich muss ich mich schön genug zaubern, um Alex' Freundin zu spielen.

Es ist zehn vor halb sieben und es klopft an meiner Tür. Als ich öffne, steht da ein personifizierter weiblicher Tagtraum im Smoking.

Ich wusste nicht, dass Männer so schön aussehen können – in echt. Dass ausgedachte, glitzernde Vampire das draufhaben, war mir klar. Alex übertrumpft für mich aber gerade alle *Edward Greys*, die jemals Auftritte in meinem Kopfkino hatten.

Der schwarze Smoking hat ein schmales Revers aus einem leicht schimmernden Stoff. Er trägt ein weißes Hemd und eine schwarze Fliege. Die Haare hat er sich dezent zurückgegelt, was Alex' hübsches Gesicht und die grünen Augen in den Vordergrund rückt.

»Mann, siehst du gut aus!«, begrüße ich ihn, während mir sein leckeres Parfum in die Nase steigt.

»Danke! Du …« Sein viel zu bescheidenes Schmunzeln verschwindet auffallend schnell. Seine Gesichtsmuskulatur wirkt angespannt, während er den Blick über mich schweifen lässt.

Ich bekomme Herzrasen, weil er so unangenehm überrascht wirkt und seinen Satz einfach nicht beendet.

Was ist denn los?! Sag mir doch, dass ich auch gut aussehe! Ich weiß, dass du hübscher bist als ich, aber das ist ein Standard-Floskel-Kompliment!

»Lena …«, stammelt er.

Ja, so heiße ich! Sag, dass ich hübsch bin!

»Irgendetwas an mir gefällt dir nicht«, unterstelle ich ihm, als meine Miene ebenso schockierte Züge annimmt wie seine. Er beginnt hektisch den Kopf zu schütteln.

»Nein! Nein! Du bist hübsch, immer – grundsätzlich!«

Immer, grundsätzlich?! Da kommt doch noch ein dickes ›Aber‹!

»Aber …« *Da ist es!*

»Spucks aus, Alex!«, fordere ich ihn mit viel zu hoher Stimme auf. Ich will endlich wissen, was an mir ab heute Komplexe bei mir lostritt.

»Meine Großmutter hasst Cocktailkleider auf solchen Veranstaltungen. Sie hält jede Frau ohne langes Kleid auf einem Ball für eine Kellnerin.«

Ich verfinstere den Blick und funkle ihn an. »Ball?!«, wiederhole ich energisch. »Hast du gerade ›Ball‹ gesagt?!«

Er beißt sich unsicher auf die Unterlippe. »Das hatte ich doch erwähnt, oder? Benefiz-Ball?«

»Nein! Du hast es ›Benefiz-Abend‹ genannt! Über einen Ball fiel nicht das kleinste, leiseste Wort!«

Ich bekomme Panik, da ein Ball wohl die einzige Veranstaltung ist, auf der man in einem Cocktailkleid underdressed ist. Ein Ball oder die verdammten Oscars!

»Ich dachte, das wäre sowas wie ein Essen in der Villa deiner Großeltern!«

Er zuckt vorsichtig mit den Schultern. »Essen, ja. Aber eher in den Kongress-Sälen als bei ihnen zu Hause. So groß das Haus auch ist, tausend Leute und ein Orchester haben dort keinen Platz.«

Ich stammle vor mich hin. Mir war nicht klar, dass die Löwensteins so dick auftragen. Dass es festlich wird, war absehbar, aber zwei Leute, die einen ganzen Ball veranstalten? Meine *Cinderella* Fantasien waren eigentlich nur Spinnereien, jetzt brauche ich wirklich umgehend ein paar nähende Mäuse und den ganzen Bibidi-Babidi-Bu-Mist!

»Es tut mir leid …«, gesteht Alex eindringlich klingend. »Ich hätte mich viel klarer ausdrücken sollen. Und du siehst auch wirklich unheimlich gut aus, aber könntest du dir schnell ein langes Abendkleid anziehen? Ich weiß, es ist nur dämliche Etikette, aber je weniger wir auffallen, und je weniger Kritikspielraum wir meiner Familie lassen, umso eher verschanzen wir uns nicht um Mitternacht heulend in den Toiletten.« Alex seufzt. »Entschuldige bitte. Ich weiß, wie spießig und dämlich das alles klingt.«

Es bereitet ihm sichtliches Unbehagen, mich darum zu bitten. Alex will mich nicht kritisieren, aber er muss, weil er sich an gewisse Regeln zu halten hat. Hätte er mich schon früher in diese Regeln eingeweiht, würden wir dieses durch und durch unangenehme Gespräch jetzt gar nicht erst führen.

Er verlagert das Gewicht unsicher von einem Bein aufs andere und schmunzelt mich vorsichtig an. Wie gerne würde ich jetzt abwinken, ihm einen Kuss auf die Wange drücken und mich umziehen – aber ich kann nicht.

»Dann musst du alleine dorthin, Alex.«

Seine Augen werden groß und er sieht mitleidig schockiert aus, weil er eine Sekunde lang denkt, er hätte mich gekränkt. Ich erlöse ihn aber mit meiner Erklärung.

»Ich würde mich gerne umziehen, aber in meinem Schrank hängt kein Ballkleid. Ich habe eines bei meiner Mutter zu Hause, aber bis wir von dort wieder zurück sind, ist die halbe Nacht vorbei. Es tut mir leid …«

Es tut mir wirklich leid. Ich hatte mich auf den Abend gefreut und Alex hängen zu lassen ist das Letzte, das ich tun will.

»Bist du dir sicher, dass du kein Ballkleid im Schrank hast?«, fragt er vorsichtig verzweifelt.

Ähm, mir ist schon bewusst, dass du aus einer Welt kommst, in der man überrascht ist, dass da noch dieser eine Chanel-Anzug im zweiten Kleiderzimmer hängt, den man vollkommen vergessen hat, weil man doch schon seit Jahren nur mehr Prada trägt, aber ich komme aus einer Welt, in der man weiß, ob man eine Abendrobe in das IKEA-Pax-System gestopft hat! Echt jetzt! Kuck an mir vorbei in meine Wohnung! Sieht es so aus, als ob ich hier jemals in einem Ballkleid rausstolziert wäre?!

Ich erspare ihm meinen vorwurfsvollen inneren Monolog und schüttle nur den Kopf. Er wirkt niedergeschlagen, da ihm wahrscheinlich bewusst wird, dass es ein Fehler war, mich zu fragen. Ich will mich nochmal entschuldigen, aber Alex' Stimmung schlägt plötzlich um. Anscheinend nickt er gerade seine eigenen Gedanken ab.

»Was …?«

»Komm! Wir besorgen dir ein Kleid!«

Er streckt mir die Hand entgegen und dreht den Körper schon in Richtung Flur.

»Die Läden haben geschlossen«, erwidere ich und schaue auf seine Hand, die trotzdem meine greift.

»Ich weiß. Das macht nichts! Komm!«

Er zieht mich aus der Wohnung, aber ich halte mich am Türrahmen fest. »Warte!«

Mein Einwand lässt seine fröhliche Stimmung wieder umschwenken. Er sieht mich schuldbewusst fragend an. »Willst du nicht mehr? Ich weiß, diese ganze Dresscode-Sache ist dämlich, aber das lösen wir in Nullkommanichts!«

»Natürlich will ich, aber …« Das reicht Alex, um einmal etwas schwungvoller an meiner Hand zu ziehen und mich dazu zu zwingen, den Türrahmen loszulassen. Ich werde hier quasi entführt, aber ich müsste schon ganz schön dämlich sein, um mich nicht von *James Bond* verschleppen zu lassen.

Wie er mir ein Kleid zaubern will, bleibt abzuwarten, aber Alex hat auf mich schon immer wie jemand gewirkt, der selbst am Ostersonntag spontan eine Yacht und etwas Uran auftreiben kann.

Fremder, nackter Junge

Wow. Besser lässt sich Alex' Auto kaum beschreiben. Ich weiß jetzt, warum er letztes Wochenende mit seinem Bruder den Wagen getauscht hat. Das dunkelblaue BMW-Caprio sieht klasse aus, fasst aber nur zwei Personen. Die schwarzen Ledersitze fühlen sich kühl und samtweich auf der Haut an. Hier Sex zu haben, ist bestimmt unbequem, aber cool. Ich würde Alex fragen, ob er es schon mal hier drin gemacht hat, aber ich muss eine naheliegende, nicht Libido gesteuerte Frage stellen:

»Wohin fahren wir?«, will ich wissen und kralle mich in den Sitz, als er das Gaspedal durchtritt. Das ist kein Auto, das ist ein Flugzeug.

»In eine Boutique, die auch Samstagabend für mich aufmacht«, erklärt er schmunzelnd und drückt ein paar Knöpfe an seinem Lenkrad. Ich höre das Klingeln aus der Freisprechanlage.

»Geh ran …«, murmelt er und beißt sich auf den Lippen herum. »Du hörst dein Handy doch immer!«

Er lässt es drei Mal bis zur Mailbox durchklingeln, dann gibt er auf.

Ich glaube Alex sofort, dass er eine Frau kennt, die ihren Laden für ihn zu jeder Tages- und Nachtzeit öffnet, aber wenn sie nicht rangeht, sind wir angeschmiert. In diesem Kleid werde ich auf keinen Fall zwischen Leuten in Roben und teuren Abendkleidern in einem Kongresssaal stehen. *Cinderella* wäre auch nicht auf den

Ball gegangen, wenn ihr die Fee ein Cocktailkleid statt dem Tüll-kleid gezaubert hätte. Außerdem habe ich Angst vor Oma Lö-wenstein. Wenn ihr mein Outfit nicht gefällt, stellt sie Alex und mich vors Erschießungskommando.

Wir halten in einem gepflegten, grünen Wohnviertel. Hier gibt es weit und breit kein Geschäft. Als wir aussteigen und auf eine der hohen Glastüren zugehen, werde ich das Gefühl nicht los, dass die ›Boutique‹, die Alex meint, der Kleiderschrank von je-mandem ist.

»Warte!«, ich bleibe stehen, als mir ein skeptischer Gedanke kommt, der mir schon viel früher hätte kommen müssen. Dass er im Smoking so unglaublich gut aussieht, und sein Auto ver-dammt cool ist, hat mich anscheinend etwas begriffsstutzig ge-macht.

»Nicki wohnt hier, oder?!«

Von wem würdest du dir sonst spontan ein Ballkleid leihen können?!
Wir sind zu deiner zickigen, fiesen, besten Freundin gefahren!

Alex dreht sich nach mir um, mustert mich mit großen unschul-digen Augen und schüttelt den Kopf.

»Nein.«

Das überrascht mich.

»Wer wohnt denn dann hier?«

»Du kennst sie noch nicht«, sagt er und klingt dabei seltsam.

Ich folge ihm weiter, während die Neugier in mir wächst. Wir müssen nicht am Eingang klingeln, weil gerade eine Frau mit ih-rem Pudel das Wohnhaus verlässt. Alex läuft nach oben in den ersten Stock und ich stöckle ihm hinterher. Er klingelt, und ich hoffe, dass gleich das Mädchen aufmacht, dessen Foto ich in sei-ner Geldbörse gefunden habe. Das wäre großartig! Ich will wis-sen, wer sie ist und wie sie zueinander stehen.

»Komm schon! Ich weiß, dass du da bist!«

Er klingelt Sturm, was mir unangenehm ist, da wir sie, falls sie denn zu Hause ist, anscheinend aus dem Bett oder der Dusche scheuchen, um ihren Kleiderschrank zu durchforsten. So mache ich bestimmt keinen guten ersten Eindruck auf sie. Ich bin die dumme Trulle, die alle mit ihren nackten Beinen schockieren würde, weil sie nicht geschnallt hat, dass die Löwensteins nicht die Kardashians sind.

»Wälz dich von dem Typen runter und mach auf«, murmelt Alex der Klingel entgegen, und ich bekomme sofort ein ganz anderes Bild von seinem Geldbörsen-Mädchen. Sie hat auf dem Foto so unschuldig ausgesehen. Das war aber vielleicht nur ein Scherz von ihm, sie ist bestimmt nicht ...

Die Tür springt auf und ich starre perplex auf den perfekten Frauenkörper, der nur in rote Spitzenunterwäsche gehüllt ist. Als ich die Kinnlade wieder hochklappen kann, schnellt mein finsterer Blick zu *James Bond*.

Du miese, fiese, gutaussehende Ratte!

»Was willst du, Alex?!«, faucht Nicki wütend. »Es hat schon seine Gründe, warum ich nicht rangehe, selbst, wenn du achtzehn Mal anrufst! Ich bin beschäftigt!«

»Das ist aber sowas wie ein Notfall, also unterbrich dein kleines Samstags-Abenteuer für zehn Minuten und lass uns rein!«

Sie will irgendetwas zurückgiften, wird aber von Alex' schicken Outfit abgelenkt. »Wieso siehst du so gut aus?«

»Keine Ahnung. Schöne Eltern?« entgegnet er grinsend. Sein Witz wird aber nicht honoriert, weder von mir noch von Nicki, die sich schnell einen Reim aus dem Smoking macht.

»Löwenstein'scher Spenden-Protz-Ball«, schlussfolgert sie und mustert mich, während sie verständnislos den Kopf schüttelt.

»Und du kellnerst dort?«

Der Sarkasmus hilft im Moment niemandem weiter, er verstärkt nur meinen Fluchtinstinkt. Alex weiß, warum er seine

Hand auf meinem Rücken platziert hat. Er hält mich quasi fest, damit ich nicht sofort auf den Absätzen meiner Stöckelschuhe kehrtmache.

»Ich habe vergessen, Lena zu sagen, dass sie ein Ballkleid tragen sollte. Leih ihr eines. Bitte.«

Sie knallt uns bestimmt gleich die Tür vor der Nase zu. Wir stören hier ganz offensichtlich, und es ist nicht ihr Problem, dass Alex und ich ein Dresscode-Kommunikations-Missverständnis hatten.

»Kommt rein«, seufzt sie genervt, macht eine auffordernde Kopfbewegung und dreht sich dann um. Alex will mich in die Wohnung schieben, aber ich wehre mich dagegen.

»Unglaublich, wie abgebrüht und frech du lügen kannst!«, werfe ich ihm im wütenden Flüsterton vor.

»Wenn ich dir die Wahrheit gesagt hätte, würden wir noch immer unten im Hof diskutieren.«

Er hat recht, aber jetzt diskutieren wir eben zwischen Tür und Angel.

»Bitte Lena! Stell dich nicht so an, das ist nur ein Kleid.«

Es ist nicht ›nur‹ ein Kleid, es ist Nickis Kleid. Ich will ihre Klamotten nicht tragen, weil ich weiß, dass sie sie mir nicht gerne leiht und auch, weil ich denke, dass ich da gar nicht reinpasse.

Alex gibt mir einen Schubs und stellt sich dann so dicht hinter mich, als würde er mich zwangs-eskortieren. Er strahlt eine gewisse Nervosität aus, was mir wieder bewusst macht, wie wichtig ihm dieser Abend ist. Ich will ihn weder bloßstellen noch hängen lassen, deshalb sehe ich auch darüber hinweg, dass er schamlos lügt und mich in eine Wohnung schubst, die ich niemals betreten wollte. Ihn stresst das Ganze noch mehr als mich, also schlucke ich meine eigene Unruhe hinunter.

Wir folgen meiner gertenschlanken, halbnackten *Nemesis* durch einen kleinen Flur ins Wohnzimmer.

Nicki lebt wie *Carrie Bradshaw* aus *Sex and the City*. Hier ist es farbenfroh, aber nicht zu bunt, voll, aber nicht unordentlich, und sie hat verdammt viel coolen Schnickschnack.

Als sie eine der Türen öffnet, höre ich *Kings of Leon* über *Sex on Fire* singen. Wir betreten ihr Schlafzimmer, und ich starre peinlich berührt auf den nackten Körper auf dem Bett. Sein Blick trifft meinen, und er ist ganz offensichtlich ebenso schockiert wie ich, dass wir hier herein platzen.

Was ihn annähernd beruhigt stimmen könnte, ist die Tatsache, dass der kleine Teil der Decke, der auf ihm liegt, seine intimste Stelle verdeckt – ansonsten sammelt er gerade nicht viele positive Eindrücke: Seine Handgelenke sind mit roten Handschellen ans Bettgestell gefesselt und da stehen plötzlich zwei aufgedonnerte Fremde, die ihn anstarren.

Zwinkere zweimal, wenn du gegen deinen Willen festgehalten wirst!

»Hey. Ich bin Alex«, tönt es hinter mir freundlich fröhlich, so, als ob er gar nicht sehen würde, dass hier jemand nackt und gefesselt ist. Antwort bekommt er keine, da Nickis Übernachtungsgast zu verdutzt ist und wahrscheinlich gerade versucht, annähernd cool zu wirken und nicht in seinem Schamgefühl zu verbrennen.

Ich fühle mit dir, fremder, nackter Junge!

Dass Alex und Nicki diese Situation mit so stoischer Gelassenheit ausblenden können, liegt eindeutig an der Porno-Internat-Ausbildung. ›Wie ich die Sex-Sklaven meiner Freunde ohne Unbehagen ignoriere‹, stand bei uns aber nicht auf dem Lehrplan.

»Komm mit.«

Nickis Aufforderung gilt mir. In ihrem Schlafzimmer gibt es noch eine Tür, die in einen begehbaren Kleiderschrank führt.

Alex bleibt freundlich grinsend im Schlafzimmer stehen. Ich drehe den Kopf nochmal in Richtung Bett, bevor ich in dem Schrank-Zimmer verschwinde. Er starrt gerade den blonden

Mann im Smoking mit hochgezogenen Brauen an, der einfach nur dasteht und so aussieht, als würde er gleich mit Smalltalk anfangen.

Das ist ein wahrer Frauentraum! *Der begehbare Schrank, nicht der gefesselte Typ. Obwohl er ziemlich gut aussieht.*

Nicki macht die Tür hinter uns zu, während ich meinen Blick über die vielen hochhackigen Schuhe schweifen lasse, die in dem beleuchteten Regal stehen. Ich muss aufpassen, dass ich nicht auf den beigen Teppichboden sabbere. Der Anblick lässt mich sogar vergessen, dass ich Nicki nicht ausstehen kann und gerade in ihre BDSM-Session geplatzt bin.

Schuhe … schön …

»Mit dem Cocktailkleid wärst du auf dem Ball zerfleischt worden«, höre ich eine strenge, melodische Stimme sagen, die mich aus dem Sabber-Modus reißt. Ich drehe mich nach Nicki um. Sie öffnet gerade eine Schranktür.

»Solche Snob-Events sind der reinste Spießrutenlauf. Du kannst dir während einer gewöhnlichen Konversation schon dein gesellschaftliches Grab schaufeln, da solltest du zumindest sichergehen, dass du angemessen gekleidet bist.«

Sie schiebt ein paar Kleiderbügel herum und gibt mir Anweisungen.

»Rede mit niemandem über Politik oder Religion, dort hält sich jeder für Gott, und der lässt nicht mit sich diskutieren. Oberflächlicher Smalltalk und Lobgesänge auf alles, was mit den Löwensteins zu tun hat, beschränk dich darauf.«

Ich nicke und lasse meinen Blick über die vielen schönen Kleider wandern, die Nicki verschiebt.

»Trink bloß nicht zu viel, aber trink auch nicht gar nichts, sonst denken sie, du wärst schwanger. Lass immer Alex alles zuerst machen: Jemandem die Hand reichen, dich vorstellen, eine Tür öffnen – stell dir einfach vor, du wärst strunzdämlich und körperlich und geistig gelähmt, solange er nicht den Anfang macht. Du kannst alleine keine Tür aufmachen, keinen Stuhl nach hinten rücken, dir nichts zu trinken besorgen, du bist quasi eine freundlich lächelnde 2-Jährige im Körper einer Erwachsenen.«

Ich starre sie prüfend an, während ich ihr diese mechanisch klingende Frage stelle.

»Wieso machst du das?«

Sie dreht den Kopf zu mir und mustert mich fragend. »Was?«

»Mir helfen. Das Kleid. Die Ratschläge. Du hättest uns die Tür nicht aufmachen müssen.«

Sie schnaubt ein Lachen und lässt ihren Blick wieder über die Kleider wandern, bevor sie mir antwortet.

»Für Alex ist das wichtig, sehr sogar. Ich kenne ihn, ich weiß, wie sehr ihm der ganze gesellschaftliche Druck zu schaffen macht – immer schon. Nach außen hin ist er vielleicht der dauergrinsende, privilegierte Junge mit den vielen Freunden und dem glänzenden Leben, aber ich weiß, wie es hinter den Kulissen aussieht. Unschöner als du dir vorstellen kannst. Du glaubst, du kennst ihn mittlerweile, aber das tust du nicht. Nicht so, wie ich. Ich würde ihm, gerade heute, keinen Gefallen abschlagen. Außerdem …«

Nicki blickt wieder zu mir und sieht mir wahrscheinlich an, dass sie mich mal wieder mit ihrer Ehrlichkeit überrascht.

»Außerdem war ich mal in genau derselben Situation wie du. Mein erster Löwenstein-Ball war die reinste Katastrophe. Wenn mir damals jemand etwas Vernünftiges angezogen und mir verraten hätte, dass ich Alex' Onkel keinen chauvinistischen Iditoten nennen darf, hätte ich mir viel Drama erspart.«

Sie schmunzelt gedankenverloren, und ich bekomme ein schlechtes Gewissen, aus mehr als einem Grund. Dass ich Nicki gedanklich immer unterstelle, dass sie eine egomanische Zicke ist, ist wohl unfair. Alex bedeutet ihr ganz offensichtlich sehr viel, außerdem hat sie etwas überaus Empathisches an sich – was sie die meiste Zeit aber hervorragend versteckt.

»Wieso gehst du nicht mit ihm hin?«, will ich wissen, auch auf die Gefahr hin, dass ich darauf herumreite, dass Alex mich gefragt hat, und nicht sie.

Sie lacht, ausgiebig. »Gott, nein! Ich gehe nicht mehr auf solche Veranstaltungen. Zum Glück. Alex tut mir das nicht mehr an und er würde sich selbst damit auch keinen Gefallen tun. Mein Ruf ist nicht der beste.« Der letzte Satz wird von einem Schmunzeln untermalt, das ein klein wenig triumphierend wirkt. »Ich bin das Flittchen, das mit all ihren Söhnen, Enkeln und Brüdern geschlafen hat. Auf diesem Ball gibt es wohl keine einzige Frau, die mich leiden kann.«

Dass Nicki ihr schlechter Ruf nichts ausmacht, wirkt nicht gespielt. Das war aber ganz offensichtlich nicht immer so, sonst hätte sie mir vorhin nicht gesagt, dass sie damals froh gewesen wäre, wenn ihr jemand das ganze Drama erspart hätte.

»Hier, probier das an.«

Sie hält mir ein golden schimmerndes, bodenlanges Kleid hin. In mir steigt nervositätsbedingte Hitze hoch, weil es ziemlich figurbetont geschnitten ist. Wenn sie keinen Tannenbaumtrichter hier drin versteckt hat, passe ich da vermutlich nicht rein.

»Hast du vielleicht etwas Fließenderes?«

Hat sie, in diesem Schrank hängen zwanzig Kleider. Nicki zieht aber die Brauen hoch. »Du sollst elegant aussehen, aber das heißt nicht, dass es nicht figurbetont sein darf.«

Okay, sie denkt, dass ich es nicht anprobieren will, weil ich Angst habe, zu sexy zu wirken. Wie kann ich ihr sagen, dass es hier um meinen fetten Arsch geht?

»Ich glaube nicht, dass ich da reinpasse.«

So, jetzt habe ich es gesagt. Du wiegst drei Kilo und ich tausend. Ergötz dich daran!

»Mal sehen. Zieh dich aus«, erwidert sie und ich beneide sie gerade, nicht nur um ihren Körper, sondern auch um diesen strengen Tonfall. Während ich mein Kleid ausziehe, tippt sie ungeduldig mit dem Fuß auf den Teppichboden.

»Die Unterwäsche auch«, sagt sie tonlos und ich starre sie fragend an. *Für wen hältst du dich?! Theo?!*

»Ich gehe dort doch nicht ohne Unterwäsche hin!«

»Das Kleid hat ein Bustier eingenäht und dein Tanga würde sich darunter nur abzeichnen. Das sieht beschissen und nuttig aus!«

»Also ist es *mit* Höschen nuttiger als *ohne*?!«

»Definitiv!«

Ich fasse es nicht, dass ich hier gerade komplett blankziehe. Wenn mir jemand gesagt hätte, dass ich mal splitternackt in Nickis Wohnung stehe, hätte ich denjenigen für geisteskrank erklärt. Ich drehe mich zu ihr und sehe ihr an, dass sie sich gerade dasselbe denkt.

»Hier.« Sie geht in die Knie und hält das Kleid auf. Ich steige hinein. Hochziehen ist noch kein Problem. Ich rücke das Dekolletee zurecht und atme tief ein. Jetzt kommt der schwierige Teil des Ganzen – Schließen. Der Reißverschluss ist ziemlich lang, da das Kleid an der Hüfte und am Hintern eng sitzen muss und erst ab der Mitte der Oberschenkel fließend nach unten verläuft.

»Halt mal die Luft an«, verlangt Nicki und zieht prüfend am Stoff. »Das klappt«, prophezeit sie und klingt etwas atemlos, weil sie hinter mir einen kleinen Kraftakt verübt.

Sie zerrt an mir und ich kippe beinahe vorneüber, also stütze ich mich mit den Händen an der Schrankwand ab.

Als die Tür aufgeht, zucke ich peinlich berührt zusammen. Alex taucht auf und legt den Kopf neugierig schief, während er uns mustert.

Jap, wir versuchen meinen dicken Hintern gerade in ein Kleid zu pressen – sexy, nicht? Gott ist das peinlich!

»Ähm …«, beginnt er amüsiert zu stammeln. »Braucht ihr Hilfe?«

»Nein, verschwinde!«, sagt Nicki schroff und ich höre ihren strengen, zickigen Tonfall zum ersten Mal gerne.

»Sag mal, ist der Junge eigentlich volljährig oder muss ich die Polizei rufen? Er sieht so jung aus! Du fesselst doch keine Kinder an dein Bett, oder?«

Wir haben gerade keine Zeit für Alex' Witzchen. Nicki knurrt leise. »Er ist neunzehn und jetzt hau ab! Wir sind gleich fertig!«

Er zuckt grinsend mit den Schultern und schließt die Tür hinter sich. Ich höre noch, dass er Nickis Übernachtungsgast fragt, ob er eine Cola möchte. Alex und seine Fähigkeit, selbst mit gefesselten Lustknaben Smalltalk zu machen …

»Na also!«

Sie bekommt den Reißverschluss über meinem Hintern zu, der Rest gleitet mühelos dahin.

Ich richte mich auf und bin überrascht, dass das Kleid nicht so eng ist, wie ich gedacht hätte. Ich kann problemlos atmen, an der Taille und am Dekolletee sitzt es perfekt. Einzig um den Hintern und den Hüftbereich bewegen sich Kleid und Körper im Grenzbereich.

»Dreh dich um.«

Ich stolpere beinahe über den langen Stoff, weil ich noch barfuß bin.

»Ich sage das nicht gerne zu der Frau, die sich zwischen mich und meine Jungs drängt, aber du siehst verdammt gut aus.«

Obwohl ich selbst noch keinen Blick in den Spiegel geworfen habe, bin ich sicher, dass mir das Kleid hervorragend steht – ein Kompliment von Nicki an mich lässt sich nicht einfach erhaschen.

Als ich mich zu der verspiegelten Schranktür drehe, bestätigt sich meine Vermutung. Dieses Kleid ist der Wahnsinn! Ich hatte noch nie eine so schöne Robe an.

»Danke. Ehrlich. Das ist …«

»Ach komm, heul jetzt hier nicht rum! Ich tue das zu 99 % für Alex!«

Ich wollte keineswegs heulen, nur einen ehrlichen Dank aussprechen, aber Nicki hört das anscheinend genauso ungern wie der Mann, für den sie mich gerade eingekleidet hat.

»Ich passe gut darauf auf und bringe es dir morgen wieder«, versichere ich, aber sie winkt ab.

»Um Gottes Willen, steh nicht am Sonntag vor meiner Haustür! Ich brauche das Kleid nicht sofort zurück. Pack es zu den Schuhen, die du noch von mir hast und leg alles irgendwann bei Alex ab. Oder Theo. Oder Simon. Spielt keine Rolle, ich komme überall vorbei.«

Sie grinst, und mir fällt wieder ein, warum ich sie nicht leiden kann.

Als sie die Hand auf die Türklinke legt, dreht sie sich nochmal zu mir.

»Pass auf, dass Alex nicht zu viel trinkt. Er schmeißt sonst leicht die Nerven weg.«

Ich habe zwar keine Ahnung, wie ich Alex davon abhalten soll zu trinken, aber ich nicke.

»Und tu dir selbst einen Gefallen und sprich so wenig wie möglich mit David – am besten auch kein Augenkontakt.«

»David?«

»Alex' Bruder. Ignorieren. Bloß nicht anstarren oder anlächeln, egal, wie gut er aussieht.«

Ich muss mir gerade natürlich zwangsläufig vorstellen, wie er aussieht.

»Großartig, du grinst ja schon jetzt ...«, tönt Nicki sarkastisch und fasst sich an die Stirn. »David kaut dich durch und spuckt dich vor dem ersten Gang wieder aus. Zum Nachtisch heulst du, aber bitte nicht vor Alex, sonst fängt er auch an.«

Ich lege den Kopf ungläubig schief, weil ich auf einen Ball gehe und nicht in einer Telenovela mitspiele.

Nicki dreht sich um und geht voraus ins Schlafzimmer.

Das Bild, das sich uns dort bietet, ist bizarr amüsant. Ein nackter, gefesselter Mann im Bett und einer, der im Smoking am Bettrand sitzt – mit einer Dose Cola in der Hand.

»Wow. Du siehst unglaublich gut aus!«, kommentiert Alex mein Auftauchen und steht auf.

»Danke, *Victoria's Secret*«, entgegnet Nicki zwinkernd, die noch immer die rote Spitzenwäsche trägt. Alex überdreht gespielt genervt die Augen, zieht den halbnackten Körper dann aber doch zu sich, um ihr einen Kuss aufzudrücken.

»Danke ...«, haucht er Nicki ins Gesicht und streicht ihr über den Oberarm. Sie seufzt.

»Ja, ja. Und jetzt haut ab! Ich habe hier noch etwas vor.«

Mein Blick schweift zu dem großen Bett, weil mir von dort aus ein Schmunzeln geschenkt wird. Anscheinend hat Alex' Lässigkeit etwas auf ihn abgefärbt.

»Schönes Kleid«, höre ich ihn sagen und nicke dankend.

»Nicht reden! Licht ausschalten!«, Nickis erste Anweisung ging an ihren Übernachtungsgast, die zweite an uns. Alex nimmt meine Hand und knipst das Licht im Schlafzimmer aus, nicht ohne noch einen Ratschlag zum Besten zu geben.

»Verrate Nicki dein Safeword, falscher Stolz führt im schlimmsten Fall zu abgeschossenen Nervenenden – das braucht Jahre, um zu heilen!«, rät er amüsiert und lässt die Tür dann ins Schloss fallen.

Willkommen, Prinzessin!

Alex schafft es, auf der Autobahn zweimal geblitzt zu werden. Wir müssen wieder Zeit gutmachen, deshalb fährt er auch, als würde er gerade für *The Fast and the Furious* gecastet werden.

»Hat dir Nicki Angst vor dem Ball gemacht?«, will er wissen, während er kurz zu mir rüberschielt.

Nein, ich wirke nur so angespannt, weil du 210 km/h fährst.

»Sie hat mir nur ein paar Tipps gegeben – nützliche, denke ich.«

»Zum Beispiel?«

Ich weiß nicht, wieviel ich Alex verraten darf. Dass sie mir gesagt hat, wie sehr er mit dem gesellschaftlichen Druck hadert, behalte ich mal lieber für mich.

»Ich soll eine 2-Jährige im Körper einer freundlich grinsenden Erwachsenen sein. Den Rest erledigst du für mich.«

Alex lacht. »Ja, das kommt hin! Ich öffne Türen für dich und werfe mich über Pfützen, damit du meinen Körper als Brücke verwenden kannst.«

Obwohl er amüsiert klingt, kommt er mir angespannt vor.

»Was muss ich über deine Familie wissen?«, frage ich und versuche, möglichst gelassen zu klingen. Ich will heute nicht nur seine Freundin spielen, sondern auch sowas wie ein Ruhepol für ihn sein. Wir schaukeln diesen Ball schon, schließlich kann ich mich benehmen und bin im Grunde die langweilige, etwas spießige angehende Juristin, die seine Familie erwartet. Oder ich war es mal, bevor ihr Sohn mich auf seine Sex-Partys eingeladen hat.

Das ›langweilig‹ und ›spießig‹ ist aber erst seit kurzer Zeit aus meinem Leben verschwunden. Ich kann das problemlos wieder abrufen und über die Notwendigkeit von Desinfektionsmittelspendern an der Uni diskutieren, als wäre es mir nicht scheißegal.

Unterbumste Leute reiten gerne klugscheißerisch auf Banalitäten herum – eine gewagte Theorie, aber ich war auch mal so, also muss ich es wissen.

Alex seufzt leise. Man merkt, dass er nicht gerne über seine Familienangelegenheiten spricht, aber er muss. Ich würde auch nicht nachhaken, wenn er mich nicht eingeladen hätte. Aber nicht ich habe mich zu seiner Freundin erklärt, sondern er, und wenn ich auf dem Ball mit kompletter Ahnungslosigkeit um mich werfe, wirft das kein gutes Licht auf uns beide.

»Mein Vater war Konzertpianist, arbeitet im Moment eigentlich am Konservatorium, reist aber trotzdem noch gerne durch die Weltgeschichte. Meine Mutter macht … naja.« Er scheint zu überlegen. Entweder macht sie etwas total Abgefahrenes, oder er weiß nicht, welchem Beruf sie nachgeht. »Sie kümmert sich eigentlich um die Stiftungen meines Großvaters. Manchmal malt sie auch oder kauft und renoviert Häuser. Im Grunde ist sie hauptberuflich die Tochter meiner Großeltern.«

Er zuckt auffallend energisch mit den Schultern, so, als wollte er irgendetwas von sich abschütteln.

»Und deine Großeltern?«

Ich hoffe, das Thema bereitet ihm weniger Unbehagen. Es scheint zumindest so.

»Sie haben in den letzten fünfzehn Jahren vor der Pensionierung eine Privatklinik geleitet. Mein Großvater ist Mediziner und meine Großmutter stammt aus einer Unternehmerfamilie.«

Okay, woher das viele Geld kommt, kann ich mir jetzt zusammenreimen.

»Und dein Bruder?« *Mit dem ich nicht reden und den ich nicht ansehen darf, da ich sonst laut Nicki in Tränen ausbreche.*

»Hat Medizin studiert«, antwortet Alex kurz und knapp.

Das enttäuscht mich jetzt. Nicht, weil ich keinen Respekt vor diesem anspruchsvollen Studium und der Berufung dahinter hätte, sondern weil meine Erwartungshaltung eine andere war. Ich dachte, er wäre ein Serienkiller oder zumindest ein Drogendealer.

»Und dich hat das Medizinstudium nie interessiert?«, beginne ich ein wenig Smalltalk, um Alex abzulenken, bevor er noch die 220 auf dem Tachometer vollmacht.

»Na, da hättest du doch schon mal ein furchtbar tolles Thema für den Löwenstein'schen Familienrat! Mit solchen Fragen machst du dich garantiert beliebt.«

Ich starre mit großen Augen auf Alex und dann auf das Armaturenbrett. *Oha.* Diesen giftigen Tonfall kannte ich noch gar nicht. Ich wollte nur plaudern, nicht den Wut-Knopf bei ihm drücken.

»Entschuldige …«, murmelt er einsichtig. Seine finstere Miene wird weich, während ihm seine Überreaktion bewusst wird.

»Das ist ein furchtbar leidiges Thema. Aber das konntest du nicht wissen. Die Arschloch-Antwort tut mir leid.«

Er schüttelt schwach den Kopf. »Entschuldige, Lena«, wiederholt er eindringlich.

»Schon gut. Ich bin nicht empfindlich, was patzige Antworten betrifft.«

Das stimmt. Ich rede selbst manchmal schneller als ich denke und bin irrational vorwurfsvoll. Ich halte das aber auch für menschlich und Alex' Entschuldigung für übertrieben. Er neigt dazu, sich etwas zu oft zu entschuldigen, sobald er mal überreagiert hat, das ist mir schon letztes Wochenende aufgefallen. Theo reagiert dann meistens genervt, wahrscheinlich, weil er das schon oft erlebt hat.

»Dass aus mir kein Arzt wird, ist enttäuschend für meine Großeltern. Das hat sich aber schon relativ früh abgezeichnet, dementsprechend sind sie auch schon erschreckend lange enttäuscht.
Zum Glück gibt es David. Ohne ein Wunderkind in der Familie
würden jetzt all meine Vorfahren unter Panikattacken leiden.«

Die letzten beiden Sätze waren sowas wie schwarzer Humor,
er hat sie zumindest übertrieben und dunkel ausgesprochen. Ich
verstehe den wunden Punkt, den ich vorhin gedrückt habe, langsam. Kinder aus Akademiker-Familien stehen oft unter Erwar-
tungs- und Leistungsdruck. Da fühlt man sich gleich besser,
wenn man die Einzige in seiner Familie ist, die weiß, dass eine
Dissertation nichts mit einem Dessert zu tun hat.

»Man muss nicht unbedingt Arzt werden, um ein kluger, er-
folgreicher Mensch zu sein«, spreche ich meine Gedanken aus
und ernte ein Lachen von Alex.

»Das stimmt, man kann auch Anwältin werden, so wie du«,
scherzt er.

Er grinst zu mir rüber und ich fühle Verlegenheit in mir wachsen. Ich bin niemand, der nur Leute mit Diplom für klug hält.
Eine der schlausten und charismatischsten Menschen, die ich
kenne, ist meine Großmutter, und die hat gerade mal Pflicht-
schulabschluss. Dass sie so viel weiß und so schlagfertig ist, liegt
alleine daran, dass sie ein wissbegieriger, positiver Mensch mit
einer Liebe zum Sarkasmus ist.

»Ich weiß, was du meinst, und ich sehe das auch so. Aber lass
uns das Thema heute Abend trotzdem lieber nicht anschneiden«,
bittet Alex und ich nicke.

»Keine Angst, ich trete keine kontroversen Diskussionen los«,
versichere ich ihm und schaue neugierig aus dem Fenster, weil
der Verkehr plötzlich dichter und die Wagen um uns herum teurer werden.

»Wieso haben sie denn das Parkhaus gesperrt?«, murrt Alex, als er wieder auf die Hauptstraße abbiegen muss. Ich sehe das große, schöne Altbauhaus, in dem sich die Kongresssäle befinden, schon. Das letzte Mal war ich hier, als ich zur Grundschule gegangen bin und uns ein langweiliger Mann bei einer Führung erzählt hat, dass einer der Säle nach einer Prinzessin benannt wurde. Die Erinnerung bringt mich zum Grinsen. Dreizehn Jahre später komme ich als Prinzessin wieder. *Okay, Lena, die vielen teuren Wagen da draußen lassen dich fantasieren …*

Während ich mich lächerlichen Mädchen-Fantasien hingebe, beschallt Alex das Auto mit seinem Seufzen. Ich höre das Klingeln aus der Freisprechanlage.

»Ja?« Wer auch immer sich da meldet, klingt genervt.

»Wieso ist das Parkhaus gesperrt? Wo soll ich denn meinen Wagen abstellen?«

Der Mann am Telefon ist mit ziemlicher Sicherheit sein Bruder, weil er beim genervten Seufzen genau gleich klingt wie Alex.

»Fahr zum Eingang vor. Der Park-Service übernimmt den Rest. Du bist spät dran.«

Alex antwortet nicht, drückt ihn einfach weg und knurrt. »Wir hatten noch nie Park-Service, woher soll ich das denn wissen?«

Beim schwungvollen Abbiegen rammt er beinahe einen schwarzen Audi.

»Ganz ruhig. So spät ist es gar nicht. Du hast gesagt, wir müssen um acht Uhr hier sein – jetzt ist es zehn nach acht. Bei so vielen Menschen fallen zehn Minuten Verspätung doch nicht auf. Sag, es ist meine Schuld, weil du mich zu den Toiletten bringen musstest. Ich bin schließlich zwei und absolut hilflos ohne dich.«

Meine Worte verfehlen die beabsichtigte Wirkung nicht. Alex lacht leise und entspannt sich wieder ein wenig.

Ja genau, ich bin dein Ruhepol … dein Prinzessinnen- Ruhepol!

Als wir vor dem Eingang halten, öffnet ein hübscher junger Mann im Anzug meine Beifahrertür.

»Guten Abend.«

Zum Glück taucht Alex neben mir auf, bevor ich einen Knicks vor dem Park-Service-Typen machen kann. Er bietet mir seinen Arm an, und ich versuche, nicht allzu breit zu grinsen, zumal ich sonst noch für bekifft gehalten werde.

Ein hohes Glastor führt in den Eingangsbereich des Veranstaltungsortes. Die Atmosphäre spendiert mir umgehend einen Gefühlscocktail aus Euphorie, Bewunderung und angenehmer Nervosität. Die hohen Hallen, der schöne helle Marmor und der Blumenschmuck sehen großartig aus. Obwohl der Eingangsbereich noch mit modernen Elementen wie dem Glastor und Deckenspots bestückt ist, wirkt die breite, geteilte Treppe, die hoch in die Säle führt, wie aus einer anderen Zeit.

Alles ist weitläufig, trotzdem tummeln sich bereits hier viele Menschen. Ich bin verdammt froh, dass ich dieses großartige Kleid trage. Die Gäste sind so herausgeputzt, als wäre das der Opernball. Die einzigen Frauen, die schwarze Cocktailkleider tragen, sind tatsächlich die Kellnerinnen. Ich erspähe eine der Damen mit einem Tablett voller Sektgläser im Flur vor den Sälen.

»Dürfte ich Ihre Eintrittskarte sehen?«

Wir werden kurz vor der Treppe von Vin Diesel angesprochen, der scheinbar dafür verantwortlich ist, sicherzustellen, dass sich hier niemand einschleicht, der möglicherweise nur einen Ford Fiesta fährt.

»Alexander Löwenstein plus Begleitung. Ich stehe auf der Liste.«

Vin Diesel im Anzug zückt sein Tablet und schüttelt die Glatze.

»Es tut mir leid. Sie werden hier nicht aufgeführt.«

Ich sehe zu Alex, der kurz davor steht, wieder in den Stress-Modus zu verfallen. Seine Augenbrauen hüpfen regelrecht zusammen, als er den Blick verfinstert.

»Das ist der Ball meiner Großeltern. Löwenstein. Mein Name ist auch Löwenstein. Fällt Ihnen etwas auf?«

Ich will ihn eigentlich beschwichtigen, bevor er Vin Diesel zu einem Autorennen herausfordert, aber noch während ich den Mund aufmache, bleibt jemand vor uns stehen.

»Hat dir deine Oma Hausverbot erteilt? Hast du etwas angestellt, Alexander?«

Ich sehe in ein Gesicht, das ich zum allerersten Mal so perfekt glattrasiert sehe. Er sieht wahnsinnig gut aus, auch wenn ich den Dreitagebart eigentlich liebe. Dass ich so überrascht bin, Theo zu sehen, ist eigentlich dumm von mir. Natürlich ist er hier, ihre Familien kennen sich – gut wahrscheinlich.

»Anscheinend steht mein Name nicht auf der Liste, nur auf dem drei Meter langen Banner über der Tür!«, erklärt Alex genervt. Theo schmunzelt.

»Soll ich deine Mama holen?«, schlägt er vor und klingt gewollt so, als würde er mit einem Kleinkind sprechen. »Sie steht gleich oben vor dem Saal, ich habe gerade erst mit ihr gesprochen.«

Alex knurrt bockig. »Ja, bitte.«

Theo schenkt mir ein schiefes Lächeln, bevor er auf dem Absatz kehrt macht und die Treppe hinauf läuft. Der dunkelblaue Smoking steht ihm so gut, dass meine Libido unter dem Kleid hervorspringen und sich ihm um den Hals werfen möchte. Er ist der Typ für Anzüge, weil sie diesen autoritären Charakterzug, den er zweifelsohne hat, hervorheben. Mir wird mal wieder bewusst, dass ich in ihn verschossen bin. Ich könnte hier problemlos in schmutzigen Fantasien versinken, aber ich muss meine Libido zurück unter das Kleid schieben und sie in der Stelle zwischen meinem Hintern und dem Stoff festpressen – da kommt sie so schnell nicht mehr raus, das ist wie ein Gefängnis.

Jetzt ist der falsche Zeitpunkt, um sich zu wünschen, von Theo schmutzige Anweisungen ins Ohr geknurrt zu bekommen. Ich bin hier, um Alex' Ruhepol zu spielen, nicht die Sex-Sklavin seines besten Freundes.

Ich muss aufhören, meine Entschlüsse mit erotischen Verboten zu rechtfertigen, das macht mich dummerweise heiß.

»Ist doch irgendwie witzig, oder? Du kommst nicht auf deinen eigenen Ball«, sage ich, während ich mich zu ihm drehe und seine Fliege zurechtzupfe. Ich versuche, Alex zu einem Lächeln zu bewegen, aber er sieht quasi durch mich hindurch.

»Komm schon. Es ist doch wunderschön hier. Das wird ein großartiger Abend. Theo ist hier, ich bin hier, wir haben bestimmt Spaß.«

Er fokussiert mich plötzlich und verzieht die Lippen doch zu einem Grinsen. Auf diese Steilvorlage musste er aber auch anspringen.

»Das klingt, als ob du endlich Bock auf einen Dreier haben würdest«, flüstert er mir zu und beißt sich amüsiert angeheizt auf die Unterlippe. »Damit überspringst du aber eine meiner Nachhilfestunden und legst gleich die Prüfung ab.«

Wir grinsen uns an, dürfen aber natürlich trotzdem nicht scharf aufeinander wirken. Wenn ich Alex durch etwas Dirty Talk fröhlicher machen kann, lasse ich die schmutzigen Fantasien gerne wieder zu. So kann er seinen Unmut über Vin Diesel ignorieren.

»Wenn ihr zärtlich zu mir seid …«, flüstere ich zurück und zwinkere ihm zu. Ich kann nur so kokett und cool wirken, weil mir bewusst ist, dass ich heute nie und nimmer meinen ersten Dreier haben werde. Abgesehen davon, dass ich glaube, dass Alex das Risiko, erwischt zu werden, nicht eingehen würde, würden es die beiden selbst mit vereinten Kräften nicht schaffen, mir dieses Kleid über die Hüften zu schieben. Das ist physikalisch absolut unmöglich.

»Ach Lena, du machst mich wirklich …«

»Alexander!«

Alex zuckt mit den Augen, bevor er sich der etwas schrillen Frauenstimme zuwendet, die in der Nähe der Treppe ertönt ist.

»Zack, bum – impotent«, kommentiert er noch leise brummend und wendet sich dann der blonden Frau zu, die auf uns zukommt. Sie trägt ein langes, rotes Kleid mit kleinen funkelnden Steinen darauf.

»Das ist mein Sohn«, ruft Heidi Klum Vin Diesel zu, der uns sofort entschuldigend zunickt.

Ganz schön viel Prominenz hier …

»Wieso stehe ich nicht auf der Liste?«, fragt Alex seine Mutter und macht eine vorwurfsvolle Geste mit den Händen. Sie macht ihrerseits eine auffordernde Handbewegung und winkt uns zu sich. Wir bekommen noch zwei kleine, rote Schleifenanstecker, damit wir ab jetzt rein- und rausgehen können, ohne nochmal über die Liste zu diskutieren.

Während wir auf Alex' Mutter zugehen, versuche ich, möglichst sympathisch und freundlich auszusehen, aber ihr Blick ruht im Moment sowieso nur auf ihrem Sohn.

»Es gab offensichtlich ein Kommunikationsproblem. Löwenstein stand nur einmal auf der Liste, was eigentlich heißen sollte, dass alle Familienmitglieder reingelassen werden. Anscheinend sind die Herren von der Security aber geistig überfordert mit dieser Information. Nachdem dein Vater und ich reingekommen sind, haben sie den Namen abgehakt, und er ist von der Liste verschwunden. Dein Bruder hatte dasselbe Problem. Er musste mich aber nicht rufen, um das aufzuklären.«

Okay. Die Security-Leute als dämlich bezeichnen und Alex vorwerfen, dass sein Bruder schlauer ist – und das in unter einer Minute. Diese Frau ist keine nette, in die Kamera grinsende Heidi Klum, sondern eher so, wie ich mir die Model-Mama hinter den Kulissen vorstelle.

Außerdem: Wie ist David denn bitte reingekommen? Hat er Vin Diesel verprügelt oder sich an ihm vorbeigeschlichen? Alex hat meiner Meinung nach alles richtig gemacht. Ich lächle trotzdem freundlich, weil ich will, dass sie mich mag. *Soziale Normen sind manchmal stumpfsinnig.*

»Naja, jetzt bist du ja hier. Spät«, schiebt sie noch schnell einen Tadel in ihren Satz und beginnt, über Alex' Jackett zu streichen. »Hast du den Anzug in der Reinigung nicht bügeln lassen?«

»Sicher«, entgegnet er und ich kann ihm nicht verübeln, dass er dezent genervt klingt. Natürlich sind da ein paar winzige Falten, aber er saß auch im Auto, wir sind nicht hergeflogen!

»Sie sind Lena?« Dass sie mich plötzlich anspricht, obwohl sie eigentlich noch am Smoking ihres Sohnes herumzupft, macht mich nervös.

Gott im Himmel, bin ich froh, dass ich dieses Cocktailkleid nicht trage! Das mit dem Erschießungskommando wäre noch der mildeste Tod gewesen, den ich sterben hätte können!

»Ja. Lena Relisch, freut mich.«

Ich strecke ihr meine Hand entgegen, die in der Luft hängen bleibt, während sie mich mustert.

Hilfe? Soll ich die Hand wieder runternehmen?! Bloß nicht aufhören zu lächeln, Lena, du stehst diesen absurd merkwürdigen Moment durch! Er kann nicht ewig dauern!

»Erika Löwenstein«, stellt sie sich endlich vor und nickt kurz mit dem Kopf. Jetzt muss ich die Hand wieder runternehmen, ungeschüttelt. Schüttelt man als Frau keine Hände auf Bällen?

Adolph Knigge muss doch hier auch irgendwo herumlaufen, oder?

»Begrüß die Freundinnen deiner Großmutter, bevor du in den Saal gehst. Sonst gibt es wieder dasselbe Theater wie letztes Jahr«, weist sie Alex noch an, bevor sie sich umdreht und auf eine Frau in einem unglaublich hässlichen bunten Kleid zuhält. Ich denke zuerst, sie kritisiert sie für diese Modesünde tot, aber sie geben sich Küsschen und machen sich gegenseitig Komplimente.

Ich fühle eine Hand auf meiner Schulter, die sanften Druck ausübt, und mich dazu bringt, mich wieder in Bewegung zu setzen. Als ich zu Alex blicke, zuckt er mit den Schultern.

»Und du hast gedacht, ich bedanke mich zu übertrieben für deine Zusage, mich zu begleiten«, unterstellt er mir amüsiert. »Das beißende Unbehagen, das gerade in dir hochsteigt, nenne ich übrigens unsere ›Familienwärme‹.« Er grinst. »Willkommen in meiner Welt.«

Östrogen-
Überdosis

Alex bietet mir seinen Arm an, und ich hake mich ein. Etwas paralysiert stöckle ich neben ihm her, da mich das Zusammentreffen mit seiner Mutter verunsichert hat. Vielleicht strapaziert diese Veranstaltung ihre Nerven und sie ist nicht immer so – mir fällt kein anderes Wort ein – unsympathisch.

Ich versuche, mich wieder auf das Ambiente zu konzentrieren. Es ist nach wie vor wunderschön hier. Wir schreiten gerade die breite Treppe nach oben, unter uns ein dunkelroter Teppich, über uns eine malerische Glaskuppel.

Alex nickt jedem, dem wir begegnen, freundlich zu und wird dabei von vielen Augenpaaren verliebt angestarrt. Langsam beginne ich, mich wieder wie eine Prinzessin zu fühlen. Eine etwas verwirrte Prinzessin, die gerade ein merkwürdiges Nicht-Händeschütteln hinter sich hat, aber immerhin.

Wir kommen im breiten Flur vor dem Saal an, und mein Prinz winkt eine der Kellnerinnen heran. Er greift sich zwei Gläser Sekt oder Champagner – ich kann das nicht unterscheiden – und sieht das Mädchen im Cocktailkleid eindringlich an.

»Bleib in der Nähe«, flüstert er ihr zu und sie nickt verliebt grinsend. Dass der schöne junge Mann im Smoking das nur zu ihr sagt, weil sie Alkohol herumträgt, streicht sie wahrscheinlich aus ihrem Tagtraum.

Alex reicht mir eines der Gläser und prostet mir zu.

»Hilft gegen das Brennen in der Seele und den Drang, sich über das Geländer zu stürzen.«

Schwarzer Humor wirkt in unangenehmen Situationen wie Medizin. Dass Alex davon zehrt, kommt mir vernünftig vor. Ich würde es nicht anders machen.

»Ich entschuldige mich vorläufig nicht für meine Mutter, sonst hörst du den ganzen Abend nur noch denselben Satz von mir. Am Ende gibt's ein pauschales ›Verzeih mir bitte‹ für die ganze Familie und Verhandlungen darüber, was ich dir für diesen Abend schulde. Wahrscheinlich ein Haus. Wohnst du lieber in der Stadt oder auf dem Land?«

Das Schmunzeln tut gut, es lockert die Stimmung auf, aber hier läuft trotzdem etwas falsch. Alex soll nicht mich unterhalten, ich bin hier, weil ich ihm beistehen wollte und das ziehe ich auch durch.

»Das hier ist mit Abstand der schönste Veranstaltungsraum, in dem ich jemals war, und die Leute hier zu beobachten, ist spannender als jede Seifenoper. Du musst dich für gar nichts entschuldigen, ich finde es klasse.«

Er mustert mich ungläubig, aber ich lüge nur ein bisschen. Im Grunde finde ich es wirklich spannend und schön. Dass ich Angst davor habe, nochmal so eine sozial unbehagliche Begegnung wie mit seiner Mutter zu haben, muss er nicht wissen.

»Mit wem ist Theo eigentlich hier?«, frage ich und lasse meinen Blick über die Gäste schweifen. Ich entdecke ihn leider nicht mehr, aber es ist auch ziemlich voll. Alex leert sein Glas und die verliebte Kellnerin fliegt sofort zu uns.

»Ich weiß nicht, wen er gefragt hat. Wahrscheinlich hat er es mir sogar gesagt, aber ich habe es vergessen.«

Dass das Alex nicht so wichtig ist wie mir, liegt auf der Hand. Im Grunde ist es aber egal, wer seine Begleitung ist, ich bin schließlich auch mit jemand anderem hier.

Mann, bin ich heute gut darin, mir selbst etwas vorzulügen …

Alex leert das zweite Glas Sekt in beachtlicher Geschwindigkeit und seufzt leise. »Auf in den Kampf.«

Ich vermute, dass das heißt, dass wir uns gleich unter die Leute mischen und Smalltalk machen werden. Die Kellnerin will uns hinterher kommen, da sie sieht, dass Alex' Glas wieder leer ist, aber ich winke sie weg. Ich soll aufpassen, dass er nicht zu viel trinkt, und alles, was mehr als der viertel Liter Sekt wäre, den er sich schon zu Gemüte geführt hat, wäre für die ersten zehn Minuten definitiv zu viel.

Die Gespräche sind oberflächlich nett und mit mehr oder weniger subtiler Neugierde gespickt – alle. Nach dem dritten Mal fühlt es sich so an, als wären wir in einer Zeitschleife gefangen.

Alex wird gefragt, ob ihm das Studium gefällt, wie lange wir schon zusammen sind und ob wir eine Hochzeit im Sommer einer im Frühling vorziehen. Ich werde dabei größtenteils ignoriert, weil ich wohl nur so etwas wie Dekoration mit einem Puls bin.

Kaum machen wir ein paar Schritte von dem älteren Ehepaar weg hin zu drei Botox-Frauen, geht es wieder los. Wie gefällt dir das Studium? Wie lange seid ihr schon zusammen? *Und täglich grüßt das Murmeltier …*

Während ich versuche, nicht zu amüsiert schockiert auszusehen, wenn die Frau mit den Schlauchbootlippen lacht, entdecke ich einen dunkelblauen Smoking und ein wunderschönes Profil. Theo steht zehn Meter entfernt und grinst süffisant. Ich will sehen, mit wem er sich gerade unterhält und wer ihm diesen koketten Ausdruck aufs Gesicht zaubert, aber da steht ein absurd dicker Mann im Weg, der mir die Sicht auf seine Begleitung versperrt.

Ein kurzer Blick zu Alex verrät mir, dass er Theo auch entdeckt hat. Während sich die Botox-Schwestern darin übertrumpfen, Alex möglichst beiläufig und doch stetig anzutatschen, versucht er, Blickkontakt mit Theo zu bekommen. Ohne jemanden, der uns rettet, würden wir hier wahrscheinlich den ganzen Abend stehen.

Es entbrennt eine Diskussion darüber, welcher der Löwenstein Brüder seinem Vater am ähnlichsten sieht. Alex hält sich die Hand vor den Mund und beginnt zu husten. Er hat sich nicht am Sekt verschluckt, das ist sowas wie ein Hilferuf. Theo dreht den Kopf auch tatsächlich in unsere Richtung. Er sieht sich ein paar Sekunden grinsend an, wie wir das Geschwätz abnicken, und setzt sich dann in Bewegung.

Der dicke Mann macht auch endlich einen Schritt zur Seite, und ich kann mir das Mädchen ansehen, das Theo stehenlässt, um zu uns zu kommen. Sie hat mir leider den Rücken zugedreht, als sie im Saal verschwindet. Ich erkenne nur, dass sie blond ist und ein pastellblaues Kleid trägt. Vielleicht war das auch seine Schwester.

»Darf ich stören?«

Ich liebe seine Stimme, auch wenn sie dunkel und raunend noch schöner klingt als aufgesetzt freundlich.

Paris Hiltons Großtanten drehen sich nach Theo um und sehen sofort die Gelegenheit, ihre Krallen in den nächsten hübschen Mann zu schlagen.

Pass bloß auf, wo du deine Hände platzierst, Schlauchlippen-Frau!

»Der junge Lorenz-Herbst«, säuselt die Dame mit den langen, tiefroten Nägeln. »Sie sehen Ihrem Vater aber auch zum Verwechseln ähnlich.«

Theo schmunzelt schwach und nickt einmal, ehe er sich Alex und mir zuwendet. »Darf ich euch kurz entführen?«

Ich muss aufpassen, nicht ins Schmachten zu geraten. Von Theo entführt zu werden, war mal einer meiner Sexträume.

»Natürlich. Lassen wir die jungen Leute frei, wir halten Sie schon viel zu lange auf«, sagt eine der Damen, woraufhin die anderen beiden sie kurz anfunkeln, weil sie sich selbst noch für Mitte zwanzig halten – seit zwanzig Jahren.

»Hat mich gefreut«, versichert Alex glaubwürdig und es liegt jetzt für mich auf der Hand, warum er so gut flunkern kann. Lügen ist in seiner Welt überlebensnotwendig, außer man flirtet gerne mit Menschen, die die Eltern der eigenen Eltern sein könnten.

Wir stellen uns ein wenig abseits des Trubels in die Nähe der Catering-Räume. Hier hat man einen guten Überblick, ist aber außer Hörweite. Ein hervorragendes Versteck, ich vermute, wir bleiben eine Zeit lang hier.

Kaum stehen wir, reißt Theo Alex das Sektglas aus der Hand und trinkt es leer.

»Ich hasse es manchmal, dich zu kennen«, knurrt er vorwurfsvoll.

»Du siehst deinem Vater nicht ähnlich – kein Stück«, entgegnet Alex, für mich unzusammenhängend, aber Theo legt die finstere Miene ab. Die beiden wissen, wann sie welche Knöpfe beim anderen drücken müssen. Mir wäre nicht aufgefallen, dass sich Theo an diesem Statement gestört hat. Er schüttelt den Kopf.

»Wie konntest du dich nur von den *Golden Girls* einfangen lassen? Absoluter Anfängerfehler. Sei froh, dass du Lena im Schlepptau hast, sonst hättest du drei Hände am Hintern gehabt.«

Alex zuckt lachend mit den Schultern und ich verziehe das Gesicht.

»Grapschen die euch wirklich an?«, will ich wissen und halte mein Glas etwas fester, weil ich schon sehe, wie Alex es mit dem Blick fokussiert.

»Du hast ja keine Ahnung, wie es ist, wenn dich alte, reiche Ladys wie ein Stück Fleisch behandeln«, meint Alex gespielt theatralisch und greift nach meinem Glas. Ich gebe es ihm, aber nur, weil er gerade wie ein armer Junge klingt, dem schon zu oft von alten Frauen auf den Hintern getatscht wurde.

»Das Geschwafel ist schlimmer«, meint Theo und hebt im nächsten Moment die Hand, um auf sich aufmerksam zu machen. Mein Blick folgt seinem und ich entdecke das blonde Mädchen, das auf uns zuhält. Groß, schlank, hübsch – sie sieht Jula zum Verwechseln ähnlich.

»Hey.«

Okay, es ist Jula. Es hat etwas gedauert, sie zu erkennen, da ich sie bisher noch nie so auffällig geschminkt gesehen habe. Die dunklen Augen stehen ihr unheimlich gut. Sie zwinkert damit.

»Ihr seht schick aus«, sagt sie mit dieser etwas rauen, melodischen Stimme und stellt sich zu Theo. Als Begleitung ist sie eine hervorragende Wahl. Eine junge, gertenschlanke angehende Ärztin mit Haaren aus einer Shampoo-Werbung. Ihre Hand hätte Heidi Klum wahrscheinlich nicht in der Luft hängen lassen.

»Hat Theo dich gezwungen, dir unseren Ball anzutun?«, fragt Alex.

»Ja, ich habe sie an derselben unsichtbaren Leine her geschleift wie du Lena«, entgegnet Theo und zieht die Brauen nach oben.

Jula schüttelt den Kopf. »Stellt euch nicht so an. Das hier ist doch kein Folterkeller. Ich bin gerne hier.«

»Und ich wäre lieber mit dir in einem Folterkeller. Einigen wir uns darauf?«, fragt Theo und schenkt Jula Blicke, die mich eifersüchtig machen könnten. Ich habe meine Gefühle aber unter Kontrolle. Ich bin froh, dass es Jula ist und keine Fremde. Wir sind wohl sowas wie eine Clique, in der jeder die wichtigste und eigentlich einzige Regel kennt. Ohne Liebe kommt so etwas wie Eifersucht nicht auf. Alex hat da ein großartiges Konzept geschaffen. Vollkommen risiko- und fehlerlos ist das Ganze aber natürlich nicht. *No risk, no fun …*

Alex stellt die leeren Sektgläser auf einen Servierwagen und wendete sich Theo zu. »Kommst du kurz mit auf die Toilette?«

»Soll ich dir beim Halten helfen, oder was?«, tönt Theo sarkastisch. Alex nickt. »Ja, bitte. Wenn ich mir einen Bruch hebe, wäre der tolle Abend viel zu schnell vorbei.«

»Du wirst von Jahr zu Jahr seltsamer, Löwenstein«, murrt Theo und setzt sich dann doch in Bewegung.

»Wir sind gleich wieder hier«, versichert Alex, bevor sie verschwinden.

Ich bleibe mit Jula im Abseits, weil man von hier aus gefahrlos die Leute beobachten kann.

»Hast du Alex' Familie schon kennengelernt?«, will sie wissen und steckt mir eine rebellische Haarsträhne fest.

»Nur seine Mutter. Aber ich kenne seine Großeltern von unserem Wochenende im Wald.«

»Ja, Theo hat mir erzählt, dass du Alex' Freundin spielst.«

Jula schmunzelt. »Das stört ihn.«

»Theo?«, frage ich erstaunt. Sie nickt. »Ja. Überrascht dich das? Immer noch?«

Mein Blick wird etwas strenger, so, als ob ich nicht nachvollziehen könnte, was sie mir vorwirft. Sie winkt sofort ab. »Schon gut. Das Thema hatten wir schon, ich weiß. Du bist aber nicht sauer, dass ich mit ihm hier bin, oder?«

»Wieso sollte mich das sauer machen? Ich bin mit Alex hier und ich spiele gerne seine Freundin, wenn es ihm Stress erspart. Seine Familie ist offensichtlich ziemlich fordernd, aber spannend.«

Ein Themenwechsel erscheint mir sinnvoll. Ich mag Jula, aber das letzte Mal, als wir über Theo und mich gesprochen haben, ging das auch nicht gut aus.

»Auf seinen Bruder bin ich gespannt. Hast du ihn schon gesehen?«

Jula nickt. »Ja, ich kenne David vom Studium. Außerdem steht er gleich da drüben.«

Mein Blick schnellt ihrem sofort hinterher. Vor dem Eingang zum Saal stehen vier Männer. Der Asiat fällt schon mal weg. Der Opa mit dem Monokel auch. Bleiben nur noch der absurd dicke Herr, der Jula vorhin verdeckt hat, oder das blonde Frauen-Aphrodisiakum mit dem Filmstar-Gesicht. *Hmm ... schwierig. Denk nach, Lena.*

»Wie ist er so?«, frage ich leise, obwohl uns hier sowieso niemand hören kann. Mein Blick bleibt an dem schönen großen Mann mit den blonden Haaren haften.

»Ich kann dir nicht viel über ihn sagen. Er hat letztes Jahr seinen Doktor gemacht, und davor habe ich ihn nur ab und an in der Fakultät gesehen. Ich kenne nur ein paar Gerüchte. Angeblich ist er ziemlich verschlossen und arrogant, aber das kommt von Kommilitoninnen, die er abblitzen hat lassen und in ihrer Eitelkeit verletzte Frauen sind nicht immer zuverlässige Quellen.«

Während Jula mir das erzählt, schweift mein Blick zu dem kleinen Mädchen, das gerade auf die Nase gefallen ist und sofort in Tränen ausbricht. Die Kleine ist maximal drei, ein Winzling und das Tüllkleid, das sie trägt, ist die reinste Stolperfalle. Ich will mich gedanklich darüber aufregen, dass manche Leute ihre Kinder wie Puppen behandeln, aber ich kann nicht, weil in meiner Gefühlswelt gerade etwas Merkwürdiges passiert. Dieser natürlich verankerte Mutterinstinkt, den schluchzende Kinder in

Frauen hervorrufen, vermengt sich mit einem Gefühl, das ursprünglich dafür verantwortlich war, dass wir Kinder zeugen wollen.

David hat sich nach der Kleinen umgedreht und ist vor ihr in die Knie gegangen. Er schmunzelt freundlich, während er auf sie einredet und sich ihren Arm ansieht.

Ein atemberaubend schöner Mann, der eine winzig kleine Kinderhand hält und das Schluchzen mit netten Worten wegredet. *Östrogen-Überdosis!*

»Ähm, was sagtest du von wegen arrogant und verschlossen …«, murmle ich, ohne den Blick von dem herzerwärmenden Szenario zu lösen. Jula lacht, weil sie klarerweise auch hinsieht.

»Wie gesagt, nur Gerüchte. Er hat sein Privatleben ziemlich bedeckt gehalten, ich nehme an, sein Freundeskreis besteht hauptsächlich aus Leuten aus seiner Internatszeit oder eben Nicht-Medizinern. Auf der Uni war er ein Einzelgänger, aber das will nichts heißen. Alex wirkt wahrscheinlich auf manche auch unnahbar.«

Ich nicke ihre Worte ab und schmelze im nächsten Moment dahin, zumal die Kleine ihm einen Kuss auf die Wange drückt.

»Aber sie verstehen sich nicht sonderlich gut.«

Ich überhöre Julas letzten Satz beinahe, weil das Östrogen so laut in mir rauscht.

Ja, ich weiß, dass Alex und David kein gutes Verhältnis haben. Ich weiß, dass Theo ihn auch nicht leiden kann und dass selbst Nicki ihn für den Teufel hält, aber das ändert auch nichts daran, dass ich einem abartig schönen Mann dabei zusehe, wie sein Lächeln ein kleines Mädchen verzaubert. Ich grinse, als wäre ich dieses kleine Mädchen.

»Wo starrt ihr denn so tranceartig hin?«

Alex' Frage reißt mich aus meiner Schwärmerei und treibt sofort meinen Puls hoch. Er und Theo sind wieder aufgetaucht.

Wenn sie herausfinden, dass wir David angeschmachtet haben, tauchen hier bestimmt die apokalyptischen Reiter auf, und wir brennen alle im Höllenfeuer.

»Der adipöse Mann fasziniert uns«, behauptet Jula trocken und zuckt mit den Schultern. Anscheinend kann hier jeder außer mir lügen wie Leonardo DiCaprio in *Catch me if you can.*

»Habt ihr Vorlieben, von denen wir nichts wissen?«, fragt Theo und mustert uns amüsiert ungläubig.

»Ja. Nimmst du für uns fünfzig Kilo zu?«, will Jula wissen.

Er schüttelt den Kopf. »Nein. Frag Alex, der nascht gerne.«

Wir sehen alle, wie sich die Miene unseres Löwen verfinstert. Witze über sein Gewicht sind verboten – Theo weiß das besser als ich, trotzdem stichelt er.

»Du wiegst mit Sicherheit nicht weniger als ich«, entgegnet Alex eingeschnappt.

Theo bringt bestimmt ein paar Kilo mehr auf die Waage, er ist auch größer und eine Nuance muskulöser.

»Das habe ich auch nicht behauptet. Nur, dass du viel lieber Schokolade und Kekse in dich reinstopfst als ich. Dass du dafür dann zum Ausgleich wochenlang hungerst, dafür kann niemand etwas.«

»Du bist ein Arschloch, wieso sind wir eigentlich befreundet?«

»Du bist eine Diva mit Essstörungen, ich frage mich dasselbe.«

Mir ist nicht neu, dass sie aufeinander herumhacken. Ihre Freundschaft hält das aus, sie brauchen das wahrscheinlich sogar ab und an, aber sich hier aufzustacheln, ist dämlich.

Habt ihr euch auf der Toilette gezankt oder warum seid ihr so streit-lustig?

»Du hast den schärfsten Körper der Welt«, versichere ich Alex schmunzelnd, richte seine Fliege und drücke ihm einen Kuss auf die Wange.

Seine Mutter hat vorhin schon zur Genüge an ihm herumkritisiert. Er ist heute sowieso dünnhäutig.

Als er mich anlächelt, geht das Licht plötzlich aus und gleich
darauf wieder an. Ich starre fragend an die Decke. Niemand
muss das sonst tun, weil alle wissen, was gleich passiert. Nur ich
und das dreijährige Mädchen sind verwirrt.

Alex greift seufzend meine Hand.

»Es geht los. Wir müssen in den Saal.«

Was stimmt bei euch bloß nicht?!

Heller Parkettboden, eine hohe, stuckverzierte Decke und glitzernde Kronleuchter, die gedimmtes Licht verströmen. Dieser Saal ist der absolute Wahnsinn. Die Tanzfläche trennt die aufwändig gedeckten Tische von der Bühne, auf der das Streichorchester spielt.

»Huste, wenn du mich brauchst«, sagt Theo noch schief grinsend zu Alex, bevor sich unsere Wege trennen. Ihr Tisch ist weiter hinten, zu weit weg, um einen Blick auf seine Familie zu erhaschen. *Schade ...*

Meine Neugierde verflüchtig sich, weil sie von nervositätsbedingtem Unbehagen in die Knie gezwungen wird. Als wir geradeaus weitergehen, wird mir bewusst, dass unser Tisch in vorderster Reihe steht. Natürlich, alles andere wäre auch merkwürdig. Die Löwensteins sitzen vorne, sie sind schließlich auch die Gastgeber. Ich fühle mich aber nicht wie ein Löwe, nicht mal wie ein Kätzchen, eher wie ein Waschbär. Wir gehören nicht derselben Spezies an. Hoffentlich fressen sie mich nicht.

Ich entdecke Alex' Großeltern und obwohl ich in Erinnerung habe, dass sie einschüchternd heroisch aussehen, strahlen sie in Abendgarderobe noch mehr Autorität aus. Sie sitzen bereits, ihnen gegenüber Alex' Mutter. Neben ihr ist ein Platz frei, wahrscheinlich für ihren Mann. Die restlichen vier Stühle sind für Alex, David, das Kätzchen, das er wahrscheinlich im Schlepptau hat, und den Waschbären.

Alex kündigt unser Auftauchen mit einem einfachen »Hallo« an und beugt sich zu seiner Großmutter. »Ein großartiger Ball, du übertriffst dich von Jahr zu Jahr selbst, Oma.«

Sie tätschelt ihm kurz die Wange und schmunzelt. »Danke, Alexander.«

»Ihr erinnert euch an Lena?« Ich nicke freundlich und meine Hand zuckt auffällig, weil ich sie beinahe schon wieder ausgestreckt hätte. *Bloß nicht! Oder doch?!* Alex gibt seinem Großvater die Hand und die Verwirrung ist perfekt.

»Guten Abend.« Meine Stimme ist mindestens eine Oktave höher als gewöhnlich. Ich kann mich einfach nicht entscheiden. *Hand hoch?! Unten lassen?!*

»Der Ball ist wunderschön, vielen Dank für die Einladung.« Ich neige den Kopf, da ich mich anscheinend dazu entschieden habe, das ganze asiatisch anzugehen. Das war sowas wie eine kleine, unterwürfige Verbeugung.

Wirkt das nobel oder dämlich? Es erschien mir passend, weil eine Verbeugung nicht von Gegenübern sabotiert werden kann. Außer man knallt mit den Köpfen zusammen, aber Alex' Großeltern verbeugen sich natürlich nicht vor mir.

»Schön, dass es Ihnen gefällt, meine Liebe«, entgegnet seine Großmutter und lässt ihren prüfenden Blick einmal über mich schweifen.

»Das Kleid steht Ihnen ungemein. Von Chanel?«

Nein, von dem Flittchen, mit dem Ihr Alexander seine Sex-Partys ins Leben gerufen hat.

»Ja. Vielen Dank.«

Ich habe keine Ahnung, ob das ein Chanel-Kleid ist, aber das kann ich nicht zugeben. Jetzt fange ich auch noch an zu lügen – das ist ansteckend!

Hinter uns taucht jemand auf. Ich drehe den Kopf und versuche, nicht zu starren, weil Doktor David Löwenstein aus der

Nähe einfach umwerfend ist. Er hat ein schwarzhaariges Mädchen am Arm, das auch ein goldenes Kleid trägt. Sie erinnert mich an Kleopatra, wäre Kleopatra ein großes, dünnes Laufstegmodel.

Ich warte darauf, dass Alex uns vorstellt, aber er sagt nichts, legt mir nur die Hand auf den Rücken und gibt mir einen Impuls, damit ich mich in Bewegung setze. Okay, wir reden wirklich nicht mit David, aber fällt das nicht auf? Nein, schließlich könnten wir uns auch schon draußen unterhalten haben. Die beiden haben das Begrüßen ganz offensichtlich allgemein schon hinter sich, denn die Schwarzhaarige muss sich auch bei der Familie nicht vorstellen, sie lächelt nur in die Runde.

Ich gehe zu dem freien Stuhl am Tischende und will ihn herausziehen. Alex hält mein Handgelenk fest. Ich drehe mich nach ihm um und schenke ihm möglichst unauffällig fragende Blicke. *Ich dachte, ich soll mich setzen?*

Er macht große Augen, was mir wahrscheinlich irgendetwas sagen soll, aber ich weiß nicht was. Er sieht zu dem Stuhl und zu mir. *Ja, ich weiß! Ich soll mich setzen! Lass mich doch los!*

Ich nehme die linke Hand, um den Stuhl herauszuziehen, was mir nicht ohne einen gewissen Geräuschpegel gelingt, da ich mit der linken Hand nicht mal Suppe essen kann. Alex greift auch nach dem Stuhl, der beinahe kippt und zieht ihn weiter heraus. Als er eine richtungsweisende Geste macht und mich auffordernd ansieht, wird mir klar, was er wollte.

Ich sehe peinlich berührt auf die andere Seite des Tisches, wo David seiner Begleitung den Stuhl ohne Kampf und Geräusche zurechtrücken durfte. Ich hatte kurz vergessen, dass ich eine hilflose 2-Jährige sein soll.

»Danke …«, piepse ich Alex leise entgegen. Zum Glück haben seine Großeltern und seine Mutter unser kleines Ringen um Höflichkeiten nicht mitbekommen.

Als ich mich setze, knirscht es und ich reiße die Augen erschrocken auf. Ist das Kleid gerade gerissen?! Wenn mein Kleid gerissen ist, lege ich hier Feuer! Nichts anderes würde diese Peinlichkeit überschatten!

Während ich so tue, als ob ich den Stoff glattstreifen will, aber in Wirklichkeit über meinen Hintern fahre, weil ich fühlen möchte, ob etwas freiliegt, trifft mich Davids Blick. Er und seine Begleitung sitzen mir und Alex gegenüber. Ich versuche, ihn nicht zu schockiert anzustarren, während ich feststelle, dass der Stoff zum Glück noch heil ist.

Alles gut, ich muss den Saal nicht abfackeln und kann mich auf die leuchtend grünen Augen konzentrieren.

Sein Blick ist nichtssagend, aber selbst mit dieser neutralen Miene sieht er malerisch aus.

»Hallo.« Ich kann mir den Gruß nicht verkneifen, genauso wenig wie das Lächeln.

»Hallo«, entgegnet er und blickt dann nach vorne zur Bühne, weil die Musik plötzlich verstummt ist. Das Licht wird gedimmt, aber ich sehe noch, dass mich Kleopatra mit hochgezogener Augenbraue mustert.

Ich lächle auch sie an und sie lächelt sogar zurück, allerdings anders. Man kann auf viele Arten mit den Lippen zucken, die Facetten reichen von banaler Höflichkeit über aufgesetztes Wohlwollen bis hin zu ›Leck mich am Arsch.‹ Ihr Lächeln fiel wohl eher in den letzten Bereich.

Als das Klavierspiel ertönt, verstummt der gesamte Saal. Ich lasse den Blick auf die Bühne schweifen und entdecke den schlanken, blonden Mann, der diesem Instrument so viele Töne auf einmal entlockt, als hätte er vier Hände. Das ist mit an Sicherheit grenzender Wahrscheinlichkeit Alex' Vater und er ist ein absolut begnadeter, genialer Pianist.

Er spielt so etwas wie ein Medley, ich höre Mozart heraus, den Rest kann ich nicht benennen, da ich mit klassischer Musik nicht viel am Hut habe. Was ich trotzdem sagen kann, ist, dass das gänsehauterregend großartig klingt. Ich könnte ihm stundenlang zuhören, da die Klänge beflügelnd und beruhigend zugleich sind. Die Familie Löwenstein ist natürlich an dieses Talent gewöhnt. Alex sieht genauso emotionslos nach vorne wie David. Mir fällt bei dieser Gelegenheit auf, dass sie sich sehr ähnlich sehen. Die Mundpartie ist exakt dieselbe, ihre Lippen vor allem. Mein Böser-Mädchen-Verstand will einen frivolen Schluss daraus ziehen. Es gibt da etwas, das Alex besonders gut kann, und das ich gedanklich gerade auch David unterstelle.

Ob Kleopatra seine Freundin ist? Oder nur eine der Frauen aus seiner ›Wer sich verliebt, fliegt‹-Clique? Ist sie auch ein Waschbär? Hat sich Alex die Sache mit den Sex-Partys vielleicht von David abgekuckt? Fragen über Fragen. Antworten bekomme ich aber keine. Ich soll ja nicht mal mit ihm Smalltalk führen.

Der Applaus setzt ein und alle stehen auf. Der Klavierspieler verbeugt sich und schmunzelt selbstbewusst in die Menge, bevor er die Bühne verlässt und auf unseren Tisch zukommt. Der beschwingte Gang lässt ihn ziemlich jung wirken. Erst als er neben seiner Frau stehenbleibt, kaufe ich ihm irgendwie ab, dass er Alex' Vater sein könnte. Aber wie alt war er, als David auf die Welt gekommen ist? Fünfzehn?

»Großartig. Danke, Christian«, lobt sein Schwiegervater.

»Sehr schön, aber deine Gage fließt in den Spendentopf«, erklärt Oma Löwenstein. Alex' Vater winkt schmunzelnd ab.

»Ich spiele auch gerne für Luft und Liebe, aber gegen ein paar Appetithäppchen hätte ich nichts einzuwenden.«

»Das Essen kommt gleich«, versichert seine Frau und fängt an, über seinen Smoking zu wischen. Wahrscheinlich bekommt er auch gleich vorgeworfen, dass er sich beim Klavierspielen hingesetzt hat. Sie will wirklich etwas sagen, aber er kommt ihr zuvor.

»Hör bitte auf, an mir herumzuwischen, Erika«, sagt er in einem halb genervten, halb amüsierten Tonfall und greift sich ihr Handgelenk. Sie funkelt ihn nur so lange wütend an, bis er ihr einen Kuss auf den Handrücken haucht und dann irgendetwas flüstert. Das mit dem Charmeversprühen hat Alex zweifelsohne von seinem Vater.

»War das unser Sonntags-Lied zwischen Schubert und Chopin?«, fragt Alex und strahlt wie ein kleiner Junge.

»Ja, ich dachte, das würde außer euch beiden niemand heraushören, und es war ein schöner Übergang.«

David schmunzelt seinen Vater auch an. Ein unheimlich süßes Bild. Anscheinend hat er eine Eigenkomposition unter das Klassik-Medley geschmuggelt, die er für seine Jungs geschrieben hat.

»Wir kennen uns noch nicht.«

Die Feststellung gilt mir. Der talentierte Musiker macht etwas, das mich überrascht, aber angenehm. Er streckt mir die Hand entgegen.

»Christian Löwenstein.«

»Lena Relisch. Freut mich sehr. Sie spielen großartig. Ich könnte Ihnen stundenlang zuhören.«

Er lacht. »Behaupten Sie das nicht so leichtfertig. David und Alexander können Ihnen ausführlich von den Schädigungen ständiger Klavierbeschallung berichten. Ich glaube, sie können keine Fis-Töne mehr hören, seit sie fünf sind.«

Ich bin beeindruckt und glücklich. Ein freundlicher, gesprächiger, witziger Löwenstein, der mir keine Angst macht. Ich dachte, Alex wäre das Einhorn seiner Familie.

Die Kellner schwärmen aus, und das Essen wird serviert. Hätte ich Hunger, wäre ich enttäuscht, weil die Portionen winzig sind.

Das kleine Etwas sieht schick aus, aber eher wie ein Kunstwerk in Form eines Klecks, nicht wie Essen.

Ich kann auch nicht sagen, was ich da mit der Gabel aufspieße. Es ist rosa und in dünne Scheiben geschnitten. Ist das Lachs?

Oh mein Gott, es ist kein Lachs! Außer, der Fisch wurde in richtig ekelhafte Säure eingelegt. Ich hatte noch nie einen so widerwärtigen Geschmack im Mund, und ich habe schon mal an Klebstoff geleckt.

Zu allem Überfluss ist das Zeug auch noch so scharf, dass meine Zunge taub wird. Was stimmt denn bitte mit reichen Leuten nicht? Sterben die Geschmacksnerven ab, wenn man zu oft einen Fünfhundert-Euro-Schein in der Hand hat?

Mein Blick schweift auf den Teller gegenüber. Ich sehe David verstohlen an, der mir einen kurzen Blick schenkt und dann demonstrativ langsam mit der Gabel ein kleines Stückchen von dem Säure-Fisch aufspießt und ihn mit dem weißen Zeug am Rand des Tellers vermengt. Ich mache es ihm nach. So schmeckt es deutlich erträglicher. Die weiße Masse neutralisiert die Schärfe.

Ich würde ihm furchtbar gerne ein ›Danke‹ für die Demonstration zuhauchen, aber Löwen mögen es nicht, wenn man sich bei ihnen bedankt und seine Begleitung würde mich dafür wahrscheinlich mit dem nächsten Gang bewerfen. Ihre finsteren Blicke sprechen Bände. Natürlich schenkt sie die nur mir, sobald sie mit den anderen spricht, wird ihre Miene freundlich und weich.

Drei seltsame Klecks-Teller später kommt endlich der Nachtisch. Ein Glas mit Schokoladenmousse – großartig! Das kennt mein Mund. Zu meiner Überraschung wird das Dessert von den meisten am Tisch stehengelassen. Von mir sicher nicht und auch Alex ist ein Naschkätzchen.

»Isst du das nicht mehr?«, fragt er und fixiert das Glas, das Kleopatra nicht angerührt hat. Sie schüttelt den Kopf.

»Nein, aber du auch nicht.«

Alex greift trotzdem danach. Die beiden müssen sich schon länger kennen, zumal sie so salopp miteinander umspringen.

»400 Kalorien aus Zucker und Fett, lass es dir schmecken«, meint sie sarkastisch, da sie ihm das Glas nicht aus der Hand reißen kann. *Blöde Kuh ...*

»Danke!«, giftet Alex zurück und zieht damit die Aufmerksamkeit seiner Mutter auf sich.

»Reiß dich zusammen, Alexander«, sagt sie, warum auch immer. Sie sieht ihn an, als hätte er sich zehn Gläser bestellt und würde sich gerade alle über den Kopf gießen.

Mein Gott, lasst ihn doch dieses blöde Schokoladenmousse essen!

Er lässt den Löffel hörbar auf den Teller fallen und starrt dann nach vorne auf die Bühne. Jetzt will er es nicht mehr und er tut mir verdammt leid. Nicht, weil ihm der Appetit vergangen ist, sondern weil ich jetzt weiß, warum er so empfindlich ist, wenn es ums Essen geht. Wenn meine Mutter mich ständig so vorwurfsvoll ansehen würde, sobald ich etwas Süßes esse, wäre ich längst magersüchtig oder fettleibig. Dass Alex trotzdem in keines dieser Extreme verfallen ist, zeigt nur, dass er einen unglaublich starken Charakter hat. Schmerzen muss es trotzdem. Wahrscheinlich hat Theo deshalb vorhin die Anspielung auf sein Essverhalten gemacht. Ganz spurlos geht so eine seltsame Erziehung wohl an niemandem vorbei.

Als Alex' Großvater aufsteht und die Bühne betritt, wird es wieder still im Saal. Er bedankt sich bei allen für ihr Kommen und erzählt etwas über die Stiftung der Löwensteins. Sie sammeln Geld für die Krebsforschung und *Ärzte ohne Grenzen*, was zurecht tosenden Applaus erntet. Nachdem er subtil und doch eindringlich klargestellt hat, dass alle hier so privilegiert sind, dass sie gut und gerne einen dicken Batzen Geld spenden sollen, bevor sie gehen, beginnen die Musiker wieder zu spielen. Er eröffnet die Tanzfläche mit einer auffordernden, höflichen Geste an seine Frau, die aufsteht und einen perfekten Walzer mit ihrem Gatten aufs Parkett legt.

Die Tanzfläche füllt sich und in mir wächst die Befürchtung, dass Alex mich auch gleich auffordert.

»Kannst du tanzen?«, fragt er leise, was klug von ihm ist, weil es natürlich gut sein könnte, dass ich ihn da draußen blamiere, indem ich ihm aus überforderter Verzweiflung auf beide Füße steige und in die Eier trete.

»Ein bisschen, nicht gut.«

Meine Fähigkeiten als Tänzerin sind zwar keine reine Katastrophe, und er muss keine Angst um seine Kronjuwelen haben, aber die Routine fehlt mir trotzdem.

»Das klappt schon, lass mich einfach führen«, sagt er und ich kann mir die Antwort nicht verkneifen, also hauche ich sie möglichst leise.

»Also wie beim Sex? Dich machen lassen, nicht die Augen schließen und Blickkontakt halten?«

Er nickt lachend, steht auf und reicht mir seine Hand.

Die Tanzfläche ist ziemlich überfüllt, weswegen wir beinahe nur schunkeln können und keinen vernünftigen Walzer-Schritt hinbekommen. Das ist großartig, weil ich mich nur darauf konzentrieren kann, Alex anzuhimmeln und mich an ihm festzuhalten.

»Geht es dir gut?«, frage ich vorsichtig. Er lächelt zwar, ist mit den Gedanken aber offensichtlich irgendwo anders.

»Würde es dir gut gehen, wenn du ich wärst?«, stellt er eine Gegenfrage, deren Humor selbst mir ein wenig zu schwarz ist.

»Du meinst, wenn ich reich wäre, wie gephotoshoped aussehen würde und Simon und Theo meine besten Freunde wären? Ja, ich denke, dann ließe sich mein Leben ganz gut aushalten.«

Er schüttelt schmunzelnd den Kopf.

»Ich weiß, es wirkt für jeden immer dumm, wenn ich mich beklage, aber …«

»Nein, das ist nicht dumm«, unterbreche ich ihn. »Du hast es sicher nicht leicht gehabt. Ich verstehe, was du meinst, obwohl ich gerade mal ein paar Stunden mit deiner Familie verbracht habe und das auch nur auf einer öffentlichen Veranstaltung. Aber du hast das großartig hinbekommen. Was auch immer in deiner Kindheit alles vorgefallen ist, du bist ein kluger, freundlicher Erwachsener geworden und lebst jetzt dein eigenes Leben. Okay, du hast vielleicht einen etwas ausgeprägten Hang zu freizügigem Sex, aber diesen Knall teilen wir wohl mit dir, also hast du auch die richtigen Freunde gefunden.«

Kaum habe ich den letzten Satz beendet, dreht mich Alex so schwungvoll herum, dass ich mich kichernd an ihm festklammern muss.

»Hör auf, mich zu therapieren, sonst verknalle ich mich in dich«, scherzt er und drückt mich ein wenig fester an sich.

»Du verknallst dich nicht in mich, keine Angst. Dafür lachen wir beim Sex zu viel – das tun nur Freunde, die gerne miteinander schlafen.«

Alex nickt und überdreht dabei die Augen. »Na gut, du hast vielleicht recht. Mit Nicki war es dasselbe. Ihr seid euch beängstigend ähnlich.«

Mein Fuß landet auf Alex' Fuß. Er stöhnt schmerzhaft auf.

»Vergleich mich noch einmal mit Nicki und ich hebe das Knie an!«, drohe ich übertrieben düster. Er unterdrückt das Lachen.

»Ja, ja, ich halte die Klappe! Aber irgendwann fällt dir das selbst auf.«

»Wann denn? Wenn du nicht mehr mit mir schläfst, weil wir auch ein Geschwister-Ding laufen haben?«

Ich kann mir diesen Spruch nicht verkneifen, die Gelegenheit ist günstig, um Benjis Theorie zu hinterfragen.

»Was denn für ein Geschwister-Ding?«, will Alex überrascht wissen.

»Schläfst du noch mit Nicki?«

Sein Blick wird auffallend unsicher, so, als würde er abwiegen, ob er mich anlügen soll.

»Nein, aber das hat nichts damit zu tun, dass ich mich wie ihr Bruder fühle. Ich kucke ihr schon noch gerne auf den Busen und manchmal fummeln wir noch.«

»Wieso?«

»Wieso wir fummeln? Naja, weil es Spaß macht und entspannend wirken kann, das Prinzip ist dir vertraut, oder?«

Ich überdrehe die Augen. Er weiß, was ich meine.

Alex seufzt. »Lange, komplizierte Geschichte. Aber ich befürchte, dass sie sich sowieso wiederholt, also findest du es selbst heraus. Theo ist schon wieder dauermiesgelaunt.«

»Was hat das denn mit Theo zu tun?«

Alex zuckt gespielt ahnungslos mit den Schultern.

»Ich hasse diese Geheimniskrämerei«, murre ich.

»Ich auch«, entgegnet er ironisch und dreht mich wieder schwungvoll. Ich knalle aus Versehen gegen einen Männerrücken.

»Verzeihung!«, sage ich lachend. Die schwungvolle Bewegung hat Spaß gemacht.

Alex tanzt mit mir ein Stück weiter an den Rand, hier ist es nicht so voll.

»Aus dir ist doch noch ein recht passabler Tänzer geworden, aber am Rhythmusgefühl musst du noch arbeiten.«

Die Bemerkung zu seinen Tanzkünsten kam von seinem Vater. Er gibt sein Sektglas der Kellnerin, die neben ihm steht und streckt dann die Hand aus.

»Lässt du mich abklatschen, Alexander?«

Ich werde etwas nervös, weil ich gleich nicht mehr so kichernd herumschunkeln kann, sondern wirklich tanzen muss.

»Du findest mich an der Bar«, sagt Alex zu mir, bevor er mich loslässt und seinem Vater zunickt.

Als der Pianist meine Hand nimmt und seine andere auf meinen Rücken legt, spanne ich mich an. Schon der erste Tanzschritt endet beinahe in einem Desaster, zumal ich vergessen habe, mit welchem Fuß man anfängt, und gegen ihn knalle. Er lacht.

»Entspannen Sie sich und lassen Sie mich führen«, sagt er mit einem freundlichen Lächeln auf den Lippen.

Ich kann gerade in die Zukunft sehen. Das ist Alex in zehn Jahren – oder viel eher zwanzig, sonst ergibt es natürlich keinen Sinn. Christian Löwensteins Alter ist aber auch verdammt schwer zu schätzen. Alex ist vierundzwanzig, David ein paar Jahre älter, vielleicht achtundzwanzig, das heißt, dass der Pianist in seinen späten Vierzigern sein muss. Er sieht eindeutig jünger aus. Das sind tolle Gene, die Alex da mitbekommen hat. Sein Vater ist ein unheimlich talentierter, charmanter, netter …

Hallo? Das ist mein Arsch!

Er lächelt mich noch immer an, nur nimmt das Lächeln gerade kokette Züge an.

»Sie wirken so angespannt, macht Ihnen der Abend keine Freude?«

Ihre Hand auf meinem Hintern macht mir keine Freude!

Ich stammle ein paar Worte, weil ich absolut überfordert bin. Weiß er nicht, dass seine Hand zu weit nach unten gerutscht ist?! Das kann er nicht absichtlich machen, oder? Hier ist zwar ziemlich schlechtes Licht und die Tanzfläche ist voll, aber wenn jemand sieht, dass er mich antatscht, dann … oh mein Gott, ich kann mir kaum vorstellen, was dann passiert. Seine Frau hasst sowieso jeden und alles, am meisten wohl Essen, seine Schwiegereltern sind die versnobtesten, furchteinflößendsten Menschen auf der Welt und seine Söhne würde das hier mit Sicherheit verstören.

Was ist denn nur mit dieser Familie los?!

»Vielleicht sollten Sie sich eine andere Tanzpartnerin suchen! Ich kann das nicht«, bringe ich endlich einen vernünftigen Satz zustande und will mich von ihm lösen. Er hält mich fest, drückt mich an sich und kommt mit dem Mund an mein Ohr.

»Sie machen das großartig. Wie alt sind Sie?«

Das ist die unangenehmste Situation, in der ich jemals war, einschließlich der, in der ich in der Unterstufe über den Schulhof gelaufen bin und mein Wickelrock beschlossen hat, sich auf halber Strecke auf den Boden zu legen.

»Drei Jahre jünger als Ihr Sohn.« *Mit dem ich zusammen bin! Ich meine, nicht wirklich, aber Sie glauben das!*

Seine Hand wandert wieder etwas höher und ich will schon erleichtert sein, weil ich das hier möglicherweise falsch interpretiere und er nicht heftig mit mir flirtet, aber er fängt an, über meinen Rücken zu streicheln.

»Ich gebe nächste Woche ein Konzert. Sie sind herzlich eingeladen«, sagt er, was ich verstehe, ist aber: ›Ich würde Sie nächste Woche gerne vögeln. Tragen Sie Reizwäsche.‹

»Ich kann nicht! Da habe ich etwas mit Alex vor!«

Ich denke, ich kann kaum deutlicher werden, aber er lacht nur leise. »Schade, Sie würden es nicht bereuen. Ich bin ein begnadeter Pianist, überzeugen Sie sich doch davon.«

Sie sind ein begnadeter Vollidiot!

Ob er seine zickige Frau mit irgendwelchen anderen Frauen betrügt, muss er selbst mit seinem Gewissen vereinbaren, das geht mich nichts an. Aber die Freundin seines eigenen Sohnes anzumachen, ist das Letzte. Er mag ein schöner Mann und ein talentierter Musiker sein, aber er ist zweifelsohne ein beschissener Vater und das macht ihn gerade so verdammt unsexy, dass in mir beinahe Ekel wächst.

Ich will hier weg, aber ich möchte keine Szene machen und Aufmerksamkeit auf uns ziehen. Als seine Hand wieder tiefer rutscht, bin ich kurz davor, ihm auf die Füße zu steigen und ihm etwas ziemlich Unhöfliches ins Ohr zu flüstern, aber wir werden ausgebremst, da jemand seine Hand auf meine Schulter legt.

»Ich darf abklatschen.« Das war keine Frage, das war eine Feststellung und er lässt es sogar beinahe wie eine Drohung klingen. Ich freue mich ausnahmslos immer, ihn zu sehen, aber gerade ist Theo mein Held. Mir ist zwar unangenehm, dass er ganz offensichtlich gesehen hat, was hier passiert ist, aber besser er, als jeder andere.

Alex' Vater lässt mich los und hebt das Kinn hoheitsvoll an. »Natürlich, mein Junge.« Er lässt seinen Blick von Theo zu mir schweifen und schmunzelt immer noch, obwohl ihm klar sein muss, warum Theo gerade so sauer ist.

»Danke für den Tanz«, sagt er und ich will mich zu einem höflichen Nicken durchringen, aber Theo dreht mich zu sich. Ich sehe zu ihm hoch. Sein finsterer Blick folgt Alex' Vater, der von der Tanzfläche verschwindet.

»Alles in Ordnung?«, will er wissen. Seine Miene bleibt streng, weil ihn das Ganze ziemlich aufzuregen scheint.

»Ja, sicher. Du bist im absolut richtigen Moment aufgetaucht. Danke.«

Er verfinstert den Blick wieder. »Was hat er zu dir gesagt?«

Ich starre ihn peinlich berührt an, da ich das Ganze eigentlich nicht so ausführlich diskutieren möchte.

»Im Grunde gar nichts – nichts Schlimmes.«

Er hat wirklich nichts Perverses oder Eindeutiges zu mir gesagt, aber Theo mustert mich, als würde ich ihn anlügen.

»Wo ist Alex?«, fragt er vorwurfsvoll.

»An der Bar.«

Er schüttelt den Kopf und nimmt meine Hand.

»Komm.«

»Wohin gehen wir?«

»Erstmal weg von dieser Horde Psychopathen!«

Entweder – oder

Wir verlassen den Ballsaal und laufen die Treppe hinunter. Kurz vor dem Ausgang biegen wir links ab, vorbei an der Garderobe, bis in einen Raum voller Tische und gestapelter Stühle. Es brennt kein Licht, aber der Mond scheint so groß und hell durchs Fenster, dass es alles andere als dunkel ist.

Die Ruhe tut wirklich gut und die Luft ist hier viel besser. Theo lehnt sich an das breite Fensterbrett.

»Was für ein Arschloch!«, knurrt er, während er die Krawatte ein wenig lockert. Ich kann ihm nicht widersprechen, er hat recht.

»Außer dir … hat uns noch jemand gesehen?«, frage ich und klinge so peinlich berührt, wie ich mich fühle.

Er verfinstert den Blick und schüttelt den Kopf.

»Du kannst nichts dafür, dir muss das nicht peinlich sein. Christian ist ein Playboy, war er schon immer. Und es ist ihm scheißegal, ob das jemand mitbekommt oder nicht, weil Erika sich niemals scheiden lassen würde – sie ist emotional absolut abhängig von diesem Idioten, weil sie selbst einen Knall hat. Er bleibt bei ihr wegen all dem Geld, und sie lässt sich betrügen, weil sie panische Angst davor hat, alleine zu sein. Normalerweise gräbt er nur Kellnerinnen an, dass er dich anmacht, ist unglaublich dreist.« Theo knirscht sogar mit den Zähnen. »Alex hätte dich nicht alleine lassen dürfen.«

»Erzähl ihm nichts davon, ja?«

Meine Bitte überrascht ihn, aber ich weiß nicht warum. Ich bin mir sicher, dass Alex keine Ahnung hatte, dass sein Vater mir zweideutige Angebote machen würde. Er weiß mit Sicherheit, dass er ein Playboy ist, aber die Grapsch-Attacke hätte er ihm nicht zugetraut, sonst wäre er nicht an die Bar verschwunden.

»Dieser Abend ist anstrengend genug für ihn, das würde ihn nur noch mehr aufwühlen. Er kommt so schon kaum mit seiner Familie klar«, erkläre ich und werde immer leiser, als mir auffällt, dass ich Theo nichts Neues erzähle. Er weiß das alles, besser als ich. Wieso er Alex trotzdem Vorwürfe macht, verstehe ich nicht.

»Habt ihr euch gestritten?«, will ich wissen und sehe ihn den Blick abwenden. Das tut er sonst nie.

»Wir haben nicht gestritten«, sagt er brummend. »Nicht mehr als sonst.«

»Also bist du wirklich so wütend, weil mir irgendein Vollidiot an den Hintern gegrabscht hat? Ich dachte, die alten, reichen Ladys würden das ständig bei euch machen.«

Er lässt sich kein Schmunzeln abringen, mustert mich nur stumm. Sein Gesicht sieht unheimlich hübsch aus, da das Mondlicht seine Haut so weich zeichnet.

»Alex hätte dich nicht einladen sollen«, sagt er nach einer ganzen Weile und beginnt, den Kopf zu schütteln. »Die Sache mit seinen Großeltern am Wochenende war in Ordnung, weil er keine andere Wahl hatte. Aber hierher hätte er jede andere einladen können. Er fixiert dieses Schauspiel viel zu sehr. Willst du ewig seine Freundin spielen? Faked ihr irgendwann eine Hochzeit? Er denkt nicht nach, was er tut. Für ihn ist das vielleicht bequem, aber es ist ausschließlich dämlich.«

Ich darf jetzt alles tun, bloß nicht große, vor Freude glänzende Augen bekommen, weil mir auffällt, dass aus Theo die Eifersucht spricht.

Das ist auf so viele Weisen großartig, wie es beschissen ist. Ich will, dass er mich will, aber ich will nicht gegen Alex hetzen oder alles noch weiter verkomplizieren.

Schwierig Lena, denk nach, bevor du redest!

»Ich bin Single.«

Gut nachgedacht! Der Satz hängt kaum in der Luft!

»Solange ich in keiner Beziehung bin, werde ich Alex' Freundin spielen, wann immer er möchte, weil es mir nichts ausmacht und ich ihm gerne einen Gefallen tue. Du musst mich nicht beschützen, ich …«

»Beschützen?«, unterbricht mich Theo überrascht amüsiert. »Kann es sein, dass du mich gerade mit Simon verwechselst?«

Ich verstumme peinlich berührt. Das Wort war vielleicht wirklich etwas zu dramatisch gewählt. Theo stößt sich vom Fenstersims ab und kommt auf mich zu.

»Du musst nicht beschützt werden, nicht vor Alex. Nicht mal vor seinem verdrehten Vater. Ich glaube dir, dass du mit all dem klarkommen würdest und dir das gerne für ihn antust. Gut finden muss ich es trotzdem nicht, oder?«

Trotz des Oders ist das keine Frage, sondern eine Feststellung. Theo streckt die Hand nach mir aus und zieht mich am Nacken zu sich.

Ich blicke zu ihm hoch und sehe seine Augen glänzen.

»Wenn du vor irgendjemandem beschützt werden musst, dann vielleicht vor mir.«

Ich will ihn küssen, aber er neigt den Kopf zurück.

»Wenn du das tust, lasse ich dich hier nicht raus, bevor ich komme«, spricht er etwas, das meine Fantasie anheizt, wie eine Drohung aus.

Ich würde niemandem erlauben, mich vor Theo zu beschützen – nicht mal Theo. Der Kuss ist der Beweis.

Kaum berühren sich unsere Lippen, ist da dieser Stromschlag, der ausschließlich lustvolle Bilder in meinen Gedanken zulässt.

Das Ganze wird sofort ungeduldig und wild, und ich höre auf, mir die Frage zu stellen, ob das hier wirklich ein guter Zeitpunkt für ein erotisches Abenteuer ist.

Er presst sich an mich, lässt seine Hände über meinen Körper wandern und packt dann an meinem Hintern so fest zu, dass ich Angst um Nickis Kleid bekomme. Ich stöhne ihm in den Mund, zumal er den Griff nicht lockert. Diese Hände spüre ich gerne, auch wenn sie fordernd sein können.

»Dein Arsch gehört mir …«, haucht er auf meine Lippen.

»Genau genommen ist es heute Abend Alex' Arsch«, entgegne ich und klinge amüsiert, aber atemlos, weil die Erregung mein Herz viel zu schnell schlagen lässt.

Er verengt die Augen. »Bist du so heiß darauf, von mir versohlt zu werden?«

Ich beiße mir auf die Unterlippe, während ich innerlich grinse. *Ja, ich reize ihn absichtlich, ob das klug ist, wird sich zeigen.*

Er küsst mich wieder und drängt mich in Richtung Fenstersims. Es kommt mir wie eine Ewigkeit vor, dass ich mit Theo zusammen war. In meinem Kopfkino flackern heiße Bilder auf. Mein ganzes Sexleben ist zurzeit großartiger, als ich es jemals zu träumen gewagt hätte, aber die Zweisamkeit mit ihm ist trotzdem etwas Besonderes. Niemand sonst vermischt Nervosität, Lust und Anspannung zu einem so berauschenden Gefühlscocktail.

Meine Hände greifen seinen Gürtel und ich bin überrascht, dass er mich ihn öffnen lässt, ganz ohne Protest oder mich festzuhalten. Das ist neu und das Erstaunen lässt mich ungeduldig werden. Ich will ihn anfassen, stöhnen hören und kommen spüren und ich weiß, dass wir nur ein begrenztes Zeitfenster haben.

Ich beiße ihm sanft in die Unterlippe, bevor ich den Kuss löse, weil ich sehen muss, was meine Hände machen. Theo beobachtet mich, ich kann den funkelnden Blick spüren.

Als ich den Knopf an seiner Hose öffne und den Reißverschluss nach unten ziehe, sehe ich fragend zu ihm auf.

Lässt du mich das wirklich mit dir anstellen? Ganz ohne Befehle?

»Mach weiter«, sagt er mit dieser tiefen Stimme, die ich so liebe. Das ist zwar so etwas wie eine Anweisung, aber ich bin an viel genauere Instruktionen von ihm gewöhnt.

Ich kann nicht verhindern, dass die Nervosität überproportional zu meiner Erregtheit wächst. Freie Hand bei Theo zu haben, verunsichert mich, zumal der Erwartungsdruck dabei eine Rolle spielt.

Ich will gut sein und ich will ihm gut tun, weil er mich bis jetzt jedes Mal in andere Sphären befördert hat, wenn wir miteinander geschlafen haben. Irgendwie fühle ich mich wie vor unserem ersten Mal. Sex mit Theo ist Sex auf dem Saturn, meine Kunststücke sind zweifelsohne von dieser Welt, aber das muss nicht heißen, dass sie nicht unterhaltsam wären.

Ich streife seine Hose und seine Shorts ein Stück hinunter.

Dieses Kleid ist absolut nicht blowjobfreundlich – was mich überrascht, schließlich ist es von Nicki.

Der knirschende Stoff stoppt seine Proteste, nachdem ich auf die Knie gefallen bin. Ich lege meine Finger um seine halb harte Männlichkeit und streichle über die samtweiche Haut, bevor ich meine Lippen befeuchte. Theo beugt sich nach vorne, stützt sich mit den Händen am Fenstersims ab und drückt mir seine Erregung in den Mund. Er wird spürbar härter und größer, und ich lege den Kopf zurück, damit er keinen unerwünschten Reflex bei mir auslöst.

Ich stimuliere ihn mit der Hand und meiner Zunge und versuche dabei einen angenehmen Druck beizubehalten. Als ich zu ihm aufschaue, glitzern seine Augen, aber er mustert mich trotzdem mit kontrollierter Miene.

Das ausbleibende Stöhnen verunsichert mich. Der letzte Mann, dem ich einen geblasen habe, war Simon, der eindeutig rascher unter meinen Berührungen zerschmolzen ist.

Ich mache weiter, etwas fester, etwas schneller, aber Theo sieht so aus, als könnte er das ewig aushalten ohne zu kommen.

»Nicht gut?«, flüstere ich und sehe wieder zu ihm hoch. Mein Blick spiegelt mit Sicherheit Verunsicherung, aber ich kann das gerade nicht unterdrücken.

Er richtet sich auf und legt mir eine Hand auf den Kopf, während die andere nach seiner Krawatte greift.

»Doch, sehr gut«, raunt er. »Aber für das Blümchen-Oralsex-Experiment fehlt uns die Zeit.«

Er drückt meinen Kopf nach hinten, weg von seiner Mitte.

Blümchen-Oralsex?! Ich gebe mir hier wirklich Mühe! Du bist wahrscheinlich der einzige Mann der Welt, der das langweilig findet! Saturn-Alien!

Er legt mir seine Krawatte um den Hals und zieht dann so fest an dem losen Ende, dass ich den Kopf wieder zu ihm neigen muss, um überhaupt noch Luft zu bekommen.

Ich stöhne gegen seine Erregung und werde von seiner Hand nach hinten gedrückt.

Als er mich wieder zu sich zieht, taucht er in mich ein. Ich halte mich an seinen Hüften fest, um zumindest ein wenig Kontrolle über das Tempo und die Tiefe zu bekommen, aber das ist jetzt nicht mehr mein Rhythmus, sondern seiner.

Theo übernimmt die Kontrolle und meine Atemnot geht mit seinem Stöhnen einher. Der Druck der Krawatte ist auszuhalten, weil der Stoff so weich ist, aber er hält sie so stramm, dass ich den Kopf nie wirklich ganz zurückziehen kann.

Ich höre ihn knurren und zischen und spüre ihn in meinem Mund pulsieren. Zu merken, wie heiß er ist, stimuliert meine Gedanken und lässt die Lust größer werden als die Anstrengung – und dieser Blowjob ist definitiv fordernd.

Es fühlt sich an, als würde er gleich kommen, aber er zieht sich plötzlich aus mir zurück, lässt die Krawatte los und legt seine Hand stattdessen um seine Härte.

»Lass den Mund offen«, herrscht er mich mit lusterfüllter Stimme an. Ich öffne die Lippen und lege den Kopf weiter in den Nacken, da seine andere Hand ihn zurückdrückt. Mein Blick liegt auf seiner Männlichkeit und seinen Fingern, mit denen er sich selbst stimuliert. Ich weiß nicht, warum es mich so heiß macht, wenn Theo es sich selbst macht. Wahrscheinich, weil ich auf Männer stehe, die sich nehmen, was sie wollen und einen dabei trotzdem ansehen, als wäre man die einzige Frau der Welt, die es ihnen geben kann.

»Stillhalten …«, knurrt er noch, bevor ich sehe, wie er sich ergießt. Meine Zunge wird warm, er kommt in meinen Mund und ich verstehe, wieso ich stillhalten muss. Das hätte leicht ins Auge gehen können – im wahrsten Sinne.

Theo greift meine Hände und zieht mich so schwungvoll hoch, dass ich mich beinahe verschlucke.

»Ein Halsband würde dir wahnsinnig gut stehen«, flüstert er und wischt mit dem Daumen meine Unterlippe sauber. Ich lecke über seinen Finger und küsse ihn dann. Vielleicht schmeckt er sich noch selbst, aber das scheint ihn nicht zu stören.

»Bleibst du leise oder muss ich dich knebeln?«

Er zieht mir seine Krawatte vom Hals und sieht mich mit strengem Blick an.

»Willst du noch …? Kannst du noch?«, stammle ich überrascht.

Er kann. Er hat nie aufgehört zu können.

»Ich habe ja gesagt, ich will kommen. Von einmal war nie die Rede.«

Theo dreht mich um und ich kann seine Männlichkeit nicht mehr beeindruckt mustern.

»Warte! Das Kleid ist …« *Viel zu eng, um es hochzuschieben und wenn du mich ausziehst, komme ich da vielleicht nie wieder rein!*

»Dem Kleid passiert nichts«, versichert er und hat auch schon den Reißverschluss nach unten gezogen.

»Für die Unversehrtheit von Alex' Eigentum kann ich aber nicht garantieren.«

Es war abzusehen, dass ich für den Spruch von vorhin büße. *Ich bin aber auch ein böses Mädchen …*.

Ich fühle den Stoff fallen und werde mit dem Oberkörper nach unten gedrückt. Meine Hände legen sich auf den Fenstersims und ich beuge den Rücken etwas durch.

»Wenn jemand reinkommt, dann …«

»Dann sieht er wohl, wie ich dich ficke«, flüstert er mir ins Ohr und leckt dann mit der Zungenspitze darüber.

Der Blowjob hätte sich noch schnell genug vertuschen lassen, aber ich komme nie und nimmer auch nur annähernd schnell wieder in dieses Kleid.

»Bleib so«, verlangt er und ich fühle seine Hände über meinen Körper wandern. Ich lehne hier nackt vor einem Fenster, das zwar in einen dunklen Hinterhof führt, aber die Tür ist auch unverschlossen. Dass ich trotzdem nicht protestiere, liegt daran, dass ich so unbedingt von ihm genommen werden will. Das hier muss aber schnell gehen, schnell und leis…

Ich stöhne viel zu laut auf, weil der Schlag schmerzhaft war und nicht von seiner Hand ausgegangen ist. Als ich den Kopf drehe, sehe ich, dass er den Gürtel abgenommen hat. Das schwarze Leder brennt auf der Haut.

»Schau nach vorne!« Er muss gar nicht laut werden, seine Stimme ist auch so autoritär.

Ich tue, was er sagt, kneife aber die Augen zusammen. Den Schmerzimpuls nicht in einem lauten Stöhnen oder Ächzen zu verbalisieren, ist schwierig. Mein ganzer Körper spannt sich an.

Als er wieder zuschlägt, trifft er zum Glück nicht dieselbe Stelle, aber meine Haut geht trotzdem in Flammen auf.

»Das tut verdammt weh«, japse ich atemlos und beiße die Zähne zusammen.

»Soll es auch«, entgegnet er tonlos.

Ich habe vergessen, wie fest Theo manchmal zuschlägt. Seine Finger gleiten unerwartet zwischen meine Beine. Kaum reibt er über diesen empfindlichen Punkt, reagiert mein Körper regelrecht über. Ich bin zwar angeheizt, aber dass eine so kurze Berührung mich beinahe verglühen lässt, liegt daran, dass ich von den Schlägen unter Strom stehe.

»Willst du mich?«, raunt er und ich vergesse zu antworten, weil ich gerade in diesem Lustrausch versinke. Mein Becken kreist. Ich will ihn intensiver und schneller über mich gleiten spüren, aber Theo bewegt die Finger kaum.

»Viel zu ungeduldig«, höre ich ihn knurren, dann schnellt der Ledergürtel auf meinen Hintern.

Ich war gerade definitiv zu laut, aber da ist kein Platz mehr in meinen Gefühlen für so etwas wie Nervosität oder Schamgefühl. Es ist mir egal, ob wir erwischt werden, es ist mir egal, ob hier gleich die gesamte Familie Löwenstein auftaucht und uns zusieht, ich will nur kommen, während er mich nimmt.

»Soll ich Alex holen? Du wärst feucht genug für einen Dreier.«

Okay, du kannst meine perversen Gedanken lesen. Ja, hol Alex und bring seinen Bruder mit. Ich kenne David zwar nicht, aber der schweigsame, superheiße Doktor darf mich auch vögeln.

Ich stöhne raunend vor mich hin, bis sich seine Finger verirren. Sie verirren sich so schnell, so sehr, dass mir im ersten Moment die Luft wegbleibt.

»Entspann dich, das wird geil.«

»Nein!«

»Doch. Dein Arsch gehört mir, gleich richtig.«

Ich habe jetzt zwei Möglichkeiten. Ich versuche, mich zu entspannen und lasse Theo mit mir machen, was er machen möchte, oder ich sage ›Lapislazuli‹ und das hier ist vorbei. Entweder – oder, dazwischen gibt es nichts, weil protestieren mit erregter Stimme ihn nur noch mehr anstacheln würde.

Ich hole Luft und sage – nichts, ich schließe die Augen.

»Es wird dir gefallen«, flüstert er, während er mich mit den Fingern weiter vorbereitet. Er raunt angeheizt amüsiert. »Und es wird ein wenig wehtun, aber das macht es nur geiler.«

Diese Stimme ist pures Aphrodisiakum für mich, erst recht, wenn er so angeturnt klingt. Seine Finger verschwinden aus mir. Ich höre das Kondompäckchen reißen und versuche, mich zu entspannen. Meine Pobacken brennen noch immer wie Feuer, aber meine Libido steht auch in Flammen, also ist der sanfte, ziehende Schmerz angenehm.

Seine Hände greifen meine Oberschenkel, und er dringt so schnell und fest in mich ein, dass ich beinahe den Halt auf dem Fenstersims verliere. Mein Hintern bleibt doch verschont. Anscheinend hat er es sich anders überlegt. Ich drücke ihm mein Becken entgegen, weil ich ihn tiefer in mir spüren will. Er darf mich so hart nehmen, wie er möchte, aber es ist Theo, also wird es bestimmt hart und großartig.

»Mach bitte weiter …«, flehe ich, da er sich kaum in mir bewegt und sich dann sogar aus mir zurückzieht.

Seine Hände landen auf meinen Pobacken.

»Komm, drück mir deinen hübschen Arsch nochmal entgegen, dann mache ich weiter.«

Ich tue, was er sagt, zumindest solange, bis ich seine Härte an anderer Stelle fühle. Ich will intuitiv nach vorne rutschen, aber seine Hände halten mein Becken fest.

»Nicht verkrampfen«, raunt er und beginnt, sich in mich zu drücken.

Das Gefühl ist genauso seltsam wie schmerzhaft. Seine Finger oder Alex' Spielzeug waren kein wirklicher Vergleich. Ich lege den Kopf schmerzerfüllt in den Nacken und mein Safeword streift immer wieder meine Gedanken.

Seine Stöße werden von Mal zu Mal tiefer und sein Stöhnen so laut, dass er sich selbst knebeln sollte.

Ich habe Theo noch nie so erregt gehört. Ich weiß nicht, ob es seine heisere Stimme oder mein Körper ist, der sich an das Gefühl gewöhnt, aber der Schmerz klingt allmählich ab.

»Gut so, Baby. Entspann dich. Ich will dich tiefer und härter.«

Ich keuche auf, weil das nicht nur leere Worte waren. Das ist eine verdammt ungestüme Entjungferung. Er nimmt mich so fest, dass es schwer wird, sich am Fenstersims festzuhalten.

»Ich … du …« *Ich habe keine Ahnung, was ich sagen wollte oder warum ich überhaupt rede.*

Er beginnt, mich mit der Hand zu stimulieren und vor meinen Augen blitzen Sterne auf – heller als die am Himmel. Mein schneller Atem lässt die Scheibe beschlagen. Seine Finger reiben so rhythmisch und fest über diese heiße Stelle, dass in meinem Körper schon die ersten Blitze zucken. Trotz der vielen Reize, fühle ich, dass er mit einem Finger in mich eintaucht, ohne aufzuhören über mich zu reiben oder seinen Rhythmus zu verlieren.

Das ist Handspiel auf Meister-Niveau …

»Du kommst gleich«, knurrt er, weil er das Zucken in mir bestimmt spürt.

»Willst du, dass ich auch komme?«

»Ja …!«

Er schlägt mir mit der freien Hand auf den Hintern und krallt sich dann in meiner Haut fest. Der Schmerzimpuls tritt die erlösenden Wellen los.

Als mich der Orgasmus überrollt, schnellt Theos Hand noch einmal auf meinem Hintern auf und er stimmt in mein Stöhnen ein.

Ich bin mir absolut sicher, dass man uns gerade bis in den Saal kommen gehört hat …

Nicht heulen!

Mir wird erst so richtig bewusst, was ich gerade passieren habe lassen, als sich Theo aus mir zurückzieht, und sich das grenzenlos komisch anfühlt.

Ich richte den Oberkörper auf und tapse etwas schwindelig auf der Stelle, während sich meine Hände auf meinen Hintern legen. *Brennend und durchgevögelt – so fühlt sich ein Löwenstein-Ball an.*

Ich starre noch perplex auf das beschlagene Fenster, als Theo seine Hände von hinten um mich schlingt und sein Kinn an meiner Schulter abstützt.

»Wie war es?«, will er wissen und drückt mir einen Kuss auf die Wange. Er hat seine Kleidung bereits wieder adjustiert, nur seine Krawatte liegt noch neben uns auf dem Boden.

»Seltsam«, antworte ich und merke, dass das zu negativ geklungen hat. »Schön«, füge ich noch hinzu und drehe mich nach ihm um. Er legt mir die Hand auf die Wange.

»War es dir zu viel?«

Ich schüttle den Kopf. »Nein. Du hättest Alex ruhig holen können«, scherze ich.

Er straft diese ganz offensichtliche Selbstüberschätzung mit einem Klaps auf meinen sowieso schon wunden Hintern. Ich stöhne auf und sehe ihn mit vorwurfsvollem Blick an. »Das war nur Spaß«, versichere ich. Sein Grinsen verrät mir, dass er das wusste.

»Schon klar. Aber ich hätte dich heute auch mit niemandem geteilt. Das war nur Dirty Talk. Die Vorstellung hat dich aber heiß gemacht. Ich hätte dein Kopfkino gerne gesehen.«

Seine Unterstellung treibt mir die Schamesröte ins Gesicht.

Ja, ich werde rot vor dem Mann, der mir gerade meine Anal-Jungfräulichkeit geraubt hat und mir vorhin ins Ohr geflüstert hat, dass er mir gerne ein Halsband umlegen würde. Die unnötigste Reaktion der Welt, aber die Lust raucht gerade entspannt eine Zigarette mit meiner Libido und mein Schamempfinden hat die Bühne zurückerobert.

Wenn ich daran denke, was ich mir vorhin sonst noch alles vorgestellt habe, werden meine Wangen so rot wie mein Hintern.

Habe ich wirklich von Sex mit Theo und beiden Löwenstein-Brüdern fantasiert?! Ich bin zu Hause schon mit meinen zwei Fernbedienungen überfordert!

»Du hast mir voll und ganz gereicht«, flüstere ich und muss ihn verträumt mustern, weil diese entspannten Gesichtszüge im Mondlicht so schön aussehen. Seine Augen leuchten in einem dumpfen Grünton.

Unglaublich, wie sehr ich nach wie vor auf das Nutella-Brötchen abfahre. Obwohl es ein autoritäres SM-Nutella-Brötchen ist.

»Wir sollten dich wieder an Alex' Arm hängen, schließlich bist du seine Verlobte, nicht meine.«

Ich will die Gelegenheit nutzen und ihn fragen, ob er eifersüchtig ist, aber mir fällt plötzlich etwas ein. Nicht nur ich bin mit jemand anderen hier.

»Wo ist eigentlich Jula?«

Wenn er sie meinetwegen auf der Tanzfläche stehen hat lassen und so lange verschwunden ist, bekomme ich ein schlechtes Gewissen.

Theo zuckt mit den Schultern. »Sie ist nach dem Essen nach Hause gefahren. Meine Eltern sind auch schon weg.«

Ich nicke und kann mir das erleichterte Seufzen nicht verkneifen, weil ich diesen Abend anscheinend ohne gröbere Peinlichkeiten überstanden habe.

Eine in der Luft hängen gelassene Hand, ein kleiner Kampf mit Alex um einen Stuhl, eine taube Zunge und ein Angebot zum Sex mit Christian Löwenstein – *gut gehalten Lena, zu Hause bekommst du Kekse.*

»Ich hätte deine Eltern gerne kennengelernt«, sage ich etwas gedankenverloren, nachdem ich mich nach meinem Kleid gebückt habe und Theo den Rücken zuwende, damit er es schließt.

»Was interessieren dich meine Eltern?«

Der eiskalte Tonfall lässt mich stutzen. Ich setze dreimal zu einer Antwort an, bleibe aber doch stumm. Das letzte Mal, als ich ihn auf seine Familie angesprochen habe, hat er auch abgeblockt. Ich weiß bis heute nichts, weder über seine Eltern noch über seine Schwester.

»Wenn dir Alex schon so furchtbar leid tut, dass du ihn wie einen Hundewelpen ansiehst und alles für ihn tust, solltest du dich von meiner Familie lieber fernhalten. Ich bin kein Welpe und brauche keine Streicheleinheiten.«

Während er das sagt, zieht er den Reißverschluss schwungvoll hoch. Er muss Kraft in seine Bewegung legen, was peinlich ist, aber ohne seine Hilfe muss ich da nackt raus.

»Ich halte Alex nicht für einen Welpen«, entgegne ich vorsichtig. Ich bewege mich hier auf dünnem Eis. »Er kommt schon klar, und du ganz offensichtlich auch, also …«

Mein Versuch, cool zu bleiben, klingt lächerlich aufgesetzt. Natürlich würde ich viel lieber nachhaken und fragen, was Theos Familie seiner Meinung nach um so vieles schlimmer macht als die Löwensteins.

Sind deine Eltern Satanisten? Scientologen? Mafiosi? Dann würden sie wohl eher Lorenzoni und nicht Lorenz heißen …

»Hmm«, summt er und legt wieder die Hände um mich. Mir fällt auf, wie sanft seine Umarmungen sind. Ganz anders als beim Sex.

»Vielleicht sollte ich dir meine Familie doch vorstellen. Tust du dann alles, was ich will, nur weil ich dir leid tue?«

Das soll ein anzüglicher Scherz sein. Ich ringe mir ein Schmunzeln ab und drücke meinen Kopf gegen seine Brust.

»Wenn ich alles tun würde, was du willst, dann nicht, weil du mir leid tust, sondern weil ich dich mag und es mir genauso großen Spaß macht wie dir. Ich bin kein grenzenlos emphatisches Dummerchen, nur …«

Stopp! Wollte ich gerade wirklich verknallt sagen?! Analsex führt zu Schlaganfällen!

»Nur?«, fragt Theo amüsiert nach und drückt mich kurz etwas fester, da ich schon auffällig lange schweige. Ich starre mit großen Augen ins Leere und versuche ein Wort zu finden, das meinen Satz sinnvoll beenden kann, ohne ihm hier quasi ein Liebesgeständnis zu machen. Das war auch gar nicht meine Absicht! *Dummes Unterbewusstsein …*

»Durstig«, schmettere ich endlich ein Adjektiv hinaus, das Theo zum Lachen bringt.

»Du bist kein grenzenlos emphatisches Dummerchen, nur durstig?«, wiederholt er und lässt mich los. Ich drehe mich nach ihm um und sehe diesen durch und durch koketten Blick, der mir verrät, dass er weiß, dass ich irgendetwas anderes sagen wollte.

Er bückt sich nach seiner Krawatte und bindet sie sich um. »Na dann bringen wir dich mal lieber schnell zur Bar zu deinem Freund, bevor du mich noch mehr schmutzige Dinge mit dir machen lässt.«

Seine Stimme wird wieder dunkel und mein überraschter Blick ringt ihm ein schiefes Schmunzeln ab.

Könntest du schon wieder? Nein, oder?! Doch?!

Wir verlassen den Raum, in dem ein Teil meiner Jungfräulichkeit verpufft ist. Ich lasse sie mit viel weniger Wehmut zurück, als ich gedacht hätte. Dass Theo mein erster war, macht einen sehr mädchenhaften, schwärmenden Teil in mir glücklich. Hätte ich jetzt Zeit, würde ich darüber fantasieren, wie es gewesen wäre, wenn er mich auch vor sechs Jahren entjungfert hätte.

Ob er mit achtzehn schon dieses Faible für Peitschen und SM-Praktiken hatte? Das hätte mich wahrscheinlich schwer überfordert. Der Gedanke daran ist trotzdem heiß.

Wer wohl seine erste Frau war? Nicki? Mir wird bewusst, wie gerne ich mich mal in Ruhe mit ihm unterhalten würde. Hier und heute passiert das aber nicht mehr.

Als wir die Treppe nach oben gehen, kommen uns einige Leute entgegen, die den Ball verlassen. Es ist nicht mehr so voll wie vor dem Essen. Wahrscheinlich gehen wir auch bald, was gut wäre, denn ich bin müde und ein wenig hungrig – diese merkwürdigen Mini-Portionen waren lachhaft.

Alex steht an der Bar und hat ein Martini-Glas in der Hand. Er sieht jetzt wirklich aus wie *James Bond*. Seine Fähigkeiten als Spion sind aber unterentwickelt, er bemerkt uns erst, als Theo ihn anspricht.

»Der wievielte ist das?«

Als Alex den Kopf zu uns dreht, grinst er. Ich freue mich, dass er so gut gelaunt ist, aber ich werfe mal die vage Vermutung in den Raum, dass das daran liegt, dass er sternhagelvoll ist.

»Hey! Wo wart ihr denn so lange?«

Das ist keine vorwurfsvolle Frage, er hat wirklich keine Ahnung. Während wir weg waren, hat er sich ganz offensichtlich mit dem Barkeeper angefreundet.

Theo reißt ihm das Glas aus der Hand und stellt es am Tresen ab.

»Du kannst dich hier doch nicht volllaufen lassen! Hast du vergessen, was 2010 los war? Willst du dieses Theater wiederholen?!«

Während Alex eine Standpauke von der strengsten Stimme der Welt bekommt, sehe ich mich prüfend um. Zumindest steht niemand in Hörweite.

»Ich bin nicht betrunken!«, versichert Alex und winkt ab. »Naja, vielleicht ein bisschen …«, gibt er zu und kichert, weil ihn seine eigene Handbewegung amüsiert hat.

»Ich hole ihm ein Glas Wasser«, biete ich an, aber Theo schüttelt den Kopf.

»Das neutralisiert den Liter Martini, den der Vollidiot intus hat, auch nicht mehr.«

»Hey. Ich kann euch hören, ich bin beschwipst, nicht taub«, erklärt Alex gekränkt.

»Ja, dann fühl dich geehrt! Vollidiot ist das Netteste, was mir gerade zu dir einfällt! Hast du mit deinen Eltern oder deinen Großeltern geredet, nachdem der Geist von Amy Winehouse von dir Besitz ergriffen hat?«

»Reg dich ab, ich kann mich zusammenreißen. Glaubst du, ich sage ihnen plötzlich, dass sie blasierte Monster sind und mich die jahrelange emotionale Distanz und das ewige Nörgeln psychisch total kaputt gemacht haben? Pff … dafür bin ich doch viel zu feige. Und ich muss pinkeln.«

Oje. Ich weiß jetzt, warum Theo so sauer ist und warum Nicki mir gesagt hat, ich soll aufpassen, dass er nicht zu viel erwischt. Der betrunkene Alex ist ein viel zu ehrlicher Alex, der nicht mehr nachdenkt, was er wem gegenüber preisgibt. Nüchtern hätte er das niemals so offen gesagt, zumindest nicht vor mir. Sonst macht er Witzchen, tränkt alles in schwarzem Humor und relativiert dadurch viel. Es ist meistens schwer zu sagen, ob er scherzhaft übertreibt, im Moment aber nicht.

Theo fährt sich seufzend durch die Haare, während er einen Ablaufplan schmiedet.

»Gut. Ich gehe mit ihm zu den Toiletten und danach schaffen wir ihn hier raus. Besser er bekommt Ärger, weil er geht, ohne sich zu verabschieden, als dass er hier eine Familien-Intervention startet.«

Ich nicke und liebe ihn einmal mehr für diesen Hang, Anweisungen zu knurren. Alleine wäre ich mit Alex in diesem Zustand überfordert. Ich hätte ihn wohl nur in den Arm genommen und über den Kopf gestreichelt, wie einem … naja, Welpen.

»Komm mit, du Schnapsdrossel!«

Er packt ihn am Arm und zieht ihn noch rechtzeitig vom Tresen weg, bevor er sich den Martini wieder greifen kann.

»Diesmal musst du mir vielleicht wirklich beim Halten helfen!«, tönt Alex amüsiert und erntet dafür finstere Blicke.

»Ich schwöre bei Gott, wenn du mir auf die Schuhe pinkelst, sind wir geschiedene Leute!«, brummt Theo, bevor er zu vertuschen versucht, dass Alex wankt, ohne den Eindruck zu erwecken, sie wären ein schwules Pärchen.

Ich sehe den beiden hinterher und werde nachdenklich. Nicki hatte recht. Ich kenne Alex nicht wirklich. Dazu haben wir zu wenig Zeit miteinander verbracht. Was mir aber spätestens nach diesem Abend bewusst wird, ist, dass er nicht nur dieser gutaussehende, witzige Sunnyboy ist – niemand ist das. Aber er lässt die Fiktion im Alltag sehr schön aussehen. Das muss höllisch anstrengend sein. Dauerlächeln tut nach einiger Zeit in den Wangen weh.

Ich will einen Schritt machen, aber mein Hirn scheint mit schwermütigen Gedanken überfordert zu sein und fährt die ›Ich kann gehen‹-Software herunter.

Mein Stöckel verhakt sich in meinem Kleid. Ich falle hin. Das war abzusehen, mein Peinlichkeiten-Konto war auch noch nicht voll.

Zum Glück ist der Teppichboden weich, und niemand hat hingesehen. Na gut, nicht niemand, da ist plötzlich eine Hand, die höchstwahrscheinlich mitbekommen hat, dass ich meine motorischen Fähigkeiten eingebüßt habe. Also nicht die Hand direkt, sondern derjenige, der sie mir entgegenstreckt und das ist ... *wow, hallo!*

»Hast du dir weh getan?«

David greift nach mir und zieht mich hoch. Ich bin das zweite Mädchen, das er heute vom Boden aufsammeln muss, und mein Blick ist wahrscheinlich ähnlich glänzend wie der der 3-Jährigen.

Blonder Doktor hübsch. Küsschen, Küsschen?

»Danke! Nein, alles gut.«

Ich wische mir etwas verlegen übers Kleid und sehe dann zu ihm auf. Dieses Gesicht ist bei hellem Licht noch beeindruckender als im schummrigen. Ich warte darauf, dass er die Lippen zu einem Schmunzeln verzieht, weil ich ihn dann endlich dämlich angrinsen kann. Er schmunzelt aber nicht, mustert mich nur auffallend eindringlich.

Oh mein Gott, was? Wenn das hier jetzt die eine Szene aus *Verrückt nach Mary* wird und ich weißes Zeug in den Haaren habe, bin ich zweifelsohne nicht cool genug, um so zu tun als wäre es Gel!

Sein Blick legt sich auf meinen Hals, während ich mit den Fingern unsicher nach meiner Haut taste. Er macht einen Schritt auf mich zu. »Wenn du schon keine Manieren hast und das Bedürfnis verspürst, dich selbst zu blamieren, dann mach das in Zukunft auf anderen Veranstaltungen, nicht auf unseren.«

Schockstarre.

»Es ist eine Sache, beim Essen wie ein Kind das Gesicht zu verziehen und sich nicht vernünftig vorstellen zu können, aber wenn du dich irgendwo würgen und ficken lassen möchtest, dann ist ein Benefiz-Ball für die Krebshilfe definitiv der falsche Ort.«

Er hebt das Kinn und ich starre ihn perplex an. Ich kann nicht glauben, was er gerade gesagt hat.

Ist das ein Witz? Ist das eine seltsame Art von Humor, die ich nicht verstehe?

»Und ein gut gemeinter Rat, was deine Kleiderwahl betrifft: sich eine andere Konfektionsgröße ganz fest zu wünschen, funktioniert nur in deiner eigenen Gedankenwelt und nicht für andere. Das Kleid ist dir offensichtlich zu klein und solange du dich nicht für etwas mehr Sport begeistern oder dir das Dessert verkneifen kannst, solltest du es zurück in den Schrank hängen.«

Seine Worte sind so abartig gemein und schmerzhaft, dass ich nicht weiß, ob das ein Kloß in meinem Hals oder ein brennender Ball aus Wut ist.

Er hat gesagt, dass ich dick bin – doch, jetzt bin ich mir sicher, es ist ein Kloß. Hättest du mich nicht lieber treten können, als ich am Boden gelegen habe?!

Nicht heulen, Lena! Nein! Du heulst nicht vor arroganten, dummen Arschlöchern!

Es brennt mir auf der Seele, ihn wüst zu beschimpfen, aber er hat es geschafft, dass ich mich so unwohl fühle, dass ich mich ein paar Sekunden sammeln muss.

David bleibt stehen und wartet auf eine Antwort, fast so, als würde er wollen, dass ich mich für diese schmerzhaften, zwar nicht an den Haaren herbeigezogenen, aber übertrieben bösartigen Vorwürfe rechtfertige.

Ich hasse mich dafür, dass ich gerade all meine Kräfte dafür brauche, um nicht in Tränen auszubrechen.

Sein kalter erwartungsvoller Blick schweift an mir vorbei.

»Bist du so betrunken, wie es aussieht?«, fragt die boshafte Stimme, die ich nie wieder melodisch nennen werde. Diesmal gilt der vorwurfsvolle Tonfall nicht mir, sondern Alex, der von der Toilette zurückgekommen ist.

»Spar dir das hoheitsvolle Getue, David. Ich bringe ihn nach Hause«, antwortet Theo und entgegnet den eisig grünen Augen mit einem ebenso starken Blick. Ich drehe den Kopf weg von den beiden, weil ich meine Mimik noch nicht unter Kontrolle habe.

Alex ignoriert seinen Bruder und legt grinsend den Arm um mich.

»Ich glaube, du musst fahren, Süße! Lenken und Zielen ist heute nicht mehr mein Ding«, tönt er amüsiert und will mich küssen. Seine betrunkene Fröhlichkeit schlägt aber um.

»Weinst du?«

»Natürlich nicht!«, entgegne ich im etwas zu aggressiven Tonfall und drücke Alex von mir weg. Er starrt mich eine Sekunde lang fragend an, dann wird sein Blick finster und schnellt zu David. Ich heule wirklich nicht, ich halte die Tränen erfolgreich in meinen Augen gefangen, aber sie glitzern bestimmt.

»Was hast du zu ihr gesagt?!«

Er macht einen Schritt auf seinen Bruder zu, der vorwurfsvoll den Kopf schüttelt.

»Erbärmlich, Alex. Kannst du dich nicht einen Abend zusammenreißen?«

David ignoriert die Frage nach unserem Gespräch und Alex dreht sich wieder zu mir. Er ist auf 180.

»Was hat er zu dir gesagt?!«, will er wissen, aber ich starre nur unsicher zu Theo, weil ich nicht weiß, ob es gut ist, wenn ich jetzt ehrlich bin. Das hier soll nicht eskalieren. Wenn Alex ausrastet, ist er am Ende der Böse, der den Ball gesprengt hat.

Theo stellt sich vor Alex und legt ihm die Hand auf die Schulter.

»Komm, wir gehen. Scheiß drauf, was er gesagt hat. Er ist ein Arschloch, das weißt du.«

David hört das und ich sehe ihn zum ersten Mal schmunzeln.

»Amüsant, dass ich das Arschloch bin«, sagt er und lässt die Hände selbstbewusst in den Hosentaschen verschwinden. Er sieht Alex an. »Ich war nicht derjenige, der über deine Begleitung hergefallen ist und dich alleine stehen gelassen hat. Aber glaub, was immer dir dein Souffleur ins Ohr flüstert, deinen eigenen Text hast du ja leider nie gelernt.«

Alex' Blick wird viel zu weich und verletzt.

»Wart ihr deshalb so lange weg? Hattet ihr Sex?«, fragt er Theo, der langsam wütend wird.

»Ja! Seit wann ist das denn ein Problem für dich?! Bist du so betrunken, dass du vergessen hast, dass du nicht ihr Freund bist?! Lass dich doch nicht von diesem Vollidioten aufhetzen!«

Alex kneift die Augen zusammen und schwankt, wahrscheinlich weil ihm übel wird oder er Kopfschmerzen von dem ganzen Gezanke bekommt. Ich kann ihn verstehen. Er ist nicht in der Verfassung, das hier heute noch rational auf sich wirken zu lassen. David formuliert seine Vorwürfe so absurd überspitzt und aus dem Kontext gerissen, dass selbst ich beinahe ein schlechtes Gewissen bekomme. Grundlos. Ich habe weder Alex noch mich selbst heute Abend blamiert und ich schlafe mit wem ich will und wann ich will, ohne mich dafür vor Doktor Löwenarsch rechtfertigen zu müssen!

»Ich sage der Familie, dass du Migräne hast und dir der Stress mal wieder zu viel geworden ist«, meint David in einem unmöglichen Ton, der eine Mischung aus genervt und missbilligend ist.

Theo fährt so schnell auf dem Absatz herum, dass ich erschrocken zusammenzucke. Er knurrt David direkt ins Gesicht.

»Wenn du schon dabei bist, Nachrichten zu überbringen, dann sag deinem notgeilen Vater, dass es das Letzte ist, die Begleitung seines Sohnes anzugraben. Oder bumst er Natascha auch? Dann soll er sich auf deine Flittchen beschränken!«

Bitte nicht dieses Thema! Ich starre zu Alex, der sich abgelenkt die Schläfen reibt. Vielleicht bekommt er wirklich eine Migräne-Attacke. Er schwankt noch immer und ich stelle mich zu ihm, damit er sich an mir festhalten kann.

»Ja, ich spreche ihn auf sein Flirt-Problem an. Mach doch dasselbe mit deinem Vater, vielleicht löst das sein Aggressions-Problem und das wiederum deinen psychologisch bedenklichen Fetisch. Reden ist der Schlüssel zu so vielem.«

Theo ballt die Hände zu Fäusten, und ich will Alex eigentlich loslassen und Theo festhalten, aber was würde das bringen? Wenn er David eine knallen möchte, tut er das, ob ich an ihm klebe oder nicht. Ich bin mir sicher, dass alles gleich eskaliert.

»Hey, hey. Hier wird sich ganz ohne Revolver duelliert? Okay, wer hat wen zuerst mit dem weißen Handschuh geschlagen?«

Ich drehe mich nach der männlichen Stimme um, die hinter mir ertönt ist, und lasse Alex vor Schreck los, der beinahe mit dem Gesicht auf den Tresen knallt.

Was zur Löwenstein´schen Hölle …?!

Sein Blick streift nur kurz meinen, dann geht er auf Theo zu und legt ihm die Hand auf die Schulter.

»Ich bin mir sicher, David hat es verdient – schon alleine, weil er mir vorhin den ganzen Whiskey weggesoffen hat, aber wenn du ihn schlagen willst, dann doch bitte in einem dunklen Hinterhof, sonst bekommen hier mindestens zwanzig betagte Damen einen Herzinfarkt, und keiner von uns will die alten Schabracken wiederbeleben.«

Theo seufzt genervt und wischt sich die Hand von der Schulter.

»Danke für den Tipp Luca – hilfreich wie immer«, tönt er sarkastisch und ich starre mit autobusscheinwerfergroßen Augen auf meinen Vampir-Boss im Smoking, der der Situation gerade die aggressive Spannung genommen hat.

Er macht einen Schritt näher zu David und stellt sich dann neben ihn. Der blonde Doktor zieht eine Augenbraue in die Höhe und sieht den rothaarigen Doktor streng an.

»Ich habe deinen Whiskey nicht getrunken, das warst du selbst.«

»Lüg nicht, sonst ohrfeige ich dich auch gleich mit einem Handschuh«, entgegnet DeLuca gewohnt sarkastisch.

Ich bin absolut überfordert mit der Situation, beinahe so überfordert wie Alex, der sich stöhnend zu Wort meldet.

»Ich will nach Hause, ihr geht mir alle auf die Nerven.«

»Wie unhöflich«, meint DeLuca beleidigt.

»Du besonders, Susi!«, giftet Alex zurück und zeigt meinem Chef – der, warum auch immer, hier ist und jeden kennt, den ich kenne – den Mittelfinger.

Theo dreht sich um und macht eine auffordernde Geste.

»Komm, wir gehen.«

Ich kann noch nicht mal nicken, starre nur wieder zurück auf DeLcua, der neben David steht und ebenfalls die Hände in den Hosentaschen vergräbt. Er grinst mich schief an.

Ich würde ihn gerne an der Krawatte packen und ihn zwingen, mir sofort zu erklären, wieso er hier ist und wieso er mit keinem einzigen Wort erwähnt hat, dass er die Löwensteins auch kennt. Er hat sich meinen Schwachsinn von wegen: ›Alexander Löwenstein ist mein Freund‹ angehört, ohne ein Wort zu verlieren! Wieso?! Wie lange kennen sie sich schon?

Mann oh Mann, mir fällt gerade auf, dass Alex letzten Donnerstag wahrscheinlich auch auf der Beerdigung war, als er mir gesagt hat, er hätte den ganzen Tag in einem Anzug gesteckt.

»Ihr Freund wird gerade abtransportiert, laufen Sie ihm lieber nach.«

Als er das sagt, fällt mir auf, dass ich hier wie angewurzelt bei ihm und David stehe, während Theo Alex schon längst in Richtung Ausgang führt.

DeLuca macht eine scheuchende Handbewegung.

»Schnell. Die erwachsenen Männer sind keine passenden Spielgefährten für Sie, bleiben Sie also lieber nicht stehen, sondern folgen Sie den Jungs.«

Ich sehe David noch schmunzelnd den Kopf über DeLucas Satz schütteln, dann setze ich mich in Bewegung. Wahrscheinlich funkle ich die beiden böse an, ich habe keine Ahnung, welche automatisierten Reaktionen ich gerade abspule.

Mein Kopf ist so voll, er schwirrt regelrecht. Als ich die Treppe hinunter laufe und zu Alex und Theo aufschließe, kommt mir das hier wie der aufwühlendste Abend meines Lebens vor. Zumindest habe ich nicht geheult – nur fast.

Wenn ich daran denke, was David über meine Figur und das Kleid gesagt hat, ist mir aber wieder danach. Ich hasse ihn! Und DeLuca auch, weil sie bestimmt gerade zusammenstehen und Witze über meinen dicken Hintern machen! Wie lange läuft das schon?!

Kaum sind wir an der frischen Luft, setzt bei Alex die Fähigkeit, alleine zu stehen, komplett aus. Theo hängt ihn mir über die Schulter, während er zu den Leuten vom Parkservice geht.

»Ist dir schlecht?«

Er grinst mich an. »Es geht mir hervorragend! Klasse Abend! Können wir wieder reingehen? Ich möchte in eine Sauciere kotzen.«

»Das lassen wir lieber. Wir bringen dich nach Hause.«

Er seufzt mich mit glasigen Augen an und lässt den Kopf dann auf meine Schulter fallen.

»Hat David dich beleidigt?«, nuschelt er gegen meine Haut. Ich lege ihm die Hand auf den Kopf.

»Nein, nein. Alles gut.«

»Hat Theo ihn geschlagen?«, will er wissen und klingt verwirrt, weil die letzten fünfzehn Minuten anscheinend größtenteils an ihm vorbeigegangen sind.

»DeLuca ist aufgetaucht und hat Witzchen gerissen, danach wollte sich niemand mehr prügeln. Woher kennst du ihn eigentlich?«

»David? Ist mein Bruder«, brummt er mit müder Stimme. *Danke für diese interessante Information, Alex.*

»Nein. DeLuca.«

»Susi?«, tönt er spontan amüsiert und hebt sogar kurz den Kopf von meiner Schulter.

»Von immer schon damals«, lautet seine Antwort, die sich anhört, als hätte jemand einen vernünftigen Satz im Google-Übersetzer durch drei Sprachen und wieder zurück gejagt.

Theo taucht auf und hat die Autoschlüssel in der Hand.

»Wieso hast du den Wagen nicht vorfahren lassen?«, frage ich verwirrt und lasse mir Alex wieder abnehmen.

»Weil ich ihn so nicht in mein Auto steigen lasse.«

Was er befürchtet, erfahre ich, als wir vor den Büschen hinter dem Parkhaus stehen, Theo Alex schüttelt und er daraufhin zu kotzen beginnt.

Er jammert noch immer nach einer Sauciere, aber er kann sich perfekt an seinen eigenen Knien abstützen, ohne umzufallen oder nach vorneüber zu kippen. Beeindruckend. Das will ich meinem betrunkenen Ich auch beibringen.

»David ist ein Arschloch, nimm dir nichts zu Herzen, was er sagt«, meint Theo, nachdem wir eine ganze Weile lang schweigend Alex' Kotzen gelauscht haben. Ich habe diesen Satz in ähnlicher Form schon öfter gehört, aber ich sehe endlich selbst ein, dass er wahr ist. Ich muss die Herdplatte selbst anfassen, um zu glauben, dass sie heiß ist.

»Ach, er hat mich nur peinlich, manierenlos und fett genannt, das kann ich ab«, sage ich halb sarkastisch und sehe Theo seufzend den Kopf schütteln.

»Er ist ein großkotziger Narzisst mit Persönlichkeitsstörung. 9 von 10 Mal willst du ihm eine klatschen, dann zieht er sich einen weißen Kittel an und verteilt bunte Pflaster an Kinder. Ich bin noch nie mit ihm klargekommen.«

Ich nicke und will etwas fragen, aber Alex richtet sich auf und beginnt wieder leicht zu schwanken.

»Fertig«, sagt er mit heiserer Stimme und dreht sich zu uns um. Er sieht furchtbar blass und müde aus. Theo packt ihn an den Schultern und fängt wieder an ihn durchzuschütteln.

»Sicher? Wenn du mir ins Auto kotzt, werfe ich dich bei voller Fahrt raus!«

»Jaaaa«, versichert er mit Vibration in der Stimme.

Wir machen uns auf den Weg in die Parkgarage.

Als wir vor einem schwarzen Audi halten und ich Theo helfe, Alex auf den Beifahrersitz zu platzieren, fällt mir etwas auf.

»Das ist ein Zweisitzer, oder?«

»Ja. Alex' BMW auch, wir müssen getrennt fahren, entschuldige. Nimm sein Auto und fahr damit nach Hause.«

Er reicht mir den Schlüssel und zieht mich dann zu sich.

»Du kannst doch noch fahren, oder? Wie viel hast du getrunken?«

»Zwei Gläser Sekt in vier Stunden. Ich bin nüchtern.«

Theo küsst mich und sieht mich dann mit einem Blick an, der mir neu ist. Er ist müde, der Abend hat an uns allen Spuren hinterlassen.

»Kommst du am Donnerstag zu Alex?«, will er wissen und ich würde wirklich gerne ja sagen.

»Ich habe eine Prüfung am Freitag. Ich kann nicht.«

Er nickt. »Das heißt, du lernst die ganze Woche.«

»Ja.«

Irgendwann zwischen amüsanten Partys und berauschendem Sex muss ich auch noch studieren, sonst wundert sich Theo bald, warum meine Haare ständig nach Pommes riechen.

»Aber nach meiner Prüfung, bin ich am Uni-Fest. Sehen wir uns dort?«

»Sicher. Wenn Alex bis dahin wieder nüchtern ist, gehen wir hin.«

Ich schmunzle und finde es schade, dass er mich wieder loslässt, aber wir können kaum die ganze Nacht hier in der Parkgarage stehen.

»Fahr vorsichtig, der BMW hat ein paar Pferde unter der Haube.«

Ich nicke. Während dem Nicken fällt mir ein, dass ich Alex' Auto gar nicht fahren will. Als der Audi davonrauscht, starre ich auf den Schlüssel in meiner Hand und beginne mich zu fragen, wann ich das letzte Mal hinter einem Steuer gesessen habe. *Bei meiner Fahrprüfung, oder?*

Hilfe.

Zwei Waschbären im Auto

Ich schleiche mich an den BMW heran, als wäre er ein schlafender Stier, den ich gleich reiten muss – in Stöckelschuhen und einem Kleid, das mir zwei Nummern zu klein ist. *Nicht heulen! Vergiss David! Konzentriert bleiben!*

Einsteigen klappt, viel mehr auch nicht. Ich erreiche nicht mal die Pedale. Der Sitz ist zu weit hinten. Um ihn zu verstellen, stecke ich den Schlüssel vorsichtig ins Schloss. Als die Lichter angehen, fühle ich mich wie auf einem Raumschiff. Tausend Knöpfe, viel schickes Chrome und kein Plan, wie das Ding fliegt.

Ich drücke etwas und mein Gesicht friert beinahe ein. Okay, das war die Lüftung und sie ist auf Schockfrosten eingestellt. Der nächste Knopf entpuppt sich als wirkungslos, wenn ich ihn drücke, es blinkt nur eine orange Lampe. Ich grapsche an meinem Sitz herum und werde dann doch nach vorne befördert. So erreiche ich sogar die Pedale – das sind doch schon mal gute Voraussetzungen.

Mein linker Fuß tastet herum und presst sich prüfend auf das Kupplungspedal, das sich kaum bewegt. Es ist zwar schon eine Weile her, seit ich auf dem Fahrersitz gesessen habe, aber sollte man die Kupplung nicht durchdrücken können? Ich strecke den Kopf nach unten und checke die Lage. Alex' Auto fehlt ein Pedal. Weiß er das?

Ein Blick auf den Schaltknüppel bestätigt meinen wachsenden Verdacht. Da steht nicht 1,2,3,4,5 sondern D, N, P. Automatik.

Es klopft an der Scheibe und ich zucke erschrocken zusammen. Als ich meinen Kopf nach links drehe, starre ich in ein Gesicht, das mich noch immer verwirrt, weil ich es meinem Privatleben einfach nicht zuordnen kann.

Was machen Sie hier?! Bei den Löwensteins?! Und vor dem Auto?!

Ich will die Scheibe runterlassen, aber das funktioniert nicht auf Anhieb. DeLuca sieht mir mit hochgezogenen Brauen dabei zu, wie ich hektisch die Knöpfe an der Lehne drücke, dann macht er die Tür auf. Ich hole schon Luft, sage aber nichts, da ich beobachte, wie er den richtigen Schiebeknopf betätigt, und die Scheibe nach unten fährt.

Er schenkt mir einen protzigen Blick.

»Können Sie überhaupt Auto fahren?«

»Natürlich kann ich Auto fahren!«, gifte ich energisch zurück.

»Entschuldigen Sie. Dass Sie mit dem Kopf im Fußraum gesteckt haben, hat mich annehmen lassen, dass Sie keine Ahnung haben, wo bei einem Kraftfahrzeug oben oder unten ist.«

»Ich komme bestens zurecht!«

»Haben Sie Ihren Freund verloren?«

Mein Blick schweift an ihm vorbei auf den Wagen, der vor der Ausfahrt gehalten hat und dessen Beifahrertür noch offen steht. Als ich sehe, dass David am Steuer sitzt und gelangweilt den Kopf gegen die Lehne drückt, verfinstere ich den Blick.

»Sie sollten Ihre charmante Begleitung nicht warten lassen! Sonst geraten Sie noch in einen Stau auf dem Weg zu ihm nach Hause. Nachts sollen die Straßen zur Hölle ziemlich verstopft sein.«

Ja, David ist der Teufel, ich hoffe, er hat die plumpe Anspielung verstanden!

DeLuca lacht. Er stützt sich mit einer Hand am Auto ab.

»Er ist manchmal etwas zu direkt, aber ich habe angenommen, Sie haben eine Vorliebe für solche Männer.«

Ich habe keine Vorliebe für Männer, die mir sagen, dass mein Hintern zu dick ist!

»Sie hätten ruhig mal erwähnen können, dass Sie die Löwensteins kennen!«

»Sie meinen, als Sie mir erzählt haben, dass Sie Alexanders Freundin sind? Ja, da hätte ich es erwähnen können, aber so hat es mehr Spaß gemacht – ihr Blick vorhin war unbezahlbar. Sie haben mich übrigens auf der Tanzfläche gerammt.«

Ich erinnere mich an den Zusammenstoß. Wenn ich mich nach ihm umgedreht hätte, wären mir schon beim Tanzen die Augen rausgefallen.

»Luca!«, ruft eine genervte Stimme.

Er dreht sich zu David. »Ja, ja. Gleich.«

»Woher kennen Sie sich?«, will ich wissen, bevor er verschwindet, weil mir die Frage schon auf der Zunge brennt.

»David und ich? Wir schlafen immer mal wieder miteinander.«

Ich starre ihn an, weil er keine Miene verzieht. Ist das sein Ernst? Jetzt grinst er, also nein.

»Oder wir sind seit dem Kindergarten beste Freunde – was auch immer Sie sich lieber vorstellen.«

»Sie haben einen eigenwilligen Geschmack, was Ihre Freunde oder Lover betrifft«, entgegne ich vorwurfsvoll. Er muss wissen, dass David ein Arschloch ist, wenn sie sich schon so gut und lange kennen.

»Naja, ich wirke neben ihm immer so charmant, vielleicht bin ich deshalb so gerne mit ihm zusammen.«

Er ist selbst ein Teufel, der Sarkasmus-Teufel. Eigentlich sind sie ein schönes Pärchen.

Ich will die Autotür zumachen, aber DeLuca lehnt sich ein Stück weiter zu mir.

»Brauchen Sie Hilfe? Eine Mitfahrgelegenheit?«

Spinnt er?

»Ich fahre nicht bei Ihnen mit!«

»Sie sagen das, als würden wir Sie verschleppen wollen. Ich zwinge Sie schon nicht, uns auf unsere After-Party zu begleiten. Das ist nichts für Sie. Wir fahren Sie nur nach Hause und ich erzähle Ihnen auf dem Weg dorthin liebend gerne ein paar amüsante Geschichten aus der Kindheit ihres Verlobten. Oder auch vom jungen Lorenz-Herbst? Das dürfte Sie mehr interessieren. Habe ich recht?«

Er ist wie ein verdammter Verbrecher-Vampir, der mir Süßigkeiten anbietet, um mich in seinen Wagen zu locken. Und er weiß eindeutig zu viel! Wieso weiß er so viel?!

»Ich brauche keine Mitfahrgelegenheit. Ich fahre selbst nach Hause und Sie können ohne Umschweife mit Luzifer auf Ihre mit Sicherheit verstörend frivole After-Party gehen.«

DeLuca zieht eine Augenbraue nach oben. Er hat die Haare heute zurückgegelt, was ihm leider ziemlich gut steht, aber nichts auf dieser Welt könnte mich dazu bringen, in Davids Auto zu steigen. Nicht mal ein exzentrischer, rothaariger Vampir, der mir spannende Geschichten verspricht.

»Na gut.« Er klopft auf das Wagendach und richtet sich auf. »Fahren Sie vorsichtig, Frau Relisch. Das hier ist übrigens das Lenkrad, man bewegt es, um das Fahrzeug zu steuern.«

Nachdem ich tatsächlich seinem Finger mit dem Blick gefolgt bin und auf das Lenkrad gestarrt habe, geht er lachend davon.

Ich sehe David noch den Kopf schütteln, als DeLuca einsteigt. Jetzt gibt es mit Sicherheit eine Diskussion darüber, warum er sich so lange mit dem Mädchen mit dem dicken Hintern unterhalten hat.

Ich seufze, während ich den Kopf resignierend auf die Nackenlehne fallen lasse. Großartig. Ich dachte, die Stimmung im Büro wäre bereits seltsam genug gewesen. Da wusste ich aber noch nicht, dass DeLuca den Gastgeber meiner Sex-Party-Clique kennt. Wie peinlich. Oder doch nicht? Er macht bestimmt dasselbe mit David und der magersüchtigen Kleopatra, die er im Schlepptau hatte. Zutrauen würde ich es ihnen. After-Party klingt nach SM-Fetisch-Party.

Nachdem ich minutenlang auf das Lenkrad gestarrt habe, ziehe ich den Schlüssel wieder ab, weil es keinen Sinn macht, mir einzureden, ich könnte dieses Auto fahren. Auch wenn ich DeLuca und Theo versichert habe, dass ich das hier alleine schaffe, ich würde den Wagen schon beim Ausparken beschädigen – spätestens aber an der engen, kurvigen Ausfahrt. Und selbst, wenn ich es damit auf die Straße schaffe, donnere ich wahrscheinlich bei der ersten Ampel mit dem linken Fuß auf die Bremse, während ich kuppeln möchte.

Meine ersten Fahrversuche mit einem Automatik-Auto kann ich einfach nicht mit einem 40.000 Euro teuren unübersichtlichen Cabrio machen, schon gar nicht in Stöckelschuhen. Wenn ich einen Unfall baue, könnte ich mir das nie verzeihen.

Ich fische mein Handy aus der Handtasche und checke die Uhrzeit. Es ist kurz nach Mitternacht, was bedeutet, dass keine Busse mehr fahren. Geld für ein Taxi fehlt mir natürlich so zuverlässig wie immer. DeLuca sollte mir mehr bezahlen! Sein Angebot von vorhin hätte ich trotzdem nicht annehmen können. Im Grunde hätte ich damit David gebeten, mich nach Hause zu fahren, und bevor ich das tue, ziehe ich in diese Parkgarage.

Ich überlege, ob ich Theo anrufen soll, aber er müsste zuerst Alex nach Hause fahren, ihn in seine Wohnung schleppen, wieder zurückfahren und das, obwohl ich die Schlüssel nickend angenommen habe. Das kann ich nicht machen. Er hält mich dann bestimmt für eine dumme Ziege, die sich nicht eingestehen kann, dass sie Hilfe braucht, bis alle Stricke reißen. Ich will auch nicht abhängig auf ihn wirken. Ich denke, er mag mich, da ich zwar beim Sex devot bin, aber im Leben keinen Beschützer brauche.

Theo streichelt Löwen-Welpen nicht gerne über den Kopf – Waschbären wahrscheinlich auch nicht.

Ich scrolle durch mein Telefonbuch und finde jemanden, vor dem ich nicht verheimlichen muss, dass ich ein Idiot bin, weil er mich schon mal vom Rad fallen gesehen hat, nachdem ich behauptet habe, ich könnte über die paar Stufen springen. Ähnliche Situation –heute trage ich nur Abendrobe.

Es kostet mich Überwindung anzurufen, aber wenn ich die Nacht nicht in Alex' Auto verbringen will, muss ich ihm auf die Nerven gehen.

»Lena? Alles klar?«

Simon klingt überrascht, aber zum Glück nicht verschlafen. Zumindest habe ich ihn nicht geweckt.

»Hey! Entschuldige, dass ich so spät anrufe.«

»Bist du nicht auf dem Ball? Ist etwas passiert?«

»Nein, alles gut«, versichere ich schnell. Ich höre, dass er sich Sorgen macht. Er kennt Alex besser als ich und hat bestimmt schon mehr Horrorgeschichten über die Löwenstein-Gala des Grauens gehört.

»Ich weiß, es ist viel verlangt, aber könntest du mich vielleicht abholen?«

»Ja, sicher«, antwortet er sofort. Dass er mir diesen Gefallen tut, ohne vorher tausend Fragen zu stellen, ist typisch Simon. Er hat mich auch mit blutendem Knie zu meiner Mutter getragen, ohne mir reinzuwürgen, dass er schon wusste, dass ich falle, bevor ich losgefahren bin.

»Bist du alleine oder ist Alex bei dir?«

»Ich bin alleine. Theo fährt Alex nach Hause, er ist ziemlich betrunken. Sie haben beide nur Zweisitzer, also habe ich zugestimmt, mit Alex' Auto nach Hause zu fahren, aber ich … naja. Erinnerst du dich, als ich aus purer Selbstüberschätzung vom Rad gefallen bin?«

»Welches Mal?«, will er im sarkastischen Tonfall wissen und ich höre im Hintergrund Schlüssel rascheln. »Ich bin in zwanzig Minuten da«, versichert er.

»Ich warte vor der Parkgarage. Danke, Simon.«

»Schon gut. Ich beeile mich.«

Ich stehe im Schatten, den das Licht der Straßenlaterne auf den Gehsteig wirft. Mir ist aufgefallen, dass es ziemlich dämlich aussehen könnte, wenn Alex' Familie an mir vorbei fährt und mich hier sieht. Ich traue ihnen zu, dass sie mich am Ende noch für eine Prostituierte halten.

Während ich warte, scrolle ich auf meinem Handy herum und stalke Simon auf Facebook. Vor einer Stunde hat jemand ein Foto von ihm markiert, auf dem er sonnengebräunt und mit nacktem Oberkörper auf einem Beachvolleyballfeld steht. 97 Personen gefällt das, mir auch, auch wenn ich die Blondine neben ihm gerne wegretuschieren würde.

›Auch schon wieder ein Jahr her‹, hat er kommentiert. Den Kommentar darunter würde ich gerne disliken.

Nicki Rot schreibt: *›Noch 12 Tage, dann machen wir ein neues Foto, aber diesmal mit Siegerpokal. :)‹*

Sie wälzen sich also bald als gemischtes Doppel im Sand. Schön. Ich freue mich. Sarkasmus-Like. Außerdem würden sie ›Kirschbaum-Rot‹ heißen, wenn sie einen Doppelnamen annehmen würden. Wenn das kein Wink des Schicksals ist. *Böses, Schicksal! Geh nachhause, du bist betrunken!*

Ich schaue auf, weil ein Auto anhält. Als ich ein paar Schritte unter die Straßenlaterne mache, werden die Scheiben hinuntergefahren.

»Sie haben ein Taxi bestellt?«

Ich erwidere Simons Lächeln und steige in den türkisen Mazda.

»Danke! Du rettest mich davor, ein Auto zu Schrott zu fahren, das teurer ist als meine Wohnung. Und sauberer.«

Simon trägt Jeans und ein schlichtes, dunkelgraues Shirt. Männer in Anzügen sind schön, aber Unschuldsengel sind auch in schlichter Kleidung sexy.

»Kein Ding. Ich habe nur auf der Couch gelegen und Jonas war zu Hause, also konnte ich mir das Auto leihen.«

Ich sehe ihn prüfend an, während er in den Verkehr einfädelt.

»Das ist nicht dein Auto?«

»Nein, ich habe keines. Das wäre unnötig. Zur Uni fahre ich mit dem Rad und nach Hause mit dem Zug.«

»Dann habe ich dir wohl noch mehr Umstände gemacht, als ich gedacht habe.«

Simon schüttelt den Kopf. »Nein, hast du nicht. Jonas leiht es mir gerne. Lassen wir das Thema. Erzähl mir von dem Ball. Theo und Alex sind ohne dich gefahren?«

Ich will den vorwurfsvollen Ton aus seiner Stimme verbannen, weil ich mir das Auto-Desaster selbst eingebrockt habe.

»Alex war betrunken und Theo hat mich gefragt, ob ich selbst fahren kann. Ich habe ja gesagt, es war meine Schuld.«

Simon murrt leise. Das ist so etwas wie ein Einspruch.

»Was? Theo kann wirklich nichts dafür«, sage ich kleinlaut.

Ich weiß, dass er gerne einen Bösewicht aus ihm macht, aber er hatte keine andere Wahl.

»Dich in ein Auto mit 200 PS zu setzen, das du noch nie gefahren hast, ist rücksichtslos. Egal, ob du behauptest, dass du klarkommst. Er hätte ein Taxi rufen können.«

»Ich hätte auch ein Taxi rufen können«, entgegne ich leise und klinge schuldbewusst genug, um Simons Miene engelsweich werden zu lassen.

»Das wollte ich damit nicht sagen. Dass du keine fünfzig Euro für eine Taxifahrt ausgeben kannst, ist klar. Könnte ich auch nicht.«

»Deshalb habe ich dich angerufen …«

Simon gegenüber fällt es mir überraschend leicht, zuzugeben, dass ich blank bin. Das liegt wohl daran, dass wir derselben Spezies angehören. Wir sind keine Löwen, wir sind Waschbären, und Waschbären bilden Fahrgemeinschaften.

»Geht es Alex gut? Ist etwas passiert?«

Er sorgt sich natürlich nicht nur um mich, sondern auch um seinen besten Freund. Wobei ich mir nicht sicher bin, wer denn jetzt Alex' bester Freund ist. Theo oder Simon. Ich blicke da noch immer nicht ganz durch. Das ist die komplizierteste Dreiecksbeziehung nach *Twilight*. Alex ist *Bella*.

»Der Abend war ziemlich anstrengend für ihn. Seine Familie ist etwas …« *Scheiß drauf, mir fällt kein anderes Wort ein.* »… irre.«

»Waren sie zumindest nett zu dir?«, will er wissen.

Ich zucke mit den Schultern. »Ja. Nein. Ich möchte auf alle Fälle nicht mit Alex tauschen.«

»Ich auch nicht. Er hatte keine leichte Kindheit.«

»Er erzählt dir viel, oder?«

Simon nickt, schweigt dann aber, weil er niemand ist, der Geheimnisse ausplaudert. Ich weiß das zu schätzen, meine Neugier nicht.

»Weißt du etwas über Theos Eltern? Ich habe sie nicht kennengelernt, aber er scheint auch kein gutes Verhältnis zu ihnen zu haben.«

Alex' Geheimnisse hütet er aus einem Freundschaftsdienst heraus. Theos müsste er aber ausplaudern dürfen, oder?

»Ich weiß nur, was Alex mir erzählt hat, und das ist unschön.«

Unschön? Mehr sagst du nicht? Du bist ein verdammt guter Mensch, weißt du das?

»Ich habe David getroffen«, verrate ich mit angesäuerter Stimme. Zumindest über die Dinge, die ich auch weiß, können wir reden.

»Er ist ein blödes Arschloch«, spreche ich eine Feststellung aus, die Simon abnickt, aber nicht, ohne mich kurz schmunzelnd von der Seite anzufunkeln. Dass ich vergessen habe, dass Unschulds-engel nicht gerne Flüche hören, macht mir bewusst, dass wir uns viel zu lange nicht mehr unterhalten haben.

»David ist ziemlich arrogant und vorwurfsvoll. Ich habe ihn zweimal getroffen und jedes Mal war Alex danach zwanzig Zen-timeter kleiner. Ich denke, er meint es nicht ausschließlich böse, aber er hat kein Gefühl dafür, wie man Menschen, die man gern hat, behandelt und ihnen Ratschläge gibt. Das liegt aber wahr-scheinlich an seiner Erziehung.«

Ich weiß, was Simon später mal werden sollte. Kein Architekt, sondern der schärfste Diplomat der Welt. Ich finde es bewun-dernswert, wie er jemanden, der ihm unsympathisch ist, ganz ohne Schimpfwörter analysieren kann, aber mir fehlt diese Fä-higkeit, und David verdient sie auch nicht.

»Das hast du nett gesagt, aber er ist schlicht und einfach ein eingebildeter Egoist mit einem scheiß Charakter. Hinter ver-schlossenen Türen ist er doch bestimmt ein verquerer Sklaven-treiber, der Frauen an Hundehalsbändern herumzerrt!«

Dass es Simon zu lachen beginnt, stört meine kleine Hass-Rede. Ich funkle ihn vorwurfsvoll an, aber er schenkt mir nur einen kurzen, amüsierten Blick.

»Was war daran denn jetzt so witzig?«, will ich wissen.

»Naja. Ich war mir kurz nicht sicher, ob du von David oder von Theo sprichst.«

Ich erröte, weil er irgendwie recht hat.

Meine plötzlichen Vorurteile gegen Sex-Fetische rühren daher, dass ich David unsympathisch finde. Theo darf mir ein Halsband umlegen und mir Befehle zuknurren. Das ist etwas ganz anderes. Er ist schließlich mein SM-Nutella-Brötchen …

»Das Kleid steht dir übrigens unglaublich gut. Du siehst klasse aus.«

Simons Kompliment ist eine Steilvorlage für unser liebstes Thema.

»Danke. Von deiner Ex-Freundin.«

Er zieht überrascht die Brauen hoch.

»Nicki?«

»Welche deiner Ex-Freundinnen kenne ich denn sonst?«

Er schweigt und wägt wahrscheinlich ab, ob er nachfragen soll oder nicht. Nicht nur ich bin neugierig. Alle Waschbären sind neugierig.

»Alex hat vergessen, mir zu sagen, dass das heute ein Ball ist und ich hatte kein Kleid. Kurz darauf stand ich nackt in ihrem Kleiderschrank. Ihre Wohnung ist wirklich schön.«

Er nickt. »Ja«, sagt er ganz beiläufig, so, als hätte er die Wohnung selbst erst einmal gesehen. Er war früher bestimmt oft bei ihr und hat sich an ihr Bett fesseln lassen.

»Sie hat gesagt, ich kann dir das Kleid geben, weil sie sowieso manchmal bei dir vorbei kommt.«

Genau so hat Nicki das natürlich nicht gesagt, aber ich will seine Reaktion sehen. Simons Miene wird neutraler, nicht streng, aber fröhlich sieht anders aus. Er schüttelt den Kopf.

»Sie war seit Monaten nicht mehr bei mir. Wenn du es ihr nicht selbst zurückgeben möchtest, gib es Alex oder Theo.«

Gute Antwort!

»Aber du kannst trotzdem gerne mal bei mir vorbeikommen und etwas ausziehen.«

Noch bessere Antwort!

Ich grinse die Straße an und genieße seinen Geruch. Ich liebe, wie Simons Kleidung riecht.

Während ich an unser kurzes Abenteuer auf seinem Schreibtisch und unseren gescheiterten Versuch letztes Wochenende denke, wird mein Verstand angenehm leicht.

»Lena.«

Er haucht meinen Namen leise und vorsichtig, trotzdem zucke ich zusammen, weil es sich kurz so angefühlt hat, als würde ich irgendwo runterfallen.

»Nicht erschrecken«, flüstert Simon.

Sein Gesicht ist direkt neben meinem und er löst meinen Gurt. Ich stelle fest, dass wir gehalten haben und ich wohl kurz eingenickt bin.

»Entschuldige«, murmle ich mit verschlafener Stimme und starre müde blinzelnd auf seine Lippen. Niemand schmunzelt so schön wie Simon. Nachdem er mich abgeschnallt hat, beugt er sich wieder zurück auf seinen Sitz.

»Du bist müde. Das wäre ich nach so einem Abend auch.«

»Ich bin nicht müde. Ich wollte nur meine Augen entspannen«, entgegne ich grinsend.

»Ja. Und das Schnarchen war eine Stimmübung.«

»Ich schnarche nicht!«

»Das stimmt. Es ist mehr ein brummendes Seufzen. Eigentlich ziemlich süß. Wie ein …«

»Waschbär«, falle ich ihm ins Wort und wir lachen.

Ich werfe einen Blick aus dem Fenster und sehe den Eingang zu meinem Wohnhaus.

»Danke, dass du mich abgeholt hast. Ich schulde dir etwas.«

Er schüttelt den Kopf.

»Hören wir auf, irgendwelche Rechnungen aufzustellen. Ich mache das gerne, und ich weiß, dass du mich auch abholen würdest, wenn ich dich anrufe. Also …«

»Würdest du mich denn anrufen?«, stelle ich eine Frage, die ihn im ersten Moment verwirrt. Als er versteht, was ich meine, schmunzelt er schwach und greift auf die Rückbank. Er hält mir einen Collegeblock vor die Nase.

»Das ist deiner. Ich habe ihn damals in der Mensa aus Versehen mit meinen Unterlagen mitgenommen.«

Der Themenwechsel überrascht mich genauso wie das Auftauchen des Collegeblocks. Ich hatte ihn längst abgeschrieben. »Danke! Ich schreibe am Freitag eine Prüfung und ich dachte, meine Notizen wären weg.«

Simon zuckt mit den Schultern und beugt sich dann zu mir. Wir küssen uns und versuchen beide, das Ganze unschuldig zu halten, aber unsere Zungen finden sich doch.

Als wir voneinander ablassen, sehe ich ihn mit glänzenden Augen an. Ein Teil von mir will ihn unbedingt fragen, ob er mit raufkommen möchte, der andere Teil schreit mir zu, dass mein Hintern noch immer wie Feuer brennt.

So will ich das nicht. Wenn Simon mich auszieht und sieht, was Theo mit meinem Körper veranstaltet hat, endet unser dritter Versuch nur im Streit.

»Ich …« Er drückt nochmal seine Lippen auf meine und bringt mich zum Verstummen.

»Schlaf gut, Lena.«

»Du auch. Danke.«

Vielleicht sieht er mir an, was ich heute mit Theo getrieben habe oder er nimmt Rücksicht darauf, dass ich so müde bin. So oder so, ich steige aus dem Auto aus und winke Simon zu, bevor ich durch die Tür verschwinde.

In meiner Wohnung will ich eigentlich nur noch dieses Kleid loswerden und ins Bett fallen. Ich werfe den Collegeblock aufs Sofa. Als ich ihm beim Fliegen zusehe, schießt mir ein Gedanke durch den Kopf.

Er hat da nicht reingesehen, oder?! Wie sollte er aber sonst herausgefunden haben, dass es mein Block ist? Ich schreibe meinen Namen doch nicht an den Rand wie ein Schulkind. An den Rand vielleicht nicht, aber …

Ich blättere nervös auf die Seite, die ich zuletzt beschrieben habe und starre auf meine kindischen Schmierereien. Simon hat das definitiv gesehen, mehr noch, er hat mit rotem Füller daran herumkorrigiert.

›Lena Löwenstein‹

›Lena Lorenz-Herbst‹

›Lena DeLuca‹

Alles durchgestrichen. Sogar das ›Nicki Kirschbaum‹.

Nur ein Name ist eingekreist und mit einer kurzen Notiz versehen.

>*Lena Kirschbaum‹ -> (oder ›Simon Relisch‹, ich bin nicht altmodisch ;))*

Ich kneife die Augen zusammen und werde rot. Ich weiß nicht, ob ich peinlich berührt oder nur berührt bin. Doch, ich weiß es. Vor Simon muss mir nichts peinlich sein. Und das hier war unheimlich süß von ihm.

Tausche Drama gegen Alkohol

Vor mir steht einer dieser Oberstreber, der bei der Abgabe seiner Klausur noch eine verbale Gebrauchsanweisung mitliefern muss, damit der Professor seine Brillanz im vollen Ausmaß erkennt. Während er einen schlechten Juristen-Witz nach dem anderen reißt, bin ich kurz davor, ihm meinen Kodex mit der Kante voraus ins Genick zu rammen. Das mag übertrieben brutal klingen, aber ich habe gerade vier Stunden damit verbracht, abstrus klingende Fälle zu lösen und will nur mehr hier raus.

Die meisten Professoren bemühen sich, praxisnahe Fallbeispiele auszusuchen. Da muss man schon mal erläutern, ob eine Überschreitung der zulässigen Höchstgeschwindigkeit um 50 km/h zur Rettung eines Wellensittichs gerechtfertigt ist oder nicht. Klingt abgedreht, aber Menschen sind seltsam und juristische Streitfragen auch.

Leider kann ich die Klausur nicht einfach hinlegen und verschwinden, weil der Professor die dämliche Klammermaschine in der Hand hält und schon seit Minuten versucht, Streber-Horst seine Klausur mit auffordernden Gesten zu entlocken, damit er sie zusammenklammern und in die Schachtel legen kann. Er rückt sie nicht raus, sondern schwafelt weiter über seine Nummerierung und die Fußnoten.

Ich stehe hier wie angewurzelt, obwohl ich schon längst angefangen haben könnte, mich zu betrinken. Hinter mir liegt eine Woche Lern-Isolation, in der ich die Wohnung nur verlassen habe, um das Notwendigste zu besorgen: Fruchtgummi, Apfelmus, Kaffee und Klopapier.

Sechs Tage weitgehend ohne Sozialkontakte hinter einem Turm aus Büchern und das Gurgeln einer Toilette im Ohr, weil mein Spülkasten manisch-depressiv geworden ist. Jetzt will ich zurück ins Leben, und dass das an Hans-Peter-Klugscheißer scheitert, kann ich nicht akzeptieren, ohne Aggressionen zu bekommen.

Während wir hier drin in der Prüfungshölle geschwitzt haben, hüpft der Rest der Uni schon längst beschwipst am Campus herum. Am Tag des Sommerfestes sollten Klausuren verboten sein. Oder es sollte zumindest erlaubt werden, auf plappernde Streber, die einen daran hindern, endlich zu trinken, zu schießen. *Uni-Purge-Day. Wundervoll.*

Er schleimt den Professor weiter voll, ohne aufzuhören, Anspielungen darauf zu machen, wie genial seine Falllösung ist.

Wieso fällst du nicht einfach auf die Knie und kraulst ihm die Eier, dann lässt er den Tacker vielleicht endlich los!

Als er anfängt, über den dämlichen Sittich zu diskutieren, reißt mir der Geduldsfaden.

Der gottverdammte fiktive Vogel ist tot! Im Auto abgekratzt, schon vor Stunden!

Ich dränge mich neben den Professor, lege meine Hand auf den Tacker und ziehe daran. Ob das unhöflich ist oder nicht, ist mir jetzt egal. Für den Professor bin ich sowieso nur eine gesichtslose Nummer. Eine Nummer, die seit zehn Minuten zur Weißwein-Eskalation mit ihren Freunden verabredet ist.

»Danke!«, sage ich energisch und jage die Klammer endlich durch meine Blätter. Nachdem ich meine Klausur in die Schachtel geworfen habe, schnappe ich meine Tasche und stoße die Tür zur Freiheit auf.

Alle Studenten haben sich heute auf die Uni verirrt. Auch die, die das ganze Semester lang keinen Hörsaal von innen gesehen haben. Das Fest treibt jeden auf den Campus, sogar die Medizinstudenten, die man hauptsächlich daran erkennt, dass sie direktes Sonnenlicht aus Unverträglichkeit meiden und ein Buch in der Hand halten, weil sie vergessen haben, wie man es loslässt.

Ich biege noch schnell in Richtung der Toiletten ab, um etwas Make-Up aufzulegen. Was ich an Studenten-Festen liebe, ist die Tatsache, dass du schief angesehen wirst, sobald du Stöckelschuhe trägst, aber nicht, wenn du barfuß unterwegs bist. Ich gehöre zwar nicht zur ›Umarm doch Bäume‹-Fraktion und laufe barfuß, aber in Ballerinas, Jeans-Hot-Pants und T-Shirt feiert es sich trotzdem ausgelassener als in zehn Zentimeter hohen Absätzen und einem zu engen Kleid.

Meine roten Wangen will ich trotzdem überschminken. Der Natürlich-Hübsch-Look funktioniert nur bei Menschen, die nicht gerade vier Stunden Paragraphen zum Thema ›Wellensittich-Notfälle‹ gesucht haben.

Als ich die Toilette wieder verlassen will, rammen mich zwei Mädchen, die um die Wette kichern, als sie sich bei mir entschuldigen. Was auch immer sie getrunken haben, ich trinke das jetzt auch.

Mein Rotschopf und mein Allergie affiner Elfenjunge stehen an der Bar in der Nähe der Bibliothek. Als Tamara mich sieht, streckt sie mir ihren Plastikbecher entgegen.

»Hier, du hast das nötiger als ich. Wie war die Prüfung?«

Ich rolle mit den Augen, während ich mir das erfrischende Wein-Mineralwasser-Sirup-Gemisch die Kehle hinunterlaufen lasse.

»Ein toter Vogel und zwei leergeschriebene Stifte. Nur ein kurzer Nervenzusammenbruch und ich habe 75 % der Fragen verstanden.«

Paul nickt mir beeindruckt zu. »Du wirst noch genauso ein Streber wie Tamara. Kommt ihr mich besuchen, wenn ich in zwei Jahren bei H&M zum stellvertretenden Ober-Kleiderstangen-hin-und-her-Schieber befördert werde?«

»Bekommst du dann einen Mitarbeiterrabatt?«, will ich wissen. Paul straft mich mit finsteren Blicken.

»Wirklich? Nicht mal ein kleiner Aufmunterungsversuch wegen meiner Zukunftsängste?«

Tamara übernimmt das Antworten für mich, auf ihre einzigartige, liebenswürdige Weise.

»Wir gehören der Generation mit der höchsten Akademiker-Arbeitslosen-Quote der Geschichte an, in Amerika sitzt ein irres, altes Kind an der Macht und twittert, und der Wald schmilzt in der globalen Erwärmung dahin. Komm damit klar und pack deine Probleme an den Eiern oder lern deinen Namen zu tanzen und studier Waldorfpädagogik.«

»Danke Josef Stalin. Jetzt fühle ich mich besser«, entgegnet Paul und kann sich das Lachen auch nicht verkneifen. Tamara ist einfach ein Unikat. Wir sind an diesen harschen Humor gewöhnt, manche Leute schreckt das ab. Sie hat wirklich Glück, auszusehen wie eine Puppe. Wäre sie größer, breiter oder maskuliner, würden viel mehr Leute panisch die Flucht ergreifen, sobald sie einen Witz reißt.

»Wir haben vorhin übrigens deinen scharfen Professor vorbeilaufen sehen«, erzählt Paul und deutet rüber in Richtung Hauptgebäude. Tamara knurrt angeturnt.

»Ja und er hat einen verboten süßen Arsch in seinen grünen Jeans.«

»Seid ihr sicher, dass das DeLuca war? Ihr habt ihn nur einmal auf einem Foto gesehen.«

Paul zieht eine Braue nach oben.

»Du willst wissen, ob wir uns sicher sind, dass wir den richtigen Typen mit dunkelroten, halblangen Haaren und Cover tauglichem Gesicht gesehen haben?«

Ich seufze einsichtig.

Ein zweiter Vampir mit einem Faible für bunte Hosen läuft wohl kaum auf dem Campus herum.

Es überrascht mich nicht, dass er hier ist. Unipersonal und Ehemalige gesellen sich jedes Jahr unter die Studenten. Über ihn nachdenken, will ich trotzdem nicht. Das habe ich eine knappe Woche lang erfolgreich in Paragraphen erstickt, jetzt muss der süffige Wein herhalten.

»Wo wir schon von scharfen Jungs sprechen«, setzt Tamara an und sieht mich eindringlich an. »Ist der Architektur-Student aus der Mensa hier und hat er Freunde im Schlepptau?«

Ich grinse, als mir bewusst wird, dass sie den Rest der bunten Truppe noch gar nicht kennt.

»Ja. Er ist hier«, sage ich und ziehe mein Handy aus der Tasche. »Soll ich ihm schreiben und fragen, wo er ist?«

»Sind seine Freunde sexy?«, will Tamara wissen und sieht mich an, als wäre ich durchgeknallt, weil ich so lachen muss.

»Geht so«, entgegne ich und versuche, mich zu beherrschen.

Ich weiß, dass er mit Alex hier ist und Alex hat Theo im Schlepptau.

Dass sie das schönste Männerdreieck sind, das ich jemals gesehen habe, muss Tamara nicht sofort wissen, sie mag Überraschungen.

»Sein Mitbewohner ist aber nicht dabei, oder?«

Pauls ängstlicher Tonfall weckt unsere Neugier. Während Tamara ihn ausquetscht, tippe ich eine Nachricht an Simon.

»Hattest du nun Sex mit dem Typen oder nicht?«, will sie wissen und ich höre Paul seufzen.

»Nein! Doch. Nein! So ähnlich.«

»Was ist für dich denn bitte so ähnlich wie Sex?«, fragt sie, und Paul fängt an herumzuzappeln. Das tut er immer, wenn er nervös wird. Bei Prüfungen neben ihm zu sitzen, ist wie ein Erdbeben zu beobachten, das nur er spürt.

»Naja. Bettzeug eben!«, entgegnet er und steckt die Nase in seinen Becher.

»Bettzeug? Wie Kissen- und Deckenbezüge?«, fragt Tamara sarkastisch. Paul sieht mich hilfesuchend an, aber ich zucke schmunzelnd mit den Schultern.

»Das klingt wirklich so, als hättet ihr zusammen Wäsche aufgehängt. Habe ich übrigens auch schon mit ihm gemacht und ich habe keine Angst, ihm nochmal zu begegnen.«

Er seufzt und macht eine theatralische Geste mit der Hand.

»Wir haben im Bett gelegen und uns angefasst! Petting eben!«

Tamara und ich lachen, Paul nicht. Er kennt uns aber gut genug, um nicht einzuschnappen.

»Petting?«, wiederholt Tamara amüsiert. »Wer bist du? *Doktor Sommer* aus der BRAVO?«

»Verarscht mich nicht! Wie sagt ihr denn bitte zu sowas?«

»Ihr habt euch gegenseitig einen runtergeholt«, mutmaße ich und sehe ihn erröten.

Er ist viel schlimmer als ich, was obszöne Beschreibungen betrifft. Ich kann zwar auch nicht mit harten Wörtern um mich werfen, aber ich bin kein katholisches Schulmädchen – Paul schon.

»Ja, dann haben wir eben … das gemacht«, stammelt er und nimmt extra einen großen Schluck, weil er sieht, dass Tamara ihn gleich triezen möchte.

»Du kannst es machen, aber nicht sagen? Wie bittest du denn jemanden um einen Blowjob? Zeigst du auf deine Hose und grinst?«

»Wechseln wir bitte das Thema?!«

»Wenn ihr wollt, können wir zu den Sporthallen gehen. Simon und die anderen sind dort.«

Paul seufzt erleichtert, während ich die Nachricht, die gerade eingegangen ist, nochmal überfliege. Er geht wohl lieber das Risiko ein, Jonas nochmal zu begegnen, als sich hier weiter von Tamara und mir verschaukeln zu lassen.

Auf dem Weg zur anderen Seite des Campus' besorge ich mir einen Becher grünes Bier, weil ich wissen will, wonach es schmeckt. Paul und Tamara sind nicht so experimentierfreudig. Sie verpassen prickelndes Limettenaroma mit einem Hauch von Hustensaft-Geschmack. Ich glaube, dass der grüne *Teletubbie* so schmeckt, wenn man ihn entsaftet.

Hier ist es voller und etwas nackter. Rund um den Sportplatz stehen Getränkestände, und es läuft Musik, damit die Sportstudenten ihre Vorzeigekörper noch besser in Pose werfen können.

Die Stimmung ist klasse. Ich liebe die Atmosphäre am Uni-Gelände auch im Alltag, aber heute sind alle besonders ausgelassen. Die Sommerferien stehen kurz vor der Tür und für einen Moment denkt niemand an Prüfungsstress, Hausarbeiten oder Noten.

Ich entdecke Alex' blonden Haarschopf zwischen drei posierenden Mädchen, die so kurze Sporthosen tragen, als wären sie einem Anime entsprungen. Sie machen gerade ein Foto zusammen, das übrigens Simon schießen will.

»Du musst auch drauf! Komm her!«, ruft eines der Mädchen und er lässt sich zu einem Gruppenselfie breitschlagen. Ich stelle mich mit Tamara und Paul hinter die anderen an die Bar. Die beiden wissen natürlich nicht, warum ich gerade das Foto der Leute vor uns bombe.

Alex und Simon haben mich noch nicht bemerkt. Erst als Simon auf sein Handydisplay sieht, dreht er sich nach mir um.

»Das ist eine ziemlich unhöfliche Geste für eine angehende Juristin«, meint er grinsend und kommt zu uns.

»Das ist unser Fakultäts-Gruß. Ich fands auch immer unpassend, wurde uns aber bei der Einführungsveranstaltung so beigebracht.«

Während Simon Tamara und Paul grüßt, entdeckt mich Alex und setzt einen gespielt schüchternen Blick auf, als er auf mich zukommt.

»Redet *Cinderella* überhaupt noch mit mir?«, will er wissen und bleibt vorsichtig schmunzelnd vor mir stehen.

Seit dem Ball hat er mir gefühlt zwanzig Nachrichten geschrieben, in denen er sich entschuldigt hat. Für alles. Seine Familie, dass er betrunken war, das Essen, die Stimmung, das Raumklima, die Beleuchtung, die Farbe des Teppichs.

Ich habe ihm schon in meiner ersten Antwort versichert, dass ich nicht sauer bin oder ihm irgendwelche Vorwürfe mache, aber Alex entschuldigt sich einfach gerne und viel zu oft – auch wenn er gar nichts falsch gemacht hat.

»Wenn du mir meinen gläsernen Schuh mitgebracht hast, rede ich mit dir«, scherze ich.

Er macht große Augen. »Oh shit, ich glaube, da habe ich reingekotzt.«

Ich stelle ihn Tamara und Paul vor und beginne mich nach dem dritten *Chipmunk* umzusehen. Es sind nicht nur *Alvin* und *Simon*, wo steckt *Theodore*?

Klasse, jetzt habe ich einen Ohrwurm.

Bevor ich nachfragen kann, entdecke ich Herrn Lorenz-Herbst ein paar Meter entfernt. Er kommt auf uns zu und hat ein Tablett mit Jelly Shots in Regenbogenfarben in der Hand. Schon alleine sein Auftauchen macht mich happy, dass er aber noch so viel buntes, leckeres Zeug mit sich herumträgt, ist, als würde mir jemand ein Einhorn schenken und ihm noch einen Kuchen aufs

Horn stecken. Meine Freude wird nur von seiner Begleitung getrübt. Mein Einhorn wird von einer viel zu gut aussehenden Hexe geritten. Auf Nicki könnte ich verzichten.

Was genau ist eigentlich in dem grünen Bier?

Theo stellt das Tablett auf dem runden Stehtisch ab und schenkt mir ein schiefes Lächeln. »Hi. Wie war deine Prüfung?«

»Zu lang«, entgegne ich schulterzuckend.

Ich hätte mir eine etwas euphorischere Begrüßung gewünscht, aber ich werde nicht an Ort und Stelle gepackt und heiß und innig geküsst. Dafür macht er eine einladende Geste in Richtung der Jelly Shots. Das ist wohl in der Öffentlichkeit angebrachter, schließlich sind wir kein Pärchen.

Tobias und Bianca stoßen zu uns. Ich habe Schneewittchen seit der ersten Party nicht mehr gesehen, aber sie lächelt genauso freundlich und zwinkert genauso kokett wie ich sie in Erinnerung habe.

Tamara und Paul durchleben gerade einen ›Ich kann nicht aufhören zu grinsen‹-Moment. Der bunte Haufen Studenten, den Alex regelmäßig zusammenbringt, ist aber auch ein Garant für unvergessliche Momente.

Als Tamara mich kurz zur Seite nimmt und mir zuflüstert, klingt ihre Stimme bei Weitem nicht so streng, wie sie gerne klingen möchte. Dafür ist sie zu gut gelaunt.

»Und du versteckst die alle seit Wochen vor mir?! Wieso hasst du mich?«

»Naja, du hast dir mal meinen Kugelschreiber geliehen und ich habe ihn nie wieder zurückbekommen. Deshalb.«

Sie lacht, bis Alex vor uns auftaucht und uns zwei neue Shots vor die Nase hält. Ich kenne diesen glänzenden Blick in Tamaras Augen. Ich habe auch eine Weile gebraucht, um das Schmachten einigermaßen unter Kontrolle zu bekommen.

Und du hast sie alle noch nicht mal nackt und scharf gesehen! Da sind mir erst die Augen rausgefallen!

Ich liebe mein seltsames Leben …

Wir amüsieren uns mit den Jelly Shots und lachen über ein paar Anekdoten aus unseren Fakultäten. Alex nimmt mich irgendwann zur Seite und fragt, ob Tamara etwas gegen One-Night-Stands hat. Da sie nach der Erstsemester-Veranstaltung im Bett des Oberplayboys der Betriebswirte aufgewacht ist, nehme ich das nicht an.

Alex kommt gut mit ihrem bissigen Humor klar. Ich finde es süß, wie Tamara sich zwingt, annähernd unnahbar zu wirken, obwohl sie ganz offensichtlich auf ihn steht. Er gibt sich auch wirklich Mühe, obwohl er für Sex eigentlich nur mit den Fingern schnippen müsste. Das liebe ich an ihm und an all den anderen Jungs aus der Clique. Man hat nie das Gefühl, dass Frauen für sie nur ein Spielzeug sind, und das obwohl das hier alles doch nichts anderes als ein Spiel ist. Der Unterschied liegt wohl darin, dass dabei jeder gewinnt, und niemand verarscht wird.

Nach einer Weile fühle ich mich mutig genug, um etwas zu tun, was mir eigentlich widerstrebt, sich aber gehört. Mutig ist übrigens mein anderes Wort für betrunken, aber es läuft auf dasselbe hinaus.

Ich bestelle zwei Becher Aperol und stelle mich neben jemanden, der mich mit hochgezogenen Brauen mustert, weil ich gegen unser stillschweigendes ›Wir interagieren nur, wenn Alex uns mal wieder dazu zwingt‹-Abkommen verstoße.

»Wieso grinst du mich so an? Das ist furchteinflößend«, tönt Nicki und hört auf, auf ihrem Handy herumzudrücken. Ich halte ihr einen der Becher hin. Dass ich grinse, liegt daran, dass ich für mich selbst beschlossen habe, dass dieses Fest der Hammer wird und das bedeutet kein Streit, kein Drama, nur Spaß. Die vielen Jelly Shots sind meiner Meinung.

»Danke für das Kleid, du hast mir damit quasi den ganzen Abend gerettet.«

Sie legt die Stirn in Falten. »Du bist viel zu handzahm, wenn du betrunken bist.«

Theo dreht sich nach uns um und funkelt Nicki an.

»Geht es noch einen Tick arroganter?«, rügt er sie und kassiert dafür unseren Fakultäts-Gruß. Als sie die Hand wieder runternimmt, seufzt sie genervt, greift sich den Becher und ringt sich ein Lächeln für mich ab.

»Danke«, sagt sie mit glockenheller Stimme und nimmt dann demonstrativ einen Schluck, nicht ohne das Gesicht zu verziehen.

»Soll das Glühwein sein?«

Sie hat recht, der Aperol ist viel zu warm, aber das trübt meine gute Stimmung auch nicht.

»Gib mal etwas Eis her, Alex!«, ruft sie rüber zum anderen Tisch, auf der eine Flasche Mineralwasser in einem Plastikbecher voll Eis liegt. Er grinst nickend, bevor er sich einen der Würfel schnappt. Ich denke, er will ihn werfen, aber er ruft nur etwas in die Runde.

»Gebt mal weiter.«

Tamaras Blick ist zum Schießen, als sich Alex den Würfel in den Mund gleiten lässt und sie küsst. Noch im Löwenstein-Flash greift Tobias nach ihrer Schulter und dreht sie zu sich. Nachdem er ihr den Eiswürfel weggenommen hat, wandert er von Bianca zu Simon, der eigentlich nur vorbeigehen wollte. Er steht neben Nicki, Theo und mir, was ihn ganz offensichtlich in eine verzwickte Situation bringt. Entweder er entscheidet sich schnell oder seine Zunge friert ein.

»Wenn du mich küsst, knalle ich dir eine«, brummt Theo. Ich bin mir beinahe sicher, dass das für ihn aber die angenehmste Lösung gewesen wäre. Er weiß, für wen der Eiswürfel ist, aber sie zu küssen, ist bestimmt seltsam für ihn. Mich kann er auch nicht aussuchen, da Nicki sonst unter Garantie eine Szene macht, weil er sie absichtlich übergangen hat.

Spuck ihr das Ding doch einfach in den Becher!

Als er einen Schritt macht, passiert etwas, das ich absolut nie sehen wollte. Nicki legt die Hände auf seine Schultern, zieht sich daran ein Stück hoch und küsst Simon.

Alles cool, Lena! Spaß, kein Drama. Das ist nur ein Kuss – der einfach nicht endet, weil die beiden das Eis essen!

Es dauert gefühlte drei Minuten, bis Simon endlich die Hand auf Nickis Schlüsselbein legt und sie wegdrückt. Vielleicht waren es auch nur zehn Sekunden, aber die Zungenakrobatik-Show hat mir das Zeitgefühl geraubt.

»Du hast früher besser geküsst«, haucht sie vorwurfsvoll. Simon sieht zweifelsohne paralysiert aus, auf keine angenehme Weise. »Ja, du auch«, entgegnet er tonlos.

Als sie sich wieder zum Tisch stellen will, bleibt sie vor Theo stehen, der sie anfunkelt, als würde er gleich seine Peitsche rausholen.

»Was?«, fragt sie provokativ lächelnd. »Willst du auch einen Kuss?«

Sie stellt sich auf die Zehenspitzen, aber er legt die Hand unter ihr Kinn und knurrt sie an. »Nein. Danke.«

Nicki lacht und lässt sich wegdrücken.

Ich könnte jetzt darüber nachdenken, dass das alles gerade verstörend schräg war, aber das mache ich nicht.

Heute keine Eifersuchtsdramen! Jeder soll küssen, wen er möchte, wir sind alle nicht vergeben und ich will hier Spaß haben!

Meine gedankliche Motivationsrede funktioniert nur mäßig. Natürlich will ich eifersüchtig werden, weil mir wieder klar wird, dass Nicki meine Nemesis ist.

Es ist höchste Zeit, sich nochmal eines dieser grünen Biere zu besorgen.

»Wohin gehst du?«, will Theo wissen und klingt etwas schlecht gelaunt.

»Meine Stimmung verbessern!«

Ich sollte ihm auch einen Becher mitbringen.

Es dauert überraschend lange, wieder auf die andere Seite des Campus´ zu kommen, weil mir immer mal wieder jemand begegnet, den ich kenne. Ich schlürfe hier und da ein paar Getränke mit und hole mir am Ende doch den *Teletubbie*-Sprudel. Was auch immer sie da reinmixen, es hebt meine Stimmung ungemein.

Auf dem Weg zurück haben die vielen buntgemischten Getränke meinen Verstand Luftballon-leicht, aber kreativ gemacht. Mir wird bewusst, dass ich auch unbedingt jemanden küssen möchte. Theo. Oder Simon. Hat sich schon mal jemand zu dritt geküsst? Das wäre doch was! Das würde schlagartig all die Eifersucht überflüssig machen, und ich bräuchte mich nicht mehr zu entscheiden.

Ein Dreier. So einfach. Und mein nüchterner Verstand hat mir diese brillante Lösung die ganze Zeit vorenthalten!

Ich muss schnell zurück und Theo und Simon fragen, ob wir lieber zu ihnen oder zu mir fahren. Wenn wir in meine Wohnung gehen, muss ich vorher meinen Spülkasten vor ihnen verstecken. Der gurgelt noch. Das wäre peinlich. Gut, dass ich so vorausschauend denke!

»Lena.« *Ja, so heiße ich.*

»Lena!« *Noch immer.*

»Hey!« Ich werde ausgebremst, als mich jemand am Arm festhält.

Bloß nicht den grünen Zaubersaft verschütten!

Als ich mich umdrehe, steht da Max.

Richtig, du studierst ja auch hier.

»Hi!«, töne ich freundlich. Diese Wärme in mir muss unbedingt mit anderen geteilt werden. Alle sollen heute gut drauf sein, wieso nicht auch dieser Vollpfosten?

»Mit wem bist du hier?«, will er wissen.

»*Chipmunks*«, antworte ich schulterzuckend und ernte verwirrte Blicke.

Was denn, kennst du die Chipmunks nicht? Ich schon. Hab mit ihnen geschlafen.

»Deine Wangen sind ganz rot. Hast du zu lange in der Sonne gestanden?« Er zieht mich ein Stück weiter neben die Gebäudefront in den Schatten und fährt sich dort mit der Hand über seine Haare, was mich verwirrt, da sie rappelkurz sind.

»Warst du beim Friseur?«

Er nickt. »Ja, gefällt´s dir?«

»Du siehst aus wie Justin Timberlakes Steuerberater.«

Ich finde meine Antwort grandios witzig, er nicht. Meine Hand legt sich auf seinen Kopf, weil es spaßig aussieht, über die kurzen Stacheln zu fahren. Ist es auch. Wie ein weicher Igel.

»Das fühlt sich gut an«, stelle ich amüsiert fest und sehe ihn auch grinsen. *Ja, meine Fröhlichkeit ist ansteckend, oder? Ich gebe dir gerne was davon ab, ich bin ein grenzenlos großzügiger Mensch!*

»Ja, das fühlt sich gut an«, sagt er und neigt den Kopf zu meinem.

Was hier gerade passiert, ist mit ziemlicher Sicherheit falsch. Seine Zunge sollte nicht in meinem Mund sein, oder? Nein, ganz sicher nicht!

Zu großzügig, Lena! Zu großzügig!

Ich drücke ihn atemlos weg und starre ihn verwirrt an.

»Wieso?«

»Entschuldige, ich dachte, du willst das.«

Verströme ich wirklich so zweideutige Signale? Ich muss vorsichtig sein, meine Fröhlichkeit ist eine gefährliche Waffe!

»Ciao Max.«

Ich will weiterlaufen, aber er greift meine Hand.

»Soll ich dich nach Hause bringen? Du bist ganz schön betrunken.«

»Wenn ich nach Hause will, finde ich da selbst hin«, versichere ich ihm.

Wahrscheinlich hat er recht, und ich bin tatsächlich ein klein wenig betrunken. Ein Indiz dafür ist, dass ich getan habe, was nur betrunkene Frauen tun – den Ex-Freund küssen. Ziemlich dämlich von mir, aber ich will dieses Fest noch immer nicht aufgegeben. Simon hat Nicki geküsst, ich Max und niemand muss ein Drama daraus machen. Shit happens. Wir können trotzdem noch Spaß haben.

Ich gehe wieder zurück zu den Sporthallen und freue mich, dass *David Guetta* aus den Lautsprechern schallt. Ich kann gar nicht anders, als den Fröhlichkeits-Modus wieder anzuwerfen.

Es dämmert langsam und der Himmel färbt sich in einem wirklich coolen Violett. Kurz vor den Tischen, wo sich die anderen tummeln, bleibe ich stehen und lasse meinen Blick schweifen. Ich lasse ihn schweifen und schweifen, dann drehe ich wieder um, weil meine Stimmung kippt.

Wie lange war ich weg? Vierzig Minuten?

Nicki heult. Theo und Simon stehen bei ihr und schubsen sich gegenseitig weg.

Nein. Ohne mich. Ihr wollt euch mal wieder um Nicki prügeln? Wieso eigentlich nicht! Schlagt euch die Köpfe ein, ich halte das für gar keine schlechte Idee. Den, der am Ende noch steht, heiratet sie, der andere tut weiter so, als würde er auf mich stehen. Das klingt nur fair!

Habe ich eigentlich auch wirklich gesehen, dass Paul mit Tobias knutscht? Ist er bi?! Wenn ja, haben es zumindest die beiden schön. Was für ein schräger Abend!

Ich habe keinen Bock mehr auf das Drama. Die Steigerungsform von ›coole, spaßige Feier‹ ist anscheinend ›beschissene, verrückte Feier‹.

Wenn ich morgen aufwache und nüchtern werde, wird mich das hier vermutlich zum Heulen bringen. Ein Grund mehr, nochmal eine Bar anzusteuern. *Ihr könnt mich alle mal!*

Ich stelle meine Tasche auf einem der Tische ab, weil sie zum Leben erwacht. Längst überfällig, irgendetwas darin ist mutiert. Oder mein Handy klingelt. Ich will jetzt nicht telefonieren, also stelle ich es auf stumm und lasse es in meiner Hosentasche verschwinden.

Der Tisch ist praktisch und ich gewinne ihn lieb. Man kann sich daran abstützen und die Melancholie wegtrinken. Wahrscheinlich hätte er es aber auch lieber, wenn Nicki sich an ihm abstützen würde. *Dämlicher Tisch, ich brauche dich nicht!*

Etwas Leichtes trifft auf meinem Kopf auf und bleibt in meinen Haaren hängen. Ich fahre erschrocken zusammen. Spinnen springen einen nicht an, oder?! Leicht panisch streife ich über meinen Kopf und sehe einen Papierball auf den Boden fallen.

Als ich mich umdrehe, um herauszufinden, wer mich beschossen hat, entdecke ich David. Er steht drei Meter hinter mir, mit einem Becher in der Hand und zieht mit emotionsloser Miene eine Augenbraue nach oben.

Wieso um alles in der Welt wirfst du Papierbälle nach mir?! Lass mich in Ruhe, du … Er deutet schuldzuweisend neben sich und mein Blick schweift auf DeLuca, der breit grinst.

»Ich war mir nicht sicher, ob Sie das sind«, ruft er amüsiert. Ich bücke mich nach dem zusammengeknüllten Stück Papier.

»So finden Sie heraus, ob Sie jemanden kennen?!«

Was ich jetzt mache, beruht zur Hälfte auf kindischen Rachege-
lüsten und zur Hälfte auf Selbstüberschätzung. Ich will ihm seinen blöden Papierball auch an den Kopf werfen, was ich dabei
vergesse, ist, dass ich auch nüchtern nicht zielen kann. Natürlich
treffe ich David. Hätte ich das gewusst, hätte ich lieber meine Tasche geworfen.

DeLuca lacht, David nicht. Kann er das überhaupt? Ist sein Gesicht vielleicht festgefroren?

»Wieso sind Sie schon wieder alleine unterwegs, Frau Relisch?«

»Sie wissen doch sowieso viel mehr über mein Privatleben als
ich, also sagen Sie es mir!«

»Lass den Becher lieber stehen und geh nach Hause, du siehst
angeschlagen aus«, quatscht David dazwischen und ich funkle
ihn wütend an.

»Danke, Herr Doktor! Du glaubst auch, du musst jeden mit deinen Ratschlägen beglücken! Sieh lieber zu, dass dein Freund endlich aufhört, zwanzig Red Bull am Tag in sich reinzuschütten!«

Ich habe keine Lust mehr zu diskutieren, also nehme ich meinen Becher und verschwinde.

Bei den Parkplätzen muss ich stehenbleiben, da sich alles zu
drehen beginnt. Ich werfe den leeren Becher, den ich aus purem
Trotz auf dem Weg hierher ausgetrunken habe, auf den Boden
und setze mich auf die niedrige Steinmauer, die den Parkbereich
vom Gelände abtrennt.

Hier ist es ruhig, aber in meinem Kopf summt es trotzdem. Ist
es normal, dass einen Alkohol so plötzlich paralysiert? Das ist
doch nicht das erste Mal, dass ich mich betrinke, aber so seltsam
hat es sich noch nie angefühlt.

Vor mir ragt das gläserne Fakultätsgebäude in die Höhe und
schwankt im Sonnenuntergang.

Ich will warten, bis es mir besser geht, weil ich so nicht weiterlaufen kann, aber es wird nur schlimmer.

Das ist doch nicht normal, oder?

Irgendetwas stimmt nicht mit mir. Ich muss jemanden anrufen – unbedingt. Dass ich telefoniere, ist mir noch bewusst, dann setzt alles aus.

Filmriss

Ich wache auf, als mich eine schwarze, langhaarige Katze mit den Pfoten massiert. Sie schnurrt wie eine kleine Motorsäge, während sie die Decke über mir durchknetet.

Ich hatte noch nie solche Kopfschmerzen. Nicht nach meinem Abi-Fest, meinem Absinth-Debakel und auch nicht nach Alex' letzter Party. Ich fühle mich elend und habe keinen Plan, wo ich bin oder was passiert ist.

Was ich noch weiß, ist, dass ich die Prüfung geschrieben und Tamara und Paul getroffen habe, danach herrscht absolute Dunkelheit. Das ist nicht mein Bett und nicht meine Katze.

Ich hadere mit dem Entschluss aufzustehen, aber ich bin noch viel zu angeschlagen. Wie auch immer ich wo auch immer gelandet bin, ich will noch eine Weile bleiben.

Als ich die Zimmertür aufgehen höre, und das helle Licht aus dem anderen Raum auf meine Netzhaut trifft, bin ich quasi blind. Die Massage-Katze springt von meinem Bauch und verpasst mir damit einen so unangenehmen Stoß in die Magengegend, dass ich kurz glaube, ich muss mich übergeben.

»Aufgewacht?«

»Ich sterbe …«, entgegne ich krächzend.

»Eher unwahrscheinlich«, höre ich ihn sagen und bin verwirrt, weil ich seine Stimme kenne, aber nicht weiß, wer er ist. Mein Kopf arbeitet quälend langsam. Als ich die brennenden Augen wieder aufmache, und er meine Hand greift, vergesse ich vor Schreck zu atmen.

Wie habe ich mich denn bitte hierher befördert?!

Miau?

Das ist mit ziemlicher Sicherheit ein Traum. Wahrscheinlich bin ich ins Koma gefallen und stecke in einer Art Vorhölle fest, die mein Unterbewusstsein erschaffen hat.

Wieso hasse ich mich bloß selbst und bilde mir solchen Schwachsinn ein?

Kann ich nicht von *Ryan Gosling* fantasieren? Oder von *Jack Frost* aus ›*Die Hüter des Lichts*‹, wenn es schon abgedreht werden muss? Ich nehme auch das Kaffeekränzchen mit *Freddy Krüger*, *Michael Myers* und *Dolores Umbridge* – alles, nur bitte keine Doktor-Szenen mit David Löwenstein!

»Hast du irgendwelche Schmerzen?«, fragt die kühlste Stimme der Welt, während seine überraschend warme Hand meinen Hals berührt.

Es würde mich wenig schockieren, wenn meine Koma-Fantasie gleich damit weitergehen würde, dass er versucht, mich zu erwürgen – jap, ich gucke eindeutig zu viel fern.

Ich murre sehr menschenunähnlich vor mich hin und beginne, mich zu fragen, ob vielleicht doch ich das Monster dieser Szene bin.

»Körper. Kopf. Innereien.« Das ist meine krächzende Antwort auf seine Frage.

Seine Finger drücken sich an meinen Hals und er schließt kurz die Augen.

Ich habe keine Ahnung, warum David am Bettrand sitzt und gerade meinen Puls fühlt. Das hier ist kein Krankenzimmer, sondern ein Schlafzimmer – *sein Schlafzimmer?*

Ich träume nicht, ich bin wach und fühle mich miserabel. Als mir das vollends bewusst wird, steigt so etwas wie Panik in mir hoch. Ich kann mich an nichts erinnern, weiß nicht, was mit mir passiert ist und wie ich hierhergekommen bin. Was im ersten Moment nach einem amüsanten Film-Plot à la ›Hangover‹ klingt, löst in der Realität beklemmende Gefühle wie Angst und Desorientierung aus. So einen heftigen Filmriss hatte ich noch nie, das fühlt sich alles andere als normal an.

»Ganz ruhig. Das Unwohlsein vergeht. Niemand hat dir etwas getan, wir sind dir gefolgt, als du zum Parkplatz gegangen bist.«

Ich verstehe den Inhalt seines letzten Satzes nicht, aber es geht mir sofort besser, weil seine Stimme mit einem Mal diesen kraftvoll beruhigenden Tonfall annimmt. Fast wie ein Elternteil, der dir plausibel und besonnen versichert, dass es die Monster unter dem Bett nicht gibt. Danach kann man wieder friedlich schlafen.

In mir schreit alles nach Schlaf. Und das seltsam dumpfe Gefühl, das die Gleichgültigkeit wachruft, meldet sich erneut zurück.

David nickt zufrieden und nimmt die Finger von meinem Hals. Mein Puls ist bestimmt wieder ruhiger geworden. Ich fühle mich auch wohler, obwohl ich noch immer nicht weiß, was passiert ist.

»Bevor du wieder einschläfst, steh kurz auf. Ich will mir etwas ansehen.«

Seine Aufforderung lässt mich das müde Blinzeln beschleunigen. Ich will den Kopf schütteln, aber David greift so beherzt zu, dass ich schneller auf den Beinen stehe, als ich ›Nein‹ murren kann.

Mir wird kalt und etwas schwindelig. Dass ich David umarme, als wäre ich ein anhänglicher nasser Sack, fällt mir erst auf, als ich darüber nachdenke, dass sich sein Hals gut an meiner Wange anfühlt.

»Geht es mit dem Schwindel?«, höre ich ihn fragen, während ich noch immer an ihm klebe.

»Ja.« Das ist nicht gelogen, der Schwindel hält sich in Grenzen. Ich lasse ihn nur nicht los, weil ich anscheinend auf den Kopf gefallen bin und mir nicht in angemessener Reaktionszeit bewusst wird, an wen ich mich da klammere. *Röntge mein Gehirn, Doktor Löwenstein! Das ist Matsch, ich finde dich nämlich plötzlich sympathisch!*

»Steh allein«, lautet Davids Anweisung, der ich Folge leisten muss, da er den stützenden Griff um mich löst und einen Schritt zurück macht.

Sein Blick schweift über mich, während ich mit den Fingern meiner linken Hand über meinen rechten Oberarm streiche. Ich sehne mich nach der weichen, warmen Decke.

Hatte ich nicht mal so was wie einen BH? Und Hosen? Ist das überhaupt mein ärmelloses Shirt? Wenn ja, habe ich es in der vollkommen falschen Größe gekauft. Bescheuert.

»Komm her«, sagt David und winkt mich heran.

Ich setze mich in Bewegung und lasse ihn mich beim Gehen mustern. Warum ich anstandslos und ohne irgendetwas zu hinterfragen tue, was er sagt, liegt daran, dass ich weiß, dass er Arzt ist, oder daran, dass er seinem Bruder so ähnlich sieht und ich mich an Alex erinnert fühle, oder daran, dass mein Hirn tatsächlich noch Matsch ist und ich jeder einfachen Anweisung folgen würde. Vielleicht ist es auch eine Mischung aus allen vier Dingen – drei – *ich bin so müde …*

Als ich vor ihm stehen bleibe, seufze ich den heftigen Muskelkater, den ich am ganzen Körper spüre, heraus.

»Das sieht vorerst ganz gut aus. Noch ein paar Stunden Schlaf und du fühlst dich wieder besser.«

Ich lausche seiner Diagnose, halte sie aber für Schwachsinn, weil sich meine Muskeln stocksteif anfühlen. Laufen funktioniert, aber ich will mich wieder hinlegen. Als ich mich nach dem Bett umdrehe, spüre ich plötzlich Hände, die sich unter mein zu großes Shirt schieben und auf meinen Bauch legen. Seine Finger drücken an mir herum und ich bin mir nicht sicher, was hier gerade passiert. Nervös macht es mich aber nicht. Der Nebel aus Gleichgültigkeit wird dichter, weil ich immer müder werde.

»Tut irgendetwas davon weh?«

»*Ob das Fummeln wehtut? Nein. Deine Hände sind total weich.*«

Habe ich das gesagt oder gedacht? Scheiß drauf, ich will nur schlafen.

Nachdem David mir vorhin versichert hat, dass mir gestern nichts verstörend Furchtbares passiert ist, und er mir auch noch in seiner beruhigend autoritären Stimme prophezeit hat, dass ich nicht sterben werde, sondern nur Schlaf brauche, sind das vorerst genügend Informationen für mich.

»Danke für das Bett«, murmle ich, als ich mich wieder in die weichen Kissen fallen lasse.

»Du kannst dich bei mir für die medizinische Versorgung bedanken, aber das ist nicht mein Bett.«

Ich blinzle ihn verwirrt an, trotzdem halte ich es für angebracht, müde zu bleiben. Wenn der Drang nach Schlaf über meine Neugier siegt, muss mein Körper wirklich Ungewöhnliches durchgemacht haben.

»Ruh dich aus. Ich gehe jetzt nach Hause. Luca ruft mich an, wenn du wach wirst. Dann sehe ich noch mal nach dir.«

DeLuca? Nein, oder? Aber wieso eigentlich nicht? Das macht irgendwie Sinn – vermute ich halbherzig.

»Danke, Herr Doktor«, seufze ich, bevor ich mich auf die Seite drehe und die Augen schließe.

»Bitte. Die Katze hat übrigens borderlineartige Persönlichkeits-probleme. Sieh dich vor.«

Natürlich. Nichts anderes hätte ich von der Katze eines Vampirs erwartet.

Eigentlich will ich noch nicht wach werden, aber ich träume von rauschenden Bächen im tropfenden Regen, die von Toiletten um-zingelt sind. *Ich muss so was von pinkeln!*

Dass ich aus dem Bett hüpfe, gefällt meinem Kreislauf nicht, aber ich fühle lieber den Schwindel als den Selbstmorddrang, nachdem ich es nicht mehr halten konnte.

Ich habe null Orientierung. Das Zimmer ist groß und fremd und mein Verstand kann nicht halb so schnell Signale an meinen Körper schicken wie meine Blase. Die erste Tür, die ich aufreiße, ist eine Schranktür.

Signal des Gehirns: *Da nicht reinpinkeln!*

Wer baut aber auch Einbauschränke, die für schwer verwirrte Übernachtungsgäste wie Zimmertüren aussehen?!

Ich öffne die echte Tür und laufe in den nächsten Raum. Wohn-zimmer. Oder Küche. Beides.

Signal des Gehirns: *Egal! Keine Toilette! Weiter!*

Die nächste Tür, die ich entdecke, sieht wie eine Haustür aus. In den Flur zu pinkeln, ist keine Option – noch nicht.

Da sind drei weitere Türen.

Was für eine beschissen große Wohnung!

Ich laufe, so schnell ich kann, am Sofa vorbei. Die gebückte Hal-tung tut weh und sieht verdammt unelegant aus, aber nur so kann ich meine Blase davon überzeugen, nicht ›*Scheiß drauf!*‹ zu brüllen und zu explodieren.

Wie kann man nur so viel Pech haben?! Ich lasse meinen Blick hektisch durch den nächsten Raum schweifen, in der lächerli-chen Hoffnung, dass irgendein Architekt irre genug war, um eine

Toilette in die Ecke des Arbeitszimmers zu bauen. Natürlich nicht.

Ich knalle gegen eine Kommode, stoße den Stapel CDs darauf um und stolpere vor der Küchenzeile beinahe über ein Paar Schuhe. *Das hier ist wie ein Spießrutenlauf!*

Während ich nach der nächsten Klinke greife, kommt mir der panische Gedanke, dass diese Wohnung vielleicht gar kein Badezimmer hat. Die lächerliche Befürchtung kann nur meine Gedanken kreuzen, da mein Verstand mittlerweile das Zepter zur Gänze an meine Blase abgegeben hat.

Kommentar meiner Blase: *Zumindest die Katze muss doch eine Toilette besitzen!*

Als ich weiße Fliesen und eine gläserne Dusche entdecke, macht mein Herz einen Freudensprung. Ich knalle die Tür hinter mir zu und erlebe die erleichterndsten Sekunden meines Lebens.

Mit dem Betätigen der Spülung fasse ich auch meine ersten vernünftigen Gedanken.

Ich stelle mich vor das große Waschbecken und mustere mich im Spiegelschrank: Schwarze Pants, ein weißes ärmelloses Shirt und ein Haargummi, der nur noch die Hälfte meiner Haare irgendwie im Zaum hält – mehr trage ich nicht. Durch das Shirt kann man meine Brustwarzen sehen, sobald man sich etwas bemüht.

Bin ich vorhin tatsächlich so vor David herumgelaufen? Und es war mir egal? Was ist denn nur passiert?!

Ich horche in mich hinein und stelle fest, dass ich mich noch immer extrem verkatert fühle. Der Nebel in meinem Kopf ist aber lichter und packt meinen Verstand nicht mehr in Watte. Dass mir alles so gleichgültig war und ich nichts hinterfragt habe, kann ich kaum begreifen.

Mein Blick schweift zum ersten Mal bewusst durch das große Badezimmer. Eine gläserne Regendusche, Handtücher und Klamotten am Boden. Etwas unordentlich, aber beeindruckend stylish, so wie der Rest der Wohnung.

Ich weiß, bei wem ich bin. Das Gespräch mit David ist mir in Erinnerung geblieben, auch wenn das schwarze Loch des Blackouts mich noch immer daran hindert, alles von gestern Nacht Revue passieren zu lassen. Das Uni-Fest. Jelly Shots mit Alex, Theo, Simon und den anderen. Dann verschwimmt meine Erinnerung.

Ich weiß nicht, wie ich in der Wohnung von meinem Boss gelandet bin, dem Gespräch mit David entnehme ich aber, dass ich wohl so etwas wie einen Unfall hatte. Eine Theorie dazu habe ich auch, das ändert aber nichts daran, dass ich nicht weiß, was ich gestern noch gesagt oder getan habe. Ein furchtbares Gefühl.

Ich schnappe mir ein schwarzes Shirt aus dem Wäschekorb und tausche es gegen das weiße. Es riecht nach DeLuca, weil es getragen wurde, aber man kann zumindest meinen Busen nicht mehr erahnen und es ist lang genug, um es über den Hintern zu ziehen.

Ich mochte seinen Geruch schon immer. Eau de Vampir und ein Hauch Red Bull. Peinlich berührt fühle ich mich trotzdem. Furchtbar sogar. Ich könnte heulen.

Auch wenn ich vorhin kopflos durch die Zimmer getrampelt bin, schleiche ich jetzt zurück in den Wohnbereich. Zum Glück hatte ich noch keine Begegnung mit DeLuca. Dass David vorhin meinen fetten Arsch ohne Hose gesehen hat, ist schlimm genug. Sie konnten sich aber wahrscheinlich sowieso schon ein ziemlich genaues Bild von meinem Körper machen. Ich bezweifle, dass ich mich selbst ausgezogen habe. Der Gedanke ist beklemmend. Auch wenn ich weiß, dass die beiden mir nichts getan haben, außer mir zu helfen.

»Hallo?« Meine Stimme klingt beschlagen und meine Stimmbänder schmerzen beim Sprechen.

Ich steuere auf die einzige Tür zu, die ich vorhin nicht aufgerissen habe. Nachdem ich keine Antwort bekomme, drücke ich die Klinke vorsichtig nach unten.

Die Wohnung ist leer. DeLuca ist nicht hier, aber ich muss meiner Überraschung Luft machen.

»Oh mein Gott!«, quietsche ich und lasse meinen Blick fassungslos schweifen.

Ich hätte so ziemlich alles in diesem Raum gedanklich abgenickt und mich wieder mit meinen eigenen Problemen befasst. Ein Gästezimmer, ein SM-Zimmer, ein Raum voller Red-Bull-Dosen in handgearbeiteten Kostümchen – all das hätte mich nicht überraschen können. Eine Horde maunzender Baby-Kätzchen bringt mich aber aus der Fassung.

Die kleinen Tierchen sind handtellergroß und tapsen in dem eigens für sie präparierten Raum herum. Ein Kratzbaum, Kartons, ein zugedecktes Sofa und lauter kleine Plastikschälchen mit Wasser und Futter.

Das ist der Kitty-Himmel!

Ich lasse mich auf die Knie fallen und werde beschnuppert. Die schwarze Katze, die mich geweckt hat, kommt in den Raum gelaufen und maunzt mich streng an. Ich dachte eigentlich, sie wäre fett, aber sie ist augenscheinlich eine frischgebackene Mama.

»Schon gut, ich bin ganz vorsichtig!«

Ja, ich rede beschwichtigend auf die Katze ein, weil sie mich anbrummt. Sie schnappt sich eines der Kleinen und trägt es eilig davon. Das Bild ist so übertrieben süß, dass mein Verstand blockiert wird.

Baby-Kätzchen. Überall. Schwarze, grau getigerte und fleckige. Zwei versuchen, auf meine Beine zu krabbeln, eines nehme ich hoch und ein anderes ist gerade aus dem Karton gefallen, sitzt jetzt auf seinem Hintern und starrt mich mit riesengroßen Augen an.

Cuteness-Overload!

Als ich die Haustür aufgehen höre, zucke ich erschrocken zusammen. Das Geräusch reißt mich aus der Kitty-Trance. Ich will aufstehen, aber eines der Tierchen hat sich mit den Krallen im Stoff des Shirts verhakt. Noch während ich versuche, die winzige Kralle vorsichtig zu lösen, taucht DeLuca im Türrahmen auf.

Tränen und Witze

»Sie sind schon wach?«

Er trägt Jeans und ein dunkelgraues T-Shirt. Anscheinend sind die bunten Hosen und weißen Hemden seine Arbeitskleidung.

Ich bin etwas überfordert, motorisch und geistig. Das Kätzchen hängt noch im T-Shirt fest, und mir wird bewusst, dass ich keine Ahnung habe, wie ich auf DeLuca und diese seltsame Situation reagieren will. Die Verlegenheit, die in mir hochsteigt, wird nur noch von diesem beklemmenden Gefühl des Blackouts übertroffen.

»Sie haben mein Raubtier-Zimmer gefunden?«, fragt er und geht dann neben mir in die Knie. Er greift sich das maunzende Kätzchen und löst die verhakte Kralle.

Ich will seinem Blick ausweichen, aber er sieht sowieso an mir vorbei und mustert die schwarze Mama-Katze streng, die gerade wieder an uns vorbeiläuft.

»Nein, Luna!«, ruft er, springt auf die Beine und schließt die Tür, bevor sie das nächste Baby davontragen kann. Sie miaut vorwurfsvoll.

»Die Tür muss geschlossen bleiben, sonst versteckt sie die Kätzchen in der ganzen Wohnung. Ich will meine Schuhe anziehen können, ohne in die Zehen gebissen zu werden.«

Ich nicke mechanisch.

»Entschuldigen Sie.« Mir wird bewusst, wie dämlich es war, die Tür offen zu lassen. So viele kleine Kätzchen in dieser großen Wohnung herumtapsen zu lassen, wäre nicht nur chaotisch, sondern auch gefährlich für die Tierchen.

Als ich merke, wie eindringlich DeLuca mich mustert, stehe ich auf, nur um herauszufinden, dass es viel unangenehmer ist, verlegen zu stehen, als verlegen zu sitzen.

Ich weiß noch immer nicht, was ich sagen soll. Wie fängt man so ein Gespräch an? Welche Frage stellt man als Erstes?

Habe ich Sie vollgekotzt? Darf ich noch für Sie arbeiten, obwohl Sie mich für eine Alkoholikerin halten?

»Ich …«

»Wie geht es Ihnen?«, unterbricht er den geflüsterten Anfang eines Satzes, der sowieso nur aus Stammeln bestanden hätte.

»Ich erinnere mich an nichts«, gestehe ich schulterzuckend.

»Das dachte ich mir, aber das war nicht meine Frage.«

Er setzt das Kätzchen in einem der Kartons ab und sieht dann wieder zu mir. Ich hätte mich vorhin auf die Suche nach meinen Jeans machen sollen. Hier mit nackten Beinen zu stehen, macht diese Situation nicht angenehmer.

»Ich fühle mich verkatert, aber nicht mehr so benebelt.«

Er grinst. »Das ›verkatert‹ Fühlen mag am Raum liegen. Vielleicht geht es Ihnen im Wohnzimmer besser.«

Ich brauche viel zu lange, um den Scherz zu verstehen, dann ringe ich mir ein Schmunzeln ab.

DeLuca macht eine auffordernde Geste und hält die schwarze Katze mit dem Fuß zurück, als er die Tür öffnet.

»Du bleibst erstmal bei deinen Babys, du irres Flittchen!«

Die große Katze brummt und zuckt mit dem Schwanz. Ich hatte mich kurz angesprochen gefühlt, aber so finster mein Blackout auch ist, ich habe bestimmt keine Babys geworfen.

Meine Beine tragen mich bis vor das Sofa, wo ich DeLuca's Aufforderung, mich zu setzen, nicht nachkommen will.

»Sind meine Klamotten im Schlafzimmer?«

Meine Stimme muss absolut fremd in seinen Ohren klingen. Sie ist beschlagen und diesen unsicheren Kleinmädchen-Tonfall gebe ich sonst auch nicht vor ihm zum Besten. Ich kann aber gerade nicht anders.

»Ihre Kleider sind im Trockner«, verrät er und deutet wieder auf das Sofa.

Ich schüttle kaum merklich den Kopf. In mir will etwas hochkommen, das in einer Sache gipfeln könnte, die auf meiner ›Nicht machen‹-Liste steht: *Vor DeLuca heulen.*

Ich fühle mich unheimlich deplatziert und beschämt. Eigentlich will ich meine Sachen anziehen, mich entschuldigen, kurz fragen, ob ich irgendetwas Peinliches veranstaltet habe, und dann verschwinden. Ohne Kleidung hinkt mein Plan aber. Dass er meine Sachen überhaupt waschen musste, treibt die schambedingte Hitze in mir hoch.

»Setzen Sie sich, Sie müssen sich doch noch halb tot fühlen.«

Ich will mich nicht setzen. Ich will hier raus und mich in meiner Wohnung verkriechen. Nicht vor ihm heulen. Nicht darüber nachdenken, was er jetzt für Bilder von mir im Kopf hat. Oh, und nicht ohnmächtig werden! Das rutscht gerade nach ganz oben auf der ›Nicht-machen‹-Liste.

Mein Blick bekommt diesen seltsam dunklen Rand. Mein hämmernder Herzschlag wird viel zu leicht.

»Sehen Sie mich an!«

In meinen Ohren rauscht es. Seiner Aufforderung kann ich nicht mehr nachkommen.

Mir gehen ein paar Sekunden verloren. Ich weiß nicht, wie ich in die Horizontale auf das Sofa gelangt bin, nur, dass das unangenehm taube Gefühl in meinen Gliedern wieder verschwindet.

»Hören Sie umgehend auf, mich so zu erschrecken, Frau Relisch!«

DeLuca's Gesicht wirkt fremd. Dieses sorgenerfüllte Funkeln in seinen Augen habe ich noch nie gesehen. Seine Hand an meiner Wange irritiert mich auch, obwohl sie angenehm weich ist.

»Ich will nur nach Hause«, flüstere ich und fühle das Unbehagen in mir wieder stärker werden. Als ich den Oberkörper anheben will, stoße ich schnell auf Widerstand.

»Sie gehen erstmal nirgendwo hin. Sie klappen doch sowieso nach fünf Metern zusammen.«

DeLuca greift meine Oberarme und drückt mich in die Kissen.

»Lassen Sie mich los.«

Ich bemerke selbst, wie übertrieben weinerlich meine Stimme gerade klingt, aber ich kann nichts gegen den Gefühlsausbruch unternehmen. Sein Griff wird locker, aber er lässt mich nicht los, setzt sich nur dicht neben mich und neigt mit weicher Miene den Kopf.

»Ihnen ist nichts passiert. Ich habe Sie nicht angerührt und auch sonst niemand. David hat Sie nur untersucht – ich weiß, Sie mögen ihn nicht, aber er ist ein guter Arzt. Er hat Ihnen den Krankenhausaufenthalt erspart. Ich hätte Sie dort hingebracht, wäre er nicht dabei gewesen. Er vermutet, dass Ihnen irgendjemand etwas ins Getränk getan hat. K.O.-Tropfen oder dergleichen. Hören Sie bitte auf, mich anzusehen, als würden Sie glauben, ich hätte das ausgenutzt. Ich halte Sie hier auch nicht fest, aber ich kann Sie nicht allein verschwinden lassen, wenn Sie noch so offensichtlich angeschlagen sind.«

Ruhige, eindringliche Worte aus diesem sonst so teuflisch sarkastischen Mund. Das fühlt sich ungewohnt an. Auch was er gesagt hat, bringt mich in eine seltsame Stimmung. Er hat mir zwei Mal versichert, dass er mich nicht angerührt hat. Er glaubt ganz offensichtlich, dass ich deshalb so durch den Wind bin. Das stimmt aber nicht.

»Ich weiß, dass Sie das nicht ausnützen würden.« Der Versuch, beherrschter zu klingen, hält meine Emotionalität tatsächlich überraschend gut in Schach.

DeLuca lässt mich los und zieht eine Augenbraue nach oben. »Ich würde Ihnen schneller glauben, wenn Sie aufhören würden, auf mein Sofakissen zu heulen.«

»Ich heule nicht! Meine Augen sind nur lichtempfindlich.«

· Doch, ich heule, aber das mit den lichtempfindlichen Augen halte ich für eine gute Ausrede.

»Das alles ist mir unglaublich peinlich. Wie würden Sie sich fühlen, wenn Sie eines Tages verkatert in der Wohnung Ihres Chefs aufwachen?«

Er schnaubt belustigt.

»Ich denke, der Dekan kennt sich mit den Folgen von übermäßigem Alkoholkonsum aus. Sein Tee riecht schon am Vormittag nach Schnaps. Ich bin mir sicher, er würde mir ein leckeres Katerfrühstück zaubern.«

»Es tut mir leid – was auch immer ich gestern noch getan oder gesagt habe …«, entgegne ich, ohne auf seinen Witz einzugehen. Mir ist nicht nach Scherzen zumute.

»Jetzt reicht es«, knurrt DeLuca streng und beginnt den Kopf zu schütteln. »Sie sind doch keine dieser labilen Frauen, die sich selbst die Schuld an Dingen geben, die ihnen angetan werden. Irgendein gestörtes Stück menschlichen Abfalls hat Ihnen Drogen verabreicht, um Sie zu vergewaltigen, und Sie entschuldigen sich dafür bei mir? Was für eine scheiß Reaktion. Sie sind nicht so.«

Ich starre ihn mit großen Augen an, während ich das weinerliche Gefühl ziehen lassen kann. Er hat recht, ich bin nicht so, und es ist nicht meine Schuld. Dass er so gewohnt streng und vorwurfsvoll klingt, hilft mir dabei, wieder zu mir selbst zu finden.

»Danke«, sage ich mit annähernd beherrschter Stimme und wische mir möglichst beiläufig die Augen trocken. »Hätten Sie mir nicht geholfen, wäre ich wahrscheinlich in irgendeinem Gebüsch oder einer Parkgarage aufgewacht.«

Das auszusprechen, jagt mir einen kalten Schauer über den Rücken. Eigentlich will ich mir gar nicht vorstellen, was alles passieren hätte können, aber ich kann es auch nicht schönreden.

Ein leises Knurren dringt aus DeLuca's Kehle, der den Kopf gegen die Sofalehne drückt und mit den Gedanken auch kurz in das ›Was wäre wenn‹ abzudriften scheint. Er sieht finster aus, fast wütend.

»Aber Sie haben mir das Trauma erspart. Ich weiß nicht, wie ich mich bedanken …«

»Ja. Ich bin ein Held«, unterbricht er mich und nimmt unserem Gespräch den schwermütigen Ton. Sein Gesicht nimmt gewohnt kokette Züge an. »Packen Sie mein Foto für immer auf Ihren Sperrbildschirm und benennen Sie Ihr erstes Kind nach mir. Mehr Dank muss nicht sein.«

Ich rapple mich auf, um mich auch hinzusetzen.

»Gut, dass Sie so einen geschlechtsneutralen Namen haben. Da ist es egal, ob ich einen Jungen oder ein Mädchen bekomme.«

Er funkelt mich mit in Falten gelegter Stirn an. Mir die unterhaltsame Tatsache bewusst zu machen, dass er seinen Vornamen nicht mag, ist gerade erheiternd banal.

»Oder bestehen Sie darauf, dass ich nur ein Mädchen Andrea nenne? Und Luca für einen Jungen? Ihre Entscheidung.«

»Sie schaffen es von heulend auf provozierend in unter fünf Minuten – beeindruckend. Bipolar, aber beeindruckend.«

»Ja. Aber nur dank Ihrer Hilfe«, entgegne ich und sehe ihn verstohlen schmunzelnd an. Er weiß, dass ich wirklich dankbar für die Aufheiterung bin. DeLuca ist unglaublich talentiert darin, unangenehme Situationen zu entschärfen. Das hat er schon auf dem Ball der Löwensteins bewiesen.

»Wieso haben Sie eigentlich mein Sport-Shirt aus der Dreckwäsche gefischt? Das ist beängstigend, zumal ich vorhergesagt habe, dass Sie irgendwann in meinem Wäschekorb wühlen. Erinnern Sie sich?«

Ja, ich erinnere mich an all unsere kampflustigen Dialoge aus dem Büro. Selbst, wenn er mich manchmal wahnsinnig macht, zum Lachen bringt er mich immer.

»Mir ist vorhin im Badezimmer aufgefallen, dass das weiße Shirt durchsichtig ist – das hier war die Alternative.«

Ich zucke mit den Schultern und wundere mich darüber, dass er mit einem Mal wieder so ernst aussieht.

»Das war keine Absicht«, versichert er entschuldigend klingend. »Ich habe nicht darauf geachtet. Falls es Sie beruhigt, ich habe das Shirt nur rausgesucht, David hat Sie umgezogen.«

»Ja. Das beruhigt mich sehr. Er hat jetzt bestimmt noch charmantere Kommentare zu meiner Figur auf Lager.«

Dass meine Wangen wieder eine Nuance röter werden, kann ich nicht verhindern.

DeLuca schüttelt den Kopf.

»Ich verrate Ihnen jetzt etwas, das David betrifft«, beginnt er im selbstsicheren Tonfall. »Er mag privat regelmäßig den Preis zum Arschloch der Woche abräumen, aber wenn er im Arzt-Modus läuft, ist er ein anderer Mensch. Ich bin mir zu einhundert Prozent sicher, dass Sie gestern Nacht für ihn keine Frau, sondern ein Patient waren und dass er Ihre Brüste nicht mal dann wiedererkennen würde, wenn sein Leben davon abhinge. Er erkennt Sie aber mit Sicherheit an der orthopädischen Stellung Ihrer Füße wieder – Sie haben nach Ihrem Sturz beim Laufen etwas gehinkt, das hat ihm Sorgen gemacht. Ob Sie dabei Reizwäsche oder ein Pikachu-Kostüm getragen haben, könnte er aber nicht mehr rekonstruieren. Er hat auch nicht darauf geachtet, was er Ihnen angezogen hat.«

Ich nicke vorsichtig und versuche, nicht in dankbares Schmachten zu verfallen, weil mir erst jetzt vollends bewusst wird, was

144

die beiden alles für mich getan haben. Ich hatte unverschämtes Glück im Unglück.

»Deshalb habe ich also solchen Muskelkater. Ich bin irgendwo runtergefallen«, spekuliere ich und muss DeLuca nur kurz fragend ansehen, damit er anfängt, endlich Licht in mein Blackout zu bringen.

»Wir haben uns auf dem Uni-Fest getroffen. Gegen neun Uhr abends. Sie waren allein und sauer. Ich nehme an, Sie hatten Streit mit jemandem. Erinnern Sie sich daran?«

Ich starre eine Weile auf das hellgraue Sofakissen, das ich umarme und schüttle dann den Kopf.

»Ich weiß noch, dass ich eine Klausur geschrieben und mich danach mit Alex und den anderen getroffen habe. Aber ich weiß nicht, wieso ich gegangen bin …«

Da ist es wieder – das beklemmende Gefühl, irgendetwas Furchtbares getan oder gesagt zu haben, an das man sich nicht mehr erinnert, die anderen aber schon.

»Gut. Dann lässt sich zumindest mit einem Anruf herausfinden, warum Sie allein waren«, stellt DeLuca fest.

Ich muss umgehend protestieren, weil ich nicht will, dass er Alex anruft und ihn ausfragt. Ich will selbst mit ihm reden. Allein. Nicht jetzt. Dass sie sich so gut kennen, ist für mich noch immer ungewohnt.

»Das spielt doch keine Rolle! Niemand, der mich kennt, hätte mir etwas ins Getränk getan, das muss ein Fremder gewesen sein, und wenn ich allein war, kann Alex auch nichts gesehen haben!«

Das hat vielleicht etwas zu gereizt geklungen. DeLuca hebt unschuldig die Hände. »Schon gut. Ich verstehe den Wink mit dem Zaunpfahl, wenn Sie ihn mir über den Kopf ziehen. Sie wollen nicht, dass ich anrufe.«

»Nein. Bitte nicht.«

Die beiden werden wahrscheinlich trotzdem reden, das kann ich kaum verhindern.

Er erzählt weiter. »Wir haben Sie zuerst nur für betrunken gehalten. Als ich Sie mit einem Papierball beworfen habe, waren Sie beschwipst, aber nicht desorientiert oder benebelt. Beim Davonstürmen wurden Sie aber besorgniserregend blass. Wir sind Ihnen zum Parkplatz gefolgt. Dort haben Sie sich auf die Betonmauer gesetzt. Ich dachte, Sie würden sich im schlimmsten Fall übergeben, aber dann sind Sie wie *Humpty Dumpty* von der Mauer gefallen und im Efeu gelandet.«

Er grinst mich an. Ich kann mir vorstellen, dass das lustig ausgesehen hat, vor allem, wenn er es so beschreibt.

»Ich war noch immer der Meinung, Sie wären bloß betrunken. Als ich Sie aufgesammelt habe, habe ich Sie etwas verarscht – die Anspielungen auf *Lindsay Lohan* tun mir leid. Mir war nicht klar, wie schlecht es Ihnen geht. Die Witze sind mir aber im Hals steckengeblieben, als David nervös wurde und nicht mehr aufgehört hat, Ihren Puls zu fühlen.«

Der neckische Tonfall ist aus seiner Stimme verschwunden. Er schmunzelt mich trotzdem an.

»Zum Glück scheint die Dosis, die Sie konsumiert haben, nicht hoch gewesen zu sein. Im Auto ging es Ihnen etwas besser, da wurden Sie wieder euphorischer, weniger lethargisch, deshalb haben wir Sie zu mir gebracht und nicht ins Krankenhaus. David war aber die ganze Zeit hier und wurde zu Ihrem persönlichen Vitaldatenmonitor. Ich nehme an, Sie hätten nicht damit gerechnet, mal eine Nacht neben ihm zu verbringen.«

Sein kokettes Grinsen bringt mich zum Murren. Ja, eine Nacht im selben Bett wie David Löwenstein, war für mich so unwahrscheinlich, wie für andere eine Eins in DeLuca's Kurs. Zwei höchst egozentrische, unnahbare Doktoren – alles, was es braucht, um Ihnen nahe zu kommen, ist nur ein Sturz von einer

Mauer im Delirium. Ich weiß eben, wie man die Aufmerksamkeit von schwierigen Männern auf sich zieht.

»Was Sie für mich getan haben, war unglaublich nett. Ich schulde Ihnen etwas, Ihnen und David. Aber ich will Ihre Gastfreundschaft nicht überbeanspruchen. Ich gehe nach Hause. Wissen Sie, wie lange ihr Trockner noch braucht?«

Eigentlich habe ich keine Ahnung, wo DeLuca's Wohnung liegt, und ob ich überhaupt mehr als zwanzig Schritte machen kann, ohne mich zu übergeben oder auf die Nase zu legen, aber auch wenn er mein Schamgefühl besänftigt hat, deplatziert fühle ich mich hier immer noch. Außerdem sehne ich mich nach meinem Bett. Ich bin nach wie vor todmüde.

»Finden Sie mein Sofa irgendwie unbequem?«, fragt er und sieht mich vorwurfsvoll an.

»Ihr Sofa ist großartig. Ihre Wohnung auch – etwas chaotisch, aber ich kenne Ihren Schreibtisch, also habe ich Schlimmeres erwartet.«

»Dann dürfte es ja nicht allzu unzumutbar sein, wenn Sie noch eine Weile bleiben. Ich war einkaufen, also überzeugen Sie sich davon, dass ich kochen kann, und ruhen Sie sich noch etwas aus.«

DeLuca steht auf und geht auf die Küchenzeile zu. Ich starre ihm hinterher. Hätte ich jetzt Kapazitäten in meinen Gedanken, würde mir auffallen, wie sexy er aussieht, während er vor dem Kühlschrank steht. Ich kann aber nur an meine Hosen denken.

»Der Trockner braucht noch ungefähr eine halbe Stunde«, verrät er und öffnet eine Flasche Mineralwasser. »Ich fahre Sie dann gerne nach Hause, aber ich befürchte, dass es ein kleines Problem gibt.«

»Ein Problem?«, wiederhole ich und sehe ihn eine Tablette in einem Glas auflösen.

»Sie hatten nur Ihr Handy bei sich. Keinen Schlüssel, kein Portemonnaie, keine Tasche.«

»Was?!« Ich will aufspringen. Es wäre allerdings ziemlich sinnbefreit, dem Drang, meine Tasche zu suchen, hier nachzugeben. Ich habe sie mit Sicherheit auf dem Campus verloren - geklaut wurde mir das uralte Ding bestimmt nicht.

»Ich muss zur Uni!«

Langsam aufzustehen war eine gute Entscheidung, mir ist noch immer etwas schwindlig. DeLuca kommt auf mich zu und streckt mir das Glas entgegen.

»Setzen Sie sich wieder, trinken Sie und schlagen Sie sich das mit der Uni aus dem Kopf.«

»Ich brauche meine Tasche! Vielleicht hat sie jemand gefunden und abgegeben.«

»Heute ist Samstag. Vor Montag bekommen Sie sie nicht wieder.«

»Das ist aber keine Option! Ohne den Schlüssel komme ich nicht in meine Wohnung.«

»Wer hat Ihren Ersatzschlüssel?«

Mein Blick schweift peinlich berührt auf den Boden, weil er meine chaotische Idiotie gerade ans Licht bringt. »Ich habe meinen Ersatzschlüssel. Er liegt in meiner Wohnung«, gestehe ich leise.

Er neigt den Kopf zu Seite und zieht eine Augenbraue in die Höhe. »Erschreckend dämlich. Der Sinn und Zweck eines solchen Ersatzes hat sich Ihnen anscheinend nie erschlossen. Was haben Sie sich dabei gedacht? Dass Sie sich irgendwann aus Versehen *in* Ihrer eigenen Wohnung einsperren, weil Sie den Schlüssel verlieren, während Sie sich dort aufhalten?«

Ich funkle ihn an, obwohl er recht hat. Mir ist auch bewusst, dass es schlauer wäre, jemand anderem einen Ersatzschlüssel anzuvertrauen, aber Vorwürfe nützen jetzt auch nichts mehr.

»Es ist eben so! Der letzte, der den Schlüssel hatte, war mein Ex-Freund. Seit ich ihm sämtliche Geschlechtskrankheiten an den Hals gewünscht habe, hängt der Schlüssel in meiner Wohnung.«

Der kurze Gedanke an Max löst etwas in mir aus. Eine Erinnerung, von der ich nicht sagen kann, ob sie wahr ist oder Fantasie. Gott, ich hoffe, sie ist Fantasie! Sonst habe ich ihn gestern geküsst!

»Haben Sie keine Freunde? Vertrauenswürdige Bekannte? Eine nette Oma mit leichter Demenz, die in Ihrem Haus wohnt und Ihre Pflanzen und Haustiere versorgt, wenn Sie mal weg sind? So jemandem vertraut man seinen Ersatzschlüssel an.«

»Natürlich habe ich Freunde! Und Bekannte!«, fauche ich echauffiert und mustere ihn dann skeptisch. »Einer demenzkranken Oma würden aber anscheinend nur Sie Ihren Schlüssel anvertrauen.«

DeLuca zuckt mit den Schultern.

»Sie füttert die Pflanzen und gießt die Katze, aber die Werbeprospekte vor der Haustür bleiben zumindest nicht liegen.«

Ich bin zwar noch immer aufgebracht, aber ich muss grinsen. Meine typische Reaktion auf den sarkastischen Vampir. Obwohl mein Kopf dröhnt, mein Kreislauf mich Achterbahn fahren lässt, und ich nicht weiß, wie ich in meine Wohnung kommen soll, lässt er die Ernsthaftigkeit nicht erdrückend werden. DeLuca streckt mir das Glas entgegen und schiebt mich zurück zum Sofa.

»Sie können bis Montag hierbleiben. Ich nehme Sie dann mit zur Uni, und Sie bekommen entweder Ihre Tasche wieder oder können Ihren Vermieter kontaktieren.«

Beschissene Idee …

»Beschissene Idee«, murre ich, ohne gleich zu bemerken, dass ich meine Gedanken laut ausgesprochen habe. Das war definitiv zu forsch formuliert, aber mein Kopf dröhnt, ich weiß nicht, wo ich in den nächsten zwei Nächten schlafen soll und ich trage noch immer keine Hosen – da findet man die richtigen Worte nicht immer auf Anhieb.

»Sie könnten sich nur noch undankbarer verhalten, wenn Sie in mein Bett pinkeln, Frau Relisch.«

Ich fokussiere den trüben Blick und starre ihn mit großen Augen an.

Hat er das gerade wirklich gesagt?

Meine Mundwinkel zucken, obwohl ich schlagartig ein schlechtes Gewissen bekomme, weil ich nicht undankbar sein will.

»So war das nicht gemeint! Ich weiß zu schätzen, was Sie schon alles für mich getan haben! Mir ist bewusst, dass …« *Oh Gott, ich muss lachen. Der vulgäre Witz wirkt nach.*

Er macht auch noch dieses übertrieben strenge Gesicht. DeLuca wäre ein verdammt guter Schauspieler.

»Ich hoffe, das hat Ihnen noch keine Frau angetan!«, sage ich und versuche, mich wieder einzukriegen. Er verzieht den Mund.

»Nein, aber die Katze kackt manchmal aus Protest neben mich. Sie ist etwas gestört, aber ich bin ihr verfallen und kann sie nicht loswerden.«

Das Lachen schmerzt und ich verschütte beinahe das Glas mit der Brausetablette, von der ich nicht mal weiß, gegen was sie wirkt. Einmal tief Luft holen, dann können sich die Gewissensbisse und das Unbehagen wieder in meine Gefühlswelt und meine Stimme schleichen.

»Sie sind mein Boss. Ich arbeite für Sie. Ich kann nicht auf Ihrem Sofa sitzen und mir mit Ihnen DSDS ansehen. Es ist furchtbar genug, dass Sie mich so unkontrolliert erlebt haben und dass Sie mich herumtragen und meine Kleidung waschen mussten. Ich habe schon mehr als genug Gründe, um am Montag meine Kündigung zu unterschreiben. Sie können mich doch nie wieder ernst nehmen, oder eine Juristin in mir sehen, wenn wir uns im Büro begegnen. Ich will es nicht noch schlimmer machen, als es ohnehin ist. Sobald meine Hose aus Ihrem Trockner kommt, gehe ich. Ich kann nicht hierbliben, mein Maß an Peinlichkeiten ist voll.«

Nachdem ich demoralisiert den Kopf geschüttelt habe, gleitet mein Blick hoch auf DeLuca. Er mustert mich mit nichtssagender Miene.

»Bist du fertig mit deiner dämlichen Ansprache?«, will er wissen und schiebt die Hände salopp in die Hosentasche.

Hat er mich gerade geduzt? Ich glaube, mir steht der Mund offen. Vor lauter Überraschung, vergesse ich darauf zu achten, meine Miene nicht entgleiten zu lassen.

»Ich tue das nicht gerne, weil es mir Spaß macht, aber schieben wir die Förmlichkeiten mal beiseite, in die du dich gerade so inbrünstig verbeißt, Lena.«

»Ich ähm …«

Er unterbricht mich mit einem strengen Blick und einem Schnauben. »Glaubst du wirklich, ich würde deine fachliche Kompetenz infrage stellen, nur weil wir privat miteinander zu tun haben? Ich habe David mal gegen eine Glaswand donnern sehen, als ein Schmetterling auf ihm gelandet ist. Danach stand er eine Stunde lang unter der Dusche, weil er einen Dachschaden hat und gekotzt hat er dabei auch, wegen der Gehirnerschütterung. Das ändert aber nichts daran, dass ich ihn für den besten Arzt nach *Dr. House* halte und ihn jederzeit alles aus mir rausschneiden lassen würde, was er möchte.«

Das Bild, das er mir in den Kopf gezaubert hat, will so gar nicht zu dem unnahbaren, unhöflich direkten David passen, den ich kennengelernt habe. Aber es passt vielleicht zu Doktor Löwenstein, der auf seinen Schlaf verzichtet hat, um sicherzustellen, dass es mir gut geht. Vielleicht ist er doch ein Mensch und kein Eisklotz.

DeLuca holt wieder Luft und ich hänge an seinen Kirschlippen.

»Ich bin mal in meinem Elternhaus mit dem Kopf in der Katzentür steckengeblieben, weil ich … na ja, ich würde gerne behaupten, dass ich ein Kind oder betrunken war, aber ich habe einfach mit der Katze rumgealbert und ich war über zwanzig. Mein Vater musste mich rausschneiden. Ich bin trotzdem einer der kompetentesten, ambitioniertesten Menschen, die du kennst, und du willst mal so werden wie ich.«

Manchmal vergesse ich, wie selbstverliebt er ist. Aber das stört sein Charakterbild seltsamerweise nicht. Ja, er ist klug, zielstrebig und so unterhaltsam, dass man ihm den lieben langen Tag zuhören möchte, wie er vor sich hin plappert.

»Das mit der Bescheidenheit müssen Sie aber noch üben«, entgegne ich und schüttle grinsend den Kopf.

»Darum geht es doch gar nicht. Es geht darum, dass ich den Respekt vor fachlicher Kompetenz und Ambition nicht verliere, nur weil ich jemandes Macken kenne oder ihn mal in seinem Alltag scheitern sehe. Wir haben alle schlechte Tage, schrullige Eigenheiten. Die Beispiele, die ich dir aufgezählt habe, waren nur die harmlosesten, die mir gerade eingefallen sind. Ich habe lächerlichere Dinge getan, dümmere. Das ändert aber nichts daran, dass ich einer der besten Dozenten an der Uni bin, und deine Meinung dazu wird sich auch nicht ändern, wenn du siehst, wie ich wieder mal mit der Katze über die Hausregeln diskutiere. Wenn du kündigen willst, dann, weil du den Job leid bist oder mir ein Messer in den Rücken rammen und für einen anderen Dozenten arbeiten willst – nicht, weil wir auch privat Zeit miteinander verbringen.«

Ich drücke an dem Kissen herum und überlege mir eine angemessene Reaktion auf seine Ansprache. Leider scheitere ich schon allein an der Tatsache, dass ich nicht weiß, ob ich ihn noch siezen oder auch duzen soll.

»Wieso die Mühe für mich?«, frage ich grammatikalisch etwas unkorrekt, aber er versteht, was ich meine. Dass er so nett zu mir ist, müsste nicht sein. Er hat genug für mich getan, indem er mich gestern davor bewahrt hat, Opfer eines Sexualstrafdelikts zu werden.

Er überdreht die Augen und seufzt so theatralisch, als hätte ich einen wunden Punkt bei ihm getroffen.

»Sieben Jahre später dieselbe dämliche ›Warum ich‹-Frage«, murrt er. Bevor ich nachhaken kann, wendet er sich plötzlich ab und geht wieder zur Küchenzeile.

»Willst du Rührei oder Spiegelei?«, fragt DeLuca, während er die Pfanne in der Hand einmal dreht.

»Ich …«

»Und wenn du jetzt noch mal sagst, dass du nicht hierbleiben kannst, weil das alles zu privat ist, muss ich dich daran erinnern, dass du schon mal meinen Penis in der Hand hattest und wir trotzdem noch zusammen arbeiten konnten. Also: Rührei oder Spiegelei?«

Jetzt könnte er die Eier auch auf meinen Wangen braten.

»Rührei. Ich danke …« *Super angesetzt, Lena! Einfach nur ›Danke‹ hätte es auch getan.* Jetzt gluckse ich wieder herum. Ich denke kurz, ich kann den unvollständigen Satz einfach still ausklingen lassen, aber als ich zu DeLuca schaue, steht er grinsend hinter dem Herd wie der hübscheste, exzentrischste Fernsehkoch der Welt.

»Auch, wenn mir das Personalpronomen-Spiel Spaß macht und ich gerne herausfinden würde, wie lange du das durchhältst und wie ausgefallen deine Sätze werden: Nenn mich Luca – sag ›Du‹.«

Ich nicke und drücke den Kopf gegen die bequeme Sofalehne. Dass es irgendjemand so schnell schaffen würde, mir mein schlechtes Gewissen auszureden und das bedrückende Gefühl der Gedächtnislücken erträglich zu machen, hätte ich nicht für möglich gehalten. DeLuca kann so etwas aber. Luca kann so etwas …

Verwirrt gerührt

Ich wache zum dritten Mal an diesem Samstag auf, wieder in dem weichen, warmen Bett, wieder mit einer Katze auf dem Bauch. Diesmal weiß ich aber, wie ich hier gelandet bin: Eier-Wettessen mit DeLuca – *Luca, daran muss ich mich erst gewöhnen* – eine heiße Dusche und ein Klamottenwechsel, danach konnte ich die Augen nicht mehr offen halten. Ich wollte auf dem Sofa einnicken, aber er hat darauf bestanden, dass ich ins Schlafzimmer gehe. Die Begründung war etwas weniger charmant als das Angebot an sich. Er meinte, mir beim Schlafen zuhören zu müssen, wäre eine Zumutung, weil ich bestimmt schnarchen würde, und ihn das beim Fernsehen irritiert. Jetzt liege ich wieder in seinem Bett, mit einem grauschwarz getigerten Baby-Kätzchen auf dem Bauch. Ich habe vergessen, dass eines vorhin davongetragen wurde. Anscheinend hat es seine Mama hier versteckt.

»Na? Bist du ein Mädchen oder ein Junge?«

Das kleine Fellknäuel maunzt und schleckt mit der rauen Zunge über meinen Finger. Meine Stimme hört sich nicht mehr so an, als würde mich ein kettenrauchender Mann synchronisieren. Auch mein Kreislauf spielt mit, als ich mich hochraffe. Dass ich mich noch immer etwas gerädert fühle, kann ich nicht abstreiten. Vor allem der Muskelkater ist schlimmer geworden.

Ich streife das Hemd glatt und kremple es an den Ärmeln hoch, so wie DeLuca es auch immer macht – *Luca!*

Dass er mir ausgerechnet eines seiner Arbeitshemden gegeben hat, hat mich zum Grinsen gebracht. Ich konnte die teenagerhafte Euphorie aber unterdrücken, bis ich in seinem Bett gelegen habe. Dort habe ich in das Kissen gequiekt und bin eingeschlafen.

Obwohl der Stoff weiß ist, sieht man nicht durch. Das Hemd fühlt sich fantastisch auf der Haut an. Ich kann verstehen, warum er es zu seiner Uniform gemacht hat.

Nachdem ich mir mit den Fingern die Haare glatt gestrichen habe, greife ich mein Handy. Es liegt auf der Kommode. Der Bildschirm bleibt schwarz. DeLuca hat kein Ladegerät für ein 200-Euro-Smartphone. Seine Stecker laden nur Geräte ab 800 Euro. Mir ist allgemein aufgefallen, dass seine Wohnung nicht nur groß und schick ist, sondern dass hier viel teurer Schnickschnack steht. Entweder vergibt die Uni monatlich einen Bonus für den Dozenten, der die meisten sarkastischen Sprüche vom Stapel lässt, oder er war schon reich, bevor er Studenten ängstlich und schmachtend gestimmt hat.

Wenn ich so darüber nachdenke, ist das wenig verwunderlich. Er war auch auf dem Löwenstein-Ball, wahrscheinlich kommt er aus einer wohlhabenden Familie. Da er erzählt hat, dass er David schon aus dem Kindergarten kennt, liegt sogar die Vermutung nahe, dass er auch auf dem Porno-Internat war. Diese Schule spuckt mehr gutaussehende Menschen mit schwerer Kindheit und Geheimnissen aus als jede Reality-Serie!

In meiner Vorstellung sind die DeLuca's wie die Löwensteins – nur italienisch. Wahrscheinlich hat er auch einen kleinen Bruder. *Sehen Theo und er sich ähnlich?* Schwachsinniger Gedanke – für den Wachzustand, für Träume genial.

Während ich mir das Kätzchen greife, nutze ich meine wiedergewonnene Klarheit, um darüber nachzudenken, ob ich wirklich hierbleiben kann. Das Angebot ist nett und ich fühle mich auch ungeahnt wohl, nachdem DeLuca – *Luca! – das geht nicht in meinen Kopf!* – sich als bester Gastgeber und Hobbypsychologe der Welt entpuppt hat. Eine Zumutung ist es trotzdem. Ich mache ihm Arbeit, ich mache ihm Umstände und ich weiß nicht, wie ich mich revanchieren soll. Wenn man Freunden Gefallen abverlangt, ist das irgendwie mit dem Gewissen vereinbar, weil die Wahrscheinlichkeit, dass man den Gefallen mal erwidern kann, höher ist. Dass er eines Tages absolut stoned oder betrunken vor meiner Tür steht, ist aber mehr als unwahrscheinlich.

Vielleicht könnte ich eine Weile gratis für ihn arbeiten. Obwohl ihm das bestimmt egal ist, zumal nicht er selbst, sondern die Uni mein Gehalt bezahlt. Das nächste Dankeschön, das mir einfällt, fällt unter die Kategorie: ›Hoffentlich gibt es keinen Gott, der mich denken hört, sonst lande ich nach meinem Tod in der Hölle der perversen Leute.‹

Ich bin mir nicht sicher, inwieweit sich das ›Dankeschön‹, das mir meine Libido gerade vorgeschlagen hat, unter dem Begriff der Prostitution subsumieren lassen würde. Juristische Überlegung hin oder her, es wäre moralisch verwerflich, aus Dankbarkeit mit jemandem zu schlafen – und flittchenhaft, das muss sogar meine Libido zugeben. Sie flüstert mir aber auch zu, dass wir die ›Dankbarkeit‹ nur als Vorwand benutzen würden, weil ich ansonsten sowieso viel zu feige wäre, um Luca jemals anzumachen.

Jetzt funktioniert das mit dem Vornamen plötzlich …

Er ist zweifelsohne sexy. Und witzig. Und so böse. Wie ein Vampir aus einem Erotik-Roman. Außerdem hat er Kätzchen. So viele Kätzchen. Das ist Schmacht-Potenzial auf allen Ebenen.

Mein Verstand kann auf diese Libido-implizierten Gedanken nur den Kopf schütteln – ja, meinem Verstand musste ein eigener Kopf wachsen, um den vielen Vögel-Ideen Herr zu bleiben. Bevor ich mich gänzlich in moralisch bedenklichen Überlegungen verliere, höre ich auf, den Plot von ›*Inception*‹ mit einem Softporno zu vermischen und versuche, wieder wie ein Mensch zu denken, dessen Genitalien keine eigene Meinung und eine Gedankenstimme haben.

Ich höre Lachen. Nicht in meinem Kopf, sondern in der Wirklichkeit. Mit dem Kätzchen auf dem Arm presse ich mein Ohr an die Tür, um zu lauschen. Das Lachen kam mir fremd vor – so klingt kein Vampir. Die männliche Stimme aus dem Wohnzimmer ist schön – sehr melodisch. Hat Luca Besuch oder ist der Fernseher so laut?

Die silberne Türklinke lässt sich geräuschlos nach unten drücken. Auch die Tür geht absolut lautlos auf. Arme-Leute-Wohnungen sind lauter – bei mir knirscht und quiekt alles, wenn ich es nur ansehe.

Ich spähe durch den Türspalt und stelle fest, dass er tatsächlich Besuch hat. Dass ich seine Stimme nicht erkannt habe, ist wenig verwunderlich. Ich weiß nicht, wie er fröhlich und lachend klingt. Bis jetzt dachte ich, dass diese kühle, arrogante Art zu sprechen und seine etwas wärmere Doktor-Stimme seine einzigen abrufbaren Tonlagen sind.

David lehnt an der Küchenzeile, und obwohl ich auf die andere Seite des großen Raumes schielen muss, sehe ich, dass er lächelt. Er leuchtet dabei, weil die ganze Schönheit die physikalischen Gesetze unserer Welt beugt. Attraktivität in Reinkultur. Wieso habe ich ihn eigentlich nur halb so hübsch in Erinnerung? Ach richtig: Sein Charakter sieht manchmal wie ein Monster aus – das irritiert.

Als das Kätzchen in meinem Arm zu Miauen beginnt, zucke ich ertappt zusammen. Ich denke, David blickt in meine Richtung, also mache ich die Tür auf und tue so, als ob ich schon immer vorhatte, das Schlafzimmer zu verlassen. *Natürlich wollte ich nicht lauschen – das wäre so was von unhöflich.*

Luca sitzt auf einem der Hocker vor der Kücheninsel und dreht sich nach mir um, während Davids fröhliche Miene wieder neutral wird.

»Fühlst du dich besser?«, will der rothaarige Doktor wissen. Ich nicke und denke darüber nach, dass ich mich wohler fühlen würde, wenn sein Hemd etwas weiter geschnitten wäre.

Als ich auf die beiden zugehe, mustert mich David akribisch. Die Erinnerung an unsere Unterhaltung auf dem Ball kommt wieder in mir hoch. Hätte ich mal lieber da ein Blackout gehabt, dann würde mir nicht ständig sein bissiger Kommentar zu meiner Figur durch den Kopf gehen.

»Das Kätzchen war im Schlafzimmer«, erkläre ich und halte Luca das graue Fellknäuel hin.

»Ich weiß, wo du warst. Ganz schön seltsam von sich in der dritten Person zu sprechen, machst du das öfter? Macht das Spaß? Luca war gerade an der Tür, David reinlassen.«

Er streift sich kurz über das markante Kinn und nickt sich dann selbst zu. »Ja, hat was.«

Sein Grinsen wird schalkhaft, als er das Kätzchen endlich annimmt. Ich überdrehe mit zuckenden Mundwinkeln die Augen. Man wird hier wegen jedem zweiten Satz verarscht, aber seine Einlagen sind unterhaltsam, das muss man ihm lassen.

»Ist das meine Katze?«, will David wissen und deutet auf das graue Tier, um Luca keinen Interpretationsspielraum zu lassen. Er hält das Kätzchen hoch und mustert es selbst, bevor er den Kopf schüttelt.

»Nein. Das ist die, die starrt. Theo bekommt sie. Deine ignoriert die anderen, hat als Erste gelernt aufs Katzenklo zu gehen und suhlt sich seither allein in ihrem Stolz. Du wirst sie mögen, ich nenne sie: ›Klugscheißi‹.«

Seinen Namen zu hören, lässt mich gedanklich so sehr abschweifen, dass ich vergesse, mich unwohl zu fühlen.

Das ist Theos Katze? Mein Theo? Ich meine: Alex' Theo?

»Hast du Schmerzen beim Laufen?«

Ich blinzle das Tierchen und die schlanken Finger, die es halten, verliebt an. Dass David mit mir spricht, fällt mir erst auf, als sich der Raum mit erwartungsvollem Schweigen füllt. Kaum hebe ich den Blick und sehe in diese moosgrünen Augen, meldet sich das Unbehagen zurück.

»Ja. Nein. Nur Muskelkater. Sind meine Jeans aus der Maschine?« Die Frage ging an Luca und klang etwas ungeduldig, weil ich mich mit Hosen deutlich wohler fühlen würde.

»Ja. Deine Sachen liegen auf der Waschmaschine.«

Ich will loslaufen, aber David stößt sich vom Küchentresen ab und stellt sich vor mich. Bevor ich fragend den Kopf neigen kann, passiert etwas sehr Irritierendes. David umarmt mich – nicht wirklich, er hebt mich hoch, aber das geht mit ebenso viel spontaner Nähe einher. Ich schlinge die Arme um seinen Hals, um Halt zu finden. Als er mich auf dem Küchentresen absetzt, kann ich ihn nur eine Sekunde lang verwirrt in die Augen starren, dann geht er in die Knie. Seine Hand greift meinen linken Fußknöchel.

»Du hinkst wieder. Tut das weh?«

»Etwas.« Das war eine sehr atemlos gepiepste Antwort – *Unbehagen gut überspielt, Lena!*

»Kannst du den Schmerz lokalisieren?«

»Ja.«

David sieht erwartungsvoll zu mir auf. Ich überlege, ob ich lügen soll, aber kleinreden erscheint mir einfacher.

»Das ist nur Muskelkater – halb so schlimm«, beginne ich zu relativieren. Der Schmerz ist wirklich erträglich – dass ich komisch laufe, ist mir selbst aufgefallen. Hauptsächlich deshalb, weil mir die linke Hüfte weh tut. Ich will aber nicht, dass David daran herumdrückt – hier vor Luca, in seiner Küche.

Der Blick des blonden Doktors wird streng.

»Das Einzige, was ich noch mehr hasse als Leute, die ihre Symptome googeln, sind Selbstdiagnosen von Laien. Wo tut es weh?«

Ich seufze und beginne den Kopf zu schütteln. Als ich Luft für meinen nächsten Satz hole, schnellt Davids Blick zu Luca.

»Verschwinde.«

»Wie uncharmant«, entgegnet er mit hochgezogener Braue und rutscht vom Hocker. »Wirf mir doch gleich ein Nudelsieb nach, wenn du mich schon aus meiner eigenen Küche scheuchst.«

»Weniger Theatralik, schneller gehen«, lautet Davids Antwort auf die übertriebenen Handgesten. Luca verschwindet im Katzen-Zimmer.

Mein Arzt kommt aus der Hocke hoch und sieht mich eindringlich an. Er hat mitbekommen, dass es mir unangenehm war, vor Luca untersucht zu werden. Vielleicht ist er doch nur zu 90 % Eiswürfel und zu 10 % Mensch. Ich kann trotzdem nur daran denken, dass meine Oberschenkel aus dieser Perspektive irgendwie fett aussehen.

»Wenn du mir nicht sagst, wo du Schmerzen hast, nehme ich dich mit ins Krankenhaus und röntge dich, bis du im Dunkeln leuchtest.«

Seine Drohung bringt mich beinahe zum Schmunzeln, obwohl ich mir nicht sicher bin, ob er einen Witz macht. Seine Miene bleibt ernst.

»Hüfte. Oberschenkel.« *Ja genau, die, die für dich so fett aussehen* »Aber es ist nicht schlimm! Ich kann …«

Er greift mich an den Armen und hebt mich vom Tresen. Seine Hand schiebt das Hemd hoch, während er wieder in die Knie geht.

»Heb das Bein an.«

Er greift unter meine Kniekehle und drückt mein Bein weiter nach oben, als ich es von selbst machen würde. Das tut weh, aber der Schmerz ist auszuhalten. Mein Oberschenkel und meine Hüfte sind knallrot. Als seine Finger mich abtasten, fühlt sich das an, als würde jemand auf einem blauen Fleck herumdrücken. Wahrscheinlich wird es auch genau das – nur großflächiger.

»Kannst du das Bein zur Seite drehen?«

Ja, kann ich. Nur nicht ohne beschämt den Blick abzuwenden, weil mich unsere Positionen gerade an etwas erinnern. Benji hat auch so vor mir gekniet. Ich habe genauso an einem Küchentresen gelehnt. Ich weiß, dass der Gedanke absolut fehl am Platz ist und nein, normalerweise beschwören Untersuchungen von Ärzten keine Sexfantasien in mir herauf, aber David sieht gerade einfach nicht wie ein Arzt aus. Vielleicht wäre die Situation angenehmer, wenn er einen weißen Kittel tragen würde. Oder wenn er nicht der große Bruder des Typen wäre, auf dessen Sex-Partys ich gehe.

»Hör auf, die Luft anzuhalten, sonst wirst du ohnmächtig.«

Wie er gemerkt hat, dass ich aufgehört habe zu atmen, ist mir ein Rätsel. Er hat die ganze Zeit meine Hüfte beäugt, sieht erst jetzt zu mir auf.

»Du hast dir die Hüfte beim Sturz geprellt. Das wird dir ein paar Tage lang Schmerzen bereiten. Aber es heilt von selbst. Ich lasse dir Tabletten hier.«

Er richtet sich so dicht vor mir auf, dass ich schon wieder den Atem anhalte. David seufzt.

»Ich bin weder dein Feind, noch in dich verknallt, es gibt keine Veranlassung für dein Unbehagen. Abgesehen von deiner körperlichen Unversehrtheit bist du mir egal.«

Er sagt das so emotionslos, als würde er aus einer Gebrauchsanweisung vorlesen. 90 % Eiswürfel, 10 % flüssiger Stickstoff!

»Na, da fühle ich mich doch gleich viel wohler in deiner Gegenwart. Danke.«

Davids Blick wird strenger. »Das war nicht böse gemeint. Spar dir den Sarkasmus.«

»Wie kann man es denn bitte nicht böse meinen, wenn man jemandem sagt, dass er einem egal ist?«

Er tritt einen Schritt zurück und lässt die Hände in den Hosentaschen verschwinden. Mit seiner Position ändert sich auch seine Mimik. Da ist kein Arzt-Funkeln mehr in seinen Augen.

»Was willst du denn hören? Du fickst mit meinem Bruder und meinem besten Freund, und deshalb fühle ich mich auch zu dir hingezogen? Ich mag Alexander ähnlich sehen und Luca ähnlich sein, aber wir haben einen absolut unterschiedlichen Frauengeschmack. Du bist nicht mein Typ. Und ich kenne dich nicht. Gleichgültigkeit ist kein Vorwurf. Zumindest nicht meine. Ich halte nichts von oberflächlich dahingesagten Sympathiebekenntnissen. Und es steht dir frei, mich unsympathisch zu finden, aber hör auf mich anzusehen, als würden irgendwelche aufgestauten Emotionen zwischen uns in der Luft knistern. Das ist unnötig und lächerlich. Hör auf, nervös zu werden, wenn ich dich anfasse.«

Okay, ich finde gerade heraus, dass Doktor Löwenstein einen Filter in seinem Gehörgang eingebaut hat, weil er den abgrundtief garstigen, unangenehmen Schwachsinn, den er für sachlich problemlösend hält, selbst gar nicht hören kann.

Er hat sehr wohl recht, wenn er mir unterstellt, dass ich glaube, dass da etwas zwischen uns in der Luft knistert. Ich höre es auch. Seit dem Ball. Es knistert: ›Ich halte dich für ein absurd großes Arschloch!‹.

»Also erstens habe ich noch nie mit Luca geschlafen!«, lautet der Beginn meiner energischen Antwort, die so aufgebracht ausfällt, weil ich weiß, dass er die ganzen Vorwürfe, die er mir an den Kopf geworfen hat, nicht als solche versteht. Er hört sich selbst nicht, wenn er verletzenden Scheiß redet. Diese Empathie-

Behinderung ist wohl in seinem Charakter verankert. Es fühlt sich an, als würde ich Feuer dafür anbrüllen, dass es brennt. Irgendwie frustrierend, aber ich muss mir Luft machen.

»Und zweitens kannst du nicht von anderen Leuten verlangen, dass sie Verständnis für deine emotionale Kälte aufbringen! Ich fühle mich unwohl in deiner Nähe, weil ich dich nicht einschätzen kann! Deshalb wirke ich nervös. Das ist normal! Entweder bist du ein absolut blasiertes Arschloch, das ›ficken‹ sagt, ohne rot zu werden, oder du bist ein roboterhafter Mediziner, der nur Patienten sieht und keine Menschen. Beides irritiert mich! Und es ist verdammt schwer, nicht zu vergessen, dass du ein Vollidiot bist, da du leider aussiehst wie einer dieser Menschen, die man bewundern und anschmachten möchte. Kann man aber nicht, weil du ein absoluter …!«

Die Tür geht auf und Luca's Auftauchen reißt mich aus meiner kleinen Wut-Rede.

»Entschuldigt. Ich dachte mir, dass ihr mit der Untersuchung fertig seid, nachdem das Wort ›Ficken‹ ganz aufgebracht gebrüllt wurde.«

Meine Wangen glühen vor Scham. Natürlich hat er uns gehört. Ich war wirklich laut und habe nicht nachgedacht, wie peinlich mir meine Rede im Nachhinein sein würde.

»Ich wollte dich nicht unterbrechen«, sagt Luca und macht eine auffordernde Geste, während er auf uns zukommt. Er lehnt sich neben mich an die Küchenzeile, verschränkt die Arme vor der Brust und grinst mich amüsiert an. »Mach nur weiter. David hält das aus.«

Ich starre Luca zwei Sekunden lang an, dann schweift mein Blick zu dem blonden Doktor, den ich vorhin noch als ›Vollpfosten‹ beschimpfen wollte. Jetzt ist mir irgendwie danach, mich zu rechtfertigen. Ich würde Luca gerne petzen, dass David damals auf dem Ball an meiner Figur herumkritisiert hat und dass er mir noch andere absolut gemeine Dinge unterstellt hat. Er weiß das aber bestimmt. Und er weiß, warum David gerade aussieht, als würde er gleich einschlafen, weil ihn die plötzliche Stille so langweilt. *Emotionsloser Freak!*

Luca's Talent, angespannte Situationen zu entschärfen, kommt mir zum ersten Mal überhaupt nicht gelegen. Der größte Teil meiner übertriebenen Wut verpufft. Vielleicht war ich nur so sauer, weil er mir unterstellt hat, dass ich mich unwohl in seiner Nähe fühle, da ich mir einbilde, da wäre eine sexuelle Spannung zwischen uns – so wie bei Alex und mir und wie bei Luca und *…. nein, ich mag den Gedanken nicht. Abbrechen. David ist einfach ein Arsch.*

»Danke für die medizinische Versorgung. Das weiß ich zu schätzen.«

So wollte ich meine Schimpftirade eigentlich nicht ausklingen lassen, aber im Gegensatz zu David weiß ich, welche Standardfloskeln sich gehören. Ich wende mich ab und gehe in Richtung Badezimmer. Für mich ist das Gespräch beendet. Als ich Doktor Löwenstein seufzen höre, bleibe ich aber doch noch mal stehen.

»Du knickst viel zu schnell ein. Genau wie Alexander. Wenn du bei uns einheiratest, leg dir ein dickeres Fell zu. Naive Gutmenschen werden von den Löwen gefressen.«

»Danke für den Rat, aber mein fetter Arsch ist bissfest!«

Luca lacht. Ich werfe die Badezimmertür schwungvoll hinter mir zu, leider ohne Geräuscheffekt – teure Türen haben Knallstoßdämpfer. *Schade.*

Mein Abgang wäre zweifelsohne eindrucksvoller gewesen, wenn er durch die Haustür und nicht durch die Badezimmertür geführt hätte. Natürlich muss ich da auch wieder rauskommen und klar, David ist noch hier. Er und Luca trinken Kaffee.

Sie unterbrechen ihre Unterhaltung, als ich auftauche. Deshalb sind Filme oft um so viel cooler als die Realität. *Uma Thurman* saß auch nicht mit *Bill* beim Kaffee, nachdem sie ihm, von den Toten auferstanden, blutige Rache geschworen hatte. Oder doch. Eigentlich schon. Zumindest so ähnlich. Großartiger Film. Aber mir fehlt der stählerne Charakter der schwarzen Witwe. Ich bin mir sicher, *Uma Thurman* hat nicht vergessen, wie man möglichst natürlich dasteht, nachdem sie *Bill* wiedergesehen hat. Ich muss aufhören herumzuzappeln, als müsste ich auf die Toilette – ich komme gerade vom Klo.

Zumindest trage ich endlich wieder meine Jeans-Hotpants und mein Shirt. Und mein Abgangs-Spruch war cool, also: Durchatmen.

»Kaffee?«

Ich nicke auf Luca's Frage hin und setze mich auf einen der Hocker am Tresen.

»Trink Tee, das Koffein tut deinem Körper im Moment nichts Gutes.«

Dass David das so herrisch aussprechen kann, obwohl er wissen muss, dass ich sauer auf ihn bin, ist mir ein Rätsel. Es ist ihm offensichtlich tatsächlich scheißegal, ob ich ihn für ein Arschloch halte oder nicht. Diese autoritär unsensible Art ist furchtbar.

Ich beuge mich ein Stück über den Tresen, um Luca etwas zuzurufen, der mir den Rücken zugedreht hat und gerade an der Maschine hantiert.

»Schwarz. Mit Zucker.«

David dreht sich auch zu ihm. »Wenn du willst, dass sie sich übergibt, pack noch Milch rein.«

Es folgen zehn Sekunden eisiges Schweigen. Dann setzt sich Luca neben mich und schiebt mir eine dampfende Tasse hin. Mein Blick verfinstert sich, als ich den Teebeutel darin schwimmen sehe. Er zuckt mit den Schultern.

»Glaubst du, ich habe keine Angst vor ihm?«, flüstert er mir mit vorgehaltener Hand zu. »Du darfst ihm nicht in die Augen schauen, und sollte er doch auf dich aufmerksam werden, musst du dich aufplustern und laute Geräusche machen. Funktioniert bei fast allen Raubtieren. Bloß keine Schwäche zeigen.«

Ich schüttle grinsend den Kopf und nippe an meinem Tee. Mein Magen rebelliert, als der Schluck unten ankommt. Kaffee wäre wohl wirklich eine gewagte Entscheidung gewesen. *Ich hasse es, wenn Klugscheißer recht haben.*

David bückt sich nach der schwarzen Tasche, die neben ihm am Boden steht und greift hinein. Er zieht ein paar Tablettenschachteln heraus und beginnt, die Pillen aus der Packung zu drücken. Drei hellgelbe und eine, die die Größe einer Weintraube hat. *Gott, ich hoffe, das ist kein Zäpfchen ...*

»Magenschutz und Magnesium. Die Große löst du im Wasser auf, am besten gleich nach dem Tee. Die anderen schluckst du, bevor du die hier nimmst.«

Er zieht eine weitere Packung aus der Tasche und drückt drei weiße Pillen heraus. David senkt das Kinn und sieht mich eindringlich an.

»Gegen die Schmerzen der Prellung. Du kannst eine gleich einnehmen, eine vor dem Schlafengehen und eine morgen Früh. Danach solltest du keine mehr brauchen. Die Pillen verzögern deine Reaktionszeit beträchtlich und machen müde.«

Ich nicke all seine Anweisungen ab, auch wenn mir das eigentlich widerstrebt.

»Und gib Luca nichts ab, ich bin ein Arzt, kein Drogendealer.«

Er bedenkt den rothaarigen Doktor mit vorwurfsvollen Blicken. Luca zuckt unschuldig mit den Achseln.

»Ich würde nie jemanden verschreibungspflichtige Wunderpillen wegnehmen, der sie wirklich nötig hat. Ich klaue das Zeug dann aus dem Arztkoffer in deiner Wohnung.«

David murrt leise.

»Sollte ich dich einmal mit der Hand in meinem Koffer erwischen, bekommst du eine gratis Darmspiegelung und einen Einlauf.«

»Das klingt nach etwas zu viel oralem Spaß. Dann beziehe ich meine Drogen eben wie jeder andere Mensch über Straßendealer. Die drohen mir nicht damit, an meinem Hintern herumzuspielen.«

David verschließt die Tasche wieder und lehnt sich an den Tresen. Er ist gut darin, Luca's Witze zu ignorieren.

»Wenn wir schon beim Thema sind: Ich mache für dich nächste Woche einen Termin im Sanatorium. Es ist mir lieber, du gehst zu einem Spezialisten als zu mir oder meinem Großvater.«

Luca brummt und verfinstert den Blick. »Kannst du mir damit vielleicht noch mehr auf die Nerven gehen? Zum hundertsten Mal: Nein!«

Das klingt plötzlich ungeahnt wütend und streng.

»Du wirst dir einen Tag für die Untersuchungen freischaufeln können. Ich fahre dich auch hin und halte dein Händchen, wenn es sein muss.«

Die moosgrünen Augen fixieren die strenge Miene, die von dunkelroten Haaren gerahmt wird. Ich bin mir nicht sicher, ob Luca die Wut nur spielt oder ob sie echt ist.

»Hörst du mir eigentlich zu? Nein heißt nein. Willst du es auf Italienisch hören? No! Auf Französisch? Non! Schwedisch? Nej! Mehr Sprachen kann ich nicht, aber ich lerne welche, wenn du mich dann endlich damit in Ruhe lässt!«

Ich denke eigentlich, David entgegnet Luca's Widerwillen mit stoischer Arroganz, aber sein Blick wird ebenfalls finster. So hat er auch ausgesehen, als er sich mit Theo auf dem Ball gestritten hat. Anscheinend werden nur Leute, die ihm egal sind, mit der Löwenstein'schen Kälte bedacht – so wie ich. Bei Menschen, die ihm etwas bedeuten, kann er sehr wohl Emotionen zeigen. Das gerade ist Wut.

»Spar dir deine Sturheit für irgendwelche Banalitäten!«, faucht David in beachtlicher Lautstärke. Diese Stimme ist zweifelsohne einschüchternd. Genau wie diese heroische Körperhaltung.

»Spar dir das Dominanzgehabe für Leute, die sich davon beeindrucken lassen!«, lautet Luca's knurrende Antwort.

Wenn das die Demonstration zu seinem ›Wie man Raubtieren begegnet‹-Vortrag war, ist sie gelungen. Ich glaube gerade, dass er der einzige Mensch auf der Welt ist, von dem sich David die Stirn bieten lässt. Er knallt dem Löwen mit einer zusammengerollten Zeitung auf die Schnauze. *Luca kann eben mit Katzen.*

David schultert brummend seine Tasche und schiebt seine leere Kaffeetasse so schwungvoll über den Tresen, dass ich glaube, sie schlittert darüber hinaus und zerschellt am Boden. Tut sie nicht, aber ich halte trotzdem die Luft an.

Als er in Richtung Haustür geht, steht Luca auf und folgt ihm.

»Wieso müssen wir uns eigentlich immer an den Wochenenden streiten?«, will er wissen.

David bleibt im Türrahmen stehen und zieht eine Augenbraue nach oben. Faszinierend, wie schnell die beiden ihre Wut aufeinander verpuffen lassen können.

»Du willst dich vor unserer Fitnessstudio-Verabredung am Abend drücken – wie immer.«

»Stimmt. Verschwinde du Blödmann! Ich will dich nie wieder sehen! Erst wieder Montag.«

David schüttelt resignierend den Kopf. Sein Blick streift an Luca vorbei zu mir.

»Wenn du dich unwohl fühlst, ruf an. Aber nur, wenn es medizinische Gründe hat – gegen Luca's Gastgeber- und Lover-Qualitäten kann ich dir keine Pillen verschreiben.«

Ich nicke mechanisch und versuche, dabei weder zu freundlich auszusehen noch rot zu glühen. Ich bin noch sauer auf ihn. Und verlegen. Und etwas irritiert, weil er nicht aufhört, mich so eindringlich anzusehen. Als David noch mal den Mund aufmacht und mich dabei noch immer eindringlich ansieht, neige ich fragend den Kopf.

Was kommt denn jetzt noch?

»Und weil du im Moment mehr Einfluss auf ihn hast als ich: Überrede Luca, sich nächste Woche untersuchen zu lassen. Ich hasse Beerdigungen.«

Luca tritt David die Tür vor der Nase zu.

»Was für eine Drama-Queen!«, ruft er, während er die Hände nach oben reißt und dann zurück zum Küchentresen kommt.

Dass ich ihn anstarre, bemerkt er erst, als er sich wieder neben mich gesetzt hat und sich gedanklich von seinem Ärger über David losreißen kann.

»Ich sterbe nicht«, sagt er genervt und schüttelt den Kopf. Da ist trotzdem ein Kloß in meinem Hals, weil ich mir sicher bin, dass es einen Grund geben muss, wenn David darauf besteht, dass er zu irgendeinem Spezialisten geht.

»Bist du krank?«

Ja, diese Frage ist sehr persönlich, aber ich muss sie stellen, auch wenn ich mich vor der Antwort fürchte. Wenn er mir jetzt sagt, dass er irgendetwas Schlimmes hat, schwimmen wir beide und alle Kätzchen gleich in meinen Tränen.

»Oh Gott, sieh mich nicht so an. Das hier ist kein *Nicolas Sparks* Roman. Mir fehlt nichts. Vielleicht abgesehen von einer kleinen Koffein-Abhängigkeit – die ich absolut unter Kontrolle habe.«

Das ist schon mal gelogen.

»Wieso will er dann, dass du dich untersuchen lässt?«

Luca seufzt und rümpft die Nase. Er schweigt auffallend lange. Es ist offensichtlich, dass er nicht darüber reden möchte, aber solange er den Mund nicht aufmacht, werde ich nicht aufhören ihn anzusehen, als wäre er *Leonardo DiCaprio*, der gerade vor der Titanic versinkt.

»Mein Vater hatte Krebs. Er wurde erst in einem sehr fortgeschrittenen Stadium diagnostiziert. Zwei Jahre Chemotherapie und die besten Ärzte der Welt – du weißt ja, dass er trotzdem verstorben ist.«

Ich nicke und kann nicht mehr schlucken, ohne dass es weh tut. Er wirkt genauso geerdet wie damals im Büro, am Tag der Beerdigung. Dass er so stark ist, ist schwer zu ertragen, weil es mir bewusst macht, wie viel er durchmachen musste, um dieser unerschütterliche, sarkastische Optimist zu werden.

»Seit der Diagnose dreht David am Rad. Ich war bei Ärzten. Ich habe mich durchchecken lassen. Von seinem Großvater, seinem Spezialisten-Freund und von David selbst. Ich werde das auch in regelmäßigen Abständen wiederholen, weil mir bewusst ist, dass das Risiko höher ist, wenn der eigene Vater an Krebs erkrankt ist, aber ich laufe nicht alle drei Monate zum Arzt, solange ich kerngesund bin. Das artet in Hypochondrie aus – nicht mal meine eigene, sondern Davids. Ich lasse mein Leben nicht von einer Krankheit bestimmen, die ich vielleicht bekommen könnte – das ist idiotisch. So was kann jeden treffen. Auch ohne Vorgeschichte. Er ist ein übervorsichtiger Idiot. Ich warte auf den Tag, an dem er anfängt, mir mit einem tragbaren Röntgengerät hinterherzulaufen, um Bilder von mir zu schießen. Spätestens dann lasse ich ihn entmündigen und schicke ihn zur Lama-Streichel-Therapie in die Klapse.«

Luca geht zum Kühlschrank. Er holt eine Dose Red Bull heraus. Während er sie zischend öffnet, mustert er mich mit schief gelegtem Kopf.

»Wieso siehst du noch immer so aus, als würdest du gleich heulen? Ich bin gesund. Du wurdest gestern nicht vergewaltigt. Diese Wohnung ist voller Baby-Katzen. Alles Gründe, um pure Freude zu empfinden.«

Luca hat recht. Ich bin auch nicht traurig, sondern gerührt. Oder eher verwirrt. Ich bin verwirrt gerührt.

»Er hat dich unheimlich gern«, spreche ich aus, was mir gerade klar geworden ist. Luca neigt fragend den Kopf zur Seite. »Mehr Kontext bitte.«

»Geh zu der Untersuchung. Er hat Angst um dich. Mir war nicht klar, dass ein Eisklotz jemanden so lieb haben kann.«

Jetzt macht es klick bei Luca. Er schüttelt schmunzelnd den Kopf.

»Du weißt, auf wessen Seite du dich da gerade stellst, oder? Auf die des hypochondrischen Teufels, der dich ›meine Assistentin mit den zu ausladenden Hüften‹ und ›Alexanders Ball-Desaster‹ genannt hat, bis ich ihm noch mal gesagt habe, wie du heißt.«

Ich brauche keinen Reminder dafür, dass David ein Arschloch ist. Das weiß ich noch. Zu mir ist er furchtbar und wahrscheinlich auch zu allen anderen Menschen, die ihm – wie er es so schön sagt – egal sind. Luca gehört aber ganz und gar nicht zu diesen Menschen.

»Wie lange dauert die Untersuchung? Eine Stunde? Zwei? Du hast nächsten Dienstag deine letzte Kurseinheit vor den Sommerferien, da bleibt genügend Zeit, um den exzentrischen Wichtigtuer zu beruhigen, den du deinen besten Freund nennst. Warum auch immer. Ihr seid ganz offensichtlich schwer verliebt ineinander, und da tut man sich so etwas nicht an. Lass ihn sich keine Sorgen um dich machen.«

»Du hast recht.«

Es überrascht mich, dass ich ihn so schnell überzeugen konnte. Und dann auch noch mit dieser etwas kitschigen Ansprache.

»Du gehst also wirklich da hin?«

Luca zeigt mir kurz beim Grinsen die schneeweißen Vampirzähne. »Nein. Aber ich wollte wissen, wie du aussiehst, wenn du eine Argumentation gegen mich gewinnst. ›Überrascht‹ lautet die Antwort.«

Ich seufze. Einen Moment lang hatte ich vergessen, dass Luca und DeLuca dieselbe Person sind.

Doktor Arrogant macht mir noch einen Tee.

Vampir-Prinz

»Er klingt wie eine kettenrauchende Frau, die nicht singen kann«, murrt er.

»Was für ein Schwachsinn, er singt klasse!«

»Soll ich David anrufen? Ich glaube, dein Gehör hängt an deiner Libido und nicht an deinem Gehirn. Das ist medizinisch bedenklich.«

»Was für ein Blödsinn! Ich würde ihn auch für einen guten Sänger halten, wenn er nicht so hübsch wäre.«

»Wirklich? Wenn ich dir die Augen zuhalte, findest du das Schreien um Hilfe, das er singen nennt, noch immer gut?«

»Sicher!«

»Und?«

»Naja, er trifft vielleicht nicht jeden Ton, aber …«

»Ha! Ich wusste, du hörst mit deinen Hormonen hin!«

»Du stehst auf *HIM*! Der kann auch nicht wirklich singen.«

»Okay. Anderer Meinung zu sein als ich, ist eine Sache, aber meine Religion in Frage stellen?«

»Nimm die Hand bitte weg Luca, ich will zusehen.«

»Wieso? Du sollst genauso leiden wie ich. Wenn man nicht mit ihm ins Bett möchte, tut es einfach nur weh, ihm zuzuhören.«

»Du singst doch auch wie ein dreistimmiger Dämon in der Pubertät! Und ich muss dir im Büro ständig dabei zuhören.«

»Ja, und du liebst es, oder?«

»Nein.«

»Wie schamlos kann man eigentlich lügen?«

»Hat dir schon irgendjemand irgendwann mal gesagt, dass du gut singen kannst? Falls ja: *Das* fällt unter die Definition einer schamlosen Lüge.«

»Und dennoch hörst du mir gerne zu.«

»Ja. Weil du so gut aussiehst – schließlich wachsen meine Ohren aus meiner Libido.«

»Schön, dass du es zugeben kannst.«

»Das war Sarkasmus, falls du es nicht herausgehört hast.«

»Nein, das war kein Sarkasmus. Ich erkenne Sarkasmus, wenn ich ihn höre. Das war eine Gelegenheit, etwas auszusprechen, das dir peinlich wäre, wenn du es nicht hinter einem Scherz verstecken könntest.«

»Na gut. Ich bin in dich verknallt.«

»Da! Schon wieder.«

»Kann ich jetzt bitte trotzdem die Jury Meinung hören? Dieter Bohlen sagt gleich was.«

»*Modern Talking* fehlt mir.«

»Warst du schon immer so grenzenlos schräg oder gab es ein Schlüsselerlebnis?«

»Nein, ich war schon ein Freak, bevor es in Mode kam.«

Hier mein Tipp für jeden, der irgendwann mal in den Genuss kommt, mit Doktor Andrea DeLuca fernzusehen: Nichts einschalten, bei dem man der Handlung folgen muss, er spricht nämlich über jeden Satz, der aus den Lautsprechern kommt.

Ja, ich sehe DSDS mit dem Dozenten, für den ich arbeite. Auf seiner Couch. Neben seiner seltsamen Katze, die alle zwanzig Sekunden verstimmt maunzt, weil sie beim Fernsehen auch nicht die Klappe halten kann.

Wenn mich jemand vor zwei Tagen gefragt hätte, ob ich mir ein Szenario ausdenken kann, das hierzu führt, hätte ich keines erfinden können. Vielleicht eines mit Fantasy-Elementen. Wenn

sich Vampire plötzlich als echt erweisen und aus ihrem Schatten-
dasein treten, um die Weltherrschaft an sich zu reißen, DeLuca
sich als einer von sieben Vampir-Prinzen entpuppt, die bis Mitte
des Monats ein Menschenopfer an den gruseligen Obervampir
liefern müssen und sich herausstellt, dass verpeilte Menschen
mit dicken Ärschen das süßeste Blut haben. Dann und nur dann
hätte ich mir vorstellen können, dass er mich auf seiner Couch
zwischenparkt.

Es ging auch ohne Vampire. Jetzt weiß ich das. Aber die Geschichte hätte ihren Reiz gehabt. Natürlich hätte sich der Vampir-
Prinz in sein Menschenopfer verliebt, während sie bei ihm
wohnt. Am Ende muss er sie dann vor den anderen Vampiren
verstecken. Plot-Twist: Es stellt sich heraus, dass sie selbst ein
Vampir ist und eigentlich ihn opfern wollte. Vielleicht sollte ich
Fantasy-Romane schreiben, wenn ich mich doch noch als zu doof
für das Jura-Studium erweise.

»Wenn er jetzt einen zweiten Song singt, singe ich laut mit. Ich
kann ihm unmöglich noch mal drei Minuten zuhören«, droht der
Vampir-Prinz und streichelt seine komisch brummende Katze.

»Wieso gucken wir DSDS, wenn es dir auf die Nerven geht?«,
will ich wissen, in der Gewissheit, dass ich sowieso kein Wort der
Moderation oder der Jury verstehen werde, weil die Luca-Ton-
spur darüber läuft.

»Du hast erwähnt, dass du das sehen willst«, antwortet er und
zieht seine Hand so schnell von der Katze weg, dass ich denke,
er hat einen Stromschlag oder einen Anfall bekommen – manchmal ist er einfach schräg.

»Das war nur dahingesagt«, sage ich schulterzuckend. »Wir
können auch einen Film sehen. ›The Wolf of Wallstreet‹ läuft – das
ist vielleicht eher nach deinem Geschmack«, mutmaße ich.

Er sieht mich mit ungläubiger Miene an. »Wenn ich selbstver-
liebten, reichen Idioten gerne beim Koksen und Vögeln zusehen

würde, wäre ich zum letzten Klassentreffen gegangen. Außerdem hasse ich Werbung – da muss ich noch mehr reden, das willst du dir nicht antun.«

Ich grinse. Er weiß ganz offensichtlich, dass er sehr redselig wird, sobald Bilder über den Bildschirm flackern. Das gehört zu den Dingen, die ihn besonders machen. Es kommt mir vor, als würde er jede seiner schrägen Macken und Eigenheiten selbst am besten kennen und sich dafür gerne mal auf den Arm nehmen. Eine beneidenswerte Einstellung, zumal sie mit einem großen Maß an innerlicher Ausgeglichenheit einhergeht. Wenn man es schafft, seinen eigenen inneren Kritiker zu einem Komödianten auszubilden, geht man eindeutig fröhlicher durchs Leben.

»Such dir einen Film auf der Festplatte aus«, sagt Luca und wirft mir eine der fünf Fernbedienungen rüber. Nachdem er auf einer anderen herumgedrückt hat, ploppt eine ganze Reihe Bilder mit Filmtiteln vor mir auf.

Ich finde es nett von ihm, dass er mir die Wahl lässt. Mit Max musste ich immer mindestens eine halbe Stunde diskutieren, warum ich von Unterhaltungsmedien keine Weiterbildung erwarte und warum ich mir lieber ansehe, wie sich Autos in Roboter verwandeln als bei einer Dokumentation über Münzprägung den Spaß in mir sterben zu spüren.

Mir fällt gerade auf, dass ich dabei bin, meine letzte Beziehung mit dieser Situation hier zu vergleichen.

Vorsichtig Lena! Dein Unterbewusstsein shoppt gleich Partnerlooks auf Zalando!

»Warst du auf demselben Internat wie Alex und Theo?«

Ich muss mich von meiner idiotischen Gedankenstimme ablenken. Nichts wirkt da besser als ein anderes spannendes Thema anzuschneiden. Während ich durch die Filme scrolle, hält mich Luca davon ab, darüber nachzudenken, ob unsere Trauung wohl auf Italienisch abgehalten würde.

»Ja. Schloss Lindemuth. Mit David.«

In meinem Kopfkino fällt gerade ein Vorhang. Darauf stand in Großbuchstaben ›PORNO-INTERNAT‹. Jetzt hat diese berühmt berüchtigte Schule einen Namen. Und natürlich ist es ein Schloss. Sie sind schließlich alle Prinzen.

»Ihr wart bestimmt eine ziemlich berüchtigte Clique«, unterstelle ich und kann nicht verhindern, dass hinter dem gefallenen Vorhang jetzt schon ein Film läuft. Ich könnte ihn mir die ganze Nacht lang ansehen, zumal drei hübsche, sehr spannende Typen in Schuluniformen und ein leider nicht minder hübscher und spannender Soziopath die Hauptrollen spielen. Hier dämlich grinsend ins Leere zu starren und Tagträume zu feiern, würde aber etwas geisteskrank wirken.

»Clique?«, wiederholt Luca fragend. »Du meinst Alexander, Theo, David und mich? Die Jungs waren 14, als wir unseren Abschluss gemacht haben. Wir haben am Internat nicht viel Zeit miteinander verbracht, zumal David und ich mehr Spaß an See-Partys und Reisen hatten als an *Beyblades*. Obwohl ich den Jungs lassen muss, dass sie ziemlich frühreif waren. Sie haben kreative Dinge mit ihren Kreiseln angestellt.«

Ich wende meinen Blick vom Fernseher ab und mustere Luca.

»Mein jugendlich hübsches Gesicht hat dich vergessen lassen, dass ich viel älter bin als du«, unterstellt er mir grinsend. Ich nicke.

»Ja. Ich habe vergessen, dass du mein Vater sein könntest.«

Der Spruch lässt ihn die Stirn in Falten legen. Es passiert nicht oft, dass ich die Gelegenheit bekomme, ihn zu triezen. An seinem Ego kann man kaum kratzen – deshalb genieße ich den Triumph gerade.

»Mit sieben hätte nicht mal ich das hinbekommen«, stellt er beleidigt klar, schmunzelt aber zwei Sekunden später. »Aber, wenn dich die Vorstellung irgendwie stimuliert, kannst du mich gedanklich gerne zu deinem Stiefvater degradieren.«

»Oh mein Gott!«, quieke ich den Schauer, der mir über den Rücken fährt, hinaus und schenke Luca angeekelte Blicke. Er zuckt mit den Schultern.

»Was denn? Ich bin mir beinahe sicher, dass du einen Vaterkomplex hast, sonst würdest du dich nicht zu so dominanten Männern hingezogen fühlen.«

Ich öffne den Mund, schüttle aber tonlos den Kopf, damit er sieht, dass er mich sprachlos echauffiert gestimmt hat.

»Das war nicht böse gemeint, das geht vielen Frauen so. Mit Männern und Müttern ist es dasselbe. Starr Siegmund Freuds Grab finster an, nicht mich – das kommt von ihm.«

»Was für ein Schwachsinn!«, piepse ich und richte meinen Blick nach einem Schnauben wieder auf den Bildschirm. Ich drücke wütend auf der Fernbedienung herum.

»Hast du ein gutes Verhältnis zu deinem Vater?«, möchte Luca wissen. Ich will eigentlich etwas Patziges antworten und abblocken, dann fällt mir ein, dass er mir auch sehr persönliche Dinge über seinen Vater erzählt hat. Ich bin froh, dass ich mir das sture Fauchen verkneifen konnte. Das wäre eine schlichte Überreaktion gewesen, weil ich eigentlich ungern darüber rede.

»Ich kenne meinen Vater nicht wirklich. Meine Eltern haben sich getrennt, bevor ich auf die Welt gekommen bin, und er hat nie sonderlich viel Interesse daran gezeigt, an meinem Leben teilzuhaben. Ich habe ihn zwei oder drei Mal getroffen, als ich fünfzehn war. Dann hat er sich nicht mehr gemeldet.«

Luca holt schon Luft, aber ich bin schneller. »Und wenn du jetzt ein Wort darüber verlierst, dass ich deshalb gerne mit Theo schlafe, dann springe ich aus dem Fenster!«

Luca sieht mich mit unschuldigen Augen an.

»Ich wollte nur sagen, dass dein Vater ein Idiot ist, wenn er sich nicht um dich gekümmert hat – deine SM-Spielchen mit Theo hast du zur Sprache gebracht.«

»Schon gut, er hat mir nie gefehlt – ich kenne ihn ja nicht. Außerdem ist meine Mutter toll und mein Stiefvater war sehr nett. Und: Ich habe gar nichts von wegen SM gesagt!«

Luca zuckt entschuldigend mit den Schultern.

»Na gut, das habe ich eingeworfen, aber ich kenne Theo, seit er neun ist. Als ich ihn zum ersten Mal gesehen habe, hat er Alexander mit einer Hundeleine durch den Garten gezogen. Ich weiß, wie er tickt.«

Ich denke mein Seufzen war leise genug, um im Plopp-Geräusch der Scrollfunktion unterzugehen, er sieht mich aber plötzlich auffallend eindringlich an.

»Dich stört die Tatsache, dass ich so viel über die Jungs weiß, mit denen du schläfst«, mutmaßt er selbstsicher wie immer. Diesmal irrt er sich aber – teilweise.

»Es stört mich nicht, dass ihr befreundet seid. Es ist nur unangenehm, dass du so viel mehr über mich weißt, als ich über dich. Redest du oft mit Alex und Theo?«

»Über dich?«

Mir fällt auf, dass meine Frage egozentrisch geklungen hat.

»Nein. Allgemein.« *Natürlich meine ich über mich!*

»Alexander sehe ich kaum noch. Außer wir begegnen uns an der Uni oder wir sind in den Ferien alle zu Hause und ich besuche David. Theo und ich spielen einmal die Woche Squash.«

»Squash?«, wiederhole ich überrascht.

»Es ähnelt entfernt Tennis, nur dass man den Ball gegen die Wand schlägt.«

»Ich weiß, was Squash ist!«

»Wieso siehst du mich dann so planlos an?«

Weil es mich überrascht, dass du so viel Zeit mit meinem Nutella-Brötchen verbringst.

»Auf dem Ball hat es so gewirkt, als ob …«

»Wir uns nicht verstehen?«, ergänzt Luca richtig. »Wir können alle etwas hitzköpfig und sehr direkt sein – das irritiert Außenstehende vielleicht, aber das ändert nichts daran, dass ich die Jungs schon immer mochte. Ich habe keine Geschwister. Alexander und Theo waren mein Kleiner-Bruder-Ersatz.«

Ich nicke und überlege, wie ich die ›Redet ihr über mich‹-Frage noch mal stellen kann, ohne egozentrisch und unsicher zu wirken. *Nope. An egozentrisch und unsicher führt kein Weg vorbei.*

»Wissen Theo und Alex, dass ich für dich arbeite?«

Ja, das ist annähernd geschickt. Ich habe mit Theo nie über Luca gesprochen, nur mit Alex, aber damals hatte er zwei Liter Martini intus – ich bin mir sicher, er kann sich nicht mehr daran erinnern.

»Ich habe mit Theo über dich gesprochen, nachdem du mir erzählt hast, du wärst Alexanders Freundin. Kurz vor dem Ball.«

Da habe ich meine Antwort. *Herrlich.* Ich möchte vor Scham in das Kissen beißen oder es mir zumindest gegen das Gesicht knallen. Dass Theo weiß, dass ich Alex vor Luca als meinen Freund ausgegeben habe, ist nicht nur peinlich, sondern beschert mir irgendwie auch ein schlechtes Gewissen. Obwohl es noch peinlicher gewesen wäre, ihn selbst als meinen Freund auszugeben, oder?

Ach, ich hasse die Tatsache, dass sie sich so gut kennen! Luca hatte mal wieder recht.

»Keine Angst. Theo ist beim Squashspielen nicht sehr redselig – er flucht meistens nur herum, wenn ich ihn fertigmache. Ich weiß so gut wie gar nichts über dich. Nur, dass du auf Alexanders Partys gehst. Und dass du in Theo und noch jemanden verknallt bist – und bevor du jetzt denkst, er hätte mir das erzählt, und das Kissen endgültig auseinanderreißt – das mit Theo ist meine eigene Schlussfolgerung, nachdem ich euch zusammen auf dem Ball gesehen habe. Den anderen Typen hat er zur Sprache gebracht – ich habe seinen Namen vergessen. Sebastian? Sven? Irgendwas mit ›S‹.«

Ich scrolle weiter durch die Filme und starre stur auf den Fernseher.

Was soll ich darauf antworten? Beim Leugnen würde sich meine Stimme überschlagen. Ich mag nicht, dass sich das nach Dreiecksbeziehung anhört. Das ist es nicht. Wir spielen nach Alex' Regeln und die müsste Luca eigentlich auch kennen.

»Was willst du über mich wissen?«, fragt er und klingt amüsiert.

Ich wende den Blick doch vom Bildschirm ab, weil ich mir nicht sicher bin, ob er die Frage ernst meint. Luca drückt den Kopf schmunzelnd gegen die Lehne und legt die Beine auf das Sofa. Ich starre etwas zu lange auf die Ansätze seiner Hüftknochen. Sein Shirt ist ein Stück hochgerutscht.

»Wenn du denkst, dass ich mehr über dich weiß, als du über mich, frag mich, was du möchtest. Ich habe nichts zu verheimlichen.«

»Na gut. Wieso sind da lauter uralte italienische Liebesfilme auf deiner Festplatte? Das ist die kitschigste Filmauswahl, die ich jemals gesehen habe.«

Natürlich hätte es spannendere Fragen gegeben, aber die Auswahl irritiert mich schon seit Minuten. Dass er einen eigenwilligen Musikgeschmack hat, war mir klar, aber Luca ist wirklich nicht der Typ für solche Schmachtfilme.

»Das geht dich nichts an. Das ist ein Geheimnis«, entgegnet er gespielt stur und verschränkt die Arme vor der Brust. »Willst du nicht lieber wissen, ob ich schon mal mit David geknutscht habe, oder ob ich in jemanden verliebt bin?«

»Nein. Ich will wissen, warum du ›Primavera dell'amore‹ von 1992 in der Spielfilmversion und als Director's Cut auf deiner Festplatte hast.«

Luca seufzt, rafft den Oberkörper hoch und nimmt mir die Fernbedienung weg. Er scrollt ein paar Filme weiter und zoomt eines der Film-Cover größer.

»Lies«, verlangt er.

Ich hadere ein paar Sekunden, weil ich mich nicht mit meiner Aussprache blamieren will.

»Fra pochi instanti?« *Oje, als ich es in Gedanken gelesen habe, klang es noch nicht nach Elbisch.* Natürlich grinst er und schämt sich fremd.

»Das war das schlechteste Italienisch, das ich jemals gehört habe. Kannst du überhaupt Lasagne sagen?«

»Entschuldige! Ich hatte nur Französisch in der Schule«, rechtfertige ich mich halb fauchend, halb beschämt.

»Lies weiter.«

Eigentlich will ich mich nicht noch mal blamieren, aber auf dem Bild stehen nur noch zwei Namen, die nicht allzu kompliziert anmuten.

Wahrscheinlich die der Schauspieler.

»Giovanni Rivo, Elisa DeLuca«, lese ich zuerst relativ selbstsicher vor, gerate dann aber ausgerechnet bei dem Namen ins Stocken, den ich definitiv aussprechen kann.

»Warte …«, murmle ich und lasse meinen Blick von den Zeilen hoch auf das Film-Cover schweifen. Ich hatte ihm nicht wirklich Beachtung geschenkt, weil es eines dieser typischen alten Liebesfilm-Bilder ist. Sepiafarbener Himmel. Ein hübscher Mann und eine hübsche Frau. Eine hübsche Frau, deren Augen und Lippen mir verdammt bekannt vorkommen.

»Nein, oder? Ist das deine Mutter?«

Ich wollte zuerst Schwester sagen, aber dann ist mir eingefallen, dass er mir erzählt hat, er wäre ein Einzelkind. Außerdem ist der Film schon uralt.

»Sie hat nur Liebesfilme gedreht. Das nimmt meiner Film-Sammlung leider die männliche Coolness, aber wenn du weiter scrollst, sind da auch Actionfilme und Pornos – falls dich das beruhigt.«

»Wie abgefahren ist das denn?!«, quieke ich vergnügt und quetsche das Kissen wieder.

»Was? Dass ich Pornos habe? Dein Enthusiasmus überrascht mich, aber ich finde ihn auch scharf.«

Ich überdrehe die Augen und ignoriere sein anzügliches Grinsen.

»Deine Mutter ist Schauspielerin! Hat sie auch in deutschen Filmen gespielt? Warst du mal bei den Oscars? Hattet ihr mal Probleme mit Paparazzi? Wolltest du nie in ihre Fußstapfen treten? Du wärst ein guter Schauspieler!«

Luca lacht leise und schließt dann resigniert die Augen.

»Sie dreht schon lange keine Filme mehr und war auch nur in Italien berühmt. Bei den Oscars war ich noch nie, aber in Cannes. Mein Vater hat meine Mutter kennengelernt, als er einen Paparazzo verprügelt hat, der Fotos von ihr am Strand machen wollte – das war in den 80ern, damals konnte man sich noch verkloppen, ohne wegen Körperverletzung angezeigt zu werden. Ich hatte als Kind Schauspielunterricht, aber ich wollte eigentlich schon immer Jurist werden. Mein Vater war Patentrecht-Anwalt.«

Ich denke, das sind Sternchen in meinen Augen, als ich den Kopf zurück auf die Sofalehne drücke. Wie spannend kann man eigentlich sein? Die DeLuca's sind keinesfalls wie die Löwensteins, sie sind eine Künstler-Juristen-Familie und ihr Sohn ist wohl der ambitionierteste, spießigste Exzentriker der Welt.

»Können wir uns den Film ansehen?«, frage ich, weil ich Luca's hübsche Mutter sehr gerne schauspielern sehen würde. Er sieht mich mit hochgezogener Braue an.

»Du verstehst doch kein Wort.«

»Du plapperst sowieso den Film durch, da kannst du auch übersetzen.«

Er rümpft die Nase.

»Nein. Der Film hat eine Sex-Szene, ich konnte ihn mir noch nie ganz ansehen. David kann ihn dir aber nicht nur zusammenfassen, sondern wahrscheinlich auch nachspielen – er hat ihn so oft gesehen, dass ich schon allein bei dem Gedanken daran wütend werde. Perverser Vollidiot …«

Ich kann David nicht wirklich verübeln, dass ihm die Mutter seines besten Freundes gefällt. Als ich wieder durch die Filme scrolle, sehe ich mir die Bilder genauer an. Elisa DeLuca ist eine bombastisch schöne Frau. Ich hoffe trotzdem für Luca, dass David nie zufällig bei ihm vorbeigekommen ist, während niemand außer ihr zu Hause war, und sie dann zusammen Wein getrunken haben, bevor er ihr gezeigt hat, dass er mal Arzt werden möchte. Das wäre schräg. Für Luca. David würde ich das zutrauen.

»Drück den linken Pfeil, dann kommst du in die anderen Ordner. Hier sind nur italienische Filme.«

Ich folge seiner Anweisung und reiße mir im nächsten Moment die Hände vor die Augen.

»Oh Gott!«

»Was denn? Ich hatte dir von den Pornos erzählt. Das kam jetzt nicht überraschend.«

Ich drücke noch mal die Pfeiltaste und spähe dann vorsichtig auf den Fernseher. Gut, keine nackten Menschen mehr – Disney-Filme. *Luca ist ein Freak.*

Bevor ich hier noch stundenlang durch seine Filmbibliothek stöbere und uns das Plopp-Geräusch beide wahnsinnig macht, drücke ich einfach auf ›Play‹.

Wir sehen uns ›Frozen‹ an. Es würde mich so was von nicht wundern, wenn er ›*Let it go*‹ mitsingen kann.

Ich beginne, meine Finger über das weiche, seidige Katzenfell gleiten zu lassen. Das Schnurren setzt sofort ein.

»Was machst du denn da?!«

Natürlich, kaum fängt der Film an, muss er quatschen. Der schockierte Tonfall lässt mich die Augenbrauen hochziehen.

»Ich streichle die Katze.«

»Das ist eine verdammt schlechte Idee.«

Ich zucke mit den Schultern.

»Sie mag mich. Es gefällt ihr offensichtlich.«

Luca schüttelt den Kopf. »Hatte ich nicht erwähnt, dass sie gestört ist? Sie kratzt, wenn man aufhört. Du musst die Hand schnell wegziehen. Und selbst dann verfolgt sie einen manchmal.«

Ich ziehe eine Augenbraue nach oben und beäuge das schnurrende, dicke Fellknäuel skeptisch, das trügerisch friedlich aussieht.

»Nicht langsamer werden!«, sagt Luca und setzt sich aufrecht hin. Seine Hand schwebt über meiner und der Katze.

»Auf drei tauschen wir«, weist er mich in einem Tonfall an, den *Bruce Willis* anschlagen würde, wenn ein Gebäude zu explodieren droht. Es fühlt sich an, als würde ich über eine Bombe streicheln. Luca zählt runter und auf drei reiße ich die Hand genauso schnell weg, wie er vorhin, als ich dachte, er hätte einen Stromschlag bekommen. Die Katze zuckt mit dem Schwanz und beginnt dämonenhaft zu brummen. Als er auch aufhört und in Schutzhaltung geht, rührt sich das dicke Tier keinen Millimeter.

Ich beginne, mich zu fragen, ob er und seine Katze mich verarschen.

»Sag mal, nimmst du mich auf den …«

Hilfe! Kami-Katzen-Angriff!

Ich zucke zusammen und verstecke mich hinter dem Kissen, als die Katze plötzlich aufspringt und zu fauchen beginnt. Luca schnappt sie sich und wirft sie ein Stück in Richtung Teppich. Sie landet absolut leichtfüßig, aber mit aufgestellten Nackenhaaren, und beginnt ihre Beinchen auszuschütteln. Die Geräusche, die sie dabei macht, klingen so, als würde einem ein Dämon ein Lied brummen.

Sie beobachtet Luca, als er zur Küchenzeile geht. Kaum öffnet er eine der unteren Schubladen, läuft sie zu ihm und beginnt, ihm um die Beine zu streichen. Er stellt ihr eine Schüssel Milch hin, und sie schnurrt wieder zufrieden.

»Du darfst sie nur nicht streicheln. Oder zu lange direkt ansehen. Oder mit zu hoher Stimme auf sie einreden«, erklärt Luca und lässt sich wieder neben mich auf das Sofa fallen.

»Manchmal veranstaltet sie aber auch grundlos eine Szene«, gesteht er und macht eine entnervte Geste.

»War sie schon immer so … speziell?«

»Ja. Als ich sie aus dem Tierheim geholt habe, war sie zwar erst handtellergroß, hat aber schon kleine Hunde gejagt. Normalerweise bezahlt man eine Impf- und Tierarzt-Pauschale, wenn man dort ein Tier mitnimmt – sie haben sie mir gratis mitgegeben. Das hätte mir eine Warnung sein sollen. Die wussten, dass sie der Teufel ist. Der Kater, der sie geschwängert hat, tut mir leid. Ich denke, er ist tot.«

Der schwarze Humor bringt mich zum Lachen. Luca seufzt etwas müde.

»Wenn du Beschäftigung für deine Finger brauchst, kannst du mich mal am Rücken kratzen?«

Er dreht sich etwas zur Seite und ich strecke die Hand nach ihm aus.

»Hier?«, frage ich, während ich meine Nägel prüfend über eine Stelle gleiten lasse.

»Höher.«

Meine Hand fährt nach oben. Er hat einen wirklich schönen Rücken.

»Noch höher.«

Ich kratze vorsichtig zwischen seinen Schulterblättern.

»Höher. Ja, da!«

»Das ist dein Nacken, nicht dein Rücken«, stelle ich vorwurfsvoll fest und beginne, etwas mehr Druck mit den Nägeln auszuüben.

»Bin ich Arzt? Ich kann nicht jede Stelle meines Körpers auf Latein benennen«, entgegnet er gespielt ernst.

»Jedes Kind kann seinen Rücken von seinem Nacken unterscheiden. Dafür braucht man kein Studium.«

»Ja. Ja. Etwas großflächiger bitte.«

Ich fahre mit den Nägeln über die weiche Haut. Seine Nackenhärchen stellen sich auf.

»Nicht aufhören. Es juckt noch.«

Als er die Wange entspannt an die Sofalehne drückt und beim Ausatmen schnurrt wie seine geliebten Katzen, kommt mir ein Verdacht. Er will nicht gekratzt, sondern gekrault werden. Die Stelle würde er mit Leichtigkeit selbst erreichen.

Ich verminderte den Druck etwas und lehne mich hinter ihn. Das Grinsen auf meinen Lippen ist so breit, dass es nach einer Weile anstrengend wird, aber ich kann es nicht abstellen.

Mir steigt das Eau de Vampir in die Nase, während das tiefe, wohlige Brummen aus seiner Kehle dringt.

Der Mann, der bei unserem ersten Zusammentreffen das arroganteste Arschloch der Welt für mich war, zerschmilzt gerade unter meinen Fingern.

Doktor Arrogant ist eine Schmusekatze – wer hätte das gedacht?

»Wenn du aufhörst, beiße ich dich«, scherzt er drohend mit müder aber gewohnt selbstsicherer Stimme. Ich habe nicht vor aufzuhören. Ich kraule ihn gerne, schon allein, weil er so unverschämt gut riecht. Als er sich gerade hinsetzt, muss ich aufhören, weil er den Nacken gegen die Lehne drückt.

»Ich dachte, ich soll weitermachen?«

»Ja. Aber die Position ist unbequem, oder?«

Ich blinzle ihn zu oft an, weil ich mir nicht sicher bin, worauf er hinauswill, und meine Gedanken mich verlegen machen. Seine Hand greift meinen Unterarm. Er zieht mich näher und drückt mich dann sanft an sich. Mein Oberkörper liegt auf seiner Brust. Ich hoffe, er merkt nicht, dass mein Kopf gerade hundert Grad hat.

»Bequem?«, will er wissen, während ich die Sache mit dem Blinzeln noch immer nicht ganz unter Kontrolle habe.

»Hart. Aber ja.«

»Das soll so sein«, entgegnet Luca grinsend. Ich weiß, dass er einen Sixpack hat, ich habe es schon mal gefühlt, als ich ihn im Büro begrabscht habe.

Er nimmt meine Hand und führt sie zu seinem Hals.

»Mach weiter. Bitte.«

Ich kraule mit den Fingern über seine Haut und sehe, wie er genießerisch die Augen verengt. Als er mitbekommt, dass ich ihn anstarre, bekomme ich auch mit, dass ich ihn anstarre. Da läuft eigentlich ein Film. Ich sollte den Fernseher beachten. Luca grinst verschmitzt.

»Keine Angst. Ich verspreche, dass meine Bauchmuskeln das einzig Harte an mir bleiben – heute. Nur Kuscheln. Und Kraulen. Deine Nägel fühlen sich toll an.«

Ich neige den Kopf zum Fernseher, damit er die Verlegenheit in meinen Augen nicht glänzen sehen kann.

Jetzt bloß nicht auf seinen Penis starren! Konzentrier dich auf den sprechenden Schneemann und denk nicht an Sex – let it go, Lena!

Er legt seinen Arm auf meinem Bauch ab und schiebt die Hand unter mein Shirt. Seine Finger beginnen, über meine Taille zu streicheln.

Ich bin heilfroh, dass der weibliche Körper seine Erregung nicht so deutlich zeigt wie der männliche, sonst müsste ich mir gerade ein Kissen über den Schritt legen. Die Stelle, über die seine Finger streifen, ist alles andere als intim, aber meine Libido trifft trotzdem alle nötigen Vorkehrungen für mehr.

Mir wird zum ersten Mal bewusst, wie anstrengend es für Männer sein muss, keinen Ständer zu bekommen, wenn das Kopfkino verrückt spielt. Luca hat das hervorragend unter Kontrolle. Ihn macht das jugendfreie Streicheln nicht an.

Was stimmt bloß nicht mit mir? Ich müsste mittlerweile etwas abgebrühter sein. Ich leide aber scheinbar unter erotischer Erfahrungsresistenz. Ein wenig Abgebrühtheit würde mir nicht schaden. Dann würde ich auch damit aufhören mir vorzustellen, wie Luca mich auf seinem Sofa nimmt und die Katze dabei ausrastet.

Es ist so nett von ihm, dass ich hierbleiben darf. Ich habe schnell nach unserem ersten Kennenlernen herausgefunden, dass er das blasierte Arschloch nur spielt und in Wirklichkeit ein unterhaltsames Unikat ist – dass er aber eine so ausgeprägt fürsorgliche Seite hat, überrascht mich. Er wäre ein toller großer Bruder. Und ein großartiger Freund. So lenkt man sich übrigens von seiner

Wollust ab. Meine Libido bekommt einen K.O.-Schlag von meiner inneren Disney-Prinzessin verpasst – mit einem fünf Kilo schweren Hochzeitsplaner.

Kaum kann ich die Erregung ziehen lassen, werde ich müde. Die Streicheleinheiten tun ihr Übriges. Meine Finger streifen immer langsamer über Luca's Hals.

Ich schulde ihm etwas. Dafür, dass er auf mich aufgepasst hat und für die Gastfreundschaft. David leider auch. Ich lasse mir etwas einfallen.

Guter Doktor, böser Doktor

Ich schlendere langsam vor der Tafel auf und ab und lausche dem Geräusch von kratzenden Kugelschreibern.

Mein Blick schweift durch die Reihen. Alle haben die Köpfe unten, schreiben konzentriert ihre Prüfungsbögen voll. Nur Max sieht manchmal zu mir auf. Er ist schon fertig, geht nur noch seine Antworten durch, dabei findet er ab und an Zeit, mich zu mustern. Ich sehe in seinem Blick, dass ihm die Situation missfällt. Es ist nicht ausschließlich Doktor DeLuca's Abschlussklausur, die ihn die Brauen zusammenziehen lässt. Vielmehr stört ihn, dass ich die Aufsicht übernommen habe.

Ich bin dafür verantwortlich, dass niemand spickt oder schummelt, nach Ablauf der Zeit trage ich die Klausuren ins Büro und sperre sie dort ein. Mehr ist es eigentlich nicht, aber Max sieht mich an, als hätte ich die Vorlesung übernommen. Es stört ihn, dass ich ihm die Klausur einfach abnehmen könnte. Dabei steht er doch eigentlich auf Dozentinnen.

Ich genieße das hier irgendwie. Macht mich das zu einem schlechten Menschen? Nein. Ein wenig Genugtuung hat noch niemandem geschadet. Er war immer der Meinung, er wäre von uns beiden der Vorzeigestudent. Letzten Endes gewinnt aber derjenige, der die Assistenzstelle bekommt und dessen Vorgesetzter einem genug Vertrauen entgegenbringt, um seine Prüfungsaufsicht zu übernehmen.

Als die Zeit um ist, lehne ich mich an den großen Schreibtisch vor der Tafel und warte, bis alle ihre Klausurbögen auf den Tisch gelegt haben. Der kleine Hörsaal leert sich. Max wartet mit Absicht, bis alle anderen verschwunden sind.

Ich verschränke die Arme vor der Brust und erwidere seinen forschenden Blick.

»Ich wusste nicht, dass du jetzt Prüfungsaufsichten für ihn machst«, murrt er und legt seine Klausurbögen neben mir ab.

»Das ist nur eine Ausnahme, er ist heute verhindert. War die Klausur schwer?«

»Du weißt, dass sie schwer war«, unterstellt er mir.

»Aber du hast doch bestimmt trotzdem brilliert.«

Max zuckt mit den Schultern. »Gehen wir einen Kaffee trinken oder haben die Uni-Statuten etwas dagegen, weil du gerade meine Prüfung beaufsichtigt hast?«

»Seit wann hältst du dich denn an die Uni-Statuten?«, entgegne ich und versuche, nicht vorwurfsvoll zu klingen.

»Heißt das ja?«, will er wissen und fährt sich durch die Haare. Er sieht gut aus – vertraut, vielleicht etwas selbstbewusster, als ich ihn in Erinnerung habe.

»Nein, Max. Was soll das bringen?«

»Lass uns reden. Du fehlst mir.«

Ich hole Luft und mache sogar den Mund auf, aber die Stimme, die ihm antwortet, ist nicht meine.

»Wenn Sie mit der Klausur und Ihren Brunftgesängen fertig sind, sollten Sie den Hörsaal verlassen.«

Unsere Blicke schnellen zur Tür, dort, wo der rothaarige Vampir in seinem weißen Hemd und seinen grasgrünen Hosen steht.

»Ich dachte, Sie wären verhindert«, sagt Max und klingt ungeahnt vorwurfsvoll. Dass er so mit Dozenten redet, ist mir neu, normalerweise ist er ein Arschkriecher.

Luca kommt auf uns zu, die Hände in den Taschen vergraben.

»Mir war nicht klar, dass ich meine Studenten über meine privaten Termine auf dem Laufenden halten muss. Frau Relisch soll Ihnen meinen Kalender zukommen lassen, dann wissen Sie in Zukunft immer, wo ich mich aufhalte. Würde Sie das glücklich machen?«

Der bissige Sarkasmus verfehlt seine Wirkung nicht. Max' Blick schweift unsicher ab, bevor er sich in Bewegung setzt und aus dem Hörsaal verschwindet. Ich starre ihm nach, bis ich verwirrt zu Luca aufsehe. Ich würde auch gerne wissen, warum er hier ist. Im Gegensatz zu Max darf ich aber nachfragen – wahrscheinlich.

»Ich dachte, du wärst bei deiner Untersuchung.«

Er wollte sich von diesem Spezialisten durchchecken lassen, deshalb habe ich seine Aufsicht übernommen.

»Schon erledigt. Ich lebe weiter. Lief bei der Klausur alles nach Plan? Hat sich jemand übergeben oder ist aus dem Fenster gesprungen, nachdem er die Aufgabe gelesen hat?«

Ich schmunzle und drehe mich dem Tisch zu, um die Klausuren zu ordnen.

»Nein, alles gut. Sie haben deinen Versuch, ihnen den Lebenswillen auszusaugen, tapfer über sich ergehen lassen.«

Sein belustigtes Schnauben endet in einem Knurren. Den Sadisten in ihm befriedigt so etwas. Aber er ist wahrscheinlich etwas enttäuscht, dass er nicht selbst in die verängstigten Gesichter seiner Studenten blicken konnte.

Eine ungeschickte Handbewegung lässt meinen Kugelschreiber über die Tischkante rollen. Ich will mich danach bücken, aber Luca geht schneller in die Knie.

»Danke!« Meine Stimme ist so hoch, weil er in der Aufwärtsbewegung auffallend lange innehält. Sein Blick streift über meine Beine. Das gelbe Kleid wäre etwas zu kurz für eine Dozentin, aber ich bin nur Doktor DeLuca's Assistentin, und wenn es ihm gefällt …

Er richtet sich so langsam und dicht vor mir auf, dass ich intuitiv eine angemessenere Distanz zwischen uns bringen möchte. Der Tisch versperrt mir aber den Weg. Als er in all seiner Größe und einnehmenden Präsenz vor mir steht, füllen sich meine Augen ungefragt mit Glitter.

»Was ist? Ist dir heiß?« Seine Stimme klingt trügerisch unschuldig. Er weiß, dass er abnorm dicht vor mir steht und mich damit anturnt, oder?

»Du machst mich …«, setze ich an, vergesse aber, dass ich mutig und ehrlich sein wollte, als Luca einen Schritt zurück macht. Er deutet hinter mich.

»Pack die Klausuren in die Kiste, sonst kommen sie durcheinander.«

Ich nicke und hoffe, dass er meinen Satz in Gedanken nicht vervollständigen konnte. Wir sind an der Uni, wir sind bei der Arbeit, das ist kein guter Zeitpunkt, um mir bewusst zu machen, dass es zwischen uns diese sexuelle Spannung gibt.

Ich beginne, die Blätter einzusammeln und in die kleine Kiste zu legen.

»Danke fürs Einspringen und die Überstunden. Ich schulde Ihnen etwas, Frau Relisch.«

Ich muss schmunzeln. Er geizt sonst mit Dank oder Lob. Anscheinend ist er gut gelaunt. Zu Recht, es freut mich, dass er gesund ist.

»Nichts zu danken. Ich bin froh, dass es dir gut geht.«

Mein Blick schweift über Max' Prüfungsbogen. Ich kann seine Schrift aber nicht entziffern – seltsam. Habe ich verlernt zu lesen, oder hat er dort nur Hieroglyphen hingeschrieben?

»Duz' mich nicht«, höre ich Luca sagen und werde aus meinen konfusen Gedanken gerissen. Ich beiße mir ertappt auf die Lippen. Er hat recht, ich sollte ihn hier an der Uni nicht duzen.

»Entschuldigen Sie. Während der Arbeitszeit ist das unange-bracht, ich …« Ich vergesse, was ich noch hinzufügen wollte. Als ich mich umdrehe, platziert er gerade seine Hände neben meinen Hüften auf der Tischplatte. Luca beugt sein Gesicht zu meinem und haucht auf meine vor Nervosität leicht geöffneten Lippen.

»Scheiß auf die Arbeit, das meine ich nicht.« Er neigt den Kopf. Eine Haarsträhne fällt ihm über die Stirn. Waren seine Haare schon immer so dunkelrot?

»Im Büro kannst du Luca zu mir sagen, aber nicht hier und jetzt, wenn ich mich bei dir bedanke.«

Ich kann mich kaum von seinen Lippen losreißen, die schon so nahe sind, dass ich mir sicher bin, gleich zu wissen, wonach sie schmecken.

»Bei mir bedanken? Nur weil ich eingesprungen bin?«, murmle ich und hebe meine Hand. Sie legt sich auf seine Wange. »Ich schulde Ihnen so viel, für das Wochenende. Eigentlich müsste ich mich bedanken, Herr Doktor.«

Ich will etwas tun, das längst überfällig scheint – ihn küssen, aber er zieht den Kopf ein Stück zurück.

»Sie haben recht, Frau Relisch«, sagt er nickend und zieht eine der perfekt geschwungenen Augenbrauen nach oben. »Dann las-sen Sie uns das Spiel so spielen – Sie schulden mir etwas und das fordere ich jetzt ein.«

Seine Finger legen sich auf meinen Oberschenkel und gleiten unter mein Kleid.

»Hier? Jetzt?« Meine Stimme klingt nicht annähernd so unsi-cher, wie es mein Anstand verlangt. Ich stelle diese Fragen auch nur, weil ich glaube, dass es sich irgendwie gehört, kurz zu zö-gern, bevor man Sex an einem öffentlichen Ort hat. Ich will aber so unbedingt mit Luca schlafen, dass ich mich von ihm auch in der Parkgarage an sein Auto drücken und vögeln lassen würde.

Eine gewagte, schmutzige Vorstellung, aber in mir ist so viel aufgestaute Lust auf den Vampir mit den roten Haaren, dass sie mein Schamgefühl mit Leichtigkeit k.o. schlägt.

»Hat was, in einem Hörsaal gefickt zu werden. Das vergessen Sie nie wieder.«

Er lässt beide Hände unter mein Kleid rutschen. Sie legen sich an meine Hüfte und heben mich hoch. Kaum sitze ich auf dem Tisch, drängt er sich zwischen meine Beine und greift meinen Nacken. Er zieht meinen Kopf ein Stück zu seinem und küsst mich endlich. Seine Zunge fühlt sich ungewöhnlich kalt an, aber sie in meinem Mund zu spüren, aphrodisiert mich.

Ich schlinge meine Arme um ihn und lasse die Finger durch diese dichten, verrucht roten Haare gleiten. Kaum wird mir bewusst, dass ich seine Härte durch den Stoff seiner Hose an der Innenseite meines Oberschenkels fühlen kann, vergesse ich, wo wir sind und dass ich wahrscheinlich gerade auf Max' Klausur sitze.

Er zieht den Reißverschluss meines Kleides nach unten und streift es bis zur Hüfte ab. Seine Finger drücken gegen meinen Busen, während seine Lippen zu meinem Hals wandern. Er beißt zu, nicht gerade zaghaft. Ich bekomme Gänsehaut von dem sanften Schmerz, der durch meinen Hals gleitet – Vampire beißen fest, das überrascht mich nicht.

Ich knöpfe sein Hemd auf und beginne mir vorzustellen, wie er mich gleich auf dem Tisch vögelt. Der Drang, ihn zu spüren, ist unheimlich heftig.

Mischt sich da ein Knurren in mein erwartungsvolles Stöhnen? Ich habe noch nie jemanden vor Erregtheit angeknurrt. Dieses Vorspiel geht mir beinahe zu langsam, und das, obwohl er kaum stürmischer sein könnte. Ich will ihn. Er muss diese aufgestaute Lust in mir befriedigen, sonst werde ich wahnsinnig.

Da legen sich plötzlich Hände von hinten auf meine Schultern und reißen mich von Luca weg. Mein Oberkörper wird nach unten gedrückt, so schnell und fest, dass mir die Luft wegbleibt. Zuerst kommt Panik in mir hoch, dann Schock, alles gemischt mit dieser geballten Erregung, die ich nicht verpuffen lassen kann.

»Was …?!« Meine Stimme überschlägt sich.

»Du schuldest mir auch etwas. Oder bist du anderer Meinung?«

Ich starre in die grünen Augen eines Löwen – nicht mein Löwe, der ältere, bösere, der, der mich niemals mit so glänzendem Blick mustern würde. Das dachte ich zumindest!

David neigt den Kopf zu mir hinunter. Während er seine Lippen auf meine drückt und mich noch immer an den Schultern festhält, zieht Luca so fest an meinem Kleid, dass ich denke, es reißt, bevor es auf den Boden fällt. Er drängt sich wieder zwischen meine Beine.

Meine Hände schnellen hoch zu Davids Kopf. Ich drücke ihn weg, damit er meinen Mund endlich freigibt.

»Bist du verrückt geworden?!« Die Frage erscheint mir überaus berechtigt.

Was passiert denn hier?! Die beiden verarschen mich doch, oder?! Ich wusste nicht, dass David hier ist. Ich wusste nicht, dass das hier … *nein, das soll es nicht werden, oder?!*

Doktor Löwenstein greift meine Hände und zieht mich ein Stück den Tisch entlang. Weil ich Halt für meinen Protest suche, hinterlassen die Stöckel meiner Schuhe bestimmt Spuren auf dem Holz.

»Überrascht, dass ich dich ficken will?«, fragt die arroganteste, kühlste Stimme der Welt, während er mir die Hände über den Kopf zusammenhält. David sieht mit glänzenden Augen auf mich herab, und ich weiß nicht, ob ich fluchen, schreien oder verrückt lachen soll, weil das hier so irre ist.

»Wer sagt, dass ich das will?! Lass mich los!«

Er grinst wie der Teufel, der er ist. »Natürlich willst du, dass ich dich will. Das könnte kaum offensichtlicher sein.«

Unsere Ansichten von Offensichtlichkeit laufen stark auseinander. Festgehalten und zwangsgeküsst zu werden, ist für mich kein Zeichen des Wollens.

»Lass mich los, oder …!«

Luca's Gesicht taucht über meinem auf. Er kniet über mir auf dem Tisch und legt die Hand unter mein Kinn, während er mir mit dem Daumen über die Wange streift.

»Wenn du die Augen zusammenkneifst, sieht er aus wie Alexander«, flüstert er mir amüsiert grinsend zu und zuckt mit den Schultern, bevor er mich küsst. Seine Lippen lösen nicht diesen Drang, mich zur Wehr zu setzen aus, aber David hält noch immer meine Hände fest und ich weiß, ich sollte viel heftiger protestieren.

»Keine Sorge, der Löwe beißt nicht, ich passe schon auf Sie auf, Frau Relisch.«

Auf mich aufpassen würde bedeuten, David eine zu scheuern und nicht meine Unterwäsche abzustreifen und anzufangen, mich zu …

Luca's kalte Zunge kurbelt die Hitze in mir an. Er hält meine Beine fest und stimuliert mich so gut, dass ich für eine Sekunde vergesse, dass wir nicht allein sind. Erst, als eine Hand nach meinem BH greift und ihn nach oben schiebt, wird mir wieder bewusst, was hier passiert.

»Fass mich nicht an!«, fauche ich und versuche, mich aus Davids Griff zu lösen. Er hält mich nur mit einer Hand fest, die andere gleitet über meinen Oberkörper. Als sein Zeigefinger meine Brustwarze umkreist, überschlägt sich meine Stimme wieder. »Nicht! Ich will nicht!«

Seine Hand verschwindet von meinem Körper und auch Luca's Zunge hört auf, mich zu reizen. David funkelt mich mit strenger Miene an. Ich starre in diese giftgrünen Augen und sehe ihn langsam den Kopf schütteln.

»Du lügst noch unglaubwürdiger als Alex«, wirft er mir vor. *Gott, ich hoffe, dass Alex niemals aus demselben Grund protestieren musste wie ich gerade!*

»Sag mir, dass das nicht guttut«, fordert David mich auf, ehe er sich über mich beugt und seine Lippen meine Brustwarze umschließen. Ich fühle seine Zähne, dann seine Zunge. Als die zweite Zunge in die Stimulation einstimmt und die Erregung von beiden Seiten durch meinen Körper jagt, verliere ich mich in Lustgefühl und Scham, weil ich das hier unmöglich genießen darf.

David hebt den Kopf und sucht wieder Blickkontakt mit mir. Er lässt endlich meine Handgelenke los und schiebt beide Hände auf meine Brüste, mit so viel Nachdruck, dass ich mich nicht aufrichten kann.

»Dein Körper könnte uns nicht mehr wollen. Hör auf ihn.«

Ich greife seine Unterarme, kann sie aber nicht von mir wegdrücken. Um bei der Wahrheit zu bleiben: Mit dem halbherzigen Kraftaufwand, den ich aufbringe, könnte ich aber nicht mal eine Katze von mir runterheben.

Ich bin mir sicher, dass ich das hier nicht zulassen oder gutfinden sollte. David ist der Teufel, Luca ist mein Boss und ein Dreier ist etwas, bei dem ich eigentlich schon zögern würde, wenn das Simon zwischen meinen Beinen und Alex an meinen Brüsten wäre. Ich weiß nicht, warum ich dem Drang zu Stöhnen trotzdem nachgebe. Der Nebel aus Lust in meinem Kopf ist viel dichter als jemals zuvor.

Ich spüre, wie Luca mit den Fingern in mich eindringt und David wieder beginnt, meine Brustwarzen zu reizen. Wann ich angefangen habe, David nicht mehr wegzudrücken, kann ich nicht sagen, nur, dass ich nach diesem Orgasmus lechze und es gerade nur diesen Moment gibt. Nichts davor, nichts danach.

Meine Gedanken spielen verrückt, sagen mir immer wieder, dass das hier in jeder Hinsicht grenzüberschreitend ist, aber ich kann nicht aufhören, dem Höhepunkt entgegenzufiebern. So viele Hände, so viele Reize an meinem Körper und in meinem Kopf. Es turnt mich an, auf diesem Tisch zu liegen, zwischen dem Löwen und dem Vampir, die beide so dominant und charakterstark sind, dass man von ihren Egos beinahe erdrückt wird.

Auch als Luca aufhört, mich seine Zunge spüren zu lassen, zieht sich die kribbelnde Hitze wie eine brennende Zündschnur durch meinen Unterleib. David lässt ebenfalls von mir ab. Weil er auf meiner Kopfseite steht, kann ich seine Bewegungen besser verfolgen. Er knöpft sein Hemd auf, streift es ab. Ich kenne diesen perfekten Oberkörper – er liegt in der Familie. Seine schlanken, langen Finger öffnen seine Hose und schieben sich in seine Shorts.

Ich will ihn sehen. Unbedingt. Dass ich mich für dieses Verlangen schäme, spielt jetzt keine Rolle.

»Ist Doktor Löwenstein plötzlich so viel spannender als ich?«

Luca kniet wieder über mir und mustert mich vorwurfsvoll streng. Er hat sich auch ausgezogen und nein, der Löwe ist nicht spannender als der nackte, gottgleiche Vampir. Seine Haut ist so hell und ebenmäßig, als wäre er eine Statue – die schärfste der Welt, schärfer als Michelangelos David.

Als er sich auf mich setzt und ich die Schwere seines Körpers fühle, kocht das Verlangen in mir wieder über. Ich will ihn anfassen, über ihn gleiten und ihn stöhnen hören. Als ich die Hände nach seiner Männlichkeit ausstrecke, werden sie gepackt und über meinen Kopf gezogen.

»Deine Hände gehören mir. Luca hat gleich genügend Spaß mit dir.«

Kaum sehe ich Davids schiefes Grinsen, hebt Luca sein Becken an. Sie schieben mich ein Stück nach oben. Ich will den Kopf wieder auf die Platte sinken lassen. Er kippt leicht nach hinten, weil ich so nahe an der Tischkante liege. Davids Schritt baut sich in meinem, auf dem Kopf stehenden, Blickfeld auf. Ich weiß, was das hier werden soll, schon bevor er anfängt, mit den Fingerspitzen über meine Lippen zu streichen.

»Sieh mich nicht so erschrocken an. Das ist die für dich angenehmste Weise, uns beide zum Kommen zu bringen – Luca hat darauf bestanden. Wenn es nach mir ginge, würden wir dich gleichzeitig ficken.«

Kaum beendet David seinen drohend klingenden Dirty Talk, spüre ich Luca's Hüften an meinen Schenkeln. Ein einziger fester, tiefer Stoß und mein Körper geht in Flammen auf. Er fühlt sich so unglaublich gut in mir an, dass meine Lust wieder alles vernebelt. Meine ganze Gedankenwelt dreht sich nur noch um dieses heiße Gefühl und darum, dass ich mehr möchte.

David sieht zu, wie Luca mich nimmt, viel zu ruhig, viel zu passiv. Als er meine Hände endlich an seine Härte drückt, beginne ich sofort, ihn zu stimulieren. Beide stöhnen zu hören ist wie ein Lust-Rausch. Meine Zunge gleitet über seine Männlichkeit, während die andere rhythmisch in mich eindringt.

»Mach den Mund auf.« Dieser herrische Tonfall klingt nach Theo und ich folge den geknurrten Anweisungen nur zu gerne. Als er sich in meinen Mund drückt, wird mir wieder bewusst, dass es Davids Erregung ist, die ich gerade schmecke. Ich will den Kopf ein Stück zurückziehen, aber ich kann mich kaum bewegen. David drückt seine Hand unter mein Kinn und die

Schwere von Luca's Körper lässt mir auch keinen Spielraum. Das einnehmende Gefühl von Wehrlosigkeit vermischt sich mit meiner Erregung und verbündet sich zu einem elektrisierenden Empfinden, für das ich eigentlich in Verlegenheit verbrennen müsste. Ich schäme mich aber nicht, ich genieße und ich fiebere und ich bin mit diesen Gefühlen nicht allein.

Zu hören, wie die beiden ihre Lust auf mich zum Raunen werden lassen, ist unbeschreiblich. Ihr Stöhnen wird so laut, dass es sich hallend anhört. Sie werden immer schneller, stoßen sich immer tiefer in mich. Während Luca's Härte mich dem Orgasmus näher treibt, lässt mich Davids beinahe keine Luft mehr bekommen.

»Schlucken.« Kaum knurrt er mir das zu, ergießt er sich in meinem Mund. Meine Zunge ist nicht die einzige Stelle, die plötzlich wärmer und feuchter wird. Luca kommt auch in mir und ihr gemeinsames Aufstöhnen lässt die erlösenden Wellen endlich in mir zusammenfallen.

Der Orgasmus fällt seltsam schwach aus. Ich weiß nicht, wie ich mich so schnell aufrichten konnte, aber ich sitze auf dem Tisch und lasse meinen Blick über die Bänke des Hörsaals streifen. Mir war, als hätte ich jemanden gehört. Die Nervosität steigt in mir hoch. Als ich Alex' Gesicht in den hintersten Reihen ausfindig mache, fühlt es sich plötzlich so an, als würde ich fallen.

»Wirklich? Mein Bruder? Wieso tust du mir das an? Ich dachte, wir wären Freunde.«

Die perfekte Frau

Ich wache auf und nehme zwei Dinge wahr: Die letzten Impulse des Orgasmus, den ich hatte, und Luca's stumpfsinnig klingendes Lachen. Meine Wangen glühen umgehend vor Scham. Ich springe nur nicht auf und stürme orientierungslos in die Nacht hinaus, weil ich mitbekomme, dass er auf den Fernseher starrt und nicht über mich lacht, sondern über den sprechenden Schneemann, der gerade einen Witz gerissen hat.

Heilige Scheiße, habe ich das gerade wirklich geträumt?

Ich blinzle fassungslos an die Decke. Das war der am realsten wirkende Traum, den ich jemals hatte, und was noch viel wichtiger ist: Der verrückteste!

Sexträume sind nichts Neues für mich und ja, sie sind meistens etwas pervers oder schräg, aber das hier übertrifft sogar den Quickie mit Dan unter dem Weihnachtsbaum, während unsere Eltern in der Küche Ostereier bemalen.

Ich weiß, diese Frage drängt sich mir oft auf, aber meine innere Stimme hat mich noch nie so laut angeschrien:

Was stimmt denn bloß nicht mit dir?! Lena! David?! Luca, ja! Aber David?! Er kann mich nicht ausstehen und was noch schlimmer ist: Ich kann ihn nicht ausstehen! Ich möchte anscheinend trotzdem einen Dreier mit ihm – einen, der sich anfänglich und zwischendurch vorzugsweise wie eine Vergewaltigung anfühlt.

Wie viel kostet wohl so eine Lama-Streichel-Psychotherapie? Ich brauche so was ganz dringend!

Bevor ich an mir selbst verzweifle, versuche ich, meine Vorwürfe ein wenig zu relativieren. Eigentlich kann man nichts für seine Träume, oder? Man kann sie nicht steuern. Ich träume manchmal auch von Zombies und finde es nicht gut, dass sie mich essen wollen. Ja, das ist ein hervorragendes Argument! Zumindest wäre es eines, wenn mich das Ganze nicht so angeturnt hätte!

Zu meiner Verteidigung: Mir kam die Situation komisch vor, als ich auf Max' Klausur gestarrt habe und nicht lesen konnte, was dort steht. Ich kann in Träumen nie irgendetwas lesen. Von dort an habe ich die Hemmungen wohl über Bord geworfen, weil ich irgendwie wusste, dass es keine Konsequenzen haben würde.

Das Kuschelprogramm mit Luca hat mich schon erregt einschlafen lassen. Es war irgendwie klar, dass ich von Sex mit ihm träume, aber dass ich David einbeziehen musste, ist zum todschämen.

Wahrscheinlich war das meine Art, mein gekränktes Ego zu verarzten. Würde er mich wollen, würde das seine fiesen Sprüche zu meiner Figur und sein ›Du bist mir egal‹ als Lüge entlarven. Ganz nebenbei musste ich noch einbauen, dass Max mich zurückhaben möchte. Es gibt natürlich keinen Mann auf der Welt, der mich nicht will – wenn ich träume. Was die Realität betrifft: Max würde nie wieder eine Beziehung mit mir anfangen und will mich höchstens für eine Nacht und Doktor David Löwenstein würde mich nicht mal mit der Kneifzange befriedigen wollen.

Das einzig Positive an diesem Traum: Es hat nur in meinem Kopf stattgefunden und niemand hat dort genügend Einblick, um verurteilend zu schnauben. Nur ich selbst. Was schlimm genug ist. Ich werde mich wahrscheinlich ewig an diesen erotischen Schwachsinn erinnern und zwar in all seiner Detailverliebtheit.

Wir haben nicht mal ein Kondom benutzt. Das würde ich in der Realität bei einem zwanglosen Quickie nie zulassen. Auch die

Tatsache, dass wir es in einem Hörsaal getrieben haben, und ich nicht mal nachgefragt habe, ob irgendjemand abgeschlossen hat, ist absurd. Ich kann nicht mal Sex in Alex' Küche, auf einer Party, bei der jeder weiß, dass gevögelt wird, haben, ohne flatternde Nerven!

Das Ende mit Alex war übrigens so etwas wie der Input meines Gewissens. Ich bin mir sicher, er wäre in Wirklichkeit noch viel enttäuschter und saurer, wenn ich Sex mit seinem Bruder hätte. Absolut verständlich. Ich würde ihm das nie antun. Ich weiß, dass sie ihre Probleme miteinander haben, und selbst, wenn David immer nett und freundlich zu mir gewesen wäre, wäre er für mich tabu. Ich will Alex nicht verletzen. Er hat mir einen Lebensstil gezeigt, in dem Sex Spaß und Freiheit bedeutet und ich werde das alles bestimmt nicht unter einem Haufen Drama begraben.

Es beruhigt mich, dass ich im Wachzustand überlegter und auch feiger bin.

Ich bin ein Traum-Flittchen, damit kann ich leben.

»Hab ich dich mit meinem Lachen aufgeweckt?«

Ich liege übrigens noch immer auf Luca's Oberkörper. Das ist höllisch bequem, aber die intensive Nähe ist mir nach den Dingen, die ich gesehen habe, irgendwie peinlich.

»Nein. Ich … habe nur gedöst.«

Ich spüre, wie seine Hand beiläufig über meine Taille streichelt, während er mich vorwurfsvoll mustert.

»Gedöst? Du hast so offensichtlich geschlafen, wie ich mich über den Schneemann amüsiert habe. Wenn auch etwas unruhig. Du bewegst dich ständig spontan und machst Geräusche. Hat mich an den *Furby* erinnert, den ich als Kind hatte. Nerviges Ding, aber süß. Ich hab' ihn in den Pool geworfen.«

Ich muss grinsen. Luca zerstreut meine Gedanken. Zumindest bis er wieder den Mund aufmacht.

»Hast du was Heißes geträumt? Du bist etwas ins Schwitzen geraten.«

Er streift mir mit den Fingern eine Haarsträhne aus dem Gesicht und grinst so wissend, dass mir sofort noch wärmer wird. Ich springe auf und schüttle energisch den Kopf.

»Ich habe absolut gar nichts geträumt!«

Während ich zur Küche stürme, fällt mir auf, wie irrational energisch ich mich gerade verhalte. Ich hätte nur noch auffälliger reagieren können, wenn ich bei meinem lautstarken Dementi noch deutlicher geworden wäre.

›Ich habe absolut gar nicht davon geträumt, auf einem Tisch zu liegen und Sex mit dir zu haben, während ich David einen blase! Was für eine Unterstellung!‹

»Wenn du mit den spontanen psychotischen Schüben der Katze mithalten willst, musst du mich beißen, bevor du davonstürmst.«

Den Kommentar habe ich verdient.

Ich lasse den Blick durch den Kühlschrank schweifen. Das Chaos erinnert mich an meine Wohnung, der Kühlschrank ist nur schicker und Luca bekommt da eindeutig mehr verstümmelte Butterpäckchen rein als ich.

»Darf ich den Orangensaft trinken?«, frage ich kleinlaut und schiele in Richtung Sofa. Er dreht sich nach mir um und schüttelt den Kopf.

»Nein. Bloß nicht. Das Päckchen habe ich gekauft, als ich eingezogen bin – vor acht Jahren. Du bekommst vermutlich schon Durchfall, wenn du den Verschluss öffnest und die Luft einatmest, die da rauskommt.«

»Was ist mit dem Kirschsaft?«

»Ja, der ist okay.«

Luca wirkt abgelenkt. Sein Handy hat vibriert und er klebt an der eingegangenen Nachricht.

Ich vermenge den roten Saft mit etwas Wasser und wundere mich dann über das Lächeln, das ich auf seinen Lippen erspähen kann. Es ist weder spöttisch noch verdorben – ungewohnt, aber es steht ihm.

»Warte!« Er schreckt aus den Zeilen hoch und macht eine stoppende Handbewegung in meine Richtung. Ich bin kurz davor, den Saft wieder zurück ins Glas zu spucken.

»Hast du das dunkelrote Tetra Pak genommen?«

Ich nicke mit vollem Mund. Luca winkt ab.

»Dann ist alles gut. Trink nur weiter.«

Ich schlucke hart und mustere ihn vorwurfsvoll. Den Blick könnte ich gleich vor einem Spiegel zum Besten geben, denn ich bin genauso ein Chaot wie er. Würden wir zusammenwohnen, würden wir wohl die meiste Zeit damit verbringen, prüfend an Saftflaschen zu riechen und den anderen zum Vorkosten zu überreden. Der Gedanke bringt mich zum Grinsen. Luca grinst auch, aber in sein Handy.

»Deine große Liebe Doktor Löwenstein?«, stelle ich ihm eine eigentlich überflüssige Frage. Natürlich ist es David. Niemand macht ihn sonst so happy. Die beiden sind ganz offensichtlich schwer verliebt ineinander. Ähnlich wie Alex und Theo oder Alex und Simon – *ich habe das noch immer nicht wirklich durchschaut.*

Luca steht vom Sofa auf und tippt auf dem Weg zum Kühlschrank eine Nachricht. Ich bin mir nicht mal sicher, ob er mir zugehört hat. Nachdem er sich eine Flasche Rotwein gegriffen hat, lehnt er sich gegen die Küchenzeile und grinst ein letztes Mal in sein Telefon, bevor er es in der Hosentasche verschwinden lässt.

»Du solltest eine von den Schmerztabletten nehmen, deine Hüfte tut dir doch weh, oder?«

Was er mir unterstellt, stimmt. Ihm muss aufgefallen sein, wie krumm ich dastehe. Die Prellung schmerzt seit dem Aufwachen intensiver. Ich werde wohl wirklich eine von Davids Wunderpillen einwerfen.

»Fühl dich wie zu Hause. Das Wohnzimmer gehört dir. Nimm dir, was du möchtest aus der Küche – aber sieh um Himmels Willen bitte vorher auf das Ablaufdatum. Leg dich ins Schlafzimmer, wenn du wieder müde wirst, mein Bett ist bequemer als das Sofa.«

Ich nicke Luca's Anweisungen ab, mustere ihn aber fragend.

»Gehst du irgendwo hin?«

Er wackelt mit der Weinflasche und stößt sich vom Küchentresen ab.

»Ich habe in zehn Minuten ein Date.«

Mein Blick schweift an ihm hinunter. Er sieht gut aus, keine Frage – von Natur aus – aber in Jogginghose und Shirt mit einer Flasche Wein die Wohnung zu verlassen, um auf ein Date zu gehen, ist schon schräg.

»Du ziehst dir aber vorher zumindest Schuhe an, oder?«

»Nein, hatte ich nicht vor.«

»Wo hast du denn dein Date? In deiner Fantasie?«

»Nein. Im Raum nebenan.« Luca deutet auf die Tür, hinter der sein Büro liegt.

»Kommt jemand vorbei? Soll ich verschwinden, ich …«

»Ja, bitte geh. Ich werfe dich nämlich genau jetzt raus, nachdem ich den ganzen Vormittag versucht habe, dich zum Bleiben zu überreden. Das macht absolut Sinn, denn mein morbider Plan war, dich in Sicherheit zu wiegen, indem ich dir Eier koche und mit dir kuschle, damit ich dann zusehen kann, wie du planlos und schockiert aus meinem Haus humpelst, sobald die Sonne untergegangen ist. Vielleicht bewerfe ich dich noch mit ein paar

Baby-Kätzchen, ich bin nämlich Benito Mussolinis Wiedergeburt und richtig, richtig gemein.«

Ja, Luca kann aus einem einfachen, klaren ›Nein‹ eine Hymne des Sarkasmus' machen. Ich soll hierbleiben, aber das fühlt sich gerade seltsam an. Mir war nicht klar, dass er Frauenbesuch bekommt – ausgerechnet heute.

»Ich verschwinde im Schlafzimmer, sobald sie hier ist. Oder brauchst du das Schlafzimmer? Ich kann auch zu den Kätzchen gehen.«

Luca schüttelt seufzend den Kopf. »Niemand kommt hierher. Ich skype nur.«

»Du skypst?«

»Ja.«

»Mit wem?«

»Jetzt wünschst du dir, du hättest mich vorhin, als du die Gelegenheit hattest, nicht nach den Filmen meiner Mutter, sondern nach meinem Liebesleben ausgefragt.«

Mir wird bewusst, dass ich mit meiner bisherigen Einschätzung seines Lebensstils vielleicht falsch liege.

»Ich dachte, du und David würdet …« Ich hätte mir diesen Satz in Gedanken vorsagen müssen – jetzt hängt er in der Luft und klingt unvollständig sehr seltsam.

Luca seufzt leise, grinst aber kokett. »Ich mache zwar viele Witze darüber, aber David und ich sind nur Freunde, da läuft nichts. Abgesehen von diesem einen Sommer in Rom, aber wir waren jung, betrunken und hatten ein hartes Jahr mit vielen irren Mädchen hinter uns.«

Meine Augen werden groß und ich neige fragend den Kopf.

»Ich habe keine Ahnung, ob das jetzt ein Witz oder die unverblümte Wahrheit ist.«

Luca nickt mit stolzer Miene. »Ja. Das Irritierende gehört zu meinem beeindruckenden Auftreten.«

Ich muss den Kopf einmal schütteln, um die verwirrenden Bilder und Gedanken loszuwerden, die er mir injiziert hat.

»Darauf wollte ich eigentlich gar nicht hinaus!«, stelle ich klar und vervollständige meinen in der Luft hängenden Satz.

»Ich dachte, du und David würdet es auch so halten wie Alex. Ungezwungene Partys, keine Beziehungen …« Jetzt, da ich es ausspreche, kommt mir das Ganze abwegig vor.

»Aber ihr seid fast dreißig, aus dem Alter seid ihr wohl raus.«

Während ich darüber nachdenke, dass sich irgendwann auch der potenteste Stier die Hörner abgestoßen hat und sesshaft werden möchte, verfinstert sich Luca's Blick.

»Kannst du bitte ›dreißig‹ nicht im selben Tonfall sagen, wie du ›Syphilis‹ sagen würdest? Das ist keine Krankheit.«

Ich grinse und senke dann doch etwas beschämt den Blick, als mir auffällt, dass sich das beleidigend angehört hat. Diesmal wollte ich ihn aber gar nicht aufziehen.

Ich will etwas über die Frau hören, die ihn so glücklich in sein Handy lächeln lässt. Vorzugsweise keine Witze, sondern die Wahrheit.

Luca ist aber schwierig zu durchschauen. Ich kenne niemanden, der einem Gespräch so gut ausweichen kann, ohne ihm wirklich auszuweichen. Wahrscheinlich bekomme ich gleich eine ausgeschmückte Geschichte über ein bizarres Sexabenteuer mit ihr zu hören, und wanke dann mit roten Wangen und ohne weitere Fragen zu stellen davon. Die Sache mit David in Rom geht mir übrigens auch nicht mehr aus dem Kopf. Luca irritiert auf Meister-Niveau!

»Ist sie deine Freundin?«, will ich wissen und setze auf Direktheit.

»Ich bin vielleicht nicht der sympathischste Mensch der Welt, aber ich bin kein Schwein. Wenn sie meine Freundin wäre, hätte ich dich gerade beim Schlafen nicht angegrabscht.«

Ich strafe ihn mit vorwurfsvollen Blicken, dann fällt mir auf, dass ich wieder dabei bin, den Faden zu verlieren. Das ist nichts weiter als eine Lüge, die mich ablenken soll – er hat sich ganz eindeutig zu sehr über den Schneemann amüsiert um zu grabschen.

Gut gespielt, Luca!

»Aber du magst sie, sonst hättest du vorhin nicht so in dein Handy gegrinst«, unterstelle ich ihm. Er schüttelt den Kopf.

»Nein, ich mag sie nicht, ich liebe sie.«

Hatte ich gerade einen kleinen Schlaganfall? Oder einen Hörsturz? Er hat sicher nicht ›Liebe‹ gesagt, sondern irgendetwas mit ›Triebe‹, oder?!

»Wenn du jetzt vor Schock ohnmächtig wirst, nehme ich das persönlich«, stellt er klar und mustert mich streng.

»Ich … ich …« Ich bin sprachbehindert.

»Du hast noch fünf Minuten, dann muss ich gehen. Kriegst du den Satz bis dahin auf die Reihe? Soll ich dir Buntstifte bringen? Vielleicht möchtest du deine Gefühle lieber malen?«

Ich knurre einmal, atme dann durch und ordne das Wörterchaos in meinem Kopf.

»Du liebst sie? Wie lange geht das schon?«

»Diesen Sommer werden es acht Jahre«, antwortet er, ohne darüber nachdenken zu müssen. Mir steht der Mund offen. Acht Jahre? Das ist eine verdammte Ewigkeit.

»Und du machst trotzdem mit mir in deinem Büro rum?! Und kuschelst mit mir auf deiner Couch?! Und lässt mich deine irre Katze streicheln?! Das ist doch nichts anderes als …!«

»Als was? Betrügen? Nora und ich sind nicht zusammen.«

Der Name lässt meine Synapsen Alarm schlagen, während sie eine Verbindung zu etwas herstellen. *Nora SM* – das steht jede

Woche in seinem Kalender. Ich hatte das für ein Sexdate mit seiner Lieblingsdomina gehalten. Es heißt aber wohl Skype-Meeting oder etwas in dieser Art.

»Ich liebe jemanden, der nicht mit mir zusammen ist – das mag ungewöhnlich sein, aber es ändert nichts an meinen Gefühlen zu ihr.«

»Wie kann man denn jemanden lieben und trotzdem mit anderen schlafen wollen?!«, fauche ich.

»Bist du jetzt so wütend, weil du mich für ein Arschloch hältst, das fremdgeht, oder weil dir gerade bewusst wird, dass das mit dir und mir nie mehr werden kann als Freundschaft?«

Seine Unterstellung trifft mich wie ein Blitz, der meine Gefühle kocht. Ich will wütend dementieren, knallrot werden, beschämt davonlaufen – alles zur selben Zeit.

»Nora lebt und arbeitet in Schweden«, erklärt er ohne jeglichen Schalk oder Sarkasmus in der Stimme.

Ich hänge an seinen Lippen, weil ich in eine Art Schockstarre gefallen bin.

»Als wir uns verliebt haben, war schon klar, dass sie gehen würde. Ich konnte weder von ihr verlangen zu bleiben, noch hätte ich meine berufliche Laufbahn hingeschmissen, um mit ihr zu gehen. Eine Fernbeziehung war nie wirklich eine Option, zumindest nicht im klassischen Sinn. Dafür waren wir viel zu jung, die Sehnsucht und die Verpflichtungen hätten uns nur auseinandergetrieben. Wir hatten über all die Zeit mal mehr und mal weniger Kontakt, aber wir hatten nie Geheimnisse voreinander. Sie war fast drei Jahre lang mit einem affigen Polizisten mit Sidecut und gezupften Augenbrauen zusammen. Meine Hoffnung war, dass er sich als schwul oder transgender outet, bevor er ihr einen Antrag macht. Nichts gegen die LGBT-Community, aber wenn einer von denen die Frau heiraten möchte, die ich heiraten will, fahre ich auch dann harte Geschütze auf, wenn meine Konkurrenz ein Kleid trägt.«

Ich habe nur herausgehört: ›Ich möchte sie heiraten‹. Vielleicht starre ich ihn gerade zu fassungslos an, aber er muss zugeben, dass er mich mit seinem ›Ich liebe jemanden seit acht Jahren‹-Geständnis überrascht hat.

»Es tut mir leid«, sagt er und verwirrt mich damit noch mehr.

Luca steht vor mir und sieht mich plötzlich mit einem Blick an, den ich noch nie bei ihm gesehen habe. Ich wusste nicht, dass sein Gesicht so weiche Züge annehmen kann.

»Wenn dir das Kuscheln vorhin zu viel versprochen hat, war das nicht meine Absicht. Ich werde einfach gerne gekrault. David weigert sich vehement und die Katze an meinen Nacken zu lassen, ist einfach zu gefährlich.«

»Ich stehe nicht auf dich!«, rufe ich aufgebracht.

Jemand sollte mir eine Schleife ins Haar binden und einen Luftballon in die Hand drücken, dann würde ich nicht nur klingen wie eine bockige Siebenjährige, sondern auch so aussehen.

»Du kannst deine seltsame polygame Fernbeziehung führen, mit wem du möchtest, das geht mich nichts an. Aber streich mich von deiner ›Flittchen, mit denen ich aus Langeweile flirten kann‹-Liste, ich will nicht ›die andere Frau‹ sein. Entweder bist du Single oder du liebst jemanden und möchtest eine Beziehung mit ihm – dann verhalt dich auch so!«

Genau in dem Moment, in dem ich mich selbst für meine glorreiche Ansprache loben will, und dafür, dass ich die Nerven behalten habe, obwohl er mir unterstellt hat, ich wäre in ihn verknallt, beginnt er zu schmunzeln.

»Das war ernst gemeint, kein Witz«, stelle ich klar und funkle ihn streng an. Luca nickt.

»Ja, ich weiß, dass du das ernst meinst. Das macht es ja so witzig. Du erkennst deine Doppelmoral nicht, obwohl sie so offensichtlich ist, dass sie manifestiert ein blinkendes Rufzeichen in der Größe meines Kühlschranks wäre.«

Ich verschränke die Arme vor der Brust und hebe das Kinn an, weil ich seine Unterstellung lächerlich finde. Er seufzt amüsiert und sieht dabei plötzlich wieder genauso arrogant aus, wie ich ihn kennengelernt habe.

»Wenn du mit Alexander schläfst, betrügst du Theo dann?«, will er wissen und bringt mich zum Knurren.

»Das ist doch etwas vollkommen anderes! Wir sind Singles, wir haben eine Abmachung.«

»Aber du kannst dir eine Beziehung mit Theo vorstellen. Oder mit diesem S-Typen. Ändert das etwas an eurer gegenwärtigen Abmachung? Beide schlafen noch mit anderen. Du auch. Darfst du deshalb nie eine Beziehung wollen? Ist das moralisch verwerflich? Oder ein Lebensstil, für den ihr euch entschieden habt, und den ihr so lange praktiziert, bis ihr euch anders entscheidet?«

Er lässt mir Zeit für ein Gegenargument, aber gottverdammt, mir fällt keines ein. So habe ich das Ganze bis jetzt nicht gesehen. Luca feiert mein Schweigen natürlich als Sieg – zu recht. Er hat die besseren Argumente.

»Diese Art zu lieben und zu leben mag nicht für jeden funktionieren, aber für mich und Nora. Ich verheimliche ihr nichts. Sie weiß, dass ich noch mit anderen schlafe. Und ich erzähle ihr heute auch, dass du hier bist. Und ich habe Theo erzählt, dass ich scharf auf deinen Arsch bin. Ehrlichkeit schockiert manchmal, aber sie funktioniert am Ende immer besser als Scheinheiligkeit.«

Dass er sein Plädoyer mit einer Moralkeule beendet, lässt meine Niederlage nur noch bitterer schmecken.

»Das ist unfair«, murre ich kleinlaut. »Du hattest Rhetorikkurse im Doktoratsstudium und hast viel mehr Erfahrung mit dem Trennen von Liebe und Sex.«

Er erwidert mein Grinsen, weil er nicht nachtragend ist. Ich habe ihm vorhin wirklich irrationale Vorwürfe gemacht. Er ist kein Arschloch, er liebt nur jemanden, obwohl die Liebe im Moment keinen Platz in seinem Leben findet. Wie er damit umgeht, ist seine Sache – und ihre.

»Falls es dich beruhigt: Dass ich dir an Erfahrungen überlegen bin, liegt hauptsächlich daran, dass ich alt bin. Beinahe Syphilis.«

Das ist der Luca-Zauber: Er nimmt der Situation die Anspannung, vertreibt mein schlechtes Gewissen mit Sarkasmus und grinst dabei wie der Teufel, obwohl ich mir mittlerweile nicht mehr sicher bin, ob er nicht doch ein Engel ist. Luca schnappt sich die Weinflasche, die er am Tresen abgestellt hatte und geht auf die Tür zu, hinter der sein Büro liegt.

»Schlaf gut. Und tu dir selbst einen Gefallen und stell den Fernseher lauter. Nora hat vor zwei Monaten mit dem sexuell verwirrten Polizisten Schluss gemacht. Seitdem steht die Taschentücherbox wieder im Büro – und nicht, weil ich aus Sehnsucht heule. «

Ich nicke und starre auf die geschlossene Tür, hinter der er verschwunden ist.

Was er mir vorhin unterstellt hat, war wahr. Ich habe mir dort auf der Couch für eine Sekunde ausgemalt, wie es wäre, mit ihm zusammen zu sein – oder zwei Sekunden. Aber welche Frau, die den extrovertierten, charismatischen Vampir in all seinen Facetten kennenlernen darf, hätte mir das nicht gleichgetan?

Zu erfahren, dass es keine realistische Chance gibt, dass er sich jemals in mich verliebt, hat irgendetwas in mir enttäuscht und zornig gestimmt – zugegeben.

Sich einzugestehen, dass man in seiner eigenen Geschichte nicht immer die Prinzessin ist, ist kein angenehmes Gefühl, aber ich denke, jeder kommt mal an diesen Punkt.

Die abgewiesene Schweinehirtin wirft jetzt eine verschreibungspflichtige Schmerzpille ein und geht ins Bett, während der rothaarige Prinz seine Prinzessin auf dem Bildschirm anschmachtet und dabei masturbiert.

Das Leben ist nicht immer ein malerisches Märchen, aber ein spannendes.

Die fliegende Katze

Man merkt erst, wie viele laute Geräusche man beim Kaffeekochen macht, wenn man versucht, sie zu vermeiden. Die Tasse klirrt bei jedem mal Absetzen, weil ich anscheinend ein grobmotorischer Roboter bin.

Dass der Automat so abartig viel Lärm macht, lässt mich leidig piepsen, während ich zappelnd vor der dampfenden Maschine stehe und sie dann mit einem eindringlichen ›shhh‹ dazu bringen will, doch bitte leiser zu brühen. Meine Elektrogeräte wissen, dass ich irre bin und sie vermenschliche, aber Luca's arroganter italienischer Vollautomat ist anscheinend nicht an Zurufe von Geisteskranken gewöhnt. Er bespuckt mich nur mit Brühwasser und fängt an zu pfeifen.

Mein Blick schweift prüfend zum Sofa. Luca schläft noch, das eigentliche Ziel meiner Bemühungen, leise zu bleiben.

Es ist neun Uhr morgens und ich vermute, dass er ziemlich lange wach war. Als ich um kurz nach drei ins Badezimmer geschlichen bin, habe ich ihn lachen gehört. Natürlich hat mich das nicht dazu gebracht, vor lauter Neugier mit dem Ohr an der Tür zu kleben. Ich hätte sowieso kein Wort verstanden, die beiden haben Italienisch gesprochen.

Neben der Spüle stehen zwei leere Rotweinflaschen. Der Grund dafür, warum Luca's Lippen so dunkelrot sind.

Ich schleiche mit der Kaffeetasse in der Hand zu ihm und mutiere dann zum schlürfenden Stalker.

Du siehst aber auch verdammt gut aus!
Die dünne Decke bedeckt kaum seine Mitte, ich kann ein Tattoo auf seiner Hüfte ausfindig machen. Meine Mutter ist ein Tarot-Karten legender Esoterik-Hippie, ich weiß also, dass die Tinte in seiner Haut sein Sternzeichen darstellt.
Was für ein Wink des Schicksals; du bist Löwe.
Dass plötzlich *HIM* singt, lässt mich ertappt zusammenzucken und beinahe die Kaffeetasse fallen lassen. Sein Handy vibriert neben seinem Oberarm, und ich tapse schnell und möglichst leise zurück in die Küche, damit das Erste, was er nach dem Aufwachen sieht, nicht mein forschender Blick auf seinem nackten Oberkörper ist. Das würde einen Schwall aus dummen Sprüchen nach sich ziehen, die ich quasi schon vorhersagen kann.

›*Du könntest nur noch verliebter in mich sein, wenn du dir ein Armband aus meinen Haaren flechten würdest. Zeig mal deine Handgelenke.*‹
Etwas in dieser Art …
HIM hört auf zu singen und fängt dann gleich wieder an. Luca wird nicht wach. Wahrscheinlich träumt er nur davon, dass er sich mit *Ville Valo* zusammen die Kante gibt.

Ich schleiche vorsichtig näher und linse auf das Display. Dass er ›*Poison Girl*‹ als Klingelton für David eingestellt hat, ist witzig. Und irgendwie schräg.

Ich sehe wieder die Bilder, die vor dem Einschlafen durch mein Kopfkino geflimmert sind. Die Sache mit Rom glaube ich ihm nach reiflicher Überlegung. David und Luca legen beide eine ziemlich ausgeprägte ›Ich lebe, wie ich will und rechtfertige mich vor niemandem für das, was ich will‹-Einstellung an den Tag. Wenn sie irgendwann mal den Drang verspürt haben, mit ihrer sexuellen Orientierung zu experimentieren, haben sie das auch sicher ohne Reue oder nachträglicher Scham getan. Ich bin auch zu dem Schluss gekommen, dass es mit an Sicherheit grenzender

Wahrscheinlichkeit ein Streitgespräch darüber gegeben hat, wer wen zuerst ausprobieren darf.

Szenen, bei denen ich zu gerne Mäuschen gespielt hätte, weil sie bestimmt zum Schießen komisch und zum Erröten heiß waren.

Sein Display leuchtet wieder auf. Luca gehört zu den Menschen, die nichts zu verheimlichen haben. Er hat die Sichtbarkeit von eingegangenen Nachrichten in den WhatsApp-Einstellungen nicht ausgeschalten. Ich kann die Zeilen überfliegen, bevor das Display wieder schwarz wird.

David Löwenstein
Ruf den Kleinen zurück! Er
macht mich wahnsinnig,
weil er dich nicht erreicht!

Ich kann nur spekulieren, aber ich bin mir beinahe sicher, dass ›der Kleine‹ Alex ist.

Dieser Klumpen aus Unsicherheit, Nichtwissen und Schamgefühl liegt mir noch immer im Magen und er wird gerade wieder größer. Auch wenn es mir besser geht, und meine Hüfte seit heute Morgen nicht mehr so schmerzt, die Gedächtnislücken sind mir geblieben.

Alex weiß vielleicht mehr als ich, und die Ungewissheit ist genauso beklemmend wie die Vorstellung davon, dass ich irgendwann mit ihm darüber reden muss, dass sein Bruder mich verarztet hat. Er hat aber ganz offensichtlich schon mit David gesprochen. Und er versucht, Luca zu erreichen. Ich denke, das ist kein gutes Zeichen.

Das laute Maunzen der Katze reißt mich aus meinen unangenehmen Gedanken. Ich drehe mich um und sehe dann in zwei blitzende, gelbe Augen, die mich erwartungsvoll anstarren.

Luna sitzt am Boden und lässt den Schwanz langsam hin und her gleiten. Ich bin mir sicher, sie will irgendetwas, sie hört nämlich nicht auf, mich mürrisch anzuschreien.

»Hast du Hunger?«, flüstere ich ihr zu und ernte nur ein Fauchen.

»Bleib cool, ich mache ja, was du willst, ich versuche nur herauszufinden, was das ist.«

Ich denke, man kann mit der Katze diskutieren. Luca macht das zu 100 Prozent auch.

Ich bücke mich vorsichtig und mit gesundem Sicherheitsabstand vor der schwarzen Diva. Sie springt auf und beginnt, an der Wand auf und ab zu laufen. Als sie den Kopf nach oben neigt und wieder maunzt, sehe ich, dass da oben ein Stück Vorhang im geschlossenen Fenster klemmt. Ich ziehe die Augenbrauen nach oben und richte mich auf.

»Wirklich? Das stört dich? Du bist ganz schön pingelig für jemanden, der mit der personifizierten Schlampigkeit zusammenlebt.«

Kaum greife ich nach dem Fensterhebel, fängt sie an, mir um die Beine zu streichen und zu schnurren, als würde ich für sie gleich Milch regnen lassen. Ich habe etwas Angst, dass sie mich beißt, sobald sie feststellt, dass ich diese Zauberkraft nicht besitze. Diesen Gedanken im Hinterkopf mache ich einen Satz zur Seite, als sie tatsächlich hochspringt. Ich hebe noch die Arme und will sie rufen, weil ich es für keine gute Idee halte, dass sie auf dem schmalen Sims des offenen Fensters balanciert, da ist sie auch schon weg.

Die Panik durchzuckt mich wie ein Stromschlag. Ich weiß nicht, in welchem Stock Luca's Wohnung liegt, aber ich hatte vorhin beim Öffnen des Fensters das Gefühl, dass die Bäume verteufelt klein ausgesehen haben.

Bitte lass mich Bonsais gesehen haben!

Ich stürme zum Fenster und sehe in einen Innenhof – mindestens aus dem verdammten vierten Stock!

Oh mein Gott, ich habe Luca's Psycho-Katze getötet!

Oder ich habe zugelassen, dass sie Suizid begeht.

So oder so, ich hasse mich! Er wird mich hassen!!

»Scheiße!«, rufe ich mit blankliegenden Nerven und stürme auf die Haustür zu.

Ich muss da runter und erste Hilfe leisten! Kann man eine Katze Mund zu Mund beatmen?!

Die verfluchte Haustür geht nicht auf.

Ich rüttle an der Stange, weil ich keinen Griff finden kann. Das ist eine dieser abartig modernen Konstruktionen, die wie eine Mischung aus Kühlschrank- und Safe-Tür aussehen. Da ist ein komisches Schloss mit einem Schiebemechanismus, aber ich verstehe ihn nicht!

»Oh schön. Du bist verrückt geworden.«

Die tiefe, brummende Stimme lässt mich herumwirbeln. Luca ist aufgewacht, linst mir mit hochgezogenen Brauen von der Couch entgegen und gähnt dann ausgiebig.

»Deine Katze ist gerade aus dem Fenster gesprungen!«, platzt es aus mir heraus. Ich warte darauf, dass er aufspringt, aber er knurrt nur und rollt mit den Augen. Seine Reaktion beruhigt mich ein wenig, weil ich kaum glaube, dass er so gelassen bleiben würde, wenn sie tatsächlich tot oder verletzt wäre. Ganz runterkommen kann ich trotzdem nicht.

»Deine Wohnung liegt im vierten Stock! Sie kann doch unmöglich …!«

»Fünfter Stock«, korrigiert er mich mit beschlagener Stimme, während er auf seinem Handy herumdrückt.

»Aber …!«

Er rafft sich hoch, rubbelt sich angestrengt stöhnend durch die Haare und schleppt sich dann zur Küchenzeile. Ich starre ihn eindringlich an. Luca bleibt mir eine Antwort schuldig, bis er eineinhalb Gläser Wasser geleert hat.

»Sie ist auf den Balkon der Nachbarin im vierten Stock gesprungen. Das macht sie immer, wenn das Fenster offen steht. Von dort springt sie weiter auf den nächsten Balkon, bis sie im Hof ankommt, dort dealt sie mit Katzenminze, kämpft im Fight-Club und bumst, bis sie hungrig wird. Dann schreit sie so lange die Eingangstür an, bis ich sie abhole und ich mir wieder von dem schwulen Pärchen im zweiten Stock anhören kann, dass ihre hässlichen Chihuahuas ihr Geschäft nicht machen können, solange meine Katze im Hof streunt, weil sie Angst vor ihr haben. Ich denke, sie hält sie für kackende Ratten und geht deshalb auf sie los – kann ich ihr kaum verübeln.«

Meine Erleichterung überschattet den Drang zu lachen vorerst. Ich lehne mich seufzend gegen die Safe-Tür und atme durch. Dann muss ich kichern. Luca und seine Katze sollten eine eigene Fernsehshow bekommen oder einen YouTube-Kanal eröffnen. Quoten und Klicks wären ihnen sicher.

Das zischende Geräusch zieht meine Aufmerksamkeit wieder zu Luca. Er lümmelt mit abgestützten Unterarmen am Tresen herum, sein Handy in der Hand, neben ihm eine blausilberne Dose.

»Kannst du bitte kein Red Bull frühstücken?«, fauche ich schockiert darüber, dass jemand seine Ernährung noch unernster nimmt als ich.

»Kannst du bitte nicht so klingen wie meine Mutter?«, brummt er mit tiefer Stimme zurück, ohne den Blick vom Display zu lösen.

»Trink zumindest Kaffee!«

»Nein. Da bekomme ich nicht genügend Zucker rein, um wach zu werden.«

Seine Laune ist nicht die beste. Er ist aber auch gerade erst wach geworden und sieht ziemlich verkatert aus. Außerdem scheinen die vielen entgangenen Anrufe und Nachrichten ihn nicht gerade zu begeistern.

Ich vermute, Luca ist grundsätzlich kein Morgenmensch. Er folgt mir mit einem dermaßen finsteren Blick, als wüsste er bereits, was ich vorhabe.

Ich lehne mich gespielt beiläufig neben ihn. Als er den Blick endlich wieder auf die Zeilen gleiten lässt und beginnt, eine Nachricht zu tippen, nutze ich die Gelegenheit. Ich schnappe mir die Dose und will sie möglichst schnell in den Ausguss gießen.

»Mach das und ich werfe dich aus demselben Fenster, aus dem Luna gesprungen ist!«

Die Drohung klingt nicht annähernd leer. Gerade, als ich den Arm mit dem Red Bull in Richtung Spüle ausstrecken will, werde ich von hinten gepackt. Vampire haben auch im verkaterten Zustand schnelle Reflexe und packen nicht gerade zögerlich zu.

Luca schlingt nur einen Arm um mich, hebt mich aber so schwungvoll hoch, dass ich das Red Bull beinahe über den Küchenboden verschütte. Mir fällt zu spät ein, dass das besser gewesen wäre, als die Dose wieder an ihn zu verlieren. Er reißt sie mir aus der Hand und stellt sie dann hinter seinem Rücken auf die Küchenzeile. Als ich wieder einen Schritt auf ihn zu machen will, knurrt er mich an. Kein kurzes Knurren, ein langes, drohendes.

»Fass da noch mal hin, und ich zeige dir, dass Spanken seinen Ursprung nicht in SM-Sex-Spielchen, sondern im Disziplinieren hat«, brummt er mit ausgestrecktem Zeigefinger.

Oha. Ich weiß, das soll eine Drohung sein, aber ihm ist schon klar, dass ich schon mal mit Theo geschlafen habe? Da hätte er mir gleich androhen können, mich mit Geldscheinen zu bewerfen, wenn ich näher komme.

Während ich noch überlege, ob ich es darauf ankommen lasse, herauszufinden, wie sauer ich ihn machen kann, vertieft sich Luca wieder in sein Handy. Er tippt etwas und zeigt mir dann sein süffisantes Grinsen.

»Du hast nichts dagegen, wenn ich Alexander schreibe, dass ich dich entführt habe, und du seit 33 Stunden gefesselt in meinem Bett liegst, oder?«

Doch. Ich verglühe gerade innerlich. Es fällt mir schon schwer genug, mir vorzustellen, dass ich mit Alex irgendwann über all das hier sprechen muss, und das, obwohl eigentlich überhaupt nichts passiert ist – abgesehen von ein wenig Kuscheln und der Tatsache, dass ein kleiner Teil in mir, den meine Libido personifiziert hat, ein gebrochenes Herz hat. Lächerlich, aber diese verrückte Persönlichkeit in mir mochte die Vorstellung von einer Hochzeit in Italien mit sieben Kätzchen als Trauzeugen und einer Red-Bull-Torte irgendwie. Ob er *Ville Valo* überreden hätte können zu kommen?

»Du schreibst das nicht wirklich, oder?« Die Unsicherheit in meiner Stimme amüsiert ihn.

»Natürlich. Und zur Veranschaulichung bekommt er auch gleich ein Bild, das ich von Google geklaut habe. B-O-N-D-A-G-E«, buchstabiert er sein Tippen mit und sieht mich dann mit hochgezogenen Brauen an.

»Das kannst du doch nicht machen, das ist …!« Ich will ihm eigentlich sein Handy wegnehmen, aber ich komme nicht mal an ihn ran, weil er den Arm ausgestreckt hat und meinen Kopf mit der Handfläche zurück drückt. Ich rudere nur kurz mit den Armen, dann fällt mir auf, dass ich dabei wie seine launische kleine Schwester aussehe.

»Reg dich ab, so was Vulgäres würde ich Alexander nie schicken. Ich bin ein erwachsener Mann mit Doktortitel, kein sechzehnjähriger Internatsjunge«, versichert er, bevor er mich loslässt.

Er greift sich das Red Bull, und ich hole gerade Luft für meinen Vortrag darüber, dass er mit fünfunddreißig einen Herzinfarkt bekommen wird und seine Nora dann doch den Transgender-Polizisten heiratet, wenn er so weitermacht, aber ein lautes mechanisches Summen lässt mich zusammenzucken.

»Was war das?«, will ich wissen und sehe ihn den Kopf schief legen.

»So sagt mir meine Wohnung, dass sie sich einsam fühlt und mehr Menschen in sich spüren will – man nennt es auch Klingel.«
Ich verziehe beleidigt den Mund.

Seine Türglocke klingt wie ein Warnton bei der NASA, kurz bevor der Mars explodiert – das schräge Geräusch hätte jeden irritiert.

Luca schleppt sich genervt murrend zu seiner Safe-Tür. Ich bleibe in der Küche stehen. Von hier aus kann ich trotzdem neugierig an ihm vorbeispähen. Leider versperrt mir die sich öffnende Tür vorerst den Blick auf den Besuch.

»Was willst du denn hier?«, brummt Luca fragend und beginnt den Kopf zu schütteln.

»Ich versuche, dich seit gestern Abend zu erreichen! Wieso gehst du denn nicht ran?!«

Das ist definitiv Alex, auch, wenn ich eine Sekunde lang dachte, es wäre David – sie haben eine sehr ähnliche Stimme. Ich werde nervös und beginne, an meinen Nägeln zu kauen.

»Entschuldige. Ich habe vergessen, dass ich nur dafür lebe, dich möglichst schnell zufriedenzustellen. Komm rein, mein kleiner

Gott und bring deinen etwas irritiert aussehenden, mich teilweise mürrisch anfunkelnden Freund gerne mit! Ich liebe unangekündigten Besuch am Sonntag, so wie jeder Mensch, der am Vorabend zwei Flaschen Wein in sich reingeschüttet hat.«

Dem sarkastisch theatralischen Vortrag folgt eine große, einladende Geste. Luca tritt zur Seite und mein Blick findet sofort Simons, der mich ansieht, als hätte er mich für tot gehalten.

Waschbär auf Bühne

Ich hätte gerade nichts gegen ein Erdbeben. Oder die Selbstentzündung des Küchentresens. Irgendetwas, das uns alle ablenkt, damit uns dieser Moment anders in Erinnerung bleibt.

›Wisst ihr noch, das spontane Feuer in Luca's Wohnung?‹ Klingt für mich viel besser als: ›Wisst ihr noch, als Lena vor lauter Unbehagen so viel gestottert hat, dass wir dachten, sie hätte einen Schlaganfall?‹

»Wir wären nicht gekommen, wenn du einen einzigen meiner Anrufe beantwortet hättest! Ich musste erst David nerven, und nicht mal er hat dich erreicht!«

Während Alex sich bei Luca beschwert, mustert mich Simon eindringlich. Die Sorge in seinem Blick wärmt mir das Herz, schnürt aber auch meinen Magen zusammen. Ich weiß nicht, wie viel er weiß. Aber dass er mit Alex hierher gekommen ist, ist eine ziemlich große Geste.

»Geht es dir gut?«, fragt Simon. Ich nicke wie ein Wackeldackel.

»Ja! Ich war … gestern, also vorgestern auf dem Fest und …«

Möge das Stottern beginnen! »Ich weiß nicht mehr, wie ich … aber David und Luca …« Als mir auffällt, dass Alex mir auch an den Lippen hängt, fühle ich mich, als hätte mich jemand auf eine Bühne gestellt.

Furchtbar. Ich bin keine Rampensau, ich bin ein Waschbär! Es ist mir unangenehm, dass ich hier bin. Ich weiß nicht, wie das für Alex und vor allem für Simon aussieht. Umso dringender muss ich das Ganze erklären.

»Ich hatte ein Blackout.« *Oh, kurze Sätze funktionieren ohne Stottern! Weitermachen Lena!* »Und bin von einer Mauer gesprungen.« *Habe ich gerade ›gesprungen‹ gesagt?!* »Gefallen!«, korrigiere ich mich selbst.

»Ich habe meine Tasche am Campus liegen lassen. Das heißt, auch mein Wohnungsschlüssel ist weg. Luca hat mich hier schlafen lassen, und David hat mich ...« *Sag verarztet!!! Jetzt keine Wörter verwechseln!!* »verarzt...ete.«

David hat mich ›verarztete‹?! Das hat keiner gehört, oder? Doch, sie starren mich mitleidig an, so, als würden sie denken: *›Oh, die Arme ist auf den Kopf gefallen, als sie von der Mauer gesprungen ist. Bleibt sie jetzt so dämlich?‹*

Immerhin habe ich nicht ›verführt‹ gesagt. Dann wäre ich aber auch aus dem Fenster gesprungen.

»Hättet ihr mich nicht schon gestern anrufen können?!«, fragt Alex Luca und funkelt ihn vorwurfsvoll an. »Wir haben erst erfahren, dass Lena hier ist, als ich David angerufen habe, um herauszufinden, ob sie im Krankenhaus liegt.«

Wie unangenehm. Mir war nicht klar, dass sie mich suchen würden. Ich kann mich nicht daran erinnern, warum ich allein war oder wie wir auseinandergegangen sind.

»Sie war freiwillig ohne euch unterwegs, schon bevor sie das Blackout hatte. Ich zähle jetzt mal eins und eins zusammen und spekuliere, dass irgendetwas vorgefallen ist, bevor sie sich allein die Kante gegeben hat«, entgegnet Luca mit vorwurfsvollem Glanz in den Augen.

Die Luft füllt sich weiter mit Unbehagen. Nicht nur mit meinem, Alex schielt zu Simon, der mich ein wenig an *Sam* aus ›*Supernatural*‹ erinnert, sobald er eine Rückblende davon sieht, wie seine Freundin an der Decke gebrannt hat – schuldbewusst ohne Ende. Ich weiß nicht mal, ob ich wissen will, was passiert ist.

Mein Bauchgefühl sagt mir, dass es mich nicht in Verzückung versetzen wird.

»Eure kleinen Dramen müsst ihr unter euch ausfechten«, meint Luca und lässt seinen Tonfall von gelangweilt zu streng wechseln. »Aber man passt auf Freunde auf, die sowieso schon sternhagelvoll sind. Wenn David nicht aufgefallen wäre, was mit ihr los ist, hättet ihr sie heute wahrscheinlich wirklich im Krankenhaus gefunden.«

Gerade, als ich widersprechen will, weil ich nicht der Meinung bin, dass erwachsene Menschen Aufpasser brauchen, schwenkt Luca's funkelnder Blick zu mir.

»Und du. Es ist saudämlich, Getränke unbeaufsichtigt stehen zu lassen und allein nach Hause gehen zu wollen, obwohl man die Koordination eines fünf Wochen alten Labradorwelpen hat.«

Was wird das hier? Ausschimpfen mit Doktor DeLuca 1.0? Während ich das schuldbewusste Kind mime, macht Alex einen auf bockig und schnaubt Luca an.

»Was willst du mir denn über das Aufpassen auf Freunde erzählen? Du hast Natascha mal in Sankt Petersburg verloren!«

Luca zieht die Brauen nach oben. »Also erstens: Natascha zählt nicht, sie ist eine Hexe mit Krallen, die selbst in einem mexikanischen Drogenkartell Angst und Schrecken verbreiten würde – ich hatte eher Sorge um die Russen. Und zweitens: Tu, was ich sage, nicht, was ich tue.«

»Du hast recht.«

Die Einsicht kommt nicht von Alex, sondern von Simon. »Danke, dass du auf sie aufgepasst hast.«

Luca zieht die Brauen nach oben. »Jetzt verstehe ich, warum Theo dich nicht leiden kann. Du bist S ...«

»Simon. Es tut mir leid, dass wir einfach so reingeplatzt sind. Ich habe Alex gedrängt herzufahren, ich wollte mich versichern, dass es Lena gut geht.«

»Weil du dachtest, dass es ihr bei mir nicht gut geht?«, provoziert Luca.

Simon knickt in seiner bestimmenden Höflichkeit nicht ein. »Nein, das hat nichts mit dir zu tun, nur mit mir selbst und damit, was ich mir vorwerfe.«

»Wie putzig. Fängst du gleich an ›If tomorrow never comes‹ zu singen?«

»Nicht ohne Absinth und ein Mikrophon.«

Alex und ich hören auf, zwischen den beiden hin und her zu starren, als sie beginnen, sich anzuschweigen. Sie schmunzeln ein sehr seltsames Schmunzeln, das ›Ich hasse dich‹ oder ›Ich respektiere dich‹ bedeuten kann. So oder so, da ist zu viel Anspannung in der Luft für meinen Geschmack. Hier prallen zwei Welten aufeinander. Simon und Luca sind so verschieden, dass es dampft, wenn sie miteinander sprechen.

Ich weiß zum ersten Mal, wie Alex sich fühlt, wenn er Simon und Theo zuhören muss, sobald sie über etwas diskutieren. Er hat das mit dem abgelenkt Aussehen verdammt gut drauf. Ich mache ihm das gespielt interessierte ins Leere starren nach.

»Wenn ihr mit euren Schuldbekenntnissen und stillen Liebesschwüren fertig seid, haut ab. Ich habe ein Zimmer voller Kätzchen, eine irre Katze im Hof und einen Kater im Kopf«, tönt Luca schließlich und macht eine scheuchende Geste mit der Hand.

»Wann kann ich meine Katze eigentlich abholen?«, will Alex wissen und schielt neugierig auf die Tür, hinter der das Kitty-Paradies liegt.

»Frühestens nächste Woche. Der Tierarzt impft sie am Dienstag und checkt sie noch mal durch«, antwortet Luca und sieht dann zu Simon.

»Was ist mir dir? Nimmst du ein Kätzchen mit? Deines wurde schon vom Arzt durchgecheckt.«

Ich verstehe die Anspielung tatsächlich erst, als Simons Blick zu mir schweift und er den Kopf fragend schief legt. Auch Luca mustert mich erwartungsvoll, nur Alex plustert sich auf. »Hey! Wieso bekommt er sein Kätzchen heute?! Du hast mir meines schon vor Wochen versprochen!«

Luca überdreht die Augen und beginnt dann mit der Decke zu reden. »Gott, du hast ihn schön gemacht, aber dann ist er weggelaufen, oder?«

»Haha«, entgegnet Alex mürrisch, da er auch endlich mitbekommt, dass es hier nicht um eine Katze geht.

Als mich alle fragend ansehen, beginnt die Wartemelodie aus ›Jeopardy‹ in meinem Kopf zu spielen. Verdammt unangenehm. Ich weiß nicht, was ich sagen soll.

»Du kannst bei mir übernachten und wir versuchen morgen, deinen Schlüssel zu finden«, spricht Simon sein Angebot aus.

Er merkt, dass ich hadere, nicht, weil ich nicht zu ihm möchte, aber weil es sich irgendwie so anfühlt, als würde ich Luca stehenlassen. Das ist aber Blödsinn, oder? Ich würde ihm quasi die Last, mich zu beherbergen, abnehmen.

»Wenn es dir keine Umstände macht …«, piepse ich bescheiden, und sehe Simon den Kopf schütteln.

»Nein. Du kannst immer zu mir kommen. Es tut mir leid, falls ich dir das Gefühl gegeben habe, dass das nicht so ist.«

Ich versinke in den wärmsten Augen der Welt, aber nur so lange, bis ich plötzlich eine Hand auf der Schulter spüre.

Luca dreht mich zu sich und sieht mich mit ähnlich weichem Blick an.

»Geh nicht …«, flüstert er, und ich glaube ihm für 0,5 Sekunden, weil er ein verdammt guter Schauspieler ist – das steckt in seinen Genen. »Ich kann mir kein Leben mehr ohne dich vorstellen«, säuselt er und hält sich die andere Hand dann an die Stirn.

»Erst recht nicht, da wir noch keine Gelegenheit hatten, zu vögeln. Wenn wir zumindest das noch tun könnten, treibt mich der Trennungsschmerz vielleicht nicht in den Selbstmord.«

Ich überdrehe die Augen, seufze aber im nächsten Moment leise. »Danke für alles. Wirklich. Ich schulde dir etwas.«

Luca nickt, noch immer mit leidender Herzschmerz-Miene.

»Ja, das tust du. Eine wilde Vögelei. Oder eine Lage Red Bull. So oder so, ich will es nächste Woche in meinem Büro.«

Er hält mit seinem anzüglichen Humor auch vor Zuschauern nicht hinter dem Berg. Ich glühe vor Verlegenheit.

Und so was träumt von einem wilden Dreier in einem Hörsaal!

»Wenn ich David nicht verrate, dass du schon wieder angefangen hast, morgens Red Bull zu trinken, leihst du mir dann mal dein Auto?«, will Alex wissen, bevor wir zur Tür rausgeschoben werden.

Luca verfinstert den Blick. »Wenn ich David nicht verraten soll, dass das Gras, das er damals in dem Rucksack gefunden hat, deines und nicht meines war, dann versuch niemals wieder, mich zu erpressen, du kleine Schlange!«

»Einen Versuch war's wert!«, flötet Alex noch, bevor uns Luca die Tür vor der Nase zuwirft.

Im Innenhof laufen uns die Chihuahuas über den Weg. Sie sehen wirklich aus wie zitternde Ratten. Ich denke, ich kann Luna im Gebüsch rascheln hören.

»Und du kannst dich an nichts mehr erinnern?«, will Alex wissen und beginnt rückwärts vor mir her zu laufen. Er scheint den Weg aus diesem Hof gut zu kennen, zumindest knallt er gegen keine der Laternen oder Mülleimer.

»Ich weiß noch, dass wir alle zusammen waren und dann …«, ein Schulterzucken beendet meinen Satz.

»Es kommt nicht oft vor, dass ich mich freue, wenn mein Bruder sich irgendwo einmischt. Aber in diesem Fall hattest du Glück, dass er in der Nähe war.«

Ich nicke und werde nervös, weil Alex auf ein Hochbeet zuhält. Er weicht im letzten Moment aus.

Wenn ich rückwärts gehen würde, könnte er David gleich wieder her bestellen.

»Ja, ich weiß. Ich schulde deinem Bruder etwas. Luca auch. Sie waren wirklich nett.«

Er schnaubt und überdreht dabei die Augen. »Das wollte ich nicht sagen. Du schuldest David gar nichts, er macht das nicht aus Nächstenliebe, sondern aus Berufsethik. Ich bin mir sicher, er war nicht sonderlich nett. Und wenn doch, dann, weil Susi dich mag, und er ihn irgendwie dazu bringen kann, sich wie ein normaler Mensch zu benehmen – kurzzeitig.«

Alex stolpert zur Seite, als Simon ihn am Arm aus der Spur zieht. Ich sehe das schiefe Kanalgitter, über das er mit Sicherheit gestolpert wäre, auch erst sehr spät.

»Geh geradeaus. Du kannst Lena auch neugierig von der Seite anstarren«, sagt Simon und verstummt dann wieder. Er überlässt Alex das Fragen. Ich glaube aber nicht, dass er selbst keine hat.

»Und du hast dir wirklich nichts getan, als du von der Mauer gefallen bist?«

»Nein. Ein paar blaue Flecken. Ich hatte Glück.«

Die Sache mit der Prellung muss ich jetzt nicht unbedingt aufrollen. Die Schmerzen sind viel erträglicher geworden und mitleidige Blicke sind mir unangenehm.

Nachdem die Frage nach meinem Zustand geklärt ist, fängt er an zu grinsen – irgendwie schmutzig. Ich ahne Böses.

»Sag mal, stehst du auf Susi?«

»Nein.«

Keine hyperaktiven Bewegungen, kein Stottern und meine Stimme überschlägt sich nicht – ich bin stolz darauf, wie ein emotionsloser Roboter zu klingen!

Dieser Tonfall lässt keinen Zweifel daran, dass ich wirklich nichts für Luca empfinde. Oder er lässt darauf schließen, dass ich gelernt habe, richtig gut zu lügen. Letzteres ist unwahrscheinlich.

»Du weißt, dass er eine Freundin hat«, unterstelle ich Alex. Vielleicht kennt er Nora sogar, schließlich ist Luca schon acht Jahre lang in sie verschossen.

»Er hat keine Freundin – hatte er seit Ewigkeiten nicht. Solange Nora nicht zurückkommt, bleibt er wohl ein alleinstehender Egoist mit einem Hang zu freizügigem Sex. Ich verstehe das, ich mache es nicht anders.«

»Das klingt, als würdest du auch auf ein Mädchen aus Schweden warten, um die Partys sein zu lassen«, entgegne ich und sehe ihn ungläubig an, weil ich zu wissen glaube, dass Alex auf niemanden wartet, sondern nur seine Zwanziger auslebt.

Simon hält mir die Tür des türkisen Mazdas auf. Das Auto gehört Jonas, er hat mich schon mal damit abgeholt. Alex überlässt mir bereitwillig den Beifahrersitz, beugt sich aber durch die Mitte zu uns nach vorn und setzt unser Gespräch mit einem verschwörerischen Grinsen auf den Lippen fort.

»Sie kommt nicht aus Schweden, aber ansonsten …«

»Ansonsten was?«, frage ich neugierig und sehe zu Simon, weil ich an seiner Miene ablesen möchte, ob Alex wieder mal nur Scherze macht.

»Meint er das ernst?«, will ich wissen und ernte nur ein Lächeln.

Simon Geheimnisse von anderen entlocken zu wollen, ist so zielführend, wie an Stonehenge zu lecken und zu hoffen, dass man danach weiß, was der Sinn des Lebens ist.

Er schweigt wie ein Grab, eine Erleuchtung habe ich trotzdem. Mir fällt eine Szene aus Alex' Wohnung ein.

»Das Mädchen aus deiner Geldbörse?«, frage ich und sehe Alex große Augen machen.

»Du wühlst in meiner Geldbörse?«

»Klar. Wie soll ich dich sonst beklauen? Wie heißt sie?«

»Schockierend.«

»Klingt ausländisch. Bist du sicher, dass sie nicht aus Skandinavien kommt?«, frage ich grinsend und sehe Alex die Brauen nach oben ziehen.

Wir albern noch ein wenig herum, aber er verrät mir weder, wie sie heißt, noch, ob er wirklich so verknallt in sie ist wie Luca in Nora. Irgendwie ist es ihm ein wenig unangenehm, davon angefangen zu haben, aber er überspielt das mit Humor.

Ich bin froh, dass der Fokus die ganze Zeit über auf Alex liegt. So muss ich keine Fragen mehr zu Luca und mir beantworten und mein Blackout ist auch kein Thema mehr.

Als Simon Alex vor seinem Wohnhaus aussteigen lässt, fährt er die Scheibe runter, um sich zu verabschieden.

»Danke. Du hast etwas gut bei mir«, sagt er so schuldbewusst, als hätte er Alex viel abverlangt. Ich weiß nicht, wie genau es dazu gekommen ist, dass die beiden zu Luca gefahren sind, aber es klingt gerade nicht wirklich nach einem einfachen, spontanen Entschluss.

Alex stützt sich an der Fahrertür ab und grinst ins Auto.

»Schon gut. Schick mir die Zusammenfassung der letzten Statik-Vorlesung und wir sind quitt.«

Er wackelt veranschaulichend mit seinem Smartphone. Sein Blick bleibt am Display hängen, als er sich aufrichten will. Er überfliegt die Zeilen kurz und streckt dann grinsend seine Hand ins Auto. Alex zeigt mir das Bild auf dem Display.

»Das bist nicht du, oder?«

Ich brauche zwei Sekunden, um die perverse Szene zu erkennen, dann überschlägt sich meine Stimme.

»Oh Gott, nein!«

So viel zu Doktor Andrea DeLuca's Vortrag darüber, dass er ein erwachsener Mann mit Doktortitel ist und dem kleinen Alexander niemals solche Perversitäten schicken würde. Ich sehe ihn vor meinem geistigen Auge verdorben grinsen, mit einem Kätzchen auf dem Arm.

Jetzt oder nie!

Ich habe Simons Wohnung anders in Erinnerung. Irgendwie schwankender und blasser. Als ich das letzte Mal hier war, war ich aber auch ein Zombie. Mit menschlichen Sinnen wahrgenommen, ist es bunt und ziemlich cool. Genau so stellt man sich eine Studenten-WG vor. An der roten Wand im Flur hängt Simons giftgrünes Fahrrad.

Als ich damit unterwegs war, bin ich zu einem Vorstellungsgespräch gestrampelt, in dem Vorhaben, Frau Doktor Andrea DeLuca von mir zu überzeugen. Heute komme ich aus Luca's Wohnung und habe nach dem Aufwachen auf das Tattoo an seiner Hüfte gestarrt.

Das Leben ist schon manchmal verrückt.

Ich beginne, mich zu fragen, ob sich wieder so viel ändert, bis ich das nächste Mal durch diese Tür komme, dann fällt mir ein, dass ich kein bekiffter Philosophie-Student bin.

»Hast du bei ihm gefrühstückt?«, stellt mir Simon eine eigentlich einfache Frage, die sich trotzdem seltsam anfühlt.

»Ich kann dir Pfannkuchen machen«, bietet er an und neigt dann wieder fragend den Kopf. »Konntest du bei ihm duschen? Brauchst du frische Sachen?«

Okay. Ich weiß gerade, wie sich überbuchte Escort-Mädchen fühlen.

›Hat dir der andere Typ etwas zu Essen gegeben? Durftest du dich waschen? Ist deine Unterwäsche noch heil oder soll ich dir neue besorgen?‹

Simon meint das nicht so, ich weiß, aber die Situation ist doch seltsam.

»Ich hatte heute noch keine Gelegenheit, um zu frühstücken oder zu duschen«, gestehe ich und denke, dass sich das nach einer banalen Begründung anhört.

Es klingt aber nicht nach: ›Ich habe lange geschlafen, und dann bist du auch schon aufgetaucht‹, sondern nach ›Ich hatte verruchten, ausschweifenden Morgensex mit meinem Boss, der über mich hergefallen ist, bevor ich essen oder duschen durfte.‹.

»Ich hole dir frische Klamotten«, kündigt Simon an und will in seinem Zimmer verschwinden.

Ich halte ihn am Arm fest. »Schon gut. Ich brauche nichts.«

Er denkt kurz nach und schüttelt dann sanft den Kopf. »Ich wollte dir nichts von anderen Frauen geben. Nur etwas von mir.«

Meine Miene verliert die widerspenstige Härte. Simon hat verstanden, dass ich mir von ihm nicht Nickis Unterwäsche geben lassen möchte. Seine nehme ich aber gerne an.

»Danke.«

Er winkt ab und verschwindet kurz in seinem Zimmer. Als er wiederkommt, gibt er mir einen Stapel Klamotten, der so gut duftet, dass ich mich zusammenreißen muss, meine Nase erst dann darin zu vergraben, wenn ich im Badezimmer verschwunden bin.

Hier ist es bei Weitem nicht so stylisch und weitläufig wie in Luca's Bad, aber mein Herz flattert trotzdem wie ein liebestoller Kolibri. Ich weiß, dass Simon jeden Tag hier steht und duscht. Ich stelle mir vor, wie er sich am Morgen vor dem Spiegel verschlafen durch die Haare fährt. Das reicht, um diesen Ort besonders zu machen.

Es sind eindeutig die Menschen, die verzaubern, egal, ob sie in Luxus baden oder auf einer gelben Enten-Bademarte duschen.

Wie sehr wurmt mich die Tatsache, dass mir Simons Klamotten hauptsächlich zu lang und nicht zu groß sind?

Die schwarzen Pants sitzen überraschend eng, bis auf die Stelle, die ich Anatomie bedingt nicht ausfüllen kann.

Männer haben aber auch schmälere Hüften als Frauen.

Ja, das klingt nach einem brauchbaren Argument für mein Selbstbewusstsein.

Außerdem sitzen die schwarzen Jogginghosen und das dunkelgraue Shirt an seinem Körper bestimmt auch eng. Er ist nicht der Typ für Schlabberlook. Eine Tatsache, die sicherlich schon sämtliche Volleyballspielerinnen an unserer Uni zum Raunen gebracht hat.

Ich mag Fußball auch mehr, seit die Trikots so eng anliegen, dass man die Bauchmuskeln ohne viel Fantasie zählen kann. Wenn sie oben ohne spielen würden, würde ich mir sogar mal die Zeit nehmen, die Regeln zu googeln.

Mann, bin ich sexistisch …

»Hey! Auch mal wieder hier?«, flötet mir eine Stimme zu, die ich nicht so tief, aber genauso überschwänglich fröhlich in Erinnerung habe.

Jonas lümmelt auf dem Sofa herum, während Simon in der Küche hantiert. Hier ist der Wohn-/Essbereich auch offen, nur viel übersichtlicher. Ich kann Simon beim Kochen anschmachten, während mir Jonas unaufgefordert erklärt, wie die Tinder-App funktioniert.

Eigentlich hatte ich damit gerechnet, dieselben Gewissensbisse zu bekommen, die ich bei Luca hatte. Ich platze hier in ihr Zuhause, aber es fühlt sich so ungezwungen an, als wäre ich jedes Wochenende hier.

Wir essen Pfannkuchen am Couchtisch und sehen uns Jonas' potenzielle Dates für heute Abend an.

»Der sieht gut aus!«, töne ich grinsend und zoome das Foto auf dem Display größer.

»Zu groß und zu muskulös, das mag er nicht«, meint Simon und grinst wissend.

Jonas wischt wirklich nach links und seufzt dann, bevor er mir erklärt, wieso Simon recht hat.

»Mal dir mal aus, was ich den Typen mit mir machen lassen möchte«, fordert er mich auf und blinzelt dann verschwörerisch.

Ich habe kein Problem, mir zwei hübsche Jungs beim Sex vorzustellen, auch wenn ich rot werde, weil mich Jonas beim Visualisieren so genau mustert.

»Und jetzt stell dir mich vor, mit jemandem, der dreißig Zentimeter größer und zwanzig Kilo schwerer ist. Ich hatte mal was mit einem Football-Spieler und musste am Tag danach auf der Zugfahrt nach Hause auf dem Sitz knien.«

Oh ja, das macht erschreckend viel Sinn.

Ich wische auch die nächsten beiden Jungs weiter. Jonas möchte einen zarten, hübschen Typen mit feinen Gesichtszügen und wird auch fündig.

»Der ist heiß!«

Während er begeistert durch die Fotos des lockenköpfigen Traummannes stöbert, sehe ich Simon fragend an.

»Ist das nicht Tobias?«

Er nickt und schmunzelt. »Wusstest du nicht, dass er bi ist?«, fragt er und löst dabei so etwas wie ein Déjà-vu in mir aus.

Wusste ich, dass er bi ist? Diese Frage habe ich mir schon mal gestellt, oder?

»Kennt ihr ihn?«, will Jonas wissen, während er schon längst nach rechts gewischt hat und auf ein Match hofft.

»Ja. Er ist nett, aber er sucht nichts Festes«, verrät Simon.

»Ich doch auch nicht. Wie groß ist er?«

»So ungefähr 1,70«, mutmaßt Simon und sieht mich fragend an. Ich nicke. Das kommt hin. Tobias ist kaum größer als ich – vielleicht zwei oder drei Zentimeter. Ich kann mir ihn und Jonas gut zusammen vorstellen. Bei dieser Gelegenheit kommt mir aber Paul in den Sinn. Habe ich auf dem Uni-Fest gesehen, dass er und Tobi geknutscht haben? Dabei bin ich mir nicht sicher, was ich aber weiß ist, dass Paul auch schon mal in dieser Wohnung war.

»Du warst übrigens schon mal mit einem meiner Freunde zusammen. Auch eher klein, braune Haare, elfenhafte Erscheinung – er studiert mit mir Jura.«

Jonas braucht einen Moment, scheint sich aber dann zu erinnern. »Oh, der mit der Latex-Allergie?«

»Ich weiß nicht, ob er eine Latex-Allergie hat, aber es liegt nahe, er ist gegen ziemlich viel allergisch.«

Er drückt den Kopf gegen die Sofalehne und grinst seine Erinnerung ab.

»Paul, ja. Der war wirklich süß. Ziemlich schüchtern, aber tolle Lippen. Ich denke, er wollte etwas Festes.«

»Ich hoffe, du warst trotzdem nett zu ihm«, sage ich und mustere ihn vorwurfsvoll. Er macht große Augen und grinst mich dann verstohlen an. »Ich war nett! Aber ich habe mich wohl schon etwas länger nicht mehr gemeldet. Muss ich nachholen, der Sex war klasse!«

Jonas schließt die Dating-App und schreibt tatsächlich eine Nachricht, während er weiter in Erinnerungen schwelgt. Was andere Leute sich in Gedanken vorsagen, spricht er einfach aus, weil er den Plappermodus nicht mehr stoppen kann, sobald er einmal läuft.

»Wir waren auf vier Dates, bevor wir endlich Sex hatten. Beim ersten Mal wollte er mich nur hinhalten. Beim zweiten Mal hat uns sein Mitbewohner gestört und beim dritten Mal hatte er eine allergische Reaktion auf mein Parfum. Das zehrt echt an den Nerven! Ich wollte ihn so unbedingt, aber es hat nie geklappt.«

Ich beseufze Jonas Worte, während ich an ihm vorbei auf Simons Oberarm starre.

Ja, wenn sich die Lust auf jemanden so aufstaut, zehrt das wirklich an den Nerven – schrecklich.

»Als er dann endlich mit mir hier war, wäre ich am liebsten schon im Türrahmen über ihn hergefallen. Aber das kann man ja auch nicht machen. Ein wenig Smalltalk muss immer sein …«

»Ja. Kann man nicht machen«, wiederholt Simon mechanisch klingend, während Jonas weiter plappert und auf sein Display starrt.

»Jede Minute, die ich neben ihm gesessen und geredet habe, habe ich mir nur vorgestellt, ihm endlich die Klamotten auszuziehen und seine Haut auf meiner Haut zu spüren. Gott, war ich heiß! In meiner Fantasie hatte ich ihn schon hundertmal genommen, und als es dann endlich so weit war, hat die ganze Luft gebrannt. Diese aufgestaute Lust hat es in sich, wenn man sie erstmal loslässt!«

Weiß Jonas, was er gerade tut? Er klingt wie ein Fernsehkoch, der vor ausgehungerten Zuschauern über einen dampfenden, leckeren Auflauf spricht.

Ich glaube, man hört mich schlucken. Ich starre Simons Körper an, als wäre ich eine Nymphomanin und er der letzte Mann auf dem Planeten.

Diese Muskeln, die Sehnen an seinen Unterarmen, die langen, schmalen Finger und dieser Drang, meine Hände an sein Becken zu legen, um ihn zu mir zu drücken.

Als mein glänzender Blick hoch in sein Gesicht schweift, fällt mir auf, dass er mich auch anstarrt. Mein Körper reagiert auf seine Blicke mit einem ungeduldigen Strecken.

»Ich bin irgendwie müde …«, murmelt Simon, während er auf meinen Oberkörper starrt. »Ich glaube, ich lege mich in mein Bett.« Er klingt zwar unbeteiligt, aber hinter seinen Augen findet gerade ein Feuerwerk statt. Als er ›Bett‹ sagt, muss ich schon wieder schlucken.

Reiß dich bloß zusammen, Lena! Es gibt nichts, das so unsexy wäre,
wie tatsächlich auf das Sofa zu sabbern!

»Ich bin auch müde«, sage ich und ernte verständnislose Blicke
von Jonas.

»Leute! Es ist kurz vor Mittag. Habt ihr euch Schlaftabletten in
die Pfannkuchen gesteckt?«

Ich zucke mit den Schultern und sehe Simon hinterher, der
schon aufgestanden ist. Bevor er im Flur verschwindet, dreht er
sich nach mir um und macht eine auffordernde Kopfbewegung,
die meine Fantasie endgültig mit mir durchgehen lässt.

Den Moment, wenn einen ein Unschuldsengel mit dämoni-
schem Glanz in den Augen mit einer stillen Geste zum Sex auffordert, lässt man nicht ungenützt – und man vergisst ihn nie
mehr.

Nachdem ich Jonas ein entschuldigendes Lächeln geschenkt
habe, hetze ich Simon in den Flur nach.

Ich ramme ihn vor seiner Zimmertür, weil ich all den Schwung,
den mir meine Pirouetten drehende Libido verleiht, nicht rechtzeitig bremsen kann.

Simon fängt mich auf, muss einen kleinen Ausfallschritt machen und stößt mit dem Rücken gegen die Zimmertür. Ich kann
die kurze Andeutung eines schiefen Grinsens auf seinen Lippen
sehen, dann presst er mich schwungvoll gegen die gegenüberlie-
gende Wand und küsst mich. Die forschen Berührungen seiner
Hände, der feste Druck seines Körpers an meinem – dieses ungestüme Verlangen zu fühlen, tut so verdammt gut, dass ich es am
liebsten hier und jetzt im Flur mit ihm machen will.

»Warte!« Nichts würde mir schwerer über die Lippen kommen
als dieser Einwand, aber ich muss das Feuer kurz löschen, bevor
wir endlich darin verbrennen können.

Simon lässt nicht von mir ab, er küsst sich an meinem Hals fest
und schiebt seine Hand unter das Shirt, das ich trage. Dass seine

Finger sofort über meinen Busen gleiten, lässt meinen Protest sehr schwach ausfallen.

Ich versuche ihn wegzudrücken, aber er packt mich nur und will mich in sein Zimmer tragen. Dass ich mich am Türrahmen festhalte, bremst ihn aus.

»Lass mich runter«, flüstere ich ihm mit heiserer Stimme ins Gesicht. Er verengt die Brauen. »Und riskiere damit, dass schon wieder etwas schiefgeht? Wenn ich dich loslasse, passiert nur wieder etwas Seltsames, und wir müssen das hier aufschieben.«

»Ich will nur auf die Toilette«, versichere ich.

»Ja. Und dort bekommst du dann einen Anruf, dass deine Wohnung in Flammen steht und du sofort weg musst – du weißt, wie das mit uns sonst läuft.«

»Mein Handy ist leer. Und ich verlaufe mich auch bestimmt nicht auf dem Weg zurück. Ich könnte schon längst in deinem Bett liegen – ich komme in einer Minute wieder, nichts könnte mich abhalten; hoch und heilig versprochen.«

Simon lässt mich los, aber er lässt mich nicht gehen, ohne mich noch mal zu küssen. Er schmeckt und riecht so berauschend gut, dass ich mich eigentlich auch nicht von ihm lösen will, aber ich muss.

Ich teile seine Angst bezüglich unseres Sex-Karmas. Deshalb muss ich auch noch mal nach dem Rechten sehen. Mein Körper hat uns schon mal einen Strich durch die Rechnung gemacht, ich riskiere diese böse Überraschung nicht noch mal. Ich diszipliniere meine Gebärmutter und mache ihr klar, dass wir uns ins Kloster nach Tibet absetzen, wenn sie die blutige Show von unserem Hütten-Wochenende noch mal abzieht. Es scheint aber alles in Ordnung.

Als ich wieder vor Simons Zimmertür stehe, werde ich plötzlich nervös.

Ich mache mir bewusst, wie lange wir diesen Moment schon hinauszögern, und kann eigentlich nicht glauben, dass es gleich passiert.

Vielleicht kommt uns ja doch noch etwas dazwischen. Jonas. Alex. Simons Eltern, die spontan zu Besuch kommen. Die Apokalypse. Ich traue dem Universum kreative Dinge zu, wenn es darum geht, uns vom Sex abzuhalten. Diesmal machen wir es ihm aber bestimmt nicht leicht, uns zu sabotieren. Jetzt oder nie!

Sieben Jahre warten

Simons Zimmer ist abgedunkelt. Die dicken, blauen Vorhänge sind vor das Fenster gezogen und tauchen den Raum in eine unwirkliche Atmosphäre, in der die Haut wie weichgezeichnet scheint.

Er hat mir den nackten Rücken zugewandt und steht vor der Kommode. Als er sich zu mir umdreht, sehe ich das Kondompäckchen zwischen seinen Zähnen.

Simons Augen glänzen selbst in dem dumpfen Licht. Er kommt so schnell auf mich zu, dass ich kaum vor Aufregung den Atem anhalten kann, bevor er seine Hände unter mein Shirt schiebt und es mir abstreift.

Er hebt mich hoch und dreht sich mit mir so schwungvoll zum Bett, dass mir kurz schwindlig wird. Ich lande auf der Matratze und beuge den Oberkörper seinen Berührungen entgegen. Seine Hände gleiten einmal langsam aber fest von meiner Taille über meinen Busen. Ich will mich in diesen glänzenden Augen verlieren, als sein Gesicht über meinem auftaucht, aber er rutscht nach unten und streift mir seine Jogginghose und seine Shorts ab.

Die Ungeduld in der Luft ist beinahe greifbar, aber sie verträgt sich verdammt gut mit der Wollust, jetzt, da wir sie ausleben können.

Ich sehe Simons Blick über meine Beine gleiten, hinauf zu meiner Mitte. Das Letzte, was ich gerade möchte, ist, mich zu zieren.

Ich spreize die Beine, halte wieder den Atem an und warte darauf, ihn zu spüren. Selbst fünf Sekunden kommen mir mit all der Ungeduld in mir lange vor.

Ich war der Meinung, er würde nicht so lange zögern, sich für den ersten heißen Moment unserer Zweisamkeit nicht so lange Zeit nehmen, weil wir ihn schon viel zu lange aufschieben, aber Simon mustert mich nur und legt dann seine Hand vorsichtig an meine Hüfte.

»Das sieht schlimm aus«, murmelt er.

Die Erregung lässt seine Stimme noch dunkel klingen, aber sein Blick wechselt von dämonisch glänzend zu engelsbesorgt weich.

»Das ist nichts! Nur ein blauer Fleck«, versichere ich und raffe den Oberkörper hoch, um ihm zu zeigen, dass ich keine Schmerzen an der Hüfte habe. Ganz stimmt das nicht, aber sie fallen so minimal aus, dass ich sie in der Erregung vollständig verschwinden lassen kann.

»Das sieht nur in dem bläulichen Licht so großflächig aus«, relativiere ich und vergrabe die Finger in Simons Haaren, um ihn wieder über mich zu ziehen. Er lässt es aber nicht zu.

»Ich will nicht, dass du Schmerzen hast, wenn ich dich nehme. Das tut doch weh, sobald ich mich auf dich drauf lege.«

Eigentlich will ich ihm widersprechen und versichern, dass er mich so ungestüm nehmen kann, wie er möchte, aber er würde sowieso nicht auf mich hören.

Dann disponieren wir eben um! Wenn der Dämon sich weigert, falle ich eben über den Engel her!

»Leg dich hin«, raune ich ihm ins Gesicht und sehe ihn überrascht blinzeln. Als er das Glänzen in meinen Augen richtig interpretiert, folgt er meiner Anweisung und wir tauschen die Positionen.

Simon sieht so unsagbar heiß aus, wenn er nackt auf seinem Bett liegt, dass mich allein sein Anblick in den Lustrausch versetzt.

Ich küsse mich von seinen Bauchmuskeln abwärts und drücke die Lippen dann auf seine Männlichkeit. Meine Zunge gleitet über ihn, aber nur kurz, dann greift er meinen Kopf.

»Komm hoch und setz dich auf mich. Ich will dich endlich, Lena.«

Ich lasse mich von seiner Ungeduld gerne anspornen und bringe mich in Position.

Simon macht etwas, das ich in meiner Lust auf ihn vergessen hätte: Sich das Kondom überstreifen.

Ich sehe seinen Fingern dabei zu, wie sie über seine Härte gleiten und dann zwischen meine Beine wandern. Er reibt über meine Hitze und ich schließe genießerisch die Augen, während ich mich auf ihm niederlasse.

Jeder Zentimeter lässt meinen Unterleib intensiver pulsieren.

Ich denke, diese Stellung lässt es mein Tempo bleiben, aber Simon packt meine Oberschenkel und drückt dann sein Becken hoch. Ihn so schnell ganz in mir zu spüren, lässt mich aufstöhnen und die Augen wieder aufschlagen. Er streckt die Hand nach meinem Hinterkopf aus und zieht mich zu sich. Unsere offenen Lippen berühren sich leicht bei jedem Stoß, aber wir sind zu sehr mit Stöhnen beschäftigt, um uns zu küssen.

Ich weiß nicht, ob es seine Größe oder Form ist, oder einfach die Tatsache, dass wir so lange gewartet haben, und ich so grenzenlos heiß auf ihn bin, aber Simon fühlt sich so gut in mir an, dass ich mir zum ersten Mal sicher bin, dass ich ohne zusätzliche Stimulation kommen kann.

Ich richte mich wieder auf, um mehr Kontrolle über das Tempo zu bekommen. Meine Hände legen sich auf seine Brust.

Simons Gesicht ist gerade der Inbegriff von Ästhetik und Begierde für mich. Er sieht mich an, als würde er unter mir zerfließen.

Mir wird bewusst, dass ich es mir genau so vorgestellt hatte: Unser erstes Mal, ich auf dem Unschuldsengel, so lange, bis dieses freundliche Lächeln von seinem Stöhnen weggefegt wird.

Damals, als er mich durch seine Fakultät geführt hat, war mir aber noch nicht klar, wie viel mehr als ein Engel in Simon steckt.

»Verdammt, Lena!«

Du kannst ja doch fluchen …

Meine Hand legt sich unter seinen Hals und drückt sein Kinn hoch. Ich weiß, was er spürt und was ihn dazu bringt, so laut zu werden und sich zu vergessen: Die Vorwellen meines Orgasmus.

Meine Hitze umschließt ihn mit jedem Pulsieren enger, und ich erhöhe das Tempo, obwohl mir die Anstrengung zusätzlich den Atem raubt. Ich ersticke mein heiseres Stöhnen in einem kurzen Kuss mit ihm, dann tritt meine Lust endlich den Höhepunkt los.

Simon packt mich an den Oberarmen und beginnt, mein Tempo mit seinem zu durchbrechen. Ich bin noch auf dem Gipfel meines Orgasmus, als ich ihn kommen spüre, und meine Hitze noch mal heißer wird.

Simon stöhnt mir seinen Höhepunkt ins Gesicht, dann verlieren unsere Muskeln die Anspannung und wir sacken auf die Matratze.

»Das Bett ist gar nicht unter uns zusammengebrochen«, stellt Simon gespielt erstaunt fest und sieht mich verblüfft an.

»Nein. Und die Decke ist uns auch nicht auf den Kopf gefallen«, entgegne ich, ebenso überrascht und mache es mir in seinem Arm bequem.

»Ich hatte zumindest erwartet, dass irgendjemand ins Zimmer platzt, bevor wir zum Abschluss kommen«, gestehe ich und kann nicht aufhören zu grinsen, weil sich mein Körper noch immer so gut anfühlt.

»Jonas platzt nicht rein, zumindest da ist er diskret«, versichert Simon.

»Es hätten ja auch die Nachrichten sein können, die darüber berichten wollen, dass das längste Vorspiel der Geschichte jetzt vorbei ist.«

Er lacht und beginnt mir über den Oberarm zu streicheln.

»Ja. Sieben Jahre warten zu müssen hat Sensationspotenzial.«

»Sieben Jahre?«, wiederhole ich und beginne zu rechnen. Dass meine Finger zucken, während ich die Jahre zähle, ist abartig peinlich – 1-bis-10-Mathematik sollte ich auch ohne Hilfsmittel draufhaben, das ist aber wie ein Reflex.

»Wir kennen uns doch schon länger.« *Laut meinen Fingern.*

Simon zieht die Brauen hoch und grinst mich an. »Ich war vielleicht frühreif, aber als ich zwölf war, wollte ich noch nicht mit dir schlafen, da habe ich mir noch gewünscht, du wärst ein Junge.«

»Und was war vor sieben Jahren? Da waren wir doch gar keine Nachbarn mehr.«

»Nein, aber wir haben uns im Einkaufscenter getroffen, weißt du nicht mehr?«

Ich erinnere mich vage daran, dass ich mit meiner Mutter im Sport-Outlet war, um … keine Ahnung, wahrscheinlich sind wir am Eissalon falsch abgebogen. Auf alle Fälle war Simon mit seinen Eltern dort. Ich glaube, er hat ein Rad bekommen. Unsere Mütter haben mal wieder eine Stunde lang geplappert. An mehr kann ich mich nicht erinnern. Simon schon.

»Du warst vierzehn, ich siebzehn. Du hattest ein gelbes Kleid an, kurz. So kurz, dass ich am nächsten Morgen verschlafen habe und zu spät zum Training gekommen bin. Ich durfte das Match am Wochenende darauf nicht mitspielen, aber das war es wert.«

Ich mustere Simon, während seine Erinnerungen meine Wangen warm werden lassen. Das ist kein schambedingtes Rot, eher ein hingerissenes Rosa. Das klingt, als hätte er für mich geschwärmt.

»Ich habe dich damals gefragt, ob wir mal zusammen eine Radtour machen wollen. Dann habe ich dich erst an der Uni wieder getroffen«, erzählt er schulterzuckend und schmunzelt. »Ich kann dir nicht verübeln, dass du dich nicht gemeldet hast. Die Zahnspange bin ich erst mit achtzehn losgeworden.«

Ich schnaube amüsiert und ernte dafür fragende Blicke. Er kann froh sein, dass ich mir das Lachen verkneifen konnte.

»So ein Blödsinn. Du sagst das, als hätte ich dich abserviert. Ich habe mich nicht gemeldet, weil ich dachte, du lädst mich aus Höflichkeit ein – du warst immer so nett, zu jedem. Außerdem hast du mich zu Sport eingeladen, da würde ich heute noch nach einer Ausrede suchen.«

Meine Finger gleiten über seine Bauchmuskeln. Simon grinst. Vielleicht, weil er kitzelig ist oder weil ihm bewusst wird, dass das Universum schon damals gut darin war, uns davon abzuhalten, uns näher zu kommen.

»Wieso wolltest du eigentlich nicht bei Alex mit mir schlafen? Als ich zum ersten Mal dort war?«

Das Grinsen verschwindet von seinen Lippen. Er fährt mir mit den Fingern durch die Haare und mustert mich auffallend lange.

»Ich weiß nicht«, murmelt er und schüttelt entschuldigend den Kopf. »Ich wollte das so nicht. Ich wollte nicht mal, dass du dort auftauchst, aber ich konnte dich ja nicht abhalten.«

Nein, er hätte mich nicht abhalten können. Und ich bin heute noch heilfroh, dass meine Neugier die schambedingte Angst überrollt hat. So viele spannende, großartige Menschen wären sonst nie in mein Leben getreten. Und ich glaube, ich würde auch nicht in Simons Bett liegen und mich so gut fühlen wie noch nie.

»Stört es dich noch immer?«, will ich wissen und sehe ihn den Kopf schütteln. »Nein. Mir ist klar geworden, dass du genauso viel Spaß daran haben kannst, dich auszuleben, wie ich. Alles andere wäre egoistisch.«

Simon folgt meinen Fingern mit dem Blick, wie sie über seine Brust zu seinem Hüftknochen gleiten. Er grinst wieder – eindeutig kitzelig.

»Solange das Ganze nicht dazu führt, dass du mit Theo gemeinsam aussteigst, bin ich froh, dass du in den frivolen Teil meines Lebens geplatzt bist. Ich hätte sonst nie so viel Zeit mit dir verbringen können, und du hättest mich noch immer für einen halbzölibatären Chorknaben gehalten, weil du diesen Heiligenschein um meinen Kopf gesehen hast – warum auch immer.«

»Es ist kein Heiligenschein, es sind Flügel. Und sie stehen dir«, stelle ich klar, bevor ich auf eines der anderen Themen eingehe, die er angesprochen hat.

»Kannst du mir erklären, was das mit dir und Theo ist? Wieso kommt ihr nicht klar?«

»Ich komme mit ihm klar«, entgegnet Simon wie aus der Pistole geschossen und klingt dabei nicht mal unehrlich.

Ich weiß, was er meint.

Manchmal können sie sehr wohl miteinander, überraschend gut sogar. Die Sympathie kann aber so schnell kippen, dass ich sie beide kaum wiedererkenne.

»Ich weiß, du magst ihn«, murmelt Simon der Decke entgegen. »Aber du kennst ihn nicht. Er versucht, dich irgendwie für sich zu beanspruchen, obwohl er dir rein gar nichts über sich erzählt. Was du von ihm siehst, ist nicht mehr als ein blödes Facebook-Profil, irgendwelche Oberflächlichkeiten, Fotos, die er zeigen will, nachdem er alle Ereignisse aussortiert hat, die ihm nicht gefallen haben. Ihr passt nicht zusammen, aber das will er dich nicht sehen lassen, weil er sich auf dich eingeschossen hat.«

Ein gut gemeinter Rat für alle Frauen dieser Welt: Niemals das Cookie in deiner Hand fragen, was es von dem Nutella-Brötchen auf deinem Teller hält!

Habe ich das wirklich vorhin für kein beschissenes Thema gehalten? Ist es doch! Weltbewegend beschissen! Ich kann absolut nichts antworten, nur stumm in Simons Arm liegen und versuchen zu vertuschen, dass ich vergessen habe, wie man möglichst natürlich und unauffällig atmet.

Was er Theo vorwirft stimmt, aber nur zum Teil. Er weiß selbst, dass er verschlossen ist, was Privates betrifft. Dass er mir versprochen hat, mit offenen Karten zu spielen, sobald wir zusammenkommen sollten, ist gerade kein brauchbares Argument. Ich könnte Simon gleich einen Tiefschlag verpassen, das würde ihn ähnlich schockieren, schmerzen und enttäuschen, wie zu hören, dass ich den Gedanken, irgendwann mit Theo aus unserer Clique auszusteigen, lange nicht loswerden konnte.

Dieses Mehrere-Desserts-schmecken-umso-süßer-Prinzip, mit dem Alex mich vertraut gemacht hat, ist mir schon mal besser bekommen.

Das Schweigen macht mich beinahe wahnsinnig. Ich muss etwas sagen, egal was, schlimmer kann es sowieso nicht mehr werden.

»Wenn man eine Latex-Allergie hat und keine Kondome benutzen kann, wie schützt man sich dann vor Geschlechtskrankheiten?«

Ladies and Gentlemen, der holprigste Themenwechsel der Welt, präsentiert von einer seltsam atmenden, nackten Trulle!

»Es gibt latexfreie Kondome aus Polyisopren«, erklärt Simon und sieht mich dann eindringlich an.

Er hadert ganz offensichtlich mit etwas – nicht mit dem Wort Polyisopren, dabei verhasple nur ich mich. Als er Luft holt, um anzusprechen was ihm durch den Kopf geht, wird sein Blick trüb.

»Du bist am Uni-Fest verschwunden, nachdem ich Nicki geküsst habe.«

Ladies and Gentlemen, der unangenehmste Themenwechsel der Welt, präsentiert von einem schuldbewussten, nackten Engel!

Ich starre Simon still an, während ich den Oberkörper von ihm runterhebe und mich aufrichte.

»Es ging nur um einen dummen Eiswürfel – ein blödes Spiel, aber der ganze Abend ist später irgendwie eskaliert. Sie hat sich mit einem Typen gestritten, der sie zum Heulen gebracht hat. Wir sind zwar nicht mehr zusammen, aber ich kann sie nicht weinen sehen. Ich wollte mit ihr reden, Theo auch und der Rest war das gewohnte Drama aus anschreien, schubsen und Alex, der zwischen uns hin und her gelaufen ist und versucht hat, uns davon abzuhalten, aufeinander einzuschlagen. Ich weiß nicht, ob du davon etwas mitbekommen hast, aber ich weiß, dass ich mich um Nicki gekümmert und mich mit Theo bekriegt habe, während du allein warst und beinahe vergewaltigt wurdest.«

Habe ich vorhin gedacht, dass unser Gespräch unmöglich noch unangenehmer werden kann? In mir wächst der Wunsch, mir die Decke über den Kopf zu ziehen und so zu tun, als würde die Welt deshalb verschwinden. Welpen können das. Ich bin mindestens so einfallsreich wie ein Welpe.

»Du hast mich kurz vor Sonnenuntergang angerufen und ins Telefon geächzt«, erzählt er weiter. »Dann war die Verbindung weg und deine Mailbox an. Ich bin los, um dich zu suchen, aber du warst nicht mehr am Campus. Gestern war ich drei Mal bei deiner Wohnung. Als du heute Morgen noch immer nicht dort warst, war ich mir sicher, dass dir etwas passiert ist. Ich bin zu

Alex, weil ich weiß, dass David im Krankenhaus arbeitet und die Patientenlisten checken kann. Er hat ihm dann erzählt, dass dir jemand Narkosemittel verabreicht hat und du bei Luca bist. David hat Alex eigentlich verboten hinzufahren, weil er meinte, es ginge dir gut und du wärst versorgt, aber ich hätte ihm keine Ruhe gelassen, wenn er nicht mit mir hingefahren wäre. Ich musste sehen, ob es dir gut geht, und ich habe gehofft, dass du mit mir mitkommst, weil ich mich selbst um dich kümmern wollte. Es war meine Schuld und ich bin trotzdem egoistisch genug zu glauben, dass es dir bei mir besser geht, als bei jedem anderen.«

Simons Blick ist leidend und streng geworden, er sieht fast fremd aus. Sein Gewissen beißt ihn, so fest, dass es mir auch weh tut. Dass er sich solche Sorgen gemacht hat, finde ich furchtbar.

Seine Schilderung hat meine geschwärzten Erinnerungen grau werden lassen. Nicki hat ihn geküsst und sie hat irgendwann geheult – das war mir zu viel Drama und ich habe meine Eifersucht allein in Wodka-Shots ertränkt.

»Dass mir jemand etwas ins Getränk gekippt hat, dafür kann niemand etwas – außer ich selbst, ich hätte besser auf mich aufpassen müssen. Ich bin erwachsen und für das, was ich tue oder nicht tue, selbst verantwortlich«, stelle ich klar.

»Das will ich dir auch nicht absprechen. Aber ich darf trotzdem auf dich aufpassen wollen. Und ich darf trotzdem ein schlechtes Gewissen haben, wenn ich mich idiotisch aufgeführt habe, anstatt da zu sein.«

Simon zieht mir die Decke entgegen, als er sieht, dass mir kalt wird. Draußen hat es zu regnen begonnen, ich kann die Tropfen an die Scheibe prasseln hören.

»Entschuldige, aber ich musste das loswerden. Ich kann mich nicht über Theo beschweren, weil er dir Dinge verschweigt, und dann selbst hoffen, dass du dich nicht mehr daran erinnerst, dass ich ein Idiot war.«

»Du bist kein Idiot. Nicki liegt dir noch am Herzen und du kannst sie nicht weinen sehen – dafür musst du dich nicht entschuldigen.«

»Hör auf, das ständig zu behaupten«, entgegnet Simon viel ruppiger, als ich es ihm gerade zugetraut hätte. »Ich weiß, du glaubst, ich liebe sie noch, aber das ist nicht der Fall. Du glaubst Theo, wenn er dir versichert, dass Nicki ihm egal ist, aber nicht mir? Hast du dir schon mal überlegt, wieso er so ausrastet, wenn ich mich um sie kümmere? Warum wir immer wieder streiten, sobald ich ihr auch nur den kleinsten Freundschaftsdienst erweise? Einer von uns beiden lügt, wem du glaubst, bleibt dir überlassen.«

Der letzte Satz hat gesessen. So habe ich das Ganze noch nie gesehen, vielleicht auch, weil ich es nicht sehen wollte. Theo und Simon geraten beinahe ausschließlich wegen Nicki aneinander. Es liegt nahe, dass da mehr Gefühle im Spiel sind als Freundschaft – zumindest bei einem der beiden.

»Das hat sich zu vorwurfsvoll angehört«, unterstellt Simon sich selbst und beginnt den Kopf zu schütteln. »Ich will Theo nicht verteufeln, er ist, wie er ist, und er hat seine Gründe, aber ihr passt einfach nicht zusammen.«

Simon seufzt, als wäre er schon wieder nicht zufrieden mit seiner Formulierung. Er schweigt eine ganze Weile und holt dann Luft.

»Alex, Theo und Nicki sind ganz anders aufgewachsen als wir beide«, beginnt er zu murmeln, den Blick auf die grüne Bettdecke gesenkt. »Ich kenne wahrscheinlich nur einen Bruchteil der Geschichten, aber ich habe genug gehört, um zu verstehen, dass ich die meisten Dinge, die sie erlebt haben, einfach nie nachfühlen können werde.«

Ich weiß, was er meint, aber ich lasse ihn reden, da er so in Gedanken versunken scheint.

»Ich hatte eine schöne Kindheit, meine Eltern waren da, niemand hat mir weh getan, mich vernachlässigt oder mir irgendetwas aufgedrängt. Es ging mir immer gut.«

Ich nicke seine Worte ab, weil sie genauso für mich gelten. Es ging uns immer gut, und ich weiß, dass das zumindest auf Alex nicht zutrifft.

»Sie können sich gegenseitig viel mehr Halt geben, das war auch nicht anders, als ich mit Nicki zusammen war. Wir waren so unterschiedlich. Sie konnte mit mir reden, aber Theo hat sie immer besser verstanden. Du warst mit Alex auf dem Ball, du hast ihn erlebt, wenn er die Nerven wegschmeißt. Das hält er schon sein ganzes Leben aus und ich bin nicht mal der Meinung, dass er das schlimmste Los von den Dreien gezogen hat.«

Ich hänge an Simons Lippen. Er erzählt so viel, ohne wirklich etwas zu verraten. Ich hake auch nicht nach, weil ich weiß, dass er niemals irgendetwas ausplaudern würde, was Alex, Nicki oder auch Theo ihm anvertraut haben.

»Es kommt mir manchmal so vor, als wären wir einfach in komplett verschiedenen Welten aufgewachsen oder sogar verschiedene Spezies. Sie sind Löwen und wir sind …«

»Waschbären«, beende ich Simons Satz und bringe ihn so dazu, den Blick von der Bettdecke zu mir schweifen zu lassen. Er schmunzelt mich an. »Ja. Genau das wollte ich sagen.«

Das Braun in seinen Augen beginnt warm zu glühen. Er hat die unangenehme Anspannung irgendwie verpuffen lassen, ähnlich zuverlässig wie Luca, nur, dass Simon das Unbehagen nicht in Witzen erstickt, sondern in Einfühlungsvermögen. Was bleibt, ist ein wenig Wehmut und Melancholie, aber das muss nichts Schlechtes sein.

Mir wird bewusst, wie gut es sich anfühlt, hier bei Simon zu sein und mein eigenes Leben in seinem wiederzuerkennen.

Mein Blick schweift durch sein Zimmer, verfängt sich an den Postkarten an der Wand mit den Bergen darauf. Ich weiß, dass seine Eltern gerne wandern und ich weiß, dass seine Mutter genauso gerne schnulzige Postkarten verschickt wie meine. Ich entdecke die Plastiktasse Instant-Nudeln auf seinem Schreibtisch, die ich letzte Woche auch gekauft habe. 99 Cent Aktion, ich habe mir einen Vorrat angelegt.

»Schmecken die Nudeln?«, will ich wissen und deute auf den Schreibtisch. Simon verzieht den Mund.

»Sie machen satt, mehr tun sie nicht für einen.«

»Schon mal versucht, das Ganze mit Suppe statt mit Wasser aufzugießen?«

»Nein, aber das klingt zumindest nach ein bisschen Geschmack.«

Ich muss über meine eigenen Gedanken lachen und sie auch aussprechen. »Ist dir aufgefallen, dass Student Sein nach Pappe schmeckt?«

Simon nickt und reibt sich die Nase. »Ja. Pappe oder Textmarker. Ich habe mal eine Packung Reiswaffeln in meiner Tasche verstreut und fand es zu schade, sie wegzuwerfen. Mach das nie. Ich glaube, ich hatte Vergiftungserscheinungen.«

Ich stimme in sein Lachen ein und lege mich wieder entspannter in die Kissen. Simon hebt die Decke neben mir ein Stück an und sieht mich fragend an. »Darf ich?«

Er will sich an mich kuscheln.

»Das ist dein Bett«, entgegne ich schmunzelnd.

»Ja, aber nicht mein Mädchen. Ich bin ein Idiot.«

Zweite Schublade von unten

Es knallt, und jemand faucht Schimpfwörter. Ich hebe verschlafen den Kopf und lasse meinen Blick durch das Zimmer schweifen.

»Was war das?«, murmle ich mit beschlagener Stimme und sehe zu Simon, der neben mir auf dem Bauch liegt und einen Arm um mich geschlungen hat. Er öffnet die Augen nicht, obwohl er glauben muss, dass er neben einem Mann aufgewacht ist. Der erste Satz morgens wird bei mir immer von Batmans deutschem Synchronsprecher synchronisiert. Aufgefallen ist mir das aber selbst erst, als mich eine blöde Kuh bei einer Telefonumfrage mal ›Herr Relisch‹ genannt hat.

Es rumpelt schon wieder, und ich realisiere, dass die Geräusche aus dem Flur kommen.

Simon seufzt in das Kissen. »Das ist nur Jonas. Er muss zur Uni.«

»Stellt er vorher noch die Möbel um?«

»Nein. Er bückt sich beim Schuhe Anziehen, verliert das Gleichgewicht, stößt gegen die Wand, das Rad fällt ihm auf die Füße.« Simons banal klingende Aufzählung lässt darauf schließen, dass das öfter passiert.

»Solltet ihr das Rad dann nicht besser befestigen?«

»Nein. Er ist so was wie mein kleiner, fluchender, schwuler Wecker. Ich bin froh, dass er nie gelernt hat, auf einem Bein das Gleichgewicht zu halten.«

Simon grinst, dreht sich auf den Rücken und beginnt, sich zu strecken. Ich kann mich nicht entscheiden, ob ich ihn gerade unwirklich süß oder unwirklich sexy finden soll.

Der verschlafene Blick und das Zucken mit der Nase sind zum Niederknien. Sein Körper lässt in mir auch den Wunsch wachsen zu knien, aber anders.

»Hast du gut geschlafen?«, will er wissen und dreht sich zu mir. Er legt die Hand vorsichtig an meine Hüfte und beäugt den blauen Fleck darauf.

»Geschlafen? Ich bin ins Koma gefallen. Das müsstest du wissen, es war schließlich deine Schuld.«

Simon grinst süffisant und drückt mir einen kurzen, unschuldigen Kuss auf die Lippen.

»Entschuldige. Ich leide unter zwanghaftem Wiederholungsdrang, wenn ich eine neue Leidenschaft entdecke. Als ich das erste Mal einen Volleyball in der Hand hatte, konnte ich ihn auch nicht mehr weglegen, bis meine Arme wund waren.«

Sein scherzhafter Vergleich hat durchaus Wahrheitsgehalt. Er ist ein Wiederholungs-Junkie – der potenteste der Welt. Nach dem dritten Mal war ich mir sicher, dass er mir wirklich nur aus einem Gefallen heraus den Rücken massieren will. Simons Massagen haben aber Happy-End-Garantie.

Wir hatten Sex für jedes Mal, wenn uns das Universum einen Strich durch die Rechnung gemacht hat. Einmal für die Radtour, bei der mir Simon gezeigt hätte, was Sport und Glücksgefühle gemeinsam haben. Einmal für das Absinth-Debakel und mein beinahe versäumtes Vorstellungsgespräch bei Luca. Einmal für die blutige Überraschung im Wald und ein letztes Mal für … na ja, wir wollten dem Universum auch mal einen Schritt voraus sein.

»Wie geht es deiner Hüfte?«, will Simon wissen, weil er abschätzen möchte, ob er sich nach dem Aufwachen gleich selbst geißeln muss. Bei unserem zweiten Mal war er noch ziemlich vorsichtig, dann hat er im Lustrausch vergessen, dass er sich eigentlich nicht auf mich drauflegen oder mich zu ungestüm vögeln will. Er braucht aber kein schlechtes Gewissen zu haben.

»Ich spüre die Prellung kaum noch. Dafür kann ich das Gefühl nachvollziehen, das du nach zu viel Volleyballspielen hattest – wenn auch nicht an den Händen.«

Das brave Lächeln auf seinen Lippen nimmt dämonische Züge an. »Soll das heißen, ich habe dich wundgevögelt?«

Ich liebe es, wenn er solche Sätze raushaut und mich dabei ansieht wie Luzifer persönlich. Der Kontrast zwischen der freundlichen, nie fluchenden Engelsseite und dem verruchten Dämon, dem es Spaß macht, meine Reaktionen zu sehen, wenn er mir irgendetwas Schmutziges ins Gesicht haucht, ist elektrisierend.

Mit Simon zusammen zu sein und die Einzige zu sein, der er diese Seite von sich zeigt, muss sich sehr besonders anfühlen. Dieses Privileg räumt er aber niemandem ein, dafür machen ihn Alex' Partys wohl noch immer zu viel Spaß. Darüber nachzudenken, fühlt sich komisch an, also lasse ich es. Ich weiß nur, dass mir die letzten 24 Stunden wieder bewusstgemacht haben, wie gut es tut, mit Simon zu reden – egal, ob über Banalitäten oder ernste Dinge. Ich höre ihm unheimlich gerne zu, nicht nur, weil wir denselben Humor teilen, sondern vor allem, weil es mir so vorkommt, als könnte er mich zu einem besseren Menschen machen. Das tut der Seele gut. Gerade streichelt Simon aber nicht über meine Seele. Gut tut es trotzdem. Und wie!

»Mal sehen, ob ich nichts kaputt gemacht habe«, scherzt er und zieht mir die Decke weg.

Er kniet sich ans Bettende, schiebt meine Beine nach oben und lässt seine Lippen dann von meinem Oberschenkel zu meiner Mitte gleiten. Ein kurzer Kuss auf die weiche Haut, hinter der meine Lust versteckt liegt, und ich fühle mich sofort an gestern

erinnert. Daran, wie gut er sich angefühlt hat und wie heiß er geklungen hat, als er seinen Orgasmus herausgestöhnt hat.

»Hmm …. ich bin kein Arzt, aber sie sieht ziemlich gesund aus
– und so schön, wie ich sie in Erinnerung habe. Vielleicht etwas
weniger glänzend, aber das können wir ändern.«

Simons verheißungsvolle Ankündigung lässt mich die Finger
erwartungsvoll in das Laken krallen. Seine Zunge zu spüren, ist
der beste Wachmacher der Welt. Mein Körper ist sofort bereit,
die Anspannung der Erregung über sich ergehen zu lassen. Vorerst bleibt die Lust aber in so sanften Wellen versteckt, dass ich
den ganzen Tag in ihnen versinken könnte.

Simon kreist mit der Zunge über meine empfindlichste Stelle,
drückt dagegen und umschließt sie mit den Lippen. Die abwech-
selnden Reize lassen mein Stöhnen schnell lauter werden. Als er
mit den Fingern in mich eintaucht, werden die Wellen größer
und rauer. Ich versuche, den Orgasmus hinauszuzögern, weil ich
diese euphorisierende Erregung länger spüren will.

Ich weiß nicht, wie Männer das machen. An irgendetwas Un-
erotisches zu denken, klappt nicht. Vor allem nicht, wenn ich Simon dabei zusehe, wie er mich befriedigt. Wenn ich die Augen
schließe, sehe ich aber auch nur scharfe Bilder.

»Mach langsamer!«, piepse ich flehend und kralle die Finger in
seine Haare.

»Langsamer?«, fragt Simon und stoppt seine Stimulation kurz.
»So?«

*Heiliger Sexgott, nein! Du machst das langsamer noch viel besser und
intensiver, und du weißt das, du Teufel!*

Ich höre Simon angeheizt knurren. Als seine andere Hand nach
meinem Busen greift und sein Zeigefinger über meine Brustwarze streift, kann ich den Orgasmus nicht mehr unterdrücken.
Mein Becken streckt sich ihm entgegen und ich kralle mich fester
in seine Haare.

Die wohltuenden Wellen wirken noch so lange nach, dass ich gar nicht mitbekomme, dass Simon aus dem Bett steigt. Erst, als ich die Schranktür aufgehen höre, hebe ich den Kopf.

»Was machst du?«, frage ich und klinge verwirrt, weil ich eigentlich damit gerechnet hatte, dass wir uns beim Spielen abwechseln. Simon trägt sein Spielzeug aber gerade davon.

»Ich will duschen«, entgegnet er und dreht sich schmunzelnd nach mir um. Ich blinzle verwirrt.

»Soll ich nicht …?«, setze ich an und mustere seinen Körper verstohlen. Dass er Lust darauf hätte, kann er nicht abstreiten.

»Ich will dich nicht überbeanspruchen. Gestern Nacht war wirklich etwas viel. Du bist unter mir eingeschlafen – 0,5 Sekunden nachdem ich das letzte Mal gekommen bin«, erinnert er mich.

Simon grinst, schüttelt aber den Kopf, als ich beginne, verlegen auszusehen. »Schon gut. Lass uns erstmal frühstücken, etwas Kraft tanken. Ich bin nach wie vor gerne mit dir zusammen, auch wenn dein Körper mich nicht um den Verstand bringt. Auch wenn ich unter der Dusche an dich denken werde.« Er zwinkert mir zu und wirft sich das Handtuch über die Schulter.

Ich schmachte ihm hinterher und frage mich, wie lange es wohl gedauert hat, einen so perfekten Mann zu backen. Vielleicht verhält es sich ähnlich, wie mit Pfannkuchen. Die ersten Versuche sind verkohlte Vollpfosten, dann ist da plötzlich dieses Meisterwerk. Natürlich würgt man sich zuerst die verbrannten Dinger runter, schließlich will man sie nicht in den Müll werfen. Man weiß aber auch erst zu schätzen, wie gut der letzte Pfannkuchen schmeckt, wenn man sich durchgekostet hat.

Jonas hat meine Klamotten gestern gewaschen. Ich schleiche ins Wohnzimmer wie ein nackter Einbrecher, aus Angst, es gibt noch einen dritten Mitbewohner, von dem mir bis jetzt niemand erzählt hat. Gibt es natürlich nicht. Nur einen Nachbarn mit Iro,

der mir zwei Daumen nach oben gibt, als ich vor dem Wäsche-
ständer stehe und den Kopf in Richtung Fenster drehe.

Guten Morgen, ja, ich bin nackt und sehr peinlich berührt, also: Guck,
wie schnell ich laufen kann!

Ich flüchte in den fensterlosen Flur und will dort in meine Klamotten steigen. Das Geräusch des prasselnden Wassers beflügelt
aber meine Tagträume und lässt mich mein Vorhaben vergessen.
Ich gehe auf die Badezimmertür zu und lehne mich grinsend dagegen.

Ob sich Simon gerade einseift? Oder einfach nur unter klarem,
warmen Wasser steht, während er …

Ich muss auch duschen, ich fühle mich schmutzig! Es ist nett
von ihm, dass er mich schonen will, aber mein Körper ist gerade
so süchtig nach Simon, dass er ignoriert, wie sehr Sex nach un-
zähliger Wiederholung Sport ähnelt.

Er macht mich nicht nur zu einem besseren Menschen, er macht
mich auch fitter – und irgendwie nymphomanischer, aber irgendeinen Haken muss das Ganze ja haben.

Ich will ihn überraschen. In meiner Vorstellung wird das hier
gleich eine unheimlich erotische Soft-Core-Szene. Ich schleiche
eleganten Schrittes zu ihm unter die Dusche, während er mir den
Rücken zugewandt hat, eine Hand an den Fliesen abgestützt,
eine Hand an seiner Lust. Ich will ihm die Arbeit abnehmen und
ihn Wasser schlucken sehen, weil er den Kopf in den Nacken
wirft, sobald er anfängt, unter meinen Berührungen zu zer-
schmelzen.

Soweit der theoretische Plan. In der Praxis bekomme ich aber
nicht mal die Tür auf. Ich kann nicht sagen, ob er abgeschlossen
hat – die Klinke steckt irgendwie fest. Zuerst Luca's Kühl-
schrank-Safe und jetzt das hier. *Türen sind mein Untergang …*

»Du musst die Klinke zuerst nach oben und dann nach unten drücken. Klemmt manchmal«, höre ich Simon rufen und halte in der Bewegung inne.

Es ist schon irgendwie peinlich, dass er mitbekommen hat, dass ich hier draußen an der Tür rüttle. Nichts von wegen erotischer Soft-Core-Porno, elegant anschleichen und ihn überraschen. Ich bin heilfroh, dass ich seine Gedanken nicht hören kann.

›Oh, sieh an, sie ist rollig, bekommt aber die Tür nicht auf.‹

Nein, so was würde Simon nicht denken. Ich schon.

Das mit dem zuerst Hochdrücken und dann Öffnen klappt. Die Luft ist voller Wasserdampf. Simon öffnet die Glastür der Dusche und ich könnte das Instagram-Foto meines Lebens schießen. 10.000 Likes für den nassen, nackten Volleyball-Gott, der sich auf die Unterlippe beißt.

»Willst du reinkommen?«

»Wenn es da drin nicht zu eng für zwei ist.« Steilvorlage, ich weiß. Aber ich höre ihn einfach zu gerne versaute Zweideutigkeiten sagen.

»Eng ist immer gut«, brummt Simon grinsend und lässt seinen Blick dann unerwartet bittend werden. »Könntest du nur schnell mein Duschzeug aus meinem Zimmer holen? Graue Kommode, zweite Schublade von unten.«

Ich nicke und gehe los. Ich bin zwar etwas enttäuscht, dass er gerade noch an etwas anderes denken kann, als mich im Stehen zu vögeln, aber ich könnte ihm nichts abschlagen.

Als ich die breite Schublade herausziehe, hüpfen meine Augenbrauen nach oben.

»Da ist kein Duschzeug, nur …!«, beginne ich zu rufen und beiße mir dann mahnend auf die Lippen. *Oh mein Gott, bin ich dämlich, ich hoffe, er hat mich nicht gehört!*

»Sagte ich ›Duschzeug‹?«, ruft Simon amüsiert aus dem Bad, und ich werde knallrot, weil ich so schwer von Begriff bin. Spätestens beim Öffnen der Schublade hätte mir ein Licht aufgehen müssen. »Ich meinte: Fetischzeug!«, stellt er klar, für den Fall, dass selbst der Anblick seiner Handschellen-Sammlung noch zu subtil für mich ist.

Ich hatte vergessen, dass er darauf steht – sehr sogar, da drin sind mindestens fünfzehn Paare: Metall, Leder, Stoff. Ich kann mich nicht entscheiden. Bevor ich aber noch mal eine saudumme Frage in Richtung Bad brülle, greife ich mir ein schwarzes Paar Metallhandschellen, hauptsächlich deshalb, weil ich glaube, dass es die sind, mit denen mich Simon damals an seinen Schreibtisch gekettet hat.

Auf dem Weg zurück ins Badezimmer macht sich die Aufregung in mir breit. Sex unter der Dusche war eine unheimlich heiße Vorstellung, jetzt halte ich aber etwas in der Hand, das dem Ganzen eine dunkle, unbekannte Note verleiht. Ich weiß nicht so recht, was Simon damit vorhat – mich fesseln liegt nahe. An die Duschstange? An ihn? Oder machen wir einen Rollentausch? Ich würde ihn gerne irgendwo festketten und … ach, egal was er machen will, ich kann es kaum erwarten!

Ich laufe zurück ins Badezimmer, atme aber noch mal durch, bevor ich die beschlagene Glastür aufschiebe. Simon soll nicht denken, dass ein hyperaktiver Welpe zu ihm unter die Dusche springt. Ich will eine schnurrende Katze sein.

Er mustert mich, greift meine Hand und zieht mich unter das prasselnde Wasser. Simon duscht viel kälter, als ich es tun würde, was dazu führt, dass sich mein Körper anspannt. Er zieht mich vor sich, schlingt einen Arm um mich und nimmt mir mit der anderen Hand die Handschellen weg.

»Metall schmerzt immer etwas«, raunt er mir ins Ohr. Sein nasser Körper drückt sich an meinen. »Zieh nicht zu stark daran, sonst sieht man, dass du gefesselt warst.«

Seine Worte jagen einen wohligen Schauer aus Erregung durch mich hindurch, den der Reiz des schmutzig Verbotenen mit sich bringt.

Simons Lippen küssen meinen Hals, bevor er sich meine Hände greift und sie hinter meinem Rücken zusammenführt. Das Klicken der Handschellen lässt mich prüfend an meinen Fesseln ziehen.

»Kommst du da raus?«, will er wissen.

Ich versuche, meine Hände zu befreien. Obwohl meine Haut nass ist, sitzt das Metall zu eng. Ich schüttle den Kopf.

»Gut so«, knurrt er zufrieden und drückt sich wieder an mich. Ich fühle seine Härte über meinen Hintern gleiten, bis zu meinen gefesselten Händen. Ich greife ziemlich ungeschickt zu – so kann ich ihn unmöglich vernünftig befriedigen, aber das will er auch gar nicht.

Simon drückt meinen Oberkörper ein kleines Stück nach vorn und meine Hüften zu sich.

»Kannst du das Gleichgewicht halten?« Ich habe gehört, dass er eine Frage gestellt hat, aber seine Finger reden mit meiner Libido, seit er mich zwischen den Beinen kitzelt und dieses Gespräch ist lauter.

»Ja, sicher.« Ich weiß nicht, wozu ich gerade ›Ja‹ gesagt habe, aber er könnte auch eine meiner Nieren haben, wenn er möchte, also ist ›Ja‹ in jedem Fall die richtige Antwort.

Seine Stimulation stoppt plötzlich. Simon schlingt die Arme sehr liebevoll um mich und stützt sein Kinn an meiner Schulter ab. Der spontane Kuschelkurs bringt mich etwas aus der Fassung.

»Du hast nicht zufällig an ein Kondom gedacht?«, fragt er mit seiner Engelsstimme.

»Nein.« Das klingt so misslaunig, weil mich die Lust ungeduldig macht. Jetzt muss Simon noch mal aus der Dusche steigen, sich abtrocknen, in sein Zimmer gehen und …

»Nimmst du die Pille?«, höre ich ihn vorsichtig fragen und beginne sofort zu nicken.

»Ja!«

»Kann ich dich …«

»Ja!«

»Ich schlafe sonst nie mit Frauen ohne Gummi«, versichert er eindringlich. Er muss mir kein ärztliches Attest zeigen, damit ich ihm glaube. Ich kenne Simon schon ewig, ich weiß, dass er verantwortungsvoll ist.

»Ich tue das sonst auch nicht«, erwidere ich und versuche, nicht zu ungeduldig zu klingen, damit es sich nicht so anhört, als wäre mir Safer-Sex egal. Ist er nicht. Aber wenn ich Simon nicht vertrauen kann, wenn er mir versichert, dass er immer vorsichtig war, kann ich keinem Mann auf der Welt vertrauen.

Um ihm deutlich zu machen, dass es okay ist für mich, drehe ich ihm wieder den Rücken zu. Ich rechne damit, dass er trotzdem kurz zögert, aber wir haben das zu Genüge ausdiskutiert. Simon packt mich an den Hüften und ich mache automatisch ein Hohlkreuz, um ihm meinen Hintern entgegenzustrecken.

Als er in mich eindringt, versuche ich, einen markanten Unterschied zu spüren – das letzte Mal hatte ich mit Max ohne Kondom Sex, aber Simon fühlt sich einfach immer verdammt gut an, ob mit oder ohne Gummi.

Für ihn macht das Fehlen der dünnen Latexschicht gefühlstechnisch anscheinend schon einen Unterschied. Er hat sich normalerweise gut unter Kontrolle. Seine Stöße werden sonst erst kurz vor seinem Höhepunkt so ungestüm.

Mein Oberkörper drückt sich gegen die nassen Fliesen. Das Wasser fühlt sich mittlerweile fast schon heiß an, vielleicht geht die Hitze aber auch von meinem Körper aus.

»Du bist so unfassbar scharf, Lena«, stöhnt Simon und verlangsamt seine Stöße. »Ich halte das nicht lange aus«, kündigt er im heiseren Flüsterton an.

Eine seiner Hände wandert nach vorn und beginnt mich zu stimulieren. Er will, dass ich auch komme, aber ich befürchte, Simon ist diesmal schneller als ich. Das ist in Ordnung, er hat mir vorhin im Bett einen tollen Orgasmus geschenkt. Ich brauche keinen Höhepunkt, das hier fühlt sich auch so scharf an. Grenzenlos scharf.

Seine Finger und die Anstrengung dieser Position lassen mich plötzlich verbissen werden. Vielleicht schaffen wir es doch, zusammen zu kommen. Das wäre großartig!

Seine Stöße werden wieder schneller und tun mir so gut, dass ich ihm mein Becken entgegendrücken will. Ich rutsche dabei fast mit dem Oberkörper an den Fliesen entlang und lege mich auf die Nase. *Bloß nicht!*

Ich will ihn trotzdem intensiver spüren, weil ich befürchte, dass es gleich vorbei ist, und ich nur ganz knapp an meinem Orgasmus vorbeischramme.

Ich hasse es, wenn mir der Bus vor der Nase wegfährt!

Ich richte mich auf und stelle mich auf die Zehenspitzen. Simon ist ein ganzes Stück größer als ich, wenn ich das Becken hebe, kann er mich tiefer nehmen.

Gott, ist Sex im Stehen anstrengend! Und scharf!

»Ich. Kann. Nicht. Mehr«, knurrt Simon abgehackt. Ich spüre ihn nicht nur in mir pulsieren, sondern auch kommen. Das Anschwellen seiner Lust fühlt sich so gut an, dass ich die letzten festen Stöße noch nutzen will, um in seinen Orgasmus einzustimmen.

Ich weiß nicht, warum ich mich für eine gelenkige Ballerina gehalten habe. Meine Zehenspitzen weigern sich, mein Gewicht weiterhin zu tragen und überreden gleich auch meine Füße, mit in den Streik zu treten.

Ich verliere das Gleichgewicht, will mit den Armen rudern, die aber natürlich noch immer an meinem Rücken gefesselt sind.

Dass der Ausfallschritt, den ich mache, im Desaster endet, merke ich, als das Wasser plötzlich: ›*Haha, ich bin rutschig!*‹ brüllt und mein Fuß wegrutscht.

Die Sekunden, die folgen, verlaufen wie in Filmzeitlupe, wenn das Monster Stromleitungen und Häuser niederreißt und Menschen panisch Namen von anderen Menschen schreien.

»S-I-M-O-N!« hört sich in der Superzeitlupe mit mechanisch tiefer Stimme übrigens hervorragend dramatisch an. Helfen kann er mir deshalb aber auch nicht.

Ich kippe nach hinten, mit so viel Schwung, dass er mich nicht fangen kann, sondern auch ausrutscht, als er versucht, Halt auf dem nassen Boden zu finden. Die blöde Enten-Duschmatte hat eindeutig versagt!

Wir landen beide auf unseren Hintern, Simons auf der Matte, meiner auf Simon.

Unser erschrockenes Schreien hallt in den Glaswänden nach.

»Scheiße!« Der laute Fluch stammt nicht von mir. Ich rutsche sofort von ihm runter, weil ich Panik bekomme, dass ich seinem Penis irgendetwas angetan habe, aber er ist aus mir rausgerutscht, bevor wir gefallen sind und ich bin nicht auf seiner Mitte, sondern auf seinen Beinen gelandet.

Zum Glück!

»Alles in Ordnung?«, fragt Simon absolut atemlos. Er hat sich wohl auch zu Tode erschrocken. Mein Herz hämmert immer noch.

»Ja! Alles in Ordnung!«, keuche ich, verblüfft darüber, dass mir die angeschlagene Hüfte keine Probleme macht. »Mir tut nur der Hintern weh – dein Knie hat sich dagegen gerammt.« Das hätte viel schlimmer enden können. Ich weiß nicht, seit wann ich so ein Glückspilz bin – das muss Simons Einfluss sein.

»Krankenwagen!«, entgegnet er knurrend. Ich raffe mich hoch, lege mich aber beinahe auf die Nase, weil meine Hände noch immer gefesselt sind.

»Meinem Hintern geht's gut!«, versichere ich.

»Das ist schön …!«, keucht er zurück. Als ich mich nach ihm umdrehen kann, bleibt mir meine saudumme Antwort im Hals stecken. Er muss gar nicht aussprechen, was los ist, es steht ihm ins Gesicht geschrieben.

»Dann ruf den Krankenwagen für mich!«

Leicht dämlich

Der Kaffee in meiner Hand soll nach Haselnuss schmecken, trinkt sich aber, als hätten sie nur den Baum entsaftet, auf dem die Nuss gewachsen ist. Oder wachsen Haselnüsse auf Sträuchern? *Mann, bin ich dämlich …*

Jedes Mal, wenn die weißen Schiebetüren des Behandlungsraumes aufgehen, starre ich gebannt hinein. Ich kann aber nichts erkennen. Nur ein paar Schränke und ab und an einen weißen Kittel.

Ich hasse Krankenhäuser. Hier riecht es immer komisch, und wenn ich eine Nadel sehe, werde ich ohnmächtig.

Das hier ist die Unfall-Ambulanz. Die Patienten sitzen entweder im Rollstuhl oder gehen auf Krücken, die meisten sind jung. Junge Menschen haben Unfälle. Manche verletzen sich beim Sport, manche fallen tollpatschig ohne Feindkontakt auf die Nase und manchen wird von dem kolossalen Arsch ihrer ehemaligen Nachbarin beim Sex unter der Dusche das Knie zertrümmert.

Ich weiß nicht, ob Simons Knie wirklich zertrümmert ist, aber mein Gewissen zwingt mich, das anzunehmen.

Wenn er im Rollstuhl landet, ist das meine Schuld. Wenn ein Splitter seines Knies zu seinem Herzen wandert und ihn tötet, auch. Simon hat zwar behauptet, ihm sei wahrscheinlich nur die Kniescheibe rausgesprungen, aber ich habe zu viele Folgen ›Grey's Anatomy‹ gesehen, um nicht zu wissen, wie das enden kann. Jemand kommt wegen einer Blinddarmentzündung ins Krankenhaus und dann explodiert der Fahrstuhl, in dem er zum OP gefahren werden soll, weil ein Hubschrauber in die Gebäudefront gedonnert ist.

Mann, ist die Serie mit der Zeit schlecht geworden. Die zögern das Ende viel zu lange raus. Obwohl ich noch immer wissen will, wie es weitergeht. Vielleicht kriegen sie ja doch noch ein halbwegs gutes, spannendes Ende hin. Aber wenn ich kein Happy End zu lesen bekomme, werfe ich eine brennende Mistgabel nach dem Autor! Ich meine natürlich sehen … nicht lesen. Was ist denn nur mit meinen dämlichen Gedanken los?

Die Schiebetür öffnet sich wieder, und ich verschütte vor Aufregung beinahe den Baumstrauchkaffee. Das Krankenbett, das aus dem Raum geschoben wird, ist leer. Simon ist schon über eineinhalb Stunden da drin. Was dauert da so lange? Vielleicht müssen sie ihm etwas amputieren. Er kann mein Knie haben! Auch meinen Fuß!

Reiß dich zusammen, Lena, kein Mensch will deinen blöden Fuß.

Ich seufze über meinen wirren Gedankenmonolog, den ich nicht abstellen kann. In Ausnahmesituationen neige ich dazu, mir selbst unpassende Witzchen vorzusagen. Als würde mein Verstand eine Show abziehen wollen, damit ich bloß nicht hinter den Vorhang gucke und darüber nachdenke, was wirklich passiert ist.

Simon hat sich verletzt – das ist wirklich passiert. Und er hatte ziemlich große Schmerzen, auch wenn er sich das nach dem ersten Schock kaum anmerken lassen wollte. Er hat versucht, sich zusammenzureißen. Seine Miene ist trotzdem in jeder Sekunde, in der er sich unbeobachtet gefühlt hat, leidend geworden. Kein schöner Anblick. Furchtbar, um genau zu sein.

Ich habe ihm aber auch keine andere Wahl gelassen. Er musste sich zusammenreißen, sonst würden wir noch immer auf dem Boden der Dusche liegen, während eiskaltes Wasser auf uns einprasselt, und ich vergebens versuche, selbst aus den Handschellen zu kommen.

Simon hat mir fünf Mal erklärt, wo sich der kleine Metallstift befindet, den ich nur ein Stück nach oben drücken muss. Sex-Toy-Handschellen sind keine Polizeihandschellen, man kommt da selbst raus, wenn man in der Lage ist, Anweisungen zu befolgen, die eigentlich so einfach sind, dass sie Luca's Psycho-Katze in die Tat umsetzen könnte.

Ich musste mich am Ende so über Simon beugen, dass er sie mir abnehmen konnte – dabei wäre ich beinahe noch mal auf ihn gefallen.

Zumindest konnte ich ihm dann hochhelfen und ihm ein Paar Shorts und ein Shirt anziehen. Dabei ist mir die Narbe zum ersten Mal aufgefallen. Ich war mir eigentlich sicher, dass ich seinen Körper – gerade in den letzten 24 Stunden – so gut kennen gelernt habe, dass mir nichts entgangen ist. Die fünfzehn Zentimeter lange Narbe an seinem Knie hatte ich aber übersehen.

Simon hatte vor drei Jahren einen Unfall beim Snowboarden. Sein Knie wurde zwei Mal operiert, aber es macht ihm bei zu großer Belastung noch immer Probleme. Deshalb hat er das aktive Volleyballspielen auch aufgegeben. Er geht noch zwei Mal im Monat zur Physiotherapie, aber sein Tonfall hat verraten, dass er sich keine großen Hoffnungen macht, jemals wieder im Verein spielen zu können.

Dass ich das alles erst heute erfahren habe, hat mir Bauchschmerzen bereitet. Ich will über Simons Leben Bescheid wissen, auch über die unangenehmen Dinge. Er fragt immer nur, wie es mir geht. Wir reden darüber, was mich beschäftigt und wie ich mich fühle. Nie über ihn. Egoistischer als ich, kann man kaum sein.

Ich bin eine egozentrische Dampfwalze, die auf Simons kaputtes Knie fällt und sich dann auch noch beschwert, dass ihr der Hintern weh tut. *Wie ich mich gerade hasse!*

Auf der Fahrt hierher war er so freundlich zu mir, dass es sich angefühlt hat, als würde ich ins Krankenhaus müssen und nicht er. Anstatt mich vorwurfsvoll anzufunkeln oder wütend zu sein, hat er sich nur bedankt, dass ich mitkomme und mir von seinem Snowboard-Unfall erzählt.

Bevor er in das Behandlungszimmer geschoben worden ist, hat er mir noch versichert, dass es bestimmt nicht lange dauert, weil ihm sicher nur mal wieder die Kniescheibe Probleme macht. Das hat sich für mich aber auch alles andere als harmlos angehört.

Ich will ihn sehen. Oder zumindest erfahren, wie es seinem Knie geht. Vielleicht wurde er schon stationär aufgenommen oder zum Röntgen geschoben. Ich kann nicht sagen, ob das Behandlungszimmer noch einen anderen Ausgang hat als den, vor dem ich warte.

Der Kaffeebecher landet im Müll und ich laufe nervös zum Anmeldeschalter der Ambulanz.

Die Krankenschwester ist freundlich, aber sie will mir weder verraten, welche Untersuchungen mit ihm gemacht wurden, noch kann sie mir sagen, wo er im Moment ist. Sie darf Informationen nur an Familienmitglieder weitergeben.

Weil ich nicht mit ihm verwandt bin, kann ich nur abwarten, bis Simon selbst wieder auftaucht, aber wer weiß, ob er das überhaupt kann.

Ich verstehe zum ersten Mal, wie wichtig es ist, jemanden, den man liebt, auch zu heiraten. Das hat nicht nur einen romantischen Aspekt, sondern ganz klar auch einen rechtlichen. Jetzt ist es aber zu spät, um Simon einen Antrag zu machen. Ich kann nur abwarten und hoffen, dass er irgendwann wieder hier auftaucht. Vorzugsweise ohne Krücken oder Rollstuhl.

Der Flur der Ambulanz ist lang und voller bunter Linien, die irgendwohin führen. Ich laufe der violetten ein Stück nach und lande vor einer Tür mit der Aufschrift ›OP-Bereich‹. Die rote Linie führt zur anderen Fachabteilung. Die blaue zum Röntgenbereich. Dort stehen ein paar Betten mit Patienten. Ich laufe prüfend an ihnen vorbei und versuche, die armen Menschen darin nicht zu eindringlich anzustarren. Kein Simon.

Es gibt für alles eine Linie. Wieso keine goldene, die zu verletzten Unschuldsengeln führt, die man lie… *livin' on a prayer, take my hand, nanana naa … oh, oh livin' on a prayer.*

Was für ein guter Song! Treten *Bon Jovi* noch auf? Wieso schreibt in meiner Generation niemand mehr gute Rock Songs? *Jared Leto* hockt mittlerweile auch lieber auf einer Dachrinne und fühlt sich in eine Taube rein, um mit seinem Method Acting einen Oscar zu gewinnen. Die Musik ist tot.

Wo war ich vorhin? Schade, jetzt habe ich den Faden verloren …

Ich drehe um und mache mich auf den Weg zurück in den Wartebereich. Meine Gedanken wollen sich wieder mit Schwachsinn füllen, um mich am Nachdenken über zu emotionale Dinge zu hindern, aber in der aufkommenden Überlegung, ob es drei oder vier ›Shrek‹-Filme gibt, blitzt eine Wahrnehmung auf.

Ich bleibe stehen und mache zwei Schritte zurück, um noch mal in den Gang, der zu den OPs führt, zu blicken. Hinter der dicken Glastür steht ein Arzt. Jung, blond, zwei Hörner auf der Stirn, mit jemandem verwandt, in dessen Wohnung ich viel Sex hatte.

Ich laufe bis vor die Glastür, über der ein dickes rotes ›Zutritt verboten‹-Schild hängt und bleibe dann nervös stehen. David redet mit einer Krankenschwester. Ihr Blick ist eine Mischung aus ängstlich und verliebt. Das konnte ich auch mal nachfühlen.

Ich wedle überschwänglich mit den Armen und drehe mich dann peinlich berührt um. Am Ende glaubt noch jemand, ich wäre aus der Psychiatrie ausgebrochen. Aber ich kann nicht riskieren, dass er verschwindet, ohne mich zu bemerken.

Ich traue mich nicht, an die Tür zu klopfen, weil ich befürchte, dass das Sicherheitsglas so dick ist, dass ich dagegen donnern müsste, um bemerkt zu werden. Und wenn ich donnere, erschreckt sich vielleicht der Chirurg zwei Räume weiter und murkst jemanden ab. *Grey's-Anatomy-Effekt.*

Akustisch will ich keinen Aufstand veranstalten, dafür verwandle ich mich in eine Nachfahrin einer langen Reihe theatralischer Pantomimen, die mit Fluglotsen Kinder gezeugt haben.

David steht kaum zehn Meter entfernt und hat mir sein Profil zugewandt. Sein Blick verfinstert sich sichtlich und der der Krankenschwester wird immer ängstlicher.

Als er plötzlich auf dem Absatz zur Seite wirbelt und in meine Richtung stürmt, reiße ich die Hände nach unten und springe zur Seite, weil sich die Glastür automatisch öffnet.

»Ich trage keine Scheuklappen!«, knurrt er mir entgegen. »Mein peripheres Sehen ist nicht verkümmert, ich sehe, wie du herumhampelst, aber du musst warten! Ich komme gleich.«

Ich nicke stumm und schaue dann betreten auf meine Füße, während er wieder hinter der Glastür verschwindet und sein Gespräch mit der Krankenschwester fortsetzt. Mir war nicht klar, dass er mich sieht. Peinlich, aber mich zu blamieren, nehme ich in Kauf.

David ist meine Fahrkarte zu Simon, und ich steige auch in die gemeinste Achterbahn der Welt, wenn sie mich zu ihm bringt.

Ich stehe an der Wand neben der Tür und warte. David ist verschwunden. Absolut sicher, dass er wiederkommt, bin ich mir im ersten Moment nicht. Vielleicht operiert er zuerst jemanden. Er hatte aber keine OP-Klamotten, sondern einen gewöhnlichen weißen Kittel an. Vielleicht vergisst er auch, dass ich warte. Oder es ist ihm egal. Ich halte ihn aber für genauso schonungslos ehrlich wie Luca. Wenn er faucht, dass er kommt, kommt er auch, sonst hätte er mich gleich weggeschickt.

David hält sein Versprechen. Nach zehn Minuten marschiert er mit eingefrorener Miene auf mich zu.

»Nachdem du mir vorgeführt hast, dass du wie ein hyperaktives kleines Mädchen springen kannst, nehme ich an, du bist nicht wegen deiner Prellung hier«, mutmaßt er und sieht mich dann erwartungsvoll an.

Unter diesen Eisaugen nicht zu gefrieren, ist gar nicht mal leicht. Der Arzt-Look verleiht ihm noch mehr Autorität, dabei sprüht er schon in Alltagskleidung vor Dominanz.

»Du kennst Simon? Alex' Studienkollegen?«, frage ich, obwohl ich mir eigentlich sicher bin, dass er ja sagt. Selbst seine Großeltern wussten, wer Simon ist – Alex muss viel über ihn reden. Außerdem hat mir Simon mal erzählt, dass er David schon zwei Mal getroffen hat. Doktor Löwenstein nickt und zieht dann eine Augenbraue hoch, weil ich weiterreden soll.

»Er hatte einen Unfall in …« *Soll ich Dusche sagen?! Weißt du dann sofort, dass mein Arsch involviert war? Du siehst mich aber auch an, als könntest du Gedankenlesen!* »… seiner Wohnung«, beende ich den ersten Satz und fahre fort. »Ich war bei ihm und habe ihn hierher begleitet. Er ist vor über eineinhalb Stunden ins Behandlungszimmer der Unfall-Ambulanz gebracht worden. Die Schwestern geben mir keine Auskunft und ich weiß nicht, was ich machen soll. Ich will nur wissen, ob es ihm gut geht, ob er hierbleiben muss oder …«

David unterbricht mich mit einer stoppenden Geste, bevor ich ganz meiner Theatralik verfallen kann.

»Ich darf dir auch keine Auskunft über Patienten geben«, stellt er klar und hebt mahnend den Finger, als ich einen weinerlich protestierenden Pieps von mir gebe. »Aber ich kann dich nicht daran hindern, dass du mir hinterherläufst, während ich in die Unfallambulanz gehe.«

Er sieht mich eindringlich an, was mir versichert, dass er glaubt, ich sei leicht dämlich und schwer von Begriff. Ich verstehe die Botschaft aber.

David marschiert los und dreht sich nach zwanzig Metern prüfend um, um zu sehen, ob ich ihm folge.

Sag mal, hältst du mich für geistig zurückgeblieben oder was?! Ich bleibe doch nicht stehen und denke sabbernd: ›Oh, böser Doktor geht weg, was nun?‹

Ich hefte mich an seine Fersen. Dass es verdammt schwer ist, mit ihm Schritt zu halten, will ich mir nicht anmerken lassen, aber dieser Typ geht so schnell, wie andere Leute um ihr Leben laufen.

Nicht wie eine Dampflok schnaufen zu dürfen, wenn einem danach ist, verursacht prompt Seitenstechen.

Ich versuche eigentlich, nicht durch den Mund zu atmen, weil das nur erschöpfte oder erkältete Leute tun, aber meine Nasenflügel pfeifen schon, weil nicht so viel Luft an ihnen vorbeikommt, wie ich bräuchte, um nicht zu kollabieren.

Da ich mich zu sehr auf meine pfeifende Nase konzentriere, bekomme ich zu spät mit, dass David stehengeblieben ist. Ich stoße gegen ihn, nur leicht, aber er funkelt mich streng an.

»Geht das auch mit angemessener Distanz?«, blufft er so übertrieben abgeneigt, als wäre ich ihm um den Hals gefallen.

Ich mache einen Schritt zurück, kann mir das Augenverdrehen aber nicht verkneifen. So gottgleich er in seinem Ärztekittel und mit dem Stethoskop um den Hals auch aussieht, seine soziale Verschrobenheit blitzt trotzdem durch. Mittlerweile fühle ich mich aber nicht mehr persönlich angegriffen. Ich denke, er ist zu jedem so, auch zu sich selbst. Wenn er mit der einen Hand mal aus Versehen über die andere steift, folgt bestimmt auch ein finsteres ›*Geht das auch mit angemessener Distanz?*‹.

David redet mit der Krankenschwester, die am Empfang der Unfallambulanz sitzt, dann will er mich töten, indem er in den dritten Stock läuft und die Treppen statt den Fahrstuhl nimmt. Als er vor einer Tür stehen bleibt und sich nach mir umdreht, schüttelt er den Kopf.

»Mach Ausdauersport, du hast keine Kondition. Und lass dir die Nasenscheidenwand untersuchen, die pfeift wie ein Teekessel. Du schnarchst bestimmt.«

Er deutet auf die Tür und wendet sich dann ab. Simon wurde anscheinend wirklich stationär aufgenommen. Davids Dienst ist hiermit getan. Und er läuft davon. Jetzt muss ich mich für sein ›*Du peinlich unsportliches, schnarchendes Nasenmonster*‹ auch noch bedanken!

»Danke«, rufe ich ihm tonlos hinterher und bekomme natürlich keine Antwort mehr.

Die Achterbahnfahrt war erwartungsgemäß unangenehm, aber sie hat mich ans Ziel gebracht.

Ich klopfe, bevor ich die Tür langsam aufdrücke. Krankenzimmer sind furchtbar. Als Besucher schleicht man herum, flüstert und versucht, teilnahmslos auszusehen, sobald irgendein Patient unnatürliche Geräusche macht oder pupst.

Mein Blick schweift durch den großen Raum. Drei Betten auf jeder Seite und jede Menge Weiß.

»Lena.« Die Stimme, die mich ruft, klingt fremd, aber ich steuere trotzdem auf das erste Bett auf der linken Seite zu.

Simon sieht herzzerreißend aus: Seine Haare sind mittlerweile getrocknet und etwas zerzaust, und das Lächeln, das er mir schenkt, wirkt müde und kommt aus einem Gesicht, das zehn

Jahre jünger erscheint als sonst. Er sieht aus wie ein kleiner, erschöpfter Junge, der sich freut, dass er etwas wiedergefunden hat.

Oh Gott, ich möchte ihn drücken und knuddeln! Aber ich will ihm nicht weh tun. Er sieht in dieser Kulisse irgendwie zerbrechlich aus. Sein linkes Knie ist bangagiert und mit Schaumstoff unterlagert. Außerdem hängt er an einem Tropf. Die Kanüle ist an seinem Handrücken festgeklebt.

»Entschuldige. Ich wusste nicht, dass die mich hierbehalten wollen«, meint er mit großen, glänzenden Augen und greift das Trapez über dem Bett. Er will den Oberkörper ein Stück hochziehen, aber ich strecke die Hände nach ihm aus und mache eine stoppende Geste.

»Nein, nein. Schon gut, bleib bitte liegen! Du siehst müde aus.«

Er schüttelt den Kopf, ganz langsam und grinst mich wieder an. »Ich bin nicht müde.«

Doch mein Engel. Und wie! Du bist nicht nur müde, du wirkst sogar etwas high auf mich.

Simon steckt mich mit seinem fröhlichen Grinsen an.

»Es tut gar nicht mehr weh«, verrät er.

Das glaube ich ihm aufs Wort. Was immer da in seine Vene läuft, es lässt ihn auf Wolken schweben.

»Du hättest nicht so lange warten müssen, Lena. Es tut mir leid.«

»Du kannst doch nichts dafür. Und es war gar nicht so lange.« Ich bin mir sicher, er hat gerade kein Zeitgefühl. »Was ist mit deinem Knie? Musst du operiert werden?«

Simon schüttelt den Kopf. »Nein. Ich muss es nur eine Weile ruhig halten. Bis morgen – denke ich.«

Gott sei Dank! Mein Gewissen wird etwas leichter. Mein Hintern hat ihm keine OP eingebrockt.

»Also kannst du morgen wieder nach Hause?«

Er zuckt mit den Schultern. »Wahrscheinlich.«

Es bringt gerade nichts, ihn auszufragen. Das Reden strengt ihn sichtlich an. Simon hört zwar nicht auf zu schmunzeln, aber er lallt auch ein wenig. Medizinische Fragen stelle ich ihm lieber morgen.

»Ich habe dein Handy, dein Portemonnaie und deinen Wohnungsschlüssel«, erkläre ich und halte alles einmal veranschaulichend hoch, weil ich denke, dass er gerade so langsam ist, wie David mir als Dauerzustand unterstellt.

»Soll ich deine Eltern für dich anrufen?«

Er schüttelt den Kopf. »Nein. Das mache ich. Morgen. Es ist ja nichts Schlimmes.«

»Brauchst du etwas aus deiner Wohnung? Klamotten? Dein ›Duschzeug‹?« Er ist gerade nicht für Zweideutigkeiten empfänglich, aber ich konnte mir die Anspielung nicht verkneifen.

»Ich brauche nichts, danke. Wenn ich morgen wieder nach Hause kann, tut es für heute auch das Krankenhauszeug, das sie mir gegeben haben.«

Er deutet auf das weiße Nachthemd, das er trägt. »Abgesehen davon, dass es hinten offen ist, ist es bequem.«

Simon blinzelt schwer und seufzt so süß, dass ich nicht anders kann, als ihm mit der Hand über die Wange zu streicheln.

»Es tut mir leid«, flüstere ich und drücke ihm ein Küsschen auf die Lippen.

»Was tut dir denn leid?«, flüstert er zurück und drückt die Wange in meine Hand. »Hast du etwa mein Nachthemd hinten aufgeschnitten?«

»Ja. Dein Hintern ist zu hübsch, um ihn nicht herzuzeigen.«

Er lacht leise und schließt dann genießerisch die Augen, als ich ihm mit dem Daumen über die Lippen fahre. Sie sind etwas spröde, trotzdem habe ich nie ein perfekteres Gesicht gemustert.

»Danke, dass du da bist, Lena«, haucht er beschwipst und todmüde vom Schmerzmittel, aber so eindringlich klingend, dass ich beinahe Gänsehaut vor Rührung bekomme.

Wir sind an dem Teil der BRAVO-Foto-Story angelangt, in dem sie das Bild der Protagonisten rosa einfärben und die Konturen weichzeichnen. Vielleicht wurden auch ein paar Herzchen eingefügt, damit auch der letzte Idiot versteht, dass das der Moment ist, in dem es ein für alle Mal funkt. Endlich. Schließlich hat man schon etliche Seiten darauf gewartet, dass die beiden zusammenkommen. Kriegen sie sich oder kriegen sie sich nicht? Natürlich kriegen sie sich und waren sie am Anfang auch so dämlich, dass man als Zuseher schreien hätte können, weil so viel schiefgegangen ist. Alles für diesen einen Moment, in dem sie sich ansehen und sich sagen …

»Müssen Sie auf die Toilette, Herr Reichert?«

Oh, wie ich Krankenzimmer hasse!

Ich drehe mich nach der schrillen Stimme der Schwester um, die neben dem Bett gegenüber aufgetaucht ist und mir einen auffordernden Blick zuwirft.

Ich gehe ja schon raus.

Mein BRAVO-Foto-Story-Moment kann natürlich Pause machen, bis die Pipi-Sache erledigt ist. Passiert schon mal. Zeigt nur niemand auf Fotos.

Auf dem Weg zur Tür werde ich verlegen angeblinzelt. ›Herr Reichert‹ ist ein gerade mal 18-jähriger, rothaariger Junge mit Sommersprossen und einem gebrochenen Bein. Ich schenke dem Armen ein Lächeln, bevor ich das Zimmer verlasse.

Über der Tür leuchtet ein rotes Licht. Ich lehne an der Wand gegenüber und summe die Titelmelodie der ›Gilmore Girls‹. Nicht unbedingt eine Liebesballade, aber es erscheint mir sehr passend.

›Wenn du dich unterwegs mal einsam fühlst oder dir kalt ist, musst du nur meinen Namen rufen und ich werde da sein …‹

Jemanden zu haben, der einem immer helfen wird. Immer da ist. Jemand, der bedingungslos alles dafür tun würde, damit man den bestmöglichen Weg in seinem Leben geht. Die bestmögliche Version von sich selbst wird. So glücklich ist, wie man nur sein kann.

Simons Beschützerinstinkt hat sich damals mit meiner Euphorie über die Experimentierfreude gebissen, die mit Alex' erster Einladung in mein Leben gekommen ist.

Neues, Spannendes lässt einen den Wert von Beständigem leicht vergessen.

Ich wollte ausprobieren, unter den Reizen des Unbekannten zappeln und mir nervös auf die Lippen beißen, weil mir nie klar war, was als Nächstes passieren würde. Eine bewusste Entscheidung dazu, naiv abzunicken, dass man dazu in der Lage ist, Sex und Gefühle so lange voneinander zu trennen, wie man möchte – Bullshit, aber in der Theorie zu verlockend, um den Versuch auszuschlagen.

Nicht alles, was sich im Nachhinein als Fehlversuch entpuppt, ist schlecht. Vielleicht ist Alex' ›Wer sich verliebt, fliegt‹-Regel keine Strafe für ein Versagen, sondern der Gewinn, der am Ende von unvergesslichen Partys auf einen wartet.

Wie viele philosophische, potenziell lebensverändernde Schlüsse man ziehen kann, während ein Junge mit gebrochenem Bein pinkelt …

Die rote Lampe geht aus und ich stoße mich seufzend von der Wand ab. Irgendwie bin ich wehmütig, so, als würde ich gerade etwas hinter mir lassen: Eine Lebenseinstellung, eine Episode, die mir unheimlich großen Spaß gemacht hat, so lange, bis da plötzlich etwas war, das mich viel mehr geflasht hat, als es die Reize des Neuen, Verbotenen jemals könnten.

Haltet eure Kameras bereit, BRAVO-Foto-Story-Fotografen! Ich gehe da jetzt wieder rein!

Die Krankenschwester hat sich dem gegenüberliegenden Bett zugewandt und schüttelt gerade Simons Decke auf. *Davon schießt jetzt bitte niemand ein Foto.*

»Sagen Sie Bescheid, wenn ich Ihnen nach dem Abendessen beim Waschen helfen soll, Herr Kirschbaum.«

Das junge Krankenschwester-Monster mit den kurzen blonden Haaren grinst sich besoffen, während sie an Simon herumtatscht, unter dem Vorwand, ihn zuzudecken.

Das ist nicht die Decke. Das auch nicht. Und das schon gar nicht! Außerdem hat es hier drin 26 Grad, du blöde Kuh!

Ich muss umgehend meinen vernichtenden Blick hochfahren. Den ganz bösen! Den, den ich erst einmal benutzt habe, als der saudumme Kassierer im Supermarkt meine zwei 300g-Tafeln Schokolade mit dem Kommentar: ›Na, da hat aber wer Heißhunger‹ über die Kasse gezogen und mich vorwurfsvoll angegrinst hat.

Ich hoffe, er schmort in der Hölle für gemeine Leute! Und diese blöde Krankenschwester-Kuh fährt gleich in den Bereich der Hölle, der für Flittchen reserviert ist, die sich an wehrlos benommenen, schönen Männern vergreifen, die nicht davonlaufen können!

»Schon gut, danke. Ich brauche nichts«, entgegnet Simon so freundlich, wie er immer ist. Sie hält ihn bestimmt auch für einen Unschuldsengel. Das ist aber meine Fantasie!

»Drücken Sie einfach den Knopf, ich bin die ganze Nacht lang hier.«

Wenn ich morgen erfahre, dass du ihn mit einem Schwamm abgerubbelt hast, hetze ich dir Doktor Löwenstein auf den Hals! Irgendwie …

Sie verlässt das Zimmer wieder und ich widme mich Simon, der noch immer versucht, wacher zu wirken, als er ist.

»Du willst schlafen«, unterstelle ich ihm und greife mir die Feuchtigkeitscreme, die auf seinem Nachttisch steht.

»Nein, nein. Ich bin …« Er spricht nicht weiter, weil mein Zeigefinger über seine Lippen streicht.

»Ruf mich an, wenn du irgendetwas brauchst. Spätestens nach der Visite, wenn du weißt, wann du entlassen wirst.«

Simon greift sich mein Handgelenk und zieht mich zu sich. Seine Lippen sind schon viel weicher und schmecken nach Lavendel. Ich würde ihn gerne länger küssen, aber in einem Krankenzimmer gehört sich das nicht.

»Kommst du morgen wieder?«, fragt er so leise, dass ich ihn kaum verstehe. »Du musst nicht«, stellt er klar, obwohl er die Augen kaum noch offenhalten kann. »Aber wenn du möchtest …«

»Natürlich möchte ich«, versichere ich und streiche mit den Fingern vorsichtig durch seine Haare. Er schmunzelt mit geschlossenen Augen und atmet dann regelmäßig und ruhig.

Schlaf gut. Wir schießen das letzte Bild für unsere Foto-Love-Story morgen …

57 verpasste Anrufe

Meine 38 Quadratmeter Chaos haben mir noch nie so gefehlt. Ich falle bäuchlings aufs Sofa und seufze in eines der Kissen.

Vom Krankenhaus zur Uni zu laufen, hatte denselben Spaßfaktor, wie sich die Beine zu epilieren. Einmal quer durch die Stadt mit der Angst im Hinterkopf, dass meine Tasche vielleicht doch geklaut wurde.

Wurde sie nicht. Ich habe sie in der Bibliothek wiederbekommen. Wer auch immer sie gefunden hat, war nett genug, sie durch die Bücherklappe zu werfen. Und böse genug, um vorher darin zu wühlen. Ich bin mir beinahe sicher, dass ich noch zwanzig Euro Bargeld eingesteckt hatte – jetzt ist meine Geldbörse leer. Zumindest fehlt sonst nichts.

Mein Handy lechzt nach Strom und ich nach Instantnudeln. Die Packungsempfehlung ist lachhaft. Ein Päckchen soll für eine Portion reichen. Vielleicht, wenn man ein Chihuahua ist. Ein Waschbär wird davon nicht satt, erst recht nicht einer, der sich heute nur von Krankenhauskaffee und scheußlich schmeckenden Bonbons aus seiner Tasche ernährt hat. Alles, was dort drin lag, schmeckt nach Schlüssel. Eigentlich weiß ich das, aber mit einem Loch im Magen würgt man sich auch metallisch schmeckende, steinharte Gummidrachen runter.

Mit einer Schüssel Nudeln auf dem Schoß und dem stumpfsinnigen Blabla aus dem Fernseher will ich auf dem Sofa für heute meinen Seelenfrieden finden. Ich spüre erst jetzt, wie sehr das ereignisreiche Wochenende an mir gezehrt hat, körperlich und seelisch. Ich will meine Gedanken auf Durchzug schalten, aber mir schwirrt schon den ganzen Tag durch den Kopf, dass ich Alex anrufen muss.

Diese eine Sache noch, dann starre ich geistesabwesend auf den Bildschirm, bis *Charlie Sheen* zu *Ashton Kutcher* wird!

Alex will bestimmt wissen, dass sein bester Freund im Krankenhaus liegt. Dass David sich die Mühe macht, ihm wegen Simon Bescheid zu geben, bezweifle ich irgendwie. Ich gehe lieber auf Nummer sicher und rufe Alex selbst an. Außerdem möchte ich ihn bitten, Simon mit dem Auto abzuholen, sobald er entlassen wird. Es würde ihm bestimmt nicht guttun, mit mir zum Bus zu humpeln.

Als ich das Handy aus seinem langen Schlaf erwecke, spielt es verrückt. Ich denke, es ist kaputt, aber es kommt nur nicht mit der Masse an eintrudelnden Benachrichtigungen klar.

57 verpasste Anrufe sind ein Rekord, den ich wohl nie mehr brechen werde und auch nicht brechen will.

Mir wird wieder bewusst, dass ich den anderen mit meinem Verschwinden Sorgen bereitet habe. Allen voran Simon. Über vierzig der Anrufe sind von ihm, sie stammen von Freitagabend, Samstag und Sonntagfrüh. Er hat mir auch drei Sprachnachrichten hinterlassen, die ich nicht abhören will. Mein Gewissen geißelt mich auch so. Wenn ich mir ausmale, dass er verschwunden wäre, nachdem ich etwas Dummes getan hätte, und seine Wohnung darauf zwei Tage leer steht, wäre ich wahninnig geworden vor Sorgen.

Nicht nur Simon hat nach mir gesucht. Neben Alex findet sich auch Theo in meiner Telefonliste – oft. Er hat auch ein paar WhatsApp-Nachrichten geschrieben. Die letzte stammt von gestern Nachmittag.

Theo

Ich habe gerade von Alex
erfahren, dass du bei Luca
bist, und es dir gut geht. Er
meinte, du kommst nicht in
deine Wohnung. Soll ich dich
abholen? Du kannst bei mir
übernachten. Luca ist der
verrückte Hutmacher aus
Alice im Wunderland. Seine
Katze beißt und sein Gesang
grenzt an Körperverletzung.
Du solltest dort nicht bleiben,
auch wenn er gut kocht.

Mein Körper verkrampft sich regelrecht beim Lesen der Nachricht. Ich könnte vor Unbehagen explodieren.

Alex hat Theo ganz offensichtlich angelogen. Er wusste zu diesem Zeitpunkt schon, dass ich nicht mehr bei Luca, sondern bei
Simon war. Und ich bin mir sicher, Theo hat das mittlerweile
auch rausgefunden. Wahrscheinlich hat er Luca angerufen, als er
mich nicht erreicht hat.

*Wieso lügst du denn bloß, Alex?! Jetzt haben wir erst recht Ärger an
der Backe!*

Ich seufze und drücke den Kopf gegen die Sofalehne. Mir ist
sogar der Appetit vergangen, was schon einiges heißen will.

Ich weiß, warum Alex gelogen hat. Und ich verstehe es. Ich will
ihn da nicht mit reinziehen und er soll auch keine Partei ergreifen. Das Ganze ist ihm bestimmt unangenehm. Er steht selbst
zwischen Simon und Theo und hat damit sein eigenes Päckchen

zu tragen. Aber indem er lügt, macht er das Ganze nur schlimmer. Jetzt sieht es so aus, als hätte er Simon den Rücken freigehalten. Hat er wahrscheinlich sogar. Er hätte mir den schwarzen Peter zuschieben sollen.

›Lena wollte zu Simon, ich konnte sie nicht abhalten‹ – so etwas in dieser Art.

Ist es falsch, dass ich froh bin, dass er das nicht so gesagt hat? Ja, ist es. Ich suche nach einem Weg, weiter zwischen zwei Stühlen herum zu hüpfen, wobei der eine nicht merken soll, dass ich dabei bin, mich auf den anderen zu setzen. Das ist in hohem Maße dämlich und in noch größerem Ausmaß egoistisch. Ich mag mich gerade nicht, weil meine Gefühle so verrückt spielen.

Schon seit gestern kommt mir das mit Simon so intensiv und richtig vor, dass sich der Wunsch nach einer Beziehung mit ihm ganz natürlich angefühlt hat, fast wie atmen. Im Moment atme ich aber so unnatürlich, dass ich Schluckauf bekomme. Ich hatte Theo aus meinen Gedanken gedrängt, seine Existenz quasi verleugnet, weil meinem Unterbewusstsein klar war, dass sich meine Gefühle für ihn mit meinen Gefühlen für Simon beißen würden. Tun sie auch – wie zwei Hunde, die in meinem Magen toben. Vielleicht sind es auch die Nudeln – so oder so, ich habe Bauchschmerzen.

Ich will Theo nicht aus meinem Leben streichen. Er ist mir zu wichtig. Und er wird immer dieser faszinierende Mann bleiben, mit dem es für mich nicht geklappt hat.

Mein Nutella-Brötchen …

Ich tippe eine SMS an Simon, weil ich schlagartig ein schlechtes Gewissen bekomme.

> Hoffentlich geht es dir schon besser. Ich wollte noch danke sagen für das Wochenende.

Jede Minute mit dir war toll –
vielleicht bis auf die, in der
ich auf deinem Knie gelandet
bin. Entschuldige noch mal …
du fehlst mir.

Ja, Simon fehlt mir. Und ich will bei ihm sein. Das kann ich nicht abstreiten. Aber was schreibe ich Theo?

Hey! Entschuldige, dass ich
mich erst jetzt melde. Luca
war super freundlich. Ich war
gestern bei Simon, jetzt bin
ich wieder in meiner Woh-
nung. Ich hoffe, es geht dir
gut. Wie war deine Prüfung?

Ist das diplomatisch gelöst? Wahrscheinlich. Fühle ich mich trotzdem irgendwie schlecht? Ja.

So ganz mit der Wahrheit rausgerückt bin ich nicht, aber ich will Theo nicht als Freund verlieren. Deshalb auch die Frage am Ende. Ich möchte, dass er zurückschreibt und wenn die Antwort noch so banal ausfällt. Schweigen wäre das schlimmste, das ich ernten kann.

Theo soll nicht sauer auf mich sein oder enttäuscht oder sich hintergangen fühlen. Ich unterstelle ihm damit aber irgendwie, dass er auch in mich verliebt war. Das stimmt vielleicht gar nicht. Ich weiß es nicht. Vielleicht war das Flirten abseits unserer sexuellen Abenteuer nur ein aufregendes Spiel.

Wir alle verstecken Gefühle, die über Freundschaft hinausgehen, hinter unserer Abmachung – anders würden wir das

›Friendship with benefits‹-Prinzip nicht ausleben können. Das kann spannend und großartig sein, aber es zermürbt dich, sobald du deine eigenen Gefühle hervorkramst und abschätzen möchtest, wer sie teilt, und wen du damit verletzt.

Wahrscheinlich verkompliziere ich die Sache auch …

Ich rufe jemanden an, dem dieser Lebensstil viel leichter fällt, da er ihn nicht zu Tode analysiert, sondern genießt.

Alex hebt erst nach einer ganzen Weile ab und klingt verschlafen.

»Lenaaaa«, gähnt er ins Telefon. »Was geht ab?«

»Hab´ ich dich aufgeweckt?«

»Nö. Ich lerne. Statik verursacht bei mir narkoleptische Anfälle. Bist du noch bei Simon? Er muss mir diesen langweiligen Schwachsinn erklären.«

»Simon ist im Krankenhaus«, entgegne ich mit gedämpfter Stimme und mache keine allzu lange Pause, damit er sich nichts Schlimmes ausmalen kann. »Wir sind beim Duschen ausgerutscht und ich bin auf sein Knie gefallen – das, das ihm sowieso Probleme macht. Angeblich muss er es nur ruhig halten. Er war ziemlich zugedröhnt mit Schmerzmitteln, ich weiß nicht, wie lange er bleiben muss.«

»Hat er sein Handy dabei?«

»Ja, du kannst ihn anrufen. Wenn er nicht rangeht, schläft er noch, er war müde, als ich gegangen bin. Falls du ihn nicht erreichst und morgen besuchen möchtest, er liegt in Zimmer …«

»Schon gut!«, unterbricht Alex mich. »Ich weiß dann schon, wo er liegt. Ich rufe gleich noch meinen Großvater an.«

Es herrscht kurz Schweigen, dann lacht Alex plötzlich.

»Unter der Dusche vögeln kann ganz schön ins Auge gehen!«

Natürlich kann er sich zusammenreimen, was wir gemacht haben, und da er herausgehört hat, dass nichts allzu Schlimmes passiert ist, kann er sich auch darüber lustig machen.

»Jetzt weißt du, warum eine Stange an meiner Duschwand befestigt ist. Noch sicherer vögelt es sich aber in der Badewanne.«

»Ich werd's mir merken«, entgegne ich halb amüsiert, halb schuldbewusst.

»Er wird schon wieder. Ich hetze ihm meine Familie auf den Hals.«

Das würde im gesunden, unverletzten Zustand wie eine Drohung klingen. Wenn man ärztliche Behandlung braucht, klingt der Name Löwenstein aber nicht mehr so erschreckend, als würde man ›Nuklearkrieg‹ sagen.

Schneidet mich auf und holt raus, was immer ihr für schlecht haltet, aber ladet mich bloß nicht zum Abendessen bei euch ein!

»David weiß schon Bescheid. Ich habe ihn im Krankenhaus getroffen«, verrate ich Alex. Er seufzt.

»Ich hoffe, er war nur zu 90 % ein Arschloch mit Gott-Komplex.«

»Kaum 60 %. Er hat mich nur ›einen potenziell schnarchenden Sportmuffel‹ genannt – lässt er nach? Da kam schon Diabolischeres.«

»Na ja, er ist montags immer ausgeschlafener als sonst, das macht ihn weniger Luzifer-mäßig.«

»Am Ende grüßt und verabschiedet er sich noch wie ein normaler Mensch.«

»An dem Tag, an dem ich meinen Bruder jemanden ›einen schönen Tag‹ wünschen höre, lasse ich eine Gehirntomographie an ihm machen, damit sie den Tumor finden.«

Alex bringt mich immer zum Lachen. Ich liebe seinen Humor, auch wenn er manchmal triefend schwarz ist. Außerdem ist sein Leben spannend, vielleicht gerade weil es voller schwieriger, extrovertierter Menschen ist.

»War David eigentlich schon immer so … unnahbar und direkt?« Eine nettere Umschreibung fällt mir nicht ein, aber das wäre auch nicht notwendig gewesen, Alex hätte es selbst viel bissiger formuliert.

»Du willst wissen, ob er ein seltsames Kind war? Er hat mal all meine Stofftiere in den Kamin geworfen, weil ich ihn beim Lesen der Zeitung gestört habe. Da war er neun. Er hat eigentlich ständig gelesen und ist ausgerastet, wenn man ihn gestört hat. Hätte er Luca nicht gehabt, wäre er nicht Doktor Löwenstein, sondern Doktor Lecter geworden.«

Ich lehne mich zurück in die Sofakissen und schmunzle.

»Du magst ihn sehr«, unterstelle ich Alex, der sofort brummt.

»David? Hast du mir eigentlich jemals zugehört?«

»Luca«, stelle ich klar und bin gespannt auf seine Reaktion. Mir ist nicht entgangen, dass Luca ihn wie einen kleinen Bruder behandelt. Die beiden haben eine sehr süße Dynamik, die etwas schroff aber liebevoll anmutet.

»Na ja, wenn du die Wahl hast, eine Handgranate oder einen Seeigel zu umarmen, kuschelst du auch eher mit dem Ding, das sticht, aber dir nicht den Schädel wegpustet, wenn du mal Nähe suchst. David ist die Handgranate und Susi der Seeigel, falls der Vergleich zu subtil war.«

Ich lache und höre auch Alex amüsiert schnauben. Er versteckt seine Sympathie hinter bissigen Witzen – das ist in Ordnung, Luca würde das sogar schmeicheln.

»Nein, ich mag Susi«, relativiert er nach ein paar Sekunden Schweigen. »Er war mir immer viel mehr ein Bruder als David – vor allem, als ich noch jünger war.«

»Wieso nennst du ihn eigentlich so?«

Alex kichert wie ein kleiner Junge über die Erinnerung, die ich heraufbeschworen habe.

»Hat was mit einer verlorenen Wette zu tun und damit, dass ich ausdauernd penetrant sein kann!«

Er sagt das so amüsiert geheimnisvoll, dass ich mir sicher bin, dass er es bei einem Geheimnis belassen will. Das Gespräch ist trotzdem schön. Ich könnte Alex die ganze Nacht lang zuhören. Seine Vergangenheit ist spannend und er verpackt sie amüsant. Kaum streift der Gedanke mein Bewusstsein, fällt mir ein, dass er hinter den Witzen wahrscheinlich viel versteckt hält. Unschöne Dinge, Erinnerungen, die er ins Lächerliche zieht, damit sie nicht weh tun. Ich will nichts Negatives in ihm lostreten, nur um meine Neugier zu befriedigen, also verkneife ich mir, das Thema zu vertiefen, auch wenn es noch so spannend ist.

»Kannst du Simon vielleicht abholen und nach Hause fahren, wenn er entlassen wird?«, komme ich auf den eigentlichen Grund unseres Telefonats zurück.

»Sicher. Ich hole ihn ab und ich stelle sicher, dass er bestens versorgt wird. Mach dir keinen Kopf.«

»Danke, Alex.«

»Nichts zu danken. Einen Vorteil muss es ja haben, in eine Familie voller Höllenfürsten mit Stethoskopen geboren worden zu sein.«

Das Schmunzeln fällt mir jetzt schwerer, da ich die dunkle Wolke, die über Alex' Leben schwebt, einfach nicht mehr ausblenden kann. Er geht trotzdem tapfer damit um. Eigentlich muss man das mit einem Lachen honorieren.

»Ich bin mir nicht mehr sicher, ob ich dir eine Einladung für die Party am Donnerstag schicken soll«, meint er plötzlich und überrascht mich nicht nur mit dem Themenwechsel, sondern auch mit dem Inhalt seiner Frage.

Ich hatte mir diesen Moment immer anders vorgestellt. Ich dachte, Alex würde mich irgendwann hochkant rauswerfen, weil er dahintergekommen ist, dass ich Sex doch nicht auf Dauer von Gefühlen trennen kann.

›*Du hast dich verliebt, du fliegst!*‹, klang für mich immer wie eine Strafe, die dir jemand ins Gesicht faucht.

Jetzt passiert es ganz still und irgendwie beiläufig. Er klingt nicht sauer oder enttäuscht – nicht mal überrascht – nur fragend. Dass meine Gefühle für Simon so offensichtlich für Alex sind, war mir nicht klar.

»Deine Partys haben mir die einmaligsten, coolsten Erinnerungen beschert, die ich nur machen hätte können. Hätte ich dich nicht kennengelernt, wäre mein Leben viel trister und langweiliger gewesen. Ich weiß nicht, wie ich angemessen ›Danke‹ für dich und all die tollen Menschen, die du in mein Leben gebracht hast, sagen soll.«

Ich kann nicht verhindern, rührselig zu werden.

»Du weißt, dass ich Kontakte zu den besten Ärzten im Land habe?«, entgegnet Alex etwas, das mich verwirrt, weil es nicht zum Thema zu passen scheint.

»Ähm …«

»Na ja, deiner Abschiedsrede nach hast du irgendeine schlimme Krankheit und Angst vor dem Tod oder warum klingst du so, als würden wir uns nie mehr wiedersehen?«

Ich seufze erleichtert und irgendwie auch wehmütig. Er hat recht. Ich habe wirklich geklungen, als wäre das ein Abschied für immer, aber ich war mir nicht sicher, ob wir Freunde bleiben oder Kontakt halten würden, wenn ich aussteige.

»Komm schon, Lena, glaubst du wirklich, ich würde nichts mehr von dir wissen wollen, nur weil ich nicht mehr mit dir schlafen darf? Ich habe schon ewig keinen Sex mehr mit Nicki und wir sind trotzdem befreundet. Ich mag auch Dinge, die ich nicht vögeln kann. Wassermelonen zum Beispiel. Oh, warte … das war ein schlechtes Beispiel, mir fällt ein besseres ein …«

Ich kichere mit glühenden Wangen in mein Sofakissen und würde Alex' gerne ein Liebesgeständnis machen. Kein romantisches, eher ein ›Hab dich lieb‹-Geständnis.

Dass er mich nicht ganz aus seinem farbenfrohen Leben kicken will, macht mich glücklich. Ich hatte auch das Gefühl, dass wir uns abseits der erotischen Abenteuer sehr gut angefreundet haben. Es hätte aber nicht sein müssen, dass er das auch so sieht. Da kommt wieder die Problematik dieses ›Zwanglos-Schleiers‹ ins Spiel. Über ernsthafte Gefühle wird nicht gesprochen, sonst funktioniert das Konzept nicht mehr. Darunter ist bis jetzt auch meine Freundschafts-Verschossenheit in den coolsten, witzigsten Löwen der Welt gefallen. Ich denke aber, der Vorhang fällt gerade.

Vorsichtig ansetzen, Lena! Erschlag den Armen nicht mit deiner Zuneigung! Lass dich nicht zu sehr vom Moment mitreißen!

»Du bist toll, Alex. Ich weiß nicht, ob ich schon mal mit jemandem so gerne über alles gesprochen habe, wie mit dir.«

Gefühlsduselig, aber sehr allgemein gehalten. Kaum gruselig anhänglich, und er versteht trotzdem, worauf du hinauswillst – gut gemacht, Lena!

Alex lacht.

»Ja, ich bin großartig – das ist die gängige Meinung«, entgegnet er und versteckt seine Verlegenheit auf das Kompliment hinter Luca-Humor. Dass er sich das von seinem großen Quasi-Bruder abgeschaut hat, ist offensichtlich, aber es gibt einen markanten Unterschied zwischen den beiden. Wenn Luca das sagt, lässt er durchklingen, dass er sich wirklich großartig findet – bei Alex klingt der Satz nach Sarkasmus, so, als würde er das ganz und gar nicht von sich denken.

Ich weiß nicht, wann ich dahintergekommen bin, dass Alex' vorgeführtes Selbstbewusstsein und sein tatsächliches Selbstwertgefühl weit auseinanderklaffen – vielleicht auf dem Ball, vielleicht schon, als ich gesehen habe, was er an dem Hüttenwochenende von seinen Großeltern einstecken musste.

Eigentlich ist er furchtbar stark, hält so viel aus, lässt jeden noch so bissigen Kommentar über sich ergehen, und dann glaube ich wieder, hinter der Fassade einen ängstlichen, domestizierten Zirkuslöwen zu sehen, den die vielen Auftritte verstört haben.

Ich würde ihn jetzt so gerne knuddeln! Einfach nur drücken und ihm versichern, dass er immer Leute um sich haben wird, die ihn furchtbar lieb haben: Simon, Theo, die blöde Nicki und mich. Luca natürlich auch. Und ich bin mir nicht mal sicher, ob Alex nicht auch einen ganz besonderen Platz in dem schwarzen Eiswürfel hat, den David sein Herz nennt.

»Dann streiche ich dich und Simon von meiner Party-Verteilerliste«, fasst er noch mal zusammen und hört dann ein leises unsicheres Murren von mir. Mir ist gerade etwas aufgefallen. Hinter meinem Hochgefühl über diesen neuen Lebensabschnitt, den ich mir gedanklich schon zusammengesponnen habe, kommt Unsicherheit auf. Vielleicht war ich etwas vorschnell im Luftschlösserbauen.

»Was ist los?«, will Alex wissen, aber ich hadere damit, auszusprechen, was mir durch den Kopf geht. Mein Verhalten wird mir irgendwie peinlich. Ich war etwas zu euphorisch.

Ich unterstelle Simon schon die ganze Zeit, dass er auch will, was ich plane. Dazu müsste er nicht nur verschossen in mich sein, sondern so verliebt, dass er den freizügigen Lebensabschnitt, den er ganz offensichtlich genießt, hinter sich lässt. Diese Entscheidung kann ich unmöglich für ihn treffen.

»Du kannst Simon einladen. Wenn es ihm besser geht und er auf die Party kommen möchte, dann …«

»Ach komm schon, Lena!«, tönt Alex amüsiert dazwischen. »Ich weiß, was zwischen euch abgeht. Offensichtlich besser als du!«

Sein Einwand fühlt sich gut an, nimmt mir einen Teil meiner Unsicherheit. Simon redet viel mit Alex, vielleicht auch über mich. Das ändert aber trotzdem nichts daran, dass er und ich dieses Thema nie konkret zur Sprache gebracht haben. Wir haben über Beziehungen gesprochen. Über Simons Beziehung mit Nicki und darüber, dass er nicht will, dass ich mit Theo zusammenkomme. So etwas wie ein Liebesgeständnis hat er mir nie gemacht. Simon hat gestern nur zugegeben, dass er ein Idiot ist, weil ich nicht sein Mädchen bin. Und er hat mich heute im Krankenhaus gebeten, morgen wiederzukommen – vollkommen stoned. Was beweist das? Genau, nichts.

»Redet!«, befiehlt Alex im strengen Tonfall und reißt mich damit aus meinen Selbst-Vorwürfen. Wir müssen wirklich reden. Danach kann ich mir immer noch ein Loch graben, in das ich meinen heulenden, hochroten Kopf stecken kann, wenn Simon meine Gefühle nicht erwidert.

»Ich besuche ihn morgen nach meinem Kurs«, kündige ich an und versuche, annähernd mutig zu klingen, damit Alex nicht denkt, ich würde kneifen. Tue ich nicht – nervös macht mich mein Vorhaben trotzdem. Ich weiß nicht, ob ich schon mal jemandem mein Herz so schutzlos angeboten habe. Meine bisherigen Beziehungen haben sich einfach ergeben. Keine großen Liebesgeständnisse – vom ersten Mal knutschen auf Jogginghose und Netflix in Lichtgeschwindigkeit. Nichts hat sich jemals so gut und gleichzeitig so furchteinflößend angefühlt, wie das mit Simon. Ich habe Angst davor, zurückgewiesen zu werden, aber ich schätze, das ist das Risiko, das man eingehen muss, um sein Leben an der Seite eines verruchten Engels verbringen zu dürfen.

»Ich rufe jetzt mal meinen Großvater an – danke fürs Bescheid geben, Lena.«

»Schon gut. Danke für deine Hilfe.«

»Wir sehen uns!«, verabschiedet sich Alex mit einer Floskel, für die ich ihm dankbar bin.

Ich will ihn unbedingt sehen – oft – ich will nicht, dass sich irgendetwas an unserer Freundschaft ändert. Einschneidende Lebensentscheidungen gehen aber nie ganz ohne Veränderungen einher, das wird mir schmerzlich bewusst, als ich sehe, dass Theo meine Nachricht gelesen hat, ohne zu antworten.

Ist das Leben nicht schön?

Der Tag hat sich gegen mich verschworen: Das Kaffeepulver ist mir ausgegangen und die Maschine hat nur bräunliches, dampfendes Wasser ausgespuckt.

Ohne Kaffee am Morgen bin ich kein Mensch, und als ich mit meiner menschenunähnlichen Grobmotorik die Tür des Kleiderschranks geöffnet habe, ist das Ding zusammengekracht. Hatte was von Kartenhaus, auf das man pustet, nur, dass Holzplatten lauter kollabieren als Pappkarten.

Ich habe dann fassungslos auf die verschiedenen Schichten aus Holz und Klamotten gestarrt – den Türgriff noch in der Hand.

Gerade heute wollte ich gut aussehen. Ich musste mich aber mit den Kleidungsstücken begnügen, die ich aus dem Katastrophengebiet ziehen konnte. Zwei Pyjamas und ein gelbes Kleid, mehr konnte ich nicht befreien.

Alles andere hängt auch jetzt noch zwischen den Holzwänden und den umgeknickten Stangen fest.

Wie ich dieses Chaos jemals beseitigen soll, weiß ich noch nicht. Ich hatte aber keine Zeit, allzu lange darüber nachzudenken, weil ich zu meinem Völkerrecht-Kurs hetzen musste.

Die letzte Einheit vor dem Sommer und somit auch die letzte Einheit vor der Prüfung im Herbst. Der Dozent hat aber nur übers Wasserskifahren schwadroniert und am Ende noch erwähnt, dass er davon ausgeht, dass sowieso zwei Drittel von uns durch die Prüfung rasseln. Wenn er keine Fragen über Neopren-

302

Hosen stellt, ist das wahrscheinlich auch der Fall. *Ich hasse die Uni manchmal!*

Da ich meiner Seele eine kleine Streicheleinheit gönnen wollte, habe ich mir ein Erdbeertörtchen bei der Bäckerei besorgt. Das Universum gönnt mir die Kalorien aber nicht. Zwei Wespen haben mich bis zur Bushaltestelle verfolgt und dann beschlossen anzugreifen.

Jetzt sitze ich schwitzend auf der Bank und beseufze den Verlust meines Erdbeertörtchens. Zumindest lebe ich noch. Und ich trage keinen Pyjama. Viel mehr kann ich von diesem Tag wohl nicht verlangen.

Als ich mein Handy aus der Tasche ziehe, huscht ein Lächeln über meine Lippen. Ich werde wieder fröhlich, während ich mir in Erinnerung rufe, dass mich nur noch eine Busfahrt davon trennt, Simon wiederzusehen.

Er hat schon um 06:30 Uhr die erste Nachricht geschrieben und sich entschuldigt, weil ihm nach dem Aufwachen bewusst geworden ist, wie benebelt er war, als ich gestern gegangen bin.

Er wurde verlegt und freut sich, dass ich ihn besuchen komme. Entlassen wird er heute nicht. Warum, wollte er mir persönlich erklären, aber er hat versprochen, dass es nichts Schlimmes ist und eigentlich positiv.

Ich kann mir nichts ausmalen, was einen längeren Krankenhausaufenthalt ›eigentlich positiv‹ machen würde. Als ich ihn gefragt habe, ob das etwas mit der Schwester zu tun hat, die ihn gestern mit dem Schwamm abrubbeln wollte, kam eine unheimlich süße Nachricht zurück.

Simon
Du bist die Einzige, mit der
ich unter die Dusche steigen
möchte, selbst, wenn wir

jedes Mal zusammen das
Gleichgewicht verlieren.

Seit dieser Nachricht bin ich euphorisch. Und nervös. Wie vor einem Referat.

Ich will loswerden, was ich recherchiert und herausgefunden habe, aber ich habe Angst, mich zu verhaspeln und meinen Vortrag zu vergeigen.

In der Schule habe ich mal über Kaffee referiert. Es gibt tatsächlich eine Wildkatzenart, die Kaffeekirschen frisst und diese halb verdaut wieder ausscheidet. Die Kirschen werden dann gewaschen, geröstet und als teure Bohnen verkauft. Die Katzen heißen ›Schleichkatzen‹, ich nannte sie in meiner Nervosität aber ›Scheißkatzen‹.

Sogar der Lehrer hat mich ausgelacht, und als ich zu den wichtigen Themen wie Globalisierung und Fair-Trade kam, hat mich natürlich niemand mehr ernst genommen.

Wenn ich Simon heute frage, ob er ›mit mir zusammen Stein möchte‹, verhält es sich bestimmt ähnlich. Ich laufe hochrot an, er lacht und antwortet, dass er lieber ein Mensch bleibt. Dann laufe ich aus dem Krankenhaus und solange in eine Richtung, bis ich in einer anderen Stadt ankomme, in der ich neu anfangen kann.

Kindische Ängste, ich weiß – aber ich habe sie. Ich möchte alles richtig machen, weil ich ihn … na ja, das liegt wohl auf der Hand.

Simon wurde in einen anderen Stock verlegt. Ich checke noch mal die Zimmernummer, die er mir geschickt hat, weil die Tür so verboten wichtig aussieht. Nicht wie in einer Bettenstation.

Ich klopfe zögerlich und erwidere das extrem freundliche Grüßen der älteren Krankenschwester, die ein Tablett mit kleinen Kuchen an mir vorbei trägt.

»Herein«, schallt es aus dem Raum und ich folge der Stimme, die eindeutig Simon gehört.

Das Zimmer ist der Wahnsinn! Sonnengelbe Wände, hübsche Vorhänge und ein beeindruckender Flatscreen. Ich würde das hier sofort mit einem Hotelzimmer verwechseln, wäre da nicht das Krankenbett.

»Ähm …« Ich kann meiner Überraschung über den Raum nicht anders Ausdruck verleihen. Simon lächelt mich von seinem Bett aus an – nur er, er liegt in einem Einzelzimmer. Einen Reim daraus machen, warum er eines bekommen hat, kann ich mir aber nicht. Oder doch …

Oh mein Gott! Wenn man stirbt, wird man auch in ein hübsches Einzelzimmer geschoben, nicht wahr?!

»Hi Lena!«

Er klingt nicht sterbend und er sieht auch nicht so aus. Simon rafft sich hoch, rutscht an den Rand des Bettes und greift sich die Krücken, die an der Wand lehnen. Sein Knie ist bandagiert, er belastet es nicht und humpelt auf mich zu.

»Sag mal, hast du das Königs-Paket unter den Krankenversicherungen? Oder hat dich der Chefarzt in deinem von hinten offenen Nachthemd gesehen und dich zu seinem Liebling erklärt?«

Simon schmunzelt meinen Scherz ab. Er trägt das Nachthemd übrigens nicht mehr. Anscheinend bekommt man mit der Hotelzimmerausstattung auch einen weißen Jogginganzug. Anstatt zu antworten, humpelt er noch etwas näher und stützt sich dann gekonnt an einer der Krücken ab. Er zieht mich mit der freien Hand zu sich und neigt den Kopf.

Simons Lippen fühlen sich viel weicher an als gestern. Sie drücken sich auf meine und bewegen sich zuerst sanft, dann bestimmender.

Das ist der heißeste Begrüßungskuss aller Zeiten! So intensiv, dass ich alles um uns herum vergesse.

Während seine Zunge meine kitzelt, drücke ich mich näher an ihn und will mich an seinem Nacken ein Stück hochziehen. *Saudämlich! Der Engel steht auf Krücken, Lena!*

Ich atme hörbar erschrocken ein, als Simon durch meinen peinlichen Besteigungs-Versuch ins Wanken gebracht wird. Meine Hände packen sofort seine Schultern, um ihn zu stabilisieren, und ich starre ihn verlegen an.

»Entschuldige!«

Er hüpft einmal auf der Stelle, um die Krücke anders zu greifen und schüttelt dann schmunzelnd den Kopf.

»Schon gut. Das sieht wackeliger aus, als es ist. Ich bin daran gewöhnt. Nach meinem Unfall bin ich drei Monate auf Krücken gelaufen. Du kannst dich gerne an mich drücken.«

Er neigt wieder den Kopf und küsst mich. Seine Zunge ist diesmal forscher als meine. Ich zügle mein Verlangen nach ihm, weil ich mir wieder bewusst mache, dass das hier ein Kranken- und kein Hotelzimmer ist.

Wie gerne würde ich mich jetzt mit ihm in ein Hotelbett legen und testen, ob die Matratze federt …

»Alex«, haucht Simon mir auf die Lippen, nachdem er den Kuss beendet hat. Sein Gesicht bleibt ganz nahe, ich kann seinen Atem auf meiner Haut spüren.

»Soll das heißen, ich küsse wie Alex?«, entgegne ich gespielt beleidigt und lege ihm beide Hände auf die Wange. Er lässt seine Augenbrauen amüsiert nach oben hüpfen.

»Nein, das war meine Antwort auf deine Frage vorhin, warum ich in dieses Zimmer verlegt wurde. Ich habe eine stinknormale Krankenversicherung. Das hier habe ich Alex' zu verdanken.«

Ich muss grinsen. Deshalb wollte er gestern nicht von mir wissen, in welchem Zimmer Simon liegt.

»Ich brauche kein Einzelzimmer – das hier kostet bestimmt ein Vermögen. Aber er hat es sich nicht ausreden lassen.«

Simon seufzt leise und drückt mich mit der freien Hand an sich. Ich umarme ihn vorsichtig und lege meinen Kopf an sein Schlüsselbein. Das Unbehagen in ihm kann ich nachfühlen. Uns erscheint das hier zu viel, eine große, kostspielige Geste, die ich auch nicht einfach so annehmen könnte, ohne ein schlechtes Gewissen zu bekommen. Alex ist es aber wichtig. Ich kann mir vorstellen, dass er keine Ruhe gegeben hätte, bis er sicher war, dass Simon alles hat, was er braucht.

Ich weiß, Simon ist der Meinung, er braucht keinen Flatscreen und ein Einzelzimmer, aber ich bin Alex trotzdem unheimlich dankbar, dass er das möglich gemacht hat. Ich will auch, dass es ihm hier drin an nichts fehlt.

»Wieso musst du hierbleiben? Geht es deinem Knie schlechter?«

Ich sehe zu ihm auf, mit zu viel Mitleid im Blick. Simon funkelt mich an und beißt mir dann in die Unterlippe. Durch meinen Körper jagt ein kleiner Schwall Erregung – *großartiges Ablenkungsmanöver*. Ich höre auf, ihn anzusehen, als wäre er ein geschlagener Welpe.

»Es geht mir gut, keine Angst«, versichert er und lässt seine freie Hand meinen Rücken hinuntergleiten. Als sich seine Fingerspitzen unter den Saum meines Kleids schieben und auf meinen Hintern legen, grinst er schief. »Sogar etwas zu gut, ich könnte dich schon wieder …«

Ich springe so weit von Simon weg, wie es in einem einzigen Satz möglich ist. Unsere verlegenen Blicke schnellen beide zur Tür, die ganz plötzlich aufgemacht und gerade wieder geschlossen wurde.

Der Doktor fummelt an seinem Stethoskop herum, während er den Blick auf dem Klemmbrett behält. Natürlich hat er nicht angeklopft. Das wäre auch eine zu höfliche Geste – dagegen ist der Teufel allergisch.

David steht da und liest, er hat noch nicht einmal zu uns aufgesehen.

Ich sage nichts – ich weiß von Alex', was passiert, wenn man ihn beim Lesen stört. *Am Ende fackelt er noch meine Kuscheltiere ab.*

Simon schweigt ebenfalls, humpelt zurück zum Bett und setzt sich an den Rand. Er weiß wohl auch, dass Doktor Löwenstein ein Soziopath ist.

David schnaubt. Schüttelt den Kopf. Murrt arrogant – ja, man kann arrogant murren, er schafft das.

Nach einer ganzen Minute, gefüllt mit der abwesend wirkenden, seltsamen Ego-Show, glaube ich, dass irgendeins seiner Zahnräder rostig geworden ist und sich nicht mehr drehen kann. *Böser Roboter kaputt. Wo ist der Reset-Knopf?*

»Es ist schlimmer, als ich dachte«, sagt er so plötzlich und laut, dass ich zusammenzucke, weil ich nicht mehr damit gerechnet habe, dass er spricht.

David sieht nur Simon an, ignoriert mich so vehement, dass ich mir nicht sicher bin, ob er gesehen hat, dass ich auch hier stehe.

»Die zweite Operation, zu der sie dir damals geraten haben, hätte die Fehler der ersten beheben sollen, aber sie haben nur noch mehr Schaden angerichtet. Dein Kniegelenk leidet darunter. Ich rate dir wirklich dringend zu einer erneuten OP. Du könntest vielleicht sogar wieder Leistungssport betreiben, wenn die Operation gut verläuft. Hast du dir mein Angebot überlegt?«

Simon nickt und ich verarbeite den Schwall aus Informationen, den ich gerade zu hören bekomme.

Eine OP. Deshalb ist er noch hier. Sie haben sein Knie damals verpfuscht und David kann ihn wieder gesund basteln. Simon könnte wieder so viel Sport machen, wie er möchte. Volleyball im Verein spielen. Weltmeister werden. Mila Superstar treffen. Das sind tatsächlich sehr positive Nachrichten!

Ich will eigentlich schmunzeln, mein Gesicht friert aber ein, als David plötzlich den Arm ausstreckt und mir das Klemmbrett vor die Nase hält. Er dreht sich dabei nicht mal zu mir, lässt nur los und ich reiße die Hände nervös nach oben, damit das Klemmbrett nicht auf den Boden fällt.

Jaja! Ich halte ja! Du hättest aber auch fragen oder zumindest kurz hersehen können! Doktor Vollpfosten …

Nachdem ich spontan zur niederen Assistentin degradiert wurde, geht David zu Simon und entfernt die Bandagen an seinem Knie. Er beginnt zu erklären, wie die Operation ablaufen würde. Seine Beschreibungen werden ekelhaft genau. Als er irgendwas von wegen Gelenkflüssigkeit absaugen sagt, kann ich nicht mehr zuhören, sonst begrabe ich das Klemmbrett gleich unter meinem ohnmächtigen Körper.

Ich muss mich ablenken und lasse meinen Blick über das bedruckte Blatt schweifen. Da steht ›Simon Kirschbaum‹ und ein Haufen medizinisches Kauderwelsch.

Ich liebe seinen Namen. Der Gedanke ruft mir die Sache mit meinem Notizblock ins Gedächtnis. Dort steht noch immer:

›Lena Kirschbaum oder Simon Relisch‹, mit der Notiz:

›Ich bin nicht altmodisch ;)‹.

Das war so unglaublich süß von ihm. Und so unfassbar kindisch von mir.

Im Nachhinein gesehen hat uns das Schicksal oft gewunken, auch wenn es uns davon abgehalten hat, vorschnell miteinander zu schlafen.

Am Anfang war alles viel zu spannend für mich. Meine Euphorie hat mich das Offensichtliche nicht fühlen lassen. Dabei waren da so viele besondere Momente.

Wer hat mich auf der ersten Party in den Arm genommen, als ich beim Strip-Darts vor Scham verglüht bin? Kein anderer hätte mir so ein gutes Gefühl geben können.

Wer hat mich an der Hand genommen und mich zum Gipfelkreuz dieses Berges gepuscht, obwohl ich alle zehn Minuten aufgeben wollte.

Wer ist mitten in der Nacht durch die halbe Stadt gefahren, um mich vom Ball abzuholen?

Wen habe ich auf dem Uni-Fest noch angerufen, als ich gespürt habe, dass mein Körper gleich schlappmacht und ich Hilfe brauche?

Die Antwort lautet: Simon, immer und immer wieder Simon.

Das Schicksal steht gerade vor mir, neigt mit hochgezogener Braue den Kopf und fragt mich, ob es mir den goldenen Zaunpfahl, mit dem es seit jeher winkt, auch noch auf den Kopf donnern soll.

Nein, der Schlag ist nicht mehr notwendig – ich verstehe es auch so. Danke.

»Wenn nichts dazwischenkommt, könntest du einen OP-Termin für Freitag bekommen«, höre ich David sagen und werde aus meiner Liebes-Trance gerissen.

»Das hört sich gut an. Vielen Dank«, entgegnet Simon.

David hört ›Danke‹ genauso ungern wie Alex. Er schüttelt den Kopf.

»Ich werde dich nicht operieren. Bedank dich bei deinem Chirurgen, aber erst, nachdem die Operation geglückt ist. Ich gehe aber davon aus – meinem Großvater zufolge ist der Mann eine Koryphäe, und wenn er das behauptet, ist das ein Ritterschlag.«

»Nicht wegen der Operation an sich …«, stellt Simon klar und setzt erneut an. »Hättest du meine Krankenakten und die Röntgenbilder nicht so genau studiert, hätte ich wahrscheinlich ewig mit dem kaputten Knie gelebt. Und dein Großvater hat diesen Spezialisten aufgetrieben. Und die Sache mit dem Einzelzimmer …«

»Schon gut!«, unterbricht David Simon forsch und versprüht seine furchteinflößende Eis-Aura. Als er Luft für seinen nächsten Satz holt, gefriert das Wasser in dem Glas auf dem Nachttisch.

Der Clown aus ›ES‹ kriecht vor Angst in den Schrank. Die *Jigsaw-Puppe* steht zitternd in der Ecke. Der Teufel persönlich ist am Zug.

Gleich kommt etwas furchtbar Böses, Gemeines aus seinem Mund!

»Deinen Fall zu bearbeiten war Berufsethik – das hätte ich für jeden Patienten getan, wenn ich auf eine verpfuschte Operation aufmerksam geworden wäre. Was die privilegierte Behandlung hinsichtlich des Chirurgen und deines Aufenthaltes betrifft ...«

Duck dich, Simon! Gleich wirft er mit Eiszapfen! Das tut immer weh!

»Mir ist bewusst, was du für meinen Bruder tust. Alexander ist sprunghaft und war noch nie wirklich fokussiert. Ich bin mir nicht mal sicher, ob er einen akademischen Grad erreichen würde, wenn du ihn nicht anspornen würdest. Abgesehen davon, ist er weniger weinerlich und selbstzerstörerisch, seit du Zeit mit ihm verbringst. Es scheint ihm gut zu gehen. Das weiß ich zu schätzen. Ich kann ihm nicht helfen, ohne dass er denkt, ich würde sein Leben zerstören wollen. Auf dich hört er und die Richtung, die du ihm vorgibst, beeinflusst ihn positiv. Kein Vergleich dazu, wie er vor ein paar Jahren war. Er steht in deiner Schuld. Ich stehe in deiner Schuld. Danke.«

Könnte meine Kinnlade ganz nach unten klappen, würde sie das gerade tun.

Wann heute bin ich gestorben? Hat mich der Schrank erschlagen? Haben die Wespen eine allergische Reaktion verursacht? Wie bin ich in diesem Paralleluniversum gelandet, in dem ich Doktor Löwenstein ›Danke‹ sagen höre?!

Und er war nicht mal gemein! Okay, Alex hat er faul und depressiv genannt, aber das hat tatsächlich auch ein wenig besorgt

311

geklungen. So, als würde er Mitgefühl für ein anderes menschliches Wesen empfinden – das nicht Andrea DeLuca ist. Jemand muss mich kneifen!

Simon schüttelt mit seiner einzigartigen Ausstrahlung aus selbstbewusster Bescheidenheit den Kopf und David wendet sich ab. Als er vor mir stehen bleibt, werden meine Augen riesengroß und füllen sich mit erwartungsvoller Vorfreude.

Du wirst dir doch nicht auch noch einen halbwegs normalen Satz für mich abringen, oder? Den positiven Einfluss, den ich auf deinen Bruder habe? Ein anerkennendes Nicken dafür, dass ich das Klemmbrett gehalten habe?

»Dein Kleid steckt hinten in deiner Unterhose fest. Schon die ganze Zeit. Lächerlich.«

Okay. Nein. Er ist noch der Teufel. Ich lebe noch. Und meine Hand stellt fest, dass mein Arsch wirklich freiliegt.

Erschieß mich bitte!

Der arktische Wind begleitet Doktor Löwenstein nach draußen und sein Pfeifen verstummt, als die Tür wieder in die Angeln fällt.

Ich streife ungefähr zwanzig Mal hinten über mein Kleid, während mein Kopf vor Scham glüht. Ich darf nicht anfangen mir vorzustellen, wie das für ihn ausgesehen haben muss – wie ich hier stehe, stumm, ihn skeptisch musternd mit dem Stück Stoff in der Unterhose.

Ich möchte in ein Loch kriechen und dort alt werden!

»Das war meine Schuld«, höre ich Simon sagen und sehe ihn auf mein Kleid deuten.

Die sanfte Stimme, in der ein ziemlich koketter Unterton mitschwingt, vermindert das schambedingte Glühen etwas. Er steht auf und humpelt mit einem schiefen Lächeln auf den Lippen auf mich zu. »Ich wollte deinen hübschen Hintern keinem anderen zeigen, meine Hand war nur etwas zu ungeschickt.«

Er bleibt vor mir stehen und ich muss ihn sofort anfassen, weil er so großartig aussieht. Selbst in einem weißen Jogginganzug, auf Krücken, mit zerwuschelten Haaren.

Meine Handfläche fährt über die kurzen Bartstoppeln, die er sonst wegrasiert. Sie stehen ihm aber sehr gut.

»Keine Angst, David hat so wenig Interesse an meinem Hintern wie ich an der Eroberung von Nordkorea.«

Mein Vergleich bringt Simon zum Lachen. Er zuckt mit den Schultern. »Es gibt auch Menschen, die keine Schokolade mögen – warum auch immer. Jonas zum Beispiel. Aber ich bin froh, sonst könnte ich meine ›Ritter Sport Voll-Nuss‹ nicht so bedenkenlos in der Küche liegen lassen.«

Der Vergleich lässt mein Herz angenehm schnell schlagen. Simon hat sein Naschzeug bisher immer gerne geteilt. Mit Alex, Benji, Tobias, sogar mit Theo.

Bin ich die ›Ritter Sport Voll-Nuss‹, die er nicht teilen will? Ich wollte schon immer Schokolade sein! Und ein wenig ›dumme Nuss‹ steckt garantiert in mir, also …

Das könnte das schönste Liebesgeständnis der Welt werden, aber dazu sollte man es von einem Witz unterscheiden können.

Ich mustere Simon und versuche, meinen Blick nicht zu eindringlich werden zu lassen. Das hier wäre ein guter Zeitpunkt, um mit meinem Vortrag zu beginnen. Den über Beziehungen, lebensverändernde Entscheidungen, Exklusivität, Scheißkatzen … mir wird flau im Magen.

»Alles gut, Lena? Du siehst aus, als wolltest du etwas sagen.«

Natürlich sehe ich so aus. Die Wörter springen mit Sicherheit hinter meinen großen, dich musternden Augen hin und her.

»Ich. Wegen Alex. Er wollte wissen, ob ich … Donnerstag.«

Wow. Das ist nicht mal annähernd das, was ich sagen wollte und das waren auch nicht mal annähernd richtige Sätze. *Komm schon, Lena! Subjekt, Prädikat, Objekt! So wie in:*

>Ich liebe dich!<

»Gehst du zu der Party?«, fragt Simon, der durch mein Gestammel annähernd auf die richtige Fährte geführt wurde. Ich hoffe, er kann das Folgende auch interpretieren. Ich bin mir jetzt schon sicher, dass ich Schwachsinn von mir geben werde. Ich kann kaum denken, ohne dass das Schmetterlingsgeschwader in meinem Bauch durchdreht.

»Eigentlich will ich nicht zu Alex kommen. Also wenn ich zu dir kommen darf. Wenn du mich kommen sehen möchtest … nicht >Kommen< im Sinne von Orgasmus, einfach kommen. Du. Und ich.«

Ja. Das war noch schlimmer, als ich vermutet habe.

Meine Besessenheit von dem Wort >Kommen< wird aber zum Glück von den bescheuert übertriebenen Gesten, die ich mit den Händen gemacht habe, überschattet.

Ich habe Simon mit dem letzten untermalenden Gefuchtel beinahe auf die Nase geschlagen. Er hat den Kopf reflexartig zurückgezogen und starrt mich jetzt mit großen, fragenden Augen an.

Ich mutiere zum lebenden Heizstrahler. In meiner Nähe muss die Raumtemperatur um mindestens fünf Grad gestiegen sein. Es würde mich nicht wundern, wenn Simon zu schwitzen beginnt. Ich schwitze. Er kann unmöglich verstanden haben, worauf ich hinauswollte.

»Lena …« Sein fragender Blick wird weich und seine Miene entspannt sich. »Du kannst auf die Party gehen, wenn du möchtest. Ich würde dir keine Vorwürfe machen, du bist mir absolut nichts schuldig. Aber …«

Simon stoppt und holt tief Luft. »Aber ich hätte dich gerne bei mir. Nur wir beide. Keine Partys mehr. Kein zwangloser Sex. Nur zwanghafte Zweisamkeit.« Er schmunzelt seinen letzten Satz ab.

So stellt man jemandem die ›Willst du mit mir gehen‹-Frage! Eloquent – nicht zu kitschig – gerade heraus und trotzdem nicht mit der Tür ins Haus gedonnert. Noch ein Witz am Ende und das Ganze mit einem erwartungsvollen Lächeln ausklingen lassen.

Genau so hätte ich es auch machen wollen!

Jetzt kommt mir Simon zuvor und bringt sich damit in die Situation, die mir so große Angst gemacht hat, dass ich keinen vernünftigen Satz zustande gebracht habe.

Ich könnte ihm jetzt das Herz brechen. Und er müsste mir in die Augen schauen, verständnisvoll nicken und so tun, als wäre alles beim Alten.

Liebe kann so wehtun. Und schwierig sein. Muss sie aber nicht.

»Zweisamkeit mit dir, ja, das möchte ich«, erwidere ich lächelnd und erlöse Simon aus den bangen Sekunden, die zu ertragen er mir abgenommen hat.

»Also sagst du Alex ab?«, will er bestätigt haben, und ich wundere mich kurz warum.

Eigentlich habe ich meine Antwort für eindeutig gehalten. Ich möchte Zweisamkeit mit ihm, ich würde nie … okay, sein Nachfragen macht Sinn. Simons letzte Beziehung bestand aus Zweisamkeit ohne Exklusivität. So etwas würde ich ihm nie antun.

»Ich will nur dich. Niemand anderen. Alex weiß schon, dass ich aussteigen möchte«, gestehe ich und sehe etwas in Simons Blick, das ich gerne festhalten würde, weil es ihn so schön und glücklich aussehen lässt.

Wo ist der BRAVO-Foto-Lovestory-Fotograf? Gleich kommt das finale Bild!

Ich ziehe mich an Simons Schultern hoch und küsse ihn. Der Kuss ist wunderbar, aber kurz, weil ich ihn schon wieder ins Wanken bringe. Ihm um den Hals fallen ist zur Zeit eine bescheuerte Idee.

Er steht noch immer auf Krücken, du dumme Nuss!

»Entschuldige!«, piepse ich und will einen Schritt zurück machen. Er wirft die Krücken aber weg und schlingt die Arme um mich.

»Kannst du …?!«, frage ich erschrocken und sehe ihn grinsen.

»Mein Bein ist nicht gelähmt. Und mit dir kann ich immer, also …«

Ich wollte eigentlich ›stehen‹ sagen, aber das hätte er mir ebenso pikant ausgelegt.

Simon küsst mich und drückt mich dabei gegen die Wand neben dem Fenster. Seinen Körper so dicht an meinem zu fühlen, weckt sündige Erinnerungen.

Meine Hände gleiten an seiner Seite entlang, schieben sich unter den weißen Stoff. Die anbetungswürdigen Bauchmuskeln bleiben nicht das einzige Harte an ihm. Durch die Jogginghose lässt sich seine aufkommende Erregung nicht verstecken. Ich fühle sie an meine eigene Mitte drücken.

Wir zucken beide im selben Moment zusammen und lassen uns los. Auf dem Flur hat jemand etwas fallen lassen. Wir starren auf die Tür, aber sie geht nicht auf. Es klopft auch niemand, aber ich höre Simon trotzdem leidig seufzen.

Mir wird auch gerade wieder bewusst, dass das hier ein Krankenhaus und kein Hotel ist. Was wir vorhatten, war unangebracht und dumm, aber für eine Sekunde verlockend. Wir haben uns vom Moment hinreißen lassen. Aber weder Simon noch ich legen die Abgebrühtheit von Porno-Internat-Absolventen an den Tag. Das hier ist nicht der geeignete Ort für Sex.

»Man kann die Tür nicht absperren«, meint Simon und sieht mich entschuldigend an. »Die Krankenschwester kommt immer mal wieder, um zu fragen, ob ich Kuchen möchte und ob ich schon auf der Toilette war. Ich habe keine Ahnung, warum sie über meine Toilettengänge Bescheid wissen muss, wenn ich am

Knie operiert werde, aber ich traue der Kuchensache nicht, wenn sie so auf das Thema fixiert ist.«

Ich muss lachen, was guttut, weil es die Erregung in die Schranken weist, die wir hier nicht ausleben können.

Simons Hand streichelt über meine Wange. Er drückt mir einen unschuldigen Kuss auf die Lippen.

»Möchtest du einen Kaffee?«

Ich nicke und bücke mich schnell nach seinen Krücken, ehe er es selbst tun kann. Bevor ich sie ihm gebe, versuche ich, darauf ein paar Schritte zu laufen. Eine ziemlich wackelige Angelegenheit, obwohl das Bein, das ich probehalber anwinkele, absolut gesund ist.

»Ich könnte darauf keine zehn Meter laufen, ohne zu schwanken.«

»Musst du hoffentlich auch nie«, entgegnet Simon mit schief gelegtem Kopf und lässt sich die Krücken geben.

»Tut dein Knie noch sehr weh?«

Er winkelt das Bein ziemlich langsam an. Wahrscheinlich hat ihm das Stehen und das erotische Gegeneinander-Gedrücke doch zu schaffen gemacht.

»Halb so schlimm. In zwei Tagen hat sich das wieder beruhigt.«

»Und dann schneiden sie dich auf«, erinnere ich ihn an die bevorstehende OP.

Er zuckt mit den Schultern. »Ja. Aber ich freue mich darauf. Das Knie macht mir seit Jahren Probleme. Ich erhole mich lieber einmal von einer OP, als ständig mit Schmerzen und zwei Kissen unterm Knie zu schlafen, wenn ich Sport gemacht habe.«

Das verstehe ich natürlich. Was meine Freude über Simons baldige Genesung ein wenig trübt, ist die Tatsache, dass er sich überhaupt so lange mit Schmerzen herumquälen musste. Ich bin David so dankbar, dass er ein übereifriger Klugscheißer ist.

Wenn ich ihn das nächste Mal sehe, muss ich ihm zumindest ein Lächeln schenken – und zusehen, wie ihm davon übel wird.

Simon humpelt voraus, viel schneller als ich vermutet hätte. Den Flur entlang in Richtung Fahrstuhl gibt es einen Aufenthaltsraum, mit gemütlichen Sofas, Kaffeemaschine und einem kolossalen Flatscreen, auf dem Naturdokus laufen.

»Bist du eigentlich der einzige Patient, um den sie sich hier kümmern? Hat Alex eine ganze Station für dich geräumt?«

Ich lasse mich neben Simon auf das Ledersofa fallen und reiche ihm auch einen Kaffee. Die Maschine ist dieselbe wie in Luca's Wohnung – ich weiß, wie man die italienische, extrovertierte Diva bedient.

»Sieht so aus, oder? Ich warte noch darauf, gefragt zu werden, ob ich eine Massage möchte.«

Simon klingt nur halb amüsiert. Die Sonderbehandlung ist ihm unangenehm, aber das muss sie nicht sein. Ich kenne keinen besseren Menschen – er hat all die Annehmlichkeiten verdient, sogar David weiß das.

Ich will ihn auf andere Gedanken bringen und deute auf die beiden großen Pflanzen, die neben der offenen Glasschiebetür des Aufenthaltsraumes stehen.

»Einer ist ein Ficus, zwei sind …?«

Simon lacht über meine Frage. Vielleicht ist sie auch dämlich, aber ich kenne die Mehrzahl von Ficus tatsächlich nicht. Ficusse? Ficussn?

»Versprichst du mir, nicht zu lachen?«, fordert er, kann sich das Grinsen aber selbst kaum verkneifen.

Okay, er fand meine Frage nicht dämlich, nur die Antwort ist lustig. Ich bin gespannt.

»Ich lache nicht!«, versichere ich selbstsicher klingend.

»Fici.«

Ich habe gelogen – ich schmeiße mich weg.

»Hör auf, so verdorbene Sachen zu sagen! Wir können hier nicht miteinander schlafen!« Ich zwinkere ihm verschwörerisch zu, und Simon verzieht gespielt beleidigt den Mund.

»Fici nicht Ficki.«

»Das hört sich genau gleich an!«

»Ja, deshalb benutzt auch nie jemand den Plural. Da steht ein Ficus und noch ein Ficus.«

»Sag es noch mal!«, bitte ich amüsiert, lege das Kinn an seiner Schulter ab und blinzle ihn an. Simon brummt.

»Nein. Du willst mich nur verdorbene Sachen sagen hören. Böses Mädchen.«

»Wenn du scharf bist, sagst du ziemlich versaute Sachen«, unterstelle ich ihm mit einem wissenden Grinsen im Gesicht. Simon sieht mich mit Unschuldsengel-Miene an.

»Daran erinnere ich mich nicht. Ich bin die Züchtigkeit in Reinkultur.«

»Ja, aber dann schläft der Engel in dir ein, und was dann aufwacht, ist ein Handschellen-Liebender …« Ich verstumme, weil eine Ärztin am Aufenthaltsraum vorbeigeht. Simon grinst schief, während ich mit dem Mund näher an sein Ohr komme.

»Ich mag den Dämon sehr, sehr gerne«, flüstere ich und sehe, wie sich die feinen Härchen an seinem Hals aufstellen.

»Kannst du mir das noch mal ins Ohr hauchen, nachdem ich entlassen wurde? Bei mir zu Hause? Oder bei dir?«

Ich nicke, rutsche ein kleines Stück von ihm weg, um das Knistern zwischen uns erträglicher zu machen.

»Lieber bei dir. Mein Schrank ist heute kollabiert und blockiert den Weg zu meinem Bett.«

»Was?« Simon sieht mich erschrocken an. Ich zucke mit den Schultern.

»Schon gut. Nichts passiert. Nur meine Klamotten sind begraben.«

»Brauchst du Hilfe beim Aufräumen?«

»Ja, bitte. Du könntest mit deinen Krücken gut in den Trümmern stochern.«

Mein Scherz kommt nicht so gut an wie vermutet. Simon will mir wirklich helfen, aber er muss einsehen, dass er das im Moment nicht kann.

»Ich könnte …«

»Du könntest dich ausruhen und nach der OP schnell wieder genesen – damit würdest du mir den größten Gefallen tun«, stelle ich klar. »Brauchst du eigentlich irgendwelche Sachen aus deiner Wohnung? Du bleibst jetzt länger. Soll ich dir Klamotten besorgen?«

Er schüttelt den Kopf. »Nein, danke. Alex kommt heute Abend vorbei, er fährt vorher in meine Wohnung.«

Alex ist toll. Diese ganze Bromance-Sache ist unheimlich süß. Sie achten so gut aufeinander. Genau wie Doktor Arrogant und Doktor Soziopath.

Es liegt im Moment allgemein sehr viel Liebe in der Luft.

Ist das Leben nicht schön?

Wahre Metaphern

Ich stehe im Supermarkt und schleiche im Gang mit dem Süßkram herum. Der Plastikkorb in meiner Hand ist schon mit Brot, Kaffee und Küchenrolle gefüllt.

Ich hasse die letzte Woche im Monat. Mir fällt dann immer auf, dass meine Fähigkeit Geld einzuteilen so unterentwickelt ist, dass ich mir keine Naschereien mehr leisten kann.

Die leckeren Süßigkeiten sind aber auch verdammt teuer. Ich liebäugle mit der Packung ›Lindor Vollmilch Kugeln‹ und sehne den Tag herbei, an dem ich mein Portemonnaie nicht mehr mitten im Geschäft öffnen muss, um nachzurechnen, ob ich genug Geld dabei habe.

Sobald ich mein Diplom in der Tasche und einen Job habe, feiere ich mein erstes Gehalt hier in diesem Gang. *Fruchtgummi – Schoko-Kugel-Party! Ich bin zehn und schon Juristin!*

Ich seufze in mein Kleingeldfach und verfluche gedanklich die Person, die mich auf dem Uni-Fest beklaut hat. Die zwanzig Euro schlagen ein tiefes Loch in meine Haushaltskasse und zwingen mich dazu, eine vernünftige Entscheidung zu treffen.

Scheiß auf Brot, ich kaufe Schokolade!

Auf den Kaffee kann ich nicht verzichten, sonst zerstöre ich am Ende noch mein gesamtes Mobiliar. Die Küchenrolle ist runtergesetzt, außerdem verschütte ich immer so viel, und alles, was mich annähernd zum Putzen bewegt, ist wertvoll.

Ich will mit einem stolzen Grinsen über meine vernünftige Argumentation nach den ›Lindor Kugeln‹ greifen, da fällt mein Blick auf die Schokoladentafeln im unteren Regal.

›Ritter Sport Voll-Nuss.‹

Ich war nicht lange bei Simon. Er musste zu einer Unterredung mit dem Anästhesisten, und ich bin zurück zur Uni gefahren, um ein wenig in der Bibliothek zu lernen. Das Einzige, über das ich dort nachgedacht habe, war aber, ob es zu früh ist, meinen Facebook-Beziehungsstatus zu ändern.

In meinem Kopf läuft im Moment ein sehr einnehmender, unheimlich schöner Modus.

Ich habe noch nie welche genommen, aber ich stelle mir vor, dass es sich so anfühlt, wenn man die pinksten Psychopharmaka der Welt einwirft. Dieses ›auf Wolken Schweben‹ und das Dauergrinsen sind definitiv kein Normalzustand, aber ich genieße das High-Sein. Noch schöner wäre es natürlich, wenn Simon gerade nicht im Krankenhaus liegen würde.

Wenn ich nicht auf sein Knie gefallen wäre, würden wir jetzt in seiner Wohnung auf dem Sofa sitzen und so lange fernsehen, bis uns das Kuscheln zu scharf macht und wir ins Schlafzimmer gehen.

Oder?

Wenn ich nicht auf sein Bein gefallen wäre, wären wir dann auch zusammen? Oder wäre ich nach dem Duschen nach Hause gegangen und hätte Simon im Stillen nachgeschmachtet, bis wir uns am Donnerstag bei Alex wiedergesehen hätten?

Wahrscheinlich hat es das kleine Schockerlebnis gebraucht. Wahrscheinlich musste alles genau so passieren, damit ich jetzt hier stehen kann, nach seiner Lieblingsschokolade greife und beschließe, sie ihm noch schnell vorbeizubringen.

Die Kassiererin denkt, ich bin auf Drogen, weil ihr noch nie jemand so breit grinsend Kleingeld in die Hand gedrückt hat.

Ja, das sind 9 Euro und 52 Cent, ich hab's nachgerechnet und keine Angst, ich bin kein Junkie, ich bin nur mit dem heißesten, tollsten Mann der Welt zusammen!

Ich trage meine Einkäufe in die Wohnung, alles, bis auf die Schokolade. Die stecke ich in meine Tasche und laufe wieder zur Bushaltestelle.

Das Krankenhaus ist nicht gerade um die Ecke, aber ich würde auch auf einen Planwagen durch ›Mordor‹ fahren, wenn das der Weg zu Simon wäre.

Es ist kurz vor sieben. Eigentlich keine Besuchszeit mehr, aber im Fünf-Sterne-Krankenhaus-Abteil läuft alles etwas anders. Alex wollte auch erst abends vorbeikommen. Vielleicht laufen wir uns ja noch über den Weg.

Ich klopfe an die Zimmertür, nicht so zögerlich wie beim ersten Mal heute, trotzdem antwortet niemand.

»Hallo?«

Ich trete möglichst leise in das Zimmer, aus Angst, dass Simon schon schläft. Vielleicht haben sie ihm wieder Schmerzmittel gegeben, und er träumt von Volleybällen und davon, dass seine Freundin einen fangen kann, ohne aus der Nase zu bluten.

Das Bett ist leer. Daneben steht eine Tasche. Alex war schon hier oder – was naheliegt – er ist noch hier, und die beiden sitzen im Aufenthaltsraum und sehen sich Fici an.

Böse Jungs, lasst euch bloß nicht erwischen!

In einem leeren Raum allein zu lachen, mutet etwas dämlich an, aber das Wort gibt mir so viel. Die beiden wüssten meinen Scherz aber zu schätzen, vielleicht mache ich ihn gleich noch mal.

Ich schweife kurz in Fantasien ab, die ich auch damals in der Aula hatte, als Alex sich zum ersten Mal zu uns gesetzt hat. Ich dachte, Simon und er wären schwul. Seither ist so viel passiert.

So viele heiße, witzige Dinge, die mein Leben bereichert haben. Ich bin so dankbar, dass ich sentimental werden könnte.

Nicht heulen, Lena! Fici! Fici! Fici! Ja, immer noch zum Schießen.

Ich verlasse das Zimmer und gehe den Flur entlang. Hoffentlich sitzen die beiden wirklich im Aufenthaltsraum. Wenn sie nach draußen gegangen sind, um zu rauchen, muss ich sie vorwurfsvoll anfunkeln. Ich gehe aber nicht davon aus, dass Alex sich traut, eine Zigarette in die Hand zu nehmen, wenn er damit rechnen muss, dass David hinter der nächsten Ecke steht.

Keine Ahnung, was wirklich passiert, wenn er ihn erwischen würde, aber in meiner Vorstellung wachsen David Medusa-Schlangen aus dem Kopf und Simon stochert Sekunden später mit seinen Krücken in den Staubresten von Alex.

Sie sind nicht rauchen. Ich höre Simons Stimme schon durch die offene Glastür, obwohl ich noch fünf Meter entfernt bin. Dieser Gang ist ziemlich hellhörig, wir sollten uns die schmutzigen Witze verkneifen.

Ich bleibe reflexartig vor dem ersten großen Ficus stehen. Meine Beine bekommen keine Signale mehr von meinem Gehirn, weil es ausgelastet ist mit der Informationsverarbeitung meiner Ohren.

»Und du wirst wirklich schon am Freitag operiert?«

Mein Herz hämmert. Ich muss mich verhört haben. Unbedingt. Das ist nicht Nickis Stimme.

»Ja. Der Chirurg kommt extra aus der Schweiz. Ich weiß nicht, wie ich mich dafür jemals bei den Löwensteins bedanken kann.«

Ich mache noch einen Schritt und sehe Simon auf dem Ledersofa sitzen und den Kopf schütteln. Die Blätter des Ficus verdecken das Gesicht des Mädchens, das neben ihm sitzt. Meine Hand tastet nach dem Zweig. Ich bin so aufgeregt, dass sie zittert – keine angenehme Aufregung, eine furchtbar, furchtbar beklemmende.

»Ach, du tust auch viel für Alex. Es darf ruhig Vorteile haben, mit einem Löwenstein befreundet zu sein.«

Nicki grinst und streicht sich die Haare hinter die Ohren. Sie sitzt Simon so zugewandt, dass ich nur ihr Profil sehen kann.

Ich weiß nicht, ob ich mich schon jemals so schlecht gefühlt habe. Ich sollte gehen oder mich bemerkbar machen – alles, nur nicht hier stehen bleiben und mir das weiterhin antun. Ich kann mich aber nicht bewegen. Nur darüber nachdenken, ob Simon mich angelogen hat.

Alex sollte hier sein. Er wollte in Simons Wohnung fahren und ihm seine Sachen bringen. Oder nicht? Hat Simon *sie* darum gebeten? Warum?

Warum tust du mir das denn an?

»Das heißt, unser Beachvolleyball-Match am Wochenende fällt wohl auch ins Wasser.«

»Du kannst dir einen anderen Partner suchen. Marvin? Patrick spielt auch gut – besser als ich.«

»Du weißt, ich will mit keinem anderen im gemischten Doppel spielen. Keiner kommt mit meinem Zuspiel so gut klar wie du.«

Dieser kokette Tonfall in ihrer Stimme macht mich fertig. Simon sieht alles andere als peinlich berührt aus. Er schmunzelt sie an.

»Du spielst aber auch sehr eigenwillig zu.«

»Was soll ich sagen? Mein Trainer hat lieber mit seinen Spielerinnen geschlafen, als uns gutes Zuspiel beizubringen. Verschrobener Typ, aber sehr sexy im verschwitzten Shirt.«

Sie lachen. Kann das aufhören? Sofort?

Seht doch zu mir und gebt zu, dass ihr mich schon längst gesehen habt und nur gemein auf den Arm nehmt. Bitte.

Sie sehen nicht mal annähernd in meine Richtung und sie nehmen mich nicht auf den Arm. Das leise Atmen tut weh.

»Sag das nicht so«, entgegnet Simon, und ich schöpfe die lächerliche Hoffnung, dass er das, was ich bisher gehört habe, irgendwie erträglicher machen kann.

»Das klingt, als hätte ich es mit allen Mädchen aus der Mannschaft getrieben. Ich habe nur mit dir geschlafen und dein Zuspiel war schon schlecht, bevor du mich in deine Wohnung eingeladen hast.«

Das macht gar nichts erträglicher. Jedes Mal, wenn sie zusammen lachen, bekomme ich weniger Luft. Mein Magen krampft sich zusammen. Ich fühle mich so schlecht. Und gelähmt.

»Lass uns nicht mehr über Volleyballspielen reden – das bringt uns nur zum Streiten.«

Ihr redet nicht über Volleyballspielen. Ihr redet über Sex. Und darüber, wie gut ihr zusammengepasst habt.

»Danke noch mal für die Tasche. Du hättest dir die Mühe nicht machen müssen. Das ist wirklich nett von dir.«

Sag ihr das nicht so. So, als ob das niemand anderer für dich getan hätte. Ich wäre in deine Wohnung gefahren – ich wäre den Weg auch gelaufen, wenn du mich darum gebeten hättest. Aber du hast sie gefragt. Und mich angelogen. Weil du sie sehen wolltest, oder? Weil du sie so gerne ansiehst, und sie dich zum Schmunzeln bringt.

»Werd nicht rührselig, Simon. Du weißt, ich tue so was gern für dich. Du kannst mich immer um einen Gefallen bitten, immer anrufen und immer vorbeikommen, wenn Alex dir mal den letzten Nerv raubt, während er wieder auf Crash-Diät ist. Ich bin da und ich arbeite an meinem Zuspiel, versprochen.«

Nicki bringt ihn wieder zum Lächeln.

Sieh sie nicht mit deinen Unschuldsengel-Augen an. Du bist kein Engel.

»Danke«, höre ich Simon hauchen, während sich die Tränen schon an meinem Kinn sammeln und auf den Boden tropfen. Ich kann nicht mehr. Nichts in mir kann noch mehr schmerzen. Oder doch. Als er sich zu ihr vorbeugt und die Augen dabei schließt.

Ich weiß nicht, ob sie das Schluchzen hören, bevor ich davonlaufe, aber ich wäre erstickt, hätte ich dem Reflex nicht endlich nachgegeben.

Ich laufe absolut blind durch den Gang. Die Mascara in meinen Wimpern vermischt sich mit den Tränen, und ich stoße gegen eine Reihe Sitzbänke. Es knallt, und ich wische mir mit der zitternden Hand über die Augen, weil ich plötzlich Panik bekomme, dass Simon oder Nicki mir doch hinterherkommen. Ich kann ihnen nicht gegenüber treten. Ich könnte sie nicht mal anschreien, nur heulend zusammenbrechen wie ein erbärmliches Häufchen Elend, auf das sie herabblicken können.

Das kann ich nicht zulassen. Ich will weglaufen, aber da kommt sowieso niemand. Der Gang bleibt leer. Und ich allein. Wieso sollte er mir auch hinterherkommen? Selbst, wenn er mich gehört hat. Was gibt es zu sagen? Wie wenig ich ihm bedeute? Das muss er nicht mehr aussprechen.

Ich schleppe meinen glühend heißen, sich so schwer anfühlenden Körper den Gang entlang, die Treppe nach unten, durch den Ausgang ins Freie.

Ich habe den Satz: ›Mir bricht das Herz‹ immer für eine abgedroschene Metapher gehalten. Kitsch, den man sagt, um sich selbst leidzutun, wenn man gedemütigt wurde. Es fühlt sich nicht nach Metapher an. Mein Herz sticht tatsächlich – bei jedem Schlag, es sticht bis hinauf in meinen Hals. Dass Gefühle so starke, körperliche Schmerzen hervorrufen können, ist Wahnsinn. Liebe kann weh tun – auch keine Metapher, es sticht und sticht und sticht.

Ich lehne mich an das metallene Geländer neben dem Ausgang und versuche, zumindest das Schluchzen unter Kontrolle zu bringen.

Es dauert eine gefühlte Ewigkeit, bis die Wut endlich einsetzt und mich annähernd von den schmerzenden Herzschlägen erlöst.

Wie angenehm sich Rage anfühlen kann. Viel erträglicher als dieses innerliche Zerbrechen.

Ich erinnere mich an das Gespräch, das Simon und ich vor zwei Tagen über Nicki geführt haben, und kann die Tränen vorerst endlich versiegen lassen. Meine Miene verfinstert sich, und ich stoße mich von dem Geländer ab, um weiterzulaufen.

Du hattest recht, Simon. Theo oder du, einer von euch beiden hat mich von Anfang an wegen Nicki angelogen. Und ich weiß endlich wer.

Scheiß Tag

Dass die Wut mich gefasster macht, hält nur so lange an, bis ich im Bus sitze.

Hier herrscht aber auch ein tristes Ambiente.

Die Sitze sind total heruntergekommen, und ich tue mir schon allein deshalb leid, weil ich darauf sitze. Als ich auch noch daran denken muss, dass in meinem Schlafzimmer ein kollabierter Schrank auf mich wartet, heule ich auf meine Tasche.

Wie ich das Chaos beseitigen soll, weiß ich nicht. Ich kann die großen, schweren Trümmer unmöglich allein entsorgen. Aber wer hilft mir?

Als ich vor ein paar Stunden im Süßkram-Gang im Supermarkt gestanden habe, hatte ich das beste, spannendste Leben der Welt, jetzt fühle ich mich einsamer als *Mark Watney* auf dem Mars.

Alles, was mich so glücklich gemacht hat, ist weg: Simon, die Partys, die Freundschaft zu Alex. Warum er mir diesen Schwachsinn von wegen ›Es ist offensichtlich, dass ihr zusammengehört‹ am Telefon erzählt hat, weiß ich nicht. Vielleicht wusste er auch nichts von Simons Gefühlen für Nicki. Aber so oder so, er wird immer auf seiner und ihrer Seite stehen, schließlich sind sie beste Freunde.

Ich fühle mich wie ein Fremdkörper, der in eine Welt eingedrungen ist, in der er nichts verloren hat und jetzt abgestoßen wird.

Lächerlich, dass ich dachte, ich würde dazugehören. Ich hätte auf meine allererste Intuition hören sollen. Als ich das erste Mal in Alex' Wohnzimmer gekommen bin und meine Nervosität mir klarmachen wollte, dass ich keine dieser abgeklärten, absolut lockeren, sexy Menschen bin, die Gefühle gänzlich abschalten können.

Jetzt zahle ich den Preis für meine Selbstüberschätzung. Ich kann Gefühle so was von nicht abschalten. Das konnte ich nie. Auch jetzt nicht unter diesem grauenhaft bräunlichen Buslicht, das zu allem Überfluss auch noch flackert.

Trotzdem war ich richtig, richtig glücklich. Eine Zeit lang. Ich dachte, das würde für immer anhalten. Anscheinend gibt es ›für immer‹ aber nur auf Zeit.

Als ich aussteige, dröhnt mir der Kopf. Ich will ein Aspirin einwerfen und dann die ganze verdammte Nacht in mein Sofakissen heulen.

Vielleicht schalte ich nach ein paar Stunden den Fernseher ein, um mich endlich abzulenken und einschlafen zu können, und dann läuft die Folge ›Gilmore Girls‹, in der *Rory* dahinterkommt, dass *Logan* mit allen Brautjungfern seiner Schwester geschlafen hat, und ich werfe die Fernbedienung gegen den Bildschirm.

Ich kann nicht hochgehen. Ich stehe vor dem Eingang zu meinem Wohnhaus, als hätte mir jemand die Batterien rausgenommen. Wenn ich da hochgehe und auf mein Sofa falle, tut alles noch mehr weh. Zuhause bricht man viel leichter zusammen als in der Öffentlichkeit. Ich will nicht schon wieder dieses Stechen spüren, also bleibe ich einfach stehen.

Ja, ich werde so lange auf der Straße vor meinem Haus stehen, bis ich über die Sache mit Simon hinweg gekommen bin. Und im Winter schiebt mich dann der Schneepflug mit. Guter Plan.

»Was zum Teufel machst du da?«

Aus der ›Nur starren und Atmen‹-Trance gerissen zu werden, ist erstmal verwirrend. Ich blinzle noch zwei Mal das Glas der

Eingangstür an, dann wird mir bewusst, dass da tatsächlich jemand mit mir gesprochen hat.

Ich drehe den Kopf zur Seite und sehe zuerst die blau-violett verzierte Gesichtshälfte.

»Was ist denn mit dir passiert?«, will ich wissen und ignoriere, dass meine Stimme nach Reibeisen klingt.

»Ich habe zuerst gefragt. Was machst du da?«, entgegnet Theo und mustert mich finster, aber eindringlich.

Ich zucke gleichgültig mit den Schultern und gebe die einfachste Antwort, die mir einfällt. »Stehen.«

Er zieht eine Braue hoch und beginnt, den Kopf zu schütteln. Ich kann nur auf sein Veilchen starren.

»Als ich vorhin mit dem Auto vorbei gefahren bin, hast du auch schon da gestanden. Dann habe ich geparkt, telefoniert, den Schlüssel gesucht, und als ich in mein Haus wollte, hattest du dich noch immer nicht bewegt. Wenn du auf jemanden wartest, dreh dich zur Straße wie ein normaler Mensch. Das sieht verstörend aus. Oder hast du vergessen, wie man eine Tür öffnet?«

Theo klingt sehr kühl, vorwurfsvoll und irgendwie auch besorgt. Die ersten beiden Emotionen habe ich verdient. Er hat jedes Recht, sauer auf mich zu sein. Ich habe alles, was aus uns werden hätte können, weggeworfen für … für nichts. Ich wollte alles haben und habe nichts bekommen.

Ich zucke noch mal mit den Schultern und hoffe, dass er sauer genug auf mich ist, um mich stehen zu lassen.

Worüber soll ich mit ihm sprechen? Über Simon und Nicki? Darüber, wie leid ich mir selbst tue? Oder fällt mir noch etwas Egoistischeres ein?

»Was ist mit deinem Auge?«, frage ich, weil er so aussieht, als wäre er wirklich kurz davor, auf dem Absatz kehrt zu machen und in seinem Haus zu verschwinden. Ich will nur noch rasch wissen, ob alles in Ordnung ist – ich verdiene es zwar nicht, dass er sich um mich sorgt, aber ich darf mich um ihn sorgen.

Theo brummt und hört nicht auf, mich zu mustern. Er verlagert zweimal auffällig schwungvoll das Gleichgewicht von einem Bein aufs andere, so als wolle er kehrtmachen, und überlegt es sich dann im letzten Moment doch noch anders.

»Wieso weinst du?«, will er wissen, ohne mir meine Frage zu beantworten.

»Ich weine nicht«, sage ich und bin stolz, so emotionslos zu klingen.

»Aber du hast geweint. Oder eine schwere allergische Reaktion. Deine Augen sind geschwollen und deine Wangen knallrot.«

»Wieso hast du ein Veilchen?«, stelle ich erneut die Gegenfrage und ernte endlich die knurrende, wenig befriedigende Antwort.

»Scheiß Tag.«

Ich nicke sein Statement trotzdem ab. Er muss nicht mit mir reden. Wieso sollte er das auch wollen.

»Was ist jetzt mit deinen Augen?«, will er wissen.

Der kühle, wütende Klang in seiner Stimme verliert langsam die Härte.

»Scheiß Tag«, zitiere ich ihn und weiß nicht, woher ich die Kraft nehme, ihn schief anzugrinsen.

»Geh in deine Wohnung«, verlangt Theo in so herrischem Tonfall, dass ich wehmütig werde. Um der alten Zeiten Willen, aber vor allem, weil ich ihm nichts weiter erklären will, tue ich, was er verlangt und setze mich in Bewegung.

»Mach's gut«, murmle ich, während ich den Schlüssel aus der Tasche ziehe und die Tür zu meinem Wohnhaus aufsperre. Ich mache ein paar Schritte und bleibe dann vor den Briefkästen stehen.

Nein, ich will noch immer nicht hoch und auf mein Sofa fallen. Es ist hier drin schon viel schlimmer als draußen auf der Straße. Dann eben kein Schneepflug. Aber der Postbote wird mich zur Seite schieben müssen, wenn er morgen Früh vorbeikommt.

Ich zucke erschrocken zusammen, weil ich denke, dass irgendetwas über mir zusammenkracht. Das donnernde Klopfen kommt aber von der Tür. Ich drehe mich um und sehe Theo durch das Glas verständnislos die Arme in die Luft reißen.

»Was zur Hölle ist denn los mit dir?!«, ruft er ziemlich laut, aber seine Stimme dringt nur dumpf durch die geschlossene Tür an mein Ohr.

Ich hätte nicht damit gerechnet, dass er mir beim Reingehen zusieht. *Großartig. Was ist eine gute Ausrede für mein seltsames Verhalten?*

Ich öffne die Eingangstür und Theo knurrt mich sofort an.

»Bist du high? Das ist doch nicht normal.«

»Lass mich doch allein und geh einfach nach Hause. Bitte. Ich will hier nur stehen.«

Meine Ehrlichkeit funktioniert nicht, Theo schüttelt nur wieder verständnislos den Kopf und greift dann in seine Hosentasche. Ich sehe ihm dabei zu, wie er sein Handy herauszieht und mit finsterem Blick auf dem Display herumwischt. Als er es sich ans Ohr hält, kommt mir plötzlich eine furchtbare Vermutung.

»Warte! Wen rufst du an?!«

Noch bevor er mir eine Antwort gibt, wird der Drang, mir sein Handy zu greifen, so stark, dass ich ihn quasi bespringe. Theo macht sich noch größer, als er ohnehin schon ist und schiebt mich mit der freien Hand mühelos von sich weg.

»Ich sage deinem Freund, dass er sich um dich kümmern soll, weil du einen psychotischen Schub hast!«

Mein Herz schlägt so schnell, dass ich denke, es springt gleich raus. Theo darf Simon nicht anrufen! Ich kann jetzt nicht mit ihm reden!

»Nein! Nein! Nein! Es geht mir gut!«, quietsche ich und hänge mich panisch an Theos Oberarm.

Ich will mir das Handy greifen, um jeden Preis.

Wir geraten ins Rangeln und Theo stolpert beinahe über die beiden Treppen zurück auf die Straße. Das Handy rutscht ihm ein wenig aus der Hand, als ich am oberen Ende daran ziehe. Es ist mir gerade scheißegal, ob ich sein achthundert Euro iPhone schrotte und es auf den Asphalt knallt, Hauptsache er ruft Simon nicht an!

Ich verstehe zum ersten Mal diese hysterischen Frauen in den Filmen und in den Nachrichten, die Dinge zerstören oder ihrem Mann mit dem Golfschläger die Autoscheibe einschlagen. *Willkommen im Psycho-Mädchen-Club! Das Handy muss sterben!*

»Schluss jetzt!«

Theo brüllt einmal und unser Gerangel stoppt plötzlich. Nicht weil ich das will, sondern weil ich aufhören muss.

Ich weiß nicht wie, aber er hat mich von sich weggestoßen, meine Hände gepackt, sie auf den Rücken gedreht und drückt mich mit dem Oberkörper gegen die Außenfassade. Ich kann mich nicht mehr bewegen. Und ich höre mich plötzlich wieder denken. Zum Glück ist das Handy nicht am Boden zerschellt. Ich verhalte mich absolut irre.

»Bitte ruf Simon nicht an«, flüstere ich den eindringlichen Satz, den ich schon zu Theo sagen hätte sollen, als er das Handy aus der Hosentasche gezogen hat.

Er lässt mich los und ich drehe mich nach ihm um. Ich halte den Kopf unnatürlich hoch, weil ich denke, ich kann die Tränen in meinen Augen irgendwie zurückkippen, damit sie nicht über meine Wangen laufen. »Du würdest auch nicht wollen, dass ich denjenigen anrufe, der dir das blaue Auge geschlagen hat, oder? Das ist dasselbe. Wir sind beide verletzt und wollen nicht reden. Lass bitte gut sein.«

Theo lässt meinen Vortrag auf sich wirken und zieht seine Schlüsse daraus. Er lässt sein Handy wieder in der Hosentasche verschwinden und hebt den Kopf. Nicht, um irgendwelche Tränen zurück zu kippen, sondern um in den Himmel zu knurren – oder seufzen, irgendetwas dazwischen.

»Ich war gerade im Supermarkt«, erklärt er und sieht wieder zu mir. Seine Miene ist weicher, aber alles andere als entspannt. Ich weiß nicht, worauf er hinauswill, aber über den Supermarkt kann ich auch etwas erzählen.

»Ich war heute auch dort. Und dann ist alles beschissen geworden. Wusstest du, dass sie Schokolade nur im Doppelpack mit Liebes-Drama verkaufen?«

Theo zuckt mit den Schultern. »Deshalb besorge ich mir den Mist erst gar nicht. Scheiß auf Liebe und Schokolade. Ich habe Whiskey gekauft, der wärmt dir das Herz in jedem Fall.«

Ich starre Theo hinterher, weil er sich einfach umgedreht hat und davongeht. Sein ›Scheiß auf Liebe‹-Vortrag hat mir gefallen, er hätte ihn gerne ausschmücken dürfen. Aber vielleicht ist es besser, wenn wir nicht …

»Kommst du? Ich habe die Tüte mit dem Whiskey vor meiner Wohnhaustür abgestellt. Wenn sie geklaut wird, müssen wir noch mal in den scheiß Supermarkt!«

Theo dreht sich nicht nach mir um, macht nur eine genervte Geste mit der Hand und ich setze mich in Bewegung. Diese dunkle Aura, die gerade zweifelsohne um ihn herum schwebt, tut irgendwie gut. Ich will auch fluchen und die Liebe verteufeln, das ist viel angenehmer als im Selbstmitleid abzusaufen.

Vielleicht tut uns Gesellschaft gut. Schlimmer kann es auch gar nicht mehr werden. Außerdem hält mich Theo davon ab, seltsam in die Gegend zu starren – das war wirklich etwas schräg. Ich sollte nicht allein sein.

Es dauert, bis ich zu ihm aufschließe, weil ich ihm nicht hinterherlaufe, sondern trotte. Er wartet vor seiner Haustür auf mich, hebt die braune Tüte hoch und hält mir dann die Tür auf. Wir gehen stumm die Treppe hoch und ich starre auf das Schild mit seinem Nachnamen, während er aufschließt.

Ich hätte nicht damit gerechnet, noch mal durch diese Tür zu gehen. Aber ich habe mit nichts gerechnet, was in der letzten Stunde passiert ist, also ... was weiß ich schon.

»Entschuldige das Chaos. Ich hatte keinen Bock aufzuräumen.«

Aha. Ja. Da liegt tatsächlich ein T-Shirt auf dem Sofa, und ist das ein halb leeres Wasserglas auf dem Tisch? Theo, du Messi!

Ich habe vergessen, wie schick seine Wohnung ist. Das maritime Flair ist unheimlich cool. Ich mag dieses dunkle, kühle Blau, das hier überall zu finden ist. Es verströmt etwas leicht Melancholisches, und Melancholie verträgt sich im Moment wunderbar mit meinen Gefühlen.

»On the rocks?«

Ich sehe irritiert zu Theo, der hinter der Kücheninsel steht und mit zwei Gläsern hantiert. Ich denke, er fragt mich nach einem Song, zum Glück dreht er sich aber zum Kühlschrank um und öffnet das Gefrierfach. *Ohh ... on the rocks. Bei mir heißt das einfach nur Eiswürfel.*

»Ja, bitte.«

Ich setze mich auf einen der Hocker und beobachte, wie er die edel aussehende Flasche öffnet. Die hat er unmöglich aus einem normalen Supermarkt.

Die bernsteinfarbene Flüssigkeit glänzt wirklich schön zwischen den Eiswürfeln. Er schiebt mir eines der Gläser hin, greift sich das andere und lehnt sich dann gegen die Küchenzeile. Er prostet mir nicht zu, trinkt nur und knurrt leise, während er auf seine Lippe beißt. Er hat eine kleine, aufgeplatzte Stelle am Mundwinkel, wahrscheinlich brennt der Alkohol darauf.

Als ich das Glas zum Mund führe, fällt mir auf, dass ich noch nie Whiskey getrunken habe. *Und heilige Scheiße, das war auch gut so!!* Ich kann das Zeug kaum runterschlucken, weil es schmeckt, als hätte jemand einen Aschenbecher geräuchert und dann mit einem Spritzer Honig garniert.

»Zu rauchig für dich?«

Ich dachte, Theo hätte nicht bemerkt, wie ich das Gesicht verziehe, weil er durch mich durchgestarrt hat. Ich bin die Grimasse aber offensichtlich zu langsam losgeworden.

»Ja. Nein. Ich dachte, er wäre etwas …« *Weniger widerlich.* »… milder.«

Er greift in seine hintere Hosentasche und wirft ein zerknautschtes Päckchen auf den Tresen.

»Die passen gut zum Whiskey. Das nimmt ihm die harte, rauchige Note.«

Ich starre auf die Zigaretten und ziehe eine Augenbraue nach oben.

»Ich rauche nicht.«

Theo neigt fragend den Kopf. »Hast du dir nicht Zigaretten gekauft, bevor wir zu Alex' Wochenendhaus gefahren sind?«

Nein, da bin ich nur vor deinem Haus herumgeschlichen und brauchte eine Ausrede – unglaublich, dass mir das jetzt nachhängt!

»Ich habe aufgehört«, murmle ich verlegen und sehe Theo einen Aschenbecher aus einem der Schränke holen.

»Ich auch. Eigentlich. Heute gilt das nicht. Du kannst dir gerne eine nehmen und sie hier rauchen – spielt doch sowieso keine Rolle mehr.«

Ich stolpere über den letzten Teil seines Satzes, obwohl er ihn gewohnt streng ausgesprochen hat. Theo ist niemand, der sonst mit Gleichgültigkeit um sich wirft, das passt gar nicht zu ihm.

»Wieso spielt es keine Rolle?«, frage ich vorsichtig, während mir wieder bewusst wird, dass uns unangenehme Geschehnisse zusammengeführt haben. Theo ist genauso down wie ich, auf eine etwas andere Art, aber ich habe ihn noch nie so erlebt. Er mich auch nicht. Das wird kein Kaffeekränzchen.

»Es ist mir egal, ob in der Wohnung geraucht wird, weil ich sie nicht mehr behalten will. Nicht mehr lange. Denke ich.«

»Willst du umziehen?«, frage ich und mustere ihn eindringlich, weil er sein Statement relativiert hat. Er klingt nicht sonderlich sicher, dafür sieht er umso verbissener aus. Theo hat die Arme vor der Brust verschränkt und sieht den Whiskey im Glas so finster an, dass er gleich aus purer Angst den Aggregatzustand wechselt.

»Ich will. Aber ich weiß noch nicht«, lautet seine vage Antwort, dann sieht er zu mir. Mir war immer klar, dass ihm die Strenge so gut steht, weil sie zu seinem Charakter passt, aber dieser Blick ist so kalt, dass ich nicht glauben will, dass es in ihm auch so aussieht.

»Was ist mit dir?« will er wissen und nimmt mir damit das Fragen-Zepter aus der Hand. »Was kann ein so ätzender Gutmensch wie Simon tun, um dich nach nur einem Tag Beziehung so zum Heulen zu bringen?«

Dass er es so formuliert, macht mir bewusst, wie erschüttert ich bin, dass Simon mich so verletzen konnte. Ich breche aber nicht wieder in Tränen aus, weil ich mich vor Theo zusammenreißen kann. Es tut gut, hier zu sein, auch wenn ich nicht darüber reden will, was passiert ist. Ich zucke mit den Schultern und beginne, mein Glas zu schwenken.

»Als Alex mir heute Morgen von eurem Telefonat gestern erzählt hat, dachte ich, wir beide würden uns nicht so schnell wiedersehen. Zumindest nicht in meiner Wohnung. Sag mir aber, ob du Simon nur eifersüchtig machen willst, oder ob ihr die Sache mit der Beziehung wieder auf Eis gelegt habt. Mir ist beides recht, aber euer kleiner Löwenstein-Amor, der eure Beziehung so feiert, wäre ganz schön sauer auf mich, wenn ich dazu beitrage, dass du mit Simon streitest. Obwohl mir auch das egal ist … Alex ist ein feiges, verlogenes Arschloch.«

Theo trinkt sein Glas leer, schenkt sich nach und ich fühle mich einmal mehr an diesem Tag versteinert. Was er gerade alles gesagt hat, tut mir auf so vielen Ebenen weh, dass ich nicht weiß, worauf ich zuerst reagieren soll. Nicht, weil ich mich angegriffen fühle, sondern weil ich es nicht ertragen könnte, wenn die Tatsache, dass ich so sprunghaft war und mich dann für Simon entschieden habe, die Freundschaft der Jungs kaputt macht. Ich wollte nie, nie so ein Mädchen sein.

»Alex hat es nur gut gemeint. Nenn ihn nicht Arschloch. Das war meine Entscheidung. Er hat nicht Amor gespielt, er hat nur …«

»Bullshit!« Theo stellt die Flasche so laut am Tresen ab, dass ich zusammenzucke. Er schüttelt den Kopf und sieht mich dann an, als wäre ich das naivste Wesen der Welt.

»Alex wusste, dass ich es mit dir versuchen wollte. Ich habe mit ihm darüber gesprochen, und er hielt es für eine gute Idee. Zumindest solange, bis sich Simon plötzlich dazu entschlossen hat, dass er mit dir zusammen sein will. Von mir aus – dann gehörst du eben zu ihm! Aber plötzlich kam Alex mit den wildesten Argumenten, warum er denkt, dass ich beziehungsunfähig bin und dir sowieso nicht gutgetan hätte. Was er mir heute am Telefon alles runtergebetet hat, war der letzte Mist! Er plappert Simon jeden Scheiß nach! Ich kenne ihn seit fast sechzehn Jahren! Sechzehn Jahre und dieser verdammte Vollidiot kann nicht zu mir halten?! Ich nenne ihn ein Arschloch, so oft und vulgär ich will!«

»Schrei mich nicht so an, Theo«, verlange ich mit beschlagener Stimme und versuche, diesen eiskalten Blicken irgendwie Stand zu halten.

Er ist viel zu aufgebracht. Ich verstehe, was ihn wütend macht – nicht ich, nicht Simon, sondern Alex. Das muss weh tun, aber er muss sein Aggressivitätslevel runterschrauben – das Gespräch ist viel zu schnell eskaliert. Außerdem hat er sein Glas kaputt gemacht, weil er es zu fest auf die Arbeitsplatte geknallt hat.

Theo wird leiser, aber das Schreien war weniger furchteinflößend als dieser bedrohlich ruhig anmutende Tonfall.

Er stützt sich mit den Händen am Tresen ab und funkelt mich an.

»Ich schreie, so viel ich möchte. Wenn dir mein Tonfall nicht passt, raus aus meiner Wohnung.«

Ich werfe den Hocker um, als ich abrupt aufspringe, um in den Flur zu laufen.

Nein. Einfach nein. Ich bin nicht sein Prellbock. Es geht mir auch beschissen mit der ganzen Situation. Ich wollte das alles nicht, es ist nicht meine Schuld, dass ich Simon doch nichts wert bin und jetzt alles im Chaos versinkt. Ich wollte, dass es klappt. Ich hätte mir die größte Mühe gegeben, aber niemand will, dass ich mich für ihn anstrenge. Simon grinst sich lieber von Nickis Anblick besoffen und Theo sucht einfach nur jemanden, an dem er seine Wut abreagieren kann.

Bin ich so ein schlechter Mensch, dass sie mich so behandeln müssen? Ich kann von niemandem verlangen, mich zu lieben, aber ist mich ein wenig gern zu haben und gut zu behandeln so unzumutbar?

Müsst ihr mir alle so weh tun? Gott, was tue ich mir leid!

Ich komme nicht in meine Schuhe, weil mir die Tränen schon wieder die Sicht nehmen. Als ich versuche, den Stoff irgendwie über die Ferse zu ziehen, verliere ich beinahe das Gleichgewicht. *Das kann doch nicht sein!* Ich habe noch nie so lange gebraucht, um mir die verdammten Schuhe anzuziehen, aber ich kann auch nicht aufhören zu heulen.

Da ich nicht will, dass Theo mich weiter in seinem Flur herumstolpern hört, reiße ich einfach die Tür auf und humple in den Hausflur. Ich kann mir die Schuhe auch dort anziehen – oder nicht. *Scheiß drauf! Ich laufe einseitig barfuß!*

Kaum treffe ich diese Entscheidung, höre ich eine Tür aufgehen.

»Warte, Lena!«

Nein. Ich warte sicher nicht!

»Bleib stehen! Du fällst ja die Treppe runter!«

Na und? Was interessiert dich das? Obwohl ... ich möchte garantiert nicht ins Krankenhaus!

Ich höre Theos Schritte hinter mir schneller werden. Mir ist klar, dass er mich einholt, aber ich bleibe trotzdem erst stehen, als er mich ausbremst, indem er meinen Unterarm greift.

»Entschuldige! Ich bin ausgerastet. Ich wollte dich nicht rauswerfen!«

Ich versuche, meine Hand loszureißen, aber er hält sie zu fest.

»Bleib. Bitte. Ich bin manchmal so. Nicht immer, aber heute. Das verstehst du nicht.«

»Nein! Das verstehe ich nicht!«, fauche ich und versuche, seine Finger irgendwie mit meiner anderen Hand zu lösen. Theo lässt nicht los, zieht mich die Treppe hoch und bleibt mit mir neben seiner Haustür stehen. Seine Miene ist plötzlich butterweich – so habe ich ihn auch noch nie gesehen. Von einem Extrem ins andere, ich kenne ihn so nicht.

»Bitte. Ich weiß, dass ich ein Problem habe. Das hat aber nichts mit dir zu tun. Oder mit Alex. Ich schreie nicht mehr, versprochen.«

»Lass los, Theo!«

»Bleibst du?«

»Nein!«

Er kommt einen Schritt näher, drückt sich beinahe an mich. Als er den Mund aufmachen und etwas sagen will, ohrfeige ich ihn. Sein Kopf schnellt zur Seite und er verharrt in der Position. Ich weiß nicht, warum ich das getan habe. Es tut mir plötzlich leid, aber meine Nerven liegen blank – zu viel Drama. Theo lässt mich los, aber ich laufe nicht weg.

»Entschuldige«, schluchze ich und mache einen Schritt von ihm weg. Theo sieht noch immer zur Seite. »Aber ich kann nicht mit dir reden, wenn du so ausrastest!«

Er nickt und sieht dann zu mir. Ich habe ausgerechnet die Gesichtshälfte erwischt, die sowieso schon malträtiert ist.

»Ich weiß. Du bist nicht die Erste, die mir das sagt. Ihr habt recht. Entschuldige.«

Ich weiß nicht, was ich machen soll. Ich will ihn so nicht stehenlassen. Er ist ausgerastet und hat mich angeschrien, ich bin ausgerastet und habe ihn geohrfeigt – wir müssen beide runterkommen. *Das ist wirklich ein scheiß Tag!*

»Hast du dich mit Alex geprügelt?«, will ich wissen. Er kann mir jetzt beweisen, dass er ruhig bleiben kann. Theo schüttelt den Kopf.

»Ich habe mich nicht geprügelt. Das war ein Kerzenständer.«

»Du bist auf einen Kerzenständer gefallen?«

»Nein. Mein Vater hat ihn mir ins Gesicht geworfen.«

Ich starre ihn an. Er lässt sich anstarren.

»Aus Versehen?«

»Wie kann man jemandem aus Versehen einen Kerzenständer ins Gesicht werfen?«, will er wissen.

Wie kann man jemandem mit Absicht einen Kerzenständer ins Gesicht werfen? Das ist für mich viel absurder!

Ich weiß nicht, was ich sagen soll. Theo wartet aber auf eine Frage. Mir schießt so viel durch den Kopf.

»War das das erste Mal?«

Keine Ahnung, was ich mir von dieser Frage erhoffe. Vielleicht, dass er mir sagt, dass er heute zum ersten Mal Erfahrungen mit Gewalt gemacht hat, dass so etwas noch nie vorgefallen ist und er eine schöne Kindheit hatte.

Was für ein Schwachsinn. Ich kenne die Antwort und zwinge ihn trotzdem es auszusprechen.

»Das erste Mal?«, wiederholt er und neigt den Kopf. »Mit diesem Kerzenständer? Ich glaube, ja – er war neu.«

Ich hasse mich dafür, dass ich ihn geohrfeigt habe. Aber ich konnte nicht wissen, dass … doch, irgendwie konnte ich es wissen. Zumindest, dass Theo eine Geschichte zu erzählen hat. Alex hat Anspielungen gemacht, Simon ebenso und Theo selbst auch. Mir war klar, dass er ein angeschlagenes Verhältnis zu seiner Familie haben muss, aber das hat Alex auch und ihn verdrischt niemand mit einem Kerzenständer. Wie abartig furchtbar muss so was sein? Gar nicht der Schmerz, das Geschehen an sich.

»Sieh mich nicht so mitleidig an. Ich bin kein Kind mehr.« Theo wird nicht laut oder wütend, er verbietet sich sogar launisch zu klingen, weil er mich nicht verschrecken will. Jetzt, da ich weiß, was passiert ist, sehe ich seinen Gefühlsausbruch in einem ganz anderen Licht.

Ich dachte, ich wäre der ärmste Mensch auf diesem Planeten. Mein Selbstmitleid fühlt sich nach purem, schwachsinnigen Egoismus an.

»Weiß deine Mutter, dass … ich meine …«

»Können wir in meine Wohnung gehen? Ich bin mir sicher, die Nachbarin klebt schon an der Tür, und ich will das alles nicht in die Welt hinausschreien.«

Ich nicke, bücke mich nach meinem Schuh und folge Theo. In der Küche liegt noch der umgestoßene Hocker. Nachdem der Puls nicht mehr vor Emotionen rast, schäme ich mich für meine

Reaktion. Ich hätte auch ohne Tamtam aufstehen und gehen können.

»Ist er kaputt?«, frage ich, weil ich glaube, einen Sprung in der
Sitzfläche zu sehen, als Theo den Hocker wieder aufstellt. Er
schmunzelt schwach. »Mach dir keinen Kopf darüber. Der Hocker ist doch scheißegal. Setz dich aufs Sofa – wenn du möchtest.«

Der letzte Teil seines Satzes klingt übervorsichtig nett. Das
muss er nicht sein. Ich laufe nicht weg, ich höre ihm zu. Die ganze
Nacht, wenn er möchte.

Reden hilft

»Trinkst du deinen Whiskey noch?«, will Theo wissen und schwenkt mein Glas veranschaulichend.

»Muss ich?«

»Klar. Sonst laufe ich grün an und schließe mich den ›Avengers‹ an.«

Ich bin ihm dankbar für den Scherz, er lockert die Atmosphäre auf. Wir müssen nicht in Ernsthaftigkeit ertrinken.

»Du bist viel mehr *Batman* als *der Hulk* – bleib bei DC.«

Er lacht und führt sich mein Glas zu den Lippen.

Mir fallen die vielen feinen Schrammen in seinem Gesicht erst jetzt auf. Kratzer, nicht tief, aber die Art und Weise, wie sie entstanden sind, ist so grausam, dass der Grad der Verletzung für mich nicht annähernd schuldmindernd wirkt.

Der Witz vorhin hatte doch einen Nachteil: Ich weiß jetzt nicht mehr, wie ich das Thema aufgreifen kann. Alles, was zu mitleidig klingt, ist Theo bestimmt zuwider, aber wie kann man kein Mitleid mit jemandem haben, der von seinen eigenen Eltern misshandelt wird?

»Willst du nicht etwas Eis auf dein Auge legen? Das tut doch sicher weh.«

Ich mag meinen Ansatz, auch wenn er mich traurig stimmt – alles zu diesem Thema stimmt mich traurig, vor allem deshalb, weil mir körperlicher Missbrauch absolut fremd ist. *Was sagt man? Wie ist man sensibel, ohne aufdringlich zu wirken?*

»Schon gut. Das heilt innerhalb von zwei Tagen.«

Ich nicke und senke den Blick zu meinen Fingern. Am liebsten würde ich anfangen, an meinen Nägeln zu beißen, aber das ist keine angebrachte Stressbewältigungsmethode, wenn man jemandem gegenübersitzt.

»Meine Mutter weiß es«, sagt er plötzlich, und ich sehe mit großen Augen zu ihm auf. »Schon immer. Aber sie sieht weg – tut so, als würde sie von nichts wissen.«

»Schlägt er sie auch?«

»Das möchte man meinen, oder?«, entgegnet Theo und lacht emotionslos. »In den Filmen ist es immer so. Der gewalttätige Vater, der die ganze Familie schlägt. Meistens ist er Alkoholiker, entschuldigt sich nach jedem Ausrasten …«

Er trifft die Vorstellung, die ich hatte, gut und lässt sie auch gleich zerbröseln.

»Er rührt meine Mutter nicht an. Und auch meine Schwester nicht. Hat er nie getan. Mich mag er nicht. Ich denke, es ist tatsächlich so einfach.«

»Aber wieso …? Ich meine …«

Wieso schlägt man seinen Sohn?!

»Versuch nicht, es zu verstehen. Es gibt einfach miese Menschen und mein Vater ist einer.«

Es kann nicht so einfach sein. Es darf nicht so einfach sein. Ich will zumindest hören, dass der Mann psychisch gestört ist – ist er, Theo begründet das alles zu banal.

»Hast du jemals …«

»Zurückgeschlagen?«, vervollständigt er meine Frage. Ich nicke und höre ihn seufzend knurren.

»Einmal, als ich fünfzehn war. Er hat meiner Schwester erzählt, dass ich ausgerastet wäre. Sie hat eine Woche lang nicht mit mir gesprochen. Ich weiß nicht warum, aber ich kann seither nicht mehr auf ihn einschlagen – ich bin wie gelähmt.«

»Hat sie denn nie gesehen, wie er dich geschlagen hat? Ist sie nie ins Zimmer gekommen, wenn es passiert ist?«

Theo schüttelt den Kopf.

»Meine Schwester sitzt im Rollstuhl, seit sie zehn ist. Ein Reitunfall. Sie war immer auf Hilfe angewiesen, sie konnte gar nicht einfach so reinplatzen. Außerdem war er zu ihr immer nett. Sie kennt ihn nur als liebevollen Vater, das Bild hat er immer bewahrt. Sie hält viel von ihm und das ist gut so, sie hat es schwer genug.«

Ich verstehe leider, warum Theo seiner Schwester nie davon erzählt hat, aber das macht seine Situation für mich nur umso furchtbarer.

»Ist es oft passiert? Ich meine …« Ich höre auch, dass ich fast jeden Satz mit ›ich meine‹ und einer Pause beende, aber Theo ist so gut darin, meine Fragen zu beantworten, dass ich nicht Risiko laufen muss, sie blöd oder unsensibel zu stellen.

»Ich bin mit zwölf aufs Internat gekommen. Seit damals war ich kaum noch zu Hause – nur in den Ferien und nur, weil ich meine Schwester sehen wollte. Also nein: Nicht oft, seit ich zwölf war.«

Es läuft mir eiskalt den Rücken hinunter. Ich glaube, Theo hört gar nicht, wie verstörend die Antwort war, die er mir gegeben hat.

»Und als du ein Kind warst?«

Ich muss den Kopf heben, um die Tränen zurückzuhalten. Theo tut mir so leid. Ich sehe ihn gerade als Achtjährigen vor mir, der vor seinem eigenen Vater davonläuft – ein furchtbares Bild.

»Bis ich neun war, war es am schlimmsten. Dann war ein ganzes Jahr lang Ruhe.«

»Wieso?«

Er lächelt, danach wird sein Blick kurz leidend, bevor seine Miene wieder neutral wird.

»Andrea DeLuca.«

»Luca? Was hat er gemacht?«

Theo schüttelt den Kopf. »Nein, nicht Luca. Sein Vater. Er ist eines Tages zu uns nach Hause gekommen, mit meinem Vater im Büro verschwunden und ... na ja, sagen wir mal so: Mein Vater konnte nicht allein wieder rauslaufen. Danach hat er mich ein Jahr lang nicht mehr angerührt. Es ist später wieder eingerissen, aber was der große, italienische Mann gemacht hat, war wirklich cool.«

Ein Hoch auf Andrea DeLuca Senior! Ich hoffe, er hat Theos Vater richtig schön vermöbelt.

»Das war alles andere als selbstverständlich ...«, erklärt er weiter. »Mein Vater ist ein hohes Tier in der Banken-Branche und gesellschaftlich engagiert. Niemand hätte ihn so einfach auf unsere privaten Probleme angesprochen – das macht man in unseren Kreisen nicht. Man mischt sich nicht ein. Es gibt unzählige Arschlöcher da draußen, aber wenn sie wichtige Unternehmen leiten, katzbuckelt jeder. Die DeLuca's haben aber nie wirklich etwas auf gesellschaftliche Etikette gegeben, wenn sie sie für falsch gehalten haben. Luca hat seinem Vater davon erzählt und er hat ihm geglaubt und gehandelt. Das hätte ihn viel kosten können, aber es gibt auch Menschen, für die es wichtigere Dinge gibt als Geld und Status. Nicht viele, aber Luca's Vater war so jemand.«

Theo trinkt das Glas leer und steht auf. Ich sehe ihm nach, als er zur Küchenzeile geht und sich die Flasche greift. Während er sich nachschenkt, schüttelt er den Kopf. In seine Stimme schleicht sich wieder die Wut.

»Luca's Vater stirbt an Krebs und meiner läuft kerngesund rum und wirft mit Kerzenständern. Das Leben ist unheimlich fair.«

Er faucht den bissigen Sarkasmus am Ende regelrecht heraus. Seine Wut springt auch auf mich über, obwohl sie sich bei mir anders äußert – ich heule – mal wieder.

Das ist aber auch abgrundtief traurig! Und unfair. Luca's Vater war so großartig. Ich kenne niemanden aus seiner Familie, aber ich fühle mich den DeLuca's durch die Geschichten, die ich gehört habe, so verbunden, dass ich die Lasagne förmlich riechen und die witzigen, liebevollen Gespräche hören kann, die sie immer beim Abendessen geführt haben. Luca wird nie wieder Lasagne mit seinem Vater essen. Und Theo muss immer noch zusammenzucken, sobald sein Vater einen schweren Gegenstand in die Hand nimmt. *Nein, das Leben ist absolut nicht fair.*

»Hör auf zu weinen. Es ist, wie es ist. Luca kommt klar.«

Theo kommt zurück zum Sofa und sieht mich streng an. Ich denke zwar nicht, dass ich mit meinen Tränen überreagiere, aber ich will mich trotzdem zusammenreißen. Es nervt ihn, dass ich heule, das spüre ich. Wo Theo herkommt, wird nicht geheult, nur weil man in einem Familienfilmdrama lebt.

»Ja, Luca kommt klar«, wiederhole ich und glaube sogar daran. »Aber was ist mit dir?«

Theo zieht auf meine Frage die Brauen nach oben und lacht leise.

»Also erstmal: Ich bin kein klassisches Opfer. Ich brauche dein Mitleid nicht. Mein Leben war gut, wenn man es nicht nur auf diese Sache reduziert. Und ich war auch nicht der schwache, ängstliche Junge, den du gerade vor Augen hast. Nie. Frag Alex oder Luca. Ich war schon immer ein dominanter, vorlauter Sturkopf. Ich habe meinen Eltern viel zurückgezahlt – auf meine Art. Sie wissen, dass ich sie hasse und nur komme, weil ich meine Schwester sehen will.«

Ich halte Theo keineswegs für schwach, im Gegenteil. Und ich glaube ihm, dass er die klassische Opferrolle nie ausgefüllt hat. Spurlos an ihm vorbeigegangen ist das Ganze aber nicht – das wäre es an niemandem.

Theo grinst schief. »Ja. Die verständnislos vorwurfsvollen Blicke habe ich verdient. Du kennst mich eben doch schon zu gut.«

Ich höre sofort auf, ihn so eindringlich zu mustern und blinzle ihn mit großen, unschuldigen Augen an. Ich wollte ihn nicht vorwurfsvoll ansehen. Ich werfe ihm gar nichts vor.

»Schon gut. Ich weiß auch, dass ich speziell bin. Das ist kein Geheimnis. Zumindest nicht zwischen dir und mir und den Leuten, denen ich sonst nahestehe.«

Ich hätte mich nie getraut, diese Verbindung anzusprechen. Aber ja, ich habe sie auch gesehen. Und nein, ich wollte ihm trotzdem keinen Vorwurf machen.

»Viele Leute stehen auf SM«, setze ich vorsichtig an, weil er es selbst angesprochen hat. »Aber das ist maximal ein Spleen, kein … Problem, oder …«

»Lass das.« Theo zieht die Augenbrauen zusammen. »Du musst mir nicht schönreden, wie ich bin. So gut kennst du mich auch nicht.«

Ich möchte eingeschnappt den Mund verziehen, weil das doch irgendwie hart geklungen hat, aber ich hänge wieder an seinen Lippen.

»Das mit dem Sex ist ein Problem. Du weißt nicht, wie sehr ich mich manchmal zusammenreiße, um nicht grenzüberschreitend zu werden. Bei wechselnden Partnerinnen fällt es mir leichter. Mich ständig auszuhalten ist schwer. Gerade an so Tagen wie heute. Eigentlich kann ich das niemandem zumuten.«

Er seufzt über seinen eigenen Satz und schließt resignierend die Augen. »Vielleicht hat Alex recht, wenn er mir Beziehungsunfähigkeit vorwirft. Ich hätte dir wirklich nicht gutgetan, ich weiß gerade nicht mehr, wieso ich dir das antun wollte. Nach so einem Tag wie heute hättest du mich sowieso verlassen.«

»Wieso? Weil du mal laut geworden bist? Man darf wütend werden, wenn einem so etwas angetan wird. Ich wusste nur

nicht, was passiert ist. Du hättest schon früher mit mir reden können. Ich hätte dich nicht verlassen.«

Theo rutscht tiefer in die Sofakissen und greift sich an die
Schläfe. Ich weiß nicht, ob ihn die Kratzer schmerzen oder ob er
Kopfschmerzen bekommt.

Hoffentlich hat er keine Gehirnerschütterung. So ein Kerzenständer ist schwer, oder?

»Um die Sache mit dem Schreien geht es nicht. Aber den Sex
mit mir hättest du nicht mehr ausgehalten. Ich hätte übertrieben,
wenn ich mich abreagieren muss, und damit klarzukommen
schafft so gut wie keine Frau. Du bist viel zu nett zu mir, das hilft
vielleicht jemandem wie Alex, aber mir nicht. Sei froh, dass Simon mir zuvorgekommen ist. Das mit uns hätte niemals geklappt. Du hättest mich hinterher gehasst.«

Ich will nicht über Simon nachdenken. Dass er seinen Namen
gesagt hat, bringt mich beinahe aus der Fassung. Jetzt geht es um
Theo und mich und das, was wir seiner Meinung nach niemals
hätten werden können. Im Nachhinein kommt es mir sowieso so
vor, als hätte er zwar oft Anspielungen aufs Zusammenkommen
gemacht, sie aber immer irgendwo in die Zukunft geschoben. Ich
bin mir nicht mehr sicher, ob er selbst jemals wirklich daran geglaubt hat, länger als für einen Moment, in dem er sich hingeris-
sen gefühlt hat.

»Ich glaube nicht, dass du so kaputt bist, wie du denkst. Der
Sex mit dir war immer schön und besonders.«

Er lässt den Kopf seufzend in das Kissen hinter sich fallen.

»Du fandest den Sex scharf, aber anstrengend, oder? Das war
noch nicht mal annähernd das, was ich gerne mit dir gemacht
hätte, wenn es nur nach mir gegangen wäre, wenn ich keine
Rücksicht auf deine Erfahrungen genommen hätte. Wenn du
mich mit dir machen lässt, was immer ich möchte, schreist du
›Lapislazuli‹, obwohl du kommst.«

Theo blinzelt den erregten Glanz aus seinen Augen und nippt wieder am Whiskey.

»Du stehst jetzt auch unter Stress, oder? Und du hast nicht annähernd versucht, mich zum Sex zu überreden. Ich denke, du bist beherrschter, als du dir eingestehen willst.«

Er schüttelt den Kopf.

»Bin ich nicht. Das mit meinem Vater ist heute Mittag passiert. Ich habe meine Gefühle schon in Sex erstickt, den ganzen Nachmittag lang. Solange, bis sie mich rausgeschmissen hat. Und ich habe dich trotzdem angeschrien. Nennst du das beherrscht?«

Ich starre ihn nachdenklich an.

»Außerdem bist du mit Simon zusammen. Ich schlafe nur mit Singles.«

»Ich bin nicht mit Simon zusammen«, entgegne ich forsch, weil es mich wütend macht, dass er mich zwingt, es auszusprechen.

»Ihr hattet Streit«, mutmaßt Theo und sieht mich an, als wäre das alles nur eine Uneinigkeit über irgendetwas Banales.

»Nein. Wir haben nicht gestritten. Er braucht mich nicht.«

Theo schüttelt irritiert den Kopf. Ich möchte eigentlich nicht konkreter werden, aber er war heute auch so ehrlich mit mir.

»Du weißt, dass Simon im Krankenhaus liegt?«

»Ja. Alex hat so etwas erwähnt.«

»Nicki war heute Abend bei ihm. Ich habe die beiden zusammen im Aufenthaltsraum gesehen.«

Es auszusprechen ist noch viel schlimmer, als ich vermutet hatte. Das Abtauchen in die dunklen Ecken von Theos Leben hat mein eigenes Drama weit nach hinten in mein Bewusstsein geschoben – jetzt kratzt es wieder an meinen Gefühlen.

»Ach, dahin ist sie verschwunden«, murmelt er und lässt mich überrascht die Haltung begradigen.

»Du warst bei Nicki?«

»Ja.«

Ich weiß nicht, was ich sagen soll. Oder doch. Etwas, das weh tut.

»Simon liebt Nicki noch. Du solltest sie bald von deiner ›Singles, mit denen ich schlafen kann‹-Liste streichen.«

Theos Blick verfinstert sich. »Hat er das zu dir gesagt? Dass er sie liebt?«

»Musste er nicht. Er grinst sich doch besoffen, sobald sie da ist!«

Ich werfe mich auch nach hinten in die Sofakissen und verschränke die Arme vor der Brust.

»Warte. Ich weiß gerade nicht, ob ich wütend werden oder mir einfach noch ein Glas Whiskey einschenken soll.«

»Das kommt darauf an, ob du auch in Nicki verknallt bist oder nicht«, entgegne ich, eigentlich nur als Provokation, aber als ich es ausspreche, kommt es mir schmerzhaft logisch vor.

Nicki ist Theos erste Anlaufstelle, wenn etwas in seinem Leben schiefläuft oder schwierig wird. Damals, als er den Stress an der Uni hatte, war sie auch bei ihm – ich durfte am nächsten Tag das leere Kondompäckchen in der Küche bewundern. Heute hat er auch ihre Nähe gesucht.

Die Person, zu der man geht, nachdem man so etwas Schreckliches erlebt hat, und der man seine Gesellschaft zumutet, obwohl man sich selbst für unzumutbar hält, kann eigentlich nur jemand sein, den man liebt. Alles andere macht für mich keinen Sinn. Ich verstehe aber nicht, wieso Theo dann immer abgestritten hat, überhaupt Interesse an ihr zu haben.

Simon oder Theo, einer von beiden lügt – oder beide – die Option gibt es wohl auch.

Mich beschleicht ein Gefühl, das ich zum ersten Mal in Luca's Wohnung hatte – vielleicht bin ich gar nicht die Hauptfigur meiner eigenen Geschichte. Ich bin nicht mal die Schweinehirtin, ich bin das Schweinchen. *Großartig!*

»Das mit Nicki und mir ist kompliziert – war es immer«, entgegnet Theo und beginnt das Glas auf seinem Knie abzustellen. Er greift immer wieder danach, weil es aus der Balance gerät. Das Ganze wirkt irgendwie, als wolle er sich selbst ablenken.

»Du gehst immer zu ihr, wenn es dir schlecht geht«, unterstelle ich ihm. Er beschäftigt sich weiter mit dem Glas, antwortet mir aber tonlos.

»Wir kennen uns eben schon lange. Und sie kann mit mir umgehen, wenn ich zu … verbissen werde.«

»Du hast vorhin gesagt, du glaubst nicht, dass es eine Frau gibt, die mit dir umgehen kann und die dich aushält. Ihr traust du das aber zu.«

»Nicki ist anders …«, sagt er und schafft es, das Glas kurz auszubalancieren. »Sie ist wie ich. Ich habe sie mit unzähligen Jungs gesehen und sie mich mit mindestens so vielen Mädchen. Wir haben alles gemacht, uns alles an den Kopf geworfen, alles erzählt und alles vorgemacht – in der Endlosschleife. Wo soll das denn noch hinführen?«

Theo wirkt ein wenig betrunken. Das ist auch schon sein viertes Glas Whiskey. Es kippt ihm gerade vom Knie, aber es war leer, also passiert dem marineblauen Teppich nichts.

»Ich will nicht mehr darüber reden«, brummt er, bevor ich ihm seine Frage beantworten kann. Er fährt sich durch die Haare und blinzelt müde.

Wieso er sich nicht eingestehen kann, dass es Nicki ist, mit der er die Beziehung führen könnte, nach der er sich offensichtlich sehnt, hat etwas mit purer Verleugnung zu tun und diese wiederum mit Gewohnheit. Sie sind festgefahren. Nicki hat sich Simon an den Hals geworfen und Theo dachte für eine Weile, dass er es mit mir versuchen könnte. Vielleicht war das seine Antwort auf dieses ewige Flirten-nicht-Flirten zwischen Simon und Nicki. Jeder verletzt jeden, das ist nur fair, oder?

Ich bin auch müde. Und ja, wir haben wahrscheinlich genug geredet.

»Kann ich auf deinem Sofa schlafen? Ich will nicht in meine Wohnung gehen.«

Normalerweise bin ich nicht so aufdringlich, aber ich habe noch immer Angst, dass das Stechen wiederkommt. Die Sache mit Theo und Nicki ändert nichts daran, wie weh mir Simon mit seinem Verhalten getan hat.

»Du kannst auch in meinem Bett schlafen. Ich rühre dich nicht an, versprochen.«

»Das Sofa reicht mir.«

»Schon klar.«

Theo steht auf und verschwindet im Schlafzimmer. Als er wiederkommt, hat er eine Decke und ein Kissen in der Hand.

»Ich gehe duschen. Schalt den Fernseher ein, wenn du möchtest.«

Der Fernseher bleibt aus. Bevor dieser furchtbare Tag endet, muss ich noch etwas erledigen – etwas, das mir so weh tut, dass ich so tue, als würde ich schon schlafen, damit Theo nicht merkt, dass ich auf sein Sofa heule.

Ich war heute Abend noch mal im Krankenhaus, um dich zu sehen. Aber du hattest schon Besuch. Du hast mir so weh getan, mit allem, was du zu ihr gesagt hast. Du brauchst mich nicht, behaupte nie wieder etwas anderes. Viel Glück für deine Operation. Und für die Genesung. Und für dein Leben.

Schreien hilft ... nicht

Es ist so laut, dass ich mir genervt brummend ein Kissen über den Kopf lege. Ich will noch nicht aufwachen. Ich habe von einem Studentenwohnheim geträumt, in dem alle außer mir Vampire waren. Nicht die sexy Luca-Vampir-Sorte, sondern die, die dich einfach nur als Essen sieht und dir in den Hals beißt, bevor sie beschließt, dass sie dich ganz ausweiden möchte.

Ich will zurück in das Wohnheim des Grauens. Zu meinen meuchelnden Vampiren. Mein Unterbewusstsein sagt mir, dass ich den Traum als angenehmer empfinde als aufzuwachen.

Ich kann mich nur ganz kurz noch mal beißen lassen, dann wird es wieder laut.

Wer lässt denn so scheiß Musik am frühen Morgen laufen?! Ich hasse Miley Cyrus!

Ein Blitz trifft mich. Der Blitz der Erkenntnis. Ich liebe *Miley Cyrus*. Und ich lasse die Musik laufen – das ist mein Klingelton.

Ich reiße die Augen auf, werfe das Kissen über mir auf den Boden und beginne, hektisch nach meinem Handy zu suchen. Es ist so verdammt laut gestellt, dass es die ganze Wohnung beschallt.

Mir wird bewusst, dass es sicher schon seit zehn Minuten immer wieder klingelt. Dass Theo mich noch nicht töten wollte, ist kaum zu fassen. Wieso bin ich überhaupt noch hier und nicht nach Hause gegangen? Gestern war furchtbar, oder?

»Hallo?«, krächze ich ins Telefon, gefolgt von einem erleichterten Seufzen, weil der lärmende Gesang endlich aufgehört hat.

Ranzugehen war die einzige Möglichkeit, Miley zum Schweigen zu bringen – zumindest für mein schlaftrunkenes Gehirn.

»Mach bitte die Tür auf, Lena! Lass uns reden. Bitte.«

Ich springe aus dem Bett – Sofa – was weiß ich – und laufe mit hämmerndem Herz zur Tür.

Alles in mir ist in absoluter Alarmbereitschaft, jedes rote Lämpchen in meinem Inneren schrillt, die personifizierten Gefühle aus ›Alles steht Kopf‹ schreien panisch und hämmern in der Steuerzentrale auf irgendwelche Knöpfe – sie sehen wie Waschbären aus.

Ich kann zwar von Schlafen und Träumen zu Laufen und Panisch-Sein in unter zwanzig Sekunden wechseln, aber das heißt noch lange nicht, dass ich dabei auch nur den Hauch eines Plans habe, was passiert, und was ich überhaupt tue.

Simon steht nicht vor der Tür. Der Flur ist leer.

Habe ich das mit dem Anruf geträumt? Ich halte mir noch immer das Handy ans Ohr, also … nein, er ist definitiv in der Leitung.

Die Panik ist wieder da. Alles schrillt wieder. Die bunten Waschbären laufen aufgeregt ihre Schwänzchen umarmend im Kreis.

»Bitte mach auf. Du musst mit mir reden. Lass es mich erklären. Du kannst nicht einfach per SMS mit mir Schluss machen, ohne mich zu Wort kommen zu lassen. Ich gehe nicht, bevor du nicht mit mir gesprochen hast.«

Ich schlüpfe halbherzig in meine Schuhe, trete die Ferse dabei um und laufe los. Ich kann nicht fassen, dass Simon hier ist. Wie? Er sollte im Krankenhaus sein. Ich kann ihn nicht dort unten stehen lassen und …

Ich reiße die Haustür auf, laufe auf die Straße und sehe mich planlos um. Er ist nicht hier. Und ich bin außer Atem.

Als das Auto mich anhupt, und mir die Frau darin den Mittel-finger zeigt, hüpfe ich zurück auf den Bürgersteig.

Mir wird bewusst, dass ich im Freien stehe und dass ich endlich anfangen muss, meinen Verstand aus diesem ›Ich bin zu schnell aufgewacht und zu schnell in Panik verfallen‹-Modus zu holen.

Wach werden! Nachdenken! Habe ich mich überhaupt angezogen?

Ich blicke an mir herunter und mir fällt wieder ein, dass ich mich zum Glück nicht ausgezogen habe, bevor ich gestern … bei Theo … eingeschlafen bin.

OH SCHEISSE!!

Ich drehe den Kopf so schnell in Richtung meines Wohnhauses, dass ich es in meinem Genick knacken höre. Der Schmerz des Hexenschusses geht vollkommen in meinem Gefühlschaos unter.

Natürlich steht Simon nicht vor Theos Wohnungstür!

Oder vor seiner Haustür!

Er steht vor meiner!

Und er starrt zu mir rüber, während er das Handy so langsam sinken lässt, als wären wir plötzlich in einer Zeitlupe gefangen.

Ich tue es ihm gleich, bleibe aber wie angewurzelt stehen, während er auf mich zukommt. Er hat seine Krücken nicht dabei, humpelt ein kleinwenig mit dem rechten Bein.

Seine Miene ist so finster, dass er regelrecht fremd aussieht.

»Du hast die Nacht bei ihm verbracht.«

Das ist keine Frage, das ist eine Feststellung. Simon bleibt vor mir stehen und sieht so wütend vorwurfsvoll auf mich herunter, als wäre ich diejenige, die gekommen ist, um sich zu entschuldigen.

Nein. So läuft das nicht! Nicht, nachdem er mich gestern selbst so hat leiden lassen.

»Hat Nicki dich hergefahren?«, fauche ich und verfinstere die Miene ebenfalls.

»Sie hat mir meine Tasche gebracht! Meine verdammten Sachen, nicht mehr!«

»Wirklich?! Hast du nicht mit ihr irgendwelche Sex-Witzchen gerissen?! Hat sie dir nicht gesagt, dass sie immer für dich da sein wird, und du hast gegrinst wie ein notgeiler Vollidiot?! Hast du sie nicht geküsst?!«

»Geküsst?!«, ruft Simon so fassungslos wütend, als würde ich lügen.

»Ich weiß, was ich gesehen habe! Ich weiß, was du zu ihr gesagt hast! Tust du so was, sobald du denkst, ich würde es nicht erfahren?! Nennst du das …« Ich kann es nicht sagen, ihn nur anknurren und unfassbar wütend über den vorwurfsvollen Glanz in seinen Augen werden.

»Nicht *ich* habe *dich* verletzt! *DU* hast das mit uns kaputt gemacht!«, schreie ich und verliere dabei beinahe die Stimme.

»Nein«, entgegnet Simon bedrohlich leise und beginnt, den Kopf zu schütteln. »Ich habe das mit uns nicht mit einem scheiß Kuss auf die Wange kaputt gemacht. Das warst du. Mit einem Fick. Ich hoffe, es hat Spaß gemacht.«

Er dreht sich um und stürmt davon.

Sicher nicht! Das hier ist kein bescheuerter Hollywood-Film, in dem einer der beiden den Mund nicht aufbekommt und den anderen davonstürmen lässt, obwohl er ihm etwas vorgeworfen hat, das nicht stimmt.

»Ich habe nicht mit Theo geschlafen!«, schreie ich Simon hinterher, laufe drei Schritte und bleibe dann doch stehen. Ich renne ihm nicht hinterher. Er hat den Mist gebaut.

Simon bleibt tatsächlich stehen, dreht sich nach mir um, aber seine Miene hat sich nicht verändert. Ich erkenne ihn noch immer nicht.

»Du glaubst mir doch auch nicht! Wieso sollte ich dir glauben?!«

Seine Wut macht mich so wütend!

»Weil ich nicht lüge! Du schon! Du hast mich angelogen, als du behauptet hast, Alex würde dein Zeug bringen! Was du hier abziehst, ist lächerlich! So rettet man keine Beziehung!«

»Du hast recht! So macht man Schluss!«

Kartenhaus

Mein Arm fällt gleich ab. Ich versuche, mich schneller durch die vielen Buchrücken zu lesen, aber ich finde die Steuerrecht-Lektüre, die ich brauche, einfach nicht. Sie müsste aber zwischen ›Fachliteratur gegen Einschlafprobleme‹ und ›Oh mein Gott, ich verstehe nicht mal die Kapitelüberschriften‹ stehen.

Mein Oberarm brennt schon. Ich seufze das Regal an, hüpfe einmal, um die Lage Red Bull unter meinem Arm besser greifen zu können und gehe dann auf den Tresen zu.

Der Uni-Buchladen ist immer unterbesetzt. Da ist eine Mitarbeiterin, die gerade mit Kassieren beschäftigt ist. Ich stelle mich hinter das blonde Mädchen, das gerade bedient wird, und warte. Der braunhaarige Typ in den Birkenstock-Sandalen mustert mich mit hochgezogenen Brauen, während er an mir vorbeischleicht.

Noch nie jemanden gesehen, der zwanzig Dosen Red Bull durch den Campus schleppt?! Komm, greif dir deine Pädagogik-Lektüre und geh Kindern beibringen, das Alphabet zu tanzen!

In den letzten Tagen habe ich einen wirksamen Abwehrmechanismus gegen Idioten entdeckt: Mein Gesicht. Oder besser gesagt meine Mimik. Und mit Idioten meine ich auch eher Menschen im Allgemeinen.

Ich habe keinen Bock auf Gespräche, nicht mal auf Smalltalk, aber wenn man aussieht, als hätte einem gerade jemand das Ende der letzten ›*Game of Thrones*‹-Staffel gespoilert, spricht einen niemand an.

»Steck deine Karte noch mal rein, das Gerät macht manchmal Faxen.«

»Nein, nein, schon gut. Vielleicht habe ich genügend Bargeld dabei.«

Diesen leicht nervösen, unsicheren Tonfall kenne ich. Ich habe auch schon oft so geklungen. Das blonde Mädchen zückt ihr Portemonnaie und wühlt sich durch alte Rechnungen und Bustickets. Auch das nervöse Beißen auf der Unterlippe ist mir vertraut. Es ist nett von der Kassiererin, dass sie dem Gerät die Schuld in die Schuhe schiebt, aber es ist nicht defekt, wenn dort ›Limit überschritten‹ steht.

Das Mädchen dreht sich zu mir um und blinzelt mich verlegen an.

Schon gut, ich warte. Und ich weiß, wie das ist – ich bin quasi die Erfinderin des ›Verlegen im leeren Portemonnaie wühlen, damit man nicht wie ein Trottel dasteht‹ – kein Grund sich vor mir zu schämen.

Ich denke, sie studiert auch Jura. Sie kommt mir bekannt vor. Vielleicht haben wir eine Vorlesung zusammen oder sie ist in Luca's Kurs.

Eigentlich ist sie ziemlich unscheinbar. Jeans, T-Shirt, irgendwo zwischen schlank und nicht so schlank. Ihr Gesicht habe ich aber schon mal gesehen. Wahrscheinlich im Online-Portal, wenn ich Noten für den Kurs eintrage.

»Ähm. Ich muss die Bücher später abholen«, sagt sie den Satz, den auszusprechen die eigene Körpertemperatur immer um mindestens zwei Grad erhöht.

Sie lächelt die Kassiererin entschuldigend an und dann auch mich. Ich erwidere ihr Schmunzeln und bekomme davon beinahe einen Krampf in den Lippen. Mein Gesicht kennt diese Mimik nicht mehr – morgen habe ich bestimmt Muskelkater. Sie so wie alle anderen finster in die Flucht zu starren, war aber keine Option. Zu süß, zu peinlich berührt, zu freundlich.

»Ich suche ›Grundlagen des Steuerrechts‹ von Doktor König, habt ihr das hier?«

Beim Kontakt mit der Kassiererin friert mir das Gesicht wieder ein. Sie ist auch nicht unfreundlich, aber mein Kontingent an höflichen Gesten ist erschöpft.

Außerdem fällt mir der Arm jeden Moment ab. Es war eine scheiß Idee, vor meiner Dienstzeit in den Buchladen zu gehen. Ich hätte später kommen sollen, wenn ich das sprudelnde Koffein losgeworden bin.

»Tut mir leid. Die Lektüre wurde nach der Auflage im Dezember nicht mehr nachgedruckt.«

Ich seufze meinen Frust heraus und murmle ein leises »Danke.«

Es kommt viel zu oft vor, dass Fachlektüre irgendwann ausläuft. Manchmal glaube ich, die Uni-Professoren sitzen einmal im Jahr gemeinsam in einer Bar und sagen so Sätze wie: ›Kommt, lasst mal alle Lehrbücher zum Thema Grundlagen der Juristerei verschwinden – und dann gucken, was die Studenten machen. Sicher witzig‹.

Ich sollte mit Luca darüber reden, dass er das in Zukunft verhindern soll – obwohl er sicher derjenige ist, der den Vorschlag beschwipst und grinsend macht.

Als ich mich vom Verkaufstresen wegdrehen will, bleibt mein Blick an der blauen EC-Karte haften. Ich drehe mich schnell um und sehe einen blonden Pferdeschwanz durch die Glastür in Richtung Bushaltestelle gehen.

Ich hadere kurz mit mir selbst, aber so finster meine Miene auch ist, die Empathie abzustellen, gelingt mir nicht. Es wäre auch beschissen, wenn ich meine EC-Karte verlieren würde. Das Nachbestellen kostet Geld, und bis ich mir den neuen PIN-Code merken würde, hätten die Banken längst auf Hautimplantate umgestellt.

Ich schnappe mir die Karte und laufe aus dem Buchladen.

Sprinten macht so viel Spaß! Erst recht mit einem Karton voller Dosen in der Hand! *Ich glaube, ich sterbe …*

»Hey! Warte! Deine Karte!«

Ich brülle so laut, dass sich alle an der Bushaltestelle nach mir umdrehen. Egal, Hauptsache, ich kann aufhören zu laufen und sie sieht mich.

Ich schnaufe wie *Darth Vaders* Asthma diagnostizierter Bruder. Als ich mir das Gesicht der Blondine mit dem Pferdeschwanz ansehe, stöhne ich genervt.

Scheiße, das ist sie nicht.

Jetzt bin ich die Spinnerin mit dem Red Bull, die zuerst ›Warte‹ brüllt und dann alle ignoriert und in die andere Richtung läuft.

Sie kann aber nicht weit sein. Wenn sie nicht in Richtung Bushaltestelle gegangen ist, muss sie den Weg zu den naturwissenschaftlichen Fakultäten genommen haben. *Herrlich! Noch mehr Sport. Ich kotze gleich …*

Ich trample die Treppen hinunter und lasse den Blick suchend schweifen. Sie hatte ein schwarzes Shirt an, oder?

Grauschwarz gestreift! Genau! Ich sehe sie bei den Fahrrädern und bin mir diesmal sicher, dass sie es ist, weil sie wieder so süß grinst. Ihr gegenüber steht ein auffallend gutaussehender, blonder … *na toll, dieser Tag wird besser und besser.*

Ich seufze schon wieder in den Himmel und bleibe erstmal stehen. Alex drückt ihr einen der beiden Starbucks-Becher in die Hand und beginnt, mit ungewohnt schüchternem Blick mit ihr zu reden.

Um sie zu hören, stehe ich noch zu weit entfernt, aber ich bin mir nicht sicher, ob ich daran etwas ändern will.

Vielleicht sollte ich einfach gehen. Die Karte im Fakultäts-Sekretariat abgeben. Obwohl – ich denke, sie studiert gar nicht Jura. Dass sie mir bekannt vorkam, lag einzig und allein daran, dass ich sie schon mal in Alex' Portemonnaie gesehen habe. Sie ist das geheimnisvolle Mädchen, über das er nicht spricht. Warum auch immer, sie scheint es ihm sehr angetan zu haben.

Ich sehe Alex grinsen und große Gesten mit den Händen machen, während er mit ihr spricht. Er wirkt richtig bemüht darum, sie zu unterhalten.

Das hat etwas unheimlich Süßes, wenn man ein Mensch wäre, der etwas auf dieses lächerlich fragile Konstrukt aus exklusiver emotionaler Zuneigung geben würde. Soll heißen: *Stirb Liebe, stirb!*

Ich stelle das Red Bull am Bordsteinrand ab und muss erstmal meine langgezogenen Arme aufrollen.

Was habe ich mir mit diesen Dosen nur angetan? Später schleppe ich sie noch zwei Stockwerke nach oben, dann kann mich die Reinigungskraft mit dem Mopp wegwischen.

Ich will zwar nicht reden, aber es gibt eigentlich keinen Grund, Alex aus dem Weg zu gehen. Oder doch, mindestens einen, und der ist so groß, dass mein Magen gluckst, als wollte er ›Stopp oder wir haben gleich Durchfall‹ rufen.

»Hey. Du hast deine Karte in der Buchhandlung vergessen«, erkläre ich und weiß nicht, wie ich dabei klinge. Ich versuche mich zusammenzureißen und dann auch wieder nicht – eigentlich ist mir sowieso alles egal. Ja, gleichgültig klingen wäre am besten.

Ich strecke ihr die EC-Karte hin und sehe ihre blauen Augen groß werden. Auch Alex mustert mich, aber noch überraschter.

»Lena …«, murmelt er.

Ja, ich habe auch nicht damit gerechnet, dass etwas passieren kann, das mich dazu bringt, mich auf der Uni zu ihm zu stellen, aber jetzt bin ich hier und mir wird gerade die EC-Karte aus der Hand genommen.

»Oh mein Gott, danke!«, tönt sie und strahlt mich an.

Schön – wenigstens einem von uns Dreien ist die Situation nicht unsagbar unangenehm.

»Schon gut.«

Ich winke ab und hebe zur Verabschiedung die Hand. Schnell kommen, schnell gehen – das nennt man Quickie, Alex sollte das Prinzip vertraut sein.

»Warte mal.«

Nein, das wird nichts Schnelles – habe ich irgendwie befürchtet.

»Lena ist eine Freundin von mir«, stellt er mich dem Mädchen vor, das mich daraufhin noch mal angrinst und mir die Hand entgegenstreckt.

»Hi. Ich bin Caro. Freut mich.«

Ich lächle zurück, weil ich es toll finde, dass sie so freundlich bleibt. Sie muss Alex sehr, sehr lange kennen und irgendwie wissen, dass er viele Frauenbekanntschaften hat, oder? Ich könnte irgendein Flittchen sein, das ihr die Zeit mit ihm stehlen will. *Soll vorkommen.* Aber sie scheint keine Angst davor zu haben.

»Wie geht's dir?«, will Alex wissen und verlagert das Gewicht unsicher von einem Bein aufs andere.

Ich tue es ihm gleich. Pinguin-Tanz. Dabei haben wir beide gar nicht Schluss gemacht.

»Viel zu tun. Uni, Arbeit.« Ich zucke mit den Schultern, um klarzumachen, dass die Vagheit meiner Antwort beabsichtigt war. Er seufzt.

»Du hast mich nicht zurückgerufen«, spricht Alex an, ohne zu vorwurfsvoll zu klingen. Ein schlechtes Gewissen bekomme ich trotzdem.

»Nein. Aber ich habe dir geschrieben.«

Er nickt. Alex hat vor fünf Tagen versucht anzurufen – am Tag nach dem Supergau. Ich wollte nicht reden, das habe ich auch geschrieben und ihm versichert, dass das nichts mit ihm zu tun hat. Ich wollte mit niemandem reden. Es gab auch nichts mehr zu besprechen.

Danach kam eine 1000 Wörter lange WhatsApp-Nachricht, in der er mir auf sein Leben geschworen hat, dass er Nicki zu Simon geschickt hat, da ihn an diesem Abend eine außerplanmäßige Unterredung mit einem seiner Dozenten aufgehalten hat. Er hat zuerst überlegt mich anzurufen, aber er wollte mich nicht durch die Stadt schicken, weil ich kein Auto habe. Nicki ist seine beste Freundin und es war für Alex nicht mehr als ein einfacher Gefallen, zumindest hat er erst im Nachhinein darüber nachgedacht, dass es absolut unpassend war. Es tut ihm leid. Es war seine Schuld. Simon wusste von nichts, bis sie im Krankenhaus aufgetaucht ist. Außerdem wurde seine Operation zwei Wochen verschoben, weil der Chirurg verhindert ist. Und noch mal zwei Absätze, in denen er mir versichert hat, dass es ihm leidtut.

So viel zur Zusammenfassung.

Ich habe ihm auch gleich geantwortet, weil ich nicht wollte, dass er sich Schuldgefühle macht. Das alles hat absolut nichts mit Alex zu tun. Selbst, wenn ich ihm glaube, dass er Nicki geschickt hat, und Simon nichts davon wusste, ändert das an allen Dingen, die gesagt und gebrüllt wurden, nichts.

Alex hat jedes Recht, auf Simons Seite zu stehen und mit Nicki befreundet zu bleiben. Ich kann trotzdem nicht so tun, als wäre nichts passiert.

Bei einer Trennung gibt es immer zwei Seiten, und Alex muss sich sicher nicht dafür entschuldigen, dass er sich nicht auf meine schlägt.

Genau so habe ich ihm das auch geschrieben. Und ihm versichert, dass wir beide irgendwann bestimmt wieder an früher anknüpfen können, nur jetzt nicht. Ich komme kaum mit mir selbst klar – bin in einem sturen, grauen Alltagsmodus, in dem ich mich ausschließlich aufs Lernen und die Uni konzentriere. Ich bin guter Dinge, dass ich das Studium doch noch in Mindestzeit und mit Vorzeigenoten abschließe – Frustration spornt an. Es ergibt plötzlich Sinn, dass Akademiker oft verbissen aussehen. Wer braucht Menschen, wenn er mit Paragrafen kuscheln kann?

»Ihr verhaltet euch alle wie absolute Vollidioten«, tönt Alex plötzlich. Ich würde wütend auf dem Absatz kehrtmachen, wenn er dabei nur halb so vorwurfsvoll wie verletzt aussehen würde.

»Es tut mir leid, Alex. Aber es gibt absolut nichts mehr zu bereden. Es ist, wie es ist.«

»So ein Schwachsinn! Ihr seid alle nur stur und habt einfach Schiss davor, zuzugeben, dass ihr Angst vor einer Beziehung habt, weil ihr es nicht verbocken wollt. Also verbockt ihr es schon vorher! Du, Simon, Theo, Nicki – ihr dreht doch alle am selben Rad! Keiner ruft mich mehr an, niemand will reden, ihr tut euch alle nur selbst leid und kriegt den Arsch nicht hoch!«

Ich würde auf jeden anderen wütend werden, der mir so was unterstellt, aber nicht auf den Löwen. Er wirkt angeschlagen, die Situation setzt ihm mindestens genauso zu wie uns.

Ich wusste nicht, dass Theo und Nicki sich auch nicht mehr bei ihm melden. Ich habe von Theo selbst nichts mehr gehört. Aber es macht Sinn, dass er im Moment auch mit seiner Zukunft und seinen Gefühlen hadert. Er hat wirklich fertig gewirkt, als ich bei ihm war.

Irgendwie ist alles wie ein Kartenhaus über uns zusammengebrochen. Ein Lufthauch und nichts ist mehr wie früher. Aber das Leben ist so. *Überraschend beschissen.*

»Die Dinge ändern sich, Alex. Hast du gedacht, wir würden ewig …« Mir wird jetzt erst bewusst, dass Caro noch immer neben uns steht.

Sie sieht pietätvoll zur Seite, lässt uns reden, aber ich will hier nichts ausplaudern, was Alex für sich behalten möchte. Er weiß ohnehin, worauf ich hinauswill.

Seine Miene verfinstert sich – den leidenden Ausdruck verliert sie dabei aber nicht. »Nein. Ich bin nicht naiv und ich bin nicht egoistisch«, rechtfertigt er sich.

»Ich weiß schon viel länger als ihr Idioten, dass ihr Gefühle füreinander habt. Das mit Theo und Nicki sehe ich mir seit acht Jahren an! Und Simon hat mich am ersten Abend bekniet, dass nur ich dich anfasse und niemand sonst.«

Ich will ihn unterbrechen, aber Alex lässt sich nicht ins Wort fallen. »Wie konntet ihr das nur so verbocken? Ich habe euch nie einen Vorwurf gemacht, dass ihr euch mit anderen abgelenkt habt. Du mit Theo, Simon mit Nicki – ihr seid euch doch nichts schuldig geblieben! Ihr wolltet das so. Und ihr wusstet, worauf ihr euch einlasst. Lügt euch jetzt nicht vor, dass man nicht befreundet sein kann, nur weil man mal miteinander geschlafen hat. Du und ich kommen auch klar. Das alles ist doch nichts weiter als eine dämliche Ausrede, weil ihr Angst vor Zurückweisung habt. Wollen wir so auseinandergehen? Ihr verbockt doch unser aller Zukunft mit eurer scheiß Sturheit!«

Ich schweige. Da ist ein Kloß in meinem Hals. Ob es Selbstmitleid oder Mitleid für Alex' verzweifelten Blick ist, kann ich nicht sagen. Im Grunde ist es auch egal. Ich weiß, dass es weh tut, aber was soll ich ändern? Alex wünscht sich eine Zukunft, in der wir alle heiraten, Haus an Haus wohnen und jedes Wochenende Grillfeiern veranstalten. Ich kann ihm diesen Wunsch nicht verübeln, er sucht so etwas wie eine Ersatzfamilie und verdammt ja, ich wäre gerne ein Teil davon gewesen, aber vom Wünschen und Träumen allein wird man nicht glücklich.

Die Realität ist, was sie ist.

Manchmal zerbrechen Familien. Und selbst die schönsten Lebensabschnitte dauern nicht ewig.

»Es tut mir leid.« Mehr fällt mir nicht ein. Ich zucke wieder mit den Schultern und Alex seufzt.

»War nett, dich mal kennenzulernen«, sage ich zu Caro und schenke ihr ein Lächeln, das so unecht aussieht, als hätte es jemand auf meine Wangen getackert.

Bevor ich gehe, fällt mir doch noch etwas ein, das ich zu Alex sagen kann. So etwas wie ein Ratschlag, von dem ich hoffe, dass er ihn glücklich macht. Nichts anderes wünsche ich mir für ihn.

»Mach es besser als wir«, murmle ich und sehe von ihm zu dem Mädchen, das hoffentlich weiß, dass ihr Foto seit Jahren in seinem Portemonnaie klebt.

Kaffeeklatsch mit Doktor DeLuca

Verfluchte Stufen. Scheiß langer Gang. Bescheuerte Dosen. Ich fühle mich wie der ›Ich hasse …‹-Schlumpf. Ich glaube, er heißt Muffi.

Ich brauche eine Ewigkeit, bis ich die Tür zum Büro aufsperren kann, weil meine Arme so verdammt müde sind, und ich mit dem Karton in der Hand kaum die Finger bewegen kann. Als die Tür aufspringt, fällt mir auf, dass ich ein Vollidiot bin. Ich hätte die Kiste auch abstellen können.

Ich hasse mich …

Luca ist noch nicht hier. Ich verstaue die Dosen in seinem Kühlschrank und beginne zu arbeiten.

Jede Sekunde, in der ich nichts tue und Zeit habe, um nachzudenken, ist furchtbar. Dass Alex mir über den Weg laufen musste, hat mich in meiner Trennungsschmerz-Bewältigung zum ersten Tag zurückgeworfen. Obwohl, eigentlich hatte ich rein gar nichts bewältigt.

Ich hasse, was passiert ist. Ich hasse, dass alles schieflaufen musste und ich hasse, wie vorwurfsvoll und verletzt mich Simon angesehen hat.

Hätte ich nicht bei Theo übernachtet, dann … *nein!* Ich wollte bei Theo bleiben, und es ist nichts passiert. Simon hat einfach nicht zugehört und auch nicht nachgefragt. Er ist gleich ausgerastet. Wenn er zugehört hätte, hätte ich ihm erklären können, wie schlecht es Theo ging, und dass wir nur geredet haben. Wenn ich zugehört hätte, hätte ich früher erfahren, dass Alex Nicki geschickt hat. *Wenn, wenn, wenn ...*

Ich stürze mich auf die Hörsaalliste für das kommende Wintersemester und reserviere für Luca die besten, die noch frei sind. Danach bringe ich sein Postfach auf Vordermann und beantworte sämtlichen Schrott, den er sowieso nur mit Standardfloskeln würdigen würde.

Fragen nach Terminen für erneute Prüfungsantritte. Fragen zur Literaturempfehlung und eine, nach seinem Beziehungsstatus. Wobei, die lasse ich ihn lieber selbst beantworten, er kann Thomas Müller bestimmt besser über seine Sexualität aufklären als ich.

Mal auf der anderen Seite des Spiegels zu sitzen, ist interessant und erschreckend zugleich. Unglaublich, wie viele Studenten so dreist sind, den Dozenten Mails zu schicken, in denen sie indirekt um Prüfungsfragen bitten.

Nein! Ihr werdet genauso leiden wie alle anderen und euch keinen Vorteil erschleichen, nur weil ihr schleimende Speichellecker seid!

Ich höre auf zu tippen, als die Tür aufgeht. Senfgelbe Slimcut-Hose, roter Gürtel, weißes Hemd – schön, ihn wieder in seiner Uniform zu sehen.

»Guten Morgen«, tönt er und wirft seine Tasche in Richtung Schreibtisch.

»Guten Morgen.« Ich ringe mir ein Lächeln für ihn ab, weil nicht mal mein Gefühlschaos die Dankbarkeit in mir überschatten kann. Es ist das erste Mal, dass wir uns sehen, seit ich bei ihm übernachtet habe.

»Du bist früh dran«, stellt er fest, zieht sich dabei einen Schuh aus und guckt hinein.

Ja. Genau diese Schrägheit wärmt mir das schockgefrostete Herz.

»Geht es dir wieder gut? Hast du deine Tasche wiederbekommen? Da ist Katzenstreu in meinem Schuh – die Viecher treiben mich in den Wahnsinn! Aber sie sehen verdammt süß aus, wenn man sie in Schuhe setzt. Willst du ein Foto sehen?«

Ich rutsche etwas tiefer in den Stuhl und hadere kurz mit meinem ersten Satz. Wir sind im Büro, aber er duzt mich auch und außerdem ist niemand hier, also …

»Wenn du die Kätzchen in deine Schuhe setzt, ist Katzenstreu noch das Beste, das sie hinterlassen können. Aber ja, die Fotos will ich sehen.«

Luca grinst, pustet in seinen Schuh und zieht ihn sich wieder an. Nachdem er prüfend aufgetreten ist, sieht er forschend zu mir rüber.

»Und abgesehen von deiner Begeisterung für meine Kätzchen?«, hakt er nach, weil ich den anderen Fragen ausgewichen bin.

»Ich habe meine Tasche wiederbekommen. Alles gut.«

»Und deine Hüfte?«

»Tut nicht mehr weh.«

»Aha.«

Er mustert mich etwas zu skeptisch für meinen Geschmack. Ich bemühe mich wirklich, nicht durchblicken zu lassen, dass ich durch den Wind bin. Das Letzte, was ich will, ist Luca schon wieder mit meinen privaten Sorgen auf die Nerven zu gehen – schon gar nicht hier im Büro.

»Was machst du?«, will er wissen, bleibt hinter mir stehen und sieht über meine Schulter auf den Laptop.

»Ich beantworte die 80 ungelesenen Mails, die du sowieso ewig ignorieren würdest. Nur Standardantworten, alles andere überlasse ich dir. Thomas Müller möchte wissen, ob er recht hat, wenn er annimmt, dass du nur deshalb nicht verheiratet bist, weil du schwul bist – schließlich bist du schon dreißig und trägst keinen Ring.«

»Schreib ihm, ich leide unter Objektophilie und lecke gerne an Drehstühlen. Wenn er dann noch immer Interesse an meinem Privatleben hat, schick ihm einen Link zur Website eines Therapeuten.«

Das Grinsen fühlt sich seltsam unnatürlich an, so, als wollten meine Lippen einfach nicht mitmachen.

»Und was wird das für eine Mail?«, fragt er und beginnt die Zeilen zu lesen, die ich gerade getippt habe.

»Es gibt Studenten, die tatsächlich wissen wollen, ob du ihnen Prüfungsfragen verrätst!«

Diese Dreistheit macht mich wütend.

Wütend sein fühlt sich toll an!

»Okay …«, murmelt Luca, dann taucht sein Gesicht neben meinem auf. Er starrt mit mir auf den Bildschirm und zeigt mit dem Finger ans Ende der Nachricht.

Er riecht unheimlich toll, aber ich weiß, dass es gleich Sarkasmus regnet.

»Weißt du, wie das noch aggressiver klingen könnte?«, fragt er. »Wenn du ihnen damit drohst, ihre Haustiere kahl zu scheren, wenn sie noch mal schreiben!«

Er reist die geballte Faust in die Höhe und beginnt mit tiefer Stimme zu diktieren. »Sehr geehrter Student, lassen Sie bitte davon ab, sich solcher Fragen zu erdreisten – ODER IHR KANINCHEN WIRD NACKT AUFWACHEN! Mit dem Ausdruck meiner vorzüglichen Hochachtung, Dr. jur. Andrea DeLuca.«

Er lässt die Faust wieder sinken, dreht den Kopf zur Seite und sieht mich dann erwartungsvoll an. Sein Gesicht ist so nahe, dass ich seine Blicke förmlich spüren kann.

Ich habe den Wink mit dem humoristischen Zaunpfahl verstanden und lösche meine Zeilen wieder.

»Zu harsch formuliert …«, murmle ich.

»Ja. Was ist los?«

»Nichts! Ich hätte dir die Standardantworten, die ich formuliert habe, sowieso vor dem Abschicken gezeigt! Keine Angst!«

Ich höre ihn seufzen, sehe ihn eine Braue hochziehen, dann setzt er sich neben meinem Laptop auf den Tisch und sieht zu mir herunter.

»Das ist gut. Ich habe nämlich gerade die Befürchtung, dass du Todesdrohungen an die Kollegen aus der Rechtsgeschichte-Fakultät geschickt hast, weil sie wieder Mal Druckerpapier schnorren wollten.«

»Ich beantworte deine Mails nicht mehr. Entschuldige.«

»Schnapp nicht ein, der rothaarige, hübsche Mann macht nur Witze. Erzähl ihm, was dich bedrückt.«

»Kannst du von dir nicht in der dritten Person sprechen?«

»Kann er. Findet er aber gerade witzig. Rede.«

Ich zucke mit den Schultern und verschränke dann die Arme vor der Brust.

»Es gibt nichts zu erzählen.«

Luca verzieht den Mund und tippt sich dann summend mit dem Zeigefinger auf die Lippen. »Hmm … ein Ratespiel. Na gut.«

Ich überdrehe die Augen, weil mich gleich ein Schwall aus lächerlichen Vermutungen treffen wird. Er versucht, mich mit Witzen mürbe zu machen, aber ich bin daran gewöhnt, dass er Faxen macht – so schnell bekommt er mich nicht klein.

»Deine Periode ist ausgeblieben und der Letzte, mit dem du geschlafen hast, war David?«

»Oh mein Gott! Nein. Nein! Einfach nein!«

»Der braunhaarige Freund von Alex, dessen Name mir ärgerlicherweise schon wieder entfallen ist, hat mit dir Schluss gemacht, und du hast ein gebrochenes Herz.«

Ich starre ihn so fassungslos an, dass meine Augen weh tun.

»Verdammt, das wollte ich als Erstes sagen! Aber die Sache mit David fand ich sensationeller!«

»Von wem …«

»Von niemandem. Ich bin eine Emo-Hexe, so wie Mary-Kate Olsen in Beastly. Ja, ich sehe manchmal Frauenfilme – das beruhigt die Katze.«

Ich kann nichts erwidern, ich erstarre nur.

Es ist furchtbar, aber der Drang, mit Luca darüber zu reden, wird so groß, dass ich mich dafür schäme.

So gut kennen wir uns nicht – wir sind keine Freunde, nur Bekannte, oder?

Obwohl ich mit ihm kuscheln durfte. Und in seinem Bett geschlafen habe.

Er ist so verdammt gut darin, Dinge zu analysieren und Begebenheiten, die weh tun oder unangenehm sind, wegzureden. Außerdem müsste er auf meiner Seite stehen – er kennt Simon nicht mal richtig.

Ich will einen Rat von dem Mann hören, der mir von seiner seltsamen, nicht monogamen Fernbeziehung erzählt, und sie wie die romantischste Geschichte der Welt verkauft.

Aber das kann ich nicht von ihm verlangen. Ich bin nicht hier, um gratis Therapiestunden beim eloquentesten Vampir der Welt abzustauben.

Ich starre ihn noch immer an. Luca greift in die Schreibtischschublade und wirft mir ein kleines Plastik-Päckchen auf den Schoß.

»Tempo. Dreilagig. Ich höre zu.«

Diese blöde, einfache Geste von ihm berührt mein inneres Chaos und lässt es überschwappen.

Ich beginne zu heulen, so hemmungslos, dass ich es selbst kaum glauben kann. Ich habe mir in den letzten Tagen das Weinen verboten. Ich war nur wütend oder konzentriert. Jetzt kommt so viel auf einmal hoch, dass ich kaum Luft holen kann.

Luca muss mich für eine überemotionale Verrückte halten. Er weiß nicht mal, was passiert ist. Ich muss es ihm erklären.

»Simon … wir waren … und dann … Knie!!«, versuche ich zu beginnen, verschlucke beim Schluchzen aber 70 Prozent aller Informationen.

Luca legt den Kopf schief und schüttelt ihn dann. »Okay. Ich habe kein Wort verstanden. Zuerst heulen, dann reden. Und Luft holen, sonst klingt alles nach Klingonisch.«

Er hat absolut recht. Ich habe mich selbst nicht verstanden – ich muss mich beruhigen. Nachdem ich eines der Tempos durchgeweicht habe, hole ich tief Luft.

»Simon kam am Sonntag ins Krankenhaus«, beginne ich zu erklären – noch fällt es mir leicht, die schweren Passagen kommen aber gleich.

»Ich weiß« entgegnet Luca und fuchtelt auffordernd mit der Hand, weil ich weiterreden soll. Ich kann ihn aber nur irritiert mustern.

»Der böse Mann im weißen Kittel, der im Krankenhaus alle zum Zittern bringt, ist mein bester Freund – er hat mir erzählt, dass du dort warst und keinen angemessenen Abstand einhalten kannst, wenn du jemandem folgen sollst.«

»Oh mein Gott! Ich bin einen Meter hinter ihm gelaufen! Und habe ihn aus Versehen einmal für eine halbe Sekunde berührt! David hat doch einen Knall!«

»Ja, hat er. Erzähl weiter.«

Das Aufregen über Doktor Löwenstein hat gutgetan. Meine Stimme klingt annähernd beherrscht.

»Ich wollte mit Simon zusammen sein. Wirklich. Ich dachte, dass es so etwas Kitschiges wie Schicksal ist. Er war immer für mich da, ich habe immer nur ihn angerufen, wenn ich Hilfe gebraucht habe, und ich war mir sicher, dass es ihm mit mir genauso geht …«

Jetzt wird es wieder schwer. Die Wut verpufft und ich spüre nur noch den Verlustschmerz und mein Selbstmitleid. Ich muss schnell weiterreden, bevor ich die Beherrschung verliere.

»Ich bin an einem Abend noch mal zu ihm gefahren – unangekündigt. Nicki war dort. Sie waren mal zusammen. Du kennst sie, oder?«

Luca nickt. Mehr will ich gar nicht von ihm hören. Ich bin mir sicher, er hat auch mal mit ihr geschlafen.

»Sie haben mich nicht gesehen. Aber ich konnte sie hören, ich habe vor dem Aufenthaltsraum hinter den Fici gestanden.«

Luca prustet los. »Bitte wo hast du gestanden?«

Ich überdrehe die Augen. »Da war ein Ficus und noch ein Ficus.«

»Und wer hatte das Ficki?«

»Niemand! Ich habe sie dort nur reden hören!«

»Okay. Erzähl weiter …« Er lacht noch mal, dann räuspert er sich und sieht mich erwartungsvoll an.

»Sie haben anzügliche Scherze gemacht, sich angegrinst und sich gesagt, wie gut sie beim Volleyballspielen zusammenpassen. Dann hat sie ihm versichert, dass sie immer für ihn da sein wird, und er hat sie auf die Wange geküsst.«

Ich verstumme, weil ich eine Reaktion sehen will. Luca sieht mich nur nichtssagend an – fünf Sekunden, dann verfinstert er den Blick. »Und dann haben sie gefickt!«, unterstellt er euphorisch.

»Nein! Niemand hatte Sex! Darum geht es doch gar nicht!«

Er sieht aus wie das verwirrte Emoji. »Es geht um …?«, summt er fragend und macht mich wieder wütend.

»Es geht darum, dass er so mit ihr spricht, wenn er denkt, ich höre nicht zu! Wir sind frisch zusammen und er grinst sich beim Anblick seiner Ex-Freundin besoffen?! Ich hätte ihm seine blöde Tasche gebracht! Aber Alex hat Nicki geschickt und Simon …«

»Warte. Alex hat sie ins Krankenhaus geschickt? Sie ist nicht mal aus eigenen Stücken oder auf Simons Wunsch dorthin gefahren?«

Ich mag nicht, wie vorwurfsvoll er klingt.

»Alex wollte Simons Zeug vorbei bringen, aber er wurde irgendwie aufgehalten und hat Nicki gebeten, weil ich kein Auto habe …«

»Darf ich zusammenfassen?«, fragt Luca.

»Bitte nicht«, murre ich.

Er tut es trotzdem.

»Du hast gehört, wie sie einen Witz gemacht haben. Dann war Schluss.«

»Er hat sie geküsst!«

»Auf die Wange.«

»Ja! Aber was sagt das aus?!«

»Dass du wahrscheinlich auch seine Oma hassen wirst.«

Natürlich lacht er über seinen eigenen, dämlichen Witz – ich nicht.

»Ich kann mit niemandem zusammen sein, der so mit seiner Ex-Freundin redet!«, fauche ich, weil Luca meinen Standpunkt einfach nicht verstehen will.

»Das heißt, du möchtest gerne eine Jungfrau zum Freund. Oder noch besser: Jemand, der gar keine Frauen kennt. Den musst du dir im Reagenzglas großziehen und im Keller leben lassen. Dann kannst du das schräge Monster im Dunkeln kuscheln.«

»Findest du es in Ordnung, dass man sich in einer Beziehung so verhält?!«

Luca überlegt keine Sekunde.

»Ja.«

Ich schüttle verständnislos den Kopf und verschränke die Arme vor der Brust.

Klar, dass der Typ mit der seltsamen, nicht monogamen Fernbeziehung so was behauptet. Was hatte ich mir von dem Gespräch noch gleich erhofft?

»Bist du so in deiner Eitelkeit gekränkt, dass du dir einredest, das wäre Betrug?«

»Natürlich bin ich gekränkt! Ich dachte, er liebt mich!«

»Und weil er mit Nicki geredet hat, liebt er dich nicht mehr?«

Ich setze zu einer Antwort an, verstumme aber, da er mir sowieso jedes Wort im Mund zerpflückt.

»Was, wenn es Theo gewesen wäre?«, will er wissen und beginnt ein Gedankenexperiment, das ich jetzt schon nicht leiden kann. »Wäre es dann in Ordnung? Hättest du im Krankenhaus gelegen und Theo hätte dir deine Sachen gebracht. Er taucht auf, versichert dir, dass er dich noch immer mag und du ihn immer um einen Gefallen bitten kannst – du küsst ihn auf die Wange. Heißt das, du liebst Simon nicht mehr? Und sag jetzt nicht, das ist etwas anderes, ist es nicht.«

Den Spieß gedanklich umzudrehen, fühlt sich beschissen an. Ich weiß nicht, was ich an Simons Stelle getan hätte. Oder doch: Ich weiß es.

»Ich war bei Theo … nachdem ich Nicki und Simon zusammen gesehen habe«, verrate ich.

Luca zieht überrascht die Brauen hoch. »Jetzt wird es spannend!«

Ich schüttle den Kopf. »Wir haben nur geredet. Er hat mir von seinem Vater erzählt, von seinen Problemen …«

Und vielleicht habe ich ihm auch gesagt, dass er über alles mit mir reden kann und der Sex mit ihm toll war. Hätte Simon das gehört …

»Ich bin bei ihm eingeschlafen – auf dem Sofa. Am nächsten Tag stand Simon vor meiner Tür. Er hat mich aus Theos Haus kommen sehen. Ich habe ihm gesagt, dass nichts passiert ist, aber er wollte nicht zuhören. Er hat Schluss gemacht. Na ja, konnte er genau genommen gar nicht! Ich habe ihm schon am Vorabend eine SMS geschickt und ihm gesagt, dass es aus ist!«

Luca macht ein seufzendes Grunzgeräusch und steht auf. Er geht zum Kühlschrank, öffnet ihn und sieht zu mir.

»Hast du das Red Bull gekauft?«

Ich nicke mit starrem Blick. »Ja. Als Dankeschön. Für das Wochenende.«

»Danke. Das war nicht notwendig.«

Ich zucke mit den Schultern und höre das Zischen einer sich öffnenden Dose. Luca lehnt sich neben das Fenster und schüttelt den Kopf.

»Menschen suchen immer Bestätigung. Gerade von Ex-Partnern oder Arbeitskollegen. Das Leben ist kein Disney-Film. Darf ich nie wieder mit dir flirten, sobald du in einer Beziehung steckst? Kein kokettes Zwinkern, kein Spruch darüber, wie gut dir das Kleid steht – wo ziehst du die Grenze?«

Seine Frage ist rhetorisch. Er erwartet keine Antwort, er ist auch noch nicht fertig mit dem Vortrag.

»Mir ist klar, dass es verletzend ist, seinem Partner beim Flirten mit jemand anderem zuzusehen – deshalb macht man das auch nicht vor dem anderen. Und man versteckt sich nicht hinter einem Ficus und belauscht so ein Gespräch. Das ist so was von dämlich! Natürlich tut das weh. Was hast du denn erwartet? Dass er ab jetzt jeder Frau ins Gesicht brüllt, dass er mit dir zusammen ist und sie ihm bloß keine Komplimente machen oder ihn anlächeln soll? Das ist utopisch und ungesund. So schaffst du dir eine Beziehung, die dich todunglücklich macht und nur frustriert. Vertrauen heißt manchmal wegzusehen. Und glaub mir, Liebe vergeht nicht durch ein Augenzwinkern oder einen zweideutigen Witz. Wir alle tun das.«

Ich hebe den Blick nicht von meinen Händen. Luca bleibt eine ganze Weile still.

Im Grunde wusste ich schon vorher, dass ich überreagiert habe. Schon als ich nach unserem Streit auf der Straße in meine Wohnung gegangen bin.

Ja, ich war verletzt, aber ich hätte Simon verziehen, wenn er mir alles ruhig erklärt hätte. Dann ist er ausgerastet. Hat selbst überreagiert, nicht zugehört.

Wir waren beide so vorschnell damit, Schluss zu machen, dass wir dem anderen nicht den Hauch einer Chance gegeben haben, um die Beziehung zu kämpfen. Dabei ging es wirklich nur um Eitelkeiten und Eifersucht. Kein Kuss auf den Mund, keine Affäre, kein One-Night-Stand, wir waren nur gekränkt. Von Worten.

Luca sprich aus, was mir durch den Kopf geht.

»Ihr seid zwei eifersüchtige Vollidioten, die Angst haben, verlassen zu werden und sich deshalb verlassen.«

Er hat recht. Bevor uns der andere wirklich weh tun konnte, haben wir uns selbst weh getan.

»Hast du nichts von Alexander gelernt? Er hat das mit dem ›Freundschaft und Sex ohne Eifersucht‹-Prinzip ganz gut raus. Das funktioniert auch mit Liebe und monogamen Beziehungen. Wenn man das Nachtragen und die Eifersucht zur Seite schiebt.« Ich sehe zu Luca auf und zucke mit den Schultern.

»Ich denke, das kommt für mich und Simon zu spät. Aber du hast recht – ja. Alex hat das immer gut auf die Reihe bekommen. Er wird ein klasse Freund.«

Ich versuche, meine trüben, selbstsüchtigen Gedanken zu überschatten, dafür kommt mir der Themenwechsel gerade recht.

»Sag mal. Weißt du irgendetwas über eine Caro? Ich denke, Alex kennt sie schon lange. Seit sie sechzehn oder siebzehn sind.«

»Er war sechzehn, sie war fünfzehn«, erklärt Luca und knackt mit der Nackenmuskulatur. »Wieso fragst du?«

»Weil ich denke, dass er sie gerne hat. Er trifft sich mit ihr.«

Luca sieht überrascht aus. Er kommt zurück zum Schreibtisch und setzt sich mir gegenüber auf seinen Stuhl. »Wirklich?«

Ich nicke. »Ja. Waren sie schon mal zusammen?«

Er überlegt kurz. »Offiziell: Zwei Wochen – inoffiziell: Ich vermute sieben oder acht Monate. Aber nicht mal Theo ist sich sicher.«

Ich beginne, an dem Taschentuch herum zu zupfen und durchbohre ihn mit neugierigen Blicken.

Luca schüttelt den Kopf. »Das ist keine sonderlich nette Geschichte, ich will sie nicht erzählen. Das deprimiert mich.«

»Dich kann etwas deprimieren?«, töne ich überrascht und vielleicht etwas zu vorwurfsvoll. Luca hebt hoheitsvoll den Kopf und sieht beleidigt zur Seite.

»Ja, ich bin auch nicht aus Stein. Wenn etwas bewegend ist, würdige ich das – dein Eifersuchts-Scheiß fällt nicht darunter, das ist Bullshit – krieg das gefälligst auf die Reihe.«

Ich will nicht mehr über mich reden. Ich weiß nicht, wie ich das auf die Reihe bekommen soll. Simon redet bestimmt nicht mehr mit mir und ich wüsste auch gar nicht, wie ich anfangen soll. Alles ist so festgefahren.

»Ist Caro mit ihm zur Schule gegangen? War sie auf eurem Porno-Internat?«

Luca's Blick schnellt zu mir und seine Miene wird amüsiert.

»Porno-Internat«, wiederholt er lachend.

»Erzählst du mir für den Lacher jetzt die nicht sonderlich nette Geschichte?«

Er verschränkt die Arme vor der Brust. »Haben wir nichts zu tun? Ist das hier Arbeit oder düsterer Kaffeeklatsch?«

»Heute ist es Kaffeeklatsch. Ich habe deine Hörsaaleinteilung schon gemacht, und das Semester ist gelaufen – es gibt eigentlich nichts mehr zu tun, ich bin nur noch hier, weil ich mich von dir als Idiotin entlarven lassen wollte.«

»Hmm … ja. Das habe ich gut gemacht«, lobt er sich grinsend.

»Großartig, danke dafür. Erzähl mir von Caro und Alex. Oder lass uns über deine Vorsorgeuntersuchung reden, die du bestimmt schon gemacht hast. Wie wichtig sie ist, und wie sehr du allen, die dich gern haben, Sorgen bereitest, wenn du dich davor drückst …«

Luca räuspert sich. »Also, Schloss Lindemuth liegt in ziemlich naturbelassenem Ambiente an einem See. Da ist nur ein Dorf, das man zu Fuß erreichen kann, und in diesem Dorf gibt es eine öffentliche Schule.«

Okay, ich denke wir reden nicht über seine Vorsorgeuntersuchung, er läutet Alex' Geschichte ein.

»Überflüssig zu erwähnen, dass die Schüler der öffentlichen Schule die Internatsschüler für Snobs halten und umgekehrt auch nicht gerade mit Komplimenten um sich geworfen wird.

Beziehungen werden geheim gehalten, weil sie auf beiden Seiten auf Spott stoßen. Kinder sind grausam. Jugendliche sind noch grausamer.«

»Also war Caro an der öffentlichen Schule?«, schlussfolgere ich und schüttle sofort den Kopf. »Dieses Arm-Reich-Ding ist doch lächerlich. Alex' war das doch bestimmt egal.«

Ich kann mir keine Zeit seines Lebens vorstellen, in der Alex mal Vorurteile wegen Geld hatte. Er ist nicht so, Theo oder Luca und viele andere bestimmt auch nicht. Idioten gibt es immer, aber die muss man ignorieren.

»Alexander war es egal. Aber er war in einer wirklich schwierigen Phase, als er sich in sie verliebt hat. Du würdest ihn nicht wiedererkennen. Er war verschlossen, selbstzerstörerisch und näher an der Depression als ein Jugendlicher jemals sein sollte.«

Ich schlucke schwer. Das ist wirklich keine schöne Geschichte. Ich hatte mir etwas Romantisches, Witziges erhofft.

Mir kommt in den Sinn, wie David vor Simon über Alex gesprochen hat. Auch so, als hätte er früher Probleme gehabt.

»Caro hat ihm wirklich gutgetan. Er war plötzlich viel lebendiger, hat wieder gelacht und normal gegessen. Wir wussten nicht, woran es liegt, bis Theo herausgefunden hat, dass er mit jemandem zusammen ist.«

»Wieso hat er es überhaupt geheim gehalten?«, will ich wissen.

Luca zuckt mit den Schultern. »Ich denke, er wusste, was über ihm und ihr zusammenbricht, wenn es öffentlich wird. Er kannte die Welt, die ihn selbst kaputtgemacht hat, zu gut. Dieser ganze Gesellschafts-Scheiß ist irrational, totalitär und wertend. Meine Eltern haben mich nicht dazu erzogen, Wert darauf zu legen, aber die Löwensteins sind anders, sie spielen dieses Spiel nicht nur mit, sie machen die irren Regeln – das weißt du ja mittlerweile.«

Ich nicke, neige dann aber verwirrt den Kopf.

»Alex hat mich als seine Freundin ausgegeben. Ich komme am Ende des Monats auch kaum über die Runden und musste schon zwei Mal im Uni-Buchladen ohne Bücher von der Kasse verschwinden, als meine Karte überzogen war. Ich hatte nicht das Gefühl, dass mich die Löwensteins deshalb verurteilen – einfach, weil sie Idioten sind, ja, aber nicht, weil ich arm bin.«

Luca seufzt. »Es geht in dieser Geschichte nicht um Arm und Reich. Leider, das könnte ich leichter erzählen. An dieser Stelle weiß ich nie, was ich sagen soll …«

Dass Doktor ›Weiß und sagt alles‹ mal um Worte verlegen ist, schockiert mich.

Was kommt denn jetzt?

Er seufzt mich schon wieder an. »Zu dir waren die Löwensteins so nett, wie sie sein können. Alexander und David werden von der Familie auch nicht herzlicher behandelt. Sie sind versnobte, fordernde Idioten, aber als das mit Caro rauskam, waren sie kolossale Arschlöcher. Alle. Sogar David. Ich habe ihm erst zwei Mal eine geknallt, ein Mal, als ich herausgefunden habe, dass er in diese Sache involviert war. Wenn er sich nicht bei Caro und Alexander entschuldigt hätte, hätte ich ihm die Freundschaft gekündigt.«

Moment, David Löwenstein entschuldigt sich für etwas? Luca droht damit, die Freundschaft zu kündigen?

Er könnte mich nur noch neugieriger machen, wenn in all seinen lang gezogenen Sprechpausen ein Streichquartett dramatische Musik spielen würde.

»Was war denn nun mit Caro? Wenn Geld nicht das Problem war?«

»Wenn Geld nicht das Problem ist, was könnte denn dann für diese Idioten ein Problem sein?«, fragt Luca, weil er es anscheinend wirklich nicht aussprechen will.

»Keine Ahnung! Sie war doch erst fünfzehn, da kann sie noch keinen Doktortitel haben.«

»Nein, Caro ist verdammt klug, das wussten sie.«

Mir gehen die Ideen aus. Eine habe ich noch, aber die ist idiotisch und ich will sie nicht aussprechen. Ich zucke eindringlich mit den Schultern.

»Ach komm, zwing mich nicht, es zu sagen!«, stöhnt Luca und lässt den Kopf resignierend auf die Tischplatte fallen.

»Sie passte nicht in das Bild, das die Löwensteins von einer Schwiegertochter haben«, nuschelt er und linst mich prüfend an. Ich reagiere nicht wirklich, da das noch immer alles heißen könnte. *Sie mochten sie nicht, weil ...*

»Herrgott, sie fanden sie zu dick! Zu unattraktiv! Sie haben Alexander deshalb so fertiggemacht, dass der arme Junge einen Zusammenbruch hatte. Er war eine Woche lang verschwunden. Ich habe mit David und Theo Tag und Nacht nach ihm gesucht, die Polizei war involviert, ich dachte wirklich, er hätte sich umgebracht.«

Oh mein Gott, das ist keine unschöne Geschichte, das ist eine grauenhaft furchtbare Geschichte! Kein Wunder, dass Luca sie nicht erzählen wollte.

Würde ich nicht wissen, wie gut es Alex heute geht, und hätte ich die beiden nicht gerade lachend und verliebt grinsend bei den Fahrradständern stehen sehen, würde ich in Tränen ausbrechen. Obwohl ... gut geht es ihm nicht wirklich. Aber nicht wegen Caro, sondern wegen mir und den anderen. Mein Gewissen explodiert gleich.

»Hat er sich deshalb von ihr getrennt? Weil seine Familie so ...«, mir fällt kein Wort ein, das diese freche Gemeinheit auch nur ansatzweise beschreiben würde. »... antichrist-mäßig bösartig war?«

Luca schüttelt sofort den Kopf. »Nein. Alexander war nie auch nur ansatzweise oberflächlich, was andere Menschen betrifft. Das kauft ihm keiner ab, weil er so großen Wert auf seine eigene Optik legt, aber das ist nur Selbstkritik, die er sich von seinen Eltern einreden hat lassen. Das würde er nie jemand anderem aufdrängen.«

Ich weiß, wovon Luca spricht. Alex kritisiert sich ausschließlich selbst, nie andere.

»Er hatte Caro wirklich gern. Sie hat ihm einfach gutgetan, sie waren auf derselben Wellenlänge – er hat es später mal Seelenverwandtschaft genannt. Normalerweise ist er immer sofort eingeknickt, wenn seine Eltern zu viel Druck gemacht haben. Das hasst David auch so an ihm – er ist der Meinung, dass Alexander lernen muss, sich durchzusetzen, was ich für Schwachsinn halte, weil er einfach sensibel ist, und der Fehler nicht bei ihm, sondern bei seinen irren Eltern liegt.«

Ich pflichte Luca bei.

»Bei dieser Sache hat er sich durchgesetzt, indem er verschwunden ist, und David ging der Arsch auf Grundeis. Ich bin mir sicher, er wäre hinterher gesprungen, wenn wir herausgefunden hätten, dass Alexander von einer Brücke gesprungen ist. Das waren mitunter die schlimmsten Tage meines Lebens …«

Ich würde Luca gerne drücken, aber er sitzt mir noch immer gegenüber und hat den Kopf auf der Tischplatte liegen.

»Siehst du! Jetzt bin ich deprimiert. Ich sage doch, die Geschichte ist beschissen …«

»Entschuldige«, hauche ich einsichtig. »Ich wusste nicht, dass sie so schlimm ist. Soll ich dir noch ein Red Bull bringen? Oder Kaffee?«

»Dose«, murrt er und ich springe vom Stuhl auf, um ihn mit Koffein zu versorgen. Er wirkt wirklich down, das wollte ich nicht.

Luca rafft sich auf, umklammert das Red Bull und lehnt sich nach hinten in den Stuhl.

»Die beiden sind quasi durchgebrannt«, erzählt er weiter. »Ich weiß nicht, wie Alexander sich das vorgestellt hat. Er war sechzehn, all seine Bankkonten waren gesperrt, er hatte keine abgeschlossene Ausbildung. Ich denke, er wollte einfach abhauen, endlich dieser ganzen Kritik und den Ansprüchen entkommen und mit ihr zusammen sein. Dass er absolut mittel- und obdachlos gewesen wäre, klingt zwar romantisch, ist es aber nicht. Das war von Anfang an zum Scheitern verurteilt. Aber ich denke, er hätte das durchgezogen. Irgendwie. Und sich damit seine ganze Zukunft versaut. Zum Glück war Caro schon mit fünfzehn der selbstloseste, klügste Mensch, dem ich jemals begegnet bin. Sie hat ihn nach sechs Tagen nach Hause geschickt, mit ihm Schluss gemacht, weil er sonst nicht zurückgegangen wäre. Sie waren einfach zu jung, um aus diesem System auszubrechen, sie standen von Anfang an auf verlorenem Posten.«

»Und als sie älter waren?«, frage ich vorsichtig, weil ich Alex heute zum ersten Mal mit Caro gesehen habe.

Luca seufzt ausgiebig. »Alexander hat Jahre gebraucht, um sich zu fangen. Es war nicht nur die Sache mit Caro, er war schon vorher depressiv und auch danach. Es wurde besser und wieder schlechter. Er hat sich erst an der Uni wirklich gefangen. Als er neue Leute um sich hatte und seine eigene Wohnung.«

Das Gespräch zwischen David und Simon zieht wieder durch mein Gedächtnis. Ich fand es damals schon besonders, dass David sich bei Simon für den Einfluss auf Alex bedankt hat – jetzt macht das noch mehr Sinn.

»Soviel ich weiß, hatte Caro lange einen Freund und Alexander keinen Kontakt zu ihr. Dass du sie heute zusammen gesehen hast, finde ich gut. Ich denke, er ist jetzt gefestigt und abgenabelt genug, damit er mit ihr glücklich werden kann. Caro ist für Alexander, was Nora für mich ist. Er bekommt das auf die Reihe, ich bin mir sicher.«

Dass Luca so positiv klingt, macht mich auch wieder gefasster. So viele schöne Liebesgeschichten, und ich sabotiere meine, weil ich hinter einem Ficus ausraste …

»Was ist mit Nora? Sie ist nicht mehr mit dem Polizisten zusammen, oder? Fliegst du zu ihr?«

Luca schüttelt den Kopf, grinst aber so breit, dass ich fast all seine schneeweißen Zähne sehen kann.

»Sie zieht in zwei Monaten zurück hierher«, verkündet er und prostet mir mit der Dose zu, bevor er daran schlürft.

»Heißt das, du umgarnst sie bald mit deinem geballten, extrovertierten Charme?«, will ich lachend wissen.

Er zieht eine Augenbraue hoch und setzt eine verschwörerisch aussehende Miene auf.

Luca öffnet die Schublade seines Schreibtisches und schiebt mir vorsichtig eine kleine, schwarze Samtschachtel rüber.

»Sag es noch niemandem. Aber verrat mir, ob dir der Ring gefällt.«

Die Tür schließen

Ich fühle mich merkwürdig. Irgendwie müde aber nervös, gut und gleichzeitig miserabel. Luca hat mich noch zum Mittagessen eingeladen und mir von seinen Hochzeitsplänen erzählt.

Dass er so unheimlich enthusiastisch und glücklich in seiner Liebe zu Nora ist, war herzerwärmend. Ich hätte gerne ein Video von ihm gemacht, während er mir grinsend erzählt hat, wie sie sich kennen gelernt haben und warum er es damals, als er noch jünger war, auch beinahe verbockt hätte. Nora hätte das bestimmt gerne gesehen, weil nichts schöner ist, als zu beobachten, wenn der Mann, den man liebt, von einem schwärmt.

Luca und Nora, Alex und Caro – wirklich schöne Liebesgeschichten. Die von Alex war dramatisch, aber ich bin mir sicher, sie hat trotzdem einen schönen Ausgang.

Ich kenne ihn nur liebenswert, stark und fröhlich – den Alex von früher gibt es nicht mehr. Der Mensch, der er heute ist, bekommt das alles auf die Reihe, egal, ob seine Familie sich ihm in den Weg stellt oder nicht. David hilft ihm diesmal vermutlich sogar – wenn er sich wieder gegen die Beziehung stellt, bin ich mir sicher, dass Luca ihm noch eine donnert.

Es ist schon seltsam, wie schnell die Liebe das Leben in eine vollkommen andere Richtung lenken kann. Wie viel man bereit ist zurückzulassen, um mit jemandem zusammen zu sein. Das klingt erstmal alles nach Opfer bringen, aber ich denke, das ist es nicht. Man bekommt viel mehr, als man zurücklässt, deshalb zögert man auch nicht, sich darauf einzulassen. Menschen sind Gewohnheitstiere, trotzdem krempeln sie ihr Leben mit einem Lächeln auf den Lippen um, sobald sie es für die Liebe tun.

Mit Alex' Annäherung an Caro werden auch die Partys sterben. Viel früher, als alle gedacht hätten.

Auf das Ende eines Lebensabschnittes kann man sich aber nie wirklich vorbereiten. Es passiert einfach. Und der Grund dafür ist schön. Unser Gastgeber verliebt sich und schließt damit die Tür hinter sich.

Für mich waren die Partys sowieso schon gelaufen, bevor ich von der Sache mit Alex und Caro wusste. Der Grund war auch schön – einen ganz kurzen Moment lang.

Die Wehmut über das Ende dieser kurzen, aber heftigen und denkwürdigen Zeit soll meine schönen Erinnerungen nicht überschatten.

Dass ich all diese spannenden Menschen kennenlernen durfte, möchte ich nicht missen, auch, wenn es jetzt schmerzt, sie wieder zu verlieren.

Selbst, wenn ich gewusst hätte, wie alles für mich endet, würde ich wieder mit Simon die Treppen nach oben gehen, und mit hämmerndem Herz vor dieser großen weißen Tür stehen. Ich würde mich vor Nervosität volllaufen lassen und hochrot anlaufen, sobald ich jemanden in Unterwäsche sehe.

Wie ich die Zeit ohne Herzinfarkt überstanden habe, ist mir sowieso ein Rätsel. Ich war davor wirklich etwas prüde, auch, wenn ich das nie zugegeben hätte. Jetzt weiß ich, wie gut es tun kann, in kaltes Wasser zu springen, und dass man die Regeln für seine persönliche Freizügigkeit nur selbst festsetzt.

Erfahrungen und Erinnerungen – all das nehme ich mit und ich sollte wirklich dankbar sein dafür.

Ich heule.

So gefasst mein Gedankenmonolog auch klingt, und so hartnäckig ich auch versuche, das Positive in allem zu sehen, dieses Ende ist nicht schön für mich.

Wie konnten wir diese so offensichtlich sichere Sache zwischen uns nur so verbocken?!

Ich tropfe den Boden mit einer Tränenspur voll, während ich die Holzplatte aus dem Schlafzimmer schleife.

Ja, der Schrank liegt noch immer kollabiert vor meinem Bett und ja, ich bin das am lautesten schluchzende Entrümpelungskommando der Welt.

Nach einer Stunde liegt das ganze Holz neben dem Sofa.

Irgendwie habe ich mir das Ergebnis anders vorgestellt. Das Chaos hat sich nicht gelichtet, es parkt jetzt nur dort, wo es fernsehen kann.

Großartig. Ich kann nicht mal mehr stumpfsinnig in die Glotze schauen, ohne mir bewusst zu machen, wie allein ich bin. Dieser dumme Schrank ist wie ein Mahnmal, das mich verhöhnt. *Stirb Schrank! Stirb!*

Ich liege auf dem Sofa, weil man sich barfuß nicht mit Holz anlegen sollte.

Meine Zehen pochen und mein Rücken vibriert. Letzteres ist anatomisch etwas abwegig. Ich raffe mich nervös auf und suche nach meinem Handy. Es hat nur kurz vibriert – das war eine Nachricht, und Nachrichten bringen mein Herz seit Tagen zum Stillstand.

Vorgestern hätte ich mich beinahe mit meinem T-Shirt stranguliert, weil das Handy vibriert hat, während ich mich ausziehen wollte. Ich habe es mir dann doch irgendwie über den knallroten Kopf gezogen, nur um zu lesen, dass meine Mutter Tier-Videos auf YouTube für sich entdeckt hat.

Ja, Mama … ich kenne das Video mit dem niesenden Panda – die ganze Welt kennt es.

Ich wecke das Display auf und öffne die WhatsApp-Nachricht.

Alex Löwenstein
Kannst du kommen? Jetzt. Ich
muss mit jemandem reden. Es
geht mir nicht gut. Bitte.

Ich springe über den Holzhaufen, schnappe mir meine Schuhe und meine Tasche und laufe los.

Der Bus braucht 10 Minuten zu Alex' Wohnung. Ich hätte aber 15 Minuten auf ihn warten müssen. Unakzeptabel. Laufen ist schneller.

Meine Milz ist im Berserker-Modus und wirbelt wüst mit einem Messer um sich – das Seitenstechen ist furchtbar. Mein Körper wehrt sich mit jeder Faser gegen den Ausdauersport, weil er ihn für ein Selbstmordattentat hält.

Wieso dachte ich nur, ich kann so weit laufen und danach noch ansatzweise irgendjemanden trösten oder Ratschläge geben? Ich kann nur Keuchen. Alex möchte mir hoffentlich auch dann sein Herz ausschütten, wenn meine Nase im Hintergrund mit 50 Dezibel pfeift.

Ich sollte das wirklich mal untersuchen lassen …

Ich muss an der Hauseingangstür verschnaufen, sonst komme ich die Treppen nicht hoch.

Natürlich fährt der scheiß Bus gerade auf der anderen Straßenseite ein. Ich war ganze 60 Sekunden schneller, und selbst die habe ich verloren, weil ich mir Zeit zum Sterben nehmen musste.

Mal wieder die richtige Entscheidung getroffen. Gut gemacht, Lena.

Nachdem ich wieder zu Atem gekommen bin und die Treppen nach oben gehe, werde ich nervös. Ich hoffe, Alex geht es gut. Offensichtlich aber nicht, sonst würde er mir nicht so eine Nachricht schreiben. Gerade heute, nachdem mir Luca von seiner Vergangenheit erzählt hat, fühlt sich so ein Hilfeschrei furchtbar an.

Ich klopfe und beiße mir nervös auf die Lippe. Was immer er braucht, ich will ihm unbedingt helfen. Wahrscheinlich geht es um Caro. Die Sache mit mir und Simon beschäftigt ihn zwar auch, aber er konnte sich heute gut Luft machen. Und er hat nicht verzweifelt genug geklungen, um solche Nachrichten zu verfassen.

Ich klopfe noch mal, aber niemand macht auf. Jetzt werde ich wirklich nervös. Als hektische Schritte im Treppenhaus ertönen, drehe ich mich zum Geländer.

»Was machst du denn hier?«, höre ich eine atemlose Stimme im passiv-aggressiven Tonfall fragen.

Ich starre Nicki stumm an, wahrscheinlich verfinstert sich meine Miene, aber ich bin zu überrascht, um das bewusst zu steuern.

»Warst du gerade bei Alex? Ist er hier?«, will sie wissen und redet ungeduldig schnell.

»Ich bin selbst erst gekommen. Er macht nicht auf.«

Nicki stellt sich neben mich und hämmert gegen die Tür. Dass ich es aushalte, ihr Parfum einzuatmen, liegt nur daran, dass sich in meinem Kopf gerade alles um Alex dreht.

»Mach auf! Alex! Komm schon!«

Ich mustere sie prüfend und sehe die Sorgen in ihrem strengen Blick.

»Hat er dir auch geschrieben?«, will ich wissen. Sie dreht sich überrascht zu mir. »Dir auch?«

Ich nicke, will etwas sagen, aber die Tür geht plötzlich auf.

»Ihr wart ja wirklich schnell!«, tönt Alex und macht eine einladende Geste.

Wir starren ihn irritiert an. Er sieht seltsam aus. Die neutrale Miene verrät absolut gar nichts.

»Was ist denn los? Wieso schreibst du solche Nachrichten?!«, fragt Nicki und kann sich noch nicht entscheiden, ob sie wütend oder besorgt klingen soll. Ich weiß auch nicht, was hier los ist.

»Ich muss euch etwas zeigen …«, meint Alex und setzt sich in Bewegung.

Er hat die Hände in den Hosentaschen vergraben und geht mit gesenktem Kopf durch den Gang.

Nicki und ich bemerken gleichzeitig, dass wir uns fragend ansehen und dass das komplett überflüssig ist, weil wir auf die Meinung der anderen sowieso keinen Wert legen. Wir richten den Blick nach vorn und folgen Alex. Er geht ins Wohnzimmer und biegt dann ab.

»Kommt.«

Ich stehe mit Nicki in seinem Zimmer und beginne mich prüfend umzusehen. Chaos, nichts weiter. Normalerweise lässt er niemanden hier rein.

»Kann ich mal die Nachrichten sehen, die ihr von mir bekommen habt?«, fragt er und streckt seine Hand in unsere Richtung aus.

Da ist noch immer keine Emotion in seinem Gesicht abzulesen. Aber es fühlt sich gerade so an, als würden gleich die *Men in Black* aus dem Schrank springen. Ich habe keine Ahnung, was hier los ist.

Ich fische mein Handy aus der Tasche, öffne die Nachricht und zeige sie ihm. Alex greift mein Handy und liest die Zeilen.

»Mhm …«, murrt er und sieht dann Nicki erwartungsvoll an.

»Was ist denn los, Alex?! Was soll das? Rede endlich!«

Er macht eine auffordernde Handbewegung und sie gibt ihm ihr Handy. Alex dreht sich um, geht aus dem Zimmer und reißt dann die Tür hinter sich zu. Als ich das Geräusch des Schlüssels höre, entgleitet mir die Mimik.

»Ha!«, ruft Alex auf der anderen Seite. »Jetzt müsst ihr reden!«
Er lacht finster.

Nicki stürmt zur Tür und rüttelt daran. »Hast du einen Knall?!
Mach sofort auf!«

»Nein! Das ist eine Intervention! Ich interveniere!«

»Du intervenierst nicht, der Affe in deinem Kopf hat die Schellen zu fest aneinandergeschlagen! Lass mich sofort hier raus, du
Irrer, oder ich …!« Nicki wirft sich gegen die Tür, aber das Massivholz gibt kein Stück nach.

»Tu dir nicht weh«, flötet er.

»Lass uns raus«, brumme ich so finster ich kann. »Nicki und ich
haben gar nichts zu bereden. Ich weiß nicht, was du dir erhoffst,
aber uns einzusperren bringt nichts.«

Auf Nickis aggressiven Ton reagiert er nur wie ein trotziges
Kind. Vielleicht kann ich ihn mit rationaler Strenge überzeugen,
uns hier raus zu lassen.

»Wenn du denkst, ihr hättet nichts zu bereden, mache ich euch
gerne Themenvorschläge! Der eine reimt sich auf Bimon und der
andere auf Eo. Und los!«

Nein, er bleibt stur. Nicki tritt gegen die Tür.

»Weißt du, wie hinterhältig es ist, so zu tun, als würde es einem
nicht gut gehen, nur um so einen Scheiß abzuziehen?!«

Alex schnaubt so laut, dass wir es sogar durch die geschlossene
Tür hören können. »Ach und weißt du, wie scheiße es ist, wenn
deine besten Freunde sich plötzlich alle wie sture Vollidioten verhalten?! Ihr bekommt das allein nicht auf die Reihe! Ihr habt mich
gezwungen, etwas zu unternehmen! Und es ist verdammt traurig, dass ich erst so tun muss, als würde ich heulend meine Knie
umarmen, damit ihr her kommt!«

»Hättest du das nicht mit Theo und Simon machen können?!«,
faucht Nicki und lehnt sich brummend an die Wand.

»Nein, ich bin doch kein Idiot. Theo reißt die Tür raus und jagt mich dann damit. Außerdem habe ich beschlossen, dass eure Beziehung zueinander das Problem verursacht hat.«

»Das kannst du doch nicht einfach so beschließen!«, brülle ich, weil ich auch langsam wütend werde.

Mir wird bewusst, dass hier mit Nicki eingesperrt zu sein, bedeutet, hier tatsächlich mit Nicki eingesperrt zu sein.

»Und wie ich das kann! Redet! Ich verschwinde.«

Ich laufe zur Tür und donnere dagegen. »Du kannst nicht einfach abhauen! Und uns hierlassen! Alex!«

Nicki seufzt und schüttelt den Kopf. »Er ist ein sturer Idiot. Er macht nicht auf.«

»Aber er kann doch nicht …!«

»Hat er längst.«

Sie verschränkt die Arme vor der Brust und schließt seufzend die Augen. Ich starre gegen die Tür – eine ganze Minute lang. Was soll ich auch sonst machen?

»Unfassbar …«, murmle ich und setze mich dann an den Bettrand.

Nicki kickt Alex' Chucks unter den Schreibtisch. »So unfassbar ist es gar nicht. Er verliert Theo, und Simon meldet sich auch nicht mehr. Das hält er nicht aus.«

Sie muss nicht klugscheißen. Ich habe auch schon mit Alex geredet und weiß, dass er mit der Situation hadert. Außerdem dramatisiert sie das Ganze.

»Er verliert niemanden. Im Moment sind einfach alle durch den Wind. Das legt sich wieder. Die Jungs bekommen das schon auf die Reihe.«

Nicki fokussiert den Blick und starrt mich finster an.

»Was weißt du denn schon über ›die Jungs‹?« Sie zeigt Gänsefüßchen mit den Fingern und schüttelt vorwurfsvoll den Kopf. »Dass es Simon miserabel geht, ist deine Schuld, und von Theo weißt du gar nichts, also wirf nicht mit ›Alles wird gut‹-Floskeln um dich!«

Im Ernst, du Flittchen?! Meine Schuld?!

»Dass Simon und ich uns getrennt haben, liegt nur an dir!«, knurre ich. »Ich kenne ihn schon viel länger als du! Nur weil du mal mit ihm geschlafen und ihn betrogen hast, heißt das noch lange nicht, dass du irgendeinen Anspruch auf ihn hast!«

»Hörst du dich eigentlich selbst reden, du Klugscheißerin!?«, faucht sie und stößt sich von der Wand ab.

Sie beginnt, im Zimmer auf und ab zu laufen und ich würde sie liebend gerne mit all den Schuhen abschießen, die hier herum liegen.

»Dass Simon mit dir Schluss gemacht hat, liegt daran, dass du deinen blöden Arsch nicht von Theo fernhalten kannst! Ich weiß, dass du bei ihm warst!«

Natürlich weiß sie das. Die blöde Kuh weiß immer alles.

»Wir haben nur geredet! Und ich muss mich vor dir nicht rechtfertigen!«

»Doch! Das musst du! Du platzt in mein Leben, vögelst mit Theo und glaubst, dass du ihn irgendwie umkrempeln kannst, weil du ihn so gut verstehst! Was für ein Schwachsinn! Du verstehst gar nichts! Du kennst ihn nicht! Du weißt nicht mal, dass er wegziehen will!«

Meine Wangen glühen vor Wut, aber ich stutze trotzdem. Doch, ich wusste, dass er umziehen will. Das klang nach: ›Ich ziehe ans andere Ende der Stadt, weil es dort grüner ist‹. Wegziehen klingt aber anders. Mehr nach: ›Ich verlasse das Land‹.

»Du warst nicht mit Theo zusammen!«, rechtfertige ich mich. »Ihr hattet beide Sex mit anderen! Simon und ich waren zusammen!«

»Zum hundertsten Mal: Es ist nicht meine Schuld, dass ihr Schluss gemacht habt! Das hast du selbst verbockt! Ich will nichts von Simon!«

»Dann hör auf, mit ihm zu flirten und ihm zu sagen, dass du immer für ihn da sein wirst!«

»Wieso?! Weil du eine eifersüchtige Vollidiotin bist?! Wir sind befreundet, er ist mein Trainer, ich lasse mir nicht verbieten, mit ihm zu reden!«, schreit Nicki.

Es geht aber eigentlich nicht um Simon oder mich. Das kommt ihr nur gelegen, um es mir an den Kopf zu werfen. Dann muss sie nicht über ihr eigenes Drama nachdenken. Ich kann es ihr aber vor Augen halten, schließlich kann sie sowieso nicht weglaufen.

»Du hast doch einen Knall! Wenn du Theo liebst, dann sag ihm das! Schwing hier keine großen Reden, wie gut du ihn kennst und dass nur du ihn verstehst! Wenn nur du ihm helfen kannst, dann hilf ihm doch! Er braucht Hilfe! Und was machst du?! Mit Simon flirten und mich anschreien?! Hast du so großen Schiss, dass er dich zurückweist? Wieso?! Du lädst doch nur deinen Frust an mir ab!«

Meine Rede wird mit eiskaltem Schweigen honoriert. Plötzlich will sie nicht mehr reden – ich aber schon.

»Wieso bist du nicht schon längst mit Theo zusammen? Du hättest dir dieses ganze Drama sparen können. Es ging immer nur um ihn, oder? Du machst mir Simon streitig, weil du denkst, ich mache dir Theo streitig. Und jetzt? Jetzt schreien wir uns alle nur noch an. Ist es das, was du wolltest? Gratuliere! Niemand bekommt, was er will, und wir bleiben alle allein!«

Jetzt sieht sie wieder zu mir. Da glitzert mehr als Wut in ihren Augen.

»Denkst du wirklich, ich wollte das?! Denkst du, ich stehe auf Drama!? Ich hatte mein Leben lang nichts als Drama! Du hast doch keine Ahnung!«

»Nein Nicki, die habe ich nicht! Wie soll ich auch Ahnung haben, du hast noch nie mit mir gesprochen! Woher soll ich etwas über dein Leben wissen, woher soll ich wissen, dass du Theo liebst, wenn ihr alle so tut, als wärt ihr nur Freunde und als wäre der lockere Sex genau das, was ihr wollt?« *Wie lange lügt ihr euch schon vor, dass ihr euch nicht braucht? Das muss doch verdammt weh tun!* »Ja, ich denke auch, dass du die Einzige bist, die ihn versteht und auch die Einzige, die ihm helfen kann. Aber davon hattest du wiederum keine Ahnung, weil wir nicht reden, nur schreien. Das mit Theo und mir hätte nie geklappt. Ich wäre nur eine Ausflucht für ihn gewesen, ein Experiment, in dem er sich vorgemacht hätte, dass er niemanden braucht, der ihm bei der Vergangenheitsbewältigung hilft. Ich bin mir sicher, dass er mich mit dir betrogen hätte. Nichts anderes hast du mit Simon gemacht. Er war nur eine Ausflucht für dich, sonst hättest du ihm das nicht angetan.«

Sie lässt sich auf Alex' Schreibtischstuhl sinken und dreht sich von mir weg. »Ich wollte Simon nicht weh tun … damals nicht und heute nicht«, höre ich sie flüstern.

Ihre Stimme klingt rau, vom vielen Schreien. Mein Hals kratzt auch. Sie räuspert sich, bevor sie weiterspricht. »Ich mag ihn wirklich, aber ich hätte ihm die offene Beziehung nicht aufdrängen dürfen. Er kam nicht damit klar. Wir sind zu verschieden.«

Nicki macht eine kurze Pause, dann seufzt sie leise. »Simon passt viel besser zu dir als zu mir.

Er hat mich auch nie so angesehen, wie er dich angesehen hat.

Ich denke, ich tue ihm leid, deshalb stößt er mich nicht aus seinem Leben – obwohl ich es verdient hätte. Er ist einfach ein netter, anständiger Mensch. Jeder will so einen Mann, oder? Ich wäre eine Idiotin gewesen, wenn ich es damals nicht versucht hätte …«

Sie sieht mich nicht nicken, aber ich muss ihr zustimmen. Ja, sie wäre eine Idiotin gewesen, wenn sie sich nicht ein wenig in Simon verknallt hätte, als sie ihm begegnet ist. Ich weiß, wie toll er ist, wie besonders und wie nett. Er würde nie jemanden aus seinem Leben stoßen, der Hilfe braucht und nie ein Geheimnis ausplaudern. Was immer Nicki ihm alles über ihr Leben erzählt hat, er hat es für sich behalten. Wahrscheinlich weiß er schon lange, was zwischen Nicki und Theo läuft. Natürlich. Er hat es nicht direkt angesprochen, aber er hat mich mit der Nase darauf gestoßen. Damals, in seinem Bett …

›Ich weiß, du glaubst, ich liebe sie noch, aber das ist nicht der Fall. Du glaubst Theo, wenn er dir versichert, dass Nicki ihm egal ist, aber nicht mir? Hast du dir schon mal überlegt, wieso er so ausrastet, wenn ich mich um sie kümmere? Warum wir immer wieder streiten, sobald ich ihr auch nur den kleinsten Freundschaftsdienst erweise? Einer von uns beiden lügt, wem du glaubst, bleibt dir überlassen.‹

Ich habe Simon nicht geglaubt, bis ich es selbst erlebt habe. Wie Theos Stimme sich beruhigt, sobald er von Nicki spricht, wie er ihre Nähe sucht, sobald ihn das Leben erdrückt.

Ihr geht es auch so. Nur ist Nicki schlechter darin, ihre Gefühle hinter einer strengen Miene zu verstecken. Sie schreit und schlägt um sich, sobald sie Angst hat, ihn zu verlieren. Das Verhalten ist mir vertraut …

»Wohin geht Theo?«, frage ich leise und tonlos, weil ich Angst habe, dass die Gefühle gleich überschwappen.

Er ist nicht die Liebe meines Lebens, trotzdem geht es mir nahe, dass er vorhat wegzugehen – Nicki muss sich elend fühlen.

Sie zuckt mit den Schultern. »Er redet seit Jahren davon wegzuziehen. Aber er hat seine Pläne immer im letzten Moment verworfen. Ich denke, diesmal ist es ihm aber ernst. Er fühlt sich nicht gut, er sagt, er hält es hier nicht mehr aus.«

Ich schlucke schwer. Dass es Theo so schlecht geht muss sich schnellstmöglich ändern. Das liegt aber nicht in meiner Hand.

Nicki blinzelt auffallend oft, während sie weiterredet. »Er kann sein Chemiestudium überall fortsetzen - Pharmaunternehmen gibt es auf der ganzen Welt.«

Mir wird plötzlich bewusst, warum Alex so am Rad dreht. Theo wird gehen und Nicki …

»Gehst du mit ihm?«, will ich wissen.

»Ich weiß nicht, ob er das möchte.«

»Möchtest du es?«

»Wir sehen uns seit zehn Jahren beinahe jeden Tag. Ich war immer bei ihm. Ich kann mir nicht vorstellen, ohne ihn …«

Sie kann es nicht mal vor mir aussprechen: ›Ich liebe ihn‹. Ich weiß nicht, was zwischen den beiden vorgefallen ist, dass sie nun solche Angst vor Zurückweisung hat, obwohl es so offensichtlich ist, dass sein Herz an ihr hängt.

Das geht weit über ein einziges lächerliches Eifersuchtsdrama hinaus. Die beiden müssen den Mut, zu ihren Gefühlen zu stehen, unter irgendetwas Furchtbarem begraben habe.

Luca hat acht Jahre auf Nora gewartet und bekommt es auf die Reihe.

Alex und Caro sind die Romeo-und-Julia-Achterbahn gefahren und finden wieder zueinander.

Nicki und Theo haben ihre Gefühle unterdrückt, bis sie den Halt verloren haben, aber ich denke, sie sind einfach Menschen, die nur glücklich sein können, wenn sie gelitten haben.

Liebe ist nur dann schwer, wenn man seinen Ballast auf ihr ablegt.

Nicki dreht sich mit dem Stuhl in meine Richtung und verschränkt wieder die Arme vor der Brust.

»Wenn ich gehe, bist du mich los. Dann können diese ganzen Eifersuchtsdramen aufhören.«

Ich zucke mit den Schultern und sage etwas, das ich eigentlich nie sagen wollte. Es widerstrebt mir noch immer, es zuzugeben, aber es kommt mir notwendig vor.

»Es lag nicht ausschließlich an dir und Theo. Es lag an Simon und mir. Dass das mit der Beziehung so schnell ging, hat uns dünnhäutig gemacht. Wir konnten mit unserem alten Lebensstil nicht wirklich abschließen und hatten Angst, dass der andere in alte Muster zurückfällt. Dämlich, aber ich denke, so war es …«

Nicki lässt den Kopf resignierend auf die Stuhllehne sinken. »Ja. Angst lässt einen irrationale Dinge tun.«

Sie schweigt wieder eine Weile und hebt dann den Kopf. »Du weißt, dass Alex mich zu Simon geschickt hat? Er hat sich nichts dabei gedacht, er hat mich nur gebeten, ihm sein Zeug zu bringen. Was du nicht gehört und gesehen hast war, dass Simon mir erzählt hat, dass ihr zusammen seid und wie er dabei gegrinst hat. Das war eines der ersten Dinge, über die wir gesprochen haben. Simon würde nie lügen, das weißt du.«

Ja, ich wusste das. Dann habe ich es vergessen. Jetzt weiß ich es wieder.

Ich will ihr auch noch etwas sagen. »Als ich bei Theo war, haben wir nur geredet. Er hätte mich nicht mit in seine Wohnung genommen, wenn ich nicht so durch den Wind gewesen wäre. Und ich habe auf dem Sofa geschlafen. Er hatte überhaupt kein körperliches Interesse mehr an mir – er hat nur von dir gesprochen.«

Sie nickt, dann schmunzeln wir. Ich denke, Nicki geht gerade dasselbe durch den Kopf wie mir.

»Wenn wir so angefangen hätten, würde ich jetzt nicht die Stimme vom vielen Schreien verlieren«, gibt sie zu und räuspert sich wieder.

»Ja. Aber wir backen die Torte anscheinend lieber kompliziert und beginnen damit, die Kerzen in die Eier zu stecken.«

Das Lachen kratzt im Hals, aber es ist trotzdem befreiend.

»Was denkst du, wann Alex uns wieder rauslässt? Woher weiß er, dass seine Geiselnahme ihren Zweck erfüllt hat?«, will ich wissen und bin fasziniert, dass diese kindische, despotische Masche tatsächlich Früchte getragen hat. Wir hatten wirklich eine Aussprache notwendig, und anders, als uns dazu zu zwingen, wäre es nie dazu gekommen.

Nicki überdreht die Augen, steht auf und lehnt sich wieder an die Wand.

»Alex, lauschst du an der Tür?«

»Nein …«, schallt es vorsichtig zurück.

Ich muss einfach lachen, auch wenn er uns ausgetrickst und eingesperrt hat – Alex hatte die besten Absichten, und dafür, dass seine Pläne diabolisch infantil sind, funktionieren sie hervorragend.

»Lass uns raus«, verlangt Nicki. »Du hast gehört, dass wir uns ausgesprochen haben.«

»Ja! Das ist wirklich schön. Und das mit der Torte war witzig. Aber nein.«

»Was?!«, rufe ich und stelle mich auch vor die Tür, die noch immer nicht aufgeht. »Wir haben geredet! Und geschrien. Und gelacht. Was willst du denn noch?! Sollen wir rummachen?!«

»Ist nicht notwendig, würde mir aber schon irgendwie gefallen«, meint er. Ich sehe ihn vor meinem geistigen Auge grinsen. »Wenn ihr das macht, könnt ihr es filmen? Da liegt eine Kamera in der Schreibtischschublade. Ich gehe jetzt wirklich. Zu Caro. Ich komme erst morgen wieder.«

»Das kannst du doch nicht machen!«, brülle ich.

Nicki hat eine gute Drohung auf Lager. »Alex, ich schwöre dir, dass ich in deinen Schrank pinkle, wenn du uns nicht rauslässt!«

Da kommt nichts mehr – kein Lachen, nicht mal ein dummer Spruch.

»Alexander?!«

Nein. Keine Antwort. Wir starren uns fassungslos an.

»Lässt er uns wirklich die ganze Nacht lang hier?«, frage ich, weil ich zum ersten Mal zugeben kann, dass Nicki ihn einfach schon länger und besser kennt als ich. Aber selbst sie zuckt mit den Schultern.

»Ich weiß nicht. Wahrscheinlich lässt er uns nur noch zehn Minuten schmoren. Falls er wirklich erst morgen wiederkommt, werfen wir all seine Sachen aus dem Fenster!«

Ich stimme dem Plan zu. Wenn Alex uns das antut, lernt sein Chaos fliegen.

Wir liegen auf dem Bett. Zwischen uns hätte aber noch ein Footballspieler Platz. *Der Vergleich soll nicht zweideutig klingen, tut er aber.*

»Wie lange ist er schon weg?«, will ich wissen, weil Nicki eine Uhr trägt.

»Fünfundzwanzig Minuten.«

Ich knurre an die Decke.

»Wenn der Idiot nicht wiederkommt, dann …« Nicki bricht die Drohung ab, schweigt kurz und dreht den Kopf dann in meine Richtung. »Sollten Theo und ich wirklich wegziehen …«

Ich mustere sie neugierig. Sie klingt, als ob sie mir einen Gefallen abverlangen will.

»Du siehst ja, dass Alex ein kindischer Vollpfosten ist – er kommt allein nicht klar.«

Ich verstehe, worum sie bittet. Diesen Gefallen tue ich ihr gerne. Ich will etwas erwidern, aber da sind plötzlich Geräusche.

Wir raffen den Oberkörper hoch und lauschen den Schritten. Im nächsten Moment springt die Tür auf.

Nicki und ich waren schon im Begriff, Luft zu holen und Alex anzubrüllen, aber dort steht gar kein Löwe.

Ich weiß nicht, welches Paar den überraschteren Gesichtsausdruck zum Besten gibt: Nicki und ich oder Simon und Theo. Doch, ich weiß es: Simon und Theo, Nicki und ich liegen schließlich zusammen im Bett.

»Also … ich habe ja mit allem gerechnet, aber das …«, setzt Theo an und sieht zu Simon. »Irritiert dich das auch so unglaublich wie mich?«

»Massiv«, entgegnet Simon nickend.

Sein Blick folgt mir, während ich aus dem Bett hüpfe. Nicki kommt mir zuvor und löst die Situation auf.

»Alex hat uns hier eingesperrt! Wo ist der Idiot, ich will ihn treten!«

»Alex ist nicht hier«, erklärt Theo und hält einen Zettel hoch. »Das hat er an den Spiegel im Vorzimmer geklebt.«

Holt euch aus meinem Zimmer, was ihr verloren habt. Ihr wart zu dämlich, um es selbst wiederzufinden, deshalb musste ich nachhelfen. Entschuldigt das Lügen, aber wer so stur ist, wird angeflunkert. Danksagungen nehme ich erst ab morgen entgegen. Ich habe jetzt auch ein Privatleben – haha!

Euer Intervenator:

Alexander Löwenstein

»Weiß er, dass ›Intervenator‹ kein Wort ist?«, frage ich und sehe Simon den Kopf schütteln.

»Ich dachte zuerst, da steht ›Ventilator‹ und er war blitzblau als er das geschrieben hat. Seine Handschrift ist furchtbar …«

Die ersten Worte, die wir seit unserem Streit wechseln. Wir lachen.

Der Ventilator hat wirklich ganze Arbeit geleistet.

»Hat Alex euch auch mit einer SMS hergelockt, die klang, als würde er in einer tiefen Lebenskrise stecken?«, will Nicki wissen.

Theo murrt. »Na ja, nicht gerade eine Lebenskrise, aber ein Notfall. Mir hat er geschrieben, er hätte etwas Säureartiges verschüttet und den Dampf eingeatmet. Ich dachte, ich rufe hier gleich den Giftnotruf.«

Simon zieht die Brauen hoch. »Mir hat er geschrieben, das Wasserrohr im Badezimmer ist gebrochen und die Wohnung steht unter Wasser.«

Simon hat eindeutig den harmlosesten Hilferuf erhalten.

Theo überdreht die Augen und schüttelt dann vorwurfsvoll den Kopf. »Klar, dir hätte er auch schreiben können, dass er Verstopfung hat und du ihm beim Kacken die Hand halten sollst.«

»Zumindest muss er mir nicht schreiben, er hätte sich die Atemwege verätzt, damit ich auftauche«, kontert Simon.

»Schluss jetzt oder wir sperren euch auch in Alex' Zimmer«, droht Nicki.

Theo nickt mir einmal schwach zu, als würde er sich verabschieden und funkelt dann Nicki an. »Sei lieber nett zu mir, ich wollte gerade anbieten, dich nach Hause zu fahren.«

Sie zieht eine Augenbraue nach oben. »Du musst mich nicht nach Hause fahren, ich bin selbst mit dem Auto hier!«

»Dann lass es stehen.«

»Wieso sollte ich?«

»Weil ich dich nach Hause fahren will.«

»Geht es noch ein bisschen herrischer?«

»Ja. Rein in mein Auto und Finger weg vom Radio.«

Die beiden setzen sich in Bewegung und verschwinden im Flur. Ich höre Nicki noch Theos Musikgeschmack kritisieren, dann fällt die Haustür in die Angeln.

Ich bin mir sicher, er darf sie nach Hause fahren. Und ich bin mir sicher, dass Alex genau das im Sinn hatte.

Nicki ist eindeutig stark genug, um es mit Theo aufzunehmen – immer und egal, wohin sie gehen.

Ich greife nach meiner Tasche, lasse mir dabei aber auffallend viel Zeit, weil ich weiß, dass ich Simon ansehen muss, sobald ich mich umdrehe. Und wenn ich ihn ansehe, dann …

»Lena.«

Ich richte mich auf, drehe mich aber nicht um.

»Ich bin ausgerastet. Ich war eifersüchtig. Und dann war alles so …«

»Festgefahren«, beende ich Simons Satz und nicke. »Ja. Ich weiß, was du meinst. Wir haben es beide verbockt.«

Ich öffne meine Tasche, wühle kurz darin und finde dann den Mut mich umzudrehen. Simon mustert mich mit forschendem Blick, der von meinem Gesicht zu meiner Hand schweift.

»Was ist das?«

Ich schmunzle vorsichtig und halte ihm die deformierte Tafel vor die Nase.

»*Rittersport Voll-Nuss*. Wollte ich dir mitbringen, bevor ich es für eine gute Idee gehalten habe, hinter den Fici stehen zu bleiben.«

Seine Miene wird kurz schuldbewusst büßend, dann schmunzelt er mich an. »Darf ich sie noch haben, oder …?«

Ich nicke und gebe ihm die Schokolade. »Sicher, aber sie ist in meiner Tasche schon mindestens vier Mal geschmolzen und hat sich neu formiert.«

»Schon gut, ich will sie nicht essen, ich will sie behalten.«

Wir sehen uns ein paar Sekunden lang in die Augen, dann setzen wir uns in Bewegung.

Mein Handy liegt auf dem kleinen Brett unter dem Spiegel – ich greife es mir und folge Simon in den Flur.

Er schließt die Tür zu Alex' Wohnung und ich kann nicht verhindern, etwas wehmütig zu werden.

Ich bin zusammen mit Simon das erste Mal durch diese Tür gegangen, und jetzt schließen wir sie hinter uns.

Vielleicht ist genau das die symbolische Geste, die wir gebraucht haben. Es fühlt sich so an. Spätestens dann, als er auf der Treppe meine Hand mit seiner umschließt.

C´est La Vie

»Bist du fertig, Lena?«

»Nein. Gib mir noch fünf Minuten. Hier drin ist es stockdunkel und ich versuche, mich anzuziehen. Ich kann nicht sagen, ob ich gerade in ein Kleid steige oder in das *Sailor-Moon*-Kostüm.«

»Das haben wir noch?«

»Ja. Halloween-Party vor sechs Jahren. Du weißt, ich kann nichts wegwerfen.«

Ich stolpere nach links und krache gegen die Kommode – vermutlich, es könnte aber auch das Regal sein. Wir haben hier erst gestern alles eingeräumt, seither herrscht Finsternis.

Ich höre Schritte auf dem Schlafzimmerboden und ein mechanisches Klicken.

»Wirklich kaputt«, höre ich ihn überrascht murmeln, dann ertönt ein penetranter Piepston.

Ja, auch die Steuerungseinheit an der Wand ist im Eimer – habe ich auch schon versucht. Sie schreit einen nur an. Aber natürlich muss Simon es selbst noch mal versuchen – *Männer*.

Im oberen Stockwerk lässt sich keine Lampe mehr einschalten. Tagsüber eigentlich kein Problem, wenn die Steuerungseinheit der elektrischen Jalousien sich endlich kooperativ zeigen und ein klein wenig Licht reinlassen würde. Büros, Schlafzimmer, Ankleidezimmer – alles stockdunkel.

»Ich habe dir ja gesagt, dass es keine gute Idee ist, alles elektrisch zu steuern«, klugscheiße ich und versuche währenddessen herauszufinden, ob ich das mintgrüne oder das weiße Kleid in der Hand habe.

Das mintgrüne war drei Jahre lang mein Lieblingskleid, dann hat mich die penetrante Kuh aus dem Dekans-Sekretariat gefragt, ob da vielleicht etwas im Anflug ist.

Es ist am Bauch etwas fließend geschnitten, aber das ist noch lange kein Grund, mit solchen Spekulationen um sich zu werfen. Ich hätte ihr gerne meinen Kaffee ins Gesicht geschüttet. Am nächsten Tag bin ich im hautengen Bleistiftrock zur Arbeit – pure Trotzreaktion. Der Dekan ist gegen eine Glasscheibe gerannt, während er mich angegrinst hat. Luca hat erst drei Tage später aufgehört zu lachen.

So starb das mintgrüne Kleid für mich.

Von wegen schwanger … ich war noch nie so gut in Schuss, nicht mal mit zwanzig!

Wer gerade ein Haus baut, hat aber auch weder Zeit noch Geld zu essen. Hinter uns liegen acht Monate Baustelle, dutzende Abende, in denen wir nach der Arbeit Fliesenkataloge durchgeblättert haben und über Löcher im Garten gesprungen sind. Simon ist mal im Wirtschaftsraum eingeschlafen, als er den Boiler ausmessen wollte.

Er hat hier großartige Arbeit geleistet. Mit einem Architekten zusammen zu sein, macht beim Bauen vieles leichter. Und noch mehr komplizierter, aber das Ergebnis kann sich sehen lassen. Wenn man hier überhaupt etwas sehen würde.

»Das muss an irgendeinem Schaltkreis liegen«, vermutet er. Ich drehe mich zu der offenen Tür, die ins Schlafzimmer führt. Ich weiß nur, wo sie ist, weil ich Simons Stimme höre.

Als ich mich zum dritten Mal im Kreis gedreht habe, habe ich die Orientierung verloren.

Es piepst wieder, obwohl niemand auf der Steuereinheit herumdrückt.

»Unser Haus hat ein Eigenleben«, stelle ich fest und will eigentlich auf Simon zugehen.

Vor mir wird plötzlich alles weich – *nein, der Mann, den ich liebe, ist hart wie ein Brett, das ist der Kleiderständer.*

»Kennst du ›Paranormal Activity‹?«, will ich wissen und höre auf, unsere Jacken zu umarmen.

»Wenn das Haus anfängt, Besteck zu werfen oder mich jemand nachts am Fuß aus dem Bett zieht, können wir dann bitte sofort ausziehen und nicht erst wochenlang alles mitfilmen?«

Simons Lachen geht in ein Knurren über. »Wenn dich jemand nachts aus unserem Bett zieht, bekommt er Probleme. Übernatürlich oder nicht.«

Ich lasse das Kleid fallen und taste mich schmunzelnd an der Wand entlang. »Ich sehe schon die Schlagzeile: Eifersüchtiger Architekt verprügelt Poltergeist – Poltergeist droht mit Schmerzensgeld-Klage.«

»Solange er dann aufhört, dich nachts irgendwohin zu ziehen, ist meine Eifersucht endlich mal nützlich.«

Ich muss noch breiter grinsen. *Simon ist so süß.*

Er hat noch immer nicht aufgehört zu behaupten, er wäre der eifersüchtigste Mensch auf diesem Planeten. Ist er nicht. Er lässt mir jeden Freiraum. Ich ihm ebenso. Dieses wohltuende Vertrauen wächst aber erst mit den Jahren und der eigenen Reife.

Jung und hitzköpfig liebt es sich leidenschaftlich wild, aber der wahre Kern der Liebe steckt im stillen Verständnis.

Klugscheißer-Ratschlag einer Frau, die seit fast zwölf Jahren mit dem tollsten Mann der Welt zusammen ist:

Leben und leben lassen, und so oft zusammen lachen, wie es geht.

Wenn ich heute behaupte, dass das mit mir und Simon Schicksal war – die große Liebe oder etwas, das sich ähnlich kitschig anhört, schließt das nicht aus, dass wir auch schwierige Zeiten hatten.

Simon ist mein Seelenverwandter, aber Gott, wie oft sind wir gegen Wände gerannt!

Jemandem so nahe zu stehen, so eng verbunden zu sein, schafft zwangsläufig auch Konfliktpotenzial. Niemand kennt dich so gut, wie der Mensch, dem du erlaubst, dich zu lieben – und niemand kann dir mit den kleinsten Gesten im falschen Moment so weh tun.

Simon und ich waren lange Zeit Wiederholungstäter. Man möchte meinen, wir wären aus unserem turbulenten Zusammenkommen schlauer geworden, aber nicht jeder Lernprozess ist nach einem eingesehenen Fehler abgeschlossen. Wir waren wie Welpen, süß, absolut überschwänglich, aber dass wir mit der Zeitung auf die Nase bekommen haben, weil wir das Bein am Sofa gehoben haben, hat uns nur ganz kurz beeindruckt.

Jedes Mal, wenn er zum Volleyballtraining gegangen ist, hat mich mein Kopfkino Höllenqualen leiden lassen. Er kam nach Hause, und ich habe geheult, weil ich mir sicher war, er würde mich irgendwann für eine seiner Spielerinnen verlassen.

Simon macht Sport: Lena heult.

Simon umarmt nach einem gewonnenen Match seine Assistenztrainerin: Lena wirft zu Hause mit Turnschuhen.

Wir sind uns über die Jahre aber nie etwas schuldig geblieben. Simon konnte auch irrational werden. Er hat zwar nicht mit Schuhen geworfen, aber er hat sie sich gerne angezogen und ist verschwunden.

Lena bekommt Besuch von Dan aus London: Simon hält einen wütenden Vortrag über Inzest und fährt drei Tage zu seinen Eltern.

Lena bekommt ihren Traumjob an der Uni und schwärmt aus Dankbarkeit einmal zu oft von Professor DeLuca: Simon brüllt ›Heiratet doch!‹ und fährt mit Alex eine Woche zum Segeln nach Kroatien.

Das Drama war uns ein treuer Begleiter, aber ich bin auch dankbar für die Erinnerungen an die schweren Momente. Man wächst nicht so stark an den Stunden, die man kuschelnd vor dem Fernseher verbringt, viel mehr an den Momenten, in denen man sich nach einem Streit im Arm liegt.

Ich weiß nicht mehr, nach welchem Krach mir Simon diesen Satz gesagt hat, aber er hat etwas verändert.

›*Egal, ob ich jemanden anlächele, nett finde, hübsch finde – ich könnte niemals jemanden so lieben wie dich – nicht mal annähernd – niemals.*‹

Die Eifersucht verliert irgendwann ihre hässliche Fratze. Die Jahre machen sie ansehnlicher und irgendwann wird sie so blass, dass man sie kaum noch sieht.

Wie viel Zeit echtes Vertrauen braucht, kann frustrierend klingen, aber der Lohn dafür ist ein ganz großes Stück Seelenfrieden.

Wenn Simon eine andere Frau anlächelt, bleibt mein Herz davon nicht mehr stehen, nicht, weil er mir egal ist, sondern weil er mir Tag für Tag die Gewissheit gibt, dass er mich immer lieben und niemals verlassen wird. Er braucht das nicht mal auszusprechen, es sind die kleinen Gesten und Blicke, die sein Versprechen immer wieder besiegeln.

Nächster, letzter und wichtigster Klugscheißer-Tipp von der Frau mit der 12-jährigen Beziehung, die noch immer im Dunkeln ihren Traummann sucht:

Dem anderen Freiraum und Flirts gönnen. Liebe vergeht nicht durch einen Satz, einen Blick, ein Kompliment oder ein Grinsen – wenn doch, war sie davor schon todkrank.

Und ja, das ist vielleicht der am schwersten zu erreichende Zen-Zustand, den man sich gegenseitig abverlangen kann, aber es lohnt sich, versprochen.

»Simon?«

»Ja, mein Schatz?«

»Haben wir mehr als vier Wände hier eingebaut? Ich finde den Ausgang nicht.«

»Warte …«

Ich halte mir eine Hand vors Gesicht, als ich plötzlich im Gegenlicht von Simons Handy-Blitzlicht stehe.

»Du trägst das *Sailor-Moon*-Kostüm gar nicht. Enttäuschend … wenn du in Unterwäsche nicht so sexy wärst.«

Ich grinse und taste mich zu ihm, obwohl ich geblendet werde.

Immer auf das Licht zugehen, dahinter steht garantiert ein Engel. Und er findet mich selbst nach über 4000 scharfen Nächten noch heiß.

»Aber du hast dein Höschen falschrum an«, unterstellt Simon, als ich endlich die Arme um ihn schlinge.

Er ist frisch geduscht und duftet wunderbar.

»Stimmt doch gar nicht.«

»Doch. Warte, ich helfe dir.«

Er packt das Handy weg. Seine Hand gleitet über meinen Rücken, schiebt sich unter den Stoff und streift ihn ab. Als mein Höschen auf den Boden fällt, höre ich ihn seufzen. »Wie schade, jetzt ist es verschollen. Ich glaube, du musst ohne gehen.«

Ich stimme in sein Raunen ein und ziehe mich an ihm hoch, um ihn zu küssen. Meinen Körper an seinen zu drücken, lässt meine Libido noch immer tanzen.

»Wir sind sowieso schon spät dran«, erinnere ich Simon, der die Finger fester gegen meine Pobacke drückt.

»Ich weiß, ich mache es dir auch schnell, versprochen.«

Seine Worte schicken sofort einen Schwall aus Erregung durch meinen Körper.

»Keine Fesselspielchen. Keine Stellungswechsel. Kein Spielzeug. Kein lustvolles Leidenlassen. Einfach nur …«

Dass er den Satz nicht beendet, lässt mich ihm strafend in die Unterlippe beißen. »Sag es.«

»Nein. Auch kein Dirty Talk. Bleib artig.«

Simon brummt amüsiert, hebt mich hoch und trägt mich durch die Dunkelheit. Dass er weiß, wo er hingehen muss, kann nur daran liegen, dass er die Pläne zu unserem Haus im Kopf hat, weil er sie selbst gezeichnet hat.

Ich erschrecke mich trotzdem, als er mich plötzlich loslässt. Ich knalle aber nicht auf den Boden, sondern auf unser Bett. King-Size, Massivholz und die Matratze ist so toll, dass sie quasi mit uns zusammen vögelt.

Das beste und dekadenteste Einzugsgeschenk, das wir bekommen haben – von dem anderen Architekten, der Simons Pläne immer mal wieder überzeichnet hat.

Er beugt sich über mich und zieht meinen BH ein Stück hinunter. Seine Fingerspitzen streichen über meinen Busen, kreisen so lange, bis sie Härte spüren.

Es gefällt mir plötzlich, dass es so dunkel ist. Ich kann nicht sehen, wo Simon mich als nächstes berührt, aber ich male es mir schon mal aus.

»Spreiz die Beine für mich«, raunt er mir zu und beißt in mein Ohrläppchen.

Der prickelnde Impuls lässt mich angeheizt lachen. »Ich dachte kein Dirty Talk«, sage ich gespielt vorwurfsvoll und fühle, wie er mit den Händen fest an der Seite meines Körpers entlang fährt. Er stoppt an meiner Taille, drückt zu und raubt mir damit kurz den Atem.

»Dirty Talk ist es erst dann, wenn ich dir gleich sage, wie feucht du schon bist und dich zwinge, mir zu sagen, wie sehr du mich spüren willst, weil ich dich sonst nicht lecke. Das passiert aber nicht – keine perversen Sätze, kein lustvolles leiden.«

Natürlich nicht! Ich werde auch überhaupt nicht scharf von all diesen detaillierten Verboten!

Simon lässt locker, streicht weiter über meine Haut, bis er meine Beine erreicht. Er drückt meine Knie auseinander, dann höre ich den Reißverschluss seiner Jeans aufgehen. Jetzt hasse ich die Dunkelheit wieder. Ich kenne jeden Zentimeter seines Körpers, aber ich kann nicht genug davon bekommen, ihn nackt zu sehen.

Ich will sehen, ob er sich anfasst, ob er mich mustert, und ob …

Ich fühle seine warme Zungenspitze über die Innenseite meines Oberschenkels gleiten und drücke meinen Körper erwartungsvoll durch. Sie verschwindet kurz, nur um dann an einer Stelle wieder aufzusetzen, deren Pulsieren mich leise aufstöhnen lässt.

»Oh ja …«

»Tut das gut?«

»Nicht reden! Weitermachen! Du wolltest mich nicht quälen!«

»Ich würde dich nie quälen, Baby – das weißt du«, lügt Simon mit so dunkler Stimme, dass ich mir nicht sicher bin, ob *er* mich gerade befriedigt oder der Dämon, der in unserer Jalousien-Steuerungseinheit lebt.

Sein Finger gleitet mühelos in mich, weil mein Körper schon bereit für mehr ist. Als seine Zunge wieder aufsetzt, kralle ich mich in die frische Bettwäsche.

Das Kreisen mit der Zunge und das rhythmische Eintauchen in mich treiben die Hitze in mir hoch.

»Nicht aufhören!«

Mein Protest kommt etwas ruppig, da er wirklich im undenkbarsten Moment aufgehört hat, mich glücklich zu machen.

Von wegen nicht lustvoll leiden lassen! Ich zerfließe hier gleich! Wo haben wir noch gleich das Sex-Spielzeug verstaut?! Ich brauche meine Peitsche!

Der Dämon lacht leise, schiebt seine Hände unter mich und dreht mich um. Ich will mich eigentlich selbst hochrappeln, aber er greift unter mein Becken und zieht es zu sich.

Seine Härte reibt an mir, streift über meine Hitze und macht mich beinahe wahnsinnig. Ich will ihn in mir spüren, wenn ich komme, aber ich kann ihm mein Becken nicht noch sehnsüchtiger entgegenrecken.

»Soll ich?«, stellt Simon die überflüssigste Frage der Welt und hat viel zu viel Spaß an meiner Ungeduld.

»Ja!«

»Fest?«

»Ja …«

In Erwartung, ihn endlich zu spüren, seufze ich wohlig, aber das leise Geräusch wird zu einem erschrockenen Schrei. Seine Hand ist so fest auf meinen Po aufgeschlagen, dass mich das Brennen die Zähne zusammenbeißen lässt. Es vermischt sich trotzdem mit dem Pochen zwischen meinen Beinen, so intensiv, dass ich den Schmerz nicht mehr von meiner Lust unterscheiden kann.

Simon streichelt über die heiße Stelle an meinem Hintern.

»Du wolltest es fest«, brummt er amüsiert, leckt über meine Haut und pustet dann dagegen. Das kühle Gefühl ist angenehm.

»Ja! Vögeln! Nicht versohlen!«

»Ich soll dich fest vögeln? Willst du das?«

Ich weiß nicht, ob ich lachen, stöhnen oder ihn anflehen soll – irgendwie amüsiert mich sein dominantes, gespielt ahnungsloses Verhalten. Und es macht mich unheimlich scharf – interessante Mischung.

Nein, im Bett ist es nie langweilig geworden.

»Nimm mich!«

Simon stößt endlich in mich und ich genieße das Gefühl seiner Härte in vollen Zügen. Er behält den festen, schnellen Rhythmus bei, beschallt unser Schlafzimmer mit Stöhnen.

Ich liebe seine raue, heiße Stimme, wenn er seine Erregung nicht mehr für sich behalten kann, aber ich würde gerne ebenso laut einstimmen.

Simon stimuliert nicht mit den Händen mit, hält nur meine Hüfte gepackt und gibt sich seiner Lust hin. Das Gefühl ist großartig und er trifft auch diesen Punkt, der meine Muskeln erlösend zucken lassen kann, aber nicht, wenn er jetzt schon in mir pulsiert.

Simons Stöhnen wird zum Knurren, seine Finger drücken fest gegen meine Hüfte und ich fühle, wie er sich in mir ergießt. Er drückt sich ein letztes Mal genießerisch in mich, dann verschwindet er plötzlich.

Öhm … hallo?!

»Das ist nicht dein Ernst, oder?!«, piepse ich fassungslos, weil mir die Erregung noch immer den Atem raubt.

Ich knie noch auf dem Bett, Simon macht irgendwelche Schubladen auf.

»Entschuldige. Du hast gesagt, ich soll dich fest vögeln und du weißt, wie heiß du mich machst – ich konnte mich einfach nicht mehr beherrschen.«

Er verarscht mich. Er kann sich beherrschen. Er wollte kommen.

»Wie kannst du nur … ich meine, du hast versprochen …!«

Verdammt, ich denke so langsam, wenn meine Libido pocht! Im Diskutieren bin ich dann furchtbar schlecht.

Simon lacht. »Was ist mit: ›Ich muss keinen Orgasmus haben, damit es schön für mich ist‹?«

»Du weißt, das ist eine Frauenlüge für Männer, die den weiblichen Körper für ein Rubbellos halten!«

Die Zauber-Matratze gibt wieder nach. Simon kniet sich hinter mich und greift wieder meine Hüfte.

»Dann schulde ich dir noch was, oder?«, raunt er amüsiert. »Was mache ich denn nur mit dir, Baby?«

Alles nur Show – du Teufel.

Ich beiße mir erwartungsvoll auf die Lippe und kralle mich wieder fester in die Decke.

Simon ist heute auf eine so diabolische Weise heiß, dass ich mir fest vornehme, mich an ihm zu rächen. Wenn wir wieder nach Hause kommen – dann sind wir auch bestimmt betrunken.

Seine Härte reibt wieder zwischen meinen Beinen. Ich will es genießen, aber ich gerate ins Stutzen. Er kann unmöglich schon wieder hart sein – nicht nach zwanzig Sekunden. Simon ist super potent, aber er ist kein überschwänglicher Zwanzigjähriger mehr.

»Wie …?!« Ich bekomme die Frage nicht über die Lippen, weil er sich in mich stößt, und mir die Luft wegbleibt. Das fühlt sich heiß an, aber seltsam … irgendwie extrem hart und … *oh, Simon weiß, wo das Sexspielzeug liegt.*

»Geil?«

»Oh ja!«

»Geiler als ich?«

»Nein.«

»Richtige Antwort«, entgegnet er und beginnt, mich so gut mit den Fingern zu stimulieren, dass mein Becken zu beben beginnt.

Es fühlt sich fast so an, als würde er mich nehmen, da er es aber nicht tut, kann er sich ausschließlich auf mich, seine Handbewegungen und meinen Körper konzentrieren. *Großartig!*

Ich fühle Simons Lippen an der Stelle, die er vorhin zum Brennen gebracht hat.

Er leckt über meine Haut, aber ich spüre seine Zunge kaum, weil seine Finger mich weiter kitzeln und er das Silikon immer tiefer in mich schiebt.

Ich zögere den Orgasmus hinaus, will die heißen Zuckungen genießen, aber da ist plötzlich ein weiterer Impuls, der meine Nervenenden reizt und mich den Höhepunkt herausstöhnen lässt. Er verläuft so heftig, dass mein ›Oh Gott‹, mit dem ich Simons übernatürlichen Lover-Qualitäten immer huldige, in ein Zischen übergeht.

Meine Hände geben nach, weil meine Muskeln zu zittern beginnen, und ich mich nicht mal mehr auf allen Vieren halten kann. Ich falle auf die weiche Decke und genieße das letzte Zucken in meinem Inneren.

Kaum klingt das berauschende Hochgefühl ab, wird mir bewusst, dass meine linke Pobacke wie Feuer brennt. Meine Hand findet die Stelle. Sie ist so heiß, als hätte ich auf einer Herdplatte gesessen. Außerdem fühle ich kleine Einkerbungen.

»Hast du mich gebissen?«, rufe ich, während ich begreife, dass das durchaus wohltuende, Orgasmus unterstreichende Piksen von seinen Zähnen ausgelöst worden ist.

Simon lässt sich neben mich auf das Bett fallen – im selben Moment setzen sich die Jalousien plötzlich krachend in Gang. Wir zucken erschrocken zusammen und starren auf die große Glasfront, die zum Vorschein kommt. Die Sonne scheint in unser Schlafzimmer, und wir müssen uns erstmal die Hände vor die Augen halten, weil es so hell ist.

Simon lacht. »Die Steuerungseinheit mag, wenn du kommst. Gut zu wissen.«

»Ja. Den Orgasmus-Poltergeist können wir behalten.«

Ich nehme den Unterarm von den Augen und mustere Simon. Er grinst mich an und streckt die Hand nach meiner aus. Unsere Finger spielen miteinander.

Es gibt Momente, da sehe ich ihn an und verliebe mich noch mal in ihn. Gerade ist so einer.

»Du schmeckst nach Pfirsich – neues Shampoo?«

»Ach, wolltest du mich deshalb essen?«, frage ich und ziehe eine Braue nach oben.

Er schüttelt schmunzelnd den Kopf. »Nein. Aber das stock-dunkle Zimmer hat mich an die Sache in Alex' Wochenendhaus im Wald erinnert. Weißt du noch?«

Ich blinzle ihn zuerst verwirrt an, dann werden meine Augen groß.

»Das warst du?!«

Ich habe jahrelang gerätselt, wer mein Dark-Room-Lover war. Alles aus dieser großartigen, verrückten Zeit, die mein ganzes Leben verändert hat, ist mir sehr bildhaft in Erinnerung geblieben, aber diese Szene besonders. Irgendwann habe ich mich auf eine Vermutung festgelegt, die sich aber jetzt gerade als falsch erweist.

»Klar war ich das! Was dachtest du denn?«

»Ich war mir nicht sicher. Ich dachte … Alex?«

Simon knurrt mich scheinbar beleidigt an und spring aus dem Bett.

»Wie enttäuschend, dass du die Liebe deines Lebens nicht blind erkennst.«

»Entschuldige, du beißt nur einmal alle zwölf Jahre – da war kein Muster zu erkennen«, rechtfertige ich mich lachend.

Ich sehe Simon noch grinsen, dann verschwindet er kurz im Ankleidezimmer und bewirft mich beim Rauskommen mit meinem Höschen und dem Kleid, das ich dort fallengelassen habe.

»Wir sollten uns anziehen, wir sind schon eine Stunde zu spät.«

Ich mustere das Kleid im Tageslicht und werfe es ihm wieder zurück – es ist mintgrün.

»Das ziehe ich nicht an! Sonst will wieder jemand wissen, ob ich schwanger bin!«

Simon schleudert es wieder zu mir, es landet auf meinem Kopf.

»Stürz dich einfach gleich nach dem Ankommen auf den Alko-hol. Wenn du wie ein Hafenarbeiter säufst, hält dich niemand für schwanger.«

»Heißt das, ich bin fett?«

Simon überdreht die Augen. »Ja, mein Schatz. Genau das wollte ich dir damit sagen.«

»Liebst du mich trotzdem?«

»Immer.«

Wir spazieren die Straße entlang – ich spaziere, Simon würde gerne joggen. Er freut sich sehr auf die Feier. Seit Alex vor einer Woche angerufen und uns eingeladen hat, hat er ein Grinsen auf den Lippen, wenn er davon spricht.

Der ganze Baustress, das Umziehen, das Einrichten – wir hatten im letzten Jahr viel um die Ohren. Jetzt, da wir endlich die meiste Arbeit hinter uns haben, können wir anfangen, uns einzuleben und unsere Freizeit wieder zu genießen.

Dieses Haus war Simons Lebenstraum. Er hat schon davon gesprochen, als wir noch in unseren Studentenwohnungen gelebt haben.

Nach seiner Sponsion sind wir gemeinsam in eine Mietwohnung in der Stadt gezogen. Ich mochte unser kleines Zuhause, auch wenn wir kaum Platz hatten, und die Waschmaschine im Flur stand. Die erste gemeinsame Wohnung ist einfach etwas Besonderes.

Als wir den Schlüssel abgegeben haben, habe ich geheult wie ein sentimentales kleines Mädchen – das war vor zwei Wochen.

Ich liebe unser Haus. Man merkt, wie viel Herzblut Simon in die Planung gesteckt hat, und wie gut jedes Detail durchdacht ist. Es wurde nur größer als ursprünglich geplant – und teurer. Das lag hauptsächlich daran, dass es sich Alex nicht nehmen hat lassen, seine Ideen einzubringen. Jedes Mal, wenn er an den Plänen herumgezeichnet hat, hat Simon zuerst beeindruckt genickt und ist dann blass geworden. Es hat Wochen gedauert, bis wir ihm irgendwie klargemacht haben, dass wir kein Geld für einen Infinity-Pool und Marmor-Terrassenplatten ausgeben können.

Simon arbeitet als Gutachter für den Denkmalschutz, ich unterrichte Unternehmens- und Sozialrecht an der Uni – es geht uns wirklich gut, ich kann mir jetzt so viele Schokokugeln leisten, bis mir übel wird, aber für randlose Pools und Marmorplatten hatten wir trotzdem kein Budget.

Alex hat sich dann still zurückgezogen und kam einen Monat später mit der überraschenden Neuigkeit, dass er zufällig ein Grundstück in der Nähe seines Anwesens besitzt. So hartnäckig er auch behauptet hat, er hätte es schon länger und nur vergessen, dass es da ist, Simon und mir war immer klar, dass er es unseretwegen gekauft hat.

Nachdem Simon vehement abgelehnt hatte, sich das Grundstück schenken zu lassen, hat Alex ihm die Pläne wütend ins Gesicht geworfen und ist erstmal abgetaucht.

Ja, auch die beiden hatten über die Jahre ihre Beziehungsprobleme, aber sie lieben sich heute bedingungsloser als jemals zuvor.

Wir haben Alex das Grundstück abgekauft – zu einem Preis, der jeder Beschreibung spottet. Dann haben die beiden die Pläne noch mal überarbeitet.

Nein, wir haben noch immer keinen Infinity-Pool und unsere Terrassenplatten sind aus Feinstein, aber wir sind so glücklich damit, wie einen materielle Dinge nur machen können.

Für Simon und mich ist das alles purer Luxus. Wir haben uns jahrelang von Instant-Nudeln und grauenhaftem Mensa-Essen ernährt. Heute schlürfen wir unsere geschmacklosen Nudeln mit Blick auf den angrenzenden Wald.

Das Anwesen, vor dessen imposantem Tor wir gerade halten, grenzt auch an den Wald – irgendwann nach einem halben Hektar. Natürlich ist da ein großer Löwenkopf auf dem Tor und ein kleiner auf der Klingel. Er fällt ab, als ich draufdrücke.

»Scheiße …«

»Lena!«

»Entschuldige! Aber ich hab's kaputt gemacht …«

»Du bist Universitätsdozentin – muss das mit dem Fluchen noch immer sein?«, will Simon wissen, der seit Jahren den Kampf gegen die unfein daherplappernde Windmühle kämpft.

Ich unterdrücke das Grinsen. *Manche Dinge ändern sich nie. Schön.*

»Du hast recht«, gebe ich schulterzuckend zu, räuspere mich und halte den kleinen, steinernen Löwenkopf veranschaulichend hoch. »Stercus!«

Er zieht eine Braue in die Höhe, weil er weiß, dass ich ihn verarsche. Nachfragen muss er trotzdem.

»Was heißt das?«

»Das war ›Kackhaufen‹ auf Latein. Angemessener?«

Simon seufzt, nickt und lässt sich von mir einen Kuss auf die Wange drücken.

Das Tor setzt sich in Bewegung und gibt den Weg zur Löwenstein'schen Architektenburg frei. Alex hat gleich nach seinem Abschluss gebaut.

Irgendwie hat er es geschafft, dass dieses moderne, monströse Haus eine riesen Portion heimelige Fröhlichkeit abbekommen hat. Nichts wirkt steril oder kalt, aber der süßliche Duft von unaufdringlicher Dekadenz schwebt trotzdem in der Luft.

Alex eben – er hat die Gabe, seinen Charakter in seine Pläne zu zeichnen, genau das macht er auch beruflich. Er entwirft Häuser für schwerreiche Leute. Und weil er das so gut und besonders macht, rennt ihm die betuchte Meute, vor der er eigentlich immer geflohen ist, die Tür ein.

Ich weiß, dass Alex Simon vor Kurzem gefragt hat, ob er mit ihm zusammenarbeiten möchte. Der Gutachter-Job ist sicher und gut bezahlt, aber er würde gerne am Zeichenbrett sitzen und etwas Kreativeres machen. Ich denke, das wäre Simons Traumjob, er muss sich nur noch dazu durchringen, den Sprung zu wagen.

Die Eingangstür steht sperrangelweit offen. Die anderen sind im Garten hinter dem Haus. Wir nehmen den Weg durch die Löwenstein-Burg, da das schneller geht, als rund herum zu laufen.

Die Wohnzimmercouch und der Tisch sind mit einem Bettlaken abgedeckt.

Auf dem Boden liegen Kissen. Da hat jemand ein Fort gebaut. Ich linse kurz darunter, weil es gut sein könnte, dass unser Gastgeber grinsend auf dem Teppich sitzt, aber ich entdecke keinen Kindskopf darin – auch nicht den anderen, dem ich das zutrauen würde.

»Ah! Ihr seid da! Schön!« Caro steht in der Küche und schneidet Melonen. Sie lächelt uns an und wirft uns einen Luftkuss zu. »Die anderen sind draußen. Nehmt euch etwas zu trinken. Alex grillt – wenn er nicht vertrieben wurde.«

Es ist faszinierend, aber Caro hat es geschafft, keinen Tag älter zu werden. Sie sieht noch immer aus, als wäre sie Anfang zwanzig, und sie lächelt noch immer genauso freundlich. Dass sie diese positive Ausstrahlung beibehalten konnte, war alles andere als selbstverständlich.

Sie hat das Cinderella-Paket bekommen: Den hübschen, netten Prinzen, das schöne, große Schloss und die ganze mäkelnde, missbilligende Schwieger-Familie, die nie aufgehört hat, sie daran zu erinnern, dass der Prinz viel zu gut für sie ist.

Schwachsinn, den sie sich augenscheinlich nie zu Herzen genommen hat.

Wie stark sie tatsächlich war, weiß nur Alex, der bestimmt nicht ohne Grund vor neun Jahren mit ihr durchgebrannt ist.

Keine prunkvolle Hochzeit, keine 200 Gäste. Nur der Löwe, seine Prinzessin und eine spontane Einladung für die paar Personen, die er seine Wahlfamilie nennt. Zu seinen Eltern oder Großeltern hat er kaum noch Kontakt.

Alex und Caro hatten es definitiv nicht leicht, aber sie haben nie aufgehört, die freundlichsten, positivsten Menschen zu sein, die man kennen kann.

»Brauchst du Hilfe?«, will ich wissen und sehe sie grinsend den Kopf schütteln. »Nein, danke. Ich hatte schon großartige Hilfe.«

Da taucht plötzlich eine winzige Hand auf und schnappt sich ein Melonenstück. Er ist noch kleiner als der Küchentresen, an dem er sich festhält.

»Elias, möchtest du mit Tante Lena und Onkel Simon Papa suchen?«, fragt Caro und wischt ihm die Hände mit Küchenpapier sauber.

Ein kleiner Löwe schießt hinter dem Küchenblock hervor und lacht sich dabei kringelig.

Mir geht noch immer das Herz auf, wenn ich daran denke, wie Alex mit ihm im Krankenhaus den Gang auf und ab gelaufen ist. So stolz, so verliebt, so angekommen.

Ich kenne seine Vergangenheit, war dabei, als er seine Wohnung noch für die frivolste, zwangloseste Zeit unseres Lebens geöffnet hat.

So egoistisch und abgeklärt dieser Lebensstil auch angemutet hat, Alex war schon immer auf der Suche nach einer Familie. Er wusste, dass er heiraten und Kinder bekommen möchte, lange bevor irgendjemand von uns sich mit dem Gedanken befasst hat, dass uns die Partys nur für einen gewissen Lebensabschnitt begleiten würden.

Nein, wir bereuen rein gar nichts.

Und ja, wir hatten eine Wahnsinnszeit. Und das alles haben wir nur Alexander Löwenstein zu verdanken, der schon immer wusste, wie man sich gebührend die Hörner abstößt und dann mit einem Lächeln auf den Lippen zur Ruhe kommt.

»Weißt du, dass dein Papa heute Geburtstag hat?«, fragt Simon und bückt sich nach Elias, um ihn hochzuheben.

»Ja!«

»Und weißt du auch, wie alt er ist?«

Der kleine blonde Löwe überlegt kurz, blinzelt Simon mit den großen, grünen Augen an und reißt dann die Hände in die Luft.

»Alt!«, tönt er fröhlich und freut sich, dass wir lachen. Simon nickt. »Ja, genau! Suchen wir ihn und sagen ihm das?«

Im Garten riecht es lecker. Alex grillt nicht, er steht mit verschränkten Armen daneben und funkelt seinen großen Bruder an. »Und was genau machst du jetzt besser als ich?«

»Alles, Alexander, alles.«

Dass David hier ist, überrascht mich nicht. Alex hält Abstand zu seiner Familie, aber so sehr sie sich auch immer in den Haaren gelegen haben, mit David hat er nie gebrochen. Die beiden können nicht mit, aber noch weniger ohne einander – schon gar nicht, seit sie sich gegenseitig zum Onkel gemacht haben.

»Hey! Da seid ihr ja endlich! Was hat da so lange gedauert? Ihr wohnt fünf Häuser weiter!«

Alex umarmt mich und nimmt Simon dann seinen Sohn ab. »Papa, alles Gute!«, flötet Elias und bringt Alex damit zum Strahlen. »Danke, du Schlumpf.«

Der Kleine streichelt ihm über die Wange. »Du bist alt.«

Alex verzieht den Mund und deutet dann auf David. »Weißt du, wer noch älter ist als ich? Dein Onkel! Der ist schon 120!«

Elias macht große Augen und sieht überrascht zu David. Der Kleine ist so witzig und süß, dass man ihn nicht aus der Hand geben möchte. Simon und ich wollen keine Kinder bekommen, aber wir entführen vielleicht irgendwann mal den kleinen Löwen, wenn seine Eltern unaufmerksam werden.

David nickt Simon zu und ignoriert mal wieder, dass ich die Arme ausstrecke und ihm grinsend eine Umarmung anbiete. Es ist jedes Mal zum Schießen, wenn er mich mustert, als könnte ich ihn mit irgendetwas anstecken. Er findet mich noch immer nicht witzig, ich ihn dafür umso mehr.

»Entschuldige die Verspätung, bei uns spukt es«, erkläre ich Alex und zucke mit den Schultern.

»Cool. So wie in ›Paranormal Activity‹?«, will er wissen und lässt Elias runter.

Er läuft zu seiner Tante, die er nur sympathisch finden kann, weil eine kleine Kinderseele so unschuldig ist, dass sie selbst Monster streicheln würde.

Natascha ist ein eigenwilliger Mensch. Nicht unfreundlich, aber desinteressiert. Ich habe noch immer nicht herausgefunden, ob sie sich für etwas Besseres hält oder sich einfach mit der Gefühlskälte ihres Mannes angesteckt hat.

Mit David komme ich klar, weil ich den guten Kern in ihm sehe, Natascha ist für mich aber wie ein charakterloses Stück Stein, aus dem jemand eine verdammt schöne Frau gemeißelt hat. Sie erinnert mich irgendwie an Erika Löwenstein – David hat wohl seine Mutter geheiratet. Der gute, alte Ödipus-Komplex kommt nie aus der Mode.

Sie nickt mir zu und lächelt Simon an. Wie gesagt, sie ist nicht unfreundlich – außerdem kann sie viel besser mit Männern als mit Frauen.

»Die Steuerungseinheit der Jalousien ist kaputt«, präzisiert Simon meine Poltergeistgeschichte und fängt an, mit Alex zu fachsimpeln. Ich flüchte zu jemandem, mit dem ich immer gerne rede, und der mich gerne umarmt, wenn ich die Arme ausstrecke, da sie einfach ein liebevoller, warmherziger Mensch ist.

»Lena!«

»Nora!«

Die hübsche Halbitalienerin mit dem goldenen Charakter legt das Handtuch auf die Seite und umarmt mich.

Ich liebe Nora – wirklich. Sie ist nach Simon und Alex das Beste, was meinem Leben passieren konnte.

Na ja, sie, zusammen mit …

»Ist das Kleid nicht ein wenig zu aufreizend für den Anlass – hier laufen Kinder rum, Frau Kollegin.«

»Du trägst nur eine Badehose. Und du tropfst, Herr Professor«, entgegne ich und mustere Luca mit hochgezogener Braue.

»Hol die Kinder aus dem Pool, Andrea, und schick sie zum Umziehen, wir essen gleich. Das gilt auch für dich.«

Noras Anweisungen werden absolut nie ignoriert, nur manchmal kokett belächelt und verschaukelt. In diesem Fall nickt Luca aber brav und geht wieder zum Pool.

Die DeLuca's sind der Knaller. Ohne Luca's Empfehlung und Intervenieren hätte ich den Job an der Uni nicht bekommen. Sie hatten nicht mal eine Stelle ausgeschrieben, Luca hat einfach so lange geredet, bis der Dekan davon überzeugt war, dass die Fakultät dringend noch einen Lehrstuhl zu besetzen hat. Dann hat er mich durch seine Tür geschoben, und ich habe einen unbefristeten Vertrag unterschrieben.

Wir arbeiten jetzt seit zehn Jahren zusammen, und selbst wenn er mich heute noch manchmal zum Kopieren schickt, weil er darauf beharrt, dass ich ewig seine Assistentin bleiben werde, könnte ich mir kein besseres Arbeitsklima wünschen. Klar, er verarscht mich. Und er nennt meine Klausuren ›Wünsch-dir-was-Formulare für ambitionslose Langschläfer‹, aber ich genieße die Sticheleien mehr denn je.

»Seid ihr schon fertig mit dem Umzug?«, möchte Nora wissen und reicht mir ein Glas Wein.

»Ja. Seit gestern. Aber es wird ewig dauern, bis ich finde, was ich suche – Simon hat alles eingeräumt.«

Nora legt mir seufzend die Hand auf die Schultern.

»Sei froh, dass du so einen ordnungsliebenden, selbstständigen Mann hast. Andrea ruft mich von der Küche aus an, weil es ihn irritiert, dass da auf einmal ein kleines rotes Licht auf den Fußboden scheint – dass das die Spülmaschine schon seit neun Jahren macht, wenn sie läuft, war für ihn ein Weltwunder. Außerdem fragt er mich selbst dann, wo sein Schlüssel ist, wenn er ihn in der Hand hält, also …«

»Einmal, Nora! Und nur, weil ich Zahnschmerzen hatte und nicht vernünftig denken konnte«, rechtfertigt sich Luca und bleibt neben uns stehen.

»Hallo Sofia«, sage ich und neige grinsend den Kopf, weil das braunhaarige Mädchen kopfüber von ihrem Vater getragen wird. Sie lacht. »Hallo Lena!«

»Außerdem macht Mama auch komische Sachen, oder?«, fragt Luca, dreht seine Tochter um und setzt sie ab, bevor er ihr verschwörerisch zuzwinkert. »Die Sache mit den Chips.«

Sofia nickt und grinst kokett. Sie sieht haargenau aus wie Luca, vor allem seit sie gelernt hat, eine Augenbraue frech in die Höhe zu ziehen.

»Ja, Mama. Wir haben gesehen, wie dir mal die Chipspackung runtergefallen ist, und du die Krümel dann in den Blumentopf getan hast.«

Luca nickt. »Ja, das haben wir gesehen.«

Nora murrt. »Der Besen war kaputt. Aber das kann dein Vater nicht wissen, der kennt Besen nur aus *Harry Potter*.«

»Ich glaube, deine Mama wollte nur einen Chips-Baum pflanzen – reiten wir lieber nicht mehr drauf herum, sonst darf ich ihr vielleicht nie wieder helfen, das Schlafzimmer aufzuräumen.«

Luca grinst entschuldigend und dreht sich dann wieder in Richtung Pool. »Constantin?«

»Ich komme.«

Der blonde Junge, der im Marschschritt auf uns zuläuft, sieht seinem Vater auch ähnlich. Die blonden Haare, die grünen Augen – das auffallend hübsche Gesicht hat er aber von seiner Mutter. Trotzdem ist er ein Löwe.

»Hallo.« Er streckt immer die Hand hin und grüßt wie ein Erwachsener. Das hat er schon mit fünf gekonnt. Dass sein Vater darauf besteht, ist schon irgendwie grotesk, zumal David selbst ein sozialer Eisklotz ist.

Constantin ist ein kleiner Soldat, hört immer, redet nie zurück und isst immer zuerst das Gemüse auf. Klingt gespenstisch, aber er ist ein so hübscher, lieber Junge, dass ihn die strenge Erziehung nicht schräg wirken lässt.

Irgendwie erinnert er mich mehr an Alex als an David. Sensibel und bemüht, es allen immer recht zu machen. Dass er so viel Zeit mit Sofia verbringt, tut ihm genauso gut, wie Luca seinem Vater gutgetan hat. *DeLuca-Temperament macht allen Löwen Freude.*

»Geht ins Haus, trocknet euch ab und zieht euch um«, sagt Luca und wirft seiner Tochter ein Handtuch auf den Kopf. Sie schließt zu Constantin auf und reicht ihm ihr Handtuch.

Luca schmunzelt, aber nur kurz.

»Wartet! Nicht gemeinsam umziehen! Getrennt! Dafür seid ihr zu alt! Und zu jung … ich komme mit!«

Nora und ich bleiben lachend zurück, während Luca den Kindern hinterherläuft. Er und David schmieden gedanklich schon Hochzeitspläne, seit Constantin und Sofia auf der Welt sind. Der Löwenstein ist nur acht Monate älter als die kleine DeLuca. Dass ihre Väter eine Möglichkeit gewittert haben, endlich auch auf dem Papier eine Familie zu sein, können sie nicht abstreiten.

Vielleicht feiern wir in zwölf Jahren wirklich die pompöseste Hochzeit der westlichen Welt oder die beiden bleiben einfach ihr Leben lang beste Freunde und beleben irgendwann die Wohnung von Onkel Alex wieder, um ihre Studienzeit zu genießen. Sie sind zehn – wer kann schon sagen, was die Zukunft bringt.

»Mädchen verbünden sich immer mit ihren Vätern – bekomm einen Jungen, wenn dein Kind auf deiner Seite stehen soll«, scherzt Nora und erntet gespielt vorwurfsvolle Blicke von mir.

Sie weiß, dass wir kinderlos bleiben wollen, aber sie versucht ihr Glück ab und an.

In all den Jahren ist Nora eine so gute Freundin geworden, dass ich behaupten kann, dass niemand mehr über mich weiß – nicht mal Simon. Als sie aus Schweden zurückgekommen und zu Luca gezogen ist, waren Simon und ich auch gerade frisch zusammen. Sie hat sich immer mein Geheule angehört, wenn ich mal wieder rasend war vor Eifersucht oder utopische Beziehungsvorstellungen für mich zerbrochen sind.

Luca und Nora waren das glorreiche Beziehungsvorbild, dem ich nachgeeifert habe. Eifersucht war für sie nie ein Thema, und das obwohl Nora wusste, dass Luca vor ihr viele Frauen beglückt hat – auch Natascha, was mich irritiert hatte, weil ich wusste, dass David und sie schon seit der Schulzeit so was wie ein Paar waren. Die drei hatten über die Jahre eine sehr seltsame Beziehung.

Seit er mit Nora zusammen ist, hat Luca aber nur noch Augen für sie, und das könnte kaum offensichtlicher sein.

Simon und ich haben Jahre für diesen Zen-mäßigen Zustand von absolutem Vertrauen gebraucht – Luca und Nora hatten das vom ersten Moment an.

Es gibt Liebe, die sich ihren Anspruch auf Seelenverwandtschaft erst erarbeiten muss und Liebe, die damit einhergeht.

Nichts davon ist besser oder schlechter – das Ergebnis ist dasselbe, der Weg ist anders.

Das Essen schmeckt klasse. David grillt wirklich gut, obwohl er selbst kein rotes Fleisch isst und auch alle vorwurfsvoll anfunkelt, die es tun. Ich weiß nicht, wie ich auf dem Platz zwischen ihm und Luca gelandet bin, aber Simon wird auf der anderen Stirnseite des Tisches von Elias gefangen gehalten, und ich habe mich einfach auf den letzten freien Platz gesetzt.

»Isst du das Knoblauchbrot nicht?«, will der Professor wissen und linst auf meinen Teller. Ich schiebe ihn ein Stück zur Seite und bedenke ihn mit strengen Blicken. Er futtert mir auf der Uni auch mein Vormittags-Sandwich weg, wenn ich es aus den Augen lasse. Dabei gibt sich Simon morgens immer so viel Mühe mit meinem Pausenbrot für die Arbeit.

»Doch, ich esse es. Später.«

»Dann wird es gummiartig.«

»Ich liebe gummiartiges Essen.«

»Das ist doch krank. Lass mich dich davon befreien.«

Luca will mit der Gabel in das Stück Brot stechen, aber da ist plötzlich eine andere Gabel. Ich starre echauffiert zu David, der mir gerade mein Brot gemopst hat. Er ignoriert meine Blicke und funkelt stattdessen Luca an.

»Hör auf, so viele Kohlenhydrate in dich reinzustopfen! Und geh endlich wieder ins Fitnesscenter, du erdrückst Nora irgendwann unter dir – italienischer Rollmops!«

Ich muss mir das Lachen verkneifen, weil die Ansprache wirklich gemein war. Andererseits erwartet man von David auch nichts anderes – und der italienische Rollmops war witzig. Außerdem kann Luca das hervorragend ab. Sein Selbstbewusstsein glänzt noch genauso golden wie vor zwölf Jahren. Und er ist nicht dick geworden, nur … na ja, das Sixpack hält er schon eine ganze Weile versteckt.

Luca ist nach wie vor ein umwerfend schöner Mann – er weiß das, Nora weiß es, und jede andere Meinung ist ihm zu recht egal.

»Hör mal zu, Doktor Ernährungswahn. Ich habe dich schon seit zwanzig Jahren nicht mehr gebeten, mich hübsch zu finden – dein Mitspracherecht ist nach der schwülen Nacht in Rom gestorben. Also her mit dem Brot!«

Luca greift an mir vorbei, nimmt David das Brot vom Teller und legt es auf seinen eigenen.

»Eigentlich gehört es noch immer mir«, murre ich, ernte aber eine stoppende Geste mit der Hand von Professor DeLuca. »Ich versuche hier einen Standpunkt klarzumachen. Unterstütz mich. Opfere das Brot!«

Ich opfere ihm mein Brot und muss lachen. Manchmal vergesse ich, wie hoch der Unterhaltungswert der extrovertierten Menschen um mich herum ist – und wie besonders sie sind.

Wir sinken alle nach dem Essen etwas weiter in die Stühle, schrecken aber hoch, als ein Handy klingelt. Alex macht eine entschuldigende Geste und nimmt das Telefonat grinsend entgegen.

»Hey Känguru!« Er steht vom Tisch auf und fängt an, im Garten herumzulaufen. Wir wissen alle, wer dran ist. Der verlorene Teil von Alex' Clique – oder besser der ausgewanderte.

Theo und Nicki sind noch während ihres Studiums nach Australien und haben ihren Lebensmittelpunkt dorthin verlagert. Alex hört noch von ihnen, sie skypen manchmal, und bevor Elias auf die Welt kam, ist er einmal im Jahr nach Australien geflogen.

Es ist aber lange her, seit sie sich zum letzten Mal gesehen haben.

Ich weiß auch nur, was Alex mir erzählt. Theo und Nicki sind wie Simon und ich: Nicht verheiratet, kinderlos und karriereorientiert. Laut Alex sind sie sehr glücklich in Australien und leben direkt an einer Küste.

Es stimmt mich immer etwas wehmütig, über Theo nachzudenken. Ich weiß, dass er ausgewandert ist, weil er sich mit seiner familiären Situation und seinem Leben hier nicht gut gefühlt hat. Seine Vergangenheit hat ihm zugesetzt, und er hat sich einen Neuanfang von Australien versprochen. Ich hoffe, er hat gefunden, was er gesucht hat: Seelenfrieden, ein schönes Leben mit der Frau, die ihn so sehr liebt, dass sie mit ihm ans andere Ende der Welt gezogen ist.

Was Theo betrifft, ist die Zeit für mich stehen geblieben. Wenn ich die Augen schließe, sehe ich ihn noch als 25-jährigen Studenten, wie er in Alex' Wohnung am Esstisch sitzt und mir seinen Namen verrät.

Sobald ich die Augen wieder aufmache, ist das Bild verschwunden. Jetzt sehe ich ihn mit Ende dreißig, gepflegtem Bart, Surfer-Frisur und breiten Schultern. Ich blinzle zweimal, aber er lehnt noch immer in der offenen Balkontür, das Handy am Ohr.

Moment! Seht ihr anderen das auch?! Oder bin ich stockbesoffen?

Ich bin die Letzte am Tisch, die überrascht die Haltung begradigt, alle anderen sitzen schon kerzengerade vor Überraschung in ihren Stühlen. Simon hat sich sogar am Bier verschluckt und unterdrückt das Husten, während er ebenfalls aus allen Wolken fällt. Ich unterstelle ihm mal, dass er gerade in denselben Gedanken versunken war wie ich. Nur hat er nicht Theo vor sich gesehen, sondern die schöne Frau mit den blonden Locken, die neben ihm lehnt.

Es ist mucksmäuschenstill. Nur Alex plappert im Garten vor sich hin und hat noch nicht geschnallt, dass sein größtes Geburtstagsgeschenk aus Down Under gekommen ist.

Ich laufe beim Telefonieren auch immer durch die Gegend und achte auf nichts. So bin ich mal in ein Baustellenloch gefallen.

»Alex!« Caros Rufen bringt ihn dazu, die Hand zu heben und damit zu fuchteln. Er hat uns den Rücken zugewandt und läuft vor dem Pool auf und ab. »Ich telefoniere!«

Ja, Alex. Das sehen wir …

»Alexander!« Auch David hat kein Glück. Ihn ignoriert er komplett.

Als Theo den Mund aufmacht, hängen wir ihm alle an den Lippen. Er lässt das Telefon sinken und beantwortet Alex' Frage, indem er ihm zuruft.

»Schön, dass du eine Party feierst, aber du hast Gäste, die auf ein Getränk warten, kümmere dich darum.«

Zu Alex' Verteidigung: Er ist etwas betrunken. Das gleichzeitige Schallen aus dem Telefon und der Realität irritiert ihn – er starrt auf sein Handy.

»Nein. Ich rufe nicht ganz laut aus Australien zu dir rüber!«, brüllt Theo durch den Garten und schüttelt im nächsten Moment den Kopf und wendet sich Nicki zu. »Gott, ich habe vergessen, wie bescheuert er manchmal ist …«

Jetzt macht es klick. Alex dreht sich in unsere Richtung zu der offenen Terrassentür, und die Szene, die folgt, ist so rührend, dass ich meine Sentimentalität in meinem Weinglas ertränken muss.

Wiedersehensfreude hat etwas Magisches und etwas Bedrückendes. Wenn sich Freunde nach jahrelanger Abwesenheit im Arm liegen, ist die Euphorie groß, aber man macht sich im selben Moment auch schmerzlich bewusst, wie lange man den anderen vermisst hat.

»Hör auf zu heulen, du bist ein erwachsener Mann«, knurrt Theo irgendwann und drückt Alex mit einem Lächeln auf den

Lippen von sich weg. Seine Augen glitzern auch, aber er kann seine Gefühle besser vor der Außenwelt verstecken.

»Was macht ihr hier?! Ich meine ... du hast nicht gesagt, dass ihr vorhabt zu kommen!«

»Ja, das nennt sich Überraschung«, tönt Nicki und lässt sich von Alex drücken. »Wir können deinen 40. Geburtstag doch nicht verpassen.«

»37!«, faucht Alex und kriegt sich durch die kleine Stichelei etwas ein. Wir sind alle aufgestanden. Das Begrüßungsritual macht mir etwas Angst.

Soll ich die beiden umarmen oder nicht? Theo vielleicht. Nicki? Wir haben uns nicht im Bösen getrennt, aber wirklich nahe standen wir uns nie.

Ich habe mittlerweile genügend Abstand zu allem, so, dass ich mir bewusst machen konnte, dass wir wahrscheinlich Freundinnen werden hätten können, wenn wir beide von Anfang an ehrlicher miteinander gewesen wären. Es ist einfach alles dämlich gelaufen. Wir waren jung, hitzköpfig, und da standen so viele hübsche Jungs zwischen uns.

Lieber nicht umarmen. Wo ist ein Kind?! Ich muss eines halten!

Ich schnappe mir den kleinen Elias, weil das kichernde Bündel Freude einen hervorragenden Schutzschild abgibt.

Simon tut sich leichter mit seiner Entscheidung. Ich gönne ihm den Moment aber. Sie waren nicht nur zusammen, sondern auch eng befreundet – da hat man sich nach zwölf Jahren Funkstille so einiges zu erzählen.

Er umarmt Nicki und sie beginnen zu reden. Ich konzentriere mich auf den Dialog von Luca und Theo, weil man nicht unbedingt zuhören muss, wenn der eigene Mann ein Gespräch mit der Ex führt – das habe ich auf die harte Tour gelernt. Und Vertrauen heißt manchmal auch weghören.

»Ich weiß ja, du arbeitest in der Pharmaindustrie, aber kannst du nicht Meth kochen wie jeder gute Chemiker? Müssen es Anabolika sein?«, stichelt Luca und klopft Theo auf die Schulter. Er hat wirklich an Muskelmasse zugelegt – es sieht aber nicht künstlich aufgeblasen, sondern definiert trainiert aus.

Theo grinst und legt Luca den Arm um die Schulter. »Gratuliere. Ich wusste nicht, dass ihr noch ein Kind bekommt. Das erste trägt Nora aus, das zweite du? Das klingt nur fair. Pass aber auf, in deinem Alter ist das bestimmt eine Risikoschwangerschaft. Oder Herr Doktor?«

Dass Theo David in seinen Scherz involviert, geht bestimmt nicht gut für Luca aus.

»Das wird kein Kind, er bringt morgen nur einen ganzen Laib verdautes Knoblauchbrot zur Welt – das schafft er selbst in seinem Alter. Er übt seit Jahren.«

»Ihr beide seid so witzig!«, tönt Luca mit einem sarkastischen Grinsen. »Wieso haben noch gleich alle Angst vor euch? Ach, stimmt ja! Du möchtest von niemandem angefasst werden, und du hast immer alle zu fest angefasst!«

Ich habe vergessen, wie schroff sie miteinander umgehen und wie nahe sie sich trotzdem stehen. Theo lacht, David grinst auch – ein seltenes Bild.

Die Stimmung ist ausgelassen, nur ich verstrahle etwas Nervosität. Nicht mal Elias kann mich ruhiger machen, obwohl er sich so süß an mich drückt und müde vor sich hin gähnt. Theos Blick schweift zu mir. Er neigt fragend den Kopf. »Und wer ist das?«

Luca beehrt uns wieder mit seinem großartigen Humor.

»Das ist Lena. Du warst mal in sie verknallt, dann hat sie sich für Simon entschieden und du hast das Land verlassen.«

Danke Luca! Vor dieser unnötigen, dramatisch überzogenen Zusammenfassung stand ich noch nicht in Flammen!

Theo weiß, wer ich bin. Er hat natürlich Elias gemeint. Ich mache einen Schritt auf ihn zu und drücke ihm den Kleinen in den Arm. Wenn er müde ist, lässt er sich von jedem hochnehmen – auch von Fremden. Hauptsache schlafen, dabei ist er so inbrünstig wie sein Vater.

Während Theo Elias kennenlernt, mache ich ein paar Schritte zur Seite und lande doch bei Simon und Nicki. Ich unterbreche mit meinem Auftauchen ihr Gespräch und hebe entschuldigend die Hand.

»Redet nur weiter.«

Nicki mustert mich und schmunzelt. »Du siehst gut aus. Frau Professor?«

»Nein, nein. Ich habe keine Professur, ich unterrichte nur.«

Wir sehen zu Simon auf, weil er sich plötzlich in Bewegung setzt. »Wollt ihr was trinken?«

Geh nicht! Aber ja … Wein … bitte.

Simon verschwindet im Haus und ich versuche mein Unbehagen leise wegzuseufzen.

»Theo und du habt nicht geheiratet, oder?«

Nicki schüttelt den Kopf. »Nein. Ich brauche keinen Trauschein, der mir sagt, dass ich jemanden liebe. Ihr seid auch nicht verheiratet, oder?«

»Nein. Wir haben es vor, aber wir schieben es immer wieder auf – es ist uns nicht so wichtig. Wir wollen auch keine Kinder – wir sind eben Egoisten«, scherze ich vorsichtig und sehe Nicki grinsen.

»Verstehe ich. Babys machen mir Angst. All meine Freundinnen in Australien wurden schwanger. Ich habe mir immer die Hand bandagiert und behauptet, ich hätte eine Sehnenscheidenentzündung, damit ich die Babys nicht halten musste. Zwei haben es trotzdem geschafft mich vollzukotzen.«

Ich lache und hole erleichtert Luft. Das ist nicht mal halb so schwierig, wie ich befürchtet hatte. Nicki ist kein unnahbarer Mensch – ich mag den dunklen Humor.

Sie ist Alex' beste Freundin, Theos Lebensgefährtin und Simon mochte sie auch immer – es gibt keinen Grund mehr für mich, sie nicht auch zu mögen. Ein erleichterndes Gefühl. Älter, reifer und klüger zu werden, hat viele Vorteile.

Wir trinken zu viel, weil wir dämlich sind und uns plötzlich wieder für unsterbliche Zwanzigjährige halten.

Spätestens morgen Früh strafen uns unsere Körper dafür – mit den Leiden alter Menschen, die zu tief ins Glas schauen: Zwei Tage Kopfschmerzen, drei Tage Verdauungsprobleme und drei Wochen beschwören, dass wir jetzt wirklich klüger sind und unsere Grenzen kennen.

Pustekuchen. Man kann so viele akademische Grade erreichen, wie man möchte, Häuser bauen, Kinder bekommen, Verantwortung tragen – auf die Frage, ob man noch eine Flasche Wein aufmachen soll, wird man in guter Gesellschaft immer die dümmste Antwort geben.

Ich weiß nicht, wann ich zuletzt so viel Spaß hatte. Das Leben war verdammt gut zu mir, aber man verliert sich trotzdem viel zu schnell in Stress, Hektik und Alltag.

Es tut gut, die Vergangenheit Revue passieren zu lassen, diese Unbeschwertheit wieder heraufzubeschwören, die irgendwann auf der Strecke geblieben ist.

Natürlich nehmen wir uns vor, das öfter zu machen, uns regelmäßig zu sehen und zusammenzukommen, aber der nüchterne, erwachsene Teil in uns weiß, dass uns der Alltag wieder einholen wird, und Momente wie diese selten und besonders bleiben werden.

Ich raffe mich auf, weil ich nicht will, dass Caro und Alex immer alles allein ins Haus tragen müssen.

Nachdem ich mir ein paar leere Gläser geschnappt habe, verschwinde ich in der Küche und gönne mir dort erstmal ein Glas Wasser. Ob das gegen die fünf Gläser Wein hilft, die mir durch den Kopf schwirren, ist fragwürdig.

Vielleicht, wenn ich es mir ganz fest wünsche …?

»Ich habe vergessen, wie gut die Luft auch ohne Salz riecht.«

Ich wirble auf dem Absatz herum. Seine Stimme kommt mir fremd vor, da ich sie so viele Jahre nicht gehört habe, und sie auch etwas tiefer geworden ist. Theo steht auf der anderen Seite des Tresens und reicht mir noch ein paar Gläser.

Da ist aber der falsche Wunsch in Erfüllung gegangen … ich habe nur um keinen Brummschädel gebeten – ich schwöre!

»Ja. Man kann hier den Wald riechen. Das ist wirklich schön.«

»Ihr wohnt gleich nebenan, oder?«

»Fünf Häuser weiter. Aber wir sind gerade erst eingezogen.«

Theo nickt und mustert mich. Ich nutze die Gelegenheit, um dasselbe mit ihm zu machen. In dem dunkelblonden Bart entdecke ich silbern glänzende Stellen, nicht viele, aber sie sind da. Die Surfer-Frisur ist bis jetzt von grauen Strähnen verschont geblieben, aber vielleicht färbt er sie auch.

Sein Gesicht ist markanter geworden, seine Züge sind allem Jungenhaften entwachsen und trotzdem kann ich die zwölf Jahre vollkommen wegvisualisieren, wenn ich möchte – möchte ich aber nicht. Dieses Alter steht ihm, die kleinen Fältchen um die Augen und seine Iriden sind irgendwie noch tiefer geworden. Man könnte sich problemlos in dem klugen, nachdenklichen und trotzdem fokussierten Blick verlieren.

Was ist das nur mit Männern und dieser magischen Zeit ab 35? So hübsch sie in ihren Zwanzigern auch waren, richtig sprachlos machend sexy werden sie erst mit Mitte dreißig.

Die körperliche Veränderung ist wohl am offensichtlichsten. Theo war schon immer etwas muskulöser als die anderen, aber jetzt sticht das wirklich hervor. Er hat vorhin erzählt, dass er in Australien Rugby spielt. Der wunderbare Mann, den ich liebe, konnte daraufhin die Ahnungslosigkeit in meinen Augen ablesen und hat mir zugeflüstert, dass das so etwas wie Football ist. Simon ist der beste Souffleur der Welt. Was würde ich nur ohne ihn machen? *Beim Anblick von Theos Muskeln hyperventilieren, liegt im Moment nahe.* Ich drehe aber nicht am Rad. Es gibt keinen Grund, in die Muster eines jungen, nervösen Mädchens zurückzufallen. Ich bin gefestigt genug, laut auszusprechen, was ich denke, ohne in ausgedachten Peinlichkeiten zu verglühen.

»Du siehst wirklich, wirklich gut aus. Nicki auch. Liegt das an der Meeresluft oder an drei Stunden Sport am Tag? Bitte sag, dass es die Luft ist, atmen habe ich auch drauf.«

Theo lacht und lehnt sich mit verschränkten Armen an den Tresen gegenüber.

»Australien hat uns gutgetan – mir vor allem. Nicki wäre hier auch glücklich geworden. Ich weiß, dass sie viel für mich aufgegeben hat. Aber ich hatte den Neuanfang nötig. Mir ist erst aufgefallen, wie abgefuckt ich war, als alles hinter mir gelegen hat.«

»War es so schlimm?«, frage ich und sehe Theo nicken. Man sieht ihm an, dass er mit der Vergangenheit abgeschlossen hat und sie jetzt aus einem Beobachter-Blickwinkel analysiert.

»Ja. Es war so schlimm. Schon seit ich dreizehn oder vierzehn war. Alex und euch andere um mich herum zu haben, hat mir geholfen, alles unter der Oberfläche zu begraben, aber das Ganze zu begraben hat nur Druck aufgebaut. Ich habe so viel verdrängt, dass ich Jahre gebraucht habe, um alles aufzuarbeiten. Aber es hat sich gelohnt. Ich denke, ich habe schon eine ganze Weile lang keinen mehr an der Klatsche.« Er spricht den letzten Satz so überbetont aus, dass er selbst lachen muss.

»Jetzt bin ich nur noch ein Arsch, daran kann kein Psychologe etwas ändern.«

»Gut so«, töne ich amüsiert und setze mich in Bewegung. Ich sehe schmunzelnd zu Theo auf, als ich an ihm vorbei zurück in den Garten gehen will. Als er mich festhält, starre ich auf seinen Unterarm. *Gott, das sind Sehnen!*

»Warte kurz. Hast du noch eine Minute?«

Ich nicke. »Sicher.«

Theo lässt mich los, aber so nahe vor ihm zu stehen, wirft mich doch wieder mindestens sieben Jahre in meiner Entwicklung zurück. Ich glühe, aber das schreibe ich dem Alkohol zu.

»Ich wollte dir eine Mail schreiben – immer mal wieder über die Jahre. Aber das wäre unpassend gewesen.«

»Unpassend?«, wiederhole ich fragend.

Er zuckt mit den breiten Schultern. »Simon und du, ich wollte mich nicht einmischen. Den Kontakt abzubrechen erschien mir am sichersten. Ich liebe Nicki, du Simon, aber du sollst nicht glauben, dass ich dich nicht gemocht habe. Dass du mir egal warst. Das stimmt nicht. Ich mochte dich sehr, aber ich wollte nicht …«

»Schon klar«, unterbreche ich Theo und lege ihm die Hand auf den Oberarm, die darauf so mickrig aussieht, als würde ich unter Kleinwuchs leiden.

Mann oh Mann, was für ein Mann …

Mich beeindrucken im Moment aber viel weniger seine Muskeln, als sein Charakter. Das, was sich zwischen uns bisher seltsam angefühlt hat, verpufft gerade.

Ich sehe ihn an und fühle mich gut. Dass er sich nie gemeldet hat, hat irgendwie weh getan. Aber ich habe auch nie versucht, ihn zu erreichen – aus denselben Gründen. Wir haben alle diese Zeit gebraucht, um zu festigen, was uns am wichtigsten war. Jetzt ist da vielleicht auch Platz für die Menschen, die wir aus Angst vor uns selbst von uns ferngehalten haben.

»Hast du Lust auf ein Nutella-Brötchen, Knöpfchen?«, fragt Theo plötzlich.

Ich blinzle die Bilder meines inneren Monologes weg und starre ihn an.

Hat er das gerade wirklich gefragt?! Das kann nicht sein, oder? Ich esse keine Nutella-Brötchen mehr! Auch wenn sie noch so kolossal appetitlich aussehen! Und Knöpfchen ist ein schräger Kosename für eine Frau!

»Nutella-Brötchen …«, tönt es wieder und ich folge Theos Blick nach unten. Elias steht neben meinem Bein und sieht mit großen, bittenden Augen zu mir auf.

Ich muss so laut lachen, dass sich der Kleine kurz erschreckt und dann einstimmt. Ich war so in Gedanken versunken, dass ich ihn nicht bemerkt habe. Er hat ein Nickerchen auf dem Sofa gemacht und hat dann Hunger bekommen. Ich habe seine zarte, bittende Stimme zuerst überhört, Theo nicht – *das ergibt Sinn!*

Ich hebe Elias hoch und lächle Theo breit an. Er kann nicht wissen, warum das für mich so seltsam geklungen hat. Ich habe ihm nie verraten, dass er mein Nutella-Brötchen war.

»Ich mache ihm etwas zu Essen«, sage ich und sehe den großen, schönen Mann nicken. Er wendet sich ab und will nach draußen gehen. Ich muss ihn aber noch etwas fragen.

»Theo?«

»Ja?«

»Ihr seid doch länger hier. Wollt ihr nicht mal zum Abendessen kommen? Keine Angst, ich koche nicht, Simon kocht.«

Er schmunzelt.

»Sicher. Das hört sich gut an. Danke.«

Ich drücke Elias einen Kuss auf die Schläfe und sehe Theo nach. Als er durch die Terrassentür geht, kommt jemand anderes herein. Theo klopft Simon auf die Schulter, der grinst ihn schief an, bevor er auf mich zukommt.

»Na? Geht es dir gut?«, will die Liebe meines Lebens wissen und drückt sich an meine Seite. Simon streicht Elias durch die Haare und küsst mich dann.

»Es geht mir sehr gut. Elias will ein Nutella-Brötchen, ich mache ihm schnell eines.«

»Lass mich machen. Setz dich nach draußen«, bietet Simon an und nimmt mir den Kleinen ab. Er ist so großartig. Ich bin die glücklichste Frau der Welt.

»Willst du auch eines?«, höre ich ihn fragen und werde aus meiner Verliebtheits-Trance gerissen.

»Nutella-Brötchen? Nein. Ich habe, was ich brauche – ich bin schon lange satt.«

Er sieht mich mit hochgezogenen Brauen an, weil er die Metapher halb versteht.

»Das ist gut, oder?«

»Ja. Sehr gut. Ich liebe dich.«

Erwachsen sein macht vieles leichter. Natürlich war es spannender, als wir alle noch hitzköpfiger und impulsiver waren, aber die ganz dramatischen Kapitel hinter sich zu lassen, fühlt sich gut an. Ich habe sie aber gerne geschrieben und möchte sie nicht missen.

Anfang – Höhepunkte – Ausklang: An den Höhepunkten darf man nicht sparen.

Ich sitze auf Simons Schoß und genieße die Abendsonne, während unser Gastgeber seine Geschenke auspackt. Alex beseufzt den Päckchenhaufen und nutzt die Gelegenheit, um seine Freude in eine kleine Rede zu verpacken.

»Danke, dass ihr gekommen seid. Ich weiß, ihr habt viel zu tun«, beginnt er und bedenkt uns dann alle mit strengen Blicken. »Das mit den Geschenken hätte wirklich nicht sein müssen …«

Klar haben wir ihm alle etwas mitgebracht, auch wenn Alex hundert Mal betont hat, dass er nichts braucht.

Es ist schwer, einem Löwen, der schon alles hat und sich alles kaufen kann, ein Geschenk auszusuchen. Zum Glück kennt Simon ihn so gut und ist kreativ, wenn es darum geht, anderen eine Freude zu machen. Er hat ihm die erste Skizze, die sie zusammen an der Uni gezeichnet haben, rahmen lassen.

»Was habt ihr Alex geschenkt?«, flüstere ich Luca fragend zu, der neben uns sitzt und die Brauen nach oben zieht.

»Auf dem Geschenk steht: ›*Von Nora, Sofia und Luca*‹. ›Und Luca‹ weiß nicht mehr, was er verschenkt, seit er verheiratet ist.«

Ich kichere und höre Alex weiter zu, der etwas sentimental wird.

»Manchmal wache ich auf, sehe, wie groß Elias schon ist, und habe keine Ahnung, wohin all die Zeit verschwunden ist. Es geht alles so schnell, es verändert sich so viel und dann … dann kommen wir alle zusammen, und es ist ganz genau wie früher.« Er lächelt, sein Lächeln wird zu einem Grinsen … *oje, jetzt kommt der Wein zu Wort.* »Na ja, vielleicht nicht ganz genau wie früher. Wir tauschen nicht mehr, wenn wir …«

»Komm auf den Punkt!«, brummt Theo und unterbricht ihn, bevor er zu explizit werden kann – scheinbar. Alex nickt und kommt auf den Punkt.

»Ich wollte sagen, dass wir nicht mehr kreuz und quer vögeln.«

»Alex! Kinder!«, faucht Caro und stößt ihm gegen die Schulter.

»Jawohl! Wir haben Kinder bekommen! Danke, mein Schatz.«

Caro überdreht seufzend die Augen, das wollte sie ihm natürlich nicht sagen. Er soll aufpassen, was er sagt, wegen der Kinder, aber sie sind im Haus und Alex kann sein kokettes Grinsen zum Besten geben.

»Wir hatten eine tolle Zeit. Ich kann mit Stolz behaupten, dass ich mit all diesen großartigen Menschen hier verdammt viel Spaß gehabt habe!«

»Ich denke, er wollte Sex sagen«, unterstellt ihm Nicki lachend.

»Also mit mir hattest du keinen Sex, du Schnapsdrossel«, meint Luca und verzieht gespielt angewidert den Mund. »Und ich hoffe, deinen Bruder hast du auch ausgelassen.«

David hält sich schon seit Beginn von Alex' Rede die Hand an die Stirn und schüttelt immer mal wieder den Kopf.

»Darum geht es doch gar nicht!«, meint Alex amüsiert und winkt ab.

»Ich wollte nur danke sagen, weil ihr mein Fotoalbum mit so vielen unvergesslichen Momenten vollgepackt habt. Ohne euch wären die Seiten leer, mein Leben auch – danke, dass da so viel ist.«

Och, wie schön er das gesagt hat. Dass Alex die Rede noch mal rumreißt und uns fast zum Heulen bringt, habe ich nicht kommen sehen – und doch ist es typisch für ihn.

Wir belächeln die Sunnyboy-Art so oft, dabei ist es genau dieser grinsende Löwe, der uns alle zusammengebracht hat und immer zusammenhalten wird.

»Steht auf, lasst uns ein Foto machen!«

Simons Vorschlag ist großartig und findet auch sofort Anklang.

Den Moment für die Ewigkeit festzuhalten, fühlt sich toll an – auch wenn es nur unsere persönliche Ewigkeit ist.

Wir stellen uns im Garten auf. Alex positioniert sein Smartphone auf dem Tisch und drückt den Selbstauslöser. Er läuft zu uns, drängt sich in die Mitte und grinst breit.

»So Leute! Auf drei sagt jeder … sein Safeword! Eins, zwei …«

ENDE

NACHWORT

245.000 Worte, 4 Bände und ein bunter Haufen Studenten, der sich klammheimlich in mein Herz gestohlen hat …

Als ich die Reihe begonnen habe, stand nicht nur Lena nervös vor Alex' Tür, sondern auch ich. Meine erste New-Adult-Reihe, das erste Mal explizite Sexszenen und ich höre mich noch in den Bildschirm quieken, während ich mir die Hände vors Gesicht halte und dann so etwas murmle wie: »Oh mein Gott, was mache ich hier eigentlich, ich kann nicht mal das umgangssprachliche Wort für Vagina schreiben ohne wegzulaufen?!«.

Vier Bücher später, ich starre wieder auf den Bildschirm und murmle: »Hmm. Ging auch ohne.«.

Ich bin überwältigt. Überwältigt, wie viel Spaß es mir gemacht hat, Lenas Geschichte zu erzählen und überwältigt von der geballten Welle aus lieber Resonanz, die ihr für mich und die Reihe übrig hattet.

Wenn ihr mir erzählt, dass euch eine Stelle zum Schmunzeln gebracht hat oder dass ihr euch in einem bestimmten Kapitel in Luca verguckt habt, macht das mein Autorenherz unbeschreiblich glücklich. *Um das aber kurz klarzustellen: Luca gehört mir. Und Simon. Alex auch. Und Theo – aber der alte, mit dem Bart und dem Rugby-Körper.* Scherz beiseite – es macht mich unheimlich glücklich, wenn euch die Jungs ein paar Tagträume beschert haben. Und ihr mit Lena lachen konntet.

Ein wenig Schwärmen und Schmunzeln – wenn ich euch das irgendwo auf den Seiten entlocken konnte, schließt ihr die Reihe hoffentlich mit einem ähnlich breiten Lächeln auf den Lippen ab, wie ich gerade.

Vielleicht denkt ihr trotzdem noch eine Weile an Doktor De-Luca, wenn ihr ein Red Bull seht oder müsst erklären, warum ihr so dreckig grinst, nur weil eure Tante gerade einen Ficus und noch einen Ficus gekauft hat.

Lena und die Jungs werden mich auf alle Fälle noch lange in Gedanken begleiten. Sie haben meine Autorenliebe zum New-Adult-Genre geweckt und sind dafür verantwortlich, dass ich euch auch in Zukunft nicht mit Romanen aus diesem Genre verschonen werde, deren Charaktere euch hoffentlich genauso ans Herz wachsen können. Da sind so viele extrovertierte, hübsche Männer in meinem Kopf – die müssen alle raus! *Das klang falsch … auf so viele Weisen.*

Habt tausend Dank für eure Lesezeit. Und die kleine gemeinsame Reise durch meine Studienzeit. Scherz – ich war langweilig und monogam, aber es gab das grüne Bier und ich konnte mir ganz lange auch keine Lindor Vollmilch-Kugeln leisten. Jetzt geht das – dank euch. *Danke für 10 Kilo zu viel!*

Ich bin schlecht im Nachwort schreiben …

Ich hoffe, ihr spürt meine aufrichtige Dankbarkeit dafür, dass ihr mich bis hierher begleitet habt. Euch ein paar kurzweilige, schöne Lesestunden schreiben zu dürfen, ist alles, was ich jemals wollte.

Wenn ihr euch für neue Projekte interessiert oder für Fotos aus meinem Leben über das ich zwanzig Filter lege, damit es bunter und glitzernder aussieht, folgt mir gerne auf Facebook oder Instagram.

Ich hoffe, wir lesen uns bald – bis dahin; bleibt einzig, nicht artig. ;)

Jasmin Romana Welsch

QUICKIE

MIT

DE LUCA

ACHTUNG:
Dies ist die Vorgeschichte zu
Andrea De Luca,
der gerade mal 20 Jahre alt ist.

Flittchen-Reflex

Fünfzig schwitzende junge Körper und Stöhnen, das den Raum füllt. Klingt nach Orgie, ist aber das Gegenteil: Uni-Vorlesung – Der juristische Fall 1.2.

Der Hörsaal ist überfüllt, weil das hier die letzte Lehreinheit vor den Sommerferien ist und der Professor angekündigt hat, mögliche Prüfungsfragen für die Klausur im Herbst durchzugehen. Alle sind hier, aber er schwafelt nur über Fachliteratur und wo man das Buch bekommt, in dem man seine Brillanz in gedruckten Worten bewundern kann. Das ist nichts anderes als die Ego-Show eines Narzissten, der sich gerne ansieht, wie übereifrige Studenten in einem Raum mit kaputter Klimaanlage schwitzen, während sie ihm an den Lippen hängen.

Er grinst ganz offensichtlich schadenfroh in sich hinein, jedes Mal, wenn er das Wort ›Klausur‹ verwendet und alle benommen aufschrecken. Wenn er dann doch nichts zur Prüfung verrät und abschweift, beißt er sich genießerisch auf die Lippen. Schwer gestört der Mann. Ich mag ihn. Wenn ich diese Vorlesung halten würde, würde ich es nicht anders machen.

Ich bin kein Sadist, aber es hat zweifelsohne einen gewissen Unterhaltungswert, Menschen auf die Folter zu spannen. Wenn ich mir vorstelle, wie diese ganzen Klugscheißer leidend die Augenbrauen zusammenziehen, während sie über den Prüfungsfragen verzweifeln, geht mir das Herz auf.

Ach scheiß drauf, ich bin wohl doch ein Sadist – ein kleinwenig nur: ein ›Sadistchen‹. Zu einem schlechten Menschen macht mich das aber nicht. Nur zu einem Arschloch – ein kleinwenig.

Das habe ich übrigens von meiner Mutter. Charismatische, energiegeladene Frau, aber mein Vater nennt sie gerne den liebenswertesten Teufel der Welt. Sie hat das immer als Kompliment verstanden. Ich auch.

Langweilig und höflich kann jeder. Sarkastisch und schonungslos ehrlich zu sein und trotzdem gemocht zu werden, ist herausfordernder. Außerdem schreckt das die ganzen elenden Weicheier ab, die parasitenhaft von dir zehren wollen. Die mögen es unkompliziert und aufgesetzt höflich.

Wer dich noch leiden kann, obwohl du dich traust, auf Statements wie: ›Ich glaube, das ist mir alles zu viel‹ nicht mit: ›Nein, das schaffst du bestimmt‹ zu antworten, ist ein Mensch, der dein Leben bereichert und dich nicht einfach nur aussaugen möchte. Die Antwort: ›Wenn dir das schon zu viel ist, solltest du den Kopf in den Arsch stecken und hoffen, dass da drin eine Folge 'Eine himmlische Familie' läuft‹ beschert einem übrigens eine Ohrfeige.

Ich halte es nach wie vor für etwas übertrieben, jemanden dafür mit der flachen Hand ins Gesicht zu klatschen. Sie hätte auch ohne Knalleffekt mit mir Schluss machen können. Frauen haben aber schon immer gerne auf mich eingeschlagen. Ich habe wohl ein Ohrfeigen-freundliches Gesicht.

Dem klatschenden, empörten Ende geht aber immer engelhaftes Schmachten voraus.

Unschuldig anmutende braune Augen, die mich verstohlen von der Seite mustern. Ab und an lässt sie sich eine brünette Haarsträhne ins Gesicht fallen, nur um sie dann nach hinten zu streichen. Das macht sie schon, seit sie sich am Beginn der Vorlesung neben mich gesetzt hat. Dieser Blick soll mir sagen, dass sie mich niemals ohrfeigen würde, weil sie die Aggressivitätsschwelle von Bambi hat und ihr auch im Traum nicht einfallen würde, mein Auto mit ihrem Schminkspiegel zu zerkratzen.

Gute Masche. Das haben aber alle Frauen drauf. Würde dich jemand schon am Anfang mit irren Augen ansehen, in denen geschrieben steht, dass sie eine Gottesanbeterin ist, die dich köpft, sobald du daran denkst, nach dem ersten Fick das Nest zu verlassen, wäre der Fluchtreflex vorprogrammiert.

Sobald ich den Kopf in ihre Richtung drehe, schmunzelt sie kurz und richtet den Blick dann wieder nach vorne auf den Professor. Es folgt ein möglichst lasziver, aber gespielt beiläufiges, Strecken ihres Körpers. Ihr Top rutscht dabei ein Stück nach oben und entblößt einen gebräunten Bauch. Sie kratzt sich mit den Fingern an der Seite und schiebt dabei das Stück Stoff noch höher.

Netter Bauchnabel, nette Taille, netter Flittchen-Reflex. Ich mag Flittchen genauso gerne wie jeder Mann, aber ich bin mit den Gedanken schon längst nicht mehr am Campus, sondern in den Sommerferien.

Meine Pläne sind etwas ausgefallen, werden mir aber gut tun. Ich möchte auf einen Berg, das steht seit Monaten fest. Um mich diesen Entschluss kurzzeitig vergessen zu lassen, müsste sie schon mehr tun, als ein wenig Haut zu zeigen. Vielleicht einen Stift fallen lassen und sich zwischen meine Beine knien. Dafür ist der Hörsaal aber zu voll. Das funktioniert nur, wenn die letzte Reihe frei ist, vorzugsweise in einem Theater oder Kino, sobald das Licht gedimmt wird.

Ich vermisse die Internatszeit …

Der Professor beendet die Vorlesung, ohne eine einzige Prüfungsfrage thematisiert zu haben. Er wünscht einen schönen Sommer und grinst mit verschränkten Armen, während sich alle vollkommen kaputt und enttäuscht von ihren Plätzen erheben. Das ist durchaus diabolisch. Als ob man jemanden stehenlassen würde, mit dem man eine Stunde lang perverse Spielchen getrieben hat, ohne ihn kommen zu lassen und dann zum Abschied einen schönen Tag wünscht. Macht man nicht – kann man aber.

Ich mag ihn noch immer. Im Grunde ist mir egal, welche Fragen er in der Klausur stellt. Ich bin dem Stoff zwei Semester voraus.

»Zeitverschwendung«, murmelt sie mit hochgezogener Braue und sieht mich dann erwartungsvoll an. Sie wäre gerne zum Höhepunkt gekommen. Ich mag diesen wutbedingten Glanz in ihren Augen.

»Wir sind auch im selben Arbeitsrecht-Kurs, oder?«

Ihre Frage ist höchst überflüssig. Natürlich sitzen wir im selben Arbeitsrecht-Kurs, sie hat mir auch vor drei Wochen schon mal ihren Bauchnabel gezeigt, aber im Kurs habe ich keine Zeit für Smalltalk oder Flittchen-Showeinlagen. Ich stehe kurz davor, den Professor davon zu überzeugen, dass er mir die Stelle als Studienassistent gibt, obwohl ich erst im zweiten Semester bin.

›Professur an der Uni‹ steht auf meiner Zukunftswunschliste – über ›Viel Sex mit Fremden‹.

»Stimmt, du hast mir deinen Bauchnabel schon mal gezeigt«, entgegne ich und beobachte, wie ihr die Miene entgleitet.

Ich sage meistens das, was ich denke, weil ich keinen Sinn darin sehe, es nicht zu tun. Woher sollen Fremde wissen, wie und wer ich bin, wenn ich nur Standard-Floskel-Scheiß von mir gebe?

»Hat's dir nicht gefallen?«, fragt sie vorwurfsvoll, während wir den Hörsaal verlassen.

Okay, sie ist verbal auch ein offensiver Typ und spielt nicht ahnungslos beleidigt. Damit kann ich arbeiten.

»Doch. Scharfer Körper. Ich sehe ihn mir gerne irgendwann genauer an.«

Bitte ankreuzen: Vögeln: JA / NEIN / NUR ORALSEX

Sie grinst süffisant, hebt das Kinn etwas höher und streift sich eine Haarsträhne hinters Ohr.

»Ich dachte schon, du wärst schwul, weil du mich seit Wochen ignorierst.«

»In den Kursen habe ich keine Zeit für Flirts.«

Sie lacht. »Ja, mir ist schon aufgefallen, dass du ziemlich motiviert bist. Du kannst Fälle lösen, ohne in den Kodex zu sehen. Kann es sein, dass du ein Streber bist?«

»Nein, ich lerne wahrscheinlich nicht mehr als du, aber schneller.«

Ihr Blick wird kühl. »Ganz schön arrogant.«

Leute verwechseln Ehrlichkeit oft mit Arroganz. Die Juristerei liegt mir, darin bin ich verdammt gut. Hätte sie mich gefragt, ob ich Ahnung von Physik habe, hätte ich zugegeben, dass mir die Relativitätstheorie relativ rätselhaft ist.

»Hast du Bock, in den Ferien mal etwas zu machen?«, will sie wissen, obwohl ihr letzter Satz an mich ein Vorwurf war.

Ich bin ihr ganz offensichtlich nicht wirklich sympathisch, auf meinem Vögeln-Zettel kreuzt sie trotzdem *JA* an und die Begründung folgt auf dem Fuße.

»Das ist der erste Sommer an der Uni für uns, ich bin endlich wieder Single und ich will etwas Spaß haben. Du siehst aus, als könntest du unterhaltsam sein.«

Ich übersetze: *Mein Stolz ist gekränkt, weil mein Freund mich betrogen hat und jetzt will ich Sex mit möglichst vielen Männern haben, um ihm das heimzuzahlen. Du bist ein Arsch, aber du bist hübsch, also zu mir oder zu dir?*

»Ich bin im Sommer nicht hier, ich fahre heute weg«, entgegne ich schulterzuckend und visualisiere wieder den Berg, der mich seit Monaten ruft. Sie muss mich von ihrer Sommer-Affären-Liste streichen, ich habe andere Pläne. Aber ich komme im Herbst wieder, da sollte sie genug Übung haben, um eine unterhaltsame Spielgefährtin abzugeben. Wenn mir das Glück in die Karten spielt, sieht sie vorher nochmal ihren Ex-Freund und seine neue Freundin und will es besonders krachen lassen.

Mein Blick schweift über die Bänke vor der Fakultät, weil ich meine Reisebegleitung suche. Dort sitzt nur ein sagenhaft fetter

Typ mit Kopfhörern und Zigarette. Den nehme ich bestimmt nicht mit.

»Großartig. Spät wie immer«, murmle ich genervt und wende mich der Brünetten zu, die mich fragend mustert.

Ich muss unerwartet Zeit totschlagen und sie steht noch immer neben mir, also ….

»Hast du jetzt Lust?«, will ich wissen und sehe, wie sich ihre Gedanken überschlagen. Man muss kein flachgesichtiger Twilight-Vampir sein, um zu wissen, was ihr durch den Kopf geht.

Will er einen Quickie? Kann ich das tun? Welche Unterwäsche trage ich?

Ja, will er. Ja, kannst du. Schätzchen, es ist mir scheißegal, ob da Spitze, Seide oder ein Panda auf deinem Höschen ist, das kommt sowieso weg.

»Wo?«, fragt sie und beißt sich nervös auf die Unterlippe. Das ist ein Ja, aber das überrascht mich nicht. Wer in einer Vorlesung eine Stripshow abzieht, will seinem Körper etwas Gutes tun. Als Frau darfst du das machen, wenn du als Mann anfängst, dein Shirt hochzuziehen, rufen sie die Polizei. Sexistische Welt.

Ich mache eine auffordernde Kopfbewegung und gehe los. Schneller Sex mit Fremden ist nach wie vor die unterhaltsamste Methode, ein wenig Zeit totzuschlagen – gleich danach kommt den Red Bull Automaten leeren und Musikhören.

Sie folgt mir in den ersten Stock zu den Computerräumen. Dort gibt es einen Lagerraum, der nie abgeschlossen ist. Man sollte immer wissen, wo sich im öffentlichen Alltag ein Vögel-Zimmer befindet. Im Internat war das der Sportgeräteraum – der einen im Übrigen sehr kreativ werden lässt – hier ist es ein Lagerraum und in Hogwarts wäre es wohl der Raum der Wünsche. Ich habe nie behauptet, kein Nerd zu sein.

Slytherin for live.

Als ich die Tür schließe und mich nach ihr umdrehe, hat sie sich schon gegen den Tisch gelehnt und die Beine überschlagen.

Sex mit Fremden

»Und jetzt?«, fragt sie kokett und grinst mich schief an. Das hier ist sicher nicht ihr erster Quickie, nervös ist sie trotzdem, auch wenn sie noch so gespielt lässig dasteht.

Wahrscheinlich kennt sie das Prozedere nur aus Clubs, Bars oder von Festivals, nach ausschweifendem Alkoholkonsum. Trinken lässt die Hemmschwelle zwar sinken, aber ich brauche keinen Alkohol, um Spaß an schnellem Sex zu haben.

»Jetzt zieh dich aus, knie dich hin und nenn mich Meister.«

Ihre Augen werden groß und ihre Gedanken überschlagen sich wieder. Sie ist zwar definitiv kein Unschuldsengel, aber damit überrasche ich sie doch. Ich kann mir das schiefe Grinsen nicht verkneifen, als ich auf sie zugehe. Mit dieser Reaktion hatte ich gerechnet, aber ich provoziere trotzdem gerne. Die meisten Frauen fantasieren von dominanten Männern, wenn einer vor ihnen steht, verfallen sie aber in Panik und werfen sich regungslos auf den Rücken, wie Opossums bei Schreckstarre.

»Oder entspann dich einfach …«, flüstere ich ihr zu, bevor ich sie küsse. Ich hebe sie hoch und setze sie am Tisch ab. Dann eben so. Ich mag auch schüchterne Frauen, es muss nicht immer ein böses Mädchen sein – sie ist irgendetwas dazwischen.

Ihre Finger gleiten durch meine Haare und sie spreizt brav die Beine, damit ich mich zwischen sie stellen kann.

Dann wollen wir mal sehen, wie ihr Oberkörper vom Bauchnabel aufwärts aussieht.

Ich streife mir zuerst selbst das Shirt über den Kopf, dann greife ich mir ihr Top. So kann ich sie mustern, ohne dass es ihr zu sehr auffällt, weil sich ihr Blick auch an meinem Oberkörper verfängt.

Sie trägt einen Push-Up, wie die meisten Frauen mit kleinem Busen. Ich habe nichts gegen Mogelpackungen, wenn das, was sie verstecken, scharf ist.

Ich greife nach dem Verschluss, während sie ihre Hände auf meine Brust legt und nach unten gleitet.

»Toller Körper. Trainierst du?«, fragt sie. Ich beiße mir auf die Zunge.

Nein, ich bin der glücklichste Mann der Welt. Die ganze Lasagne, die ich esse und das ganze Zuckerwasser, das ich trinke, setzen sich zufällig in Form von sechs harten Fettpölsterchen an meinem Bauch an, die du gerade mit einem Sixpack verwechselst.

Natürlich trainiere ich! Ich hasse Sport, aber ich liebe Essen und Sex, deshalb tue ich mir das auch an.

Ich bin zwar meistens direkt und versprühe gerne meinen Sarkasmus-Charme, aber gerade zieht meine Erregung die Notbremse und blockiert mein Sprachzentrum. Der triebgesteuerte Teil in mir hat bereits mitbekommen, dass hier jemand gevögelt werden möchte, also nicke ich nur und lege meine Hände auf ihre Brüste. Nett, nicht der Wahnsinn, aber heiß genug, um mich hart werden zu lassen.

Ich küsse sie wieder und lasse meine Finger über ihre Brustwarzen gleiten. Ihre Atmung wird schwerer, ihre Zungenbewegungen schneller. Während ich ihre Hose öffnen will, hält sie meine Hände fest.

»Lass mich das machen …«, meint sie und rutscht von dem Tisch.

Skinny Jeans sind durchaus sexy, aber vor dem Sex so umständlich, als müsste man sich aus einem Neoprenanzug schälen. Ich kann mir verkneifen, ihr zu raten, dass sie aus praktischen Gründen ein Kleid tragen sollte, wenn sie den Sommer so heiß werden lassen möchte, wie sie angekündigt hat.

Ich öffne meinen Gürtel und streife mir die Hose hinunter, was sich gut anfühlt, weil es darin verdammt eng geworden ist. Ihr Körper ist scharf, sehr schlank, aber ich mag das – manchmal. Eigentlich habe ich nichts gegen Kurven, etwas Arsch und volle Brüste, aber ich esse auch gerne mal einen guten Salat statt Lasagne.

Als sie aus der Jeans gestolpert ist, gehe ich wieder auf sie zu und dränge sie zurück zum Tisch. Sie wehrt sich dagegen, nach unten gedrückt zu werden.

»Bist du sicher, dass hier niemand reinkommt?«

Mein schiefes Grinsen beruhigt sie nicht wirklich.

»Nein, sicher bin ich mir nicht. Hast du etwas gegen Zuschauer?«

Mein Kuss erstickt ihre Antwort, und ich übe Druck auf ihre Schultern aus, damit sie sich auf die Tischplatte setzt. Mein Mund wandert zu ihrem Hals und ich beiße vorsichtig zu, weil ich nicht weiß, wo ihre Schmerz-Lust-Grenze liegt. Sie stöhnt auf, als sie das Ziehen spürt, und ich bekomme sofort Lust, ihr ihren kleinen Arsch ein wenig zu versohlen. Ich habe aber eine unumstößliche Regel für Quickies mit Mädchen, die ich nicht kenne: kein SM, keine Fesselspielchen, außer sie bitten mich ausdrücklich darum.

Ich gehe vor ihr auf die Knie und drücke dabei ihre Schenkel auseinander. Die offenherzige Position ist ihr ein wenig unangenehm, aber sie weiß, was ich gleich tun werde, also beißt sie sich erwartungsvoll erregt auf die Lippen.

Ich packe ihre Beine und ziehe ihr Becken ein Stück näher. Sie stützt sich mit den Händen hinter ihrem Rücken ab und wirft den Kopf in den Nacken.

Perfekt rasierte, weiche Haut, auf die ich zwei Finger drücke, um ihre empfindlichste Stelle freizulegen. Sie ist schon feucht, bevor meine Zunge sie zu reizen beginnt. Nach den ersten langsamen Kreisen höre ich sie leise stöhnen.

Gut, sie kann abschalten und sich gehen lassen. Bei Sex mit Fremden an öffentlichen Orten besteht das Risiko, an eine zu geraten, die den Kopf nicht freibekommt. Wenn Frauen mit den Gedanken woanders sind, hat man sich eher durch einen faustgroßen Salzstein geleckt, bevor man sie zum Orgasmus bringt. Würde ich merken, dass sie nicht reagiert, wäre ich egoistisch und würde sie sofort vögeln.

Wer nicht weiß, wann er verloren hat, bezahlt das mit Muskelkater in der Zunge, das musste ich auf die harte Tour lernen. Ich habe mal zwei Wochen lang gelispelt, bevor ich meine Goodbye-Ohrfeige bekommen habe. Und ich hatte mir solche Mühe gegeben …

Sie zu lecken ist aber ein dankbarer Job. Ihr Stöhnen wird lauter und ich schmecke sie immer intensiver, weil sie so feucht wird. Als ich mit einem Finger in sie eintauche, raunt sie angeturnt.

Genug Vorarbeit, jetzt bin ich dran.

Ich will spüren, wenn sie kommt, was zum Glück nicht mehr allzu lange dauern dürfte. Meine Reisebegleitung kommt zwar notorisch zu spät, wird aber sauer, wenn ich zu lange auf mich warten lasse.

Ich kann schnell kommen, wenn es sein muss. Zwei Minuten an *Shakira* denken und die Sache ist gelaufen.

Was soll ich sagen? Ich stehe auf kleine, sexy Kolumbianerinnen, die ihre Hüften gut bewegen können – selbst, wenn sie wie Ziegen klingen.

Ich ziehe ein Kondom aus meiner Tasche und reiße das Päckchen mit den Zähnen auf. Nachdem ich mich aufgerichtet habe, hebt sie den Oberkörper und fängt an, meinen Hals zu küssen.

Dass sie dabei so ungeduldig wirkt, jagt einen Schwall aus Erregung durch mich hindurch. Ihr Körper drückt sich so dicht an meinen, dass ich das Kondom fast nicht überstreifen kann.

»Steh auf und dreh dich um. Ich will dich von hinten.«

Ich hebe sie vom Tisch und drehe sie um, weil ich nicht warten will, bis sie es selbst tut. Sie ist ganz offensichtlich nicht an Anweisungen beim Sex gewöhnt, denn sie sieht mich an, als hätte ich sie gebeten, ein Halsband umzulegen und sich von mir anleinen zu lassen.

Geiler Gedanke übrigens, aber für eine andere Konstellation.

»Hat dir noch nie ein Mann gesagt, wie er dich nehmen möchte? Mit wem warst du bis jetzt zusammen? Disney-Prinzen?«

Die Antwort bleibt aus, ich höre sie nur angeheizt aufseufzen. Anscheinend hält sie meinen Sarkasmus für Dirty Talk. Warum nicht.

Ich drücke ihren Rücken nach unten, damit sie sich mit den Händen auf der Tischplatte abstützen muss. Sie streckt mir ihr Becken ungeduldig entgegen. Das ist das Schöne am Vorarbeit leisten, sie will mich so unbedingt spüren, dass sie ungeduldig wird, und ich liebe ungeduldig Frauen – beim Sex.

Vielleicht bin ich etwas ungestüm, aber ich weiß, wie feucht sie ist und dass ich ihr nicht weh tue, wenn ich schnell und hart in sie eindringe. Sie stöhnt auf und vergisst dabei, dass wir noch immer an der Uni sind.

»Bleib leise oder möchtest du Zuschauer?«

Ich habe nichts gegen Publikum – ganz und gar nicht. Aber ich denke, sie würde das etwas befremdlich finden. Es waren nicht alle auf demselben Internat wie ich. Freizügiger Sex will gelernt sein.

Sie drosselt das Stöhnen und ich kann anfangen, sie rhythmisch zu nehmen. Meine Hände halten ihr Becken fest, weil ihr Körper sonst jedes Mal ein Stück nach vorne rutschen würde, wenn ich zustoße. Manche Frauen spielen gerne schwaches Mäuschen, zumindest beim Sex. Im Alltag schleppen sie zehn Kilo schwere Handtaschen oder Rucksäcke und tragen fünfzehn Kilo schwere Kinder mit einer Hand Kilometer weit durch Parks. Beim Vögeln piepsen sie dann aber erschrocken, weil es ja sein könnte, dass man sie aus Versehen mit einem Stoß durchs Fenster katapultiert. Witzige Vorstellung. Nicht lachen!

Nein, nein! Shakira, Shakira! Whenever, wherever …

Nachdem ich den Stimmungsumbruch erfolgreich abgefangen habe, lasse ich meine Finger zwischen ihre Beine gleiten und beginne, sie zu stimulieren. Ihr Stöhnen wird wieder lauter und nimmt einen flehenden Unterton an. Plötzlich funktioniert das mit dem Festhalten auch problemlos, sie drückt mir ihr Becken sogar entgegen.

»Gut so. Spann dich an, das ist geil …«

Ihre Hitze umschließt mich enger und ich lasse meine Finger schneller kreisen.

»Oh Gott …!«

»Du darfst Luca zu mir sagen.«

Sie weiß meinen Scherz nicht zu würdigen, weil sie kurz davor ist zu kommen. Ich will in ihren Orgasmus einstimmen, also schließe ich die Augen und erhöhe das Tempo.

Als ich die ersten Muskelkontraktionen bei ihr fühle, beginnt auch meine Härte zu pulsieren.

Das Kommen ist bei einem Quickie nicht so befreiend und intensiv wie nach längeren Spielchen, aber das war ein netter Zeitvertreib.

Ich weiß nicht, wann sie ihren letzten Orgasmus hatte, aber ich werfe mal die vage Vermutung in den Raum, dass seither viele Vollmonde am Himmel geleuchtet haben, weil das Beben ihres Körpers so lange anhält.

Ich streife mir das Kondom ab, verknote das Ende, werfe es in den Müll, steige wieder in meine Hose – sie liegt noch immer am Tisch und zuckt.

»Sag mal, hast du Epilepsie?«

Sie rafft sich auf und dreht sich nach mir um. Atemlos wirkt sie noch immer, aber zumindest hat sie aufgehört zu zucken.

»Du bist der Wahnsinn! Ich glaube, das war der beste Sex, den ich jemals hatte.«

Mein Kopf neigt sich zur Seite, während ich die Brauen nach oben ziehe. Ja, ich bin gut, aber wenn diese kleine Nummer der beste Sex ihres Lebens war, läuft in ihrem Leben etwas falsch.

»Du weißt wirklich, wo du hinfassen musst«, setzt sie ihre Lobeshymne fort, während sie sich nach ihrer Kleidung bückt.

»Naja, allzu schwierig ist das auch nicht. Man findet relativ rasch heraus, dass Frauen am Ohr kraulen nicht zum Orgasmus führt. Das Prinzip dürfte aber den meisten Männern vertraut sein.«

Sie muss mein Ego nicht streicheln – kann sie gar nicht, dafür ist es zu groß, da kommt sie nicht ran.

»Die meisten Männer sind planlose Egoisten. Das mit der Hand war klasse.«

Ich fühle mich, als würde mich jemand dafür loben, dass ich meinen Namen schreiben kann, obwohl ich schon einundzwanzig bin. Wie überflüssig.

»Wann kommst du aus den Ferien zurück? Kann ich deine Nummer haben? Dann können wir uns verabreden, wenn du wieder hier bist.«

Eigentlich bücke ich mich gerade nach meinem Shirt, aber ich halte in der Bewegung inne und starre mit großen Augen an die Wand. *Oje. Jetzt bloß keine zu schnellen Bewegungen machen. Gottesanbeterin in Beutelaune.*

Ich und meine blöden geschickten Hände. Wäre ich mal lieber egoistisch gewesen, aber wer konnte auch ahnen, dass sie mich für einen Sexgott hält, weil ich ihre Muschi von ihrem Ohr unterscheiden kann.

»Ich muss los. Ich bin verabredet. Wir sehen uns im Herbst im Kurs.« *Oder auch nicht, weil ich den Kurs wechseln werde.*

»Warte, ich begleite dich noch nach draußen!«

»Sehr schön. Alleine hätte ich auch nie wieder hier raus gefunden.«

Sie grinst mich an und überhört den bissigen Sarkasmus einfach. Wollte sie nicht einen Vögel-Sommer verbringen und ihr Single-Dasein feiern? Das könnte schwierig werden, wenn sie sich an mein Bein klammert.

Von wegen nur Spaß haben. Jetzt sieht sie mich an, als ob sie sich vorstellt, wie wir zusammen durch IKEA laufen.

Es gibt viele Frauen, die keine Gottesanbeterinnen sind, die selbst nur Spaß haben wollen und mit denen man das Friends-with-Benefits-Konzept mehr oder weniger problemlos ausleben kann, aber sie gehört nicht dazu, auch wenn sie das noch so glaubwürdig behauptet hat.

Dass ich aber auch jedes Mal auf dieselbe Masche reinfalle! Dummer Penis!

Wir gehen den Flur entlang in Richtung Ausgang. Ich bin mir noch nicht sicher, wie ich sie dazu bringen werde, mein Bein wieder loszulassen, aber ich mache mich schon mal auf eine Ohrfeige gefasst.

Als wir draußen vor den Bänken ankommen, bleibe ich neben dem blonden Streber stehen, der in sein dickes Buch vertieft ist, und wende mich ihr zu.

»Wir sehen uns dann.«

So leicht macht sie es mir bestimmt nicht, aber einen Versuch ist es wert.

»Ich heiße übrigens Sabrina.«

Aha. Ja. Ich kaufe dir trotzdem kein Billy Regal.

»Du heißt Luca? Ich dachte, das wäre dein Nachname.«

Anscheinend hat sie ihn im Kurs aufgeschnappt.

»Mein Nachname ist DeLuca.«

»Du heißt Luca DeLuca?«

»Sicher. Luca Lucas DeLuca. Meine Eltern sind Zungenbrecher-Fetischisten.«

»Du verarscht mich doch!«, stellt sie kichernd fest und stößt mich in die Seite. »Wie heißt du wirklich?«

»Andrea.«

Sie schnaubt. »Jetzt komm schon!«

Ich zucke mit den Schultern und sehe, wie sich ihre Augenbrauen verengen.

»Du willst mir nicht mal deinen Vornamen verraten? Und auch nicht deine Nummer? Was für ein Arschloch bist du denn?!«

»Ja, ich will dir meine Telefonnummer nicht verraten, das ist etwas anderes«, entgegne ich und weiche reflexartig einen Schritt zurück, als sie die Hand hebt. Sie will mir aber keine knallen, sondern nur eine obszöne Geste machen.

»Vollidiot«, murmelt sie, bevor sie auf dem Absatz kehrt macht und wütend davonstürmt.

Doch einfacher als gedacht. Sehr schön.

Mein Blick schweift zu der Bank. Der blonde Streber sieht von seinem Buch auf und schüttelt den Kopf.

»Andrea ist aber auch ein bescheuerter Männername. Ich glaube, ich will auch nicht mehr mit dir befreundet sein.«

»Das fällt dir aber spät auf«, werfe ich ihm vor und will mir sein Buch greifen. Ich hasse es, wenn er liest, während er sich mit mir unterhält. Er zieht es aber weg, weil er das Ding verteidigt, als wäre es lebendig und er hätte es selbst zur Welt gebracht.

»Was soll ich sagen, im Kindergarten habe ich dich für ein Mädchen gehalten und in der Schule hast du dich nicht mehr abwimmeln lassen. Wenn ich so darüber nachdenke, stalkst du mich vielleicht sogar.«

Ich nicke. »Natürlich. Weil du so einen coolen Namen hast und ich dich heiß und innig verehre.«

Er zieht eine Braue nach oben. »Dreh mal den Sarkasmus-Regler hinunter Luca, mein Name ist verdammt cool.«

»Ja, aber nicht jeder Mann kann David Löwenstein heißen, manche heißen Andrea DeLuca und bekommen dafür den Mittelfinger gezeigt.«

Ich heiße wirklich so, ich habe sie nicht verarscht. Freunde nennen mich aber Luca, nicht Andrea – warum, liegt doch bitte auf der Hand.

David grinst und steht auf, ohne das Buch zuzuschlagen.

»Ich bin mir sicher, du hast dir die finsteren Blicke verdient. Was hast du dem armen Mädchen angetan?«

»Ich wollte mit ihr nicht zu IKEA.«

»Du bist ein herzloser Bastard, Luca.«

»Ich weiß. Komm, lass uns in die Hölle reiten.«

Wir lieben uns trotzdem

Ich klopfe ungeduldig mit den Fingern auf das Lenkrad, während sich David prüfend über den Beifahrersitz beugt. Ich weiß, was er sich ansieht und was ihn stört, ich kenne diesen Idioten in- und auswendig, und er mich, also dürfte ihn der Zustand des Innenraums meines Autos nicht überraschen.

»Du musst dir nicht jeden Krümel einzeln ansehen. Steig einfach ein und hör auf, Tatortermittler zu spielen.«

»Kann ich nicht. Zu schockierend. Wie kann man seinem Wagen nur so etwas antun?«

»Ich hatte Hunger«, entgegne ich und wische halbherzig die Krümel von dem schwarzen Leder.

»Und deshalb hast du hier drin ein Brötchen vergewaltigt?«

Ich schenke ihm genervte Blicke, die ihn warnen sollen, dass ich ihn gleich vor ein Ultimatum stelle. Er mag das genauso wenig wie ich – wenn Alphatiere vor eine einschränkende Wahl gestellt werden, beißen sie manchmal. Warum wir trotzdem schon immer miteinander klargekommen sind, liegt daran, dass wir das Knurren des anderen von Anfang an amüsant gefunden haben.

Vor siebzehn Jahren bin ich mit meiner Familie aus Italien hierher gezogen. Ich stand ahnungslos im Kindergarten und ein fetter Junge hat mich auf einer mir bis dahin fremden Sprache angeschrien und mich mit Nudeln beworfen. Als ich ihn dafür mit dem Kopf ins Klo getunkt habe – mal ehrlich, niemand bewirft mich mit Nudeln – kam David an und hat die Spülung gedrückt. Wir konnten zwar nicht miteinander reden, aber wir haben uns kringelig gelacht.

Gute Seelen finden sich immer, wieso sollte es bei bösen anders sein?

David hat mir auch die ersten Brocken Deutsch beigebracht. Ich konnte ›Löwe‹ sagen, ›Arschloch‹ und ›Endoskopie‹. Er wusste schon mit fünf, dass er mal Arzt werden will. Und ein Soziopath.

Seither sind wir beste Freunde. Ich mag diesen unsympathischen Vollidioten. Neben ihm wirke ich viel netter, als ich bin. David ist im Umgang mit anderen höchst kompliziert. Komplizierter als ich – *ganz ehrlich.*

Er steigt endlich ein, bevor ich ihm damit drohen muss, ihn stehenzulassen. Das würde ich machen, unsere Freundschaft hält das aus. In siebzehn Jahren haben wir nur zwei Mal aufeinander eingedroschen, was in Anbetracht unserer charakterlichen Eigenheiten ein wahrer Liebesbeweis ist.

»Hörst du bitte auf zu lesen, während ich fahre? Mein Auto ist zwar ein Mülleimer, aber keine Kotzschüssel.«

Er blättert um und schüttelt den Kopf. »Mir wird nicht schlecht, sei still.«

Ich überdrehe die Augen und schiebe eine CD in den Schlitz. Natürlich wird ihm schlecht werden, aber ihn von seinem Buch loszureißen, ist mir gerade zu anstrengend. Ich müsste das Ding wohl aus dem Fenster werfen.

Seit wir studieren, ist David ein Lern-Zombie. Ich habe ihn im letzten Jahr an keinem Tag ohne Skript oder Fachliteratur gesehen. Das Lernen fällt ihm eigentlich genauso leicht wie mir. In der Schule musste sich keiner von uns wirklich anstrengen, dementsprechend hatten wir viel Zeit für … naja alles, was uns Spaß gemacht hat. Dass das an der Uni anders laufen würde, war uns aber klar. Ich bin auch ehrgeizig, und das Jura-Studium ist anspruchsvoll, allerdings ist Davids Lernpensum deutlich höher. Medizinstudenten wird an unserer Uni so einiges abverlangt, vor allem denen, die das Nicht-Erreichen von summa cum laude in eine Sinnkrise stürzen würde.

Ich habe mich damit abgefunden, dass er mir in den nächsten Jahren nur mit einem Ohr zuhört, während er in Gedanken Krankheitssymptome durchgeht. Manchmal muss ich ihn trotzdem ein wenig zügeln, sonst dreht er noch ab und hält sich für Doktor Hannibal Lecter.

Ich liebe das Panorama, durch das wir fahren. Es stimmt mich angenehm wehmütig. Die Strecke ist lang, aber meine Playlist ist erlesen, und das Wetter herrlich. Bevor ich mich ganz meinem Berg hingeben kann und ich mich und den Zombie in den Urlaub befördere, machen wir aber noch einen Zwischenstopp.

»Meine Ohren bluten«, tönt David nach einer ganzen Weile und dreht am Lautstärkeregler des Radios. Die Musik wird leiser, meine Stimme nicht. Ich singe gerne und außergewöhnlich gut. David ist an diesen Genuss gewöhnt.

»Ich weiß nicht, was schlimmer ist, deine Playlist oder dein Gesang. Wo hast du diese CD her? Aus einem 80er-Jahre-Skurrilität-Shop?«

»*St. Elmo's Fire* ist ein hammergeiler Klassiker.«

»Wer hat dir als Kind nur auf den Kopf geschlagen?«

»Du.«

»Ja, aber ich leide schon viel zu lange dafür. Hör endlich auf zu singen, Luca!«

Das meint er nicht so. Er hört mich gerne singen. Oder ich höre mich gerne singen. So oder so, es hebt meine Stimmung immer ungemein. Man kann auch ein gut gelaunter Sarkast sein. Das nennt man dann wankelmütig. Aber ein klein wenig verrückt ist charmant.

»Wieso fährst du überhaupt hier entlang? Ich dachte, wir wollen zu eurem Ferienhaus?«

David sieht zum ersten Mal, seit wir losgefahren sind, aus dem Fenster. Er ist auch schon etwas grün um die Nase, was definitiv an der ganzen Leserei liegt – nicht an meiner Stimme.

»Hast du tatsächlich vergessen, wieso wir einen Umweg fahren? Herr Doktor Löwenstein kann sich über 200 Knochen an einem Tag merken, vergisst aber, seinen kleinen Bruder von der Schule abzuholen?«

David stöhnt genervt auf und drückt sich in den Sitz.

»Das habe nicht ich ihm versprochen, sondern du. Und ja, ich hatte es verdrängt.«

Ich schmunzle, während ich die CD wechsle. Warum ich letzte Woche angeboten habe, den jüngeren der beiden Löwen abzuholen, hat zwei Gründe. Zum einen mag ich den Kleinen und außerdem habe ich Lust, meine alte Schule zu besuchen. Dieses Internat war viele Jahre lang mein Zuhause. Ich habe dort meinen Stimmbruch bekommen, meine Unschuld verloren, zum ersten Mal Alkohol getrunken und ja, wir hatten auch Unterricht, aber an den muss man sich nicht unbedingt erinnern, sobald man an der Uni ist.

Ich weiß, dass David auch ein wenig wehmütig wird, wenn wir ankommen. Er versteckt das nur hinter offensichtlichem Desinteresse und schierer Gleichgültigkeit.

»Wenn du jetzt die *HIM*-CD einlegst, springe ich aus dem Auto!«, knurrt er drohend und reißt mir die CD aus der Hand, um sie aus dem Fenster zu werfen.

»Die CD oder ich«, rechtfertigt er seine Aktion, und ich funkle ihn von der Seite an.

»Ich hätte mich für *HIM* entschieden.«

»Wie kann man den Schrott nur hören? Bist du ein dreizehnjähriges, zum ersten Mal menstruierendes, Mädchen?«

»Wenn ich eines wäre, hätte ich mich auch für *HIM* entschieden, nicht für dich.«

»Wenn du ein dreizehnjähriges Mädchen wärst, würdest du Schnappatmung bekommen, wenn ich neben dir im Auto sitzen würde«, entgegnet er und zieht eine Braue nach oben. Er wusste schon immer, dass er gut aussieht. Hauptsächlich deshalb, weil ihm die Mädchen trotz grobem Mangel an jeglicher Form von romantischem Charme seit jeher am Hals hängen.

»Eine Dreizehnjährige würde dich im Moment für einen buchbesessenen Zombie halten. Ich bin viel cooler als du, junge Mädchen finden mich mit Sicherheit spannender.«

Ach ja, ich weiß übrigens auch, dass ich gut aussehe. Hauptsächlich deshalb, weil mir die Mädchen trotz grobem Mangel an jeglicher Form von romantischem Charme seit jeher am Hals hängen.

»Wieso ist das Gespräch auf einmal in eine so pädophile Richtung abgedriftet? Du kannst die halbwüchsigen Teenager haben, ich will sie nicht«, sagt David und kann sich das Lachen nicht verkneifen. Diese Gegend versetzt uns einen kleinen Flashback. Ich weiß nicht, wie lange es her ist, dass wir so infantile Streitgespräche geführt haben. Wahrscheinlich, als wir nach unserem Abschluss das letzte Mal durch diese Allee gefahren sind.

Professor Engel

Schloss Lindemuth hat nichts von seiner elitären Imposanz verloren. Jedem, der zum ersten Mal vor den sandroten Mauern auf dem weitläufigen Grüngelände steht, flüstert das Gebäude Dinge zu, wie: ›Ich bin höchst akademisch, exklusiv und abartig kostspielig‹. Keine Unwahrheiten, aber wer seine Jugend hier verbracht hat, hört die alten Mauern andere Geschichten erzählen.

Im Grunde ist das Internat eine Sammelstelle für Kinder aus reichen Familien, die wollen, dass ihre Sprösslinge einen vorzeigbaren Abschluss machen und erwachsen werden, möglichst ohne sich selbst mit ihnen zu befassen. Abgeschobene Halbwüchsige mit Kreditkarten und weitgehender Narrenfreiheit – ja, es ist so exaltiert, wie man es sich vorstellt.

Natürlich wurden nicht alle hier von ihren Eltern zwangsbeglückt. Meine haben mich lieb. Ich wollte hierher, weil David zu den Verstoßenen gehört hat. Die Entscheidung habe ich nie bereut. Wir hatten eine bunte, verrückte Zeit und ich hätte auf keiner anderen Schule so viele Erfahrungen für das Leben sammeln können. Nachdem man acht Jahre hier war, kann einen kaum noch etwas schockieren.

Wir schlendern unseren ehemals täglichen Nachhauseweg entlang, vorbei am Schloss, hin zu den moderneren Gebäuden, in denen sich die Wohnräume der Schüler befinden. Der Weg führt am See entlang – wunderschöne Aussicht, gespickt mit tausend Erinnerungen.

»Hast du gekifft, während ich gelesen habe? Wieso grinst du so breit?«

Davids vorwurfsvoller Blick trübt meine gute Laune kein Stück. Dieser Ausdruck in seinem Gesicht lässt mich sogar noch tiefer in Erinnerungen schwelgen. Ich kann die Tage, an denen er nicht schlecht gelaunt gewirkt hat, an einer Hand abzählen. Das ist aber nur seine Standard-Miene. Er kann nichts dafür, dass in seinem Gesicht bei Entspannung eine leicht arrogante, abweisende Mimik festfriert. Wer ihn kennt, weiß, dass er einen trotzdem nicht auffrisst – meistens.

»Da drüben hat mir die holländische Austauschschülerin beigebracht, was ›geslacht‹ ist«, sage ich und zeige schmunzelnd auf den Steg, von dem man geschubst wird, wenn man hier neu ist.

»Und dann hat sie sich den Rest der Nacht in den See übergeben – falls du das vergessen haben solltest«, erinnert mich David.

»Möchtest du, dass ich ein Foto von dir schieße? Alte Erinnerungen festhalten? Eher an der Stelle, an der du sie gevögelt hast oder an der, wo sie dann angefangen hat, sich zu übergeben?«

Ich möchte anmerken, dass Auriana nicht vom Sex mit mir schlecht wurde. Es war ein Virus, das auch mich am nächsten Tag ans Badezimmer gekettet hat. Ich habe die Kloschüssel aber grinsend umarmt, weil ein rebellierender Magen ein absolut fairer Preis dafür war, meine Unschuld an Holland zu verlieren.

Wir steuern auf das dreistöckige Haus zu, aus dem wir nach unserem Abschluss ausgezogen sind. Der Eingangsbereich, in dem sich der Gemeinschaftsraum befindet, ist menschenleer, genau wie das ganze Gelände. Gestern war Abschlussparty, das heißt, dass die meisten schon nach Hause gefahren sind oder ihren Rausch ausschlafen.

»Haben Sie sich verlaufen? Kann ich Ihnen helfen?«

Die helle, etwas schräge Stimme, die hinter uns ertönt, als wir die Treppe nach oben gehen wollen, versetzt mir nicht den gleichen inneren Stromschlag wie David. Ich schmunzle ihn schief an, bevor wir uns umdrehen.

Sie hat sich nicht wirklich verändert, sieht immer noch viel jünger aus, als sie ist.

Frau Professor Engel – ich kann ihren Namen nicht mal in Gedanken aussprechen, ohne zu grinsen. Schloss Lindemuth war ihre erste Lehrstelle nach dem Studium. Als sie hier angefangen hat, waren David und ich sechzehn und dachten, sie wäre eine neue Schülerin. Dem Irrglauben sind aber viele verfallen.

Sie hatte es definitiv nicht leicht, nicht nur, weil sie zehn Jahre jünger ausgesehen hat, sondern hauptsächlich deshalb, weil sie scharf war. Beinahe jeder aus der Oberstufe wollte sie vögeln, das Ganze ist in einen ziemlich heftigen, aber amüsanten Wettbewerb ausgeartet. Ich hätte auch gerne Hand an die kleine blonde Frau Professor gelegt, aber der Hype, sie als Erster rumzubekommen, war dann doch ziemlich rasch vorbei.

David hat einmal vor dem Einschlafen ›Hab mit ihr geschlafen‹ gemurmelt und die Jagd damit beendet. Wie er das hinbekommen hat, obwohl er sie eigentlich ständig ignoriert und mit seiner Standard-Eis-Miene bedacht hat, ist für die meisten bis heute ein Rätsel. Für mich war es das nie. Löwenstein'sche Gleichgültigkeit wurde von Frauen schon immer gerne mit Sexappeal verwechselt.

»Wir holen meinen Bruder ab. Ich glaube, wir finden uns noch zurecht«, entgegnet David, erwidert ihr Schmunzeln aber nicht. Sie mustert ihn ein paar Sekunden lang und zieht dann eine Augenbraue in die Höhe.

»Ihnen ist schon bewusst, dass sich schulfremde Personen zuerst im Sekretariat ankündigen müssen, bevor sie die Wohnkomplexe betreten? Die Schulregeln sind Ihnen noch vertraut?«

Sie stöckelt zu uns. Das enge, schwarze Kostüm steht ihr. Sehr lehrerhaft, sehr anturnend. Ihr Verweis auf die Schulregeln soll hoffentlich so etwas wie ein koketter Scherz sein. Wenn sie jetzt auf strenge Professorin macht, wird der Eisklotz neben mir zum Feuertornado.

»Ja, die Statuten sind uns nach wie vor vertraut. Wir versprechen aber, uns vorbildlich zu verhalten und selbstverständlich keine Minderjährigen zu verführen.«

Fieser Seitenhieb von David, aber sie hat ihn selbst heraufbeschworen. Ich kann mir das Grinsen nicht verkneifen. Der schockiert-beleidigte Ausdruck, der ihre Augen ein wenig glänzen lässt, steht ihr. Anscheinend haben ihr die letzten beiden Jahre hier einiges an Erfahrung und Selbstbewusstsein beschert, sie kann die peinlich berührte Gefühlsregung nämlich binnen Sekunden verpuffen lassen.

Sie kommt mit hoheitsvoller Miene näher und bleibt schließlich mit verschränkten Armen in einer außerordentlich geraden Haltung vor uns stehen. Früher war sie ein introvertierter Typ mit einer utopisch verträumten Vorstellung von Pädagogik. Ich unterstelle David jetzt nicht, dass er ihr diese Naivität weggebumst hat, das war wohl eher Schloss Lindemuth.

»Herr DeLuca …« Sie singt meinen Namen regelrecht. »Wie läuft ihr Studium? Streben Sie noch immer einen Lehrstuhl an?«

Wir spielen jetzt: Ignorier den Löwen. Sie kann zwar äußerlich verbergen, dass sie sein Spruch gekränkt hat, aber spüren lassen will sie es ihn trotzdem. Deshalb werde ich nun gemustert und nicht mehr er.

»Überlegen Sie sich das mit der Professur lieber, der Lehrberuf kann undankbar sein.«

»Ja, das ist mir auch schon zu Ohren gekommen«, entgegne ich.

Ich könnte jetzt einen Spruch darüber bringen, dass man sich seinen Schülern vollkommen hingibt und dann doch nur Undank dafür erntet, aber ich schmunzle lieber und lasse sie in dem Glauben, dass sie mich und David gegeneinander ausspielen kann. Das haben schon viele Frauen versucht und wir machen uns schon lange einen Spaß daraus.

»Wenn Sie Tipps oder Erfahrungsberichte brauchen, sagen Sie Bescheid, dann tauschen wir uns mal aus.«

Ihr Vorschlag geht mit einem Zwinkern einher. Frau Professor Engel lässt uns mit einem Nicken stehen und bewegt ihren teuflisch scharfen Hintern in Richtung Ausgang.

»Tob dich aus«, kommentiert David und schenkt mir einen wissenden Blick. »Sie ist so spannend im Bett wie deine linke Hand.«

»Vielleicht hat sie in den letzten Jahren ihre Fertigkeiten erweitert«, spekuliere ich und sehe David den Kopf schütteln.

»Wenn das nicht innerhalb der letzten drei Monate passiert ist, sehe ich da kein Licht. Sieh zu, dass du nicht unten liegst, sonst schläfst du ein.«

Er geht die Treppe hoch, weil er ein ausgewachsener Sadist ist, der Leute gerne spannende Informationshäppchen hinwirft und das Gespräch dann beendet.

»Du hast vor drei Monaten mit ihr geschlafen? Wo? War dein Buch dabei? Hast du sie damit versohlt?«

David grinst und sieht mich genauso an, wie er mich schon mit sechzehn angesehen hat, als ich wollte, dass er mir von seinem Abenteuer mit unserer Professorin erzählt.

»Nicht mal das hätte dieses komaartige Erlebnis retten können. Ohne Schreibtisch, Schuluniform und dem Satz: ›Gut so, Frau Professor‹ ist es einfach nur Sex mit jemandem, der sich totstellt. Der einzige Reiz, den sie hatte, war, dass ich ihr Schüler war.«

Hatte ich erwähnt, dass David schonungslos ehrlich ist? Und ein Arschloch? Und, dass ich ihn dafür liebe? Er ist der einzige Mensch, den ich jemals kennengelernt habe, von dem ich mit absoluter Sicherheit sagen kann, dass er noch nie jemanden ins Gesicht gelacht und ihn angelogen hat. Ich schätze das sehr an ihm, auch, wenn er die Wahrheit ab und an etwas wertend verpackt.

Lügen oder unnötiges Schmeicheln sind nie Optionen für ihn. Man lernt es zu schätzen oder zu hassen.

Ich mag, dass die Wahrheit manchmal schmerzt. Gerechtigkeit tut das auch – deshalb bin ich der Juristerei so verfallen. Das Leben war nie ausschließlich ein Ponyhof, für niemanden. So zu tun, als ob es so wäre, macht Menschen auf Dauer kaputt. Aufgesetzte Fröhlichkeit ist scharfkantiger als schonungsloser Realismus.

Wir laufen den Gang entlang und halten vor einer schwarzen Zimmertür, auf der vier Jahre lang:

›David Löwenstein & Andrea DeLuca‹

gestanden hat. Heute steht dort:

›Alexander Löwenstein & Theo Lorenz-Herbst‹.

Die Jungs haben in diesem Schuljahr unser Zimmer übernommen, weil es mit Abstand das geräumigste und geschichtsträchtigste im Oberstufen-Wohnheim ist. Ich bin mir sicher, sie haben ihr erstes Jahr hier genossen. Während wir noch am Internat waren, waren die beiden in der Unterstufe – Babys quasi. Experimentierfreudige Babys, die uns viel zu viel nachgemacht haben. Der kleine Löwe hat dem großen Löwen schon immer nachgeeifert, auch, wenn er das niemals zugeben würde. Die beiden haben ein spezielles Verhältnis zueinander.

Nachdem unser Klopfen unerwidert bleibt, drücke ich die Tür einfach auf. David und ich sind ungeduldige Besucher, außerdem ist das hier noch viel mehr unser Zimmer als das der Jungs. Sie können erst Anspruch darauf erheben, wenn sie es öfter überflutet oder mit Stöhnen beschallt haben als wir.

Zwei Jungs, ein Kätzchen

»Zimmerkontrolle!«, rufe ich möglichst laut und streng und lasse meinen Blick durch den Raum schweifen.

Hier scheint die Zeit stehengeblieben zu sein. Auf einer Seite Klamotten über dem Schreibtisch, Bücher am Boden und eine ausgeleerte Tasche, auf der anderen Seite blitzt und glänzt die Ordnung und man könnte über jede Fläche lecken, ohne krank zu werden. Der junge Mann, der Davids Ordnungswahn teilt, ist aber nicht sein Bruder, sondern sein bester Freund. Theo ist für Alex, was ich für David bin. Jeder Löwe braucht einen unverschämt gutaussehenden Charaktermenschen an seiner Seite.

Der brünette Charaktermensch hebt gerade verschlafen den Kopf. Zumindest er reagiert annähernd auf meine drohende Ankündigung. Im Oberstufen-Wohnheim werden nur in Ausnahmefällen Zimmerkontrollen durchgeführt, aber wenn dem so wäre, wäre hier jemand in Erklärungsnot. Die Jungs liegen noch im Bett, einer der beiden aber nicht alleine. Ich sehe lange blonde Haare zwischen der weißen Decke und Theos Oberkörper. Ich nehme an, da hängt noch ein Mädchen dran, sonst wäre das überaus obskur.

Er mustert mich verschlafen und lässt den Kopf dann resignierend zurück in das Kissen fallen. »Hallo Mephisto«, murmelt er mit beschlagener Stimme und verzieht die Lippen zu einem Grinsen. So werde ich gerne begrüßt! Endlich sieht jemand mein inneres Leuchten.

»Es ist Mittag und ihr liegt noch im Bett? Seid ihr Junkies oder rekonvaleszent?« Davids Tonfall ist im Gegensatz zu meinem nicht gespielt streng. Er hat nichts für Langschläfer übrig. Ich glaube, dass er selbst als Kleinkind maximal sechs Stunden geschlafen und sich danach auf seinen winzigen Schreibtischstuhl gesetzt hat.

»Es ist gestern wohl etwas später geworden«, stelle ich fest und drehe die leere Weinflasche. Cont'ugo Merlot – soviel muss man den Jungs lassen: Sie schießen sich nicht mit Fusel ins Suffkoma.

Ich lehne mich gegen den breiten Fenstersims und sehe mir die Show an, die so sicher folgt wie der Weltuntergang in einem Roland-Emmerich-Film. David knurrt und reißt seinem kleinen Bruder die Decke weg.

»Steh auf!«

Obwohl das Verschwinden der Decke Alex auf die Seite rollen lässt, schläft er weiter.

»Davon wird er nicht wach«, brummt Theo müde und rafft sich auf. »Er schläft sowieso wie ein Stein, aber wenn er getrunken hat, brauchst du einen Wasserschlauch oder ein Elektroschockgerät.«

Er steigt aus dem Bett. Da ist tatsächlich ein Mädchen unter den vielen blonden Haaren. Unverschämt jung, unverschämt hübsch, unverschämt nackt. Allein hinzusehen fühlt sich nach Sexualstrafdelikt an. Ich halte mir die Hand vor die Augen.

»Kannst du bitte dein Bio-Projekt vor uns verstecken?«

Ich schiele durch meine Finger und sehe, wie Theo die Decke über seinen Übernachtungsgast zieht. Sie schläft auch ziemlich fest, was gut ist, denn David und ich sind mittlerweile zu alt, um uns an Mädchen aus der Unterstufe zu erfreuen.

David hat sich über Alex gebeugt und faucht ihm ins Gesicht. »Wach auf oder du läufst nach Hause!«

Alex' Antwort ist ein verwirrtes Murren. David reißt der Geduldsfaden und ich schmunzle über die Löwenstein'sche Kain-und-Abel-Show. Der jüngere knallt auf dem Teppich auf, nachdem der ältere ihn aus dem Bett geschubst hat. Es ist nicht zu glauben, aber Alex stöhnt nur kurz und schläft weiter.

»Meine Güte, fühl doch mal seinen Puls, ich denke, er ist tot.«

Mein Spruch bringt David zwar nicht zum Lachen, aber auf eine Idee. Er kniet sich über seinen Bruder und hält ihm den Mund und die Nase zu.

Das ist Davids Interpretation von ›Friss oder stirb‹ – ›Wach auf oder erstick‹.

Alex schreckt hoch und öffnet endlich die Augen. Er ist sichtlich desorientiert, weil er auf dem Boden liegt.

»Hallo?«, krächzt er fragend und fährt sich durch die zerzauste Frisur.

»Ja. Hallo, du komatöse Schnapsdrossel!«, entgegnet David und zieht ihn so schwungvoll auf die Beine, dass sie gegeneinander krachen.

»Nicht so grob. Mir ist schwindlig, du Idiot.«

»Nenn mich noch einmal Idiot, und ich werfe dich aus dem Fenster, du betrunkene Kröte! Wir fahren, zieh dich an!«

Alex wankt in Richtung Badezimmer, zu langsam für Davids Geschmack.

»Hör auf, mich zu schubsen!«

»Dann lauf schneller!«

Der ältere Löwe eskortiert den jüngeren Löwen in den Raum nebenan, damit er nicht im Stehen einschläft und er ihn darüber informieren kann, dass er sich vollkommen falsch die Zähne putzt. Theo folgt den beiden kopfschüttelnd.

Ich nutze die Gelegenheit, einer Sucht zu frönen, die ich eigentlich offiziell aufgegeben habe. Zumindest denkt David das. Er versucht seit Jahren, es mir abzugewöhnen. Das ewige Nörgeln ging mir irgendwann auf den Sack, also mache ich das hier einfach nicht mehr vor ihm.

Ich beiße mir junkiemäßig erwartungsvoll auf die Lippen, als ich den Getränkekühlschrank der Jungs öffne.

Ich weiß, ihr habt Stoff hier. Ihr seid partywütige Sechzehnjährige, die nachts wachbleiben wollen … Bingo! Allein das Gefühl, wenn meine Finger die Dose umschließen, ist großartig. Ich weiß, es klingt, als ob ich das hier seit Wochen oder Monaten nicht mehr gemacht hätte – in Wirklichkeit habe ich vor der Vorlesung zwei Red Bull gekippt, aber das ist auch schon wieder vier Stunden her.

»Hi.«

Mein Blick gleitet auf das zerwühlte Bett, das früher meines war, und aus dem mich gerade jemand angepiepst hat. Sie ist wach geworden.

»Hallo.« Meine Stimme ist mir selbst fremd – irgendwie unsicher geschäftlich, aber das liegt daran, dass sie sich halb abgedeckt hat und ich schon wieder die Handschellen klicken höre. Nicht die guten aus dem Sex-Shop, die schlechten der Polizei.

Sie liegt auf dem Bauch, den Oberkörper an den Ellbogen abgestützt, ein Fuß wippt in der Luft.

»Deine Haarfarbe ist cool. Färbst du sie?«

Ich lasse mir den letzten Schluck prickelndes Lebenselixier die Kehle runterlaufen und zerdrücke die Dose, bevor ich sie im Mülleimer verschwinden lasse.

»Nein, meine Haare sind von Natur aus dunkelrot. Ich bin ein Vampir«, entgegne ich und versuche, nicht auf ihren Busen oder ihren Hintern zu sehen. Sie hat ganz offensichtlich kein Problem mit ihrer Nacktheit und keinen Sinn für Sarkasmus.

»Wirklich? Cool. Darf ich mal anfassen?«, fragt sie und streckt die Hand nach mir aus.

»Nein.«

Sie verzieht das Gesicht beleidigt und neigt dann fragend den Kopf. »Hast du Tattoos?«

»Ja.«

»Zeig mal.«

»Nein.«

»Wieso nicht? Ich zeig dir auch mein Piercing.«

»Bloß nicht!«

Sie lacht, weil ich mir demonstrativ die Hand vor die Augen halte.

»Bist du so schüchtern?«, piepst sie amüsiert.

»Ja. Ich bin prüde. Und schwul. Und ein Priester.«

Die Badezimmertür geht wieder auf.

»Wieso hältst du dir die Augen zu?«, höre ich Theo fragen.

»Weil die gesetzliche Alterstoleranzklausel nur bei dir greift und nicht bei mir.«

»Was hat er gesagt?«, fragt das viel zu junge, viel zu doofe Kätzchen.

»Dass er ein alter Sack ist«, erklärt Theo amüsiert. Ich nehme die Hand wieder runter, um ihn mit finsteren Blicken zu strafen.

»Wie alt bist du denn?«, will sie wissen.

»42. Ich bin sein Vater.«

Ich wage mal zu behaupten, dass sie gerade abwägt, ob das stimmen kann. Das kränkt mich nicht wirklich, sie würde auch darüber nachdenken, ob der Stuhl wirklich sprechen kann, wenn ich ihr sage, dass er mir gerade zugeflüstert hat, dass sie naiv ist.

Bevor sie jetzt aber so etwas wie ›Cool. Kannst du deinen Vater zu einem Dreier überreden?‹ zu Theo sagt, setze ich mich in Bewegung.

Ich muss hier raus.

Böses Zimmer, böses Internat – was für schräge, perverse Persönlichkeiten dieses Schloss ausspuckt.

Auf dem Weg zur Tür kreuzen die Löwensteins meinen Weg. David hat Alex erfolgreich davon abgehalten nochmal einzuschlafen. Er hat sich sogar angezogen. Wirklich wach sieht er trotzdem nicht aus. Es stehen ihm noch mindestens zwei Gläser Wein ins blasse Gesicht geschrieben.

»Danke fürs Abholen«, brummt er mir mit rauer Stimme entgegen.

Er klingt nicht nur gleich wie sein Bruder, die beiden sehen sich auch so ähnlich, dass David vergebens abstreitet, mit dem kleinen Chaoten verwandt zu sein.

Die Jungs greifen sich ihre Sachen und Theo wendet sich nochmal dem einfältigen, halbnackten Kätzchen zu, das er zurücklässt.

»Lass die Jalousien runter, wenn du gehst«, lautet seine nüchterne Bitte.

»Schreibst du mir?«

»Ja.«

»Hast du mich lieb?«, will sie kichernd wissen.

Er stutzt. Man sieht ihm an, dass er die Frage einfach nur dämlich findet. Nachdem er etwas Unverständliches genuschelt hat, geht er auf uns zu und macht eine auffordernde Handbewegung – ein Fluchtbefehl.

»Ciao, rothaariger Priester-Vampir«, flötet sie uns noch hinterher. Das gilt natürlich ganz offensichtlich mir.

Ich ernte skeptische Blicke von David, als die Zimmertür hinter uns in die Angeln fällt. Er schüttelt den Kopf.

»Was stimmt bloß nicht mit dir?«, fragt er vorwurfsvoll. Ich zucke mit den Schultern.

»Das klingt nur aus dem Zusammenhang gerissen so schräg! Ich habe nicht mal hingesehen – meistens.«

»Perversling.«

Zumindest werde nicht nur ich verarscht. Theo läuft vor Alex weg, weil der ständig fragt, ob er ihn lieb hat.

Auf Schloss Lindemuth schließt man Freundschaften fürs Leben. Und wenn dein bester Freund gleichzeitig der Typ ist, der dir am meisten auf den Sack geht, läuft dein Leben gar nicht so übel.

Hinter den Fassaden

Ich kann protestlos eine neue CD einlegen, da David Entzugserscheinungen von seinem dicken, langweiligen Schmöker hat und zu lesen beginnt, sobald er sitzt. Die Jungs auf der Rückbank vertragen einen kleinen Motivationsschub, deshalb darf es zur Abwechslung mal ein italienischer DJ sein. *Gigi d'Agostino* vertreibt jedes Stimmungstief – auch ein Kater bedingtes.

»Danke, dass ihr mich mitnehmt.«

Ich blicke durch den Rückspiegel zu Theo, der Alex gerade davon abhält, auf seiner Schulter einzuschlafen.

»Ist ja auch ein enormer Umweg«, entgegne ich sarkastisch. Theos Familie und die Löwensteins sind Nachbarn. Die beiden Jungs kennen sich schon ihr Leben lang. Dass sie so gut miteinander klarkommen, obwohl sie so verschieden sind, ist mir vertraut.

»Ihr wollt nach Rom?«, frage ich. Alex hat mir ihre Pläne für den Sommer am Telefon verraten.

»Wollten«, korrigiert mich Theo tonlos. »Das platzt wohl.«

»Wieso?«

»Alex hat vergessen, dass er seinen Großeltern versprochen hat, nach Kenia mitzukommen.«

»Ich habe gar nichts vergessen!«, verteidigt sich der Blonde und wird ein wenig wacher, weil ihn sein Gewissen dazu nötigt. »Ich hatte noch im Kopf, dass da irgendetwas mit einer Safari war, ich habe die Termine nur verwechselt. Wir können noch immer nach Rom. Ich bin in drei Wochen wieder hier.«

Theo schweigt. Es ist beschissen, wenn Urlaubspläne mit Freunden ins Wasser fallen. Für Theo besonders. Wir wissen alle, dass er nicht gerne für längere Zeit zu Hause ist, deshalb mustert Alex ihn auch so entschuldigend, als hätte er ihn aus Versehen angeschossen.

»Vielleicht komme ich da noch irgendwie raus. Ich habe sowieso Angst, dass mich die Löwen fressen«, scherzt er und ich sehe David den Blick von den Zeilen heben.

»Wenn du den Großeltern versprochen hast mitzukommen, kommst du auch mit! Sonst frisst dich ein Löwe hier!«

David hasst es, wenn Alex sich vor familiären Pflichten drückt. Das ist ein empfindliches Thema zwischen ihnen, das leicht eskalieren kann. Diesmal müssen sie ihre eigenen Probleme aber hintenanstellen.

Ich weiß, dass die Löwensteins viel schmutzige Wäsche hinter dem klanghaften Namen und dem gesellschaftlichen Einfluss verstecken. David und Alex hatten es nie leicht und werden es auch nie leicht haben, aber so furchtbar emotionaler Missbrauch auch ist, der körperliche sorgt mich im Moment mehr.

Ich sehe durch den Rückspiegel zu Theo. »Du kannst mit uns mitkommen, wenn du willst. Wir fahren nach Norditalien.«

Mein Vorschlag wird von David nicht boykottiert, obwohl er sonst regelmäßig rot sieht, wenn ich jemanden einlade, uns zu begleiten. Dass das hier eine nötige Ausnahme ist, sieht aber sogar der Eisprinz ein.

»Ich habe schon einen anderen Ausweichplan. Aber danke.«

David und ich nicken das Statement ab. Theo ist jung, aber er hatte schon als Kind einen starken Charakter. Er wird klarkommen, in diesem Sommer und im Leben – mit ein wenig Hilfe und Halt. Wir passen schon auf ihn auf.

»Ausweichplan? Was machst du denn? Mit wem?«

Alex' Neugier kommt nicht ohne vorwurfsvollem Tonfall daher. So klinge ich auch, wenn David mir nicht verrät, was er tut, wann er duschen war und was er gegessen hat. Alex und ich sind uns manchmal ziemlich ähnlich, deshalb kann ich ihn auch so gut leiden. Wir brennen für Menschen, die wir mögen, auch wenn wir kaum jemanden mögen. Unseren beiden mürrisch stoischen Gegenstücken gefällt das aber. Auch wenn sie noch so oft mit den Augen rollen.

»Ich verbringe ein paar Tage mit jemandem, den ich kenne«, lautet Theos vage Antwort, mit der sich Alex natürlich nicht zufrieden gibt.

»Geht es noch detaillierter? Atmest du dort vielleicht auch?«

»Ja, vermutlich die ganze Zeit.«

Alex schnaubt genervt. Seine Stimme klingt immer wacher. Neugier ist ein gutes Mittel gegen Kater.

»Du fährst zu einem Mädchen?«, spekuliert er.

Darauf hätte ich auch spontan getippt.

»Nein. Ich fahre zu einem Typen. Weniger neugierig als du. Vielleicht wird er mein neuer Zimmerkollege.«

Die Antwort bleibt aus. Ich muss nicht in den Rückspiegel schauen, um zu wissen, wie Alex' Gesicht gerade aussieht.

»Als ob es irgendjemand außer mir mit dir aushalten würde.«

Diva-Modus – gute Wahl, hätte ich auch gemacht.

»Natürlich fahre ich zu einer Frau!«, faucht Theo, der zwar nicht zugibt, dass er diesen gekränkten Ausdruck im Gesicht seines besten Freundes nicht sehen kann, aber trotzdem darauf reagiert.

Alex klingt sofort wieder gut gelaunt. »Bea?«

»Nein.«

»Ricca?«

»Nein.«

»Ines?«

»Zählst du jetzt jede auf, die du kennst?«

»Natürlich! Lisa?«

Es wird gleich laut, weil jemand nicht lesen kann, wenn die Jungs Faxen machen.

»Könnt ihr das sinnlose Geschwafel auf ein Flüstern beschränken?!«

Alex beugt sich durch die Mitte nach vorne und begegnet der finsteren Miene seines Bruders mit einem vorwurfsvollen Grinsen. »Dir wird beim Lesen im Auto sowieso schlecht, lass es sein.«

David lässt das Lesen genauso wenig sein wie Alex das Nachhaken. Mich interessiert aber mittlerweile auch, zu wem Theo fährt. Er macht ein Geheimnis daraus und außerdem hat er vorhin nicht Mädchen sondern Frau gesagt, was Sechzehnjährige eigentlich nicht machen.

»Kenne ich sie?«, setzt Alex das Frage-Antwort-Spiel fort.

»Ja.«

»Ist sie an unserer Schule?«

»Mhm.«

Ich muss mich einmischen. Da wächst eine Vermutung in mir. »Eine Lehrerin?«

Das Schweigen genügt uns allen als Antwort.

David sieht wieder von seinen Zeilen auf und legt die Stirn in Falten.

Alex lacht begeistert. »Ich wusste es!«

Nein, wusste er nicht, aber er findet es trotzdem toll. So habe ich auch geklungen, als David mir damals erzählt hat, dass er seine Schuluniform im Lehrerzimmer ausgezogen hat.

»Du hast was mit Frau Professor Engel! Wie sieht sie nackt aus?«, will Alex wissen, der von der Eroberung seines Bruders nichts weiß. Wir erzählen den Kleinen nicht alles – ihnen fällt selbst genug Schwachsinn ein.

»Ich weiß es nicht. Ich hatte noch nichts mit ihr. Sie hat mich zu sich eingeladen, ich kann dort ein paar Tage übernachten«, verrät Theo und versucht mit der Gleichgültigkeit in seinem Tonfall Alex' Begeisterung ein wenig zu dämpfen – vergebens. Während auf dem Rücksitz ein Gespräch stattfindet, das in mir einen Déjà-vu-Moment auslöst, stimmt David in mein Seufzen ein. Ich schenke ihm wissende, dezent vorwurfsvolle Blicke. »Du hast ein Monster erschaffen.«

Er grinst. »Ein todlangweiliges. Aber ja.«

Ich halte vor der weißen, gläsernen Architekten-Burg, in der ich mich heute noch verirre, wenn ich nicht darauf achte, an welchem Klavier ich gerade vorbeigelaufen bin. Wer bei den Löwensteins Verstecken spielen vorschlägt, ist genervt vom Anderen und möchte ihn den ganzen Tag nicht mehr zu Gesicht bekommen.

»Danke, Susi!«, flötet Alex beim Aussteigen und bleibt dann nochmal auf der Fahrerseite stehen. Ich lasse das Fenster hinunter. Susi bin ich. Warum er mich so nennen darf, hat etwas mit einer verlorenen Wette und dem Disney-Film Susi und Strolch zu tun. Die Lehre, die ich daraus gezogen habe, war, dass kleine Kinder diabolisch sind und ich nie wieder mit einem Fünfjährigen wette.

»Lass dich nicht von den Löwen fressen«, sage ich und ernte ein Grinsen von Alex. »Du auch nicht.«

David beugt sich zu mir und mustert Theo. »Wenn du es dir anders überlegst und dir das Lustknaben-Dasein für Frau Professor Engel zu öde wird, ruf an, du kannst immer noch nachkommen.«

Er nickt kaum merklich und wendet sich dann ab. Das Thema wird ihm unangenehm. Wirklich gesprochen hat er über das, was bei ihm zu Hause vorfällt, nie, selbst wenn es so offensichtlich war, dass es sich nicht mehr verstecken ließ. In dieser Hinsicht ist er Alex ähnlich. Der eine schweigt, der andere lacht – so löst man auf Dauer keine Probleme, aber man lebt den Moment besser.

Die Jungs verschwinden in der Löwenstein'schen Residenz und David seufzt sein tonloses Seufzen, von dem er glaubt, dass ich es nicht höre.

»Machst du dir Sorgen?«, will ich wissen, während ich wieder auf die Straße abbiege.

»Stellst du jetzt überflüssige Psycho-Talk-Fragen?«

»Ja. Ich dachte, das wäre ein schönes Thema für eine fünfstündige Autofahrt. Das und Geschlechtskrankheiten. In deinem Buch sind doch sicher ein paar veranschaulichende Bilder, die darfst du mir später zeigen.«

Diesmal seufzt er laut oder er knurrt, das kann nicht mal ich unterscheiden.

»Wie soll ich mich denn nicht um die beiden Vollidioten sorgen?«

David war noch nie auch nur annähernd gut darin, Empathie zu zeigen – das heißt aber nicht, dass sie ihm fehlt.

»Vielleicht hättest du Alex den Trip mit euren Großeltern absagen lassen sollen. Dann hätten sie in Rom etwas Spaß haben können.«

»Die beiden haben mehr als genug fragwürdigen Spaß. Was ihnen fehlt, sind sicher keine italienischen Trink- und Vögel-Orgien.«

»Hey, sag ›italienische Orgie‹ nicht so abwertend! Das verletzt mich persönlich. Wir hatten auch schon verdammt viel Spaß in Rom. Schon vergessen?«

David schüttelt den Kopf und grinst. »Das könnte ich nicht mal vergessen, wenn ich es wollte. Wir waren aber anders. Nicht so sensibel, nicht so Halt suchend.«

Er hat recht. Alex war hinter dem Gelächter und dem koketten Grinsen immer schon ein überaus sensibles Kind – ganz im Gegensatz zu seinem großen Bruder.

»Es ist besser für ihn, wenn er mit den Großeltern auf Safari geht und etwas elterliche Aufsicht und Aufmerksamkeit bekommt – das schaffen unsere Eltern einfach nicht und es fehlt ihm. Er wird es genießen. Was Theo angeht …«

Ich lausche aufmerksam, weil David den ›Ich habe schon alles geplant‹-Tonfall zum Besten gibt.

»Ich rufe meine Großeltern heute Abend an und schlage vor, dass sie ihn mitnehmen. Ein paar Ausflüge, etwas Kultur und jemand, der sich um sie kümmert, tut ihnen gut. Und ich weiß, dass sie in guten Händen und nicht in irgendeinem Drogen-Kartell sind.«

Jetzt seufze ich – ein genervtes Seufzen. Nicht wegen dieser perfekten, fürsorglichen Problemlösung, sondern der Art, wie er sie verkauft hat.

»Hättest du das Alex nicht so sagen können? Du hast mal wieder nur gegängelt, gemäkelt und geknurrt!«

Er zuckt absolut unbeeindruckt mit den Schultern.

»Soll ich die kleine Mimose auch noch knuddeln und knutschen oder was?«

»Ja!«

Er verzieht das Gesicht, so, als ob ich ihm vorgeschlagen hätte, etwas Abartiges zu tun.

»Sicher nicht«, lautet die murrende Antwort, und ich gebe mich wie immer geschlagen.

Er ist eben, wie er ist. David hatte es genauso schwer wie Alex. Seine Eltern haben ihn nie in den Arm genommen, deshalb nimmt er seinen Bruder jetzt auch nie in dem Arm. Dass er sich trotzdem Sorgen macht und ihn nur herumschubst und anfaucht, weil er es gut meint, hütet er wie ein Geheimnis. Emotionale Verkrüppelung in Reinkultur. Bewundern kann man ihn trotzdem. Nicht jeder schaffte es, ein so großes Arschloch über so lange Zeit so glaubwürdig zu spielen. Unglaublich gute Performance.

Bücken bitte!

Wir kommen schneller an als gedacht. Ich habe das Gaspedal durchgetreten und wir mussten nur einen Zwischenstopp machen, damit David sich auskotzen konnte.

Soviel zum Thema: Er kann im Auto lesen, ohne sich zu übergeben.

Die Sonne steht bereits so tief, dass die wenigen Wolken am Himmel in ein unwirklich kräftiges Orange getaucht sind. Sonnenuntergänge in Italien sind die schönsten. Das gilt auch für Wein, Essen und Auswanderer mit Mädchennamen.

Ich beäuge meinen Schlüsselbund kritisch, während ich Davids skeptische Blicke im Nacken spüre.

»Wenn du mir jetzt sagst, dass du den Schlüssel vergessen hast, töte ich dich und verscharre dich im Garten.«

»Das würde die Pinien im nächsten Sommer ziemlich sarkastisch daherplappern lassen«, entgegne ich und versuche, gelassen zu klingen, obwohl mir bewusst wird, dass ich David bald davon überzeugen muss, dass er zwei Zentimeter kleiner ist als ich und *er* sich deshalb durch das Speisekammer-Fenster zwängen sollte, das wir gleich einschlagen.

Bevor ich aber den Einbrecher-Modus starte, ziehe ich mein Handy aus der Hosentasche und mache das, was jeder vernünftige Mann in dieser Situation tun würde – seine Mama anrufen.

Ich war der festen Überzeugung, ich hätte den Schlüssel zu unserem Wochenendhaus an meinem Bund befestigt. Wenn man nicht weiß, wohin sein Zeug verschwunden ist, muss man mütterliche Superkräfte nutzen. Ich wohne zwar nicht mehr bei meinen Eltern, aber ich bin mir sicher, dass meine Mama mir trotzdem sagen kann, was ich mit dem Schlüssel gemacht habe, zumal ich letzte Woche extra zu ihr gefahren bin, um ihn zu holen.

Das Gespräch dauert zwei Minuten. Jetzt bin ich schlauer.

»Er liegt in deiner Wohnung!«, wirft David mir knurrend vor.

»Wieso hast du ihn denn auf den Bund mit den Schlüsseln zu deinem Elternhaus gepackt?! Das ist ja selten dämlich!«

Es war einer meiner weniger brillanten Ideen, David so viel Italienisch beizubringen. Alles hat er aber nicht verstanden.

»Komm runter, es gibt einen Ersatzschlüssel.«

»Wo?«

Ich mache eine auffordernde Geste und setze mich in Bewegung.

Der Garten hat schon bessere Tage gesehen. Früher war das hier für mich der reinste Märchenwald. Als ich noch ein Kind war, waren wir jedes Wochenende hier. Leider ist das Anwesen seit Jahren weitgehend unbewohnt. David und ich haben in den Osterferien ein paar Tage hier verbracht. Damals habe ich auch den Entschluss gefasst, diesen Berg zu besteigen. Ich freue mich seit Monaten darauf zurückzukommen. Die italienischen Alpen hatten schon immer ihre ganz besondere Magie.

»Nicht dein Ernst, oder?«

David mustert mich ungläubig. Ich zucke grinsend mit den Schultern und richte meinen Blick dann zurück auf die Baumkrone.

»Meine Mama hat mich daran erinnert, dass ich den Ersatzschlüssel damals verstecken durfte. Ich war fünf und das Baumhaus war echt cool.«

Er schüttelt den Kopf. »Ich sehe kein Baumhaus – nur morsche Bretter und rostige Nägel. Hat das der Typ aus den *SAW*-Filmen gebaut? Es sieht aus wie eine Falle.«

Die Zeit hat tatsächlich merkliche Spuren an meinem hölzernen Schloss hinterlassen.

»Das Ding ist mindestens in vier Metern Höhe«, stellt David weiter fest. Ich muss ihm recht geben. Der Baum scheint ziemlich in die Höhe geschossen zu sein.

»Du bist da als Kind tatsächlich raufgeklettert? Behauptest du nicht immer, deine Eltern hätten dich gern? Ich glaube gerade, dass es ihnen scheißegal war, ob du lebst oder stirbst.«

»So hoch ist es doch gar nicht.«

Relativieren funktioniert bei David nicht.

»Na dann fällst du wohl auch gar nicht so tief. Ich klettere da nicht hoch.«

Ich leere seufzend meine Taschen und beäuge den Baum kritisch. Die Holzbretter, die früher mal als Treppe gedient haben, tragen mein Gewicht vermutlich nicht mehr. Ich muss mich auf die Äste konzentrieren.

»Bück dich«, verlange ich, weil mich jemand da raufheben muss.

David zieht eine Augenbraue nach oben. »Nein, du bückst dich. Ich dachte, das wäre mittlerweile geklärt.«

»Du sollst mich nicht vögeln, sondern hochheben! Außerdem ist das definitiv nicht geklärt. Du weißt; alles, was du mir antust, tue ich dir auch an. Ich beiße garantiert zurück.«

Unser Lachen beschallt den Garten. Zum Glück hören uns nur die Pflanzen zu – die sich im Übrigen gerade rot verfärben, weil sie nicht wissen, ob wir nur Witze machen.

»Entweder du kletterst da rauf oder du bückst dich!«, stelle ich ihn vor die Wahl.

David geht vor mir in die Knie. Ich muss grinsen. Ein devoter Löwe – ein Bild, das wohl kaum ein Mensch außer mir je zu Gesicht bekommen wird.

»Hör auf, mich anzugrinsen, als wäre ich dein Sklavenjunge, und komm her!«

Ich kann das Grinsen nicht von meinen Lippen wischen, aber ich kann mich auf seine Schultern setzen, dann sieht er es zumindest nicht mehr.

David richtet sich stöhnend auf und ich kralle mich in seinen Haaren fest.

»Wann bist du so schwer geworden?! Hör auf, Lasagne in dich reinzustopfen! Und zieh nicht an meinen Haaren! Ich bin nicht dein Flittchen!«

»Ich bin 78 Kilo purer Sexappeal und ich ziehe gerne an Haaren, also halt die Klappe und mach einen Schritt nach links, ich will mir den Ast greifen.«

David torkelt und ich greife mir einen der dickeren Äste. Bevor ich mich hochziehe, rüttle ich prüfend daran und beanspruche dabei seinen Nacken ein wenig zu sehr, weil ich mich nach vorne beuge. Er stöhnt auf.

»Was hast du da in der Hose? Metall?!«

»Entschuldige. Das ist mein Schwanz.«

Den Spruch hat er selbst heraufbeschworen. In Wirklichkeit war es die Naht meiner Jeans, die sich ihm in den Nacken gedrückt hat, aber das zu sagen, hätte nicht so viel Spaß gemacht.

Ich mache einen Klimmzug und schwinge dann eines meiner Beine über den Ast. Von hier aus kann ich die Holzplattform erreichen und in das kleine Häuschen kriechen. Unter meinen Füßen knirscht es. Nicht das beruhigendste Geräusch der Welt.

»Bevorzugst du eigentlich einen Sarg oder eine Urne?«, höre ich David rufen.

»Ich will einen schwarzen Sarg! Und wirf all meine CDs da rein!«

»Ja. Und dann setze ich das Ding in Brand. Dann ergibt deine Faszination für St. *Elmos Fire* endlich Sinn.«

Ich lache nur so lange, bis ich beinahe auf einen rostigen Nagel steige.

Langsam stelle ich wirklich in Frage, ob mich meine Eltern als Kind loswerden wollten. Warum ich gerne in dieser düsteren Holz-Falle gehockt bin, kann ich mir heute nicht mehr erklären. Oder doch. Ich war schon damals ein kleiner Vampir.

Ich hebe das Brett der Sitzbank hoch und entdecke tatsächlich einen silbernen Schlüssel zwischen vielen leeren Schneckenhäusern.

»Fühlst du dich wohl da oben? Du hattest schon immer etwas von einem rothaarigen Äffchen.«

Er verarscht mich im absolut falschen Moment. David hasst Schnecken.

Ich krieche aus dem Haus und stelle mich zurück auf den Ast, an dem ich mich hochgezogen habe.

»Hier, fang.«

Er denkt, ich werfe ihm den Schlüssel zu, deshalb streckt er auch arglos die Hände aus.

Kaum fängt er das Schneckenhaus, werfe ich ihm noch drei entgegen.

Er zuckt fluchend zusammen und fängt an, sich hektisch durch die Haare zu fahren.

»Du Arschloch!«

»Nana, Herr Doktor.«

David springt durch den Garten wie eine aufgescheuchte Katze. Einen tanzenden Löwen sieht auch kaum jemand außer mir – ich bin ein wahrlich gesegneter Mensch.

Ich lasse mich an dem Ast hinunter, nur um festzustellen, dass ich möglichst nicht stehenbleiben, sondern weglaufen sollte. David ist in Rachelaune, und das könnte schmerzhaft werden.

»Gewalt löst keine Probleme!«, rufe ich lachend, während ich um das Haus hetze.

»Bleib stehen! Dann zeige ich dir, wie gut das funktioniert!«

Es ist stockdunkel und beinahe Mitternacht, als wir das Haus betreten und uns vollkommen kaputt auf das Sofa im offenen Wohn-/Essbereich fallen lassen.

»Das war doch mal eine spannende Art, irgendwo anzukommen!«, töne ich sarkastisch. David schüttelt nur halbherzig und mit geschlossenen Augen den Kopf.

»Sei einfach still, Luca.«

»Willst du noch etwas essen?«

»Ich hasse dich über alle Maßen.«

»Heißt das ja oder nein zu Nudeln?«

»Erstick bitte dran.«

Ich zucke unberührt mit den Schultern. Dann eben kein Essen. Dass David mit Todeswünschen um sich wirft, mag an der Tatsache liegen, dass wir geschlagene vier Stunden gebraucht haben, um endlich in das Haus zu kommen. Nach der Sache mit dem Baum ist mir der Schlüssel bei unserer Verfolgungsjagd aus der Tasche gefallen. David und ich sind in vielen Dingen verdammt begnadet, aber kleine Gegenstände im hohen Gras zu suchen, haben wir nicht wirklich drauf – soviel steht jetzt fest.

»Du kannst das Schlafzimmer haben, das du letztes Mal hattest.«

Er murrt nur. Ich bin auch müde. Die Klappe kann ich trotzdem nicht halten, schon gar nicht, wenn mir jemand den Mund verbietet.

»Gehen wir schlafen oder willst du noch rummachen?«

David schlägt die Augen wieder auf, um mich anzufunkeln. Anscheinend hat er keine Kapazitäten mehr für solche Witzchen, was es für mich nur umso unterhaltsamer macht.

»Okay, dann eben nicht knutschen. Aber komm nachts bloß nicht in mein Zimmer, weil du dich einsam fühlst.«

»Wenn ich nachts in deinem Zimmer auftauche, spring lieber aus dem Bett, ich bin dann nämlich nur gekommen, um dich mit einem Kissen zu ersticken.«

Ich gähne ausgiebig. »Ich liebe deine intensive Art.«

David schließt seufzend die Augen. »Ja … ich weiß.«

Der Berg

Ich träume von Sex auf morschen Holzbrettern mit Frau Professor Engel, die ein Halsband aus Schlüsseln trägt.

Mein Unterbewusstsein möchte ganz offensichtlich in der Pornoindustrie tätig sein. Ich verarbeite die meisten alltäglichen Erlebnisse in Form von Sex-Träumen. Es ist manchmal bedenklich, wer schon alles Auftritte in meinem nächtlichen Kopfkino hatte. Oder auch nicht, weil ich niemand bin, der Dinge zerdenkt. Ich träume eben, was ich träume, und ich stehe auf Sex, also Guten Morgen Welt! Was für ein schöner Tag, um einen Berg zu besteigen – und es sich unter der Dusche selbst zu besorgen!

Auf dem Küchentresen steht eine Schüssel Müsli. Daneben liegt ein abstoßend seitenreiches Buch, über das ich gleich einen Dickenwitz machen werde. Das fette Ding hat jemanden im Schlepptau: den Lernzombie, der mir Frühstück gemacht hat. David sitzt auf dem Hocker und boykottiert mal wieder höfliche Floskeln. Er sagt nie ›Guten Morgen‹, was sowas wie ein Freundschaftsbeweis ist. Mit gestelzten Höflichkeiten werden nur Leute bedacht, die er nicht leiden kann oder die ihm egal sind. Wer mürrisch anmutendes Schweigen erntet, wird gemocht und kulinarisch versorgt.

»Dein Buch ist so dick, dass, als es das letzte Mal bei McDonald's bestellt hat, McDonald's bei Burger King anrufen musste, um Unterstützung anzufordern.«

So sage ich ›Guten Morgen‹ und ja, ich finde mich zum Schießen.

»Hast du den Witz gegoogelt? Oder von kleinen Kindern auf der Straße aufgeschnappt?«

»Internet. Kinder irritieren mich.«

David schiebt mir die Schüssel entgegen, ohne von den Zeilen aufzusehen. Bewundernswert, dass er sie so zielsicher an den Rand des Tresens befördern kann ohne hinzusehen.

»Iss«, lautet die Anweisung, der ich gerne folge, weil ich am Verhungern bin.

Kleienpampe, Obst, Nüsse und Samen von Pflanzen, die ich nicht kenne. Klingt widerlich, David hat aber ein Händchen für ekelhafte Mischungen. Ich bin daran gewöhnt, dass er will, dass alle wie tibetanische Kaninchen essen. Er meint es gut und irgendwo hat er auch recht mit seinem Ernährungswahn – heute Abend gibt es trotzdem Lasagne.

»Sag mal, reist du mit einer Packung Kleie in der Tasche? Wo hast du das Zeug denn her?«, will ich wissen und versuche herauszufinden, ob ich Socken herausschmecke.

»Hast du schon mal auf die Uhr gesehen? Ich war joggen und einkaufen. Nicht jeder schläft den halben Tag wie ein altersschwacher Hund, nur um irgendwann aus dem Bett zu kriechen und sich unter der Dusche einen runterzuholen.«

Zu meiner Verteidigung: Es ist 08:30 Uhr.

»Spannst du neuerdings?«, frage ich und schlage das Buch zu, damit er aufschauen muss. Wenn ich schon die Brauen hochziehe, soll er das auch sehen.

David funkelt mich an, weil ich seinen Multitasking-Wahnsinn unterbrochen habe. Er verzieht die Lippen aber trotzdem zwei Sekunden später zu einem Grinsen.

»Ich spanne nicht. Wenn du unter der Dusche nicht singst, wichst du. Absolut verständlich, da niemand auf dieser Welt einen Orgasmus haben könnte, während er dich singen hört – dich selbst eingeschlossen.«

Ich würde ihn gerne mit gespielt strengen Blicken strafen, aber ich muss lachen. Da steckt ein Fünkchen Wahrheit in dieser Aussage.

»Du bleibst aber nicht den ganzen Tag hier und streberst, oder?« Mein vorwurfsvoller Tonfall wird ignoriert.

David schlägt sein Buch wieder auf. »Willst du etwa Begleitung bei deinem lächerlichen Vorhaben?«

Ich schüttle den Kopf. »Bloß nicht. Das lässt du mich mal schön alleine machen. Aber du könntest deinen blassen Arsch zumindest nach draußen in die Sonne bewegen.«

»Mein Arsch ist nicht blasser als deiner. Und meiner ist nicht italienisch, also stell dich doch selbst unter die brennend heiße Sonne und hol dir Karzinome.«

Das heißt: Nein danke, ich bleibe zu Hause und lerne. War abzusehen. Ich stelle die Schüssel in die Spüle und greife mir meinen Rucksack.

Mein Weg führt mich durch das wunderschöne Alpenpanorama der Stadt: gewaltig, atemberaubend perfekt und im Sommer vom Tourismus etwas zu überfüllt – wie mein Sexleben. Es stimmt mich durchaus missmutig, dass dieser Spruch nur meine Gedanken kreuzen konnte und ich ihn niemandem auf die Nase binden kann, aber das hier muss ich alleine durchziehen. So gerne ich David auch bei mir habe, dieses Erlebnis findet nur zwischen mir und dem Berg statt, genauso wie ich es mir seit dem Frühling ausmale.

Es sieht mir nicht ähnlich, mir solche Pläne in den Kopf zu setzen, aber ab und an muss man ungewöhnliche Dinge tun.

Ich laufe den gepflasterten Weg entlang, vorbei an der beeindruckenden Freiluftbühne, die am Fuß des Berges liegt und bei der gerade an den Kulissen gearbeitet wird. Im Sommer finden

hier vier Mal die Woche Aufführungen statt. Durchaus sehens-
wert – ich war schon als Kind gerne hier. Meine Mutter liebt das
Theater.

In Sichtweite der Bühne, kurz vor dem Wanderpfad, der auf
den Gipfel führt, ist ein Café. Ich setze mich an einen der Tische,
ziehe mir die Sonnenbrille ins Gesicht, öffne die Karte und warte.

»Ciao. Hallo. Cosa le possa portare? Was darf ich Ihnen bringen?«

Sie sagt ihre Standardsätze auf. Wer hier in der Sommer-Saison
arbeitet, muss Italienisch und Deutsch sprechen, aber kaum jemand bekommt das in beiden Sprachen dialektfrei hin. Das
schaffen nur Menschen, die in zwei Muttersprachen erzogen
wurden – wie ich, und sie.

Ihr Blick haftet auf dem Block, auf dem sie gerade die Bestel-
lungen für den Nebentisch notiert hat und auf dem sie auch
gleich meine schreiben wird.

Links von mir sitzt eine Familie mit drei kleinen Kindern, die
sich wegen Strohhalmen anbrüllen, rechts kriecht eine Gruppe
Senioren heran. Es ist ziemlich voll und sie ist mit den Gedanken
schon bei den Scheintoten.

»Einen doppelten Espresso.«

Sie nickt, ohne von dem Block aufzusehen.

»Und ein Red Bull.«

Ihre Augenbrauen hüpfen überrascht nach oben. Sie hebt doch
den Blick und sieht mich an.

»Du«, sagt sie erstaunt und merkt in der nächsten Sekunde,
dass das weder ein vollständiger Satz ist, noch ihre Überraschung gut überspielt. Sie fängt sich schnell wieder und schüttelt
schief grinsend den Kopf.

»Du bist ja wirklich wiedergekommen«, stellt sie fest und untermalt ihren Satz mit einem belustigten Schnauben.

»Ja. Romantisch, oder? Ich komme wieder, wie der Sommer«, säusle ich übertrieben und mache eine theatralische Geste mit der Hand.

»Eher wie Herpes – aber bitte, Sommer geht auch. Was immer du sagst, Luca.«

Ich mag ihre Stimme, die Art, wie sie meinen Namen ausspricht: so italienisch, so leidenschaftlich, so genervt. Letzteres spielt sie nur, zumindest teilweise. Ich sehe dieses Feuer gerne brennen.

»Der übliche Koffein-Schock-Cocktail also«, fasst sie zusammen und dirigiert ihren Sarkasmus dann mit dem Stift mit. »Darf ich dir dazu vielleicht noch Zigaretten bringen? Oder Kokain? Irgendetwas noch Ungesünderes?«

»Du verkaufst Kokain? Und das sagst du mir erst jetzt? Streu es in den Espresso.«

Sie will etwas erwidern – so funktioniert unser Sarkasmus-Ping-Pong, aber die Armee aus weißhaarigen italienischen Omas fällt ein und sie wendet sich mit einem entschuldigenden Schulterzucken von mir ab.

Ich ziehe mir die Sonnenbrille vom Gesicht. Die abgedunkelten Gläser nehmen den Konturen etwas an Schärfe, und das wäre schade, denn dieser Arsch muss in all seiner Schärfe genossen werden.

Dunkelblaue Jeans, ein weißes Shirt und eine beige Schürze – klingt gähnend langweilig, ist es grundsätzlich auch, aber ich kucke ihr trotzdem gerne hinterher. Das erste Mal, als ich sie gesehen habe, war auch von hinten. Eine schönere Kehrseite ist mir nie untergekommen. Als sie sich dann umgedreht hat und ich mir nicht mehr sicher war, ob ich ein Arsch- oder doch ein Busen-Typ bin, habe ich hier Kaffee getrunken.

Das hätte alles furchtbar einfach werden können. Ein wenig kokettes Blabla, ein Augenzwinkern und dann Knickknack um zwei Uhr nachts auf der Freiluftbühne. Woran mein Plan aus den Osterferien gescheitert ist, lässt sich nicht ganz so einfach erklären. Oder doch. Sie ist nicht leicht zu haben. Kein Knickknack, kein Stöhnen, kein: ›Dio mio, Luca‹, aber wir hatten trotzdem ein paar feurige Stunden. Verbal zumindest.

Mir ist selten ein Mädchen begegnet, das so viel Spaß daran hatte, sich mit mir zu zanken. Es gibt viele Frauen, die immer das letzte Wort haben müssen, aber das zwischen uns ist anders: ausgeglichener, unterhaltsamer, fast wie mit David. Im Gegensatz zu meinem Löwen ist sie aber ein Menschenfreund. Und hatte ich schon diesen Körper erwähnt? Sie ist etwas klein geraten, aber ihre Proportionen sind trotzdem toll. Ich brenne darauf, sie nackt zu sehen und meine Hände auf diesen Arsch und diese Brüste zu legen. Außerdem mag ich großen Augen und volle Lippen. Ich will in ihre braunen, leicht lockigen Haare fassen und ihren Kopf daran zurückziehen, wenn sie es mir mit dem Mund macht.

»Deine Drogen«, kommentiert sie das Absetzen des Tabletts und sieht mich dann fragend an. »Wieso grinst du so versaut? Hast du Sexphantasien von Koffein?«

»Nein, von meiner Kellnerin. Wie stehst du nochmal zu Sex während der Arbeit?«

»Klar. Wir können es neben dem Espresso-Automaten treiben – ich denke an nichts anderes, seit du hier aufgetaucht bist.«

»Über Sex bei Kaffeeduft macht man keine Witze. Zerstör mir bloß nicht meine heißeste Fantasie.«

Sie schüttelt grinsend den Kopf. »Du solltest über eine Therapie nachdenken. Oder über eine Karriere beim Fernsehen. Penetrant und verrückt bringt Quote.«

Ich greife nach einem der fünf Kekse, die sie mir auf die Untertasse gelegt hat. Dass sie noch weiß, dass ich sie gerne esse, ist ein gutes Zeichen.

»Wann hast du Pause?«, will ich wissen und ernte diesen Blick, den ich hasse und auf den ich abfahre. Er soll mir sagen, dass ich mir vergebens Mühe mache, weil sie mich meine Hände sowieso nicht unter ihr Höschen schieben lässt, aber sie doch irgendwie gerne mit mir Zeit verbringt.

»In zwei Stunden. Solange wartest du nicht«, unterstellt sie im kühlen Tonfall.

Ich ziehe mein Buch aus dem Rucksack und sehe sie herausfordernd an. »450 Seiten Rechtsgeschichte.«

»Du wartest zwei Stunden, damit du mir zusehen kannst, wie ich ein Baguette esse? Bin ich so toll? Oder hast du einfach keine Hobbys?«

Ich senke meinen Blick auf die Zeilen.

»Sieh zu, dass mir das Red Bull nicht ausgeht.«

Sie seufzt lachend. »Rufen Sie mich, wenn ich Ihnen noch etwas bringen soll – Getränke, Essen, einen Selbsthilferatgeber für Stalker.«

Ich schmunzle das Buch an und sie verschwindet an den Nebentisch.

Überflüssig zu erwähnen, dass Nora der Berg ist, von dem ich die ganze Zeit spreche, oder?

Mal abbeissen?

Hier in Lern-Trance zu fallen, ist reiner Selbstschutz. Ich kann die schreienden Kinder ignorieren, die nörgelnden Senioren und die Dauerbeschallung aus dem Radio. Mein Musikgeschmack ist psychologisch bedenklich, aber nach dem zwölften Eros-Ramazotti-Song pulsieren sogar meine Ohren.

Ich sehe Oberschenkel aus dem Augenwinkel, über die ich gerne meine Zunge gleiten lassen würde – der einzige Anblick, der mich von den Zeilen losreißen kann.

»Kannst du mal nachschenken?« Ich halte Nora mein leeres Glas hin, aber sie schüttelt nur den Kopf. Mir fällt auf, dass sie die Schürze abgenommen hat.

»Ich würde ja wirklich gerne herausfinden, wie viel von dem Zeug du noch in dich reinschütten kannst, bevor du ins Zucker-Koma fällst, aber ich habe jetzt Pause. Entweder kommst du mit oder du lässt dir von Giulia noch mehr Red Bull bringen.«

Sie macht eine richtungsweisende Geste mit dem Kopf und deutet auf das Mädchen, das sie vertritt. Eine große, schlanke Blondine, die mich schief angrinst und sich eine Haarsträhne hinters Ohr streift, während sie mich mustert. Das wäre deutlich einfacher. Aber einfach kann jeder.

»Sie steht auf dich, überleg es dir also gut. Ich und das Baguette oder Giulia und ihre Baguettes. An deiner Stelle würde ich hier bleiben.«

Ich stecke mein Buch in den Rucksack und stehe auf. Nora ist einen ganzen Kopf kleiner als ich. Sie sieht zu mir auf und blinzelt zu oft. So selbstsicher sie auch ist, ich lese gerne in kleinen

Gesten und ihr fällt ganz offensichtlich gerade erst wieder auf, dass ich ihr gefalle.

»Neun«, sage ich und setze mich in Bewegung. Sie folgt mir und schüttelt verwirrt den Kopf.

»Ich kann neun Red Bull trinken – dann kotze ich. Sechs, wenn ich vorher Kaffee hatte.«

»Na, dann hätten wir dieses Mysterium um dich auch aufgeklärt«, entgegnet sie und steuert auf die Bühne zu.

Im Freilufttheater und dem dazugehörigen Café sind im Sommer ausschließlich Studenten beschäftigt. Natürlich kennen sie sich untereinander, manche besser als andere. Den Typen mit dem schwarzen Sidecut und dem verschwitzten Shirt kennt sie gut, er war auch schon in den Osterferien hier. Er baut die Kulissen auf.

»Nora, che cosa stai cercando?« Er will wissen, was sie sucht.

»Mia borsa.«

Er greift unter den Berg aus Rucksäcken und Taschen und zieht zielsicher die richtige heraus.

»Grazie, Marco.« Sie lächelt ihn an und hebt dann die Hand. Er grinst schief und nickt mir zu. Als er sich abwendet, mustert er mich aus dem Augenwinkel.

Der Ex-Freund. Woher ich das weiß? Ich gehe nicht zum ersten Mal mit Nora Essen. Sie sind noch befreundet, studieren beide Kriminologie, und ich vermute, er ist schwul. Das soll keine Beleidigung sein, nur eine Beobachtung.

Ich habe nichts gegen Ex-Freunde. Dieses ganze ›Ich hab früher dran genascht, jetzt will ich, dass jeder andere daran erstickt‹-Prinzip ist dämlich. Es gibt genügend andere Gründe, um Menschen unsympathisch zu finden. Ob sie früher mal am selben Spielplatz getobt haben, ist doch scheißegal.

»Bist du wieder mit deinem Freund hier?«, will Nora von mir wissen, während wir auf die großen Steine zuhalten, die man als Sitzgelegenheit verwenden kann.

»Ja. Wir sind gestern angekommen.«

Sie setzt sich auf den flacheren der Steine und zieht ein verpacktes Baguette aus der Tasche.

»Ich bin mir nicht sicher, ob es diesen anderen Typen wirklich gibt. Kann es sein, dass er nur dein Fantasie-Freund ist? Wieso hast du ihn nie dabei?«

Ich lehne mich an einen der Steine und lasse die Hände in den Hosentaschen verschwinden.

»Für einen Fantasie-Freund ist er bedeutend zu kompliziert. Das kann ich dir nicht antun – noch nicht.«

Sie schüttelt amüsiert den Kopf, während sie sich die Hand vor den Mund hält, weil sie gerade von ihrem Baguette abgebissen hat.

»Hast du Angst, dass er dir die Tour vermasselt? Du hast mich schließlich schon so gut wie rumbekommen. Ich lasse jeden Moment mein Höschen fallen, weil du so umwerfend aussiehst, Luca.«

In jedem sarkastischen Scherz steckt ein Fünkchen Wahrheit. Das ist ein guter Zeitpunkt, um etwas offensiver zu werden und meinen Charme sprühen zu lassen.

»Hast du grundsätzlich eine Abneigung gegen Sex oder hast du Angst, dass ich deinen Namen vergesse, sobald wir es getan haben?«

Sie hustet und verschluckt sich beinahe. Ihr Blick bleibt aber unnachgiebig.

»Du hast das Taktgefühl einer Dampfwalze«, lautet ihre erste Antwort. »Aber, wenn du es schon wissen möchtest: ich habe nichts gegen Sex und dass du meinen Namen vergisst, sobald du gekommen bist, liegt doch wohl auf der Hand.«

»Tut es nicht. So denkst du nicht über mich«, behaupte ich. Nora ist bewusst, dass ich nicht stundenlang auf jemanden warten würde, den ich nur vögeln und vergessen will. Sie ist nicht dumm oder naiv.

»Wenn ich auf einen schnellen Orgasmus aus wäre, würde ich mich jetzt von der Blondine bedienen lassen. Außerdem hast du mittlerweile vielleicht mitbekommen, dass ich unangebracht ehrlich bin. Wenn ich nur einen Quickie wollen würde, würde ich es auch so nennen.«

Sie schüttelt lachend den Kopf.

»Was willst du denn dann? Eine Beziehung? Heiraten? Kinder? Das ist doch lächerlich, Luca. Du bist nicht der Typ für sowas – zumindest sicher noch nicht jetzt.«

Zugegeben, es hat mich gerade ein wenig geschüttelt, als sie ›heiraten‹ und ›Kinder‹ gesagt hat, aber ich werde das Gefühl nicht los, dass sie mich absichtlich abschrecken will. Das war schon vor ein paar Monaten so. Zeit will sie trotzdem mit mir verbringen.

»Gibt es nichts zwischen absolut gefühlslosem Sex und ewigem Aneinanderketten für dich?«, will ich wissen und lege provokativ neugierig den Kopf schief.

»Ich verstehe nicht, wieso du dir solche Mühe gibst und wiedergekommen bist. Deine Sexabenteuer auf Freundschaftsbasis kannst du mit hundert anderen Mädchen durchziehen. Hast du bestimmt auch, zwischen Ostern und dem Sommer.«

Sie spricht das nicht mal vorwurfsvoll aus. Ich bin schon dahintergekommen, dass sie kein eifersüchtiger Mensch ist. Sie versucht mich seit unserem ersten Treffen mit jedem anderen Mädchen zu verkuppeln, das unseren Weg kreuzt.

Nora seufzt und rollt mit den Augen, da sie anscheinend gleich etwas sagt, was ihr nicht leicht fällt. Ich bin neugierig. Sie war sonst nie um Worte verlegen.

»Das hier soll jetzt kein pseudo-bescheidenes Cinderella-State-ment werden!«, stellt sie klar und rollt mit den Augen. »Ich mag, wie ich aussehe, aber ich weiß, dass mindestens zehn Mädchen hier arbeiten, die unheimlich hübsch sind und sich gerne auf dich draufsetzen würden. Stehst du auf Zurückweisung? Musst du dir selbst beweisen, dass du mich rumbekommst? Ist das so ein Ego-Ding? Wieso ich?«

Ich muss grinsen. Sie kennt mich doch noch nicht wirklich. Wir haben aber auch erst ein paar Nachmittage miteinander ver-bracht. Sie weiß noch nicht, dass niemand mein Ego streicheln muss – ich selbst auch nicht. Ich will nicht auf den Berg, weil er besonders steil ist und ich danach jedem erzählen kann, dass ich es ans Gipfelkreuz geschafft habe. Meine Motivation ist eine an-dere, aber das kann sie ganz alleine herausfinden, sie ist klug und ein guter Menschenkenner.

»Darf ich mal abbeißen?«, will ich wissen und stoße mich von dem Stein ab, um mich neben sie zu setzen. Sie sieht mich mit hochgezogenen Brauen an, weil ich ihr eine Antwort schuldig bleibe.

»Naja, du unterstellst mir ja sowieso, dass ich nur auf dein Bröt-chen aus bin, also?«

Sie überdreht die Augen und lacht, bevor sie mir das Baguette hinhält. Ich greife es mir und beiße ab.

»Mozzarella, Tomate?«, frage ich kauend und ernte ein Nicken. Ich beiße nochmal ab und drehe den Oberkörper weg, als sie es mir wieder wegnehmen will.

»Hey! ›Mal abbeißen‹ heißt nicht aufessen!«

Ich schnappe mir ihre Hände, als sie rabiater werden will. Amüsant, dass sie denkt, sie wäre stärker als ich. Sie ist eins sech-zig groß und ich halte ihre Handgelenke absolut mühelos mit meinen Fingern umschlungen – sie funkelt mich trotzdem an, als könnte sie gleich zu einem furchtbaren Vergeltungsschlag ausholen.

»Ich habe drei Brüder! Wenn du mir nicht gleich mein Essen zurückgibst, muss ich dir weh tun!«

Ich lache herzhaft und ringe mir dann doch noch ein Raunen ab. »Oh ja, mach mal. Das könnte mir gefallen!«

Ich nehme provokativ noch einen Bissen und sehe, wie ihre Nase zu zucken beginnt, bevor sie mich anknurrt. »Luca!«

Ich war schon immer der Meinung, dass sich mein Name wütend gesprochen am schönsten anhört. Sie steht auf und beugt sich über mich, weil sie das Baguette erreichen will. Das können wir ganz schnell noch aussichtsloser gestalten, indem ich auch aufstehe.

»Das ist unfair! Du bist ein verdammter Riese!«

»Ich bin 1,83 – das ist nicht riesig, du bist nur winzig.«

Anstatt ihre Hände wegzuziehen, drückt sie sich plötzlich gegen mich, was mich wirklich ein wenig ins Wanken bringt. Ich will ihr Mittagessen nicht fallen lassen. Als sie mir auch noch auf die Füße steigt, habe ich genug finsteres Lachen von dem kleinen, italienischen Kampfkätzchen gehört.

Ich ziehe ihr ein Bein weg und lasse sie ins Gras fallen – langsam, ich halte schließlich noch ihre Hände fest. Als ich mich auf sie setze, stöhnt sie lachend auf.

»Sind deine Brüder zufällig zehn Jahre jünger als du und noch kleiner?«, stelle ich ihre Kampfansage von vorhin in Frage und mache mich etwas schwerer. Ich stütze mich aber mit den Knien ab, sie bekommt nicht mein ganzes Gewicht ab.

Ihr Blick wechselt plötzlich von amüsiert wütend zu leidend.

»Lass meine Hände los, Luca. Du tust mir weh.«

Ich lasse sofort los – ich wollte nicht übertrieben grob werden, das war nicht meine … sie ist der Teufel!

Kaum habe ich sie losgelassen, reißt sie mir das Baguette aus der Hand und lacht triumphierend.

»Du hast keine Geschwister, oder? Du bist viel zu leichtgläubig!«

Sie grinst mich an und beißt noch im Liegen ab.

»Softie«, nuschelt sie amüsiert und mein Blick verfinstert sich schlagartig.

Man kann mein Ego im Grunde genauso wenig ankratzen wie streicheln, aber es gibt ein paar Ausnahmen.

Das Baguette landet im Gras und Noras Hände über ihrem Kopf. Ich beuge mich zu ihr hinunter, bis sich unsere Nasenspitzen berühren.

»Hast du mich gerade Softie genannt?«, flüstere ich dunkel und schüttle unheilvoll den Kopf. »Leg dir lieber ein Safeword zurecht, das nächste Mal lasse ich dich sonst nicht mehr los.«

»Kann mein Safeword ›Softie‹ lauten?«, fragt sie, weil sie genauso gerne provoziert wie ich.

»Wenn du dich traust, mir das zuzurufen, während ich dich spanke, gerne.«

»Ich spreche zwar kein Versautisch, aber ich nehme an, du hast mir gerade Haue angedroht. Stehst du auf sowas?«

Ich verfestige meinen Griff um ihre Hände und streife ihre Wange mit meiner.

»Dominanz hat doch was, oder?«, flüstere ich. »Sich hingeben. Nicht zu wissen, was der andere mit einem tun möchte. Kommen, obwohl es weh tut.«

Ich beiße ihr kurz ins Ohrläppchen und hebe den Kopf dann wieder an. Ihre braunen Augen glänzen und ihre Stimme ist ein erotisches Flüstern.

»Du klingst wie ein Kondom-Werbespot. London, zwei Stunden SM: der Gummi hält.«

Sie steckt mich mit dem Lachen an und ich stütze meine Ellbogen neben ihr im Gras ab.

Wenn sie mich noch einmal fragt, wieso ausgerechnet sie, muss ich sie wirklich übers Knie legen.

Geräusche

Ich drücke die Haustür leise auf und spähe in den offenen Wohn-/Essbereich. Meine Einkäufe sind zwar verstaut, ich kann trotzdem nicht riskieren, dass David mich sieht. Da leuchten mindestens drei der zwanzig Dosen aus dem überfüllten Rucksack.

Er ist wahrscheinlich in seinem Zimmer. Ich habe freie Bahn.

Die Getränke landen unter meinem Bett, was absolut lächerlich ist, weil ich mich dabei wie ein Teenager fühle, der Pornos vor seinen Eltern versteckt. Ich rede aber lieber mit meinem Vater über die Faszination von Lesben-Orgien, als mit David über Energy-Drinks.

Zurück in der Küche mache ich das, was jeder gute Italiener nach dem nach Hause Kommen machen sollte: mit den Fingern knacksen und Lasagne kochen.

Mein Date mit Nora war viel zu kurz, viel zu züchtig und ich grinse trotzdem wie ein Geisteskranker.

Bin ich ein wenig verknallt? Ja. Finde ich es beschissen, dass sie mich hinhält? Auf jeden Fall. Weiß ich warum? Nicht wirklich.

Sie kann nicht leugnen, dass da eine Anziehung zwischen uns ist, dass sie mich manchmal ansieht, als würde sie mein Gesicht gerne nach dem Aufwachen sehen, trotzdem hat sie mir bei der Verabschiedung geraten, ihre Kollegin zu vögeln oder mich mit jemand anderem zu vergnügen. Nicht, dass ich etwas gegen offene Beziehungen hätte, aber dazu müsste man erst mal eine Beziehung haben.

Im Grunde will ich mich aber nicht mal binden. Dieses ganze Freund–Freundin-Konzept ist für mich bis jetzt jedes Mal nach hinten losgegangen. Versuchen würde ich es trotzdem, wenn das

Noras Bedingung wäre. Ist es aber ganz offensichtlich nicht. Man sagt niemandem, mit dem man zusammen sein möchte, dass er wild durch die Gegend vögeln soll. Oder?

Ich weiß, dass sie morgen bis 16:00 Uhr kellnert. Und sie weiß, dass ich dann vorbeikomme. Wo das Ganze hinführt, kann ich nicht sagen, was ich aber mit Sicherheit sagen kann, ist, dass die Béchamelsauce gleich anbrennt.

Nachdem die Lasagne im Ofen ist, will ich mir eigentlich schnell eine meiner Dosen schnappen, ich bleibe aber vor Davids Zimmertür stehen und neige fragend den Kopf.

Meine Güte, man kann es mit der Lautstärke beim Wichsen aber auch übertreiben …

Ich habe mir jahrelang mit ihm ein Zimmer geteilt, dass er so mit sich selbst abgeht, sieht ihm nicht ähnlich.

War aber abzusehen, dass ihn die ganze Lernerei irgendwann schräg werden lässt.

Als bester Freund hat man jetzt zwei Möglichkeiten. Man hat Achtung vor diesem letzten Stückchen Privatsphäre und ignoriert die Geräusche, oder man ist ein neugieriger Penetrant und sieht sich an, was man mit sich selbst anstellen muss, um so viel Spaß zu haben.

Natürlich mache ich die Tür auf. Absolut nicht, weil ich neugierig bin, sondern ausschließlich nur deshalb, weil mir gerade einfällt, dass ich die Geräusche falsch interpretieren könnte und David eigentlich Erste Hilfe braucht.

Er ist nicht am Krepieren – nur am Kommen. Ich bin erleichtert. Und ein wenig überrascht.

David sitzt auf dem Ledersessel neben dem Bett und wirft gerade den Kopf in den Nacken. Seine Hand ist in seidenglattes, schwarzes Frauenhaar gekrallt. Er drückt sie nach unten und ich bin jedes Mal aufs Neue beeindruckt, wie gut sie sich den Würgereflex abtrainiert hat.

»Ist die Internetverbindung zu schlecht für YouPorn oder warum stehst du hier rum?«

David schafft es von Sexrausch auf Sarkasmus in unter zwei Sekunden – beeindruckend, ich brauche mindestens fünf.

»Eigentlich dachte ich, dein Buch hat dich erschlagen und du verendest hier. Ich wusste nicht, dass du Besuch hast.«

Ich zucke entschuldigend mit den Schultern und grinse, als sie sich nach mir umdreht. »Es gibt Lasagne zum Abendessen. Falls du noch was runterbekommst, Natascha.«

»Unglaublich witzig, Luca«, entgegnet sie und wischt sich über den Mund. Ich lasse die beiden wieder alleine, da ich mir die postkoitalen Säuberungsrituale nicht unbedingt reinziehen muss – es hat schon seine Gründe, warum man die in Pornos nicht zu sehen bekommt.

Während ich den Tisch decke, fallen mir die halsbrecherisch hohen Schuhe neben der Tür auf. Das hätte man auch früher bemerken können, aber ich war zu sehr damit beschäftigt, meine Drogen ins Haus zu schmuggeln.

Wie Natascha mit den Dingern Auto fährt, ist mir ein Rätsel.

»Bolognese oder al pesto?«, will David wissen, der zuerst aus dem Badezimmer auftaucht.

»Fleisch – Hasenfutter hatten wir schon zum Frühstück.«

Er wirft einen prüfenden Blick in den Ofen und schmunzelt. Ja, so sieht richtiges Essen aus, das kennt er nicht mehr. Seit er zum Lern-Zombie geworden ist, kommt er nicht mehr zum Abendessen bei mir vorbei. Zu viel Lasagne für mich alleine – was noch mehr Sport bedeutet, aber diese Sünde ist jedes noch so anstrengende Training wert.

»Ich wusste nicht, dass du jemanden eingeladen hast. Das hättest du ruhig mal erwähnen dürfen«, murmle ich während des Servietten-Faltens. David stellt sich neben mich und versucht, durch eindringliches Mustern herauszufinden, ob ich wirklich sauer bin oder die Diva nur mime.

Ich bin ein guter Schauspieler, das habe ich von meiner Mutter. Er darf ruhig ein wenig schmoren. Es kommt nicht oft vor, dass der Löwe Gewissensbisse bekommt. Wenn er den ewig selbstsicheren Blick ablegt, sieht er haargenau wie sein kleiner Bruder aus. Sehr amüsant.

»Bist du sauer? Es ist nur Natascha. Und ich war mir nicht sicher, ob sie überhaupt kommt. Sie hatte einen Job in Verona, der frühzeitig erledigt war.«

»Mhm«, brumme ich und kann mir das Grinsen zum Glück verkneifen.

David seufzt. »Luca?«

Ich drehe mich zu ihm und sehe ihn genervt blinzelnd an. Er schenkt mir eindringliche Blicke. »Wärst *du* lieber für meine sexuelle Unterhaltung verantwortlich gewesen? Soll ich sie wegschicken? Wollen wir duschen gehen?«

Jetzt muss ich leider lachen. David schüttelt grinsend den Kopf und faltet die Servietten neu. »Dachte ich mir.«

Ich hole die Lasagne aus dem Ofen und stelle sie auf den Tisch. Der Anblick ist Food-Porno tauglich. Irgendjemand sollte mir auf die Schulter klopfen.

Natascha stolziert aus dem Bad. Sie läuft selbst barfuß so grazil, als hätte sie Stöckelschuhe an. Ich kann meistens nicht wirklich sagen, ob sie ein Kleid oder Unterwäsche trägt – schon gar nicht, wenn wir unter uns sind, aber das hellblaue Stück Stoff wird präsentabel Richtung Esstisch getragen. Sie ist übrigens ein professioneller Kleiderbügel. Natascha nennt das Modeln, aber ich weigere mich, dem Ganzen eine Berufsbezeichnung zuzugestehen. Sie trägt Klamotten und läuft – tun alle Menschen über zwei Jahren.

»Hast du da Knoblauch reingetan?«, will sie von mir wissen und stochert prüfend in meiner traumhaften Lasagne herum. Ich verfinstere den Blick. David übernimmt das Antworten für mich.

»Nein. Er versucht jemanden rumzubekommen, da kocht er nicht mit Knoblauch.«

Natascha sieht mich schief schmunzelnd an. »Wieso ist sie nicht hier?«, will sie wissen und ich lasse wieder meinen Pressesprecher für mich antworten.

»Sie lässt ihn zappeln. Er versucht schon seit den Osterferien bei ihr zu landen. Sie arbeitet in einem Café hier in der Nähe. Und Luca schwänzelt wie ein hechelnder Labrador um sie herum. Ich überlege, ihn kastrieren zu lassen. Er läuft ständig weg und kommt ganz aufgebracht wieder.«

Ich brauche einen neuen Pressesprecher, mein aktueller ist ein mich verarschender Idiot.

Natascha schnaubt verächtlich. »Du warst schon immer ein lächerlich bemühter Romantiker.«

Jemanden wie mich einen ›bemühten Romantiker‹ zu nennen, ist psychologisch bedenklich. Für Natascha klingt aber selbst ein ›Schlaf gut‹ kitschig. Sie ist in jemanden verschossen, der die meiste Zeit die Emotionalität einer Gebrauchsanweisung an den Tag legt und muss sich das schönreden.

»Wieso bist du eigentlich hier? Solltest du nicht in Verona mit Männern schlafen, die sich wie Frauen anziehen?«

»Sagt der Typ, der sich alle zwei Wochen die Haare rot färbt.«

»Zumindest trage ich keine Röcke.«

»Das war kein Rock! Das nennt sich Slimline Joggers und es hat nur auf dem Foto seltsam ausgesehen!«

»Jaja. Schläfst du noch mit dem Kerl? Trägt er auch Frauenunterwäsche?«

Wenn ich weitermache, bewirft sie mich gleich mit der Lasagne. Natascha schmeißt immer spätestens dann die Nerven weg, wenn ich sie vor David darauf anspreche, dass sie auch mit anderen schläft. Was eigentlich unnötig ist. Sie sind nicht zusammen, zumindest nicht im klassischen Sinn. Das Ganze ist etwas komplizierter, aber schnell erklärt.

Natascha war mit uns am Internat und schon mit dreizehn in David verknallt. Damals war sie ein dürres Mädchen mit zu vielen Haarspangen. Als sie irgendein Model-Scout beim Einkaufen entdeckt hat und sie angefangen hat, neben der Schule als Kleiderbügel zu arbeiten, hat sie nicht nur Make-Up und High Heels für sich entdeckt, sondern auch herausgefunden, dass sie eigentlich eines von den bösen Mädchen ist. Böse Mädchen kriegen, was sie wollen, zumindest, wenn sie auf Borderline-Beziehungen mit Löwen aus sind.

Ich mag Natascha, auch wenn es nicht immer so wirkt. Wir hatten viel Spaß zusammen in all den Jahren. David hat sie meistens am ausgestreckten Arm verhungern lassen, trotzdem hat sie nie aufgehört ihn anzusehen, als wäre er das letzte Einhorn. Er will keine Beziehung, daraus hat er nie ein Geheimnis gemacht. Immer, wenn sie sich trotzdem zu offensichtlich Hoffnungen gemacht hat, hat er angefangen, ihr die kalte Schulter zu zeigen. Das hat dazu geführt, dass sie mit der halben Oberstufe geschlafen hat, um ihm zu beweisen, dass sie genauso wenig von Beziehungen hält wie er. Heute sind es eben irgendwelche Models in Röcken. Zu offensichtlich will sie es ihm aber auch nicht unter die Nase reiben. Sie stecken im Moment wieder in einer ihrer hoffnungsvollen Phasen. Seit David studiert, trifft er kaum noch andere Frauen.

»Eines muss man dir lassen, du kochst wirklich gut, Luca. Du machst irgendeinen Mann mal verdammt glücklich mit deinen Hausfrauenqualitäten.« Natascha zwinkert mir zu, bevor sie aufsteht, ihren leeren Teller in die Spüle stellt und in Richtung Badezimmer verschwindet.

»Wenn du meine erstklassige Lasagne jetzt wieder auskotzt, koche ich nie wieder für dich!«, rufe ich ihr hinterher. Ein automatisiertes und trotzdem wütendes: ›Leck mich!‹ schallt als Antwort zurück.

Ich sehe David eindringlich an, der nur seufzend den Kopf schüttelt und dann auch aufsteht. Sie isst sonst nicht so große Portionen, das ist nicht nur mir aufgefallen. Er geht ihr hinterher. Wenn sie weiß, dass er vor der Tür wartet, übergibt sie sich nicht. Er rastet dann nämlich aus. David mag tibetanische Kaninchen-Ernährungspläne und sehr schlanke Frauen, aber er hat eine Aversion gegen Krankheiten, dazu gehört auch Bulimie.

Die seltsame Beziehung der beiden ist nicht ausschließlich ungesund – David hat dafür gesorgt, dass Natascha konstant über 50 Kilo wiegt und sie macht ihn auf Dauer etwas weniger schwierig.

Liebe ist etwas Wunderschönes.

Zwei Männer, ein Kätzchen

Ich setze mich aufs Sofa und schalte den Fernseher ein. Da läuft ein Stephen-King-Marathon. Der beste Beweis dafür, dass man absolut schräg und trotzdem genial sein kann.

Natascha lässt sich neben mich fallen und verschränkt die Arme vor der Brust. »Gibt es keine deutsche Tonspur?«

»Du hattest sechs Jahre lang Italienisch«, entgegne ich und mustere sie vorwurfsvoll.

»Ja und du warst ein wirklich schlechter Nachhilfelehrer.«

Ich muss grinsen und will etwas erwidern, aber David taucht auf und setzt sich zu uns – was mich so sehr verwundert, dass ich vergesse, welchen dummen Spruch ich vom Stapel lassen wollte. »Kein Buch? Du kuckst fern? Hast du Fieber?«

Er schnaubt und rückt sich ein Kissen zurecht. »Manchmal mime ich einen normalen Menschen, damit niemand herausfindet, dass ich ein Alien bin. Sonst kommt das Mutterschiff und holt mich ab.«

Natascha verliert zwar den Kampf um die Tonspur, sie kann aber zu David rutschen, also ist sie vorerst zufrieden.

Ich bin gespannt, wie lange er den Kuschelmodus aushält. Sie weiß, dass er sich damit schwer tut.

Er nimmt nicht mal seinen eigenen Bruder in den Arm. Den Versuch, ihn umzuerziehen, hat sie trotzdem nie aufgegeben. Typisch Frauen. Sie können den Himmel natürlich grün färben – blau zu sein, tut ihm schließlich nicht gut.

David hält zwanzig Minuten durch, dann rutscht er weg. Ich bin beeindruckt von seinem Durchhaltevermögen, zumal Natascha ihn auch die ganze Zeit über den Nacken kraulen durfte. Es kommt nicht mal ein Spruch von wegen: Leg dir einen Hund zu.

»Mein Nacken juckt. Kraul an Luca herum«, schlägt er vor.

Okay, ich bin der Hund.

Natascha kommt zu mir. Ich lege den Arm um sie. Das ist nicht das erste Mal, dass wir in dieser Konstellation fernsehen. Ich habe kein Problem mit Körperkontakt und sie hat lange Nägel, die sich klasse auf der Haut anfühlen.

Ich weiß nicht warum, aber David schläft bei Horrorfilmen so zielsicher und schnell ein, als würde man ihm ein Schlaflied singen. Je brutaler, umso eher fängt er an, müde mit den Augen zu klimpern. Psychologisch bedenklich.

»Benutzt du ein neues Parfum?«, fragt Natascha, die mittlerweile auf meinem Schoß sitzt und meinen Oberkörper als Kissen benutzt. Ihre Finger fahren durch meine Haare.

»Ja. Geklaut. Aus Davids Tasche.«

Sie legt das Kinn auf meiner Schulter ab. Ich spüre ihre Nasenspitze an meinem Hals.

»An dir riecht es anders. Süßlicher.«

»Muss an meinem liebreizenden Charakter liegen. Ich dünste all die Romantik in mir aus.«

Sie lacht und fährt mit den Nägeln sanft an der Seite meines Halses entlang. Ich schließe die Augen und genieße das Prickeln meiner Nervenenden.

»Sieh an. Da kann auch etwas anderes als sarkastischer Mist aus deiner Kehle kommen. Schnurr, schnurr …«, tönt sie amüsiert. Ich verkneife mir das befriedigte Brummen nicht. Aber ich werde auch langsam müde. Die angenehmen Streichelreize machen es nicht besser.

»Hey!«

Ich reiße die Augen auf, weil da plötzlich ein Schmerzimpuls ist.

»Hör auf einzuschlafen, wenn ich dich angrabe!«, faucht sie, und ich brauche ein paar Sekunden, um die funkelnden Blicke und meine brennende Wange überhaupt in Verbindung zu bringen – ich bin wohl wirklich eingenickt. Und sie hat mir eine geknallt.

»Bist du irre?! Du diabolische Bohnenstange!«

Natascha ist eine Hexe. War sie schon immer. Eine schwarzhaarige, braunäugige, dürre Hexe mit einem irreführenden Engelsgesicht - die übrigens die Hand in meiner Hose hat.

Ich packe sie, hebe sie von mir runter und drücke sie aufs Sofa.

»Wenn du mir noch einmal eine klebst …«, knurre ich ihr ins Gesicht und überdenke meine Drohung nochmal, weil sie mich herausfordernd angrinst.

Ich weiß, was das hier ist: unser Ding. Wir streiten uns, ich drücke sie irgendwo gegen, dann vögeln wir. Provokation war schon immer unsere Basis für Sex.

»Was machst du denn dann?«, raunt sie fragend und beißt sich auf die Lippen. Zugegeben, ich mag ihr Gesicht und irgendwie auch ihren kaum vorhandenen Busen. Ihr Körper hat etwas grazil Unschuldiges, das im absoluten Kontrast zu den schmutzigen Dingen steht, die sie damit gerne anstellt. Sie ist wirklich gut im Bett und lässt mich dann immer vergessen, dass ich sie eigentlich für einen Hexen-Kleiderbügel halte.

»Leck mich, Luca.«

Diesen Satz höre ich heute zum zweiten Mal von ihr – diesmal soll ich sie aber beim Wort nehmen.

Mein Blick gleitet zu ihren Beinen, dorthin, wo das viel zu kurze Kleid endet. Sie spreizt die Schenkel ein wenig. Ich kann durch die hellblaue Spitze ihrer Unterwäsche sehen.

Ich will meine Zunge eigentlich eine andere spüren lassen, aber solange Nora mich weiter mit der Aufforderung, mit anderen zu schlafen, von sich wegschiebt, muss ich wohl oder übel mit anderen schlafen.

Man könnte jetzt eine Umfrage darüber starten, ob das richtig oder falsch ist, aber falls es jemand vergessen haben sollte: Ich bin nach wie vor Single und eine ungerechtfertigte Ohrfeige habe ich auch schon kassiert, also wieso nicht?

Ich rutsche ein Stück nach hinten und schiebe dabei ihren String nach unten. Mein Zeige- und mein Mittelfinger legen sich auf ihre glatt rasierte Haut und machen meiner Zunge Platz. Das Victory-Zeichen ruft regelmäßig weibliche Entzückung hervor – weltweit.

Natascha schmeckt immer verflucht gut. Ich glaube, sie cremt ihren ganzen Körper regelmäßig mit Olivenöl und Honig ein. Sie ist ein gut duftender Kleiderbügel, aber auch ein ungeduldiger. Ihre Finger krallen sich in meine Haare und sie drückt meinen Kopf näher zu ihrem Körper. Um mich zu ihrem Oralsex-Sklaven zu machen, fehlt ihr aber die Kraft und mir die Lust, devot zu sein.

Ich packe mir ihre Hände und drücke sie neben ihren Hüften aufs Sofa. Jetzt habe ich zwar keine Finger mehr frei, um sie meine Zunge intensiver spüren zu lassen, aber sie hat das viel zu sanfte, verrückt machende Stimulieren verdient.

»Das ist nicht dein Ernst, oder?«, piepst sie leidend, als ich sie nur noch halbherzig mit der Zungenspitze kitzle.

»Mach es mir richtig oder gar nicht!«

»Shhh! Geht das Gezicke auch leiser? Oder willst du David aufwecken?«

Wir sind beide einen Kopf kürzer, wenn er wach wird. Nicht, weil ich ein Arschloch bin und an seinem Kätzchen nasche – das darf ich – aber sein meistens viel zu kurzer Schlaf ist ihm heilig.

Natascha bewegt das Becken ungeduldig. »Ich bleibe leise, wenn du dich nicht mehr wie ein Anfänger anstellst!«

Pure Erpressung. Aber bitte. Ich lasse ihre Hände los und meine Fantasie spielen. Dass ich mir vorstelle, wie jemand anders gerade unter meinen Berührungen zergeht, macht die Sache für mich gleich viel reizvoller. Ob es Natascha auffällt, wenn ich sie Nora nenne?

»Du gibst viel zu schnell nach, Luca.«

Ich hebe den Kopf und sehe David schief grinsen. Ich weiß nicht, wann wir ihn aufgeweckt haben, aber ich bin froh, dass er scharf und nicht wütend ist. Gegen ein paar vorwurfsvolle Bemerkungen bezüglich meiner Lover-Qualitäten habe ich nichts, ein zehnminütiger Vortrag darüber, dass man niemanden aus der REM-Schlafphase reißt, hätte meine Stimmung gekillt.

Natascha grinst sich benommen und streckt die Hände nach David aus. »Willst du mitspielen?«, fragt sie und klingt atemlos, obwohl ich aufgehört habe, sie zu lecken.

Ich weiß ungefähr, was sich gerade in ihrer Gedankenwelt abspielt. Wir sehen nicht zum ersten Mal zu dritt fernsehen. Und obwohl Natascha nie den Film aussuchen darf, ist sie meistens absolut entzückt vom Programm.

David beugt sich von der anderen Seite über sie und zieht ihr das Kleid aus. Sie greift nach seinem Kopf und verstrickt ihn in einen Kuss. Dieses ungeduldige zappeln mit den Knien soll mir sagen, dass ich sie auch küssen soll – nicht auf den Mund, der ist besetzt.

Jetzt muss sie nicht mehr leise sein. Ich kann sie weiter auf die Folter spannen. Den Dreier aus ihren Träumen mit zwei Lustknaben, die nur auf ihr Vergnügen aus sind, bekommt sie nie, trotzdem reagiert ihr Körper zuverlässig heftig auf unsere Hände. Obwohl ich nur kurz und in quälend langen Abständen über sie lecke, wird sie feucht genug für eine sehr verdorbene Nacht.

»Luca ….!« Sie knurrt David meinen Namen in den Mund, weil sie meine Spielchen ungeduldig machen.

»Willst du kommen?«, fragt er mit dunkler Stimme. Ein angeheiztes ›Ja‹ ist die naive Antwort. Sie kennt David. Sie müsste wissen, was jetzt kommt – kein Höhepunkt.

»Darfst du denn kommen, bevor wir dich vögeln?«, fragt er und klingt dabei wie der kontrollsüchtige Teufel, der er ist.

Das ist mein Stichwort. Während David diabolisch langsam den Kopf schüttelt, um seine eigene Frage zu beantworten, beginne ich sie intensiver zu lecken.

Auf einmal hebt sie mir ihr Becken nicht mehr entgegen. Sie will sogar die Knie zusammendrücken, aber ich halte ihre Beine fest. Ich muss nicht hinsehen, um zu wissen, wie streng David sie mustert, während sie angespannt das Gesicht verzieht und versucht, die Lust in sich zu zügeln. Als ich mit den Fingern in sie eintauche, spüre ich, wie verkrampft sie ist.

Den Höhepunkt zurückzuhalten, kann qualvoller sein, als die Ungeduld darauf zu ertragen. Natascha weiß das – und sie steht darauf, sonst würde sie David nicht so anbeten.

Als er ihren BH nach oben zieht und sich an ihren Brustwarzen zu schaffen macht, beginnt sie zu flehen.

»Ich kann nicht mehr … bitte …«

Bitte ist ein Zauberwort, aber kein Safeword.

Ich stoppe meine Stimulation trotzdem, weil ich spüre, dass sie gleich kommt. Mein Blick trifft Davids, der eine drehende Handbewegung macht. Ich folge seiner nonverbalen Anweisung und stehe auf.

Ein Dreier ist wie Ferrari fahren – jeder träumt davon, aber all die Pferdestärken ohne Stottern und Ruckeln vernünftig auf die Straße zu bekommen, ist nie so einfach, wie man es sich vorgestellt hat.

Mit zwei Frauen zu schlafen, erfordert in erster Linie Durchhaltevermögen. Mein Tipp: Erst versuchen, wenn man die Sache mit den Orgasmen einigermaßen unter Kontrolle hat. Sonst wirft man Perlen vor die Säue.

Ein Dreier mit zwei Männern fällt unter eine andere Kategorie und erfordert die Erfüllung folgender vier Voraussetzungen:

1) Alle Beteiligten müssen sich mit ihrer Sexualität wohlfühlen, egal in welche Richtung sie geht.

2) Man sollte das ausschließlich mit einer Frau machen, die keinen ›Opossum-Scheintot‹ vortäuscht, sobald sie einen Penis sieht.

3) Der Mann, mit dem man es tut, sollte nach Möglichkeit der beste Freund sein oder zumindest jemand, der einem schon mal bei der Handarbeit zugesehen hat.

4) Jemand muss den Ton angeben.

Ist irgendeine dieser Voraussetzungen nicht erfüllt, kann das Ganze schnell unangenehm, peinlich oder chaotisch werden.

David und ich haben aber Übung. Außerdem verstehen wir uns blind. Wir können zusammen ein Stück Torte essen, ohne um die einzige Erdbeere zu streiten oder aus Versehen gleichzeitig in dieselbe Stelle zu stochern.

Gerade mit Natascha sind wir ein eingespieltes Team. David hat bei ihr sowas wie ein Vortrittsrecht. Würden wir mit Nora schlafen, hätte ich die anweisende Handbewegung gemacht.

Würde ich Nora mit David teilen? Nein. Außer sie besteht darauf.

Wer zuerst kommt ...

Ich verschwinde kurz im Schlafzimmer und hole Kondome aus meiner Tasche. Gleitgel habe ich keines dabei, aber schaden würde es nicht.

Nataschas Tasche steht in Davids Zimmer. Ich darf darin herumwühlen, zumindest, wenn ich damit zu ihrem Wohlbefinden beitrage und ihr schmerzendes Stöhnen erspare.

Bevor ich das violette Fläschchen ins Wohnzimmer trage, lese ich nach, was darauf steht. So viel Zeit muss sein – man lernt aus seinen Fehlern. Sie hat regelmäßig so viel Kosmetik dabei, dass es schon mal passiert, dass man Gleitgel mit Abschminkzeug verwechselt. Erfüllt den Zweck übrigens nicht, aber meine Haut war nie wieder so weich.

Wenn Durex neuerdings nicht die Branche gewechselt hat, liege ich aber richtig.

Ich ziehe mir das T-Shirt über den Kopf und werfe es in den Flur. Im Wohnzimmer wurden schon mehr Klamotten abgelegt. Natascha sitzt auf Davids Schoß und stimuliert ihn mit der Hand. Ich werfe ihm eines der Kondome zu und ziehe mich weiter aus. Als meine Jeans auf dem Boden landen, leuchtet mein Handy auf. Eigentlich will ich es ignorieren, aber meine Fantasie geht mit mir durch.

Natürlich schreibt mir Nora, die es sich spontan anders überlegt hat und mich doch sehen will, damit wir uns italienischen Dirty-Talk zuflüstern können – oder es ist meine Mutter, die fragt, wie das WLAN Passwort zuhause lautet.

Großartig. Danke Mama. Jetzt habe ich ein Performance-Problem ...

Ich seufze und werfe das noch verpackte Kondom aufs Sofa. Im Moment kann ich nichts damit anfangen.

»Kommst du oder brauchst du eine schriftliche Einladung?«, will David wissen, löst den Blick aber nicht von Nataschas Busen.

»Sehe ich so aus, als könnte ich kommen?«, murre ich zurück und wische auf dem Display herum.

Er hebt doch den Blick und schüttelt vorwurfsvoll den Kopf. Ich beneide ihn um den angeturnten Glanz in den Augen. Natascha leistet aber auch hervorragende Handarbeit.

»Leg das Handy weg! Kein Mensch auf der Welt schreibt SMS während des Fickens!«

Davids Argument ist bestechend logisch. Ich schalte das Handy stumm, weil ich mir sicher bin, dass meine Mutter anruft, wenn ich nicht zurückschreibe. Es landet auch auf dem Sofa, neben dem Kondom.

»Hilf Luca mit seiner Stimmung.«

Natascha folgt Davids Anweisung. Sie dreht ihm den Rücken zu, bleibt aber auf seinem Schoß sitzen. Dieses schmutzige Grinsen auf ihren Lippen kitzelt die Erregung in mir wieder wach. Kaum stehe ich nahe genug, schlägt sie die Krallen in meinen Hintern und zieht mein Becken zu sich.

Ihre Zunge gleitet über meine halbe Härte. Als sie sie in den Mund nimmt, schießt das Blut wieder in die richtigen Stellen an meinem Körper.

Ich fahre mit den Fingern durch ihre Haare und ziehe ihren Kopf daran zurück. Sie spielt den leidenden Ausdruck auf ihrem Gesicht nur – so fest packe ich noch gar nicht zu – aber sie spielt gut.

Ein helles Stöhnen aus ihrer Kehle untermalt das erneute Eintauchen in ihren Mund. Sie sieht mit leuchtend unschuldigen Augen zu mir auf, aber jemand, der so bläst, kann ›unschuldig‹ nicht mal buchstabieren.

Als eine ihrer Hände unter meinen Ständer wandert, verfestige ich den Griff in ihren Haaren. Ich beiße mir angeheizt nervös auf die Lippen, da es schmerzhaft werden kann, eine Hexe mit langen Fingernägeln an seine Eier zu lassen. Ich kenne Natascha – sie ist nicht das unschuldige, mit vollem Mund stöhnende Kätzchen, das sie mimt.

Ein verdammt geiles, tiefes Eintauchen später und plötzlich zieht sich der Schmerz wie eine brennende Zündschnur durch meine Lenden. Ich drücke ihren Kopf ruckartig zurück. Kaum hat sie den Mund frei, lacht sie dunkel. Ich greife mir ihr Handgelenk, weil sie meine Eier sonst nicht loslassen würde.

»Ich schätze, das heißt, du verzichtest auf Gleitgel!«, schlussfolgere ich und ziehe sie von Davids Schoß, um sie umzudrehen. Während ich eine Hand auf ihren Busen lege, schiebt sich die andere auf ihren Hintern.

»Du hast doch sowieso wieder nur Augen-Make-Up-Entferner geholt, oder?«, verarscht sie mich, ohne den erotischen Unterton in ihrer Stimme zu verlieren.

Sie bettelt um einen Klaps. Ich drücke ihren Oberkörper hinunter. Natascha stützt sich neben Davids Becken ab und verstrickt ihn in einen Kuss, in den sie hineinstöhnt, als ich mich für das Attentat auf meine Eier räche. Ihr Hintern reckt sich mir entgegen und bevor ich mit den Fingern in sie eintauche, landet meine flache Hand nochmal auf ihrer anderen Pobacke.

Sie mag es hart, aber sie spielt dabei gerne das zarte Elfchen, über das hergefallen wird. Ab und an entkommt ihr aber doch eines dieser angeturnten, diabolischen Böses-Mädchen-Lachen, auch, als ich meine feuchten Finger aus ihr ziehe, um sie an einer anderen Stelle wieder verschwinden zu lassen. Ganz ohne ein wenig Gleithilfe geht es dann doch nicht.

Ich greife nach dem Kondom, halte die Ecke der Verpackung mit den Zähnen fest und reiße es auf. Das Überstreifen geht schnell, das Eindringen in sie nicht, weil ich sie kaum vorbereitet habe.

»Nicht! Hör auf!«, stöhnt sie und geht in ihrer Rolle als scharfes, leidendes Kätzchen auf. Es hat lange gedauert, bis ich die Hemmungen bei Natascha verloren habe. Diese Nummer hatte sie schon mit sechzehn drauf, mittlerweile hat sie sie perfektioniert. Für so gute Schauspielerinnen wurden Safewords erfunden. ›Nicht‹ oder ›Hör auf‹ ist aber nicht ihre verbale rote Karte.

Das tiefer Eindringen fühlt sich gut an. Als ich beginnen kann, sie zu vögeln, dränge ich sie näher zu David und drücke sie auf ihn.

Ihr Stöhnen schallt durchs Wohnzimmer. Sie war schon immer laut beim Sex. Zu zweit können wir sie nur so nehmen, wenn die Wände dick genug sind, ihr jemand den Mund zuhält oder das ein SM-Spielzeug für uns übernimmt.

Manchmal fällt selbst mir auf, dass wir versaut sind …

Da ich oben liege, gebe ich zum größten Teil das Tempo an. Jeden Stoß, den ich Nataschas Körper versetze, spürt auch David. Man kann grundsätzlich die Regel aufstellen, sich während des Sex' nicht anzusehen, aber das haben wir nie vermieden. Ich konzentriere mich natürlich hauptsächlich auf den bebenden Frauenkörper zwischen uns – ich bin nicht schwul, auch nicht bi. Das mit David und mir ist eine andere Kategorie. Die ›Ich vögle gerne Frauen mit meinem besten Freund‹-Kategorie – *normal, oder?*

»Reiß dich zusammen, Luca«, brummt der Löwe vorwurfsvoll. Man kann grundsätzlich auch die Regel aufstellen, während des Sex' nicht zu reden, aber wir können die Klappe leider nicht mal dabei halten.

Er hat bemerkt, dass ich anfange, mir auf die Lippen zu beißen. Das mache ich immer, kurz bevor ich komme. *Dass er das weiß ist auch normal, oder? Ach, scheiß drauf …*

»Mir hat niemand vor einer Stunde einen geblasen!«, verteidige ich mein Durchhaltevermögen. Er hat wirklich leicht reden. In mir hat sich noch die ganze sexuelle Anspannung von meinem Kampf um das Baguette mit Nora aufgestaut und außerdem kommt der, der das engere Vergnügen abbekommt, immer als erster.

Der ewige Konkurrenzkampf ist aber unser Ding.

»Ich darf schneller kommen als du. Ich bin immer erster. Ich mache auch meinen Doktor schneller als du«, sage ich atemlos, in erste Linie, weil mich das Reden daran hindert, wirklich gleich zu kommen und natürlich auch, weil ich gerne provoziere.

David funkelt mich an und macht dann eine autoritäre Handbewegung. Ich will jetzt keinen Stellungswechsel, aber er greift sich Nataschas Kinn und flüstert ihr: »Steh auf« zu. Sie löst sich von ihm und ich muss auch nachgehen.

Ich greife mir wieder ihren Hintern und ziehe ihn mit mir nach unten aufs Sofa. David beugt sich über sie und beginnt sie zu vögeln.

»Nur, weil du oben liegst, heißt das nicht, dass du nicht trotzdem ewiger zweiter bleibst«, stelle ich halb amüsiert, halb angeturnt klar und lege meine Hände auf Nataschas Brüste. In ihr Stöhnen mischt sich ein knurrender Unterton. Sie kann unseren Gesprächen beim Sex nie viel abgewinnen. Sobald es nicht mehr ausschließlich um sie geht, wird sie zickig.

»Ach, glaubst du?«, entgegnet David heroisch. Dass er sie schneller und fester nimmt als ich, führt nur dazu, dass ich wirklich gleich komme.

Ich habe keine Ahnung, wann das hier ein Wettrennen geworden ist. Alphatiere beim Vögeln. Muss man nicht verstehen.

Nataschas harte Brustwarzen unter den Fingern und die Enge um meine Härte bringen mich wieder zum Lippen Beißen, aber nur kurz, dann folge ich Davids unerwarteter Handbewegung.

Er stützt sich nur noch mit einem Arm an der Sofalehne ab, die andere Hand greift nach meinem Handy, das schon die ganze Zeit vor sich hin leuchtet – mir ist das aus dem Augenwinkel auch aufgefallen, aber ich habe es ignoriert.

»Du gehst da jetzt nicht ran, du verdreht, perverses Arsch…!«

Ich verstumme und höre den blonden Teufel grinsend »Hallo?« sagen, während er sich mein Handy ans Ohr hält.

Ich würde ihn erwürgen, wäre da nicht gerade ein Frauenkörper zwischen uns.

»Ja sicher kann ich ihn fragen. Warte, er kommt gleich«, tönt David freundlich den dämlichsten Witz der Welt und kann die Erregung in seiner Stimme so zielsicher unterdrücken, als wäre er überhaupt noch nie scharf gewesen. Ist er aber – er hat auch nicht aufgehört, Natascha zu vögeln, der ich den Mund zuhalten muss, weil sie uns sonst verrät.

»Luca, deine Mutter möchte bitte euer WLAN-Passwort wissen«, säuselt David in einem Tonfall, der so gar nicht zu seinem glänzenden Blick passt.

Ich hasse ihn gerade. Das hat man davon, wenn man sich auf einen Sex-Wettlauf mit einem Ego-Freak einlässt.

Ich versuche irgendwie einen Tropfen Blut in mein Hirn zu bekommen, um mich an das gottverdammte Passwort zu erinnern. Das ständige Rütteln und Stoßen hilft mir aber nicht weiter und dass Natascha anfängt, sich selbst mit den Fingern zu stimulieren, auch nicht.

»LNR2CHD8 – Großbuchstaben!«, jammere ich leise.

David wiederholt, was ich sage, und schließt angeturnt die Augen, während er weiterhin seelenruhig klingt.

»Ja, danke. Wir haben Spaß, keine Sorge. Mach´s gut!«

Nachdem er mein Handy wieder aufs Sofa geworfen hat, erhöht er das Tempo wieder und knurrt kurz darauf seinen Höhepunkt heraus. Kaum ist er gekommen, lacht er.

»Was denn? Ich dachte, du wolltest vor mir kommen? Also mir hat an deine Mutter denken geholfen. Dir nicht? Du weißt schon, dass sie heiß ist, oder?«

»Halt einfach die Klappe und lauf weg! Ich töte dich in zwei Minuten!«, drohe ich. Das ist kein Scherz, ich werde ihn umbringen, aber ich will das hier beenden, sonst explodiere ich noch.

Dass Natascha mir die ganze Zeit über in die Hand gebissen hat, spüre ich erst, als ich sie loslasse. Die beiden müssen unbedingt irgendwann heiraten – ein diabolischer Deckel für einen mephistophelischen Topf.

Ich hebe sie hoch und drücke sie gegen die Sofalehne. Weil ich mir nicht tagelang anhören will, dass wir egoistische Sadisten sind, stimuliere ich sie mit der Hand mit. Als sie kommt und mir währenddessen mit heisere Stimme zuruft, dass ich sie härter nehmen soll, ergieße ich mich auch endlich. Mein Atem und mein Herzschlag beruhigen sich nicht gänzlich, während ich mich aus ihr zurückziehe und das Kondom absteife.

Sie fällt kaputt auf das Sofa. Ich falte die zusammengerollte Tagesdecke auseinander und lege sie über sie.

So, und jetzt stirbt ein Löwe!

Sand und Pflaster

Es ist zehn vor vier, als ich an der Freiluftbühne vorbeilaufe. Alle schleppen Säcke voll Sand durch die Gegend und sehen gestresst aus.

In der heißen Nachmittagssonne zu brüten, ist auch ohne körperliche Anstrengung ermüdend. Meine Haut hat leider nie mitbekommen, dass sie italienischer Abstammung ist, deshalb kann ich mich nicht sonnen, ohne in Flammen aufzugehen. Rote Haare sind cool, aber ein Hummer zu sein ist unsexy, das rettet auch kein Waschbrettbrauch. Ich bin aber sowieso kein Freund von proletoiden Feinripp-Shirts oder Testosteron gesteuerten Obenohne-Auftritten. Meine Haut bleibt größtenteils von Stoff geschützt und ich sehe auch in Jeans und T-Shirt sehr appetitlich aus. *Ego-Monolog Ende.*

Im Café ist nicht viel los, Nora hetzt trotzdem herum. Sie ist mit den Gedanken nicht wirklich beim Kellnern, zumindest scheint sie abgelenkt. Gedankenverlorene Frauen ermöglichen eine Art von Auftritt, der in jedem romantischen Film vorkommt, der jemals gedreht wurde.

Ich schleiche möglichst unauffällig hinter ihr her zur Bar. Sie beugt sich gerade über die Theke, weil sie sich ein paar Strohhalme greifen möchte. Während sie das tut, lehne ich mich neben sie an das Holz und lasse die Hände in den Hosentaschen verschwinden. Lässigkeit und gespielte Beiläufigkeit sind der Schlüssel zur filmreifen Umsetzung.

Als sie sich wieder gerade hinstellt, sieht sie mich und zuckt erschrocken zusammen, bevor ihre Augen groß und glänzend werden.

»Luca«, tönt sie meinen Namen halb überrascht, halb amüsiert. Ich schmunzle schief.

Die gedankenverlorene Hauptdarstellerin, die gerade einen schwermütigen oder selbstironischen inneren Monolog über ihr Leben führt und als sie sich umdreht: zack, bum, da steht der Traummann.

Verdammt cooler Auftritt geglückt – zumindest aus ihrer Perspektive. Bei mir müsste man das Anschleichen und Positionieren streichen. Das zeigen sie in den Filmen natürlich nicht.

»Du hättest dir das Herkommen sparen sollen«, seufzt sie und schüttelt langsam den Kopf.

»Ich will nur mit dir essen gehen. Es soll einen guten Italiener um die Ecke geben«, scherze ich und ernte zu meiner Überraschung kein Schmunzeln. Sie mag meinen Humor eigentlich.

Noch zu überrascht von meinen Anschleichfähigkeiten?

»So ziemlich jede Frau hier in der Stadt würde gerne mit dir essen gehen. Such dir eine andere.«

Ich verfinstere den Blick, weil ich diese Diskussion langsam leid bin. Sind wir in einer Zeitschleife gefangen? Wo ist das Murmeltier?

»Schon wieder dieses Thema? Du weißt, dass du mich mit diesem Spruch nicht abservieren kannst. Sag: ›Koffein erregt mich kein Stück‹ und ich verschwinde in der Schwefelwolke, aus der ich aufgetaucht bin.«

Jetzt grinst sie doch. Nora legt ihre Schürze ab und verschwindet hinter der Theke.

»Ich kann nicht mit dir essen gehen, Luca. Ich weiß zu schätzen, dass du hier bist und ja, du bist leider verdammt unterhaltsam, aber ich muss noch arbeiten. Das Theater wird morgen Abend eröffnet und der Regisseur hat spontan beschlossen, dass er die ganze Bühne mit Sand befüllt haben möchte. Die anderen schuften schon den ganzen Tag, ich habe versprochen zu helfen.«

Jetzt ergibt das mit dem Sand Sinn. »Du willst zwanzig Kilo schwere Sandsäcke tragen? Spritzt du dir gleich Mutagene-Superheldenkraft? Soll ich dich beißen? Ich denke, ich bin koffeinradioaktiv.«

Sie fängt ihr Lachen ab und funkelt mich selbstbewusst an. »Denkst du, ich bin zu schwach für sowas? Ich habe letzten Sommer mit meiner Tante dreizehn Bäume umgesetzt. Ich halte schon was aus.«

»Entschuldige, Dwayne ›The Rock‹ Johnson. Deine ein Meter sechzig Körpergröße hat mich irritiert.«

Sie kommt wieder hinter der Theke hervor und holt gerade Luft für ihren nächsten Versuch, mich wegzuschicken. Ich kann schneller einatmen. »Wie lange denkst du, braucht ihr?«

»Ich weiß es nicht. Vier, fünf Stunden? Es ist verdammt viel Sand und uns sind ein paar Helfer ausgefallen.«

»Also zwei Stunden«, schlussfolgere ich und ernte fragende Blicke. »Wenn ich helfe«, ergänze ich.

Nora verzieht das Gesicht. »Wieso solltest du denn helfen? Dich bezahlt doch niemand dafür.«

»Nicht? Ich dachte, du würdest mich hinterher zum Essen einladen.«

Sie neigt den Kopf zur Seite und schmunzelt. »Ich kaufe dir ein Baguette, mehr ist nicht drin.«

»Wenn ich es wieder essen darf, während ich auf dir sitze, bin ich dabei.«

»Du bist schräg«, wirft sie mir grinsend vor und ergänzt noch etwas. »Danke.«

Okay, ich revidiere hiermit zwei Statements von heute Nachmittag. Es ist nicht proletoid, sein Shirt in der Öffentlichkeit auszuziehen, zumindest nicht, wenn man dabei ist, jeden Tropfen Wasser auszuschwitzen, den man im Körper hat.

Und zu der Einschätzung, dass wir zwei Stunden brauchen werden: Ich bin ein Vollidiot.

Ich trainiere regelmäßig, aber dieser beschissene Sand ist schlimmer als jede Drückbank. Zumindest hat die verdammte Sonne aufgehört, uns zu grillen, als sie vor einer halben Stunde untergegangen ist.

Wir sind zehn junge, halbnackte Menschen – was sich fälschlicherweise scharf anhört. Eigentlich sind wir nur sieben, weil ich die beiden Mädchen und den Jungen, den ich drei Stunden lang für ein Mädchen gehalten habe, nicht mehr mitzählen kann. Sie können nicht mehr, was ihnen niemand verübelt – Nora habe ich selbst verboten, noch einen dieser Säcke anzurühren. Dass sie auf mich gehört hat, hat aber nur daran gelegen, dass ich den letzten Sack von ihr runterheben musste, als er sie unter sich begraben hat. Sie hatte nicht mal mehr Kraft, mir auf meine Frage, ob sie mit den Bäumen ihrer Tante vielleicht Bonsais gemeint hat, den Mittelfinger zu zeigen.

Wenn ich diesen Regisseur in die Finger bekomme, schmücke ich eine Sandburg mit seinen Eiern. Unterbezahlten Studenten, die den ganzen Sommer damit verbringen, zwölf Stunden am Tag zu schuften, so etwas anzutun, ist beschissen. Ich will gar nicht wissen, wie sie den ganzen Sand am Ende der Saison wieder von der Bühne bekommen.

Trotz der ganzen Anstrengung und der vielen Stunden bleibt die Stimmung bis zum letzten Sandsack gut. Dass sie alle noch lachen und scherzen können, obwohl jeder Schritt weh tut, und jedem der Sand schon in der Arschritze steckt, ist beeindruckend.

Noras Ex-Freund ist übrigens wirklich schwul. Wir hatten in den letzten Stunden genügend Zeit, uns zu unterhalten, und ich weiß jetzt, dass er auf Zac Efron steht. Außerdem hat er mir ein paar andere interessante Dinge verraten.

Als wir fertig sind, lehnt Nora ab, mit den anderen mit in ihre Unterkunft zu gehen. Sie sagt, sie muss noch ein Versprechen einlösen und verschwindet dann Richtung Café. Ich nutze die Zeit, um mein Shirt zu suchen und es dreißig Sekunden lang angewidert anzustarren, weil irgendeine blaue Flüssigkeit darauf eingetrocknet ist, die nach Hustensaft riecht. Wie das passiert ist, ist mir ein Rätsel, aber meine Liebe für Ästhetik ist hier irgendwo im Sand verbuddelt, also scheiß drauf.

Ich setze mich an den Bühnenrand und rubble mir durch die Haare. Mir ist danach, mich einen Tag lang in eine Desinfektionslösung einzulegen – ich bin mir sicher, David kann das organisieren.

Nora tapst aus der Dunkelheit auf mich zu und lässt sich dann stöhnend neben mich in den Sand fallen. Ein paar der Scheinwerfer sind noch an, wir haben versprochen sie auszuschalten, wenn wir gehen.

»Hier.« Sie hält mir ein eingepacktes Baguette vor die Nase und schmunzelt schief. »Dass du dir das alles für ein Stück Brot angetan hast, grenzt an Masochismus.«

Ich zucke mit den Schultern und reiße das Papier auf um abzubeißen. »Nicht irgendein Brot – Baguette«, entgegne ich kauend und höre sie tonlos lachen.

»Spinner …«, murmelt sie und beginnt, mit den Fingern Linien in den Sand zu malen, während ich esse.

»Wenn man davon absieht, dass wir beinahe alle kollabiert sind, um das zu schaffen, ist die Kulisse schön geworden. Sand, Sternenhimmel und Berge sieht man sonst nicht zusammen.«

»Wirst du jetzt kitschig?«, frage ich grinsend und sehe ihre weiche Miene erst ertappt überrascht und dann streng werden.

»Halt die Klappe und iss«, entgegnet sie pikiert und lässt sich rücklings in den Sand fallen.

Ich mustere sie eine ganze Weile, so auffällig, dass sie irgendwann mit den Schultern zuckt. »Wieso starrst du so?«

Es wäre vielleicht schlauer, jetzt ein Kompliment auszusprechen, aber ich bin kein Schleimer.

»Dein Kopf ist feuerrot – ich glaube, die Sonne hat dich verbrannt. Tut das weh?« Mein Finger drückt prüfend gegen Noras Wange. Sie schlägt meine Hand brummend weg.

»Mit dir würde jetzt auch niemand mehr ein Fotoshooting machen wollen! Du bist mindestens genauso rot wie ich. Und schon mal deine Haare gesehen? Du siehst aus, als hättest du in die Steckdose gefasst!«

Ich rubble mir nochmal über den Kopf. »Besser?« Sie lacht.

»Ja. Jetzt sieht es toupiert aus – sehr männlich.«

Ich schlucke den letzten Bissen hinunter und lege mich dann auch nach hinten. Der Sternenhimmel ist wirklich schön. Kaum liege ich, dreht Nora den Kopf zur Seite und steht dann auf.

»Hast du Angst, dass ich über dich herfalle? Wir sind beide viel zu verbrannt für Sex. Komm wieder her.«

Ich bin fast schon beleidigt, weil ich keine schlagfertige Antwort kassiere. Sie bückt sich nach etwas.

»Ist das dein Portemonnaie?«

Ich raffe mich auf und greife prüfend in meine Hosentasche. Während ich ins Leere fasse, macht Nora etwas, das mir eigentlich nicht recht ist.

»Ja, das ist meins, gib her!« Sie bemerkt meine Überreaktion leider und läuft lachend vor mir weg, als ich auf sie zustürme. Sie zieht meinen Führerschein heraus.

»Andrea?« Ich erwische sie und bremse sie aus. »Andrea De-Luca …«, murmelt sie und sieht mich eindringlich an. Ich nehme ihr meinen Führerschein wieder weg und verstaue meine Geldbörse in der Hosentasche.

»Ja. Haha. Mädchenname. Noch nie einen Witz darüber gehört, mach doch bitte einen.«

Sie beginnt, langsam den Kopf zu schütteln. »Nein. Einer meiner Brüder heißt auch Andrea – du vergisst, dass ich Italienerin bin. Zumindest zur Hälfte.«

Das würde mich beruhigen, aber sie klingt extrem seltsam, während sie das sagt – ein wenig verwirrt.

»Sag mal …« Nora neigt fragend den Kopf und kommt einen Schritt näher. »Du bist nicht … nein.«

Ich ziehe eine Augenbraue in die Höhe, weil dieser Satz absolut sinnfrei war.

»Ich bin nicht nein? Hast du einen Sonnenstich?«

»Du bist nicht mit Elisa DeLuca verwandt, oder?«

Aha, daher weht der verwirrte Wind. Ich muss grinsen. Das passiert mir selten. Ich habe kaum etwas mit anderen Italienern zu tun. Und wenn doch, kommt mein Name selten zur Sprache.

»Naja, sie ist meistens auf den Elternabenden meiner Schule aufgetaucht – ich nehme also an, dass sie mit mir verwandt ist.«

Nora schüttelt den Kopf. »Du verarschst mich. Oder?«

Dass sie so unsicher ist, finde ich zum Schießen. DeLuca ist kein allzu ungewöhnlicher Nachname für eine italienische Familie. Was sie überhaupt stutzig gemacht hat, ist wahrscheinlich die Tatsache, dass ich ihr ziemlich ähnlich sehe.

»Deine Mutter ist Elisa DeLuca?«, fragt sie nochmal eindringlich. Ich nicke.

»Die Schauspielerin?«, präzisiert sie sicherheitshalber.

Ich nicke wieder.

Nora lacht entzückt – so kenne ich sie nicht, aber es ist süß.

»Oh mein Gott! Wie cool ist das denn?! Meine Mutter liebt deine Mutter!«

»Ja. Sie hat mir mal erzählt, dass die 80er wild waren«, entgegne ich lachend und sehe Nora die Augen überdrehen. Ihre Begeisterung lässt trotzdem nicht nach.

Auch wenn es wegen ihrer Reaktion vielleicht den Anschein macht, meine Mutter ist kein Hollywoodstar. Man kennt sie außerhalb von Italien nicht. Außerdem dreht sie seit gut zehn Jahren keine Filme mehr. Dass Nora sie kennt, liegt nur daran, dass sie sich mit ihrer Mutter anscheinend gerne alte, italienische Liebesfilme ansieht.

»Wie ist sie so?«, lautet die nächste, höchst seltsame Frage.

»Sie lässt beim Raffaello-Essen immer die Nuss übrig«, entgegne ich mit hochgezogener Braue. Noras Blick wechselt von begeistert zu leicht beschämt. Sie reißt sich wieder am Riemen.

»Entschuldige. Dämliche Frage. Sie ist deine Mutter. Für dich ist das normal.«

Ich zucke mit den Schultern und lasse meine Hände in den Hosentaschen verschwinden.

»Willst du jetzt vielleicht mit mir Zeit verbringen? Ich besorg dir auch ein Autogramm von meiner Mutter.«

Mein Satz kommt etwas zu vorwurfsvoll daher – so dunkel wollte ich ihn nicht aussprechen. Ich kränke sie damit, das war nicht meine Absicht, aber irgendwie muss ich das Thema ansprechen. Wir sind lange genug darum herumgeschlichen.

»Ich habe immer gerne Zeit mit dir verbracht, Luca!«, stellt Nora wütend klar. »Dass ich dich mag, stand nie zur Debatte.«

»Aber das Timing ist schlecht für mehr«, spreche ich eine Feststellung aus, die sie fragend zu mir aufsehen lässt. Sie braucht ein paar Sekunden, um sich einen Reim daraus zu machen, woher ich weiß, was sie mir verschwiegen hat.

»Du hast mit Marco gesprochen«, schlussfolgert sie schließlich und reibt sich seufzend die Schläfen.

»Ja. Ich hätte es aber lieber von dir gehört.«

»Ich habe dich nie gebeten wiederzukommen, oder?! Du hättest das alles nicht machen müssen! Auf mich warten, hier helfen … ich habe dich zu nichts gezwungen!«, stellt sie lautstark klar und gestikuliert ihre Worte aufgebracht mit.

Feurige Überreaktion – ich denke, ich weiß warum.

»Das war kein Vorwurf. Ich wäre auch gekommen, wenn ich gewusst hätte, dass du nach Schweden gehst.«

Sie hätte ihre Gefühle besser unter Kontrolle gehabt, wenn ich einfach zurückgebrüllt hätte. Wut ist eine der einfachsten Emotionen, dass sie sie nicht aufrecht erhalten kann, lässt Nora den sonst so starken Blick abwenden.

»Ich wollte schon immer an dieser Uni studieren. Seit sie mich aufgenommen haben, denke ich eigentlich an nichts anderes mehr. Ich will mich auf die Zeit in Schweden freuen und nicht am Flughafen stehen und …«

»Irgendeinem Typen hinterherheulen«, vervollständige ich ihren Satz, damit sie sich nicht die Mühe machen muss, das Ganze irgendwie blumiger auszudrücken.

Ich verstehe, was sie meint, und ich kann ihre Einstellung nachvollziehen. Kurz bevor man irgendwo ein neues Leben anfängt, bindet man sich an nichts, was man sowieso zurücklässt. Seit ich weiß, dass sie ins Ausland geht, macht es für mich auch Sinn, dass sie zwar gerne mit mir zusammen war, mich aber trotzdem an jede andere verfügbare Frau weitergereicht hat.

»Ich mag dich, Luca. Du bist witzig, du siehst gut aus und du gibst dir so viel Mühe, Zeit mit mir zu verbringen, dass ich davon ausgehen muss, dass es dir mit mir genauso geht. Aber das führt doch zu nichts. Ich bin mindestens vier Jahre weg. Wenn ich meinen Doktor dort machen kann, dann sechs Jahre, vielleicht für immer, wenn ich einen Job finde und bleibe. Und für einen absolut bedeutungslosen Quickie sehe ich dein blödes Gesicht mittlerweile leider zu gerne!«

Der letzte Satz würde mich zum Schmunzeln bringen, hätte sie nicht recht.

»Lass es uns nicht schlimmer machen, als es sowieso schon ist«, meint sie und schließt seufzend die Augen.

»Seien wir uns ehrlich, das mit uns hätte wahrscheinlich sowieso nicht geklappt. Wir wären uns spätestens nach zwei Monaten auf die Nerven gegangen und du hättest mich mit zwanzig anderen Frauen betrogen, also …«

»Wenn du so denken würdest, hättest du mir das mit Schweden nicht so lange verschwiegen. Aber wenn es dir leichter fällt und du dann fröhlicher in den Flieger steigst, dann rede es dir ein. Ich bin ein notorischer Fremdgänger und hätte dir nur das Herz gebrochen. Außerdem bin ich eine egoistische Niete im Bett und sabbere im Schlaf.«

Nora muss lachen und seufzen und gleich weinen – das will ich nicht.

Was für eine schöne Kulisse, was für ein beschissenes Stück.

»Reißt du dir Pflaster gerne schnell ab?«, frage ich und sehe sie mit zusammengekniffenen Augen nicken. Ich gehe an ihr vorbei. Umdrehen werde ich mich nicht mehr. Kurz und schmerzhaft macht es am erträglichsten.

»Viel Erfolg beim Studium. Und guten Flug.«

Kaffee? Partys? Bondage?

»Steh auf Luca, es ist Nachmittag.«

David schiebt die Vorhänge zur Seite und flutet das Zimmer mit Tageslicht. Ich lege mir den Unterarm auf die Augen und knurre möglichst laut und schlechtgelaunt, damit er wieder verschwindet.

»Bist du spät ins Bett gegangen?«

So spät war es nicht. Aber ich war kaputt – ich bin kaputt und ich will nicht nachdenken, nur schlafen und seltsam träumen, bis es Abend ist, damit ich aufstehen und mich betrinken kann.

»In der Küche steht Kaffee.«

Ich antworte nicht und spüre plötzlich zwei Finger an meinem Hals.

»Puls hast du noch. Aber du musst hirntot sein, wenn du keinen Kaffee möchtest. Hast du dich selbst umgebracht oder war es jemand anders?«

Bevor ich mir überlegen kann, ob ich ihn einfach weiter anschweigen oder doch den Kopf unter das Kissen stecken soll, reißt mir David die Decke weg.

»Hey!«

»Hast du dich gesonnt, du Idiot? Du weißt, dass du dich dann immer wie eine Schlange häutest.«

Er drückt mir die Hand auf den Bauch. Das hinterlässt nicht nur einen weißen Abdruck, sondern jagt auch ein schmerzhaftes Brennen durch meinen Körper.

Ich schlage nach David und bewerfe ihn auch gleich mit dem Kissen. Jetzt muss ich den Kopf zwar auf die Matratze fallen lassen, aber das war es wert.

»Als du gestern Nachmittag das Haus verlassen hast, hat dir Amors Pfeil noch im Arsch gesteckt – was ist passiert?«

»Ich will nicht darüber reden.«

»Ich aber.«

»Pat-Situation. Geh weg.«

»Sie hat dich abserviert«, schlussfolgert Doktor Penetrant und setzt sich auf den Lehnsessel neben dem Bett.

»Und jetzt suhlst du dich in deinem Herzschmerz? Hast du deshalb versucht, dich von der Sonne in Brand stecken zu lassen? Selbstmordgedanken? Muss ich mir Sorgen machen?«

Ich weiß zu schätzen, dass David versucht mich aufzuheitern – ja, das ist aufheiternd für ihn: Suizid-Witze reißen und mir vorwerfen, dass ich mich lächerlich aufführe. Aber ich will das Ganze noch nicht aus meinen Gedanken wischen. Zu früh. Zu schmerzhaft. Ich möchte mir leid tun.

»Lass mich einfach in Ruhe«, brumme ich in der lächerlichen Hoffnung, er verschwindet, wenn ich mich oft genug wiederhole.

»Mach kein Drama wegen eines Mädchens, das du kaum kanntest. Wenn du unbedingt Partnerlook tragen und jemanden haben möchtest, der ständig deine SMS liest, Gottesanbeterinnen gibt es wie Sand am Meer.«

Das Wort ›Sand‹ lässt mich angewidert schaudern. Ich kann nicht mal an das Zeug denken, ohne wütend zu werden.

»Das ist etwas anderes! Ich wollte nur …«

Ich weiß nicht, was ich wollte. Es geht mir einfach nicht gut. Schlechte Laune, Bauchschmerzen – ich hasse die Welt gerade.

»Was wolltest du? Eine Beziehung? Du bist 21 und ein ehrgeiziger Egoist. Du willst deinen Doktor machen, Koffein in dich reinschütten und abartig grausame Musik hören. Dass du jetzt den sterbenden Schwan mimst, ist nur gekränkte Eitelkeit.«

Ich mustere David. Er verzieht mal wieder keine Miene. Manchmal bin ich neidisch auf seine innere Kälte.

»Hast du schon mal jemanden getroffen, der von Anfang an absolut auf deiner Wellenlänge war?«

»Du willst wissen, ob ich schon mal ein Mädchen getroffen habe, dass genauso ist wie ich?«, fragt er und zieht vorwurfsvoll eine Augenbraue nach oben. Ich muss grinsen. Es gibt immer nur einen Teufel, nicht zwei. Er ist ein kompliziertes, unterhaltsam diabolisches Unikat.

»Hör auf, dir leid zu tun, Luca. Das Leben ist, wie es ist. Und wer behauptet, dass alles nur Sinn macht, wenn man in jemanden verliebt ist, lebt entgegen aller Hygieneempfehlungen mit dem Kopf in seinem Arsch. Man kann auch alleine glücklich sein – die meisten Menschen kommen aber kaum mit sich selbst klar und bauen ihr Leben deshalb um andere herum. Du kommst mit dir selbst hervorragend klar – du brauchst niemanden, der dich glücklich machen muss, das schaffst du in Eigenleistung.«

Ich seufze, weil ich selbst nach so vielen Jahren noch manchmal vergesse, was ich an dem Eisklotz vor mir habe. »Du bist der finsterste Motivationsprediger der Welt.«

David grinst schief. »Danke. Ich gebe mir Mühe.«

Mir ist klar, dass ich keine Trennung hinter mir habe. Wir waren nie auch nur annähernd zusammen. Da war kein Sex, kein Kuss, nicht mal Händchenhalten oder irgendeine Form von körperlicher oder emotionaler Exklusivität. Das ändert aber alles nichts an meinen Bauchschmerzen.

Ich hätte gerne mehr Zeit mit Nora verbracht, mit ihr geschlafen und herausgefunden, wohin es führt, wenn man denselben Humor, denselben Hang zum Sarkasmus und dieselben Wurzeln hat. Es kann schon sein, dass wir uns irgendwann die Köpfe eingeschlagen hätten, weil wir uns auch in unserem Temperament zu ähnlich sind, aber selbst das hätte ich gerne erlebt. So bleibt mir nichts außer ein paar oberflächlichen Erinnerungen an den für mich perfektesten Körper der Welt in Jeans, T-Shirt und Schürze. Wenig. Zu wenig. Ich will sie nicht vergessen.

»Gott, Luca! Ich erschieße mich, wenn ich diesen Song noch einmal hören muss! Kannst du nicht endlich den Repeat-Modus ausschalten?«

Natascha bewirft mich mit ihrem Erotik-Roman und lässt sich dann theatralisch seufzend in die Sofakissen fallen.

Ich schalte lauter und hebe das Buch auf. Während *HIM* zum dreiunddreißigsten Mal ›*The Funeral of Hearts*‹ singt, lese ich eine Bondage-Orgien-Szene mit Schneewittchen und sieben verdammt perversen Mienenarbeitern.

Wo kauft Natascha solche Bücher?

»Nein. Einfach: nein.« David reißt mir den Porno aus der Hand und stellt die Musik ab. »Schluss mit dem Emo-Gothic-Menstruations-Gesang und hör auf, Frauenromane zu lesen!«

»Ich will wissen, ob Schneewittchen frei kommt.«

Natascha grinst ihr Böses-Mädchen-Grinsen. »Sie kommt, aber nicht frei.«

David wirft den Roman auf den Esstisch und lehnt sich dann mit verschränkten Armen gegen die Küchenzeile.

»Lass uns nach Mailand fliegen. Oder Palermo. Von mir aus auch nach Rom. Du brauchst ein paar Partys und ein paar Ficks.«

Ich zucke mit den Schultern und lasse meinen Kopf dann auf die Sofalehne fallen. »Keine Lust. Außerdem wolltest du lernen, nicht feiern.«

»Ja. Aber ich lasse nicht zu, dass du dich in *Bridget Jones* verwandelst. Sag mir, wo du hinwillst, und ich buche die Flüge.«

»In Mailand kann ich dir ein paar Freundinnen vorstellen«, schlägt Natascha vor.

»Darauf kann ich verzichten, danke.«

»Kann es sein, dass du gerade der einzige Mann auf der Welt bist, der nicht mit Models schlafen möchte?«, wirft sie mir vor und setzt sich ungefragt auf meinen Schoß. Sie schlingt die Arme um meinen Hals und funkelt mich schief grinsend an.

»Nein. Kleiderbügel waren noch nie wirklich mein Fall, da verwechselst du mich mit David.«

»Ach wirklich? Ich wette, ich kann dich trotzdem aufheitern.« Sie drückt ihre Lippen an meinen Hals und fährt mit der Zunge über meine Haut, während sie Angebote ausspricht, die sie mir sonst nur macht, nachdem wir uns wüst beschimpft haben und sie mir eine geknallt hat. Dass es diesmal keinen Streit braucht, um mich anzumachen, liegt daran, dass Natascha David helfen will, mich aufzuheitern. Wenn zwei gefühlsbehinderte Egomanen versuchen, einem etwas Gutes zu tun, sollte man auf der Hut sein.

»Soll ich dir einen blasen?«

»Nein.«

»Soll ich David einen blasen und du siehst zu?«

»Nein.«

»Willst du David einen blasen?«, fragt sie und schürzt etwas missmutig die Lippen.

»Nein!«

Da leuchtet Erleichterung in ihrem Blick, was absolut lächerlich, aber typisch ist. Natascha hatte schon immer mit einer verstörenden Art von Eifersucht zu kämpfen, was mich und David betrifft. Woher das rührt, kann ich nicht sagen, aber ihre schlimmste Angst ist wohl, dass David irgendwann mit mir durchbrennt. Vielleicht weil sie weiß, dass er mich immer zuerst wiederbeleben würde, wenn ich und sie gleichzeitig kollabieren würden. Das hat aber etwas mit Freundschaft zu tun, nicht damit, dass ich will, dass er auf oder in mir kommt.

»Willst du mich an den Tisch fesseln und vögeln?«

Ihr Vorschlag ruft mir sofort die Bilder ins Gedächtnis, die mich ihr Roman sehen hat lassen. Sie schmunzelt verdorben. Natascha weiß, dass ich normalerweise für Bondage zu begeistern bin.

»Hast du Seile hier?«, will David wissen. Der Gedanke scheint ihm zu gefallen.

So gerne ich Knoten binde und so sehr ich die Aufheiterungsversuche auch zu schätzen weiß, ich will Natascha nicht vögeln und auch niemand anderen. Sex würde nichts an meinem Stimmungstief ändern und verdrängen oder vergessen, will ich im Moment noch nicht. Eigentlich bereitet mir genau das Bauchschmerzen – ich will sie nicht vergessen. Ich will in meinem Selbstmitleid und meinen Was-wäre-wenn-Gedanken schmoren.

Natascha verzieht ungläubig das Gesicht, als ich sie von mir runterhebe. »Hat es dich so schlimm erwischt? Was war das für ein Mädchen? War sie so heiß?«

Mein brummendes Knurren soll ihr eigentlich sagen, dass ich nicht über Nora reden will, aber sie sieht mich noch immer eindringlich fragend an.

»Das hatte nichts mit ihrem Aussehen zu tun. Oder doch. Teilweise. Nicht hauptsächlich. Wir haben uns einfach gut verstanden und ich fand sie unheimlich scharf.«

»Wie hat sie denn ausgesehen?«, will der neugierigste Kleiderbügel der Welt wissen. Bevor ich Luft für meinen nächsten Satz holen kann, höre ich David für mich antworten.

»Lange, braune Haare. Hübsches Gesicht, klein und fünf Kilo zu schwer für meinen Geschmack.«

Mein Blick schnellt zur Küchenzeile. Eigentlich will ich David für diese Spekulationen vorwurfsvoll anfunkeln, aber er hat recht, was mich verwundert. Ich war nicht immer auf denselben Frauentyp fixiert. So leicht war das nicht zu erraten.

»Hast du mir nachspioniert?«, will ich wissen.

Er legt den Kopf schief. »Ja. Weil du der Mittelpunkt meiner Welt bist. Ich liebe dich. Und ich möchte dich den ganzen Tag beobachten.«

Nachdem er fertig ist mit dem Sarkasmus, macht David eine richtungsweisende Geste. »Ich kann sie durch das Küchenfenster sehen. Sie läuft seit zwei Minuten vor dem Gartenzaun auf und ab. Ich nehme mal stark an, dass sie es ist, sonst hast du eine ziemlich seltsame, sozial verwirrte Postbotin.«

Ich springe vom Sofa auf, um einen Blick aus dem Küchenfenster werfen zu können.

»Das ist sie. Oder?«

David bekommt keine Antwort mehr, zumindest keine verbale. Ich laufe aus dem Haus und ich bin nicht so schnell, weil ich auf die Post warte.

Ein neues Ende bitte

»Nora?«

Ich klinge fragend, obwohl ich mir sicher bin, dass sie es ist. Eigentlich hatte ich die Hoffnung, dass wir uns überhaupt irgendwann wiedersehen schon weitgehend aufgegeben. Dass es jetzt so schnell geht, irritiert mich.

Sie trägt ein dunkelrotes Leinenkleid. Als sie sich nach mir umdreht, werden ihre Augen groß und ihr Blick verlegen. Sie streift sich die Haare hinters Ohr und neutralisiert die Verlegenheit in ihrer Miene.

»Ich war mir nicht sicher, ob das das richtige Haus ist«, verrät sie schulterzuckend und schweigt mich dann ein paar Sekunden an. Möglicherweise ist das der erste Moment in meinem Leben, in dem ich sprachlos bin. Fühlt sich seltsam an. Das wird sicher nicht zur Gewohnheit.

»Bevor du denkst, ich würde dich stalken …«, beginnt Nora ihre Erklärung, mit einem schiefen Schmunzeln auf den Lippen, das irgendwie angestrengt wirkt. »Der Besitzer des Theater-Cafés kennt deine Mutter. Er wusste, in welcher Straße euer Haus steht. Marco hat mir verraten, dass ihr darüber gesprochen habt, dass du einen schwarzen Alfa fährst, also bin ich die Straße langelaufen … okay, das klingt verdammt nach Stalken, also …«

»Willst du reinkommen?«, unterbreche ich sie mit einer Frage, mit der sie nicht gerechnet hat. Wahrscheinlich hätte jeder vernünftige Mensch zuerst wissen wollen, wieso sie hier ist. Das ist mir zwar alles andere als egal, aber im Moment will ich einfach, dass sie nickt und reinkommt, damit ich aufhören kann, Angst zu haben, dass dieses Gespräch und die Begründung viel zu kurz sind und ich sie gleich nochmal gehen lassen muss.

»Wenn du Zeit hast?«, entgegnet sie vorsichtig.

Ich nicke und setzte mich in Bewegung. Mir fällt selbst auf, dass ich etwas distanziert wirke, aber das ist das Resultat meiner Überraschung. Vor der Haustür schalte ich das Hirn doch wieder ein und drehe mich nach Nora um.

»Gibst du mir 30 Sekunden?«

»Ähm … sicher.«

Sie bleibt stehen und streicht sich wieder etwas unsicher die Haare hinter die Ohren. Ich will sie eigentlich nicht stehenlassen. Ich habe Angst, dass sie verschwindet oder sich, was auch immer, anders überlegt, aber ich habe gar keine andere Wahl.

Als die Haustür hinter mir in die Angeln fällt und ich in die Mitte des Wohnzimmers gelaufen bin, mache ich aufgebrachte Gesten mit den Händen.

»Raus hier!«

David und Natascha sehen mich an, als wäre ich übergeschnappt, aber sie können sich die vorwurfsvollen Blicke sparen.

Ich habe jedes Recht, gerade den Diva-Panik-Modus anzuwerfen. Natascha kann keine einzige andere Frau leiden und wirkt auf ihr Geschlecht so symphytisch wie Nord Korea auf den Rest der Welt.

David kann sich die Sprüche über seine persönlichen Vorlieben von Hungerhaken vielleicht verkneifen, aber alleine in diese kalte Miene zu sehen, hat manche Menschen schon verschreckt und ich bin nicht in der Stimmung irgendwelche Risiken einzugehen.

»Sag mal, schämst du dich für uns?«, fragt Natascha und funkelt mich wütend an – wohlgemerkt während sie auf dem Esstisch sitzt und sich die Hände gerade mit einem Gürtel fesseln lässt!

Ich kenne die beiden schon ewig, aber selbst ich bin verstört schockiert, wie schnell sie es diesmal von null auf Bondage geschafft haben. Das kann ich Nora unmöglich zumuten. Ich liebe mein Leben und ich bin dankbar für die Freaks darin, aber das versteht niemand, der nicht zumindest auf demselben Internat wie wir war.

Ich sehe David eindringlich an, der seufzend mit den Augen rollt und dann Natascha hochhebt.

»Eine Freikarte alle drei Jahre, damit du dich wie ein scheinheiliger, prüder Spießer aufführen darfst – das war sie«, stellt er klar und verschwindet in seinem Zimmer. Das letzte Mal hat er das zu mir gesagt, als ich mich geweigert habe, den Vierer mit den Verrückten aus dem katholischen Mädcheninternat in der Schweiz zu machen. In einer Kirche. Ich bin nicht der Teufel. Aber ich bin mit ihm befreundet.

Als ich die Haustür wieder aufmache, versuche ich, nicht gehetzt zu wirken.

»Entschuldige. Komm rein.«

»Du musst deine drei Freundinnen nicht vor mir verstecken Luca«, sagt Nora. Mir fehlt der scherzhafte Unterton, das angestrengte Schmunzeln kaufe ich ihr noch immer nicht ab.

»Nur mein bester Freund und eine ehemalige Klassenkameradin«, erkläre ich.

Ist nicht gelogen. Klingt aber besser als: der Teufel und die Hexe.

»Ich wollte euch nicht stören, ich dachte mir nur …«

Sie kommt durch diesen Satz schneller auf das eigentliche Thema zu sprechen als ihr lieb ist. Nora hadert in ihren Gedanken noch. »Das ist ein wirklich schönes Haus«, schweift sie ab und sieht sich um.

»Das ist nur unser Wochenendhaus. Wir hatten früher ein Anwesen in Mailand, bevor wir umgezogen sind.«

Ich beiße mir auf die Lippen, weil ich das arrogante Blabla erst höre, als es schon aus meinem Mund gekommen ist.

Gut gemacht! Jetzt erzähle ich ihr noch von unserer Yacht in Monaco, damit sie merkt, dass ich eine Prinzessin bin.

Denk nach, bevor du redest, du Idiot!

»Willst du etwas trinken?«

Mit diesem Satz kann man eigentlich nichts falsch machen. Sie sieht verstohlen zu mir auf und ich sehe das erste echte Lächeln auf ihren Lippen. Als sie in ihre Tasche greift und die Weinflasche herauszieht, mustere ich sie fragend.

»Ich habe nachgedacht«, beginnt sie zu erklären und seufzt im nächsten Moment. »Das gestern war ein beschissenes Ende. Ich will das so nicht.«

»Ich dachte, du wolltest es kurz und schmerzlos.«

»Kurz war es, ja. Aber schmerzlos … «

Ihr Blick verrät mir, dass sie auch Bauchschmerzen hatte. Nora zuckt vorsichtig mit den Schultern und hält mir die Flasche hin.

»Wenn du noch Lust hast, mit mir Zeit zu verbringen, dann …«

»Du studierst noch in Schweden, oder?«, unterbreche ich sie mit einer Frage, die ich stellen muss, bevor ich irgendetwas annehme oder ausschlage. Wenn sie mir jetzt sagt, dass sie das Auslands-Studium schmeißt und hierbleibt, werfe ich sie raus. Ich bin vielleicht ein Egoist, aber ich zerstöre keine Lebensträume.

»Hältst du mich für so dämlich?«, antwortet sie und funkelt mich an. »Ich werfe nicht alles über den Haufen. Weißt du, wie lange und hart ich dafür gearbeitet habe? Deshalb bin ich nicht hier.«

Ich nicke. Ein erleichtertes Nicken, das sieht sie mir an.

»Du hattest recht mit deinem Vorwurf von gestern. Ich habe dir nicht erzählt, dass ich weggehe, weil ich mir etwas erhofft habe. Dann habe ich Panik bekommen und gedacht, ich muss dich schnellstmöglich loswerden, damit das zwischen uns meine Freude auf den Umzug und das Studium nicht kaputtmacht. Alles oder gar nichts zu wollen, war aber eine ziemlich dämliche Entscheidung.«

»Und was liegt für dich dazwischen?«

Sie schüttelt den Kopf. »Ich weiß nicht. Was ich aber weiß ist, dass ich das Ende von gestern viel schwerer ertragen kann als alles andere. Es kann nicht schlimmer werden, nur besser. Deshalb bin ich hier. Stalke dich. Bringe Wein mit. Und versuche dir nicht allzu offensichtlich an den Hals zu springen. Du bist so groß, ich bin mir nicht mal sicher, ob ich so hoch springen kann.«

Das Grinsen, das sich auf meine Lippen legt, ist wie ein schnell wirkendes Medikament gegen die Bauchschmerzen, die Müdigkeit und alles, was mich antriebslos und wütend gestimmt hat.

»Das heißt, du willst dir das Pflaster doch langsam abreißen?«

Ich mache einen Schritt auf sie zu und sehe ihre Augen glänzend werden. Sie legt mir die Hände auf die Schultern.

Wer behauptet, im Moment zu leben und das Morgen zu ignorieren wäre dumm, wurde noch nie so angesehen.

Meine Finger gleiten in ihre Haare und drücken ihren Kopf in meine Richtung. Ich weiß nicht, wann mich ein Kuss jemals so unter Strom gesetzt hat. Die spürbare Ungeduld geht aber nicht nur von mir aus. Nora drückt ihren Körper an meinen und ich lasse meine Hand über ihren Rücken gleiten. Kaum erreiche ich ihren Hintern, bin ich so bereit für mehr, dass ich sie auf den Tresen setzen und unmittelbar vögeln könnte. Ich bin mir aber noch nicht sicher, wie weit sie mit ihrer neuentdeckten ›live for the moment‹-Einstellung gehen will.

Aber selbst, wenn das hier nur Knutschen werden soll, bin ich glücklich.

Noras Hand legt sich auf meine Brust, streicht bis zu meinem Bauch. Dort dreht sie die Fingerspitzen nach unten und lässt sie in meiner Hose verschwinden.

Okay, nicht nur Knutschen. Danke Gott! Das vorhin war gelogen. Jetzt bin ich wirklich glücklich!

Sie beißt mir in die Unterlippe. Dass sie mich neckt, war abzusehen. Sie ist kein schüchternes Mäuschen, sie hat Feuer, aber ich halte mich trotzdem zurück. Wenn ich so scharf bin, neige ich zu Experimentierfreude. Ich will sie aber nicht verschrecken.

Darin, sexuelle Erfahrung einzuschätzen, bin ich gut. Ich nehme an, sie hat bis jetzt mit drei bis fünf Männern geschlafen. Normaler Sex, vielleicht etwas rauer oder ausgefallener, wenn sie betrunken waren. Nichts zu Krasses, aber im Rahmen ihrer Erfahrungen weiß sie, was sie tut und will.

Als eine der Türen aufgeht, schreckt Nora vor mir zurück. Mein Blick folgt David, der auf den Kühlschrank zuhält und eine Flasche Mineralwasser holt.

»Was? Du kannst uns nicht ohne Wasser in einen Raum sperren«, wirft er mir vor und erwidert dann Noras Blick.

»Hallo. Entschuldige die Störung«, sagt er kurz und knapp.

Sie winkt lächelnd ab. »Schon gut. Mir tut es leid, ich wollte euch nicht vertreiben.«

David nickt höflich, bleibt neben mir nochmal stehen und beugt sich zu mir. »Siehst du. Soziale Interaktion ganz ohne Beißen oder dich bloßzustellen. Wo ist meine Belohnung?«

Ich schubste ihn grinsend weg. Er verschwindet wieder in seinem Zimmer.

»Das war also dein Fantasie-Freund«, meint Nora, während sie ihr Kleid glatt streift. »Nett«, fügt sie eine höfliche Floskel hinzu, für die ich sie leider verarschen muss.

»Oh, du hast eine total miese Menschenkenntnis. Gut zu wissen.«

Ich greife ihren Arm und ziehe sie wieder zu mir. Der Kuss der folgt, dauert nicht lange, weil ich etwas vorschlagen will.

»Im Schlafzimmer sind wir ungestörter.«

»Ich dachte, die Nähe der Kaffeemaschine würde dich heiß machen«, entgegnet sie süffisant grinsend. Als ich sie hochhebe, rutscht meine Hand unter ihr Kleid.

»Nicht so heiß wie die 20 Dosen Red Bull, die unter meinem Bett versteckt sind!«

Dio mio

Nora lacht und beißt mir ins Ohrläppchen. Ich stoße die Tür zum Schlafzimmer mit dem Fuß auf und mit dem Rücken wieder zu. Als ich mich mit ihr aufs Bett fallen lasse, wandern meine Hände über ihren Körper. Ihre Haut ist seidenweich, aber ich will mehr davon spüren. Der Reißverschluss des Kleids lässt sich nicht nach unten ziehen, was in mir das Bedürfnis weckt, meiner Ungeduld Luft zu machen. Ich knurre in unseren Kuss, während ich gegen den Drang ankämpfe, ihr den Stoff einfach vom Körper zu reißen.

»Soll ich dir helfen?« Ihre Stimme klingt etwas zu amüsiert für meinen Geschmack. Während sie sich auf das Bett kniet und selbst nach dem Reißverschluss greift, schmunzelt sie mich an, als wäre ich ein kompletter Anfänger.

»Ich dachte, du hättest mehr Übung darin«, provoziert sie mich augenzwinkernd. Das verdammte Kleid hat einen kleinen, silbernen Haken, der den Reißverschluss festhält – dämlichste Erfindung der Welt.

Anstatt mich darüber zu ärgern, genieße ich den Anblick, der sich mir bietet. Nora streift sich den Stoff vom Körper und ich richte mich auch auf, weil ich sie weiter ausziehen möchte. Eine Hand, zwei Sekunden, dann fällt der BH. Ich kann sehr wohl mit Haken umgehen, wenn ich weiß, dass sie da sind.

Weil sie mich gleich wieder in einen Kuss verstrickt, habe ich kaum Zeit, sie zu mustern. Ich gleite mit den Händen einmal ihren nackten Rücken hinunter, dann greife ich ihre Arme. Sie stöhnt erschrocken, als ich sie in die Kissen stoße. Der überraschte Glanz in ihrem Blick, weicht schnell Erregung und einem

Hauch von Scham, der meine Lust auf sie nur steigert. Sie ist selbstbewusst, hat aber nichts Abgebrühtes an sich. Besser geht es nicht.

Ich ziehe mir das Shirt aus und beuge mich über sie. Ein kurzer Kuss, dann will ich mich dem Körper, dem ich den Ursprung meiner Vernarrtheit in sie zu verdanken habe, widmen. Meine Lippen wandern ihren Hals entlang, während meine Hand sich zum ersten Mal auf ihren Busen legt. Ich bin zu ungeduldig, um mich weiter langsam voranzuküssen, ich will meine Zunge über diese perfekten, harten Brustwarzen gleiten lassen.

Noras Stöhnen im Ohr und ihre Finger in meinen Haaren, teste ich aus, wie fest ich sie stimulieren darf. Als sie sich unter meinem Mund aufbäumt, lasse ich von ihr ab.

»Zu fest?«, frage ich mit rauer Stimme und hebe den Kopf, damit ich ihr in die Augen sehen kann. Der lustvolle Glanz darin und ihre leicht geöffneten Lippen, lassen ihr Gesicht so heiß aussehen, dass ich mich am liebsten vergessen würde.

»Ja! Mach weiter …«

Ich schmunzle ihren angeturnten Tonfall schief ab und reize sie dann wieder. Das ›Ja‹ auf meine Frage, soll mir sagen, dass ihre Brustwarzen empfindlich sind und sie das Ziehen wahrscheinlich bis in den Unterleib spürt. Das ›Mach weiter‹ versichert mir, dass ich mich nicht nur auf Blümchensex-Behandlung beschränken muss. Damit reißt sie auch die letzte Mauer aus Unsicherheit, bezüglich der Frage, ob wir zusammenpassen, ein.

Ihr Stöhnen macht mich so schnell süchtig, dass meine Ungeduld wieder die Oberhand gewinnt und ich mit den Lippen weiter wandere. Während ich ihren String nach unten schiebe, drückt sie den Rücken erwartungsvoll durch. Ihre Knie behält sie trotzdem geschlossen. Ich könnte Noras zaghaften, schambedingten Widerstand problemlos brechen, aber ich entscheide mich dagegen. Sie soll die Beine von sich aus für mich spreizen, weil sie mich spüren will. Das erarbeite ich mir liebend gerne.

Ich lege meine Hand auf ihre perfekt rasierte Haut und lasse meine Zunge in den kleinen Spalt gleiten, den ich auch erreichen kann, wenn sie die Schenkel aneinanderdrückt. Dass ich ihre empfindliche Stelle trotzdem immer wieder mit der Zungenspitze kitzle, lässt ihr Stöhnen einen angeheizt leidenden Unterton annehmen.

Ich kann mein Gesicht schnell tiefer in ihren Schoß drücken und schließlich auch meinen Oberkörper zwischen ihren Beinen positionieren. Sie macht mir freiwillig Platz.

Als ich mit den Fingern in sie gleite, höre ich das ›Dio mio, Luca!‹, das ich schon immer hören wollte.

Nora krallt die Finger wieder in meine Haare und der Schmerzimpuls, den sie mir durch den festen Griff versetzt, lässt mich das Tempo meiner Stimulation erhöhen. Ich will sie nicht auf die Folter spannen. Sie soll kommen – schnell, intensiv, oft und ich will sie beim ersten Mal dabei schmecken.

Meine Finger beugen sich ein wenig, bis ich die beginnenden Muskelkontraktionen spüre, die mir versichern, dass ich den richtigen Punkt reize. Ich lege eines ihrer Beine über meine Schulter und halte ihren Oberschenkel gepackt, während ihr Becken zu zittern beginnt.

Ihr Orgasmus wird so laut und feucht, dass ich selbst gerne einstimmen würde, aber so geil ich Nora und ihre Muschi auch finde, es wäre pubertär, sich deshalb die Jeans einzusauen.

Ich muss das Ding übrigens schnellstmöglich loswerden!

Während sie bemüht ist, wieder zu Atem zu kommen, steige ich aus dem Bett, um mich weiter auszuziehen. Ihre Brüste heben und senken sich unter ihren leiser werdenden Atemzügen. Obwohl sie ein so kleines Kätzchen ist, sind ihre Proportionen bombastisch. Ihre Beine wirken lang und ihre Taille ist so schmal, dass man das B Körbchen problemlos mit einem C verwechseln könnte. Außerdem liebe ich, dass sie so feucht wird, wenn sie kommt. Die Erregung lässt sie immer noch glänzen. Der Anblick ist einfach nur scharf.

»Wo lernt man das so gut zu machen?«, fragt sie und mustert mich mit einem erstaunt begeisterten Funkeln in den Augen.

»Internat?«, entgegne ich schmunzelnd und sehe, wie sich ihr Blick an meiner Hüfte verfängt.

»Was ist das für ein Symbol?«

Ihr Blick schweift von meinem Ständer zu meinem Tattoo und wieder zurück. Sie kann sich offensichtlich nicht entscheiden, was sie im Moment neugieriger macht.

»Mein Sternzeichen«, verrate ich und sehe, wie sie sich hochrafft und in Katzenmanier auf allen Vieren an den Bettrand kommt. Sie lässt einen ihrer Finger über die schwarze Tinte an meinem Hüftknochen gleiten.

»Welches Sternzeichen?«

Die Antwort treibt mir selbst immer ein Grinsen auf die Lippen.

»Löwe.«

Sie sieht kurz zu mir auf, dann greifen ihre Hände meine Hüften und ihre Lippen drücken sich an meine Leiste. Eigentlich brenne ich darauf sie zu vögeln, aber ich kann auch dieses scharfe Angebot, sich für das Lecken zu revanchieren nicht ausschlagen.

Es gibt mindestens 101 geile Dinge, die ich gerne mit Nora anstellen würde, ich hoffe, wir haben genug Zeit für alles.

Sie küsst meinen Ständer entlang und ich fahre mit der Hand durch ihre Haare, bis genügend davon durch meine Finger geglitten sind, um Halt darin zu finden. Das leichte Ziehen lässt sie den Mund für mich öffnen.

Ich drücke ihr mein Becken ein Stück entgegen und gleite zwischen ihre Lippen. Ihre Zunge stimuliert mich, dann fängt sie an den Kopf zu bewegen. Das Eintauchen ist nicht sonderlich tief, aber sie hilft mit der Hand nach und reibt über meine Härte.

»Braves Kätzchen«, raune ich und ziehe ein wenig fester an ihren Haaren, damit sie den Kopf heben muss. »Schau mich dabei an.«

Sie folgt meiner dunkel ausgesprochenen Bitte und fixiert mich mit den braunen Augen. Nora lässt mich aus ihrem Mund gleiten und drückt die Wange an meinen Ständer.

»Magst du Katzen?«, fragt sie leise. Der unschuldig klingende Tonfall in Verbindung mit dem schmutzigen Anblick, jagt einen weiteren Schwall aus Erregung durch meinen Körper. Ich nicke langsam.

»Ja. Ich mag Kätzchen«, gestehe ich und spüre im nächsten Moment, wie sie mir ihre Nägel in den Hintern drückt. Nicht so fest, wie es Hexen tun, aber der Impuls lässt mich angeturnt knurren.

Sie presst die Lippen wieder gegen mich und ich drücke ihren Kopf näher. Das tiefere Eintauchen lässt sie atemlos werden. Ihre Augenbrauen ziehen sich etwas leidend zusammen und ihr Blick wird eindringlich. Als sie zu husten beginnt, lasse ich ihren Kopf los.

Nora holt Luft und leckt sich über die Lippen, während sie entschuldigend zu mir aufsieht.

»Tut mir leid. Du bist größer als ich es gewohnt bin«, gesteht sie und richtet den Oberkörper ein Stück auf.

Es wäre gelogen zu behaupten, dass der Satz mir nicht schmeicheln würde, aber ihr Hustenreflex hat nichts mit meiner Größe, sondern mit falscher Technik zu tun. Es war trotzdem scharf, sie so zu spüren und zu sehen.

Eigentlich will ich sie auf die Matratze drücken und endlich nehmen, aber sie tut etwas, das mich davon abhält, obwohl ich an nichts Anderes mehr denken kann.

»Fühlt sich das besser an?«, will sie wissen und schiebt meinen Ständer zwischen ihren Busen.

Das Lächeln auf ihren Lippen könnte durchaus als verdorben durchgehen, aber ihre Wangen sind zu rot für ein böses Mädchen. Sie beißt sich etwas nervös auf die Lippen, während sie fragend zu mir aufsieht. Ich muss mir auch gleich auf die Lippen beißen, also packe ich ihre Hände und drücke sie nach hinten.

»Nicht gut?«, flüstert sie und sieht mich mit deutlicher Verlegenheit im Blick an. Ich beuge mich über sie und lasse meine Finger dabei über ihren Busen gleiten.

»Doch. Viel zu geil. Aber ich will nicht auf dir kommen, sondern in dir. Zumindest beim ersten Mal.«

Meine geraunten Worte wischen die Verlegenheit von ihrem Gesicht und lassen ihre Augen wieder lustvoll glänzen. Ich küsse sie, während ich nach einem Kondom in der Tasche neben dem Bett fische. Als ich das Päckchen in der Hand habe, richte ich mich über ihr auf. Sie nimmt es mir weg und reißt es selbst auf.

Ich strecke ihr mein Becken entgegen und genieße den Anblick und das Gefühl ihrer Hände auf meiner Härte. Kurz habe ich Angst, dass sie mich dabei noch schärfer macht und das Vögeln hinterher zu einem mentalen Kraftakt für mich wird, aber sie hat sichtlich Probleme mit dem Kondom.

»Soll ich dir helfen?«, frage ich schmunzelnd und streife selbst über meine Erregung.

»Ich dachte, du hättest mehr Übung darin«, sage ich im selben süffisanten Tonfall, den sie mich vorhin wegen ihres Kleids hören hat lassen. Nora zieht eine Augenbraue nach oben und funkelt mich an. Ich hätte mir keinen schärferen Blick wünschen können, kurz bevor ich endlich in sie eintauche.

Meine Hände greifen unter ihre Kniekehlen. Ich hebe ihr Becken ein Stück an, weil ich sie so tief will, wie es geht.

Ihre Miene wechselt von erwartungsvoll erregt zu lustvoll leidend. Sie zieht scharf die Luft ein, als ich mich ganz in sie gedrückt habe. Ich beuge mich zu ihr und unterbreche ihr Stöhnen immer wieder mit Küssen.

»Geht es? Soll ich langsamer machen?«

Sie beißt mir in die Unterlippe und schüttelt dann den Kopf.

»Nein! Mach weiter! Du fühlst dich toll an!«

Ihr Körper gewöhnt sich schnell an die Stöße und sie kann sie genießen.

Obwohl ich ihr gerne ins Gesicht sehe, während ich sie vögle, ist mir nach einem Stellungswechsel. Ich ziehe mich aus ihr zurück und drücke meinen Mund an ihr Ohr. »Dreh dich um.«

Nora hebt ihren scharfen Körper an und dreht mir ihre Kehrseite zu. Meine Hände legen sich auf den Hintern, den ich ab jetzt, bei jedem Mal Duschen, in meinen Tagträumen sehen werde. Als ich wieder in sie eindringe, fühlt sie sich noch enger und heißer an.

Meine Finger tasten sich nach vorne und ich beginne sie zu stimulieren. Auch wenn ich mich gerne ergießen würde, will ich warten, bis sie nochmal kommt.

Meine Glücksgefühle vermischen sich mit der Vorfreude auf den Rest der Nacht und werden von Gedanken, die ich eigentlich weit hinten in mein Bewusstsein geschoben habe, im Zaum gehalten. Ich weiß nicht, wie oft ich das hier noch mit ihr machen darf, bevor wir den Abschied wiederholen müssen, aber ich werde jede Minute auskosten.

Nora stöhnt meinen richtigen Namen, während sie der Orgasmus zittern lässt. Als ich in ihr komme, vergesse ich trotzdem wie ich heiße.

Outro

Die Sonne geht bereits wieder auf, als wir uns zum letzten Mal ins Bett fallen lassen.

Zweimal Sex. Ein gemeinsames Pasta Kochen in der Küche, das in einen kurzen, heftigen Streit darüber eskaliert ist, wer von uns beiden besser kocht. Eine Runde Oralsex im Wohnzimmer als Dessert. Eine Flasche Wein. Und ein letztes heißes Abenteuer unter der Dusche. Um meine Hüfte hängt jetzt ein ›Außer Betrieb‹-Schild. Ich weiß nicht, ob ich schon mal so oft, so kurz hintereinander konnte, aber ich bin meiner Potenz unheimlich dankbar für die Mitarbeit.

»Und ich dachte, nichts könnte mich mehr auslaugen als dieser Sand«, schnaubt Nora und legt den Kopf müde blinzelnd auf meine Brust. Ich nehme sie in den Arm und ziehe die Decke über uns.

»War ich wenigstens besser als der Sandsack?«, will ich wissen, weil ich zu müde und zu dehydriert bin, um wirklich gute Witze zu reißen.

»Ja. Leider. Ich habe gehofft, du wärst eine Niete im Bett, dann hätte ich dich leichter vergessen können.«

»Das heute war doch nur zum Aufwärmen«, will ich großspurig tönen, aber das Gähnen sabotiert meine Show. »Warte ab, was ich morgen Abend … Sex und so weiter … verdammt bin ich müde.«

Ich bin dabei einzuschlafen. Mein Kopf arbeitet schon quälend langsam.

»Morgen Abend bin ich weg, Luca.«

Die Augen wieder aufzureißen, tut fast weh. Ich raffe mich ein Stück hoch und Nora rutscht von mir runter. Sie schüttelt den Kopf, während sie mir mit dem Blick immer wieder ausweicht.

»Ich fahre morgen nach Hause zu meinen Eltern. Nächste Woche fliege ich. Ich muss die Wohnung beziehen und mir einen Nebenjob suchen, bevor die Uni anfängt.«

Das wütende Knurren kann ich mir nicht verkneifen, auch wenn meine Reaktion die Situation nicht angenehmer macht.

»Dein Timing, mir zu verraten, wann du wohin verschwindest, ist wiedermal beschissen!«, werfe ich ihr vor.

»Die Nacht war so schöner. Wir hätten nur viel zu lange darüber gesprochen, wie wenig Zeit wir haben und ob es das überhaupt wert ist.«

»So ein Schwachsinn!«, brumme ich, weil ich das nie in Frage gestellt hätte. Selbst wenn sie mir gesagt hätte, dass sie nach zwanzig Minuten für immer verschwindet.

Nora will aus dem Bett steigen, aber ich halte sie am Arm fest.

»Lass mich los, Luca! Dann gehe ich eben jetzt, es spielt doch sowieso keine Rolle!«

»Wenn es keine Rolle spielt, dann sag es mir vorher! Schon wieder dasselbe Thema! Du hättest es nicht verschwiegen, wenn es egal wäre!«

Sie will sich von mir losreißen, aber ich ziehe sie mit einem Ruck wieder zurück auf das Bett und beuge mich über sie. Die Wut, die sich in ihrem Gesicht spiegelt, ist mal wieder die am einfachsten zu ertragene Emotion. Ich verstecke mich auch dahinter.

»Dieses Verschweigen und über meinen Kopf weg entscheiden ist scheiße! Woher willst du wissen, wie ich reagiere, wenn du mich gar nicht reagieren lässt?! So funktioniert doch keine Beziehung!«

Ich höre mich den Schwachsinn am Ende wie in Zeitlupe nochmal in Gedanken brüllen. Todmüde und wütend sein, funktioniert nicht. Ich habe keine Ahnung, wieso ich das gesagt habe. Vielleicht hatte ich einen kleinen Schlaganfall.

»Nein, so funktioniert keine Beziehung! Deshalb führen wir auch keine!«, faucht sie zurück und versucht noch immer aufzustehen.

»Lass mich endlich los, Luca!«

»Dann gehst du«, murmle ich und lasse die Wut verpuffen, auch auf die Gefahr hin, dass dann noch mehr Schwachsinn aus meinem Mund kommt.

»Am Ende gehe ich immer. Ob jetzt oder nach ein paar Stunden Schlaf.«

»Dann lass mir zumindest diesmal die Wahl«, verlange ich und lege mich vorsichtig auf sie. Nora stöhnt leise auf, als sie meinen Körper spürt und legt dann die Arme um mich.

»Na gut. Dieses eine Mal«, gesteht sie mir niedergeschlagen klingend zu.

Ich befördere uns auf die andere Bettseite.

Jetzt liegt Nora auf mir. Der Stellungswechsel war notwendig, ich hätte sie sonst beim Schlafen erdrückt.

»Wir können Skypen, wenn du willst«, schlägt sie vor, während sie mir durch die Haare fährt. »Dann kannst du mich über dein Studium und deine heißen Affären auf dem Laufenden halten.«

»Fang nichts mit einem Professor an. Ich will der Erste sein, dem du ›Herr Doktor‹ ins Ohr stöhnst, wenn du wieder zurückkommst.«

Sie lacht leise und legt den Kopf auf mir ab.

»Promesso, Andrea.«

Ich lehne an der Hausfassade vor dem weißen Gartenzaun und starre auf den Weg. Das macht man für gewöhnlich nicht länger als ein paar Minuten, es sei denn, man ist ein lächerlich bemühter Romantiker. Fühlt sich seltsam an. Aber notwendig. Ein wenig dämlich – zugegeben.

Wir haben den Abschied nicht in die Länge gezogen. Ein Kuss, ein Winken, alles andere hätte es auch nicht leichter gemacht.

Das mit dem neuen Ende haben wir gut hinbekommen. Viel besser als das erste. Ein Ende bleibt es trotzdem. Nora geht nach Schweden und ich zurück an meine Uni. Wir bleiben in Kontakt, aber uns eine Beziehung über die Distanz abzuverlangen, hätte uns auf Dauer nur auseinandergetrieben. Sie soll in meinem Leben bleiben – wenn das nur als verschiebbares Skype-Bild auf meinem Laptop der Fall sein kann, ist das eben so.

»Brauchst du Hintergrundmusik? Soll ich mir ein Klavier besorgen und dir ein Outro für deine Sommerromanze spielen?«

Ich drehe mich nach David um, der aus dem Haus spaziert kommt. Der Löwe lehnt sich neben mich und schüttelt den Kopf. »Von einer Skala von eins bis zehn, rate mal, wie lächerlich ich dein Verhalten gerade finde.«

Ich mustere ihn prüfend und gebe dann meinen Tipp ab. »9?«

»Nein. 6,5. Irgendwie steht dir dieser romantische Schwachsinn.«

»Danke. Vielleicht hätte ich doch Schauspieler werden und Liebesfilme drehen sollen, wie meine Mutter.«

David murrt. »Nein. Der sarkastische Paragraphenreiter passt besser zu dir. Vor der Kamera wärst du nur ein exzentrischer Freak geworden. So belehrst und verschreckst du irgendwann Studenten und legst *HIM*-Songs singend Akten ab – das ist exzentrisch genug.«

Ich strafe David mit vorwurfsvollen Blicken. »Die Akten legt meine überraschend gutaussehende Studienassistentin für mich ab, die mich bei Laune hält, bis Nora wiederkommt.«

Er lacht, stößt sich von der Fassade ab und stellt sich vor mich. Seine Hand klatscht auf meiner Wange auf – eine Mischung aus grob und liebevoll. Ich bin mir nicht sicher, ob er mir eine knallt oder mich tätschelt, aber es bringt mich zum Grinsen.

»Wir fliegen morgen nach Rom, pack dein Zeug.«

Ich will etwas erwidern, aber er kommt plötzlich näher. Das schlagende Liebkosen war schon Liebesbeweis genug, Knutschen ist mir im Moment zu viel.

»Was wird das? Rummachen im Freien?«

Ich neige den Kopf zur Seite. David funkelt mich wütend an, nachdem er zweimal mit der Nase gezuckt hat. Mir schwant Böses.

Es ist Zeit, das Abschiedsszenario zu beenden, um ins Haus zu laufen und meine wahre große Liebe zu beschützen.

»Du riechst nach Red Bull! Wenn ich das Zeug finde, leere ich es in den Garten!«

»Dann geht dein geliebtes Medizin-Buch in Flammen auf!«, drohe ich vorerst nur im Scherz.

»Dann hänge ich mir das Poster deiner Mutter wieder neben das Bett!«

Abartig fieser Konter! Das kann ich auch.

»Dann erzähle ich Alex, dass du ihn lieb hast und dich die ganze Zeit furchtbar um ihn sorgst!«

»Du willst Krieg, DeLuca?!«

»Ja, Löwenstein! Krieg und Lasagne!«

ÜBER DIE AUTORIN

Jasmin Romana Welsch wurde 1989 in Graz geboren und lebt auch heute noch mit ihrem Freund und ihrer Hündin Yuki in der Steiermark. Obwohl sie bereits im Teenageralter das Schreiben für sich entdeckte, begann sie ein Jurastudium. Erst nach der Veröffentlichung ihres ersten Romans widmete sich die junge Autorin gänzlich der Schriftstellerei. Aus ihrer Feder stammen mehrere Jugendbücher, in denen sich fast immer humoristische, aber auch dramatische Akzente wiederfinden.

Kontakt
Homepage: www.jasminromanawelsch.com
Facebook: www.facebook.com/ JRWelsch

Im selben New-Adult-Universum spielend

Jasmin Romana Welsch
Teach me Love: ONCE & TWICE
16. März 2018, Sternensand Verlag
616 Seiten, broschiert
€16,95 [D]

New Adult Liebesroman
Als Taschenbuch

Ein dekadentes Internat, zwei junge Lehrer und eine Studentin, die verspricht, diskret zu sein

Es gibt viele Gründe, um auszuziehen. Du hast einfach Lust auf einen Tapetenwechsel, dein Nachbar möchte plötzlich Death-Metal-Schlagzeuger werden oder dein Freund entdeckt seine Leidenschaft für gynäkologische Untersuchungen an anderen Frauen.

Ich würde wirklich gern den Death-Metal-Typen als Grund vorschieben, aber um bei der Wahrheit zu bleiben: Ich bin wegen der Sache mit dem Gynäkologie-Hobby ausgezogen.

Jetzt bin ich vorübergehend heimatlos. Wobei, ganz ohne einen Platz zum Schlafen muss ich nicht auskommen. Es gibt da diese Übergangslösung – eher unkonventionell, aber doch spannender als vermutet. Und heißer. Was hauptsächlich dem unwirklich attraktiven Französischlehrer zuzuschreiben ist, der verblüffend viel hinter dem höflichen Lächeln versteckt hält. Ein wenig trägt auch der knurrende Sportlehrer zu meinem reizvoll-frivolen Abenteuer bei, aber der Mann hat ein Dominanzproblem. Außerdem ist er ein Arschloch. Teilweise. Manchmal. Ich kann ihm trotzdem nicht aus dem Weg gehen, weil ich anscheinend einen Knall habe. Verknallt bin ich aber nicht! Das ist alles nur lockerer Spaß, den wir geheim halten müssen, da die beiden natürlich einen Ruf zu verlieren haben.

Jasmin Romana Welsch

Evig Roses (Reihe)

6. Juli 2018, Sternensand Verlag

328 Seiten, broschiert

€12,95 [D]

New Adult Liebesroman

Als Taschenbuch

Klappentext:
Ich heiße Emma und ich möchte eine Rose werden.
Klingt erst mal nach spirituellem Selbstfindungstrip, aber ich habe andere Beweggründe. Da ist diese dicke Rechnung, die ich in die Sofaritze gestopft habe und von der die Zukunft meines bescheuerten kleinen Bruders abhängt. Außerdem hatte ich Sex mit einem Typen im Bienenpullover. Das tut jetzt nicht zwangsläufig etwas zur Sache, aber ich erwähne es gern für den Fall, dass jemand glaubt, ich wäre eines dieser unschuldigen Mädchen, die in Erotikromanen einem dominanten Kerl vor die Füße stolpern und dann dahinterkommen, dass sie sich gern bumsen lassen. Nö. Ich meine: Ja! Aber ich hatte schon Flittchen-Tendenzen, bevor ich an die Tür des einschüchterndsten Mannes der Welt geklopft habe. Er heißt Vincent und leitet eine Escort-Agentur namens Evig Roses. Dass ich versuche, Teil seiner verruchten exklusiven Welt zu werden, darf niemand erfahren. Schon gar nicht mein Bruder.
Ich heiße Emma und ich möchte eine Rose werden. Na? Klingt jetzt anders, oder?

Weitere Bücher der Autorin:

Küss mich (Sammelband)
13. Juli 2017, Sternensand Verlag
530 Seiten, broschiert
€ 14,95 [D]
Liebesroman
Als Taschenbuch

Absolution: Wie man eine Sünde überlebt
28. Februar 2016, Sternensand Verlag
224 Seiten, broschiert
€ 12,95 [D]
Urban Fantasy
Als Taschenbuch und E-Book

Krieger des Lichts Reihe
20. Oktober 2017, Sternensand Verlag
616 Seiten, broschiert
€ 16,95 [D]
Urban Fantasy
Als Taschenbuch

C. M. Spoerri & Jasmin Romana Welsch
Conversion (Band 1): Zwischen Tag und Nacht
28. August 2016, Sternensand Verlag
424 Seiten, broschiert
€ 12,95 [D]
Jugendroman-Dystopie
Als Taschenbuch und E-Book

Weitere New Adult Romane:

C. M. Spoerri
Emlia: Dein Weg zu mir
1. Mai 2016, Sternensand Verlag
328 Seiten, broschiert
€12,95 [D]
New Adult Liebesroman
Als Taschenbuch und e-Book

C. M. Spoerri
Melinda: Dein Weg zu mir
13. März 2017, Sternensand Verlag
360 Seiten, broschiert
€12,95 [D]

New Adult Liebesroman
Als Taschenbuch und e-Book

C. M. Spoerri
Selena: Dein Weg zu mir
14. September 2018, Sternensand Verlag
332 Seiten, broschiert
€12,95 [D]

New Adult Liebesroman
Als Taschenbuch und e-Book

C. M. Spoerri
Kathleen: Dein Weg zu mir
21. Dezember 2018, Sternensand Verlag
350 Seiten, broschiert
€12,95 [D]

New Adult Liebesroman
Als Taschenbuch und e-Book

Jasmin Romana Welsch

Ghetto Engel

Ab 10. Mai 2019, Sternensand Verlag

€12,95 [D], New Adult

Besucht uns im Netz:

www.sternensand-verlag.ch

www.facebook.com/sternensandverlag